[美] 沃尔特·惠特曼 著　赵萝蕤 译　后浪

草叶集

上

江苏凤凰文艺出版社
JIANGSU PHOENIX LITERATURE AND ART PUBLISHING

图书在版编目（CIP）数据

草叶集 : 全 2 册 /（美）沃尔特 · 惠特曼
(Walt Whitman) 著 ; 赵萝蕤译 . -- 南京 : 江苏凤凰文
艺出版社 , 2020.9（2025.6 重印）
ISBN 978-7-5594-4898-9

Ⅰ . ①草… Ⅱ . ①沃… ②赵… Ⅲ . ①诗集 – 美国 –
近代 Ⅳ . ① I712.24

中国版本图书馆 CIP 数据核字 (2020) 第 086013 号

草叶集：全 2 册

［美］沃尔特 · 惠特曼 著　赵萝蕤 译

责任编辑　李龙姣
特约编辑　赵　波
装帧设计　陈威伸
出版发行　江苏凤凰文艺出版社
　　　　　南京市中央路 165 号，邮编：210009
网　　址　http://www.jswenyi.com
印　　刷　北京盛通印刷股份有限公司
开　　本　880 毫米 × 1194 毫米 1/32
印　　张　35.25
字　　数　350 千字
版　　次　2020 年 9 月第 1 版
印　　次　2025 年 6 月第 5 次印刷
书　　号　ISBN 978-7-5594-4898-9
总 定 价　198.00 元（全 2 册）

江苏凤凰文艺版图书凡印刷、装订错误可随时向承印厂调换　联系电话 025-83280257

目 录

译本序……1

铭 文

我歌唱自己……3
我默默沉思……4
在海上备有舱位的船只里……6
给外邦……8
给一个历史学家……9
给你，古老的事业……10
事物的真象……12
我为他歌唱……17
在我读这本书的时候……18
我开始了学习……19
初学者……20
对各州……21
州际旅行……22
给某一女歌唱家……24
我沉着冷静……25
学者风度……26
船儿在起航……27

我听见美利坚在歌唱……28
是什么地方受到了包围？……29
虽然我还是歌唱这一个……30
不要向我关闭大门……31
未来的诗人……32
给　你……33
你，读者啊！……34

从鲍玛诺克开始……35
我自己的歌……55

亚当的子孙

世界登上了花园……151
来自受抑制的如饥似渴的河流……152
我歌唱那带电的肉体……156
一个女人在等着我……168
顺从天性的我……171
把一小时都献给疯狂与欢乐……175
从滚滚的人海中……177
多少年代以后还会不时地回来……178
我俩，我们被愚弄了这么久……179
处女膜啊！啊，有着处女膜的人！……181
我就是那渴望热恋者……182
顺乎天性的时刻……183
一次，我经过一个人烟稠密的城市……184
我听见了你，庄严甜蜜的管风琴……185
从加利福尼亚海岸朝西看……186

亚当一清早……187

芦　笛

在人迹罕到的小路上……191
我胸口的芳草……193
现在紧紧缠着我的不管是谁……196
为了你，啊，民主！……199
我在春天唱着这些歌……200
不只是我胸腔里呼出的气……202
关于极度可疑的表面现象……204
一切形而上学的基础……206
今后多少年代的记事员……208
在一天将结束时我听说……209
你就是那被我吸引的新来的人吗？……211
只是些根与叶……212
不是高温点燃起火焰并烧毁一切……213
缓缓渗出的点滴……214
纵情欢乐的城市……215
看这张黝黑的脸……216
在路易斯安那我看见一株四季常青的橡树在成长着……217
给一个陌生人……218
这一瞬间既深切怀念又心事重重……219
我听见人们指责我……220
在大草原的草丛中辟路而行……221
在我读到那已经取得战果的美名时……222
我们两个少年紧紧搂抱在一起……223

给加利福尼亚许下一个愿……224
这里是我最脆弱的草叶……225
不是一架节省劳力的机器……226
一　瞥……227
给携手者的一片草叶……228
大地和我很形似……229
我在梦中梦见……230
你知道我为什么手里拿着笔？……231
给东部和西部……232
有时对我所爱的那个人……233
给一个西部的少年……234
让抛下的锚永远固定下来，啊，亲爱的！……235
在许多许多人之间……236
啊，我经常悄悄地来到你身旁……237
那影子是我的肖像……238
现在还充满活力……239

向世界致敬！……240
大路歌……259
一路摆过布鲁克林渡口……276
回答问题者之歌……286
我们熟悉的一簇簇叶子……293
欢乐之歌……301
阔斧歌……312
展览会之歌……329
红杉树之歌……347
职业之歌……355

转动着的大地之歌……367
青年，白天，老年和夜……376

候　鸟

普遍性之歌……379
拓荒者！啊，拓荒者！……384
给　你……391
法兰西……395
我自己和我的一切……398
流星的年代……401
先行者……404

百老汇大街上的盛大游行……407

海　流

来自不停摆动着的摇篮那里……415
在我随着生活的海洋落潮时……426
泪　水……431
致军舰鸟……432
在船上的舵轮旁……434
黑夜，在海滩上……435
海底世界……437
黑夜，独自在海滩上……438
歌唱所有海域，所有船只……439
在巴尼加特海湾巡逻……441
紧跟着海船……442

在路边

一首波士顿民谣……445
欧罗巴……449
一面小镜子……452
上　帝……453
胚　芽……455
有　感……456
在我聆听那博学的天文学家讲学时……457
至美至善……458
啊，天！啊，生活！……459
给总统……460
我坐而眺望……461
致慷慨的施舍者……462
鹰的嬉戏……463
思想在漫步……464
一幅农家图画……465
一个孩子的惊奇……466
赛跑的人……467
美丽的女人……468
母亲和婴儿……469
有　感……470
戴着假面具……471
有　感……472
滑翔在一切之上……473
你从来没有遇到过这样的时刻吗？……474
一个思想……475

给老年……476
地点与时间……477
礼　物……478
致这个国家……479

鼓声哒哒

诗歌啊，首先是一首前奏曲……483
一八六一……487
敲吧！敲吧！鼓啊！……489
从鲍玛诺克开始我就像鸟儿那样飞翔……491
黎明时的旗帜之歌……492
啊，时代，从你们那无底深渊中脱身出来吧……502
弗吉尼亚——西部……506
船的城市……508
百岁老人的故事……510
骑兵越津而过……518
在山腰宿营……519
军团在行进中……520
在野营的时明时灭的火光旁……521
从地里上来吧，父亲……522
一天晚上，我在战场上站了一班奇异的岗……525
列队急行军……527
在黎明的灰暗光照下扎营地所见……529
我艰难地在弗吉尼亚的树林里漫步的时候……531
不是领航员……532
在我身边战栗而旋转的那一年……533

裹伤者……534
太久太久了，美利坚……539
给我那光彩夺目的沉默的太阳……540
两个老兵的哀歌……543
在成堆的尸体上空升起了预言家的声音……546
我看见老将在作困兽斗……548
炮手在梦幻中所见……549
埃塞俄比亚在向军旗敬礼……551
青春不属于我……553
是老兵那种人……554
世界，请好好注意……555
啊，晒黑了脸的草原那边来的孩子……556
请往下看，美丽的月亮……557
和　解……558
一个一个地够多么庄重……559
我把头枕在你怀里时，伙伴啊……560
幽雅的群星……561
给某个平民……562
看哪，山巅的胜利女神……563
已完成任务的精灵……564
向一个士兵告别……566
转过脸来吧，啊，自由！……567
向着他们走过的已经发酵的土地……568

纪念林肯总统

最近紫丁香在前院开放的时候……575

啊，船长！我的船长！……589
今日宿营地静悄悄……591
这一撮尘土曾经是一个人……592
在蓝色的安大略湖……593
走向反面……617

秋天的溪流

作为由此而造成的结果……621
英雄们的归来……624
有那么一个孩子出得门来……633
古老的爱尔兰……636
城里的停尸所……638
这堆粪肥……640
给一个遭到挫败的欧洲革命……643
未曾被题名的国家……646
谨慎之歌……649
狱中的歌手……654
丁香花开放时的欢唱……658
一座坟墓的草图……660
从这个假面背后……664
发声艺术……666
致那个钉在十字架上的人……668
你们这些在法院受审判的重罪犯……669
创造的法则……671
给一个普通妓女……672
我在长时间寻找……673

有　感……674
奇　迹……675
转轮发出的火花……677
给一个学生……679
把折叠打开……680
我还能是什么……682
宇　宙……683
别人可以任意赞扬……685
谁能学完我这一节课？……686
考　试……689
火　把……690
啊，法兰西之星……691
驯牛人……694
一个老年人思考中的学校……696
清晨漫步……698
达科他的意大利音乐……700
你得天独厚……702
我的画廊……703
大草原的诸州……704

风暴的豪迈音乐……705
向着印度行进……717
哥伦布的祈祷……734
睡觉的人们……738
变　位……752
想一想时间……753

神圣的死亡的低语

你现在有胆量吗，啊，灵魂？……765
神圣的死亡的低语……767
歌唱神圣的四方……768
我日夜爱着的他……772
然而，然而，你们这些懊丧的时刻……773
好像一个幽灵在抚爱我……774
保　证……775
动荡的捉摸不定的年月……777
那永远在我周围的音乐……778
是什么船在海上迷了路……779
一只沉默而坚韧的蜘蛛……780
啊，永远在活着，永远在死亡……781
给一个即将死去的人……782
大草原之夜……784
有　感……786
最后的恳求……788
我在守着那种地人耕种时……789
心情沉重而犹疑不决……790

你，母亲，和你那些完全平等的儿女……791
一幅鲍玛诺克图画……800

从正午到星光灿烂的夜晚

你这高高在上、光照十分使人眩晕的星球……803
脸……805
神秘的小号吹奏者……812

致冬天的一个火车头……818
啊，有巨大吸引力的南方……820
曼纳哈塔……823
一切都是真理……825
一首谜语之歌……827
更胜一筹……830
啊，贫穷，畏缩，闷闷不乐的隐蔽所……831
某些思想……832
中间人……833
编织进去吧，我那经得起折磨的生活……834
西班牙，1873—1874……835
在宽阔的波托马克河边……837
在遥远的达科他峡谷……838
梦见过去的战争……840
布满星星的节日旗帜……841
我在你身上见到的最大优点……842
形成这片景色的精灵……843
我在这些宽阔庄严的日子里步行时……844
一个万里无云的午夜……846

离别之歌

离别的时间走近时……849
现代的这些年月……850
士兵们的骨灰……853
有　感……856
日落时之歌……859

死亡也走到你门口时……863
我的遗产……864
在心情沉重地凝望着她那些死者时……865
绿色营地……867
钟声在抽泣……869
在它们即将结束时……870
欢呼吧，同船者，欢呼！……872
那未曾宣布过的愿望……873
大　门……874
这些颂歌……875
现在是向堤岸唱终曲的时候了……876
再　见！……877

补编一　七十生涯

曼纳哈塔……885
鲍玛诺克……886
自蒙托克地角……887
给失败者……888
将结束六十九岁时的一支颂歌……889
最勇敢的士兵……890
一副铅字……891
我坐在这里写作时……892
我的金丝鸟……893
七十岁时的疑问……894
沃拉巴特的烈士们……895
第一朵蒲公英……896

美利坚……897
回　忆……898
今天和你……899
在白天的炫目光照之后……900
亚伯拉罕·林肯，生于1809年2月12日……901
选自五月的盛会……902
冬至前后的日子……903
纳夫辛克小唱……904
选举日，1884年11月……910
你有着沙哑、傲慢的嘴唇，啊，大海！……912
格兰特将军之死……914
红外套（站在高处）……915
华盛顿纪念碑，1885年2月……916
你那欢快的歌喉……918
百老汇……919
要学会诗歌的最后轻快节奏……920
老水手柯萨朋……921
那位死去了的男高音……923
连续性……925
犹农狄欧……926
生　活……927
"走向某个地方"……928
我的诗歌的主题渺小……929
真正的胜利者……930
合众国致旧世界的评论员……931
最能安定人心的思想……932

老年人的感谢……933
生与死……935
雨的声音……936
冬天不久将在这里受挫败……937
一方面不忘记过去……938
那个将死的老战士……939
更强有力的教益……941
草原日落……942
二十年……943
从佛罗里达邮来的香橙的花蕾……944
黄　昏……945
你们这些逗留不去的我的疏落的树叶……946
不只是枯瘦休眠的树枝……947
死去的皇帝……948
正像希腊人的烽火……949
那只拆卸了装备的船……950
以前写的诗歌，再见吧……951
黄昏时的平静……953
老年的闪光的高峰……954
晚餐和谈话以后……955

补编二　再见吧，我的想象力

补编二的前言……959
驶出去，莫回头，属于事物真象的游艇！……962
滞留着的最后几滴……963
再见吧，我的想象力……964

你们应继续照样前进，你们这欢乐的一双！……………965
我的第七十一年……………967
幻　影……………968
那褪色的花圈……………969
已结束的某一天……………970
老年的船和狡猾的死亡的船……………972
致即将来到的这一年……………973
莎士比亚－培根的密码……………974
离目前很远很远的未来……………975
太好了，巴黎博览会！……………976
穿插进来的声音……………977
致日落时的微风……………979
古老的诗歌……………981
祝贺圣诞……………983
冬天的声音……………984
一首黄昏之歌……………985
那成熟的诗人到来时……………987
奥西奥拉……………988
来自死亡的声音……………990
波斯教的一课……………993
平　庸……………995
“那包括一切的神圣的完整目录”……………996
幻　景……………997
《草叶集》的含义……………998
那尚未表达过的……………999
可见的是宏伟的……………1000

看不见的蓓蕾……1001
再见吧，我的想象力！……1002

补编三　老年人的回声

遗嘱执行者日记中的一条，1891……1007
自由地飞窜，充满力量……1009
这样才能真正醒悟……1010
已知的少数几滴……1011
永远领先的一个思想……1012
在一切后面既坚定又挺拔……1013
给新娘一个吻……1014
不要，今天请不要告诉我那尽人皆知的耻辱……1015
后加的时刻……1017
回忆起许多不光彩的行为……1018
能够存在……1019
死亡的幽谷……1020
还是这幅图画……1022
哥伦布的一个思想……1023

附　录

惠特曼评论自己……1027
惠特曼论林肯……1045
《我自己的歌》译后记……1067
惠特曼年表……1079

译本序

美国诗人沃尔特·惠特曼于1819年5月31日出生于长岛亨廷顿附近的西山村。他年幼时只在布鲁克林上过五年学，十一岁就当了律师事务所的勤杂工，后来又在几家排字车间学排字。在1836年夏至1841年春之间的至少三年里，他在长岛各地当乡村教师，更换过将近十二所学校。不久他开始发表一些感伤主义的“墓园式”的短篇小说和少量诗歌，并于1836年办了一个周刊《长岛人》。此后他短期编辑过纽约的《曙光》和布鲁克林的《黄昏闲话》，直至二十七岁当上布鲁克林《每日之鹰》的编辑。估计于1842至1848年间，他至少曾为十一家纽约和布鲁克林的报刊投稿或工作。1840年他参加了支持范布伦竞选总统的活动，并且获得了胜利。马丁·范布伦是激进的民主派，杰克逊的继承人。之后惠特曼仍热衷于政治，曾不止一次因和报刊老板意见不合而辞职。他的政治观点在当时是激进的，他信仰“自由土地”，反对蓄奴制。所谓“自由土地”是指允许老百姓去西部开荒而不允许新开辟的土地沦为蓄奴州。他同样主张“自由贸易”，用他自己的话来说：“我支持任何摧垮民族与民族之间壁垒的措施：我要求各国都大开门户。”（1888年5月）[1] 又说：“为什么主张自由贸易？……是为了团结：自由贸易促进团结。”（1888年12月）这个立场和杰斐逊与杰克逊的民主主

1　引语后附有年月的均摘自贺拉斯·屈劳伯尔编录的《在坎姆登和沃尔特·惠特曼一起》（*With Walt Whitman in Camden*, by Horace Traubel）。已出六卷：1906，1908，1914，1959，1964，1982。

义没有两样，只是在惠特曼身上多一点人道主义和国际主义的味道（关于国际主义，作者在诗作和评论中还提出过许多激进的观点）。他为什么强烈要求民主？可以用他自己的两句话来概括，他说："美国的光荣是由于她有四千万高明的普通人，他们是一些前所未有的最聪明、最伶俐、最健康、最有道德的人。"（1889 年 12 月）参照他别的言论来说明，就是他认为这个时代这个国家的一个正在上升的阶层，就是广大的普通人，或称平常人（average persons），包括机械工、马车夫、船夫、渔民、海员、男女工人等等。他又说："我要求人民……即那些成群的群众，人民的全体——男人、女人、小孩——我要求他们占有属于他们的一切——不只是一部分，大部分，而是全部——我支持一切能够使人民获得适当机会的任何措施——让他们过更加充实的生活……我要求人民享受应得的权利。"（1889 年 1 月）这是他晚年说的话，足以说明诗人的这种热情与信念始终不渝，老而弥坚。

1848 年是惠特曼一生中关键的一年。他受聘去南方名城新奥尔良当报刊《新月》的编辑。

他带着他的十四岁的弟弟杰夫经中部往南，但没有住上三四个月便辞职回到了纽约。这一旅行在惠特曼一生中是少有的，他很少长途旅行。但更加重要的是 1845 至 1848 年之间，尤其是 1848 年，惠特曼已在盘算是否认真当一个作家。他已发表过许多短篇小说和少量诗歌（多用传统格律）。小说中包括劝人戒酒的《富兰克林·埃文斯》（1842），据说曾畅销两万册。读书是他职业的需要：他在当《每日之鹰》编辑的时候曾写过四百二十五篇书评，其中关于小说的一百篇，历史的二十二篇，传记的十四篇，宗教的四十五篇，诗歌的二十二篇，等等。然而上述这些作品和 1855 年出版的《草叶集》相比，几乎没有什么共同点。据西方学者考证，1845 年至 1848 年间他已在笔记中记下了一些将成为《草叶集》内容的材料，但他还没有完全放弃编辑工作。1851 年他还曾经营过一家小小的印刷店，并且兼营兴建房屋的生意。但是他已减少了政治活动，更多地转向了音乐、文学、绘画、雕塑等。十五年来（从19世纪30年代中开始），他欣赏了所有著名意大利歌剧演员——包括男高音贝蒂尼和伟大的女低音玛丽埃塔·阿尔波尼——在纽约的演出。惠特曼晚年曾说“没有意大利歌剧就没有《草叶集》”，可见影响之深。然而在文学艺术领域，至少在一段时间内，他还只是个学徒。在此前所写的东西只是一个新闻记者和报刊编辑的分内工作，算不得真正的文学。什么是文学？应致力于哪些内容，采取什么形式？这应该是他开始认真考虑的问题了。

考虑的结果是具有伟大划时代意义的1855年版的《草叶集》，其中包括一篇综述了作者崭新的文艺观点的长序和十二篇在美国文学史上具有开创性意义的伟大诗篇。这两项成就说明作家的创作思想已经发生了质的飞跃。以序文为例，有些观点作家可能早就有了，不过在这里说得有声有色。几乎所有的观点都是离经叛道，闻所未闻的。例如，在19世纪中叶，绝大多数美国人和几乎所有的外国人都认为美国是毫无文化可言的，美国生活庸俗不堪，需要虔诚地向欧洲学习。但是作者却开宗明义地说：“在世界上无论什么时候，美国人的诗歌意识可能是最饱满的，合众国本身，基本就是一首最伟大的诗。”又说“合众国的天才的最佳表达者是普通人……总统向他们脱帽而不是他们向他——这些就是不押韵的诗。”“一个诗人必须和一个民族相称……他的精神应和他国家的精神相呼应……他是她地理、生态、江河与湖泊的化身。”“国家的仲裁将不是她的总统而是她的诗人。”“他是先知先觉者……他有个性……他本人就是完整的……别人也和他一样完善，只是他能看见而他们却不能。”“人们希望他指出现实和他们灵魂之间的道路。”诗人也提出了政治自由的要求。他认为一个伟大的诗人所应有的态度是“鼓舞奴隶，恫吓暴君”；他的最大考验是“当前”，并从此而引申到漫长的未来。关于诗的格律，他说：“完美的诗歌形式应容许韵律自由成长，应准确而舒松地结出像丛丛丁香或玫瑰那样的花蕾，形状像板栗、柑橘、瓜果和生梨一样紧凑，散发着形式的难以捉摸的芳香。”这篇洋洋洒洒的八页长序（按照初版的对开本，双栏编排）约一万字，充满了激情，充满了新思想和强大生命力，揭开了新时代诗歌艺术，特别是美国诗歌的崭新一章。

《草叶集》初版的十二首诗充分体现了长序的精神：第一首就是居全集中心位置的长诗《我自己的歌》，所有十二首在初版中都合刊在一起，没有分篇也没有题目。按照《草叶集》最后定稿加的题目，初版还包括《职业之歌》《睡觉的人们》《我歌唱那带电的肉体》《回答问题者之歌》《欧罗巴——合众国的第七十二年和第七十三年》《一首波士顿民谣》《有那么一个孩子出得门来》。这些诗歌的次第按照作者后来的编排意图作了极大的改动，篇名也更动多次，直到1881年才最后定下来。值得注意的是，十二首中绝大多数都各有特色，题材与体例多样，内容非常丰富。惠特曼诗作中有不少题目叫作“歌”（Song）。《我自己的歌》是以一个有个性的普通人为主题的史诗式长诗。《职业之歌》歌颂了工厂、农田和矿山等各种神圣的普通职业，但并非歌体作品中最佳代表（作者后来写了多首类似的“歌”，杰出的如《大路歌》《阔斧歌》《展览会之歌》等）。《睡觉的人们》最后被列在组诗《神圣的死亡的低语》前面。它描写人们在朦胧睡乡时的潜意识活动，后来受到许多评论家的高度赞赏。《我歌唱那带电的肉体》最后被安排在《亚当的子孙》中。诗人认为人体美是不会蒙受腐蚀的，只有物质的肉体才是灵魂的基础和根本：有了肉体的意识才能使灵魂的感受力和辨别力更加敏锐。他还说，诗人最感兴趣的不是人的局部而是整体，就像欣赏交响乐一样。《欧罗巴》写1848年席卷西欧的革命浪潮，虽然遇到挫折，仍然生机勃勃。诗中的名句是：“自由，让别人对你失望吧——我绝不对你失望。”《一首波士顿民谣》写一个逃跑的黑奴被一万名左右士兵戒备森严地押解着“物归原主”，这是惠特曼生平唯一的一首政治讽刺诗。《有那么一个孩子出得门来》是一首十分动人的佳作，反映了作者在早年笔记中记下的一条原则：“人们只有对他自己能够与之合而为一的东西才深感兴趣。”他写道，诗人“必须自己也像水星那样在空间旋转并疾驶——他必须像一朵云彩那样飞跑，他必须像太阳那样照耀——他必须像地球那样星球般地在空中保持平衡——他必须像蚂蚁那样爬行……他会像槐花那样在空气中喷香地成长——他会像天上的雷声那样爆炸——他会像猫一样扑向它的猎物——他会像鲸鱼那样使水花四溅……”在这首诗里自然现象在孩子身上发生了深刻影响，孩子的意识完全和自然界等同起来。大自然和外界事物成了孩子的一部分。实际上诗人不但和自然合而为一，也和人及人群合而为一（见《我自己的歌》《一路摆过布鲁克林渡口》）。

初版的《草叶集》于1855年7月上旬出现于书肆。诗人送了一些给当时美国文坛的名流。7月21日爱默生给作者写了一封言辞恳切的致敬信：“这是美国至今所能提供的一部结合了才识与智慧的极不寻常的作品……我因它而感到十分欢欣鼓舞……我从中找到了无与伦比的内容用无与伦比的语言表达了出来……我向你伟大事业的开端致敬……”新英格兰著名的文人梭罗和艾尔柯特访问了这位初展才华的诗人。不过普遍而主要的反应是冷淡。谩骂式的评论如纽约的《准则》上的文章认为诗集的特点是“肮脏”“淫猥”。伦敦的《评论家》上的文章认为：“沃尔特·惠特曼和艺术无缘，正像蠢猪和数学无缘一样……他应该受执法者的皮鞭。”波士顿的《通信员》上攻击它“狂妄、自大、庸俗、废话”。波士顿《邮报》上说它沉溺于繁殖之神的厚颜无耻——崇拜“猥亵”等等。同年惠特曼自己也匿名写了三篇自评文章，用坦率而通俗的文字阐述了一些他最关心的论点。这并不奇怪：初版的内容和形式，对保守的文人和一般读者来说是十分陌生的；形式是奇特的，思想更加大胆。在清教主义仍占主导地位的当时，歌颂肉体，露骨地描写性行为，是不会得到人们的宽恕的。

1857 至 1859 年之间，惠特曼时常光顾纽约的一家叫作“普发福”（Pfaff）的地下室饭馆。那里聚集了一群波希米亚式的文人与艺术家。惠特曼在那里和新成立的《星期六周报》（1858）主编亨利·克拉普交好。后者新从巴黎回国，蔑视清教主义，常常故意做出使那些彬彬君子不寒而栗的举动。惠特曼的名篇《来自不停摆动着的摇篮那里》就是在 1859 年 12 月 27 日《星期六周报》的圣诞专号上作为第一篇发表的。普发福饭馆以它的名酒著称，但是在这些不拘小节的作家、评论家、诗人、演员之中，惠特曼是比较沉默而拘束的一个，从来没有喝醉过。惠特曼的艺术家生活也到此为止。作为一个靠自学取得各种知识的作家，他熟读《圣经》以及荷马、莎士比亚、司各特、彭斯、乔治·桑和狄更斯等人的作品。但是他散漫的生活方式和强烈的自我意识远远超过任何师承关系。他接触过许多著名文人哲士的作品，包括爱默生、卡莱尔，甚至黑格尔，但是他的思想意识和艺术方法始终强烈地保持着他个人的独特风格。

为了介绍诗人此后的创作成就，必须把《草叶集》的各个主要版本和它们的编排作一些说明。一般学者习惯于认为《草叶集》有九个版本。极为重要的是初版，已如上述。1856 年的第二版增加了二十首新诗（包括名篇《一路摆过布鲁克林渡口》《阔斧歌》和《大路歌》），并且把爱默生那封著名的来信连同自己的回信（并未寄出）作为附录与“代序”。引起爱默生十分不安的是惠特曼利用他的名声吹嘘自己，竟在书脊烫金印上了爱默生信中最关键的一句话：“我向你伟大事业的开端致敬。”第三版（1860）十分重要，因为它包括了《亚当的子孙》和《芦笛》两组诗和《来自不停摆动着的摇篮那里》。这两组诗中的大部分属于作家的最佳作。这一版的第一首诗后来被题名为《从鲍玛诺克开始》，带有自传色彩。第三版之所以重要也因为作者在这里开始对全集的编排有了一些新的想法。他渐渐放弃了按照写作日期的先后编排，而是按照诗的主题和内容编排；而且随着年事日增，这些诗歌渐渐发展为作者个人的传记，即他一生的经历与感受。早在第三版的《再见吧》一诗中作者已经说：“这不是书，谁接触它就是接触一个人。”1867 年第四版收入了《鼓声哒哒》和《纪念林肯总统》（内战前后的生活经历）两个诗组。自此以后的两版增添了组诗《铭文》（阐明《草叶集》全集的主题思想），直至定稿版[1]（第七版，1881—1882）。在第七版中作者作了内容和文字的最后修订，作品的题目固定了下来，每一首诗编排在什么位置也定了局。此后写的诗则作为补编一、二收在全集的后面，未及在生前发表的诗则成为补编三。这一最后编排完成了诗人成长的全过程。全集开始是组诗《铭文》，点出了全集提纲挈领的主要内容；《从鲍玛诺克开始》则是自传体的开始，接着是有极大代表性的个性的史诗《我自己的歌》。《亚当的子孙》和《芦笛》描写了诗人一直关心的人际关系：男女之间的情爱，男性之间的友情，特别是后者，即诗人终生歌颂的，也是被视为民主制度基石的伙伴情谊。十多首“歌”使“自我”转向世界，并形象地描写了作者一些至感兴趣的题材，反映了作者典型的价值观。“候鸟”“海流”“路边”又泛泛地以候鸟的形象和海与大路等地点命名，写诗人的各种深刻感受。《鼓声哒哒》和《纪念林肯总统》则是他的生活经历和个人感触；《秋天的溪流》写战后复原时的生活场景；然后从生命到死亡过渡，包括组诗《神圣的死亡的低语》《从正午到星光灿烂的夜晚》和《离别之歌》。这样的编排只勾勒了一个诗人生平的轮廓，并不是每一组诗都有严格的连贯性。每一首诗的写作年代更不在作者考虑之中。诗人自己说得好：“最好的自传不是建造成功而是自然成长起来的。”他甚至认为全集后面的两个补编[2]也应该是他那完整的一生的一部分，虽然它们的价值是无法和他的壮年之作比拟的。某些西方学者倾向

1 译者杜撰了这个名称是因为作者已于 1881 年把《草叶集》全集的主体定了稿，他虽谆谆嘱咐要以“临终版”（1892）作为今后的依据，但“临终版”只比“定稿版”多了两个补编，并未改动 1881 年版。

2 补编三是诗人去世后，屈劳伯尔补入的。

于把一些结构松散的诗组说成高度有意识的安排，则显得比较牵强。这个最后编排是经过了作者七个版本的调整后才决定的，不是作者有意识地按照生活经历逐步写成的。有的西方学者把《草叶集》全集当作一首伟大的史诗，却有一定的道理。全集的这个“自我”要比《我自己的歌》中的“自我”更加宏伟，更加充实。诗人强调他的诗歌的个性力量，甚至说这不是一本诗而是一个人，这一点很重要。他说，“《草叶集》……自始至终是试图把一个人，一个有血有肉的人（美国19世纪后半叶的那个我自己），自由、饱满、真实地记录下来。在当今的文学中我还没有发现任何一个使我满意的类似的个人记载”。

惠特曼的人生哲学中最强烈而且自始至终坚持不变的信念是美国式的民主主义。诗集名为“草叶”就是这种思想的具体表现（详见拙译《我自己的歌》译后记）。散见在他的谈话录[1]、书信、序文和评论文章中这种带浓厚感情和强烈信仰的言论真是太多太多了。专论至少有三篇：《论民主》（1867）、《论个性神圣》（1868）、《民主前景》（1871）[2]。定稿版的《草叶集》第一首诗《我歌唱自己》（1867）写于初版问世的十二年之后。自从诗人决心把诗集编排成自传样式以后，他就想把《铭文》这组诗放在卷首，阐明诗集的中心思想，而《我歌唱自己》是其中第一首。

我歌唱自己，一个单一的、脱离的人，
然而也说出民主这个词，全体这个词。

这是民主的两个主要方面：一方面是独立的个人或个性，另一方面同样重要的是民主，即全体。个人和个性是独立的，可以发展为完善或近乎完善；它导致多样性，导致一个一个接近于完善而各

---

1 即前注《在坎姆登和沃尔特·惠特曼一起》六卷。
2 《民主前景》是前两篇论文的重写。

有所长的国民。民主则是全体，即集体，它要求一致性，是个统一体，即惠特曼所说的男子之间的友情，黏着性，不是涣散的而是凝结的伙伴之间的关系（诗人自称为“伙伴的诗人”）。惠特曼的民主思想不只停留在理论上。十多年的编辑生活使他熟悉了现实中的民主政体，他参加过许多政治活动，亲自经历过不少政治斗争，撰写过《第十八届总统选举》[1]，主张普通劳动者进入美国政治。在《民主前景》一文中他充分揭露了美国民主政治的阴暗面，但是他相信民主政治的远景及其强大的生命力：这种信心从未动摇过。

> 我从头到脚歌唱生理学，
> 值得献给诗神的不只是相貌或头脑，我是说整个结构的价值要大得多，
> 女性和男性我同样歌唱。

这里诗人要求歌颂那完整的人，既有肉体，也有灵魂，整体比局部更有价值。

作者平等评价女性也是贯彻始终的。对于19世纪中叶的美国社会说来，这可能还是新鲜事物。

> 歌唱饱含热情、脉搏和力量的广阔生活，
> 心情愉快，支持那些神圣法则指导下形成的、最自由的行动，我歌唱现代人。

热情奔放、顺乎自然，而不是精雕细刻，是惠特曼诗歌的重要特点。“神圣法则”可能和初版长序中用许多篇幅阐述的“谨慎”观点[2]有关。这里的“谨慎”并不意味着为人处世的“谨慎”，而是把遵循自然法则当作智者应有的道德修养。“歌唱‘现代人’”是关键，

---

1 撰写于1856年，作者生前未能发表，直到1956年才收入文集中出版。
2 次年（1856）诗人又把这个观点写成了《谨慎之歌》。

作者曾认为“诗人的最大考验是‘当代’”，而“现代”似乎还不只是“当前”，而是意味着一个崭新的时代。

《铭文》组诗中还有《我默默沉思》（1871），在这首诗里作者把世界当作广义的战场，而他自己的任务则是缔造勇敢的战士。《给你，古老的事业》（1871）中的事业是指“民族的进步和自由”。《事物的真象》（1876）原文是一个希腊字 Eidólons，意为“幽灵”或“形象”，作者是指物体的表象后面还有一个精神的真象。《给某一女歌唱家》（1860）是献给著名女低音歌剧歌唱家玛丽埃塔·阿尔波尼的，歌剧在作者诗艺的成长中占特殊地位，在这里诗人把歌唱家和建功立业的勇敢叛逆的战士等同起来。《我听见美利坚在歌唱》（1860）则是歌颂劳动者在劳动时的欢快情绪。

《亚当的子孙》及《芦笛》：前者写的是男女之间的爱情，着重肉体；后者写男子之间的友谊，着重精神。爱默生曾规劝作者删去那些写性关系的诗篇，但是惠特曼拒绝了，他认为性、繁殖、肉体和官感是天赐的恩典，是圣洁的，而肮脏的只是人们的头脑和偏见。原印第七版（1881—1882）的出版商受到禁止出版的处分，官方特别指定《一个女人在等着我》（1856）和《给一个普通妓女》（见《秋天的溪流》，1860）必须删除。早在这以前，惠特曼还在华盛顿内政部印第安局当小职员时（1865），新任部长哈兰看见了他抽屉里的《草叶集》，就马上把这个“行为不端”的职工开除出去，引起了一场风波。惠特曼的朋友威廉·德格勒斯·奥卡诺写了著名的辩护文《白发苍苍的好诗人》（1866），并立即为他在司法部里另外找了一份工作。最近西方学者又曾对惠特曼有关肉体、性关系和繁衍意识等作了详细的考证，论述了当时流行的生理学、颅相学、优生学、招魂学等对惠特曼思想的影响。这些科学、准科学在一定程度上加深了他的进化理论。他相信生活和人类世界的前程必然是进步的、进化的，而美丽的肉体、健康的生育本能和尽可能完善的个性便是强大的推动力。《亚当的子孙》和《芦笛》中有不少好诗，阅读时应联系惠特曼的复杂的人生哲学和广泛的生活情趣。

惠特曼的十多首“歌”是全集的许多精彩部分之一。比较重要的如《向世界致敬！》《大路歌》《阔斧歌》《一路摆过布鲁克林渡口》《展览会之歌》《转动着的大地之歌》等。《向世界致敬！》使作家面对了全世界，艺术方法基本是“列举”，列举了世界各国。《一路摆过布鲁克林渡口》（1856）是一首值得一读的好诗。在这首诗里不但有诗人自己，“一个单一的、脱离的人”，也有“全体”——两者构成民主的基础。这里还反映了他的一个典型思想，即人的同一性。惠特曼最感兴趣、最关切的人物和事物之一就是伙伴，就是读者，以及“其他人”。“其他人”在这首诗里就是穿着平时服装的千百万乘客，熙熙攘攘的普通人。惠特曼喜欢拥挤的人群，拥挤的大街，在那里，“个性”或“个人”完全被淹没了，只有“全体”。那么，联系着诗人个人和当前和未来的千百万乘客之间的纽带又是什么呢？首先是感官。他们看见和听见了共同的滔滔而来、滚滚而去的潮汐，特别是在摆渡过程中看见的美丽的水上风光。作者用了现在时态的词，又用了过去时态的词：过去和现在人们都有过同样的经验。时间、地点、距离都是无能为力的：它们阻碍不了人与人之间的交流。人们不只是同时看见，还有同样的感受：“我曾经非常喜爱那些城市，非常喜爱那条庄严而湍急的河”；同样的经历（“生活过”“走过”“洗过澡”“想到过”），并且有着一个同样的肉体。甚至和“你”一样，“我”也有过同样见不得人的思想和行为：“不只是在你身上才落下斑斑黑影，/昏暗也曾在我身上投下黑影。”这些客观现象被诗人称为“沉默的美丽的使者”，它们能够传递灵魂的信息，使短暂的变成了永恒的、不朽的，说明物质具有精神价值。《展览会之歌》（1871）是一首十足反映了美国生活的“歌”。诗人要求诗歌之神离开古老的欧洲，移驻到美国来。她真的来了（她“直接前来奔赴约会，为她自己有力地开辟了道路，在混乱中迈着阔步，/不怕机器的隆隆声和汽笛的尖叫声，/也丝毫没有被排水管、煤气表和人工肥料吓唬住，/ 微笑着，心情愉快，显然有意留下来，/ 她来到了这里，安置在厨房的各种设备中间！”）。诗人在这里使用了诙谐的喜剧手法，在冗长的一系列古奥的典故之后，写上了四五行地道的描写美国生活的、以通俗词汇构成的诗句。就这样让斯文的诗歌女神落脚在排水管、煤气表和厨房设备之中也许多少有些亵渎。然而这首长达二百三十八行的“歌”，自始至终使用这一手法：特别是把使用了大量玻璃与钢铁等建筑材料的美国式展览馆与古堡、大教堂和金字塔等等相比。

排列在内战的诗歌之前的另一首十分优美的诗是 1859 年发表的《来自不停摆动着的摇篮那里》。它仿照意大利歌剧格式，音乐性强，语言和形象十分动人。这首诗曾经受多方解释，各家评介之多，不下于《我自己的歌》。诗中那来自亚拉巴马的客人—— 一对雌雄学舌鸟并不是主角，中心人物是幼年和成年的诗人自己：全诗述说了他自幼儿成长为觉醒了的诗人的经过。诗的头二十二行是一个引子，描写了时间、地点和那个孩子的经历；现在成熟了的诗人又来重温旧梦。一对比翼双飞的学舌鸟在长岛的海边过着甜蜜的夫妻生活。照耀着的太阳煽动着它们的爱情：它们忘记了时间和环境。但是雌鸟突然失踪了，雄鸟变得万分孤凄。和煦的阳光也变成了劲吹的海风、星星、月亮和撞击着的浪花。这种享受过幸福后的凄凉唯诗人能够理解。他不但理解，还要歌唱。一个孩子经历了这一切，他流泪了，但是他在起步向前：一个诗人觉醒了，成熟了。那悲鸣的学舌鸟是寂寞的，那孩子和诗人也是寂寞的，但是诗人在没有完全觉醒之前，还需要一把钥匙，一点线索，以提高认识［“啊，给我提供线索吧！（在黑夜里它躲藏在这里的某个地方，）啊，我既可以得到许多，那就再多给我一些吧！”］。于是大海答话了：诗人还未完全理解的那个词就是“死亡”。这是个“甜美”的词，因为“死亡”也就是永生的开始。诗人出生在海边，酷爱海洋，在他的诗歌中，他习惯于以“海岸”作为生与死的分界线：大陆代表固体的、生硬的、短暂的物质世界，而大海则代表液体的、流动的、永恒的精神世界。诗人从爱情的幸福、失恋与寂寞，从理解“死亡”，而觉醒为诗人。

组诗《海流》与《在路边》中至少有三首是杰出的短诗的范例：《泪水》《我坐而眺望》《鹰的嬉戏》。这些诗主题思想集中，语言与结构精练。这样的诗还有许多，如关于行军的若干首（详后，见《鼓声哒哒》）；《转轮发出的火花》（《秋天的溪流》）、《一只沉默而坚韧的蜘蛛》（《神圣的死亡的低语》）、《致冬天的一个火车头》《曼纳哈塔》（《从正午到星光灿烂的夜晚》）等。诗人的多数作品以长或比较长的诗歌为主，句子也比较长，结构比较松散，但音律铿锵，内容十分丰富。这是诗人一个重要的思想特点：他特别留意作品的内容。他说他绝不把作品的艺术性凌驾在内容之上。他说过：“概念必须先行——这是不可避免的……我先有了清楚完美的概念才试图表达它……概念对我是如此重要，我也许忽视了其他成分……我永远避免拼凑或精心雕琢，宁可让成品像它起初形成时所暗示的那样。这并不意味着我粗枝大叶，使我的蛋糕味同嚼蜡。”（1888 年 4 月）又说：“我是非常慎重的——我在用词方面十分用心，非常用心，但是我追求的是内容而不是词句的音乐性。”（1888 年 5 月）早年他就说过：“一个装饰性的比喻都不能要，要的是透明、清澈、明智、健康——那才算得是最美最好的风格。”

惠特曼说：“在医院、军营或战地三年的那段时间里，我进行了六百次访问和巡游，总共算起来，接触了八万到十万伤病员……”“我认为这三年是我享有的最大权利和最大满足……而且当然也是我一生中所受到的最大教益……我热烈地见到了真正的‘全体’，见到了这个国家到底有多么宽阔。”（见《沃尔特·惠特曼的内战》）惠特曼在这里写的是内战时期的生活体验。北军的军事要地萨姆特于 1861 年 4 月 12 日受到了攻击，大战已不可避免。惠特曼于次日听到消息。比惠特曼年轻十岁的弟弟乔治参加了北军。1862 年 12 月

13 日乔治作战受伤，沃尔特闻讯马上出发去找他，于 19 日到达前线。乔治负的伤并不严重，但沃尔特在士兵中生活了多日，同情他们艰苦的行军生活，遂决定留在华盛顿做护理伤病员的工作。他把大部分时间花在士兵们中间，用自己抄写得来的微薄工资为士兵们购买食物、邮票、信封、信纸、读物等。他还护理伤员，为他们求医问药，争取保留伤残肢体，给广大伤病员带来莫大的安慰和希望。在这些年里，他在创作方面结下了两个硕果：组诗《鼓声哒哒》和《纪念林肯总统》。正如他自己说的，他真正置身于“全体”之中了，他的伙伴意志受到了一次热情而严峻的考验。《鼓声哒哒》中的绝大多数优秀诗篇是写这种感情的，如《裹伤者》《一天晚上，我在战场上站了一班奇异的岗》《列队急行军》《在黎明的灰暗光照下扎营地所见》《我艰难地在弗吉尼亚的树林里漫步的时候》《两个老兵的哀歌》《啊，晒黑了脸的草原那边来的孩子》和《和解》，等等。诗歌中也有写号召战斗的，母亲悲悼独子战死的，还有战前就已写下的诗，等等。另有几首值得一提的是写行军和宿营的佳作，如《骑兵越津而过》《在山腰宿营》《军团在行进中》和《在野营的时明时灭的火光旁》等。

惠特曼反对脱离主义[1]，强烈要求解放三百万黑奴。在这两个政治观点上，他和林肯完全一致，他衷心爱戴、崇敬林肯总统。他从未和总统见过面，但是他多次表达了对总统的关切[2]，并在林肯遇刺后写下了不朽的悼念总统的长诗：《最近紫丁香在前院开放的时候》[3]。其中对林肯遇刺而死的悲痛，写灵柩西运的场面确实占了不少篇幅，但也有西方学者认为此诗又对“死亡”进行了一次哲学的探讨。[4]

1　蓄奴州要求脱离联邦。

2　请参看拙译《惠特曼论林肯》，载于《美国文学丛刊》1982 年第 1 期。

3　据说林肯曾读过《草叶集》。

4　关于这首诗的介绍见拙译《纪念林肯总统》组诗的前言，见《美国文学丛刊》1983 年第 3 期。

《在蓝色的安大略湖畔》在《草叶集》第二版出书时代替了1855年初版的长序。作者用诗歌形式重复了长序的许多观点。这首诗曾经经过重大修订，1856年间长达二百八十行，其中四分之一的观点出自长序。此后又经过修订，到1867年第四版时增加了几个段落，写进了已经结束的南北战争，全诗长三百三十七行。以后又有多次修订，但只是在细节方面，到1881年定稿时，共三百三十五行，并被排列在《纪念林肯总统》组诗之后。因为战争已经结束，联邦得以巩固，生产力得到解放，国家和民主的建设就提到日程上来了。诗人在安大略湖畔沉思时，美国的守护神走来向他提出要求："给我唱一首出自美利坚灵魂深处的诗吧。""唱一支胜利的欢歌，/奏响'自由'的进行曲，要比此前的进行曲更有威力，/在你未去之前，给我唱一支'民主'诞生时的阵痛之歌吧。"全诗有相当数量的词句和初版长序的词句几乎一样。更加相同的是大体的思想内容，例如以普通人，特别是劳动者为主人公的基本思想。作者也同样提出国家最需要的是符合国情和高举"民主"旗帜的一代诗人。在这首诗里受到特别强调的是每个个人的重要性。在第三节中，诗人说："只要产生伟大的个人，别的自会水到渠成。"在第十五节，又说："在一切下面，是个人，/我敢说现在凡忽视个人的对我来说都不妙，/美国的契约是完全和个人结合的，/唯一的政体是那能够把个人记录下来的政体，/宇宙的全部理论是分毫不差地指向一个个人的——也就是'你'。/（母亲[1]有了你那敏锐而严格的意识，有了你手中那把出鞘的剑，/我看见你最后还是除了和个人直接打交道以外，拒绝沾染其他）。"这里的个人当然是指那个和"全体"结合的单一的、脱离的人。如果个人发育不全，民主就不能健全，惠特曼认为民主的基础就是"丰满、繁茂、多样化的神圣的个人"；又说："一个个人而有第一流的品质、能造成一个第一流的国家的时

1 "母亲"是修辞上的拟人法，指祖国。

候，个人和国家就都是第一流的。”因此，惠特曼要求每个个人都应有发展他的全部潜力的权利。

《草叶集》中值得稍稍介绍的最后几首有分量的佳作也许是《风暴的豪迈音乐》(1869)、《向着印度行进》(1871)和《哥伦布的祈祷》(1874)。惠特曼素以身体健康自豪，其实在他最后瘫痪病倒(1873)的十多年前已患有头晕和头痛的病症，在他护理伤员的三四年中，曾于1863到1865年几度脑血管轻度溢血。他终于病倒时，才五十四岁。但是就在病倒之前，他已经基本完成了他的主要工作。他一直活到七十三岁(1892)。在1873年之后，他一直没有写出壮年时那样丰富多彩的伟大作品。在他能够行动时，曾于1879年西行，经堪萨斯、丹佛直到落基山脉，次年又去加拿大访问他的好友勃克医师；其他时间大部分花在修订、编排他的定稿版。由于1885年他又中暑，1888年又一次瘫痪，使他更加需要倚靠他人。他的年轻朋友贺拉斯·屈劳伯尔记下了自1888年1月开始的惠特曼每日谈话，即《在坎姆登和沃尔特·惠特曼一起》。这是非常宝贵的资料，只是引用时仍应参考惠特曼的作品和其他言论。可以告慰的是惠特曼终于完成了他感到满意的“临终版”。他谆谆嘱咐希望今后以这个版本作为《草叶集》全集的最后依据。他也谆谆嘱咐《草叶集》只能作为“整体”来理解，读者不可能从中摘取什么警句、新鲜典故或比喻，把它们当作范例来吟哦:《草叶集》是一个真正壮丽饱满的“统一体”，含有普遍性意义，没有一处是雕琢而成的。

有的西方学者把《风暴的豪迈音乐》说成是惠特曼以音乐的形象写成的自传，全诗共六节。整个宇宙的音乐出现在诗人的似梦非梦的朦胧状态中，一切音乐都不是为满足诗人的乐感而是饱含各种意义唱给他那已经成熟的灵魂听的。这些席卷并震动了诗人整个精神世界的音乐包括结婚时的音乐、战争时的各种音响、远古和中世纪的音乐、大管风琴的声音、宗教仪式的曲调、管弦乐、器乐曲、风声雨声鸟雀的鸣啭声、自然界各种声音、连篇累牍的大型歌剧片段、不同国家的音乐、亚洲非洲欧洲的音乐、伟大音乐家们（如贝多芬等）的交响曲和清唱剧，等等。它们都指向灵魂，并向灵魂提供暗示。诗人敞开着心扉接受一切。在第六节，诗人醒来了，梦中的宏伟音乐给他提供了线索：它给诗人指出的，“是一种适合灵魂辨认的新的节奏”，即：“能够沟通生与死的诗篇”。

《向着印度行进》就是一首沟通生与死的诗篇，不过它的内涵比这要复杂得多，丰富得多。

作者从当时已经完成的三大工程得到启发，进一步探讨了人类永远在进步、在进化这一他深感兴趣的主题。苏伊士运河于 1869 年 11 月 17 日举行了隆重的开航典礼；横跨北美东西两岸的铁路于 1869 年 5 月接轨，大西洋和太平洋的海底电缆于 1858 年铺设完成；[1] 运河连接了欧亚两洲，电缆连接了欧洲与美洲，横贯北美洲的铁路连接了美洲和太平洋，亦即亚洲和美洲。不但空间完全沟通了，时间也一样：代表当前的新大陆的美洲和古老的，过去的，充满神话、寓言和宗教的亚洲也沟通了。诗人期望不但伟大的物质成就使世界连成一片，人类的精神追求也应该跟着连成一片：诗人邀请灵魂要向着印度行进，东方是人类文化的摇篮。这也是哥伦布这位探险家的梦想，他曾经志愿找一条通向印度之路，这一任务后来由葡萄牙航海家瓦斯柯·达·伽马（约 1460—1524）完成了。但是哥伦布并没有完全失败，他发现了新大陆，亦即连接了全球的那代表当前的重要一角——美洲。在诗中诗人展望了运河和铁路沿线的美丽风光之后 [2]，又沿着历史的道路写亚当和夏娃直至他们的子孙 [3] 的探索。在探险家、工程师、科学家完成了他们连接世界的事业以后，

---

1 苏伊士运河通航日期，艾伦教授说是 1869 年 10 月。海底电缆，据译者所根据的《草叶集》原文本的注释，铺成于 1866 年；但艾伦教授和别的资料说是 1858 或 1859 年。

2 这两个地方惠特曼从未去过。他去西部的短期旅行是在 1870 年，他从来也没有到过西海岸。

3 他们也像探险家那样一直在探索生活的奥秘。

最后诗人才是上帝真正的儿子。他将和探险家、工程师、科学家完成物质文明的事业一样，完成精神领域的事业，他将把大自然和人类连接在一起，使二者融合为一体。诗的最后二节写诗人和他的灵魂在全球范围的海上航行[1]。诗人和他的灵魂是否将是无所畏惧的理想主义者呢？有无“什么纯洁、完美、有力的计划？”有无“什么为别人而舍弃一切的心甘情愿？/为了别人而忍受一切？”诗人要求“张帆前进——只向深海处领航，/啊，灵魂要不惜一切地探索，我和你，你和我，/因为我们的去处是海员们还不敢去的，/我们将带着船、我们自己和一切，去冒一切危险”。他们将去比印度更为遥远的地方：“啊，向远些、再远再远一些的方向航驶！”第八节写诗人时常想到“时间、空间和死亡”这些问题，这样的思想并不新鲜，曾出现在他的早年诗歌中。在这里，时间、空间已连接，世界各地的距离大大缩短了，“灵魂”满足地向着死亡微笑，“死亡”意味着精神和永生。在这里，比较突出的是多次出现了“上帝”的形象，诗人要求和“上帝”结合在一起。他认为把世界连成一片，民族与邻里之间通婚，把国与国熔接在一起是“上帝”的意图；诗人和他的灵魂歌唱的将是“上帝”，他们信奉的是上帝。诗人说：“啊，上帝让我在你里面。攀登到你所在的高处，/让我和我的灵魂按照你的范围遨游。啊，你是超越一切的，没有名字，是纤维，是呼吸，/是光中之光，散布着宇宙万物，你是他们的中心，/你是真善爱的强大中心，/你是品德和精神的源泉——情感的源泉——你是蓄水池。”在这里，“上帝”似乎接近爱默生的“超灵”了。但是译者更加倾向于同意艾伦教授的分析：“超灵”是没有人的气质的，然而惠特曼的“上帝”仍然保持着人的特点。像在《我自己的歌》一

---

1 惠特曼常把他和灵魂分而为二，参考《我自己的歌》。在他早年的笔记中他写道：“我不懂这个奥秘，我总觉得我自己是两个——即我的灵魂和我。我想一切男人和女人也一样。”《颅相学学报》曾载文认为人在抽象思维时会觉得人和灵魂分而为二，惠特曼也可能受它的影响。

诗中一样，“上帝”被称为“十全十美的同志”，是“长兄”，灵魂在完成了他的航程之后会作为“幼弟”和“长兄”亲热地拥抱在一起。还应该记得惠特曼的“人”是具有“神”的品质的，人是宇宙的中心，是史诗的主人公，而不是“上帝”。不可否认，在《草叶集》中，头三版更加强调灵魂的物质基础，他描写性活动的诗篇多属于前三个版本，这是他思想意识的一个鲜明特点；但是随着岁月的流逝，他渐渐使灵魂占了上风，诗人从较多的清醒的现实主义逐渐过渡到略带神秘主义的浪漫主义，“上帝”也更像是“超灵”了。这使晚年的诗人真有点预言家的味道[1]。惠特曼曾有意把《草叶集》称作“肉体篇”，而另外再写一部“灵魂篇”，那已是暮年时的设想，因为健康的原因而不能如愿了。但是他曾一再强调他没有系统的哲学，对于《向着印度行进》，他也说：“这里没有哲学……只有进化论的内涵……展示了宇宙的最终意图。”

作为一个辽阔博大、胸中能装下整个宇宙的诗人，他的情绪似乎只可能是欢快乐观的。但是作为一个有各种复杂感情的人，他还是有悲伤绝望的时刻。在 1860 年写作的《在我随着生活的海洋落潮时》里，诗人曾经说：“我至多也不过像那一点点漂上来的杂物，/拾到的一点点泥沙和枯死的叶片，/我收集起来，并把自己也当作泥沙和杂物的一部分，和它们合为一体。”在 1874 年（大病后的一年）写的《哥伦布的祈祷》里，更露骨地描写了一个潦倒、绝望、失意的老人的心情。哥伦布老人在祈祷时回顾了他漫长而繁忙的和笃信上帝的一生。他诉说了他的成就，他所受的苦难；贫穷、多病、受到监禁与冷落。但在他年迈智衰的迷茫中，他仿佛隐隐看见并听见远方有许多船队在传来新编的颂歌和向他致敬的声音。惠特曼自比

1 关于预言家或预言，他说：“预言这个词常被错用，只狭义地解释为‘未卜先知’，这不是从希伯来文译出的‘预言家’这个词的主要意思。它是指一个人的内心自发地像泉水那样喷涌，展示着上帝。主要是灵魂渴求展示并流露出近乎‘神’的各种带有启发性的暗示。”

哥伦布也因为意识到自己同样是一个探险家和创业者。

惠特曼还曾写过几首优美的政治诗，散编在各个诗组。本文尚未提到的还有：《法兰西——合众国的第十八个年头》（1860）、《给一个遭到挫败的欧洲革命者》（1856）等。他总是站在激进的革命者和正义的这一边。他毕生关心政治，他热忱的最高峰表现在南北战争时期。他是林肯的忠诚拥护者。

惠特曼对后来的美国诗歌发展有巨大的影响，但主要是他所树立的个人或个性的史诗这一模式[1]而不是他首创的自由诗体。一百多年后的今天，自由诗早已失去了它离经叛道的色彩，但他的诗体仍然独树一帜，只能表达他特殊的思想内容，没有人能学，不必学，也是学不来的。广大读者对他的诗体已比较熟悉，许多西方学者已多方研究。中国读者凡是熟悉郭沫若、艾青的诗歌的也知道一鳞半爪，对它并不完全陌生。尤其楚图南同志的《草叶集选》，这一部尽量忠实于原作风格的译本，起了很大的作用。[2]总之，我们已多少熟悉了惠特曼惯用的、没有规定节奏的长句以及少数有一定的诗节形式（有着同样行数的诗节，但没有规律的节奏，也不用韵）的比较紧凑的篇什和唯一的一首以传统格律写成、标格不高、但比较通俗的《啊，船长，我的船长》。读者也比较熟悉作者常用的“平行法”（由句首或句尾词类相同的句子重复出现）和“列举法”。诗句中也有时突然出现一些西班牙或法语单词，印第安名字等。还有极少数是作者在构词上的独创，如“x 届总统”（presidentiad）。译者认为，

---

1 关于这个问题，密勒教授有专著：《美国人对一个最高虚构的探索——惠特曼留下的有关个人之诗的遗产》，1979。（James E. Miller, Jr.: *The American Quest for a Supreme Fiction: Whitman's Legacy in the Personal Epic*.）

2 楚图南和李野光合译的全部《草叶集》已于 1987 年由人民文学出版社出版，李野光著《惠特曼评传》已于 1988 年由上海文艺出版社出版，说明我国介绍和研究惠特曼的工作又深入了一步。可惜译者这时已译完全书，未及参考和利用他们的上述成果。

惠特曼诗歌艺术的最大成就还不是上述种种，而是单句和全篇的比较含蓄却又十分丰富的音乐性。这是作者诗歌艺术的真正独创和感人之处。西方学者已经指出惠特曼的诗歌往往通篇像演说辞、意大利歌剧和汹涌的大海。这个比喻是十分准确、十分形象的。惠特曼自己说得好："这个作家肯定不能满足当前美学作品所要求的那种精确、齐整、技巧优美。因为在当前的新旧作品中被认为是第一流的最佳作品是经过多方润色的，押韵，使用各种典雅而精致的比喻，深具匠心，说明在艺术语言和词句的严格控制下经过精雕细琢，只留下了最好的东西，然后拼凑粘牢在一起，于是出现了庙宇般的建筑美——或像一所大理石砌成的巍然矗立的宫殿，入口处是壮丽的门廊，装饰着各种雕塑，既能满足艺术感、形象感、美的享受，又能引起人们的评头品足。这个作家的诗歌却不是这样。它不像结实庄严的宫殿，不像那些装饰它的雕塑，也不像它墙上的绘画。要比就只有比海洋。诗句是流动起伏着的波浪，永远在升腾又降落：有时阳光灿烂，有时平静，有时呼啸着风暴，永远在运动着，永远自然而然像滚滚的浪涛，而每个浪头的大小、尺寸（节奏）又都不一样，从来也不会使人感到一切已完成，已固定，而是永远似乎还有更远的在前方。"（1888 年 7 月）

译者应该深刻感谢始终为我解答问题的来北京大学授课的柯大卫教授（Prof. David Kuebrich），他还给我提供了不少资料。经常提供我资料或解答我问题的美国朋友，还有芝加哥大学的柯尔柏教授（Prof. Gwin J. Kolb）和密勒教授（Prof. James E. Miller, Jr.），我在这里也向他们致谢。

译者最常用的主要参考资料为：

（1）盖伊 · 威尔逊 · 艾伦:《沃尔特 · 惠特曼手册》，1946；《新版沃尔特 · 惠特曼手册》，1975。（Gay Wilson Allen: *Walt Whitman Handbook*, 1946; *The New Walt*

Whitman Handbook, 1975.）

（2）盖伊·威尔逊·艾伦:《孤独的歌手》修订本，1967。（Gay Wilson Allen: *The Solitary Singer*, 1967.）

（3）詹·埃·密勒:《〈草叶集〉评述性的指南》，1957。（James E. Miller, Jr.: *A Critical Guide to"Leave of Grass"* 1957.）

（4）哈罗德·布洛杰特、斯卡利·布拉德利合编:《沃尔特·惠特曼:〈草叶集〉综合读者版》，1965。（Harold W. Blodgett and Sculley Bradley: *Walt Whitman: "Leaves of Grass", Comprehensive Reader's Edition,* 1965.）

赵萝蕤

1987 年 8 月稿

1989 年 3 月修改

草叶集

来吧，我的灵魂说，
让我们来为我的肉体写几句诗吧，（因为我们是一体，）
万一我死后不知不觉地回来了，
或是距今很长很长的一段时间里，来到了别的领地，
在那里又给某些同伴们歌唱，
（数说着大地的土壤、树木、风向、奔腾的浪头，）
我还可能永远喜欢地微笑着唱下去，
永远永远认下这些诗句——正像我在此时此地首先，
就在灵魂和肉体下面签上我的名字。

Walt Whitman

铭　文

作为第一组九首诗的题目是从 1871 年开始的。1881 年增加到目前的二十四首。

我歌唱自己[1]

我歌唱自己，一个单一的、脱离的人，
然而也说出民主这个词，全体这个词。

我从头到脚歌唱生理学，
值得献给诗神的不只是相貌或头脑，我是说整个结构的价值
　要大得多，
女性和男性我同样歌唱。

歌唱饱含热情、脉搏和力量的广阔生活，
心情愉快，支持那些神圣法则指导下形成的、最自由的行动，
我歌唱现代人。

1867　　　　　　　　　　　　　　　　　　　　　　　　1871[2]

1 这里不是指一般的自我，而是指一个人的特性和内心。
2 左下端的年份是作者发表这首诗的年份。右下端的年份是作者定稿的年份。这一译本每首诗均据原文附这样两个年份，以便参考。

我默默沉思

在我默默沉思，
回顾我的诗篇、反复思考、长时间逗留不去的时候，
一个持怀疑态度的幽灵出现在我面前，
美貌、长寿和权威都非比寻常，
是古国诗人们的守护神，
它那对火焰似的双眼朝我望着，
用手指指着许多不朽的诗歌，
声音里带着威胁，你歌唱的是什么？它说，
你难道不知道对持久不衰的诗人们说来只有一个题材吗？
那就是战争的题材，各个战役的胜负，
尽善尽美的战士们的成长。

诚然如此，我随即回答，
傲慢的阴魂，我也歌唱战争，而且比其他战争更加持久而伟大，
它在我书中展开，命运常多变化，溃逃，前进又后退，胜利被推迟，有时又成败未卜，
（然而我认为最后结局是肯定或相当肯定的，）战场是这个

世界，
是为了生死存亡，为了肉体。也为了永生的灵魂，
看哪，我也来到，唱着各个战役的颂歌，
我的特殊任务是缔造勇敢的战士。

1871

1871

在海上备有舱位的船只里

在海上备有舱位的船只里，
一望无际的蓝色海洋在各方扩展着，
周围是呼啸着的风和波浪的音乐，巨大而威武的波浪，
或是一叶孤舟漂浮在密密层层的海面上，
欢欣、充满信心、张着白帆，
在白天那熠熠金光和泡沫中，或是在夜晚的繁星下，划破太空而行，
也许年轻和年老的水手们会阅读我的写作，一些回忆大陆的纪事，
最后结为神交。

这里是我们的思想，航海者的思想，
这里不只出现了大陆，稳固的大陆，他们也许会说，
拱起的天空也在这里，我们感觉到脚下起伏着的甲板，
我们感觉到那长时间的震颤，无穷动的涨落，
看不见的奥秘的音响，这个海盐味的世界所唤起的含糊而广阔无边的联想，那些液体般流畅的音缀，
芳香，绳缆嘎嘎的微弱声音，忧郁的节奏，

一望无际的前景和遥远而昏暗的水平线也都在这里，
这是一首海洋的诗。

那么书啊，你不必迟疑，去完成你的使命吧，
你不只是大陆的纪事，
你也像一只划破太空的孤舟，不知目的地何在，却永远充满信心，
伴随着每一只航船，你也航驶！
请把我的友情折叠起来带给他们，（亲爱的海员们，我在这里为你们折叠在每一页书里；）
快步上前吧，我的书啊！张开你的白帆，我的小船啊，横跨这些威武的波浪，
继续高唱，继续航行，在驶过一望无际的蓝色海疆时，请从我这里给每一片海洋带去，
这首歌，是我献给海员们和他们所有的船只的。

1871 1871

给外邦

我听说你们在寻求某种东西以便解开新世界这个谜，
还打算给美利坚，她那健壮的民主制度下个定义，
因此我把我的诗篇寄给你们，让你们从中找到你们需要的
　东西。

1860　　　　　　　　　　　　　　　　　　　　1871

给一个历史学家

你这个表彰过去事迹的人，
你探索了各个民族的外部和表面，那已经展现了自己的生活，
你把人看作政治、集团、统治者和僧侣的奴才，
我，阿勒格尼山脉[1]的一个居民，我把他当作他本人看待，一个有他自己权利的人，
按摩着那自身很少揭示过的生活的脉搏，（人对自己的巨大的自豪感，）
我是个性的歌手，勾画着未来的图形，
我设计的是未来的历史。

1860　　　　1871

1　阿勒格尼山脉是美国东部的山脉，那里的居民都是法国后裔的加拿大人。

给你，古老的事业[1]

给你，古老的事业！
你这举世无双、热情、美好的事业，
你这严峻、无情、甜蜜的设想，
经历了各个时代、民族、国家而不死，
在一场离奇而悲惨的战争、为你而进行的大战之后，
（我认为任何时代的战争终究是、也将永远是为你而战，）
这些歌是为你、你的不断前进而写的。

（战士们啊，不只是为了战争而战争，
在后面悄悄等待着的正有更多的东西，现在要在这本书里提出。）

你是许多星球中的一个星球！
你是沸腾的原则！你是保持得很好的、潜在的胚芽！你是中心！

1　参看《给某一女歌唱家》。在那首诗里“古老的事业”是“民族的进步和自由”。

战争围绕着你这个设想而运转，
伴随着的是各种事业之间的愤怒而剧烈的交锋，
（将带来三个一千年的巨大后果，）
这里的宣叙调是为了你——我的书和这一战争是同一件事情，
我和我的一切已和它的精神融合为一体，决胜的关键是你，
正像轮盘随着轴心而转，这本书也不自觉地
围绕着你这个设想而转。

1871　　　　1881

事物的真象[1]

　　我遇见了一个先知先觉者，
他涉猎着世上的诸般色相和物体，
艺术与学问的领域，乐趣，鉴别力，
　　目的在搜集事物的真象。

　　写进你的诗歌吧，他说，
不要再写迷惑人的时日，或片段，部分，
先于一切的应写引导众人的灯光和入门之歌，
　　即进入事物的真象。

　　永远是那朦胧的开端，
永远是成长，完成整个圆圈，
永远是高峰和最后的融合（还必然会重新开始，）
　　事物的真象！事物的真象！

1 “真象”原文为“Eidólons”，这个字不易翻译，惠特曼常用此字。他译这个希腊字为“幽灵”（phantom）或“形象”（image），例如他说到特洛伊海伦这个“形象”，而不是说这个有血有肉的女人。他是指一切现象背后是灵魂，是永恒不变的最终实体。

永远是多变的，
永远是素材，变化着，粉碎着，又重新凝成一体，
永远是画家的工作室，神圣的工厂，
制造着事物的真象。

看哪，我或你，
或妇女，男子，或国家，已知或未知的，
我们建造的似乎是扎实的财富，力量，美，
其实是在建造事物的真象。

那瞬息即逝的物证，
艺术家心情的实质或是学者的长期苦读，
或是战士的、烈士的、英雄的辛勤，
都是为了塑造他的真象。

每一个人的生命，
（队伍已经召集，岗位已经分配，不漏掉一个思想，感情，
业绩，）
全体，大的小的已经总结，已经合计，
按照事物的真象。

那古老又古老的迫切要求，
立足于古代的顶峰的，看哪，又有了更新、更高的顶峰，

仍然受到科学和现时代的推动，
　　那古老又古老的迫切要求，事物的真象。

　　当前的此时此地，
美利坚的繁忙、富有、错综复杂的令人眩晕的活动，
集合又分散，只能从那里才能解放出来，
　　今天的事物真象。

　　这些和过去，
已经消失的国家，大海那边的所有王朝，
古代的征服者，古代的战役，古代水手的远航，
　　也参与了事物的真象。

　　浓密度，成长率，外观，
层层山峦，土壤，岩石，巨人般的树木，
在远处出生，在远处死去，长期活下去，留下了
　　永恒的事物的真象。

　　兴奋，着迷，欣喜若狂，
肉眼可见的只是孕育他们的母腹，
星球的倾向是塑造，塑造，再塑造，
　　强大的大地的真象。

一切空间，一切时间，
（星星，巨大恒星的剧烈骚动，
膨胀，崩裂，结束，起着长期、短期的作用，）
饱含着的仅仅是事物的真象。

那无声的大数量物体，
江湖灌注其中的浩瀚海洋，
单独的，数不清的自由性能，例如目力，
真正的实体，事物的真象。

这不是世界，
这些也不是宇宙万物，它们才是宇宙万物，
才是含义和目的，永恒的生命的生命，
事物的真象，真象。

超越了你的讲学，博学的教授啊，
超越了你的望远镜和分光镜，敏锐的观察家啊，超越了一切数学，
超越了医生的诊所和解剖学，超越了化学师和他的化学，
是实体之实体，事物的真象。

并非固定，然而又确实固定，
将永远如此，向来如此，现在也如此，
把现在飞快地引向无限的将来，

真象，真象，真象。

先知和诗人
将依然存在，并将升到更高的阶段，
将成为“现代”，“民主制”的媒介，并为它们解释
上帝和事物的真象。

还有你啊，我的灵魂，
欢乐，不断地接受锻炼，意气风发，
你的渴望最终将得到充分满足，准备迎接，
你的同伴，事物的真象。

你那永久性的肉体，
那躲藏在你肉体内部的肉体，
这是你形体的唯一要旨，那我自己的真我，
一个形象，事物的真象。

你真正的诗歌不在你诗中，
没有特别的调子可唱，不是为唱而唱，
而是从整体得出的结果，终于出现了而且在浮动，
一个滚圆而饱满的事物的真象。

1876 1876

我为他歌唱

我为他歌唱，
我把现在建立在过去之上，
（正像长生树从根中长出一样，现在在过去之上，）
我利用时间和空间使他更加扩张并将他和不朽的法则融为一体，
让他把这些法则变成自己的规律。

1871 1871

在我读这本书的时候

在我读这本书，这本著名的传记的时候，
这就是（我说）作者所谓的一个人的一生吗？
我死后也会有人照样写我的一生吗？
（好像真会有人确实了解我一生中的任何一件事似的，
其实连我自己都常常认为对我真实的生活所知甚少，或竟毫无所知，
只有有限的一点暗示，一点漫无边际的渺茫线索和隐喻，
为了我自己的需要而在这里把它描了下来。）

1867 1867

我开始了学习

我开始了学习，这第一步就使我欣喜异常，
仅仅有了意识这一事实，有了这些形体，行动的能力，
最微小的虫蚁或动物，官感，目力，爱，
我是说这第一步已使我肃然震慑，欣喜异常，
我还没有走多远，也不怎么想走得更远，
只想停下来一再徘徊，不住口地用炽热的歌曲歌唱这第一步。

1865 1871

初学者[1]

他们是怎样受大地供养的，（每隔一段时间才出现，）
他们对大地说来又是怎样可亲又可畏，
他们又怎样适应了自己如同适应其他——他们的时代又显得
　何等自相矛盾，
人们是怎样对他们做出反应的，然而又并不理解他们，
他们的命运又怎样每时每刻都显得冷酷无情，
每时每刻又怎样错选了崇敬和奖励的对象，
又怎样为了取得同样伟大的收获必须付出同样无情的代价。

1860 1860

1　初学者其实是指那些伟大的创新者。

对各州

对各州，对其中的任何一个，或各州中的任何一城，应该说，
要多抗拒，少顺从，
一旦无条件顺从，一旦完全受奴役，
一旦完全受奴役，这大地上的任何国家，州，城市，就将永远不会重获自由。

1860　　　　1881

州际旅行

我们开始了州际旅行，
（是的，受了这些歌曲的鼓动，走遍全球，
从此驶向每一个国家，每一个海洋，）
我们愿意向一切人学习，当一切人的老师，一切人的情侣。

我们曾经观察季节如何支配它们自己并一一成为过去，
而且还说过，为什么一个男子或妇女不能像季节一样繁忙，
　发出同样多的光？

我们在每一座城镇逗留片刻，
我们经过加拿大，东北部，密西西比的大河谷，和南方
　诸州，
我们按照平等的条款和每个州交换意见，
我们考验我们自己，而且邀请男女们都来听取，
我们对自己说，记住，不要害怕，要坦率，公开宣布肉体和
　灵魂的存在，
稍留片刻就前进，要详细，适度，纯洁，有吸引力，

这样，你们发出的光就会像季节一样有所收获，
而且也许会像季节一样丰收。

1860 1871

给某一女歌唱家[1]

这里，请收下这件礼物，
我原想把它保留着送给一位英雄，演说家，或将军，
一位能为那古老的事业、那伟大的设想，为民族的进步和自由立功的人，
一位勇敢的、能和暴君对话的人，一位有胆识的叛逆，
但是我认识到我所保留的也同样应该属于你。

1860　　　　1881

1 这首诗是写给著名女低音歌唱家玛丽埃塔·阿尔波尼女士的。1852 至 1853 年间她在纽约演出了十个歌剧，作者每场必到。

我沉着冷静

我沉着冷静，在大自然中坦然站立，
成为万物的主宰或主妇，在缺乏理性的事物中保持镇静，
和它们一样吸取一切，和它们一样，被动，接受一切，沉默，
我发现我的职业，贫困，声名狼藉，弱点，罪恶，都不像我想象的那样重要，
我面对着墨西哥海，或置身于曼纳哈塔[1]，田纳西，或在遥远的北方或内陆，
一个河上人，林中人，或者当一个这个国家的农夫，或者去海边，大湖畔，加拿大，
我不论生活在哪里，啊，只要能在意外的时候保持自己的平衡，
能像树木和动物一样，镇静地面对黑夜，风暴，饥饿，耻笑，事故，挫折。

1860　　1881

1　曼纳哈塔（Mannahatta），曼哈顿的印第安名称，按印第安字义为“巨岛”，作者多次用这个名字。欧文在他的《纽约史》里也用这个词。

学者风度[1]

我在向那里望的时候，看见每一项成果和荣誉都在追溯它的来路，对它密切倚赖，永远受益，
在那里的时，月，年——在那里的职业，契约，机构，甚至最微小的事物，
在那里的日常生活，言论，器皿，政治，人物，产业，
在那里也有我们，我和我的草叶和歌曲，怀着信任和崇敬，
正如一个做父亲的在朝着他自己的父亲走去时，还带着他的儿女。

1860 1860

1 “学者风度”（savantism）在这里是指一种能洞察一切外表和现象背后的精神特性的高度修养。

船儿在起航

看哪，那无边的海洋，
在它胸口一只船儿在起航，扬起所有的帆篷，甚至还挂着她的月帆[1]，
三角旗在随着她的疾驶而高高飘扬，她的疾驶是多么庄严——下面是同样速度的波浪在向前挺进，
它们以闪烁着亮光的弧形动作和泡沫包围着船只。

1865　　　　1881

1　月帆（moonsail），一种挂在最高处的小帆。

我听见美利坚在歌唱

我听见美利坚在歌唱，我听见各种不同的欢歌，
机械工的欢歌，每人按照着自己的心情歌唱，快乐而健壮，
木工在裁量他的木板或横梁时唱着他的歌，
瓦工在准备上工或歇工时唱着他的歌，
船夫唱着他船上自己所有的一切，舱面水手在轮船的甲板上
　歌唱，
鞋匠坐在他的板凳上歌唱，帽匠站着歌唱，
伐木工人唱的歌，农家子在早晨上工、正午休息、太阳西下
　时唱的歌，
母亲的甜润歌声，年轻的妻子工作时、少女在缝补或浆洗时
　的歌声，
每个人唱着属于他或她个人而并非属于旁人的歌曲，
白天唱着白天的事情——晚上是成群的小伙子，健康，友善，
放开喉咙唱着他们有力度而声调优美的歌曲。

1860　　1867

是什么地方受到了包围?

是什么地方受到了包围，绝望地在力求解脱?
看哪，我派了一个司令员到那里去，神速，勇敢，不凡，
跟他同去的是马队、步兵和大炮的装备，
还有炮手，那些百发百中的神枪手。

1860 1887

虽然我还是歌唱这一个

虽然我还是歌唱这一个，
（只是一个，然而却是各种矛盾所造成，）我献身于民族性，
我在他身上留下反抗，（啊，潜在的叛乱的权利！啊，扑不灭的、必不可少的烈火！）

1871

1871

不要向我关闭大门

不要向我关闭大门，骄傲的图书馆，
因为你们满满的架上所缺少的，也正是最需要的，我把它带来了，
这是直接从战争中涌现出来的，一本我著作的书，
书中的词句算不得什么，它的大意却是一切，
一本独立的书，和其他的没有联系，也不是人的智力所能体会的，
但是你们，你们这些无穷的潜在力量，却会使每一页都惊心动魄。

1865　　　　1881

未来的诗人

未来的诗人！未来的演说家，歌唱家，音乐家！
今天请不必为我申辩，并解答，我是抱着什么目的，
但是你们是一群新人物，土生土长，健壮，属于大陆，是空前伟大的，
醒来吧！你们必须为我申辩。

我自己只为未来写下了一个两个略有所指的词句，
我的前进只维持了片刻，马上我便急转身，又回到了黑暗中。

我是这样的一个人，漫步向前，却并未完全停驻，偶然向你们注目便随即转过脸去，
留待你们来加以证实、说明，
指望从你们身上获取主要的东西。

1860 1860

给　你

陌生人，如果你在路上遇到了我，愿意和我交谈，为什么就
不该和我交谈呢？
我又为什么不该和你交谈呢？

1860 1860

你，读者啊！

你，读者啊，你和我一样，生命，自尊和爱在胸中搏动，
因此下面的歌是献给你的。

1881 1881

从鲍玛诺克开始[1]

一

从鱼形的鲍玛诺克我的出生地开始，
出身好，是一个完美的母亲抚养成人的，
漫步游历了许多地方，爱好挤满了人的街道，
做过曼纳哈塔我那座城[2]里或南方平原上的居民，
当过宿营的、背着我那背囊和枪支的士兵，或者在加利福尼亚当一个矿工。[3]
或住在达科他树林中我那简陋的家里，吃的是肉，饮料是泉水，
或者为了便于苦思冥想避居在一个深山幽谷里，
远离人群的喧闹，度过了极为欢乐而幸福的间隙，
意识到了那清新而慷慨施舍的、畅流着的密苏里，意识到了气势磅礴的尼亚加拉，
意识到水牛群在平野牧放，那多粗毛的、胸脯肥壮的公牛，

---

1 鲍玛诺克（Paumanok），印第安语，即“长岛”，是一个在纽约州东南的小岛，地形如鱼。

2 指纽约。诗人称之为“我的城市”。

3 这是虚构，惠特曼未有这段经历。

还有大地、岩石、五月花也经历到了，星星、雨雪使我惊奇，
研究了学舌鸟的声调和山鹰的翱翔，
又在破晓时听见了那无与伦比的沼泽地杉木林中的蜂雀，
我独自一人在西方歌唱，为着一个新世界而开始高唱。

二

胜利、联合、信仰、同一性、时间，
撤销不了的契约、财富、奥秘，
永不停歇的进步、宇宙，以及现代式的报道。

原来这就是生活，
这就是经过多少剧痛和抽搐之后浮到表面来的东西。

多么新奇！多么真实！
脚下是神圣的泥土，头上是太阳。

请看地球在运转，
作为祖先的大陆在远方聚集，
当前和未来的大陆在北方和南方，中间是地峡。

请看，寥廓的人迹不到的空间，
它们像是在梦中经历了变化，很快就住满了人，

数不清的人群倾注在它们身上，
现在已布满了从来最先进的人们，技艺，机构。

请看，经过时间的延伸，
给我带来了无穷尽的听众。

他们迈开了坚定而规则的脚步向前走去，从不停歇，
一批又一批，美利坚人，几千万人，
一代人完成了任务走过，
又轮到另一代人完成了任务走过，
侧着脸或转过头来倾听着我，
用回顾的目光面对着我。

三

美利坚人！胜利者！人道主义的进军！
最先进的！世纪的前进步伐！自由！成群的人！
这里是为你们准备下的一套颂歌。

大草原的颂歌，
从源远流长的密西西比直到墨西哥海的颂歌，
俄亥俄，印第安纳，伊利诺伊，艾奥瓦，威斯康星和明尼苏达的颂歌，

来自中心，来自堪萨斯，又由此奔赴同等距离的颂歌，
放射出脉搏似的永不休止的烈火，使一切都生气勃勃。

四

请接受我的草叶吧，美利坚，带它们到南方去，北方去，
让它们到处受欢迎吧，因为它们是你自己的后代，
让东西两方环绕着它们吧，因为它们也会环绕着你，
你们这些先行者，和它们亲热地接连在一起吧，因为它们是亲热地和你们接连在一起的。

我细心地研究了过去，
我坐在大师们的脚下学习着，
现在如果合格的话，啊，多么希望大师们也回过头来对我加以研究。

难道我应当借用各州的名义蔑视古代吗？
不，各州正是古代的儿女，将为它申辩。

五

已故的诗人，哲学家，僧侣，
殉道者，艺术家，发明家，很久以来的政体，

制定语言的其他各地的人们，
曾经称雄一时的民族，现在衰微了，退却了，零落了，
若不是尊重你们的遗风，我绝不敢前进，
我研读了它，承认它是值得钦佩的，（我曾一度在其中走动，）
认为没有比它更伟大、没有比它更值得评价的了，
我久久全神贯注地观察了它，然后把它撇在一边，
我站在我自己的位置上，在这里和自己的时代在一起。

这里是女性和男性的国土，
这里是世界的男子继承权和女子继承权，这里是物质燃起的
　火焰，
这里是能转达一切的精神性能，是公开受到承认的，
那永远前进的，那肉眼可见的形体的终点，
那使人满足的，经过了长时间的等候而正在挺进的，
是的，主宰我的灵魂朝这里走来了。

六

灵魂，
无休无止——比褐色而结实的泥土更加长远——比涨了又落的
　潮水更加悠久。

我要创作物质的诗歌，因为我认为它们将是最有精神意义的

诗歌，
我要把我的肉体和不可避免的死亡写成诗句，
因为我认为这样才可能给我自己提供有关我灵魂和永生的诗歌。

我要为各州写一支歌，不容许任何一州在任何情况下受另外一州的支配，
我要写一支歌，使各州和任何两州之间能够夜以继日地互敬互让，
我要写一支歌给总统听，里面充满带有威胁性锋芒的武器，
在这些武器背后是数不尽的愤懑不平的人脸；
我还要写一支歌，从全体事物中提炼出一个个体，
那牙齿犀利、闪烁发光的个体，它高过全体，
那坚定而富有战斗性的个体包括全体，又超过全体，
（不论其他头颅耸得有多高，它仍要比全体超出。）

我要承认当代各国，
我要跟踪全球的整部地理，礼貌地向每一座大小城市致敬，
还有各行各业！我要在我的诗里写进为你们所首肯的、在陆地和海上的英雄业绩，
我还要从美利坚人的角度报道一切英雄业绩。

我要唱伙伴关系的歌曲，

我要说明唯有什么才能最终使一切紧密联系起来，
我相信它们会建立起自己理想的男子之间的友情，并在我身上有所指明，
因此我要把行将焚化我身的熊熊烈火点燃起来，
我要揭开长久以来受到压抑的、烧不旺盛的火种，
使它们尽情燃烧，
我要写那首宣传同志和友情的诗歌，
因为除我之外还有谁能理解友情和它的一切悲喜呢?
除我之外还有谁能够是描写同志的诗人呢?

七

我是个倾向于信任品质、时代和民族的人，
我是从人民自己的精神出发的，
这里唱的是不受限制的信仰。

全体啊！全体啊！让别人随意漠视他们想漠视的一切吧，
我也写罪恶的诗歌，我也纪念这一项目，
我自己本人就是善恶兼备的，我的国家亦然——而且我说其实并无罪恶，
(如果有的话，那么我说它对于你，对于国家，对于我，就如同别的东西一样重要。)

我也一样随从着众人又被众人所随从，创始了一种宗教，走入了竞技场，
（很可能注定了要我在那里发出最响亮的呼声，胜利者的连声喊叫，
谁知道呢？它们也许还可能从我胸中升起，腾飞到超过一切。）

每一件事物的存在都不是为了它自己，
我是说整个大地和所有天上的星星都是为了宗教的缘故。

我是说还没有人有他应有的一半虔诚，
还没有人有他应该怀有的一半敬仰和崇拜，
还没有人开始考虑他自己是多么神圣，未来又是多么可以肯定。

我是说这个国家的真正而持久的宏伟气魄必然是它的宗教，
此外并无其他真正而永久性的宏伟气魄；
（没有了宗教也就没有名副其实的品格或生活，
没有了宗教也就没有国土，男子或妇女。）

八

青年人，你在做什么？
你确实是这样认真，这样献身于文学、科学、艺术、爱情吗？
这些浮表的现实，政治和论点？

不论你的雄心和职业是什么？

这很好——我对此没有一个字的异议，我也是这些东西的诗人，
但是看哪！这一切都将迅速消亡，为了宗教而消耗殆尽，
因为不是一切物质都是燃料，能提供热量、成为无形的火焰、
　成为大地的基本生命，
正如这一切也不能是宗教的燃料。

九

你在寻求什么，这样心事重重，缄默不语？
伙伴啊，你需要什么？
亲爱的儿子，你认为是爱情吗？

听着，亲爱的儿子——听着，美利坚，女儿或儿子，
过度地爱一个男子或女人是痛苦的事，然而它使人满足，是
　很了不起的，
但是还有一件非常了不起的事情，它使整体协调，
它壮丽超过物质，而且不断用手横扫一切，又供应一切。

十

你要知道，完全是为了在地球上撒下更加伟大的宗教的种子，

我才分门别类地唱出下面的颂歌。

我的伙伴啊!
我请你和我分享两种伟大，还有无所不包、更加辉煌的第三种伟大也将出现。
爱情和民主的伟大，以及宗教的伟大。

我是可见和不可见事物的混合体，
是河川向前流注的神秘海洋，
是在我周围移动而闪烁着微光的物质的预言家精神，
是有生命的东西，是我们未曾意识到的、现在又无疑存在于我们附近空气中的个体，
每日每时都和我发生接触，绝不会放松我，
有些经过选择，有些又用暗示向我提出要求。

从孩提时便天天亲吻我的人
没有能紧紧抱住我，把我缠绕住，
正如我也不曾被天空和全部精神世界紧紧抱住，
虽然它们曾为我服务，提示了各种主题。

啊，是这样的主题——各种形式的平等!啊，神圣的平凡!
现在、正午或日落时传来的太阳底下的婉转歌声，
汩汩流过了不同时代的音乐的旋律，现在到达了这里，

我接受你们的大胆的、多音合成的和声，增加了新的，又愉快地推送它们前进。

十一

我清晨在亚拉巴马散步的时候，
看见过雌性的学舌鸟坐在荆棘丛中的巢里孵着她的幼雏。
我也看见过雄鸟，
我曾停下脚步听他在近处鼓着喉咙欢唱。[1]

在我停步的时候我意识到他歌唱的真正目的不只限于彼地，
不只是为了他的配偶或自己而歌唱，也不是一切都交给回声送回，
那是微妙的、秘密的、远离此地的，
为新生者传来了嘱托和含义深奥的礼物。

十二

民主制度啊！在你身边现在有一条喉咙在鼓起全力欢唱。

1 参看《来自不停摆动着的摇篮那里》。

我的女人啊！[1] 为了我们自己和后来的子孙，
为了那些属于此地和属于未来的人们，
我振奋地为他们做好准备，现在就放声唱出人世间未曾听见过的，更加健壮、傲慢的欢歌。

我要创作热情之歌，让它们任意传播，
你们的歌曲，不法的冒犯者啊，我也用兄弟般的目光审视你们，并把你们也像旁人似的携带在身边。

我要创作真正的富裕之歌，
我要为肉体和头脑赚下一笔能彼此紧紧依附、向前推进而不为死亡所抛弃的财富；
我将扩散个人中心主义，说明它是一切的基础，我要做一个歌颂性格的诗人，[2]
我要说明男性和女性相互之间是平等的，
性器官和性行为啊！请集中在我身上，我决心用勇敢而响亮的声音告诉你们，证明你们是正大光明的，
我要说明当前没有什么是沾有缺陷的，将来也不可能有，
我要说明无论谁的遭遇都可能得到美好的结果，

---

1 作者曾在另外两首诗中称“民主制度”为“我的女人”，即1860年的《为了你，啊，民主！》和《法兰西（合众国的第十八个年头）》。

2 诗人曾写过《个性神圣论》（*Personalism*）（1868）一文，主张发展健康而完善的个性，并认为每一个普通人都是神圣的。

我要说明没有比死亡更美丽的事情，
我要用一根线穿过我的诗句，使时间和事迹紧紧连接在一起，
并说明宇宙间的一切事物都是完美的奇迹，每一件都一样深刻。

我不愿创作仅仅是有关局部的诗歌，
却要创作和全体有关的诗篇、歌和思想，
我不愿唱只涉及一天的歌曲，却要涉及所有的日子，
我不愿创作一首诗甚至其中的最小部分是和灵魂无关的，
因为在观察了宇宙的事物以后，我发现没有一件事或其中的
　任何一端是和灵魂无关的。

十三

是有人要求看到灵魂吗？
看吧，看你自己的体态和面貌，人物，实体，兽类，树木，
　奔跑着的河流，岩石和泥沙。

一切都紧抱着精神所感受的欢乐，然后又把它们放松，
真正的肉体又怎么会死去，被埋葬掉？

至于你那真正的肉体，任何男子或妇女的真正肉体，
它都会一项一项地逃脱洗尸人的双手而进入适当的园地，
带着它有生以来直到临死所不断增长的一切。

印刷工人所排出的字绝不会收回它们的版面，它们的含义和
主要内容，
正如一个男子的实体和生命或一个妇女的实体和生命也不会
重复回归到原来的肉体和灵魂里面，
不论是在生前或死后。

看哪，肉体包含许多，是含义也是主要内容，它包含一切，
是灵魂；
不论你是谁，你的肉体和它的任何部分是多么壮丽，多么神圣！

十四

不论你是谁，无穷尽的告示是向你发布的！

各地的女儿，你在等待着你的诗人吗？
你是不是在等待一个口若悬河、指手画脚的诗人？
面对着各州的男性，也面对着各州的女性，
这里是欢腾的词句，献给各民主地区的词句。

相互接壤的生产粮食的地区！
煤和铁的地区！黄金的地区！棉、糖、稻米的地区！
小麦、牛肉和猪肉的地区！羊毛和大麻的地区！苹果和葡萄
的地区！

牧放牛羊的平原地区，世界的许多草地！空气新鲜、一望无
际的高原地区！
牛群，花园，健康的土坯房屋的地区！
西北的哥伦比亚弯弯流过的地区，西南的科罗拉多弯弯流过
的地区！
东部的切萨皮克地区！特拉华地区！
安大略，伊利，休伦，密歇根地区！
旧十三州地区！[1] 马萨诸塞地区！佛蒙特和康涅狄格地区！
海岸地区！锯齿山脊和山峰地区！
船夫和水手的地区！渔夫的地区！
那拆不散的地区！紧紧抱拢在一起的！热情的地区！
并立着的！长兄和幼弟！那瘦骨嶙峋的！
伟大妇女的地区！女性的！有经验和没有经验的姊妹们！
在远方呼吸着的地区！为北冰洋所箍紧的！墨西哥的微风吹
过的！多样的！紧密连接的！
宾夕法尼亚人！弗吉尼亚人！两个卡罗来纳的人！
啊！我热爱一切，热爱每一个！我的大无畏的各民族！啊！
我至少以完美的友情容纳了你们所有的人！
我不能离开你们，不能离开你们中的任何一个！
啊！死亡！啊，虽然如此，此时你还没有看见过我，我却已

1 旧十三州指早期以十三州为基础的联邦政府地区。这十三州为：特拉华、宾夕法尼亚、新泽西、佐治亚、康涅狄格、马萨诸塞、马里兰、南卡罗来纳、新罕布什尔、弗吉尼亚、纽约、北卡罗来纳及罗得岛。

怀着不可遏制的热情，
在新英格兰步行，是一个朋友，一个旅行者，
赤着脚，涉着水，沿着鲍玛诺克沙滩踏着夏季的微波，
跨过大草原，又在芝加哥住了下来，在每一座城镇里住了下来，
观看到了表演，诞生，革新，建筑物，技艺，
在公众集会的大厅里听着男女演说家的讲话，
像活着时那样，在各州郡卜居又周游，每一位男子和妇女都是我的邻居，
路易斯安那人，佐治亚人，和我很靠拢，我也靠拢着他和她，
密西西比人和阿肯色人仍然和我在一起，我也仍然和他们中的任何一个在一起，
仍然在那主要河流以西的平原地带，仍然在我那土坯房屋里，仍然回到东部，
仍在海边的那一州，或在马里兰，
仍有加拿大人在欣然冒着隆冬的寒冷，冰雪，受到我的欢迎，
不论在缅因或花岗石之州，[1] 纳拉甘西特海湾之州 [2] 或是帝都之州 [3]，我都是一个忠实的儿子，
仍要航行到别的海岸去占领它，仍要欢迎每一个新弟兄，
在新旧结合时，我又在这里让这些草叶适应新来者，

1 美国东北部新罕布什尔州的别名。
2 纳拉甘西特系一居住在新英格兰的印第安部族，纳拉甘西特海湾之州是指东海岸的罗得岛州。
3 纽约州的别名。

参加到新来人中间后我自己就成为他们的伴侣与同辈，现在
　亲自朝着你们走去，
要求你们和我一同扮演情节、人物和场景。

十五

请牢牢握住我的手吧，然而要急急、急急地前进。

拼死命紧跟着我吧，
（也许要经过多次说服我才同意把自己真正奉献给你，但这又
　有什么呢？
大自然不也需要多次说服才成吗？）

我不是什么轻巧的柔调，
胡须满面，晒得红黑，灰色的颈脖，令人侧目，我来到了，
在取得宇宙间的扎实奖品时是需要和我搏斗一场的，
我提供的就是这些，谁有毅力就可以领取。

十六

在途中我稍稍停留，
这是给你的！这是给美利坚的！
我高举着当前，欣喜而庄严地预告着各州的未来，

对过去我则是宣告大气层里存在着的红色土著[1]。

红色土著，
留下了自然的吐纳，风雨的音响，树林里禽兽的鸣叫，为我们把音缀变成了名字，
奥柯尼，库萨，渥太华，莫农加希拉，索克，纳齐兹，查特胡奇，卡坎塔，奥罗诺科，
沃巴什，迈阿密，萨吉诺，奇珀瓦，奥什科什，沃拉沃拉，[2]
把这些留给了各州后他们就消失了，走了，给水陆两地定下了名字。

十七

从此以后以惊人的速度扩展着，
元素，品种，调整，动乱，迅速而大胆，
又是一个崭新的世界，光辉的前景正在不停地分成支流，
一个新的人种胜过了前人而且更加宏伟，引起了新的竞赛，
新的政治，新的文学和宗教，新的发明和技艺。

这些，我的声音在宣告——我将不再酣睡而是要站起来，
你们这些一直在我胸中的宁静的海洋！我是多么能感受你们

1　指印第安人。
2　惠特曼曾多次表示对这些印第安名字深感兴趣。

啊，你们深不可测，你们在蠕动，正准备着前所未有的波涛和风暴。

十八

请看，轮船在我的诗里隆隆驶过，
请看，在我的诗里从外国来的移民正不断前来登陆，
请看，在后方悬棚屋[1]，林中小路，猎人的小屋，平底船，玉蜀黍的叶子，新开垦的土地，粗糙的篱笆，僻林里的村庄，
请看，一边是西海，另一边是东海，它们又如何朝着我的诗篇涌来又后退，像朝着它们自己的海岸，
请看，我诗里的牧场和森林——请看，野生和驯养的动物——请看离考族[2]不远是数不清的野牛群在龈食短小而卷曲的青草，
请看，在我的诗里是城市，坚固，广阔，在内陆，有着平铺的街道，有着铁和石块建成的大厦，川流不息的车辆和商务，
请看，那多汽缸的印刷机[3]——请看，电线杆正在横跨大陆，
请看，经过大西洋的深渊，美利坚的脉搏正抵达欧罗巴，欧罗巴的脉搏正照样回来，

1 印第安人的住屋。
2 印第安的一个部族。考亦是堪萨斯州的河名，堪萨斯的州名也是从考族（Kaw）族名来的。
3 轮转的印刷机是1846年发明的；电报是1832年发明的；火车头是1829年发明的。

请看，开出去的火车头，健壮而快速，喘着气，鸣着汽笛，
请看，庄稼人在种着庄稼——请看，矿工在挖着矿——请看，那些数不清的工厂，
请看，机械工在工作台上忙着使用工具——请看，从他们中间出现了穿着工作服的高级法官、哲学家、总统，
请看，我徜徉在各州的工厂和田野之间，我深受宠爱，日夜被紧抱着，
这里是从那边传来的我的诗歌的响亮回声——读一读那些终于出现的暗示吧。

十九

啊，亲密的伙伴！啊，最后是你和我，只剩下了我俩。
啊，用一句话来不断清除我们前途的障碍吧！
啊，一件醉人肺腑、不能实证的什么东西！啊，无限粗犷的音乐！
啊，现在我胜利了——你也必然会如此；
啊，手拉着手——啊，健康的乐趣——啊，又多了一个追求者和亲密友人！
啊，急急、紧紧地拉着手——急急、急急地和我一同前进吧。

（1856）1860　　　　1881

我自己的歌

一

我赞美我自己，歌唱我自己，
我承担的你也将承担，
因为属于我的每一个原子也同样属于你。

我闲步，还邀请了我的灵魂，
我俯身悠然观察着一片夏日的草叶。

我的舌，我血液的每个原子，是在这片土壤、这个空气里形成的，
我是生在这里的父母生下的，父母的父母也是在这里生下的，他们的父母也一样，
我，现在三十七岁[1]，一开始身体就十分健康，
希望永不终止，直到死去。

信条和学派暂时不论，

1 这首诗出版发表时惠特曼三十六岁，出版时没有这一段，是次年增补的。

且后退一步，明了它们当前的情况已足，但也绝不是忘记，
不论我从善从恶，我允许随意发表意见，
顺乎自然，保持原始的活力。

二

屋里、室内充满了芳香，书架上也挤满了芳香，
我自己呼吸了香味，认识了它也喜欢它，
其精华也会使我醉倒，但我不容许这样。

大气不是一种芳香，没有香料的味道，它是无气味的，
它永远供我口用，我热爱它，
我要去林畔的河岸那里，脱去伪装，赤条条地，
我狂热地要它和我接触[1]。

我自己呼吸的烟雾，
回声、细浪、窃窃私语、爱根、丝线[2]、枝丫和藤蔓，
我的呼和吸，我心脏的跳动，通过我肺部畅流的血液和空气，
嗅到绿叶和枯叶、海岸和黑色的海边岩石和谷仓里的干草，
我喉咙里迸出词句的声音飘散在风的旋涡里，

1　这两节比较了从书本中和从大自然中获得的经验。
2　爱根和丝线都是植物的名称。

几次轻吻，几次拥抱，伸出两臂想搂住什么，
树枝的柔条摆动时光和影在树上的游戏，
独居，在闹市或沿着田地和山坡一带的乐趣，
健康之感，正午时的颤音，我从床上起来迎接太阳时唱的歌。

你认为一千英亩[1]很多了吗？你认为地球就很大了吗？
为了学会读书你练习了很久吗？
因为你想努力懂得诗歌的含意就感到十分自豪吗？

今天和今晚请和我在一起，你将明了所有诗歌的来源，
你将占有大地和太阳的好处（另外还有千百万个太阳）[2]，
你将不会再第二手、第三手地接受事物，也不会借死人的眼
　睛观察，或从书本中的幽灵那里汲取营养，
你也不会借我的眼睛观察，不会通过我而接受事物，
你将听取各个方面，由你自己过滤一切。

三

我曾听见过健谈者在谈话，谈论着始与终，
但是我并不谈论始与终。

1　一英亩约为六市亩，约四千零四十九平方米。
2　这种天文学学说在当时是先进的。在这里这样说是极言天体之多，宇宙之广。

和现在一样，过去也从来未曾有过什么开始，
和现在一样，也无所谓青年或老年，
和现在一样，也绝不会有十全十美，
和现在一样，也不会有天堂或地狱。

冲动，冲动，冲动，
永远是世界繁殖力的冲动。

从昏暗中出现的对立的对等物在前进，永远是物质与增殖，永远是性的活动，
永远是同一性的牢结，永远有区别，永远是生命的繁殖。

多说是无益的，有学问无学问的人都这样感觉。
肯定就十分肯定，垂直就绝对笔直，扣得紧，梁木之间要对榫，[1]
像骏马一样健壮，多情、傲慢，带有电力，
我与这一神秘事实就在此地站立。

我的灵魂是清澈而香甜的，不属于我灵魂的一切也是清澈而香甜的。

缺其一则两者俱缺，那看不见的由那看得见的证实，

---

1 “扣紧”和“对榫”都是木工用语。惠特曼少年时曾从其父当木工。

那看得见的成为看不见时，也会照样得到证实。

指出最好的并和最坏的分开，是这一代给下一代带来的烦恼，
认识到事物的完全吻合和平衡，他们在谈论时我却保持沉默，
我走去洗个澡并欣赏我自己。

我欢迎我的每个器官和特性，也欢迎任何热情而洁净的人——他的器官和特性，
没有一寸或一寸中的一分一厘是邪恶的，也不应该有什么东西不及其余的那样熟悉。

我很满足——我能看见，跳舞，笑，歌唱；
彻夜在我身旁睡着的，拥抱我、热爱我的同床者[1]，天微明就悄悄地走了，
给我留下了几个盖着白毛巾的篮子，以它们的丰盛使屋子也显得宽敞了，
难道我应该迟迟不接受、不觉悟而是冲着我的眼睛发火，
要它们回过头来不许它们在大路上东张西望，
并立即要求为我计算，一分钱不差地指出，
一件东西的确切价值和两件东西的确切价值，哪个处于前列？

---

1 1855年《草叶集》初版中，此行为：“上帝像一个亲热的同床者一样……”

四

过路的和问话的人们包围了我，
我遇见些什么人，我早年的生活，我住在什么地区，什么城市或国家对我的影响，
最近的几个重要日期、发现、发明、会社、新老作家，
我的伙食、服装、交游、容貌、向谁表示敬意、义务，
我所爱的某一男子或女子是否确实对我冷淡或只是我的想象，
家人或我自己患病，助长了歪风，失去或缺少银钱，灰心丧志或得意忘形，
交锋，弟兄之间进行战争的恐怖，消息可疑而引起的不安，时或发生而又无规律可循的事件，
这些都不分昼夜地临到我头上，又离我而去，
但这些都并非那个我自己。

虽然受到拉扯，我仍作为我而站立，
感到有趣，自满，怜悯，无所事事，单一，
俯视，直立，或屈臂搭在一无形而可靠的臂托上，
头转向一旁望着，好奇，不知下一桩事会是什么，
同时置身于局内与局外，观望着，猜测着。

回首当年我和语言学家和雄辩家是如何流着汗在浓雾里度过时光的，
我既不嘲笑也不争辩，我在一旁观看而等候着。

五

我相信你，我的灵魂，那另一个我[1]绝不可向你低头，
你也绝不可向他低头。

请随我在草上悠闲地漫步，拔松你喉头的堵塞吧，
我要的不是词句、音乐或韵脚，不是惯例或演讲，甚至连最好的也不要，
我喜欢的只是暂时的安静，你那有节制的声音的低吟。

我记得我们是如何一度在这样一个明亮的夏天的早晨睡在一起的，
你是怎样把头横在我臀部，轻柔地翻转在我身上的，
又从我胸口解开衬衣，用你的舌头直探我赤裸的心脏，
直到你摸到我的胡须，直到你抱住了我的双脚。

超越人间一切雄辩的安宁和认识立即在我四周升起并扩散，[2]
我知道上帝的手就是我自己的许诺，
我知道上帝的精神就是我自己的兄弟，
所有世间的男子也都是我的兄弟，所有的女子都是我的姊妹和情侣，

1 指肉体。
2 参看《新约·腓立比书》第四章第七节："上帝所赐出人意料的平安……"

造化用来加固龙骨的木料就是爱，
田野里直立或低头的叶子是无穷无尽的，
叶下的洞孔里是褐色的蚂蚁，
还有曲栏上苔藓的斑痕，乱石堆，接骨木，毛蕊花和商陆。

六

一个孩子说这草是什么？两手满满捧着它递给我看；
我哪能回答孩子呢？我和他一样，并不知道。

我猜它定是我性格的旗帜，是充满希望的绿色物质织成的。

我猜它或者是上帝的手帕，
是有意抛下的一件带有香味的礼物和纪念品，
四角附有物主的名字，是为了让我们看见又注意到，并且说：
“是谁的？”

我猜想这草本身就是个孩子，是植物界生下的婴儿。

我猜它或者是一种统一的象形文字，
其含义是，在宽广或狭窄的地带都能长出新叶，
在黑人中间和白人中一样能成长，

凯纳克人，特卡荷人，国会议员，柯甫人，[1]我给他们同样的
　东西，同样对待。
它现在又似乎是墓地里未曾修剪过的秀发。

我要温柔地对待你，弯弯的青草，
你也许是青年人胸中吐出的，
也许我如果认识他们的话会热爱他们，
也许你是从老人那里来的，或来自即将离开母怀的后代，
在这里你就是母亲们的怀抱。

这枝草乌黑又乌黑，不可能来自年老母亲们的白头，
它比老年人的无色胡须还要乌黑，
乌黑得不像来自口腔的浅红上颚。

啊，我终于看到了那么许多说着话的舌头，
并看到它们不是无故从口腔的上颚出现的。

我深愿能翻译出那些有关已死青年男女们隐晦的提示，
和那些有关老人、母亲，和即将离开母怀的后代们的提示。

1 凯纳克人即法裔加拿大人，特卡荷（一种褐色的真菌）人即弗吉尼亚人，柯甫人即黑人。

你想这些青年和老人们后来怎么样了？
你想这些妇女和孩子们后来怎么样了？

他们还在某个地方活着并且生活得很好，
那最小的幼芽说明世上其实并无死亡，
即使有，也会导致生命，不会等着在最后把它扼死，
而且生命一出现，死亡就终止。

一切都向前向外发展，无所谓溃灭，
死亡不像人们所想象的那样，不是那么不幸。

七

有人认为出生是幸运吗？
让我马上告诉他或她：死去也一样幸运，而且我知道。

我和垂危者经历了死亡，和新生儿经历了新生，不只局限在
　我的鞋帽之间，
我详细观察了多种事物，没有两者是相同的，每一种都很好，
大地是美好的，星星是美好的，附属于它们的一切也都美好。

我不是大地，也不是大地的附属物，
我是人们的共事者和同伴，一切都和我自己一样不死而且深

不可测，
（他们不知道怎么会不死，但是我知道。）
每一物类都为的是它自己和本类，属我的男性和女性是为了我，
为我的还有那些曾经是少年而热爱女人的人们，
为我的还有那自尊心强的男子，他感觉到受轻慢时像针刺那样疼痛，
为我的有心爱的女友和那位老处女，为我的有母亲们和母亲们的母亲，
为我的有微笑过的嘴唇，流过泪的眼睛，
为我的有孩子们和生育孩子的人们。

揭去披盖吧！对我说来你是无罪的，既不陈旧，也未被抛弃。
我能透过平纹布和方格布[1]而分辨究竟，
而且我永在现场，固执，渴求收获，不知疲倦，无法把我撵走。

八

小宝贝睡在摇篮里，
我揭开纱帐看了很久，用手轻轻赶走了苍蝇。

1　男女服装。

小青年和脸色绯红的少女转身走上了多灌木丛的山冈，
我在山巅端详着他们。
自杀者趴伏在卧室里血淋淋的地板上，
我目睹了尸体和它黏湿的头发，注意到手枪落在什么地方。

人行道上的乱嚼舌，车辆的轮胎，靴底上的污泥，散步者讲的话，
笨重的马车，车夫和他那举着向人问话的大拇指，马蹄走在花岗石上的得得声，
雪车的叮当声，大声说笑，雪球的来回投掷，
对群众喜爱的节目发出的喝彩声，激怒了的暴徒们的吼叫声，
担架上帘子的拍打声，里面抬着的是一个去医院的病人，
狭路相逢，突发的咒骂声，殴打和跌倒，
激动了的人群，佩着星章的警察迅速挤进了人堆的中心，
冷漠的顽石来回接送了许多回声，
有多少中暑跌倒或晕倒的过饱或半饱者发出了呻吟，
有多少妇女在突感阵痛时呼叫起来，急急回家去分娩，
何等样活跃和已被埋葬的言谈还在这里颤动，何等样的号叫声为礼教所节制，
罪犯被捕，受轻慢，勾引人们通奸，接受建议，用噘着的嘴唇拒绝，
我注意到这些或它们的表现或它们的余震——我来了又走了。

九

乡里谷仓的大门敞开着并已做好准备，
收获时的干草装上了缓缓前进的大车。
明亮的光在灰褐和绿色之间交相辉映，
手抱的干草堆放在下陷的干草垛上。

我在那里，我也帮忙，我伸脚躺在草堆上，
我感到了轻微的颠簸，一腿搁在另一腿上，
我从横木上跳下来，揪住了苜蓿和猫尾草，
又打一个滚，我头发里都满插上了干草。

十

我独自在荒山野林里打猎，
到处遨游，对自己的轻松欢快感到惊讶，
黄昏时找一个安全的地方过夜，
点一把火，烧烤着新打来的野味，
在拾来的树叶上我睡着了，我的狗和枪在我身旁。

那扬基式的快艇挂着三层帆篷，它冲破了闪光和风吹散的浪花，
我眼望着陆地，在船头弯下腰来，或在甲板上大声欢呼。
船夫们和挖蛤蜊的起得很早，路过时约上了我，
我把裤腿塞在靴筒里，跟着去玩了一个痛快；

那天你也该和我们在一起，围坐在鱼杂烩的火锅旁边。

在遥远的西部，我看见捕兽人在露天举行婚礼，新娘是个红种人，[1]
她父亲和他的朋友们在一旁，盘腿而坐，默不作声地抽着烟，他们脚上穿着鹿皮鞋，肩上披着宽大厚重的毛毡，
岸上安闲地坐着那捕兽人，穿的几乎全是皮块，浓重的胡子和鬈发护住了他的颈脖，他用手拉着他的新娘，
她睫毛长，头上没有遮盖，粗直的长发垂落在丰腴的四肢上，直挂到她的脚边。

一个逃亡的黑奴来到我家并在外面站住了，
我听见他的响动声，他在折断着木柴堆上的细树枝，
从厨房半开的门里，我看见他四肢软弱无力，
我走到他坐在木料上的地方，引他进屋，让他放心，
又给他满满倒了一盆水，让他洗洗身上的汗渍和带着伤的两脚，
还给了他一间通过我自己房间的屋子，给了他几件干净的粗布衣服，
还清楚地记得他转动着的眼珠和局促不安的神态，
还记得用药膏涂抹了他的颈部和脚踝上的伤口；

1　这一段四行是惠特曼根据美国画家米勒（1810—1874）的一幅作品《捕兽人的新娘》写成的。

他在我家住了一个星期，恢复了健康，继续北上，
进食时我让他坐在我身旁，墙角里倚着我的火枪。

十一

二十八个青年人在岸边洗澡，[1]
二十八个青年个个都非常友好，
二十八年的女性生活又都是这样寂寞。

岸边高处的那所精舍是她的，
她美丽，穿着华贵的衣服，躲藏在窗帘背后。

在这些青年中她最喜欢哪一个？
啊，其中最丑的一个她也认为很美。

小姐，你打算到哪里去？我看得见你，
你在那边水里溅得水花四起，但是你待在你屋里却纹丝不动。

第二十九个前来洗澡，跳跃着、欢笑着沿着海滩而来，
其他的人看不见她，可是她看见了他们并且喜爱他们。

1 恒星月为二十八天。作者在这里是写寂寞与情欲。

青年们的胡须上闪烁着水花，水珠从他们的长发上滚下来，
小小溪流淋遍了他们全身。

一只看不见的手也摸遍了他们的全身，
颤抖着顺着额边和肋骨而下。

青年们仰卧着漂在水上，他们的白肚皮鼓鼓地对着太阳，也
　不问是谁在紧紧地一把拉住他们，
他们不知道谁在低着头弯着腰微微喘气，
也没有去想水花溅湿了谁。

十二

屠夫的小伙计脱下了他的屠宰服，或在市场的肉案前磨刀霍霍，
我留在那里欣赏他的对答敏捷和他的舞蹈动作[1]。

胸部污垢斑斑而多毛发的铁匠们在铁砧周围，
一个个抡着大锤，用出全副力气，炉火烧到了高温。

在洒满煤渣的门口我观察着他们的动作，
他们十分柔韧的腰和粗壮的两臂非常协调，

1　小伙计在这里做了一些缓慢和跳跃的舞蹈动作，是当时很流行的。

他们举手过肩地抡着大锤，又慢又稳，
他们不慌不忙，人人在自己的地方落下铁锤。

十三

黑人紧紧握住了四匹马的缰索，拴在链上的木块在下面摇晃，
赶着石厂里那辆大车的黑人，又稳又高大，一腿牢牢地踏在横木板上，
他的蓝衬衫露着他那粗壮的脖子和胸脯，又在腰际松开，
他的目光宁静而威严，一手推开了低垂在前额的帽子，
阳光落在他卷曲的头发和胡子上，落在他光滑健美的四肢的黑色皮肤上。

我看见了这个煞是好看的巨人，爱上了他，而且不只如此，
我还和车马同路而行。

不管在哪里行动，是后退还是向前转身，我热爱着生活，
对偏僻的角落和小青年我都愿低头，不错过一人一物，
我让自己吸收着一切，也为了写这首诗。

摆动得轭和链嘎嘎响，或在树荫下停步的牛群，你们眼睛里表达的是什么呢？
似乎比我平生所读的书还要丰富。

在我去远处的整天的漫步中，我的脚步惊动了一群野鸭，
它们同时起飞，缓慢地在空中盘旋。

我相信这些有明确目标的翅膀，
承认在我胸中游戏着的红色、黄色、白色，
认为绿色、紫色和羽毛冠都各有深意，
也不会因为龟只是龟而说它毫无价值，
林中的松鸦从来没有学过音律，但是我认为它的鸣啭声还是相当好听，
那栗色母马投来的一瞥羞得我从愚昧中惊觉过来。

十四

野鹤领着鹅群飞过寒冷的夜空，
他说，“呀——哼，”传来的声音像是对我发出的邀请，
自作聪明者可能认为它毫无意义，但是我仔细倾听，
找到了它的用意和它在寒空中的地位。

北方的快蹄鹿，门槛上的猫，山雀，草原犬鼠，
吸着奶、在咕哝着的母猪身旁的小猪群，
火鸡的幼雏和半张着翅膀的母火鸡，
我在它们和自己身上看到了同一个古老法则。

我的脚一踏上大地就跳出一百种温情柔意，
它们蔑视我为描述它们而做出的最大努力。
我迷恋于在户外成长，
那些在牛马中生活的，那些尝到海洋或树林滋味的人，
造船和驾驶船只的人，挥动铁斧和大槌的人，和赶马的人，
我可以接连好几个星期和他们同吃同睡。

最平凡，最低贱，最靠拢，最容易接近的是我，
我寻找机会，为了巨大的收获而付出代价，
我装饰自己，把自己交托给第一个愿意接受我的人，
不要求上天下来俯就我的诚意，
而是永远无偿地把它四处散布。

十五

风琴旁嗓音圆润的女中音在歌唱，
木匠在修整他的厚木板，刨子的铁舌发出了疯狂上升的嘶
　叫声，
已婚和未婚的孩子们回家去赴感恩节的筵席，
舵手紧握住那主舵柄，用粗壮的手臂朝下面推送，
大副心无二用地站在捕鲸船上，矛和渔叉都已经准备好，
打鸭子的悄悄又谨慎地走了一程又一程，
教会的执事们在圣坛前交叉着两手接受圣职，

纺纱女随着大纺轮的鸣响而进退，
农夫在星期日漫步查看燕麦和裸麦时在栅栏那里暂停，
疯子的病已经确诊，终于被送进了疯人院，
（他不会再睡在母亲卧室里的小榻上了；）
头发灰白、下颚瘦削的排字工人在活字盘旁工作，
他咀嚼着烟叶，两眼蒙眬地望着稿样；
畸形的肢体被绑在外科医生的手术台上，
割掉的部分被丢落在桶里，好不怕人；
黑白混血的女孩在拍卖场上被出卖，醉汉在酒吧间的火炉边打瞌睡，
机械工卷起了袖子，值班的警察在巡逻，看门的注视着进出的行人，
小伙子赶着快车，（我爱他，虽然我并不认识他；）
混血儿系上了他的跑鞋，准备参加赛跑，
西部射火鸡的活动吸引了老人和青年，有的倚着枪，有的坐在木料上，
射击手从人堆里走了出来，站好位置，举枪瞄准；
新到的一群群移民站满了码头或大堤，
鬈发的在甜菜田里锄地，监工的在马鞍上监视着他们，
舞厅里的喇叭响了，男的跑去找他们的舞伴，跳舞的各自向对方鞠了一躬，
青年人睁眼躺在松木顶的阁楼上，听着音乐般的雨声，
密歇根人在注入休伦湖的小河湾那里布下了陷阱，

裹着黄色镶边布围子的印第安妇女在出售鹿皮便鞋和珠子串成的钱包，
鉴赏家沿着展览厅的长廊仔细观看，半闭着眼，哈着腰，
水手们拴牢了轮船，为上岸的乘客搭上一块厚木板，
妹妹伸手撑开一束线，姐姐把它绕成团，时而停下来解开疙瘩，
结婚才一年的妻子在恢复体力，因一周前生下了头胎而感到幸福，
头发干净的扬基女孩在操作缝衣机，或在工厂或车间里干活，
筑路工人倚着他那柄双把木槌，新闻记者的铅笔顺着笔记本飞驰，画招牌的在用蓝金两色涂写着字母，
运河上的少年在踏步拉着纤索走，会计员坐在桌子旁算着账，鞋匠在给他的麻线打上蜡，
指挥在给军乐队打拍子，所有的演奏员都跟随着他，
孩子受了洗礼，新进教的正在宣讲他的初步心得，
比赛的船只布满了海湾，竞赛已经开始，（白帆的金光闪得有多亮！）
赶牲口的在看守着他的牲口，哪几只走散他就张口吆喝，
小贩背上扛着包、流着汗，（买东西的在斤斤计较那一分钱的零头；）
新娘抹平了她的白礼服，时钟的分针移动得慢吞吞的，
吸鸦片的僵直着头，微张着口，斜躺着，
妓女胡乱披着围巾，她的软帽在她那醉醺醺、长满小瘰疬的

颈脖上颤悠，
众人嘲笑她的下流咒骂，男人们嗤笑她，还彼此挤眉弄眼，
（可耻！我绝不笑话你的咒骂，也不嗤笑你；）
总统在召开内阁会议，周围是那些部长大人，
广场上是三个庄严而友好的中年妇人在挽着臂膀走路，
一群小渔船上的捕鱼人在船舱里一层一层地铺放比目鱼，
那密苏里人跨越平原，携带着他的货物和牛羊，
收票员在车厢里走过时，响动着手里的零钱以吸引注意，
地板工人在铺地板，铅铁工人在盖屋顶，泥水匠在吆喝着要灰泥，
工人们各自肩扛着灰桶在鱼贯而前，
岁月如流星，难以形容的拥挤人群已集合起来，这是七月四日，（听那礼炮和轻武器的鸣响声！）
岁月如流星，耕田的耕田，割草的割草，冬天的种子落进了土地；
在大湖那边，捕捉梭鱼的人在冰洞旁边守候着，
新开辟的土地上到处是密密麻麻的树桩，开地的用他那斧子大力地砍伐着，
快到黄昏时，平底船的船夫们在那些白杨或胡桃树附近拴住了船，
寻捕浣熊的人们走遍了红河地区或那些被田纳西河汲干了的地区或阿肯色河地区，

在恰塔胡支或阿尔塔马哈[1]周围的黑暗中照亮着火炬，
长辈们坐着用晚餐，周围陪着的是儿子、孙子和曾孙们，
在土坯墙里，篷帐下，经过了一天追逐之后，猎户们和捕兽者在休息，
城市入睡了，乡村入睡了，
活着的，该睡时睡了，死了的，该睡时睡了，
年老的丈夫睡在他妻子身旁，年轻的丈夫睡在他妻子身旁；
这些都内向进入了我心，而我则是外向脸朝着它们，
按目前光景，我争取多少和它们一样，
我为其中的每一个和全体在编织这首我自己的歌。

十六

我既年老又年轻，既愚昧无知又大贤大智，
既不关心别人，又永远在关心别人，
既是慈母又是严父，既是孩子又是成人，
塞满了粗糙的东西，又塞满了精致的东西，
是许多民族组成的民族中的一员，最小的和最大的全都一样，
是北方人也是南方人，是个漫不经心的，又是个好客的种地

1　这是两条南方的河流。恰塔胡支在佐治亚和亚拉巴马，佐治亚和佛罗里达之间。阿尔塔马哈在佐治亚州。

人，住在奥柯尼河畔，[1]

一个准备按照自己方向行商的扬基人，我的关节是世界上最柔软的也是世界上最坚硬的关节，

是个裹着鹿皮绑腿在艾尔克洪河谷里行走的肯塔基人，是个路易斯安那人或佐治亚人，

一个在湖上，海湾或沿海航行的船夫，一个乡巴佬，钻地獾，七叶树；[2]

习惯于穿着加拿大的雪鞋或在丛林地带活动或和纽芬兰附近的渔夫们待在一起，

习惯于在一队冰船里和其他人一同航行，随着风势转换方向，

习惯于在佛蒙特的丘陵地带或在缅因的树林里或在得克萨斯的牧场上，

是加利福尼亚人的伙伴，自由自在的西北部人的伙伴（热爱他们的魁梧体格，）

撑筏人和运煤工的伙伴，一切握手言欢、共进酒肉的人们的伙伴，

最质朴的人们的学生，最有头脑者的导师，

一个乍学步的初学者，又是个经历了无数寒暑的行家，

我隶属于各种不同色彩和不同等级，各种级别和宗教，

是个庄稼汉、技工、艺术家、绅士、水手、贵格会[3]徒，

---

1 在佐治亚州中部。

2 这些是印第安纳人、威斯康星人、俄亥俄人的绰号。

3 “公谊会”的别称，是基督教的一个教派。

囚犯、拉客者、鲁莽汉、律师、医师、牧师。

我抵制可能压倒我自己的多样性的一切，
吸进空气，但还给人们余下很多，
我并不自负，而是占有着我自己的位置。

（飞蛾和鱼子安于它们的位置，
我看得见的明亮星球和我看不见的昏暗星球占有着它们的位置，
可捉摸的占有着它的位置，不可捉摸的占有着它的位置。）

十七

这些其实是各个时代、各个地区、所有人们的思想，并非我的独创，
若只是我的思想而并非又是你的，那就毫无意义，或等于毫无意义，
若既不是谜语又不是谜底，它们也将毫无意义，
若它们不是既近且远，也就毫无意义。

这就是在有土地有水的地方生长出来的青草，
这是沐浴着全球的共同空气。

十八

我让雄壮的音乐伴随着我前来，响起的是我的号和鼓，
我不单为公认的胜利者吹奏进行曲，我也为战败和被杀者吹奏。

你曾经听说大获全胜是件好事，对吗？
我说溃败也是好事，战役的失利和胜利出自同样的精神。

我为死者击鼓奏乐，
我通过管乐器的吹口[1]为他们吹奏最响亮最欢畅的管乐。

失败的人们万岁！
战舰沉没在海里的人们万岁！
自己也沉没在海里的人们万岁！
所有在战役中失利的将军们和被征服的英雄们万岁！
无数无名英雄和最伟大的知名英雄完全平等！

十九

这顿饭是平均分配的，这些肉是给饥饿的人们准备下的，
不仅为正直的人，也为恶毒的人，我和所有的人订下了约会，

---

1 “管乐器的吹口”或作“吹奏者吹奏时的口型”。

我绝不让任何一个人受怠慢或被遗漏，
我在此特别邀请了那受人供养的女人，吃白食者，和窃贼，
那厚嘴唇的奴隶受到了邀请，那患性病的受到了邀请；
他们和其他人之间将毫无区分。

这是一只羞答答的手在按捺，这是头发在飘动、散发着香味，
这是我的嘴唇触到了你的，这是充满爱慕的低语，
这种遥远的深度和高度映出了我自己的面庞，
这是深思后我自己的化入和再输出。

你猜测我有什么复杂的目的吗？
是的，有，因为四月里的阵雨有目的，岩石旁的云母也有。

你认为我有意使人惊奇吗？
日光使人惊奇吗？红翼鸟一早便在树林里鸣啭又怎么样？
我比它们格外使人惊奇吗？

此刻我说了一些知心话，
我不一定对人人都说，但是我要对你说。

二十

谁在那里走动？如饥如渴，粗野，神秘，赤身裸体；

为什么我会从我吃的牛肉中摄取力量?

人究竟是什么东西? 我是什么? 你是什么?

一切我标明是我自己的，你就该用你自己的把它抵消，
不然听信了我就是浪费时间。

我不会像有些人那样到处抽鼻子，
认为岁月空虚，地上只有污泥和粪垢。

啜泣与献媚和药粉包在一起是给病人吃的，恪守陈规适用于极远的远亲，
我戴不戴着帽子出进，全凭我自己情愿。

我为什么要祈祷? 我为什么要虔诚又恭敬?

探索了各个层次，分析到最后一根毛发，向医生们请教，计算得分毫不差，
我发现只有贴在我自己筋骨上的脂肪才最为香甜。

在一切人身上我看到自己，不多也不差分毫，
我所讲到的我自己的好坏，也是指他们说的。

我知道我结实而健康，
宇宙间从四处汇集拢来的事物，在不断朝着我流过来，
一切都是写给我看的，我必须理解其含义。

我知道我是不死的，
我知道我所遵循的轨道不是木匠的圆规所能包含的，
我知道我不会像一个孩子在夜间点燃的一支火棍所画出的花体字那样转瞬消失。

我知道我是庄严的，
我不去耗费精神为自己申辩，或求得人们的理解，
我懂得基本规律是不需要申辩的，
（我估计我的行为实在不比盖我那所房子时所用的水平仪更加高傲。）

我就照我自己这样存在已足矣，
如果世界上没有别人意识到此，我没有异议，
如果人人都意识到了，我也没有异议。

有一个世界是意识到了的，而且对我说来也最博大，那就是我自己，
不论我是否今天就能得到应得的报酬，还是要再等万年或千万年，

我现在就可以愉快地接受一切，也可以同样愉快地继续等候。

我的立足点是和花岗石接榫的，
我嗤笑你所谓的消亡，
我懂得时间有多宽广。

二十一

我是肉体的诗人也是灵魂的诗人，
我占有天堂的愉快也占有地狱的苦痛，
前者我把它嫁接在自己身上使它增殖，后者我把它翻译成一种新的语言。

我既是男子的诗人也是妇女的诗人，
我是说作为妇女和作为男子同样伟大，
我是说再没有比人们的母亲更加伟大的。

我歌颂扩张或骄傲，
我们已经低头求免得够了，
我是在说明体积只不过是发展的结果。

你已经远远超越了其余的人吗？你是总统吗？
这是微不足道的，人人会越过此点而继续前进。

我是那和温柔而渐渐昏暗的黑夜一同行走的人，
我向着那被黑夜掌握了一半的大地和海洋呼唤。

请紧紧靠拢，袒露着胸脯的夜啊——紧紧靠拢吧，富于力和
　营养的黑夜！
南风的夜——有着巨大疏星的夜！
寂静而打着瞌睡的夜——疯狂而赤身裸体的夏夜啊。

微笑吧！啊，妖娆的、气息清凉的大地！
生长着沉睡而饱含液汁的树木的大地！
夕阳已西落的大地山巅被雾气覆盖着的大地！
满月的晶体微带蓝色的大地！
河里的潮水掩映着光照黑暗的大地！
为了我而更加明澈的灰色云彩笼罩着的大地！
远远的高山连着平原的大地——长满苹果花的大地！
微笑吧，你的情人来了。

浪子，你给了我爱情——因此我也给你爱情！
啊，难以言传的、炽热的爱情。

二十二

你这大海啊！我也把自己交托给了你——我猜透了你的心意，

我在海滩边看到了你那屈着的、发出着邀请的手指，
我相信你没有抚摸到我是不肯回去的，
我们必须在一起周旋一回，我脱下衣服，急急远离陆地。

请用软垫托着我，请在昏昏欲睡的波浪里摇撼我，
用多情的海水泼在我身上吧，我能报答你。
有着漫无边际的巨浪的大海，
呼吸宽广而紧张吐纳的大海，
大海是生命的盐水，又是不待挖掘就随时可用的坟墓。
风暴的吹鼓手和舀取者，任性而又轻盈的大海，
我是你的组成部分，我也一样：既是一个方面又是所有方面。

我分享你潮汐的涨落，赞扬仇恨与和解，
赞扬情谊和那些睡在彼此怀抱里的人们。

我是那个同情心的见证人，
（我应否把房屋内的东西列一清单却漏去了维持这一切的房屋呢？）

我不仅是善的诗人，也不拒绝做恶的诗人。

关于美德与罪恶的这种脱口而出的空谈是怎么回事呢？
邪恶推动着我，改正邪恶也推动着我，我是不偏不倚的，

我的步法表明我既不挑剔也不否定什么，
我湿润着所有已经成长起来的根芽。

你是怕长期怀孕时得了淋巴结核症吗？
你是否在猜测神圣的法则还需要重新研究而修订？
我发现一边是某种平衡，和它对立的一边也是某种平衡，
软性的教义和稳定的教义都必然有益，
当前的思想和行动能够使我们奋起并及早起步。

经过了过去的亿万[1]时刻而来到我跟前的此时此刻，
没有比它、比当前更完美的了。

过去行得正或今天行得正并不是什么奇迹，
永远永远使人惊奇的是天下竟会有小人或不信仰宗教者。

二十三

历代留下的词句不断展现在眼前！
我的是一个现代词，全体这个词。

这个词标志着坚定不移的信仰，

1　原文为 decillsions，是在 1 后加 33 个 0 所得的数。

此时或今后对我都是一样，我无条件地接受“时间”。

只有它无懈可击，只有它圆满地完成一切，
只有那神秘而使人困惑的奇迹才完成一切。

我接受现实，不敢对它提出疑问，
唯物主义贯彻始终。

为实证的科学欢呼！准确的论证万岁！
把掺和着杉木与丁香枝的景天草[1]取来吧，
这是辞典编纂者，这是化学师，这人编了一部古文字[2]的
　语法，
这些水手使船只安全驶过了危险的无名海域，
这是地质学家，这是手术刀使用者，这是个数学家。

先生们，最高荣誉永远属于你们！
你们的事实很有用，但它们却不是我居住的地方，
我只是通过它们进入我居住的区域。

1　这种耐寒植物常在民间被用作愈合伤口的草药。杉木则常和墓地联系在一起。在惠特曼吊林肯的挽歌中，丁香是一种象征爱情和男性间伙伴关系的植物。

2　这是指见于古代埃及帝王墓碑的象形文字，19 世纪 50 年代中期惠特曼常去参观百老汇的埃及古文物博物馆。

我词汇里涉及属性的比较少，
更多的是涉及未曾揭晓过的生活，自由和解脱羁绊，
轻视的是中性和阉割了的事物，表彰的是机能完备的男子和妇女，
还敲起那号召叛乱的锣鼓，与亡命徒和密谋造反的人们在一起逗留。

二十四

沃尔特·惠特曼，一个宇宙[1]，曼哈顿的儿子，
狂乱，肥壮，酷好声色，能吃，能喝，又能繁殖，
不是感伤主义者，从不高高站在男子和妇女们的头上，或和他们脱离，
不放肆也不谦虚。

把加在门上的锁拆下来吧！
甚至把门也从门框上拆下来！

谁侮蔑别人就是侮蔑我，
不论什么言行最终都归结到我。

1　参阅本书第五十一节“（我辽阔博大，我包罗万象）”。

灵感通过我而汹涌澎湃，潮流和指标也通过我。

我说出了原始的口令，我发出了民主的信号，
天哪！如果不是所有的人也能相应地在同样条件下得到的东西，我绝不接受。

借助我的渠道发出的是许多长期以来暗哑的声音，
历代囚犯和奴隶的声音，
患病的、绝望的、盗贼和侏儒的声音，
准备和增大轮转不息的声音，
那些连接着星群的线索和子宫与精子的声音，
被别人践踏的人们要求权利的声音，
畸形的、渺小的、平板的、愚蠢的、受人鄙视的人们的声音，
空中的浓雾，转着粪丸的蜣螂。

通过我的渠道发出的是被禁止的声音，
两性和情欲的声音，被遮掩着的声音而我却揭开了遮掩，
猥亵的声音则我予以澄清并转化。

我没有用手指按住我的口，
我保护着腹部使它像头部和心脏周围一样高尚，
对我说来性交和死亡一样并不粗俗。

我赞成肉体与各种欲念，
视，听，感觉都是奇迹，我的每一部分每一附件都是奇迹。

我里外都是神圣的，不论接触到什么或被人接触，我都使它成为圣洁，
这两腋下的气味是比祈祷更美好的芳香，
这头颅胜似教堂、圣典和一切信条。

如果我确实崇拜一物胜于另一物，那将是横陈着的我自己的肉体或它的某一局部，
你将是我半透明的模型！
你将是多阴凉的棚架和休止之处！
你将是坚硬的男性的犁头！
凡在我地上帮助耕种的也将是你！
你是我丰富的血浆！你的乳白色流体是我生命的淡淡奶汁！
贴紧别的胸脯的胸脯将是你！
我的头脑将是你神秘运转的地方，
你将是雨水冲洗过的甜菖蒲草根！胆怯的池鹬！看守着双卵的小巢！
你将是那蓬松、夹杂着干草的头，胡须和肌肉！
你将是那枫树的流汁，挺拔的小麦的纤维！
你将是那十分慷慨的太阳！
你将是照亮又遮住我脸的蒸汽！

你将是那流着汗的小溪和甘露！
你将是那用柔软而逗弄人的生殖器摩擦我的风！
你将是那宽阔而肌肉发达的田野，常青橡树的枝条，在我的羊肠小径上留恋不去的游客！
你将是那我握过的手，吻过的脸，我唯一抚摸过的生灵。

我溺爱我自己，我包含许多东西，而且都特别香甜，
每时每刻，不管发生了什么，都使我欢喜得微微发抖，
我说不清我的脚踝是怎么弯转的，也不知道我最微弱的心愿是哪里来的，
也不知道我所散发的友谊起因何在，我重又接受了友谊是为什么。

我走上了我的台阶，我停下来考虑它是否真是台阶，
我窗口一朵牵牛花给予我的满足胜似图书中的哲理。

竟看到了破晓的光景！
小小的亮光冲淡了庞大、透明的阴影，
空气的滋味是美好的。

在天真地玩耍着的转动着的世界的主体在悄然出现，汩汩地渗出一片清新，
忽高忽低地倾斜着疾驶而过。

某种我看不见的东西举起了色情的尖头物，
海洋般的明亮流汁布满了天空。

大地紧贴着天空，它们每天都接连在一起，
那时我头上升起了在东方涌现的挑战，
用嘲讽的口气笑说，看你还是否做得了主人！

二十五

耀眼而强烈的朝阳，它会多么快就把我处死，
如果我不能在此时永远从我心上也托出一个朝阳。

我们也要像太阳似的耀眼而非凡强烈地上升，
啊，我的灵魂，我们在破晓的宁静和清凉中找到了我们自己
　的归宿。

我的声音追踪着我目力所不及的地方，
我的舌头一卷就接纳了大千世界和容积巨大的世界。

语言是我视觉的孪生兄弟，它自己无法估量它自己，
它永远向我挑衅，用讥讽的口吻说道：
“沃尔特，你含有足够的东西，为什么不把它释放出来呢？”

好了，我不会接受你的逗弄，你把语言的表达能力看得太重，
啊，语言，难道你不知道你下面的花苞是怎样紧闭着的吗?
在昏暗中等候着，受着严霜的保护，
污垢在随着我预言家的尖叫声而退避，
我最后还是能够摆稳事物的内在原因，
我的认识是我的活跃部分，它和一切事物的含义不断保持联系，
幸福，（请听见我说话的男女今天就开始去寻找。）

我绝不告诉你什么是我最大的优点，我绝不泄露我究竟是什么样的人，
请包罗万象，但切勿试图包罗我，
只要我看你一眼就能挤进你最圆滑最精彩的一切。

文字和言谈不足以证明我，
我脸上摆着充足的证据和其他一切，
我的嘴唇一闭拢就使怀疑论者全然无可奈何。

二十六

现在我除了倾听以外不做别的，
把听到的注入这首歌，让声音为它做出贡献。

我听见鸟类的华丽唱段，正在成长的小麦的喧闹声，火苗在闲嚼舌头，煮着我饭食的柴枝在爆炸，
我听见了我爱听的声音，人的声音，
我听见各种声音在同时鸣响着，联合在一起，互相融入，或互相追随着，
城里的声音，城外的声音，白天和黑夜的声音，
健谈的青年们对喜欢他们的人说话，工人们在进食时的放声大笑，
友谊破裂后的粗声粗气，病人们的微弱声调，
法官的手紧攥着桌子，他苍白的嘴唇宣判着死刑，
码头上卸货工人的哼唷声，起锚工人的齐声哼唱，
警钟的鸣响，喊叫失火的声音，伴随着警铃和颜色灯光呼呼疾驶而来的机车和水龙车，
汽笛声，列车渐渐走近时的隆隆滚动声，
两人一排的行列前面吹奏着慢步的进行曲，
（他们是前去守灵的，旗杆头上还蒙盖着黑纱。）

我听见了低音提琴，（这是那青年人的内心在悲鸣，）
我听见了那安着键钮的短号，它迅速地滑进了我的耳鼓，
它穿过我的胸与腹，激起了阵阵蜜样甜的伤痛。

我听见了合唱队，这是一出大型歌剧，
啊，这才是音乐——这正合我的心意。

一个和宇宙一样宽广而清新的男高音将我灌注满了，
他那圆圆的口腔还在倾注着，而且把我灌得满满的。

我听见那有修养的女高音（我这项工作又怎能和她相匹配？）
弦乐队带着我旋转，使我飞得比天王星远，[1]
它从我身上攫取了连我自己都不知道我怀有的热情，
它使我飘举，我赤着双脚轻拍，承受着懒惰的波浪的舔弄，
我受到了凄苦而狂怒的冰雹的打击，我透不过气来，
我浸泡在加了蜜糖的麻醉剂中，我的气管受到了绳索般的死
　亡的窒息，
最后又被放松，以体验这谜中之谜，
即我们所谓的存在。

二十七

以随便什么形式出现，那是什么？
（我们绕着圆圈转，我们都这样做，而且总是回到原地，）
如果发展仅止于此，那么硬壳中的蛤蜊也足够了。

我身上的却并非硬壳，

1　太阳系八大行星之一，按离太阳由近及远的次序为第七颗，过去曾被认为是最远的星星。希腊人用这个星星代表天堂。

不论我是动是静，我周身都是灵敏的导体，
它们攫取每个物体，并引导它安全地通过我身。

我只要稍动，稍按捺，用我的手指稍稍试探，我就幸福了，
让我的身体和另一个人接触已够我消受。

二十八

那么这就是一触吗？在抖颤中我成了一个新人，
火焰和以太朝着我的血管冲过来，
我那靠不住的顶端也凑着挤过去帮助它们，
我的血和肉发射电光以便打击那和我自己无多大区别的一个，
引起欲念的刺激从四面八方袭来，使我四肢僵直，
压迫着我心的乳房以求得它不肯给予的乳汁，
向着我放肆地行动，不容我抗拒，
像是有目的地剥夺着我的精华，
解开着我的衣扣，搂抱着我赤裸的腰肢，
使我在迷茫中恍若看见了平静的阳光和放牧牛羊的草地，
毫不识羞地排除了其他感官，
它们为了和触觉交换地位而施加贿赂并在我的边缘啃啮，
毫不考虑，毫不照顾我那将被汲干的力量或我的憎恶，
召集了周围余下的牧群以享受片刻，
然后联合起来站在岬角上干扰我。

我的哨兵全部都撤离了岗位，
他们让我在凶恶的掠夺者面前束手无策，
他们都来到岬角睁眼看着我受难，并协力反对我。

我被泄密者出卖了，
我说话粗狂，我失去了理智，不是别人，是我自己才是最大的泄密者，
是我自己首先登上了岬角，是我自己的双手带了我去。

你这险恶的一触！你在做什么？我喉头的呼吸已十分紧张，
快把你的闸门打开吧，你已经使我经受不住。

二十九

盲目的、蜜甜的、挣扎着的一触，躲藏在鞘内、帽内有着利齿的一触！
在离开我时你竟也如此痛楚么？

离去之后紧接着就是再来，不断积下的债务必须不断偿还，
丰厚的甘露紧跟着就是更加丰厚的酬报。

幼芽扎下了根便能繁殖，在路边茂密而又生气勃勃，
是伟然男子气概的景色，壮硕又金黄。

三十

一切真理都在一切事物内部静候着，
它们既不急于促进自己的分娩也不抗拒分娩，
它们并不需要外科医生的催生钳子，
极微末的对我说来也和任何事物一样巨大，
（比一次接触少或多一点的又是什么呢？）

逻辑和说教从来没有说服力，
黑夜的潮湿更加能深入我的灵魂。

（只有能在每一个男子和妇女面前证实自己的才是实证，
只有无人能否认的才是实证。）

我的一刹那和一点滴使我的头脑清醒，
我相信湿透了的泥块会成为情侣和灯光，
一个男子或妇女的肉体是要领中的要领，
他们对彼此的感情是顶峰又是花朵，
他们会从这一教训中无限地滋生，直到它能够创造一切，
直到一切的一切都使我们欣喜，我们也使它们欣喜。

三十一

我相信一片草叶就是星星创造下的成绩，

一只蝼蚁，一颗沙粒，一枚鹪鹩产下的卵也一样完美，
雨蛙是造物者的一件精心杰作，
那蔓生植物悬钩子能够装饰天上的厅堂，
我手上一个最狭小的关节能使一切机器都暗淡无光，
母牛低头嚼草的形象超过了任何雕塑，
一只老鼠这一奇迹足以使亿万个[1]不信宗教者愕然震惊。

我发现我身体里包含着片麻岩、煤、长须的苔藓、果实、谷
　米、可口的根芽，[2]
遍体粉刷着走兽和飞禽，
满有理地把身后之物远远抛在身后，
但在愿意的时候又可以把任何一物召回。

超速奔跑或羞怯是徒劳的，
火成岩因我的来到而喷射它们古老的烈焰是徒劳的，
柱牙象走避在它自己已碾碎的骨粉下是徒劳的，
事物远远站在一边以千变万化的形体出现是徒劳的，

1　惠特曼在这首诗里用了许多加不同数目的0的巨大数字，也许有所不同，但也可能没有多大区别。译者在此都译为“亿万”，只有加12个0的数字（在许多大数字之中是较小的）译为“无数”。在这里的“亿万”原文为sextillions是1后面加21个0的数。

2　惠特曼曾在笔记中写道：“灵魂或精灵能透入一切物质——进入岩石而过着岩石的生活，进入大海而感到自己就是大海——进入橡树或别的树——进入动物，而感到自己是马，鱼，或是鸟——进入大地——进入太阳和星星的运转动作。”

海洋伏在深渊里，怪兽躲起来是徒劳的，
秃鹰和苍天住在一起是徒劳的，
蛇在藤蔓和木材中间滑行是徒劳的，
麋鹿躲藏在树林深处是徒劳的，
利喙的海鸟远远北航到拉布拉多去是徒劳的，
我急急跟去，直上悬岩裂缝中的巢穴。

三十二

我想我能够转而和动物生活在一起，它们是这样淡泊又自满自足，
我站着将它们观察了很久很久。

它们并不为它们的处境挥汗又哀号，
它们并不为自己的罪过哭泣而在黑暗中通宵不眠，
它们并不议论它们对上帝应尽的责任而使我生厌，
没有一个感到不满足，没有一个犯有严重的占有狂，
没有一个向另一个屈膝，也不向一个生活在数千年前的同类屈膝，
整个地球上没有哪一个是体面的或愁苦的。

它们向我如此表明了和我的关系，我接受了下来，
它们给我带来的是我自己的各种代号，并且明白地告诉我已

在它们的掌握之中。

我惊讶那些代号它们是从哪里得来的，
莫非我曾经老早走过那地方，漫不经心地把它们丢下了？

彼时此时乃至永远，我自己总在向前移动着，
一直在以高速度收集并展示着更多的东西，
无穷无尽，无所不包，在它们中间也有和它们类似的，
并不过分排斥我的记忆所及，
还在这里选中了我所喜爱的一个；此时和他像兄弟般在一起行动。

一匹雄壮健美的骏马，精神抖擞，对我的抚爱又有所反应，
它额骨高耸，两耳之间宽广，
肢体光滑而又柔顺，尾巴扫地，
两眼闪烁着机警，耳朵轮廓俊美，灵巧地抖动着。

我的两踵抱紧它时它的鼻孔张开，
我们飞跑一圈而还归时它那匀称的肢体因喜悦而微微颤抖。

我只使用了你一分钟就即刻将你交出，骏马啊，
我自己能超出你的速度时又何须请你代步？
即使我在站着或坐下时也比你更加快速。

三十三

空间和时间！现在我才认识到我的猜想是对的，
我在草坪上逍遥时所猜想的，
我独自睡在床上时所猜想的，
又是在清晨那些逐渐暗淡的星星下、在海滩散步的时候所猜想的。

我的羁绊和压力离开了我，我的双肘倚靠着港湾，
我绕着锯齿形的山脉而走，我的手掌覆盖着大陆诸州。
我的目力伴随着我周游。

在城市里列成方形的房屋旁——在木屋里和木材工人一起露宿，[1]
沿着关卡的车辙，沿着干涸的峡谷和河床，
铲除着我葱头地里的杂草或是沿着一排排胡萝卜和防风根锄松土地，跨过草原，在森林中寻路而行，
探矿，掘金，把新购进的树木都剥去一圈树皮，
齐脚踝受到热沙的烫伤，把我的小船拖下那浅浅的河流，
在那里豹子在头顶的树枝上来回走动，在那里牡鹿回头来怒气冲冲地面对着猎人，
在那里响尾蛇在岩石上曝晒它那松弛的长长身躯，在那里水

1　从这里开始作者用了他的典型的“列举法”，多写自然界、劳动和户外生活，反映大千世界和诗人的博大胸怀。

獭正觅鱼而食，
在那里鳄鱼披着它坚硬的瘰疬在河湾里熟睡，
在那里黑熊正寻觅树根或野蜜，在那里海狸用它的桨形尾巴拍打着污泥，
在成长着的甘蔗上空，在长着黄桃的棉花株上空，在低湿的稻田上空，
在尖顶的农舍上空，它那些扇贝形的层层浮污和沟洫里的柔条，[1]
在西部的柿林上空，在叶子长长的玉蜀黍上空，长着纤巧蓝花的亚麻上空，
在那白色和褐色的荞麦上空，除其他以外还有一种嗡嗡和营营的声音，
在深绿色的黑麦上空，麦子在微风中吹成了阴阳交错的细浪，
爬着高山而上，谨慎地提着身子攀登，紧紧抓住了低矮而参差的树枝，
走在青草已被踏平的小路上，拨开了矮树丛的枝叶，
在那里鹌鹑在树林和麦垄之间啭鸣，
在那里蝙蝠在七月的黄昏时飞绕，在那里一只大号的金甲虫在黑暗中跌落下来，
在那里小溪穿过古树的虬根直流到草地，
在那里牛马站着用皮肉的抖动驱赶苍蝇，

1 这里指屋顶上被风雨冲刷下的碎片在沟洫里成为扇贝形的浮污并滋生着杂草。

在那里抹布挂在厨房里，在那里薪架支在炉石上，在那里蛛网从椽上挂下来结成了花彩，
在那里大槌在沉重落下，在那里印刷机的滚筒在转动，
只要是人的心脏在肋骨下极端痛楚地跳动的无论什么地方，
在那里梨形的气球在向上飘升，（我自己也在里面飘浮，安详地朝下探看，）
在那里救生装置用活扣拖拉着前进，在那里高温孵化着沙坑里浅绿色的鸟卵，
在那里母鲸带着幼鲸游泳，从不把它抛弃，
在那里汽轮的尾部拖着长长的一面烟幡，
在那里鲨鱼的鳍翅像出水的一个黑色薄片似的划破水面，
在那里那烧剩了一半的方帆双桅船在不知名的水流上前进，
在那里贝壳牢长在黏滑的甲板上，在那里死尸在舱底腐烂；
在那里星星密布的旗帜在队伍前头高举，
通过那伸展得长长的岛屿朝着曼哈顿走近，
在尼亚加拉下面，飞落着的瀑布像面纱似的罩在我脸上，
在门前的台阶上，在门外硬木制的踏脚台上，
在赛马场上，或者享用野餐或者跳快步舞，或者畅快地玩一场棒球，
在单身汉的狂欢会上，用下流话骂人，刻薄又放肆，跳水牛舞，饮酒，哄笑，
在苹果酒厂里品尝捣碎了的褐色甜浆，用麦管吮吸着汁水，
在削苹果皮时我找到多少红色果实就要求多少次接吻，

在举行集会、滩头聚会、联谊会、碾米会和建房会时；
在那里学舌鸟发出它十分动听的咯咯声，清脆地鸣叫，尖叫，哭泣，
在那里干草垛堆在禾场上，在那里枯茎散放着，在那里为育种豢养的母牛在棚里等候，
在那里公牛走上前去执行雄性的职务，在那里种马走向母马，在那里公鸡踩着母鸡，
在那里小母牛在吃草，在那里鹅群在一口一口啄食，
在那里夕阳投下的阴影在无边际的、寂寞的草原上拔长，
在那里水牛群在远近的方英里内散开着爬行，
在那里蜂鸟闪烁着微光，在那里长寿的天鹅在弯曲着，绕转着它的颈项，
在那里笑着的鸥擦着岸边飞过，在那里她的笑声近似人的笑声，
在那里花园里的蜂房排列在半为深草遮没的灰色木架上，
在那里颈绕花环的鹧鸪围成一圈栖息在地上，只露出它们的头部，
在那里送葬的马车走进了墓园的拱门，
在那里冬天的狼群在荒凉的雪地和结着冰柱的树木那里嗥叫，
在那里戴着黄冠的苍鹭在夜间来到了沼泽的边缘地啄食小蟹，
在那里游泳者和潜水者溅起的水花使炎热的中午变得凉爽，
在那里纺织娘在水井那边的核桃树上吹弄她那支是和声又不成和声的管箫，

走过那种着带有银色网络叶子的香橼与黄瓜的小片土地，
走过那含盐地或柑橘林，或走在圆锥形的冷杉下面，
走过那健身房，走过挂着帘子的酒吧间，走过办公室或大会堂，
喜爱本地的，喜爱外地的，喜爱新的和旧的，
喜爱美貌的也喜爱不好看的女人，
喜爱那正在摘下软帽、美声美气说话的贵格会教徒，
喜爱那粉刷得雪白的教堂里唱诗班唱的曲调，
喜爱那流着汗的美以美会牧师的恳切言辞，野营布道会给人们留下了深刻印象，
整个上午逛了百老汇商店的橱窗，把我的鼻子压扁在厚厚的玻璃窗上，
就在同天下午我仰脸朝着云空游逛着，或是走进一条小巷或是沿着海滨走去，
我的左右臂搂着两个朋友的肋部，而我则是走在中间；
和那沉默的、黑脸庞的乡下孩子一同回家，（天黑时他在我身后同骑着一匹马，）
离开居民点老远时研究着动物的足迹或鹿皮鞋留下的脚印，
在医院病床旁把柠檬水递给一个发烧的病人，
在一切都静寂时走近棺材里的尸体，擎一支蜡烛仔细观察，
乘船到每个港口去做生意，冒风险，
和那群新派人物一起东奔西颠，和大家一样热心，一样三心二意，

我对我恨的那人是怒火中烧，恨不得马上用刀把他刺死，
午夜我在后院里很孤单，很长时间头脑走了神，
步行在朱迪亚[1]古老的丘陵地带，美丽而温柔的上帝在我身旁，
飞快地穿过空间，飞快地穿过天空和星群，
飞快地在七个卫星和大圆环[2]里穿行，直径为八万英里，
和带着尾巴的流星一同飞奔，和它们一样抛掷着火球，
携带着那肚里正怀着它自己的母亲满月的孩子，新月，[3]
冲击着，欣赏着，计划着，热爱着，叮咛着，
不断变换着方向，出现了又不见了，
我日夜走着这样的道路。

我访问了各个天体的果园，观看了产品，
观看了亿万个[4]红熟的果实也观看了亿万个青的果实。
我像一个流体[5]，像一个能够吞咽一切的灵魂那样一次一次飞翔，
我道路的方向在探测深度的测锤下方。

我取用物质的，也取用非物质的东西，

---

1 巴勒斯坦南部的古名，耶稣曾在那里活动。
2 指土星光环。
3 新月日后会成为满月，所以说女儿怀着母亲。
4 原文为 quintillions，是 1 后面加 18 个 0 的数。
5 惠特曼惯常把精神的东西叫作流体，物质的东西叫作固体。流体可塑性大；融会贯通，比较灵活，甚至可以翱翔。

没有一个守卫能截断我的去路，没有一条法律能阻止我。

我的船只下锚也只是片刻，
我派出的使者不断在各地巡游或者把他们的果实带来给我。

我前去猎取北极熊的皮毛和海豹，持一柄尖头杖越过峡谷，攀附着蓝色的容易脆裂的冰柱。

我登上了前桅楼，
深夜里我在瞭望台值班，
我们在北冰洋航行，有充足的光线，
透过那清亮的空气，我饱览了面前的绝妙美景，
巨大的冰块从我身边经过，我也从它们的身边经过，各个方向的景物都看得很清楚，
能看见远处群山的白色顶峰，我朝着它们把我的遐想抛去，
我们在接近一个辽阔的战场并将立即参加战斗，
我们从营地庞大的前哨站那里经过，脚步轻轻，十分小心，
或者我们正在经过郊区进入一座巨大的已成为废墟的城市，
障碍物和倒塌的建筑物比地球上一切活跃的城市还要多。

我是个没有牵挂的伴侣，我在进犯者的营火旁露宿，
我从床上把新郎赶走，自己和新娘在一起歇宿，
我整整一夜用大腿和嘴唇紧紧贴住她。

我的声音是妻子的声音，是楼梯栏杆边的尖叫声，
他们把我男人的尸体抬了上来，滴着水，已经淹死。
我懂得英雄们的宽阔胸怀，
那种当代和一切时代所表现的勇敢，
那船长是怎样看见那拥挤的、失去了舵、遇了难的轮船的，
而死神则是在风暴里上下追逐着它，
他又怎样紧紧把持着一寸也不后退，白天黑夜都一样赤胆忠诚，
还在一块木板上用粉笔写着偌大的字母：振作起来，我们绝不会抛弃你们；
他又怎样跟着他们和他们一同抢风行驶，一连三天未尝失去希望，
他又怎样终于救出了漂泊着的人群，
在用小船载着她们离开已经掘下的坟墓时，那些瘦长、穿着宽舒大袍的妇女又都是什么样子，
那些沉默的、面目像老人的婴儿，那些被扶起的病人，那些嘴唇刺人的、未曾剃须的男人又都是什么样子；
所有这些我都吞咽下去了，味道很美，我很喜欢，它成了我自己的东西，
我就是那人，我蒙受了苦难，我在现场。[1]

1　这里描写的遇难情景是1853年12月22日驶离纽约，前往南美的“旧金山”号。它在离纽约几百英里以外遇到了大风。船只在12月23日至次年1月5日间一直漂泊无主，在某个海域一次丧生的就有一百五十人。报道见1854年1月21日纽约的《一周论坛》，惠特曼遗物中曾有此报。

烈士们的轻蔑和镇静，
过去曾有做母亲的被判为女巫，用干柴把她烧死，子女们在一旁看着，
那被紧紧追赶的奴隶在奔跑时力竭了，他倚靠着栅栏，喘着粗气，满身是汗，
他腿部和颈部的针刺般的剧痛，那足以致命的大号铅弹和子弹，
这些我都能感受，我就是这些。

我是那被追赶的奴隶，狗来咬我时我畏缩，
地狱和绝望临到了我头上，射击手射出了一发又一发的子弹，
这些我都能感受，我就是这些。
我一把抓住了栅栏的栏杆，我的血滴着，血浆因皮肤渗出的液体而变得稀薄，
我跌倒在杂草和石子堆里，
骑马人鞭策着不愿前进的马匹，逼近我身边，
在我眩晕的耳畔辱骂着，并用鞭杆猛击我的头。

剧痛是我替换的服装中的一件，
我不去盘问受伤者他如何感觉，我自己已成为受伤者，
我倚在杖上细看时我的伤口显得又青又紫。

我是那被压成重伤的救火员，胸骨已经断折，
倒塌的墙壁把我埋葬在瓦砾中，
我吸进了热和烟，我听见我的伙伴们在大声喊叫，
我听见远远传来镐和铲的咔嚓声，
他们已经挪开了横梁，他们把我轻轻地抬了出来。

我穿着红衬衫躺卧在夜空中，为了照顾我四处是一片沉寂，
我并不疼痛，只是力竭地倒着，但也不是很不愉快，
我周围那些人们的脸又白又美丽，头上已摘去了救火帽，
那跪着的人群随着火炬的亮度渐渐看不见了。

遥远的和死去的又重新复苏，
他们看来像钟的表面，移动着的像是我的两手，我自己就是
　那台钟。

我是个老炮手，我讲一讲我要塞炮战的情景，
我又同到了那里。

又是鼓手们经久不绝的隆隆击鼓声，
又是那进攻的大炮、臼炮，
又是炮火的还击声送进了我的耳鼓。

我参加，我看见并听见了全部，

喊叫声、诅咒声、吼叫声、弹药命中后的喝彩声。
救护车缓缓经过，一路留下了血迹，
工人们在寻找坏损的地方，进行着必要的修补，
手榴弹落进裂开了的房顶，一次扇形的爆炸，
嗖嗖的肢体、头颅、石块、木片、铁片在高空飞驰。
我那奄奄一息的将军，他嘴里又在发出咯咯声，他用力挥动着手，
他透过血块咽着气说：不要管我——注意——那些堑壕。

三十四

现在我讲讲我少年时在得克萨斯州听说的事情，
（我不是讲阿拉莫[1]的陷落，
没有谁逃出来讲阿拉莫的陷落，
在阿拉莫的一百五十人到现在还没有人发言，）
这是一个四百十二个青年被残酷杀害的故事。[2]

撤退时他们摆了一个空方阵，用辎重充作胸墙，
他们已经赢得的代价是包围着他们的敌人中的九百条生命，

1 1836年3月6日，墨西哥军队攻打了得克萨斯州圣安东尼奥的阿拉莫，消灭了驻军。

2 指戈利亚德屠杀，得克萨斯革命时，法宁上尉及其部下以不杀战俘为条件投降墨西哥军队，但墨军食言，于1836年3月27日将他们全部杀死。

九倍于他们的力量，
他们的上校受了伤，弹药也用光了，
他们提出了体面的投降，取得了签署的文书，缴了械，并作为战俘往后撤退。

他们是巡逻骑兵这个兵种的光荣，
马术，枪法，歌唱，宴饮，求爱，都是举世无双，
宽厚，十分活跃，慷慨，俊秀，骄傲，又多情，
长着胡子，晒得红黑，穿着猎人的便装，
没有一个长于三十岁。

第二个星期日的早晨他们被分别带出屠杀了，这是在美丽的初夏季节，[1]
这个行动是五点左右开始的，八点钟便结束了。

没有一个服从命令下了跪，
有的疯狂而徒劳地向前冲突，有的笔直地站着，
有几个立即倒下了，击中了太阳穴或心脏，活的死的都倒卧在一起，
负重伤和血肉模糊的在泥土里挣扎，新带到的看见了这种情况，

1 星期日是安息日，在这一神圣的日子行凶，益显其残暴。

有的打得半死的试图爬走，
这些人被刺刀解决了，或遭到了枪托的连连猛击，
一个不到十七岁的少年揪住了刽子手，直到又上来两人帮他挣脱，
三个人都受到了撕伤，都染满了少年的鲜血。

十一点开始焚烧尸体；
这就是四百十二个青年被屠杀的故事。

三十五

你愿否听一听早年的一场海战？
你愿否知道谁在月光和星光下取得了胜利？
听这个故事吧，这是我外祖母的父亲那水手讲给我听的。[1]

我们的敌人可不是一个在自己船舱里躲躲藏藏的人，我告诉你，（他说，）
他[2]粗鲁，有着英国人的勇气，谁也没有他耐磨损，忠实可靠，不曾有过，也不会再有；
一天黄昏他凶恶地朝着我们搜索前进。

---

1 老人曾在约翰·保罗·龚斯手下服役。战争发生在1779年9月23日，作者也曾读过龚斯写给富兰克林的信，信中讲了这一战役。
2 这里作者把敌人这个集体当成了一个人，用“他”这个单数来代表一团人。

我们和他肉搏了，帆桁和帆桁缠牢在一起，炮口相接，
我的船长亲手把船只牢牢拴系在一起。[1]

我们在水里遭受了几发十八磅重的炮弹，
刚开火时我们的下层炮舱有两发巨大的炮弹爆炸，杀死了周围士兵，头上也到处开花。

战斗到日落，战斗到天黑，
夜间十点时，满月高高升起，船的裂缝扩大了，据报进水已经五英尺，
纠察长把后舱关着的俘虏放了出来让他们自己逃生。

出进弹药库的通道现在被守卫截住了，
他们看见这么多陌生的脸，不知信得过谁。
我们的舰只着了火，
对方问我们是否要求投降？
是否降下旗帜就此结束战斗？

现在我满意地笑了，因为我听见了我那小舰长的声音，
我们没有降旗，他安详地叫道，我们这边战斗还只开始。

1 把敌船和自己的船绑在一起，便于短兵相接。

只有三尊炮可用，
一尊是舰长自己指挥的，对准着敌人的主桅，
两尊有效地发射了葡萄弹和霰弹，打哑了敌人的步枪，肃清
了他的甲板。

只有桅楼上在协助这个小炮台开火，特别是主桅楼，
它们在整个战斗中勇敢地坚持着。

一分钟都不停歇，
船的裂缝比抽水机进展得快，火苗马上就要吞食弹药库。

一架抽水机被打掉了，大家都认为我们就要沉没了。

小舰长从容地站着，
他不慌不忙，他的声音不高也不低，
他眼睛为我们提供的光，胜似我们的军用提灯。

将近十二点他们在月光下向我们投降了。

三十六

午夜伸着腿静静地躺着，
两只巨大的船壳一动不动地趴伏在黑夜的胸脯上，

我们那满身是窟窿的船只在缓缓沉没，正准备要过渡到我们征服了的舰只上去，
舰长的脸色雪白如纸，他在后甲板上冷冷地发布命令，附近是在舱里值勤的那孩子的尸体，
那留着白长头发和用心卷着胡须的老水手的那张僵死的脸，
虽尽力扑灭但仍在上下闪烁着的火苗，
那两三个还能值勤的军官们的沙哑嗓音，
乱堆在一起和单独躺着的尸体，桅杆和帆桁上涂抹着的肉浆，
砍断的船缆，晃荡着的半截子绳索，平滑的波浪微微震动着，
漆黑而冷漠的大炮，散乱的一包包火药，刺鼻的气味，
头上是几颗巨星，沉默而忧伤地照亮着，
轻轻吸进的海上微风，岸边芦草和田野的气味，幸存者被委托送出的死耗，
外科医生手术刀的嗞嗞响声，他那锯上的尖利锯齿，
吸气声，咯咯声，鲜血的泼洒声，短促的尖叫声，时间长而沉闷又渐渐消失的呻吟声，
一切就是这样，一切已不可挽回。

三十七

你们这些站着岗的懒虫！注意你们手中的武器！
他们挤进了被攻下的大门！我被迷住了心窍！
我化身为所有的亡命徒或受苦的人，

看见我自己在狱中换成了另一人的形状，
而且感受到了那单调的、持续不断的疼痛。

为了我，那监视犯人的守卫扛着卡宾枪警戒着，
那早上放出、晚上关进的就是我。

没有一个戴上手铐走进监狱的叛变者不是连我也和他铐在一起在他身旁走着，
（我比不上那里那快活的人，而是更像那个沉默的人，我抽搐着的唇边挂着汗珠。）

没有一个小青年因盗窃罪被捕而不是连带我也走上前去受审判并被定了罪。

没有一个患霍乱的在躺着咽他最后一口气时不是有我也躺着咽最后的一口，
我面如土色，肌肉扭曲，人们从我的身边走开。

有所求的人们借托我的形体，我则借托他们的形体，
我拿着帽子伸出手来，脸上含羞，坐着乞讨。

三十八

够了！够了！够了！

我惊得有点不知所措了。靠后面站吧！

给我一点时间醒醒我那受过打击的头，让我从昏睡，梦乡和呆滞中休息过来吧，

我发现自己已到了犯一次通病的边缘。

我竟然能忘记那些嘲笑者和侮辱！

我竟然能忘记那簌簌落下的眼泪和大头短棒和铁锤的打击！

我竟然能换一种眼光看待我自己被钉上十字架并戴上血污的王冠。

我现在记得了，

我重温了被撇在一旁的那一小部分，

石墓[1]把托付给它或别的坟墓的死者增加了好几倍，

尸体复活了，创口愈合了，锁链从我身上滚落。

我重又充满了无上力量在前进，成为一个平常而又漫长无比的队伍里的一员，

我们到内地和海滨去，越过一切边界，

1 指基督死后葬身的石墓。在此作者认为像基督那样死而复生的人不在少数。

我们迅速推广的条例正向全世界传播，
我们帽子上簪着的花朵是已经生长了千万年的。
学生们啊，[1] 我向你们致敬！站出来吧！
继续你们的评注工作，继续提出你们的问题吧。

三十九

那友好而潇洒的野蛮人，他是谁？
他是在等待文明呢，还是已超越了它、掌握了它？

他是个户外长大的西南地方的人么？是加拿大人吗？
他是从密西西比流域来的吗？是从艾奥瓦，俄勒冈，加利福尼亚来的吗？

是山里来的？是习惯于草原生活、未开垦的丛林生活的？还是从海上来的水手？

不论他走到哪里，男人女人们都接受他，渴望亲近他，
他们渴望他喜欢他们，触碰他们，和他们说话，和他们同住。

行动像雪花一样放荡不羁，言语像青草一样朴实无华，头发

1　原文用法语 cleves，也有门徒或弟子的意思。

缺乏梳理，笑声不绝而且天真无邪，
脚步迟慢，相貌平凡，平凡的举止和表情，
它们[1]从他的指尖降落时又出现了新的形式，
它们散发着他身体或呼吸的气味，它们从他的眼神里飞出。

四十

阳光在自鸣得意，我不需要你的温暖——到一边等着去吧！
你只照亮表面，我用力透过表面，也进入深处。

大地！你似乎想在我手里找到什么，
说吧，你这一撮毛[2]，你想要什么？

男人或女人啊，我本可说明我是如何喜欢你，但是我不能，
也可以说明我心里在想些什么，你心里在什么，但是我不能，
也可以说出我的渴望，我那日夜跳动着的脉搏。

看哪，我并不发表演说或给些小恩小惠，
我给的是我自己。

1　指“平凡的举止和表情”。
2　这是给予一个印第安人的爱称，因为某些部族常在头顶留着一撮头发或戴上别的装饰品。

那边的那个人，软弱无能，站立不稳，
露出你那围巾裹着的脸，让我给你吹进点勇气吧，
伸出你的手掌，掀开你口袋上的袋罩吧，
我不许可人拒绝，我施加压力，我的储存绰绰有余，
只要是我的我就给。

我不必问你是谁，那对我并不重要，
除非是我容许你的，此外你什么都做不成，什么也不是。

我把身体挨近那棉田里的苦力，或打扫厕所的清洁工，
在他的右颊上我留下一个只给家里人的亲吻，
而且我在灵魂深处起誓，我永远不会拒绝他。

在可以怀孕的女人身上我种下较大、较灵巧的婴儿，
（今天我射出的物质是属于比一般傲慢得多的共和国的。[1]）

对任何一个将死的人，我都是飞跑去拧开门的旋钮，
把床上的被褥堆在床脚，
请医生和神甫都回家去。

我抓住那往下走的人，用不可抵抗的意志把他举起，

1　惠特曼认为人们都太谦虚、太卑微，应该更加骄傲一些。

啊，绝望的人，这里是我的脖子，
天哪，绝不能容许你下沉！把你的全部重量压在我身上吧。
我吸足了气使你膨胀，我使你浮起，
我使屋里的每一间房都驻满武装，
爱我的人们和战胜了坟墓的人们。

睡觉吧——我和他们彻夜站岗，
疑惧和死亡将不敢侵扰你，
我已经拥抱你，使你从此成为我自己所有，
等你早晨起床时，你会发现我说的不假。

四十一

我就是给那躺着喘气的病人们带来援助的人，
给那健壮而能站立的人们，那就带来更多必要的援助。

我听见了有关宇宙的各种议论，
听了又听，已经有几千年；
总的说来还过得去——但是仅只如此而已吗？

我的到来就是为了把它扩大而应用，

一开始就比那些谨慎的老年贩子们[1]定出更高的价钱，
我自己用的是耶和华的准确尺寸，
平版印刷了克罗诺斯，他的儿子宙斯，和他的孙子赫拉克勒斯，
买下了奥西利斯、艾西斯、贝鲁斯、波罗贺摩和释迦牟尼的手稿，
在我的文件包里散放着曼尼陀，印在单页上的真主，刻成图版的十字架，
还有欧丁和那面貌丑陋的麦西特里和各个偶像和肖像，[2]
按照他们真正的价值论价，一分钱也不多出，
承认他们曾经存在并在他们的时代起过作用，
（他们曾给羽毛未丰的雏鸟运载过虫蚁，现在小鸟应该自己站起飞翔而唱歌了，）
接受了那些粗糙的神的速写以补充自己的不足，又大量分赠给我遇见的每一个男人和女人，
在一个搭造房屋的建房者身上发现同样或更多的神的气质，
那个卷着袖子在挥舞木槌和凿子的人更加值得尊重，
并不反对接受特殊的启示，把一缕烟或我手背上的一根汗毛

1 指神和担任神职的人们，他们轻视人类的神圣气质。
2 克罗诺斯，希腊泰坦神，是天神和地神的儿子，他篡夺了父亲的王位，又被儿子宙斯篡夺了他的王位。奥西利斯是埃及地府之神。艾西斯是主繁殖的女神，奥西利斯之妻。贝鲁斯传说是阿西利亚的国王。波罗贺摩是印度教中的宇宙的灵魂。曼尼陀是印第安某部族的自然之神。欧丁是北欧挪威的战争之神。麦西特里是墨西哥印第安人的战争之神。

也当作是意味无穷的启示，
对我说来驾着救火车、攀缘着绳梯的小伙子们并不亚于古代的战争之神，
在毁灭性的倒塌中能听见他们一阵阵传来的声音，
他们健壮的肢体在遇到烧焦的木板时竟安然无恙，他们洁白的前额没有在火苗中受损伤；
机械师的妻子给婴儿喂奶[1]就是在为每个人申请生的权利，
收割时使三把镰刀排成一排呼呼响着的是三位健壮天使，她们的衬衣在腰际鼓得圆圆的，
那牙齿不齐的红发马夫为了赎免过去和未来的罪过，
卖去了所有的一切，走着路去为他的兄弟付律师费用，并在他因伪造字据而受审理时坐在他身旁；
散布得最广的东西也只在我周围散布了三十平方杆，甚至还没有能把三十平方杆铺满，
公牛和小虫从来也没有受到过足够的崇拜，[2]
粪土和泥块有着梦想不到的许多优点，
神怪不足道，我自己正等待着跻身于至圣的行列，
那一天正在到来，我将和成绩最佳者一样做出优异成绩，而且同样惊人；
我指着生命的块状物[3]起誓！我已经是个造物者，

---

1 这里有点像圣母的形象。
2 公牛和小虫曾在古代宗教中受到崇拜，但是它们是被当做神来崇拜的。
3 指睾丸或精液。

此时此地我已把自己放进潜伏着暗影的子宫里[1]。

四十二

人丛中的一声呼唤，
我自己的声音，洪亮，横扫一切，且有决定意义。

来吧，我的孩子们，
来吧，我的男孩和女孩们，我的妇女、家属和亲人们，
现在那位演奏家已在放胆让他内心的笙管弹奏序曲。

容易写下的、随意奏出的和声啊——我感觉到了你在拨弄的
　高潮和结尾。

我的头在我颈上转动，
音乐滚动着，但并非来自风琴，
亲人在我周围，但他们不是我的家属。

永远是那坚硬平坦的大地，
永远是那些吃着喝着的人们，永远是那升起又落下的太阳，
　永远是空气和那不停歇的潮汐，

1　诗人作为造物者将深入破坏黑暗，创造生命，证明一切都是神圣的。

永远是我自己和我的邻居，爽朗，恶毒，真切，
永远是那陈旧的不能解释的疑问，永远是肉里的刺，那使人
  发痒而口渴的鼻息，
永远是那使人烦恼的呵斥声，直到我们发现了那狡猾的人藏
  身的地方，把他揪了出来，
永远是情爱，永远是生活里抽泣着的液体，
永远是颌下的绷带，永远是死者的尸床。

这里那里是眼睛上放着钱币的人在走动，[1]
为了满足肚子的贪婪，就要消耗大量脑力，
买卖着并领取着票子，但是宴会则是一次未去，
许多人流汗、耕种、打场，却把糠秕当作报酬，
几个吃闲饭的拥有一切，他们不断把麦子占为己有。

这是那座城市，而我是其中的一个公民，
凡是别人感兴趣的我也感兴趣，政治、战争、市场、报纸、学校，
市长和议会、银行、税率、轮船、工厂、存货、堆栈、不动
  产与动产。

那些渺小而为数不少的侏儒穿戴着硬领和燕尾外套在到处蹦跳，
我知道他们是谁，（他们肯定不是蛆虫或跳蚤，）

---

1 这里写爱钱如命的人，但死尸入葬前常被人用硬币放在眼睛上使它们紧闭。

我承认他们是我自己的复本，其中最脆弱最浅薄的也和我一样不死，
我所行所说对他们也同样适合，
我胸中挣扎着的每一个思想也一样在他们胸中挣扎。
我十分清楚我自己的自我中心主义，
我熟悉我那些兼容并蓄的诗行，而且绝不能因此少写一些，
不管你是谁我要使你也充满我自己。

我这首歌可不是一些例行公事的词句，
而是直截了当提出问题，跳得较远但含义却较近；
这是一册已经印好、装订好的书——但是印书者和印刷厂的少年工人呢？
这是些照得不错的照片——但是在你怀里紧紧搂着的实实在在的妻子或朋友呢？
这艘装配着铁甲的黑色船只，在她的炮塔里是火力极猛的大炮——但是舰长和工程师的英勇呢？
房子里是碗盏、食物和家具——但是主人、主妇和他们眼睛的表情呢？
那上面是高高的天——但是这里、隔壁或对过呢？
历史上的圣贤——但是你自己呢？
宣教文、信条、神学——但是那深不可测的人脑又怎样，
什么是理性？什么是爱？什么是生命？

四十三

我并不轻视你们这些僧侣，无论在何时何地，
我的信仰是最伟大的、也是最渺小的信仰，
包括古今和古今之间的一切崇拜，
我相信五千年后我还会来到世上，
我等候着神的指示做出回答，尊奉诸神，赞美太阳，
把第一块岩石或木桩当作偶像，在巫咒的圈子里执杖集会，[1]
帮助喇嘛或婆罗门在神像面前修剪佛灯，
在膜拜男性生殖器的游行队伍中沿街跳舞，在树林中则是一名狂热而严厉的苦行僧，[2]
从头骨杯中饮啜蜜酒，崇敬《沙斯塔》和《吠陀经》，[3]信奉《古兰经》，
在从石头和刀子那里流出的血染污了的神庙[4]里走动，敲击着蛇皮鼓，
接受福音，接受那被钉在十字架上的人，确信他是神圣的，
做弥撒时下跪，或是在清教徒祈祷时又起立，或者耐着性子坐在教堂的座位上，
在精神失常的关键时刻我大声咒骂并口吐白沫，或像死人似

1 这里的巫咒指西印度黑人、圭亚那和美国东南部黑人所施行的巫术。
2 这里的苦行僧往往不穿衣服，或穿很少的衣服。
3 《沙斯塔》和《吠陀经》都是印度教的圣典。
4 阿兹特克（墨西哥印第安部族）的神庙。

的等候着，直到苏醒，[1]
注视着马路和地面，或马路与地面以外的地方，
从属于那些在众圈之圈中绕行者。[2]
作为内向和外向的人群中的一员我转过身来像一个即将出门的人那样叮咛嘱咐着。

垂头丧气的怀疑者沉闷而孤独，
轻浮、阴沉、闷闷不乐、愤怒、情绪激动、失望、没有信仰，
我认识你们每一个人，我懂得苦恼、怀疑、绝望和没有信仰汇成的大海。

鲸鱼的尾鳍溅起了多大的浪花！[3]
它们又如何像闪电一样快速地扭动，一阵阵喷出鲜血！

安静吧，像带血的尾鳍那样的怀疑者和闷闷不乐者，
我参加到你们中间来就像在任何人中间一样，
过去推动了你、我、一切人，大家都一样，
未曾经历过的和其后的一切，对你、我、一切人，也全都一样。

我不知道未曾经历过的和其后的一切究竟是什么，

1 一种宗教狂热者有时达到的境界。
2 这里和下一行“内向和外向的人群”都是指基督教美以美教派的巡回牧师。
3 这里指被击伤了的鲸鱼的尾鳍。

但是我知道它终究会被证明是足够的，绝不会失误。

每个过路的人已被考虑过，每个留下来的已被考虑过，它不会辜负任何一个。
它不会辜负那已经死去并被埋葬了的青年，
或那死后被安置在他身旁的少妇，
或那在门口偷偷张望，然后又抽身退去又再也看不见的小孩子，
或那活着没有目的、只觉得这比苦胆还苦的老年人，
或那在济贫院里因饮酒过度、生活不规律而患了肺结核的人，
或那些不计其数的被杀戮被毁灭的人们，和那被称为人类粪便的禽兽般的巨港人，[1]
或那些只是漂来浮去、张口等待食物灌进的珊瑚虫，
或那在大地内部，或在大地最古老的墓穴深处的任何一物，
或那在众星球中的任何一物，或在星球上卜居的无穷数量中之无穷数量，
也不会忘记当前，或人们所知道的最细微的东西。

四十四

该是说明我自己的时候了——我们站起来吧。

1　即苏门答腊东岸的巨港人。

凡是已知的我就把它剥下丢掉，
我带着所有的男人和女人们和我一起步入“未知”的世界。

时钟指出分秒——但是永恒又指出什么呢？

我们目前已历尽无数[1]个冬天和夏天，
前面还有无数个，无数个还在前面的前面。

出生给我们带来了丰满和多样性，
更多的出生会给我们带来丰满和多样性。

我不会称某一物比较伟大，另一物又比较渺小，
凡是占领了自身的时间和空间的事物，那就和其他事物完全同等。

人类想谋杀你、妒忌你吗，我的弟兄，我的姊妹？
我为你难过，他们没有想谋杀我或妒忌我，
人人对我温和，我从来不和忧伤打交道，
（我和忧伤有什么相干呢？）

我是已完成事物的顶点，又包含着未来的事物。

1　原文为 trillions，是 1 后面加 12 个 0 的数。

我的脚踏着阶梯的最高级中的最高级，
每一级上是成捆的岁月，级与级之间又是更大的一捆又一捆，
下面的一切都已一一走过，而我却仍然在攀登又攀登。

上升又上升，幽灵们伏在我身后，
在下面的远处我看见那巨大的第一个*无有*，我知道我甚至曾经在那里涉足，
我总是等候着，没有人看见，并在冷漠的迷雾中一觉睡了过去，
我从容不迫，碳的恶臭没有伤害我。[1]

我长时间地被拥抱得很紧——持续了很久很久。

为我做的准备是范围广阔的，
扶助我的臂膀是忠实而友好的。

无数个世纪引着我的摇篮摆渡，像快乐的船夫们在摇啊摇啊，
为了给我让路星星们遵循着它们自己的轨道待在一旁，
它们施加了影响以照看我将要留住的地方。

在母亲生我之前，多少个世代引导了我，

---

1 “冷漠的迷雾”和“碳的恶臭”指人类以前的时代，甚至早于“巨大的蜥蜴”。

我的胚胎从未曾麻木，没有什么东西能使它窒息。

为了它，星云凝固在一颗星球上，
漫长而缓慢的地层堆积起来让它在上面栖息，
无比多的植物类给它提供营养，
巨大的蜥蜴用它们的嘴运载着它并小心地把它存放好。[1]

一切力量都一直被用来完成我并使我欣喜，
现在我和我那健壮的灵魂就站立在此地。

四十五

啊，青年的这段时光！施展不完的弹力！
啊，男子的成年时期，匀称、红润又饱满。

我的情人们使我窒息，
压挤着我的嘴唇，堵塞了我皮肤的毛孔，
在街上和公共的厅堂里推挤着我，夜间又赤身前来找我，
白天从河流的岩石那里叫一声“嗨！”在我头上摇晃着，嘁嘁喳喳地吵闹着，
从花圃、藤蔓架上和枝叶交缠的树丛中叫着我的名字，

1 传说中，蜥蜴把自己的卵含在自己的嘴里。

停落在我生命的每一分钟里，
用温软而甜润的香吻吻遍了我的全身，
又悄没声地从他们的心里掏出一把又一把东西，交给我变成了我的东西。

老年在壮丽地往上升腾！啊，欢迎，临终时的不可言传的娴雅多姿！

每种情况不只宣告了自己的存在，还宣告了它自身此后能长出的东西，
而那黑暗的静寂也宣告了同样多的东西。

我在夜间打开天窗看见了那远远散布着的星斗，
而我所看到的一切再倍以最高数字也只是更远的星斗的边缘。

它们愈来愈宽阔地向四面散开，扩张着，永远扩张着，
朝外又朝外，而且永远在朝外扩张着。

我的太阳又有它自己的太阳并围绕着它顺从地旋转，
它联合了它的同伙，即周线更高级的一组，
随后又是更大的几组，使它们中间最伟大的成为微细的颗粒。

没有停止也绝不会停止，
即使我、你、万物，以及在它们的表面以下和以上的一切此

刻都降为苍白的浮游物，那也终究是徒然的，[1]
我们肯定会重又回到我们现在站立的地方，
而且肯定会走得一样远，然后会远了还远。

几个亿万[2]年代，几个亿万[3]方英里，不会危害这段距离或使之
急不可待，
它们只是局部，任何事物都只是局部。

不管你看得多远，在此之外仍有无穷的空间，
不管你如何计算，在此之上仍有无穷的时间。

我的约会已经定妥，已经不会更动，
上帝会在那里等候，直到我来的条件已完全成熟，
那伟大的同志[4]，我日夜思念的忠实情人一定会在那里出现。

四十六

我知道我享有最优越的时间与空间，而且从来没有被衡量过

1 指太阳系形成以前的时期。有的注释者认为“苍白的浮游物”是陆地未形成前的一片大水。
2 原文为 quadrillions，是 1 后面加 15 个 0 的数。
3 原文为 octillions，是 1 后面加 27 个 0 的数。
4 原文为 Camerado，译者在此译为“同志”而不是“伙伴”。原文这个称谓是大写，是一种最高一级的关系。

也不可能衡量。

我踏上的是一次永恒的旅行，（请都来听一听吧！）
我的标志是一件防雨大衣，一双耐穿的鞋，从树林里砍来的一根手杖，
我没有朋友坐在我椅子上休息，
我没有椅子，没有教堂，没有哲学，
我没有带过人到饭桌旁，图书馆，交易所，
但是你们中的每个男女我都引着去一个小山头，
我的左手钩住你的腰，
我的右手指着各个大陆的景致和那条康庄大道。

我不能，也没有谁能代替你走那条路，
你必须自己去走。

路并不远，在你的能力范围之内，
也许你出世以后曾经走过，只是自己不知道，
也许水上、陆上到处都是它。

扛起你的衣服吧，亲爱的儿子，我也扛着我的，让我们快些向前走吧，
我们沿途会路过美妙的城市和自由的国土。

如果你累了就把两个包都给我，把你的手掌放在我的腰际，
到了适当的时候你也会同样为我服务，
因为我们出发以后就再也不会躺下休息了。

今天在破晓之前我登上了一座小山望着那拥挤的天空，
我对我的精灵说："我们一旦拥有了这些星斗，和它们所赐予的每一件事物的愉悦和知识，我们就丰满、就知足了吗？"
我的精灵说："不，我们只会夷平地面从头越过，向更远的地方前进。"

你也在问我问题，我听见了，
我回答说我不能回答，你必须自己寻找答案。

坐一会儿吧，亲爱的儿子，
这里有饼干可吃，这里有牛奶可喝，
但是只要你睡过一觉换上了轻便的衣服恢复了精神，我就用一个告别的吻吻你并打开大门让你从这里走出去。

你那些卑鄙的梦已做得够了，
现在我把你眼睛里的污垢洗去，
你自己必须习惯于炫目的光照和你炫目的生命的每一分秒。

你在岸边抱住一块木板怯懦地在水里跋涉已经够久了，

现在我要求你做一个勇敢的游泳者，
跳进海里又浮出水面，向着我点头，叫喊，笑着把头发甩在脑后。

四十七

我是运动员们的老师，
那个在我身旁挺起一副比我更宽阔的胸膛的人证实了我自己的有多宽阔，
那真正尊重我的风格的人是那为了推翻老师才学它的人。

我所爱的少年是那靠自己而不是靠外来力量才长大成人的，
出于顺从或恐惧绝非美德而是罪恶，
热爱他的女友，津津有味地吃着他的牛排，
把单相思或受到轻视看作比锋利的钢刀更加能伤害人，
骑马、决斗、射击、驾舟、唱歌、弹奏五弦琴都一把好手，
喜欢伤疤、胡子和长着麻子的脸胜于所有涂上肥皂沫子的男儿，
喜欢晒黑了的人胜于躲着太阳的人。

我教导人应当偏离我而去，但是谁能偏离我呢？
从此时此刻开始不管你是谁我都跟随着你，
我的话使你的耳朵发痒，直到你理解它们为止。

我说这些话不是为挣一元钱也不是为在我等船的时候消磨时光，
（这是我说的话，也是你说的话，我代你充当了舌头，
舌头在你嘴里受着拘束，在我嘴里却已经开始放松。）

我发誓绝不在一所房屋里再提爱情或死亡，
我发誓绝不解释我自己，只有和他或她单独在户外待在一起的时候是例外。

如果你想理解我就请来到山上或水边，
近在身旁的小昆虫是一种解释，一滴水或一个微波是一把钥匙，
木槌、桨、锯子能支持我说的话。

一间紧闭着的房间或学校不能和我交流，
粗鲁人和小孩要比它们好得多。

那年轻的机械工和我最亲密，他很了解我，
那带着斧头和水罐的伐木工人会整天把我带在他身边，
那在地里耕田的农家子喜欢听我说话的声音，
在海上航行的船只里我的话也一样能航行，我和渔夫与水手们交往，我热爱他们。

那宿营或行军的士兵是属于我的，

在战役打响的前一天晚上许多人前来寻找我，我从不使他们失望，
在那个庄严的晚上（也许是他们的最后一晚）凡认识我的都来找我。

猎人在他独自盖着毯子睡下时，我用脸去摩擦他的脸，
赶车人在想到我时，不把车子的颠簸放在心上，
那年轻的母亲和年老的母亲理解我，
那女孩和那妻子暂时停住了针线，忘记她们已讲到了什么地方，
她们和大家都一样，会接下去讲我所告诉她们的事情。

四十八

我曾经说过灵魂并不优于肉体，
我也说过肉体并不优于灵魂，
而且对于一个人来说，没有什么，包括上帝，能够比一个人的自我更加伟大，
谁要是走了将近一英里路而尚未给人以同情，就等于披着裹尸布走向他自己的坟墓，
而我或你口袋里虽没有分文，却能购买地球上的第一流商品，
用眼一瞥或让人看一看豆荚中的一颗豆粒能够使古往今来的学问不知所措，

不管是什么行当或职业只要一个青年干了它就能成为英雄，
没有什么事物太柔弱，竟不能成为转轮般宇宙的中心，
我对任何男人或女人都说，让你们的灵魂在一百万个宇宙面前保持冷静和镇定。

我对人类说，不要对上帝觉得好奇，
因为我这个对每样东西都好奇的人，对上帝却不好奇，
（不管罗列多少名词也难说明我对于上帝和对于死亡是多么泰然自若。）

我在每一件事物中听见并看到上帝，但我对上帝仍毫不理解，
我也不能理解谁能够比我自己更加神奇。

为什么我应当要求比今天更好地认识上帝呢？
二十四小时中我每小时，甚至每一分钟都看到上帝的某一点，
在男人和女人的脸上，也在镜子里我自己的脸上看见上帝，
我在街上拾到上帝丢下的信件，每封信上都签署着上帝的名字，
我把它们留在原处，因为我知道我无论到哪里去，
永远会有别的信件按期到来。

四十九

至于你呢，死亡，还有苦苦揪住人终有一死的你啊，你休想

使我惊慌。

助产士毫不畏缩地前来做他的工作，
我看见那只左手在压挤着、接受着、支撑着，
我斜倚在那精致而柔韧的屋门的门槛边，
注视着出口，注意到苦痛的减轻和免除。

至于你呢，尸体，我认为你是很好的肥料，但这并不使我犯恶心，
我闻到白玫瑰的气味香甜而且它们还在成长，
我伸手去抚摸那叶子般的嘴唇，我伸手去碰那甜瓜的光滑胸脯。

至于你呢，生命，我算计你是许多个死亡留下的残余，
（无疑我自己以前已死过一万次。）

我听见你们在那里悄语，啊，天上的星星，
啊，恒星——啊，坟上的青草——啊，不断的调换和前进，
如果你们不说什么我又能说什么呢？

至于那秋天的森林里躺着的浑浊水潭，
从萧瑟的黄昏的悬崖上下降的月亮，
摆动吧，白天和薄暮时的闪光——在污秽中腐烂的黑茎上摆动吧，

伴随着枯枝发出的带着呜咽声的呓语摆动吧。

我从月亮那里上升，我从黑夜那里上升，
我看到那惨淡的微光是正午时日光的反照，
不管起点大小我要在稳定的中心处出现。

五十[1]

我胸中有物——我不知道它是什么——但是我知道胸中有它。

受到折磨而且流着汗——然后我的身体又变得平静而清凉，
　　我入睡了——我睡了很久。

我不知道它是什么——它没有名字——它是个没有说出的词，
字典里，话语里，符号中都没有它。

它依附着某物荡漾，超过了我所依附的大地，
对它说来万物是朋友，它的拥抱使我苏醒。
也许我还能多说一点。只能提纲挈领！我为我的弟兄姊妹们
　　申辩。

1　西方评论家曾为这一节写过一篇专文，认为这一节中的“艺”是指一种天赋而神秘的“直觉”，或名之为“灵魂的慧眼”。

你们看到了吗，啊，我的弟兄姊妹们?

它不是混沌，不是死亡——它是形体，联合，计划——是永恒的生命——是幸福。

五十一

过去和现在凋谢了——我曾经使它们饱满，又曾经使它们空虚，

还要接下去装满那在身后还将继续下去的生命。

站在那边的听者！你有什么秘密告诉我?

在我吸进黄昏的斜照时请端详我的脸，

（说老实话吧，没有任何别人会听见你，我也只能再多待一分钟。）

我自相矛盾吗?

那好吧，我是自相矛盾的，

（我辽阔博大，我包罗万象。）

我对近物思想集中，我在门前石板上等候。

谁已经做完他一天的工作？谁能最快把晚饭吃完?

谁愿意和我一起散步?

你愿在我走之前说话吗？你会不会已经太晚？

五十二

那苍鹰从我身旁掠过而且责备我，他怪我饶舌，又怪我迟迟留着不走。

我也一样一点都不驯顺，我也一样不可翻译，
我在世界的屋脊上发出了粗野的喊叫声。

白天最后的日光为我停留，
它把我的影子抛在其他影子的后面而且和其他的一样，抛我在多黑影的旷野，
它劝诱我走向烟雾和黄昏。

我像空气一样走了，我对着那正在逃跑的太阳摇晃着我的绺绺白发，
我把我的肉体融化在旋涡中，让它漂浮在花边状的裂缝[1]中。

我把自己交付给秽土，让它在我心爱的草丛中成长，
如果你又需要我，请在你的靴子底下寻找我。

---

1 美国研究惠特曼作品的学者艾伦教授认为这是指“各种形状的白色气体”。

你会不十分清楚我是谁，我的含义是什么，
但是我对你说来，仍将有益于你的健康，
还将滤净并充实你的血液。

如果你一时找不到我，请不要灰心丧气，
一处找不到再到别处去找，
我总在某个地方等候着你。

1855　　　　1881

亚当的子孙

世界登上了花园[1]

世界又重新登上了花园，
精力充沛的配偶引进了女儿，儿子，
爱情，他们肉体的生活，才有意义，才是实体，
很新奇，在这里可以看到我沉睡后的复活，
大幅度的轮转性循环又把我带到了这里，
多情、成熟，对我来说都十分美丽，十分奇妙，
我的肢体，和通过它们而永远起作用的颤抖着的热量，为了
　某些原因，是十分奇妙的，
我既然存在，就还必须仔细窥察与渗透，
满足于当前，满足于过去，
在我身边或在我身后，夏娃在跟随着我，
或者她走在前面，我也一样跟随着她。

1860　　　　　　　　　　　　　　　　　　　　1867

1 “花园”指《圣经》中的伊甸园。

来自受抑制的如饥似渴的河流

来自受抑制的如饥似渴的河流，
来自我本身具备的某物，没有了它就等于没有我，
来自我决心使之声名大振的某物，即使我在人们中间是孤立的，
来自我自己那洪亮的声音，歌唱着男性生殖器，
唱着那生育后代之歌，
歌唱生育第一流儿童的必要性，并从中出现第一流的成人，
歌唱肌肉的冲动和配成一体，
歌唱那同床者之歌，（啊，不可抗拒的渴慕之情！
啊，对任何人、对每个人，另一个类似的肉体在吸引着他！
啊，对你，不管你是谁，那个能和你配合的肉体！啊，就是它，比一切都更加能使你欣喜！）
来自那日夜侵蚀着我的辘辘饥肠，
来自属于本能的时刻，来自羞涩的苦痛，歌唱着它们，
寻找着还未找到的某物，虽然我已经勤奋地寻找了多年，
信口唱着那不时在激动着的灵魂的真实歌曲，
是随同极为粗俗的自然冲动或在动物中间复活的，
我的诗歌所提供的就是这个。就是这些，以及和这些有关的

事物，
苹果和柠檬的香味，鸟儿们的成双结对，
树林里的湿气，浪头的拍打，
浪头疯狂地朝着陆地推送，而我则是歌唱着它们，
前奏曲轻轻奏响着，预告着主曲，
那受欢迎的接近，亲眼看到那完美的肉体，
游泳者赤着身子在沐浴处游泳，或者一动不动地仰卧着漂浮，
那女性的形体近前来了，我陷入了沉思，爱的肉感在颤抖着隐隐作痛，
那神圣的一一列举是为我自己或你或任何人做出的，
脸，四肢，从头到脚的各个项目，以及它所能唤起的一切，
不可思议的神志不清，那恋情的疯狂，那极度的放肆，
（请近前来静静地听我现在要悄悄告诉你的一切，
我爱你，啊，你占有了我的全部，
啊，多么希望你和我能够离开众人远走高飞，自由自在，无法无天，
空中的两只鹰，海里游泳着的两条鱼也不能胜过我们那样的为所欲为；）
狂风暴雨在我体内盘旋，我热烘烘地颤抖着，
我俩永不分离的誓言，而发誓者正是那热爱我，而我爱她胜似生命的那个女人，
（啊，我愿为你押上全部赌注，
啊，如果必要，就让我输掉一切！

啊，你和我！别人怎样做、怎样想，又和我们有什么相干？
其他的一切对我们又有什么相干呢？只要我们情同鱼水，必要时甚至就尽情地只图一快；）
来自那位船主，即那个我把船只上交的领航员，
我征得了那命令着我，又命令着众人的将军的同意，
规定的程序[1]正在争取时间进行，（我已经耽误得太久，）来自性的机能，来自经和纬，[2]
来自私生活，来自经常性的独自烦恼，
来自许多人在身边而意中人却不在身边，
来自两手轻轻摸遍我的全身，又把手指伸进我的头发和胡须，
来自长时间持续地亲吻着嘴或胸脯，
来自贴紧的压力使我或无论哪个男子都如痴如醉，因过量而昏了过去，
来自神圣的丈夫所体验到的，来自作为父亲应该完成的工作，
来自狂欢，胜利和解放，来自夜间同床者的拥抱，
来自眼睛、双手、臀部和胸脯等行动所构成的诗歌，
来自颤抖着的手臂的紧抱，
来自弯曲的弧形和紧抱成一团，
来自同床时把柔软的被子踢在一旁，
来自那个不愿意我走的人，而我也一样不愿走，

---

1 诗人的计划是要歌颂性的神圣。见本诗的最后两行和本组的其他诗篇。
2 经和纬即男性和女性。

（再等一忽儿吧，啊，温柔的守候者，我回来了，）
来自星星正明亮而露水正下滴的那个时刻，
来自晚上那一瞬间，我轻轻走来的时候，
我赞美你，神圣的行动，和你们那些已准备下的儿女们，
还有你们，那些健壮的生殖器官。

1860　1881

我歌唱那带电的肉体

一

我歌唱那带电的肉体，
我喜爱的成群人围拢着我，我围拢着他们，
他们一定要我跟他们一同行动，对他们做出反应，
还要使他们免于腐烂，给他们满满装足灵魂。

曾否有人怀疑那些败坏了自己肉体的人们必然会隐藏住自己？
而那些玷污了活人的人们和玷污了死者的人们同样都是坏人？
如果肉体不能像灵魂那样起同样大的作用时又怎么办？
如果肉体不就是灵魂，灵魂又是什么？

二

爱上了男人或女人的肉体这件事是难以说清楚的，肉体本身
　　就难以说清楚，
男性的肉体是完美的，女性的肉体是完美的。
面部表情是难以说清楚的，

但是一个体格健美的男子的表情不只显现在脸上，
也在他的四肢和关节上，也奇妙地在他臀部和手腕的关节上，
在于他走路的体态，他颈脖的姿势，他的腰和膝盖是如何弯曲的，衣服遮不住他，
他那健壮甘甜的实质会透过棉花和毛葛显露出来，
看见他走过时给人们的印象，和一首最美的诗一样丰富，可能还不止于此，
你久久看不厌他的背影，他的颈脖和肩膀的背影。

婴儿伸开着四肢又长得十分丰满，妇女们的胸部和头部，她们衣服的皱褶，我们在街上走过时她们的风度，她们的体形自上至下的线条，
游泳池中的赤身游泳者，看着他游过那透明的碧绿晶体，或仰卧着随同溅起的水花默默地来回翻滚，
划船的在划艇里前仰后合地弯着身子，马鞍上的骑士，
少女们，母亲们，管家们，在做着她们的各项工作，
一群工人在正午时坐下来打开他们装饭的锅子，妻子们在一旁守候着，
那女性在哄着一个娃娃，庄稼汉的女儿在花园或牛栏旁，
小伙子在锄玉米，赶雪车的在赶着那六匹马穿过人群，
角力者在角力，两个学徒，都已长成，体格健壮，性情和蔼，本地人，日落时歇工后来到空地上，
外衣和帽子都脱了扔在地上，投入了爱和拒绝的拥抱，

抱着上身又抱着下身，头发散乱着挡住了眼睛；
救火员穿着他们自己的服装在前进，透过他们齐整的裤子和腰带可以看见男性的肌肉在活动，
慢慢从火场回来，在钟声突然又敲响时又站住脚，机警地听着，
那自然而完美的各种姿势，低着的头，弯着的颈脖，又在计着数；
我爱这些人——我自己松弛下来，自在地向前走去，和那小娃娃一起靠在母亲的胸口，
和游泳者一起游泳，和角力者一起角力，和救火员一起排队走路，站住了脚，听着，计着数。

三

我认识一个人，一个普通的庄稼汉，五个儿子的父亲，
这些儿子当了儿子的父亲，儿子的儿子又当了父亲。

这个人精力充沛，安详，一表人才，
他头颅的轮廓，淡黄又雪白的头发和胡须，他那双黑眼睛里猜不透的含义，他举止的多变和落落大方，
为了观看这些，我常去往访，他同时还很有智慧，
他身高六英尺，已经八十多岁，他的儿子都魁梧，整洁，长着胡子，脸色微黑，很英俊，
他们和他的女儿都爱他，看见过他的人们都爱他，

他们爱他不是因为对他宽大，而是有着个人的深情，
他只喝水，透过他脸上那光洁而褐色的皮肤，可以看到皮下近似鲜红的血，
他经常打猎捕鱼，自己驾船，他有一只很精致的船，是一个造船工送给他的，他又有猎枪，是爱他的人们送给他的，
他和他的五个儿子和许多孙子去打猎或捕鱼的时候，你会立即认出他是众人中最美最有活力的一个，
你会愿意尽量和他待在一起，你会愿意挨着他、坐在船里，以便碰到彼此的身体。

四

我懂得只要和我喜欢的人们在一起就足够了，
傍晚时能和其余的人们做伴就足够了，
只要周围是美丽的、奇妙的、呼吸着的、欢笑着的肉体就足够了，
在他们中间活动或碰一碰谁，或只是短暂地让我的胳臂轻轻搭在他或她的颈脖上，这是什么呢?
我不要求更大的快乐，我就像是在大海里游泳了。

和男人和女人们亲热地待在一起、望着他们，和他们接触、闻到他们的气味，这会使灵魂十分愉快，
一切都使灵魂愉快，但是这些则是使灵魂非常愉快。

五

这是女性的形体，
它从头到脚都散发着那神圣的光轮，
它强烈而不可抗拒地吸引着人们，
我就像无能为力的气体那样被它的呼吸所吸引，一切都让了路，只剩下我自己和它，
书籍、艺术、宗教、时间、那眼面前的结实的大地、天堂的希望或地狱的恐惧现在都消失了，
狂热的丝状体，从中发出的不可控制的电流，反应也同样不可控制，
头发、胸脯、臀部、大腿的弯曲、随便挂着的双手都已松弛，我的一切也已松弛，
低潮受到了高潮的刺激，高潮受到了低潮的刺激，爱的肉体在膨胀、在甜蜜地隐隐作痛，
爱的无限清澈的浆液炽热而多量，微微颤抖着的爱的浆液，白色而销魂的液汁，
新郎在爱情之夜坚定而温柔地一直活动到疲惫的黎明，
波澜起伏地进入了甘心顺从的白天，
消失在依依不舍的紧抱和肉体般香甜的白天中。

这是核心——此后孩子由女人生出来，男人由女人生出来，
这是诞生时的沐浴，这是小和大的结合，又是再一次性的解放。

不要害羞，妇女们，你们的特权包括其他一切，也是其他一切的出路，
你们是肉体的大门，你们也是灵魂的大门。

女性包含一切品质，并能调节它们，
她处在她自己的地位，绝对平衡地行动着，
她是被充分掩盖着的一切事物，她既是被动的又是主动的，
她将既能怀女儿也能怀儿子，既能怀儿子又能怀女儿。

在我看见我的灵魂在大自然里得到反映时，
在我透过迷雾看见那一个有着无法形容的完整性，理智与美丽时，
我看见了那低垂的头，那合抱在胸前的双臂，我看见了女性。

六

男性不多也不少，也是灵魂，他也占据着他的地位，
他也是一切品质，他是行动与力量，
那已知的宇宙的活力在他身上，
轻蔑对他是完全适合的，欲望和对抗对他也是完全适合的，
最放肆最宽广的激情，最大的幸福，最大的忧伤对他是完全适合的，骄傲是为他设置的，
男子那完全铺开的骄傲对于灵魂十分有利而且起镇定作用，

知识对他很相宜，他一直喜欢知识，他让一切都经受他自己的考验，
不管怎样调查，不管是什么大海和航程，他最后只在这里探测水深，
（除了这里他还能到哪里去探测呢？）

男人的肉体是神圣的，女人的肉体是神圣的，
不管是谁，它是神圣的——他是劳工队伍里最卑贱的一个吗？
他是刚登上码头、面容呆板的移民中的一个吗？
每个人都属于此地或任何别的地方，富裕的人和你都一样，
每个人都在队伍里有他或她的地位。
（一切都是一个队伍，
宇宙就是一个有节奏有完美动作的队伍。）

你自己是否就那么博学竟把最卑贱的叫作无知？
你是否认为你有权利有一副好目力，而他或她就无权有？
你是否认为物质已从散乱的漂浮状态中凝聚起来，土壤在表面，水在奔流，植物在萌芽，
都是为了你，而并非为了他或她？

七

一个男人的肉体在拍卖，

（因为在战前我常去奴隶市场观看这种买卖，）
我帮助那拍卖者，那懒鬼对这种生意连一半都不懂。

绅士们看着这种怪事，
不管出价的人出什么价钱，总还是不够高，
为了这件商品地球已在没有动植物的状况下准备了亿万[1]年，
为了它，那循环着的周期还确实在不停地转动。

在这个头颅里是那十分微妙的脑浆，
在它里面和下面是制造英雄的材料。

细细检查这些肢体，红的，黑的，或是白的，它们的肌肉和
　神经都十分精巧，
且把它们剥光了让你们看个明白。

灵敏的感觉，充满生气的眼睛，勇敢，意志，
片片胸肌，柔韧的脊骨和颈脖，并不松弛的肌肉，相当粗壮
　的臂和腿，
而且那里面还有奇迹。

那里面还奔流着血液，

1　原文为 quintillion，是 1 后有 18 个 0 的数。

那同样并不陌生的血液！同样鲜红而奔流着的血液！
那里还有一颗心脏在隆起着、喷射着，那里还有全部激情，欲念，企求，抱负，
（就因为它们没有在客厅和讲堂里发表过，你就认为它们并不存在吗？）

这不仅是一个人，这是那些自己也要做父亲的人们的父亲，
在他身上开始了人口众多的国家和富有的共和国，
属于他的是数不清的不朽生命，有着数不清的各种具体体现和欢乐。

你怎么知道几个世纪之后他的后代的后代中会出现些什么样的人物？
（如果你能追溯到几个世纪以前，你自己的祖先又是谁？）

八

一个女人的肉体在拍卖，
她也不仅仅是她自己，她是那将要繁殖许多后代的母亲们的母亲，
她生下的人将长大成人并成为母亲们的配偶。
你爱过一个女人的肉体吗？
你爱过一个男人的肉体吗？

你难道不清楚这对于全世界所有国家和时代的所有人都是完全一样的吗?

如果有什么东西是神圣的，那么人的肉体就是神圣的，
一个男子的光荣和甜蜜就是那未被污损的男性的标志，
在一个男子或妇女身上，一个干净、健壮、结实的肉体比最美丽的脸庞更加美丽。

你见过那个败坏他自己生气勃勃的肉体的蠢男人没有？见过那个败坏她自己生气勃勃的肉体的蠢女人没有?
因为他们藏不住自己，也不可能藏住自己。

九

啊，我的肉体！我不敢遗弃那些具备你这样肉体的其他男人和女人，也不敢遗弃那些具备你这样肉体的局部，
我相信像你这样的肉体将和类似的灵魂休戚相关。(它们就是灵魂，)
我相信像你这样的肉体将和我的诗篇休戚相关，它们就是我的诗篇，
那些男子的、妇女的、儿童的、青年的、妻子的、丈夫的、母亲的、父亲的、青年男子的、青年妇女的诗篇，
头、颈、头发、耳朵、耳坠和耳鼓，

眼睛、睫毛、眼球的虹膜、眉毛、眼皮的启和合，
嘴、舌、唇、牙、上颚、上下颌和咬合处，
鼻子、鼻孔、鼻梁，
面颊、鬓角、前额、下巴、喉咙、颈的背部、颈椎，
健壮的肩膀、男性的胡子、肩胛、后肩、广阔的胸膛，
上臂、腋下、肘拐、下臂、臂的肌肉、臂骨，
手腕和腕关节、手、手掌、指节、大拇指、食指、指关节、指甲，
宽阔的前胸、胸前的卷曲的毫毛、胸骨、上腰，
肋骨、肚子、脊骨、脊骨的关节，
臀部、尾椎、坐骨、朝里朝外的圆周、睾丸、阳物，
粗壮的大腿、胜任地支撑着上面的躯干，
腿的纤维、膝盖、膝盖骨、大腿、小腿，
脚踝、脚背、脚拇趾、脚趾、趾关节、脚踵；
一切姿势，一切美好的形态，属于我或你的肉体或任何别人的肉体的一切，不论男性或女性，
肺的海绵体、胃囊、喷香而洁净的肚肠，
在颅骨里面褶皱着的脑子，
交感能力、心的瓣膜、味觉、性欲、母爱，
女性的气质和属于女性的一切，和那来自女人的男人，
子宫、乳房、奶头、乳汁、眼泪、欢笑、哭泣、爱的眼神、爱的不安和兴奋，
声音、发音、语言、悄语、大叫，

食物、饮料、脉搏、消化、汗水、睡眠、走路、游泳，
臀部保持平衡、跳跃、斜靠、拥抱、臂膀的弯曲和紧抱，
口型和眼睛周围的不断变化，
皮肤、晒黑了的肤色、雀斑、头发，
用手抚摸赤裸着的肉体时所感到的奇异共鸣，
呼吸像转着圆圈流动着的河水，吸进又呼出，
腰肢的美、由此而下的臀部的美、再下去到了膝盖，
在你里面或我里面是稀薄而鲜红的浆汁、骨头和骨髓，
健康的美妙体现；
啊，我是说这些不仅是肉体的各个部分和肉体的诗篇，也是
　灵魂！
啊，我现在说这些就是灵魂！

1865　　　　　　　　　　　　　　　　　　　　　　1881

一个女人在等着我

一个女人在等着我，她拥有一切，什么都不缺，
然而如果缺少了性，或是缺少了那贴心男子的潮湿，那就缺少了一切。

性包含一切，肉体，灵魂，
意义、证据、纯洁的东西、精致的东西、各种结果、各种传播，
歌曲、命令、健康、骄傲、母性的奥秘、精子构成的乳汁，
地球上的一切希望、慈善的行为、馈赠、一切激情、爱、美、快乐，
地球上的一切政府、法官、神、被追随的人们，
这些都包含在性里面，即它本身的各个部分和它本身存在的正当理由。

我喜欢的男子并不感到羞耻，他知道并坦率承认他的性的无比美妙，
我喜欢的妇女并不感到羞耻，她知道并坦率承认她的。

我现在要让自己撤离那些冷漠的女人，
我要去和等待着我的女人待在一起，和那些血是火热的、有足够条件的女人待在一起，
我知道她们理解我，不会拒绝我，
我知道她们配得上我，我要做这些妇女的壮硕的丈夫。

她们一点儿都不比我差，
她们的脸被阳光和风吹晒黑了，
她们的肌肉有着旧日那种神圣的柔顺和力量，
她们会游泳、划船、骑马、摔跤、射击、奔跑、扑打、后退、前进、抵抗、保卫自己，
她们有权力做出最后的决策——她们安详、明朗、沉着。

我把你们拉到我身边，你们这些女人啊，
我不能让你们走，我对你们是有益的，
我支持你们，你们也支持我，不只是为了我们自己，也为了别人，
在你们怀里安睡的还有更伟大的英雄和诗人，
除了我，别的男人碰她们一下她们是不肯醒过来的。

那是我，你们这些女人啊，我是颇为成功的，
我严厉，辛辣，粗犷，不听劝告，但是我爱你们，
我不会毫无必要就过多地伤害你们，

我大量流出的东西是为了生育适合这个国家的儿女，我用动作迟缓而粗鲁的肌肉施加压力，
我有效地控制着自己，我不听取任何求告，
我不敢退却，却要把我身上积蓄了多时的力量存放妥当。

通过你们我排除了我自己抑制已久的河流，
在你们身上我包裹了未来的一千年，
在你们身上我嫁接了我和美利坚最钟爱的新枝，
我在你们身上滴下的点滴将培育出性格火辣而体格健壮的少女、新的艺术家、音乐家和歌唱家，
我使你们生育的婴儿自己也生育婴儿，
我将要求我耗去的爱情生育出完美的男人和女人，
我将要求他们和别人互相渗透，正像我和你们现在互相渗透，
我将指望他们的倾盆大雨能结出果实，正像我指望我现在降下的倾盆大雨能结出果实，
我将在我现在热情地播种下的诞生，生命，死亡和不朽中寻找热情结出的庄稼。

1856　　　　　　　　1871

顺从天性的我

顺从天性的我，大自然，
那亲热的白天，那渐渐升高的太阳，那使我幸福的朋友，
我朋友的胳膊随意搭在我肩上，
山坡上白雪也似的开着山梨花，
同样是晚秋时分，红，黄，灰，紫，深绿，浅绿等各种颜色，
青草铺盖得十分富丽，动物和飞禽，私人的未经修整过的河岸，野生的苹果，小卵石，
美丽的滴落着的片段，那随意记起或想到的一件件事情，
那些真正的诗篇，（我们所谓的诗篇其实仅仅是图画，）
有关深夜独处和像我这样的男子的诗篇，
这首羞答答躲着人们目光的诗我永远带在身边，所有的男人也都带着，
（告诉你吧，我是有意这样承认的，只要有我这样的男子就有我们这些粗壮的、暗藏的男性的诗篇，）
爱的念头，爱的浆汁，爱的气味，向爱投降，顺着爱往上攀登，以及那上升的精液，
爱情的臂与手，爱情的嘴唇，爱情的拇指般的男性生殖器，爱情的胸脯，因爱情而互相压迫并胶黏在一起的腹部，

纯洁的爱情的世界，生命只是因为有了爱情才是生命，
我爱人的肉体，我爱的那女人的肉体，男人的肉体，大地的肉体，
从西南方吹来的温柔的午前微风，
那嗡嗡上下追扑着的多茸毛的野蜂，它紧紧抓住了那开足了的雌花，用多情而结实的腿蜷伏在它身上，尽情享受着性爱，微微颤抖并紧紧叮住，直到它完全满足；
清早时树林里的潮湿，
晚上两个睡觉的人在睡觉时紧紧贴在一起，其中的一个用手臂斜着伸过去搁在那另一个人的腰部下方，
苹果的气味，来自压榨过的鼠尾草、薄荷、桦树皮的香味，
那少年的渴望，在他向我倾诉他的梦境时那通红的脸和紧张感，
那枯叶突突旋转着，最后安静而满足地落在地上，
那刺痛我的景物，人物和事物的没有形体的刺激。
那以我为中心的刺激像刺痛任何别人那样刺痛着我，
那些敏感的、球形的、紧紧偎依的弟兄们[1]，只有享有特权的敏感者才能就地享受那亲密的关系，
那好奇的漫游者——那只手，顺着整个肉体漫游，手指温柔地停留并徐徐移动时，肉体含羞地退缩着，
那青年人身体里的清澈的液汁，

1　指睾丸。

那令人苦恼的腐蚀力量是这样使人忧郁又痛苦，
那折磨人的，令人烦躁的来潮总也不肯平息，
我这样感觉到，别人也这样感觉到，
那脸色绯红了又绯红的青年，那脸色绯红了又绯红的青年妇女，
那深夜醒来的青年，那火烫的手在试图抑制那不由自主的冲动，
那神秘的充满热恋的夜晚，那神奇的、半是受欢迎的折磨，幻觉，汗水，
那震动着手掌的脉搏和那环绕着手指的抖颤，那青年人浑身发烧，遍体通红，羞愧，恼怒；
在我心甘情愿赤裸地躺着时，我的情人那大海淋得我湿透，
那一对孪生婴儿嬉笑着在阳光下的草地上爬行，母亲那双看守着的眼睛一刻也不离开他们，
那核桃树干，那核桃外壳，那正在成熟或已经成熟的长圆形核桃，
植物，鸟类，动物的清心寡欲，
如果鸟类和动物从不躲闪或自认为邪恶，而我却躲躲闪闪并自认为邪恶，那我就是卑鄙，
做父亲的非凡纯洁必须配得上做母亲的非凡纯洁，
我许下了繁衍后代的誓言，我那些亚当式的[1]娇嫩的女儿们，
那使我日夜饥荒的贪婪心情达到了饱和点时便会生育出能够

1　亚当是《圣经》故事中人类的始祖，他经不起夏娃的引诱吃了禁果。这代表了人类不可挽回的脆弱性。“亚当式的”即具有人的脆弱天性的。

　取代我的男儿，
那健康的如释重负，宁静，满足，
而这一束从我自己身上随意摘下的花朵，
它已完成了它的使命——我漫不经心地把它抛掉，随便它落在什么地方。

1856　　　　1867

把一小时都献给疯狂与欢乐

让我把一小时都献给疯狂与欢乐吧！啊，多么热烈！啊，不要限制我！
（那使我在风暴中这样得到解放的是什么呢？
我在闪电和狂风中发出的喊叫声又意味着什么？）

啊，让我比任何别的男子都加倍痛饮那神秘的极度兴奋吧！
啊，野蛮而又温柔的渴望！（我把它们赐给你们——我的孩子们，
我有理由讲给你们听，啊，新郎与新娘。）

啊，不管你是谁，我向你投降，你也不顾世界的非难向我投降！
啊，回到乐园去！啊，羞答答的像个女性！
啊，把你拉到我身边，让我第一次把一个下了决心的男子的嘴唇印刻在你身上。

啊，那个谜语，那个缩了三次的结，那深而黑的水潭，一切都解开了，明亮了！
啊，终于在足够的空间和足够的空气中奔驰！

从以前的束缚和习俗中解放出来，我得到了解放，你得到了解放！
从大自然提供的最佳条件中得到一种新的、从未想到过的冷静态度，
把嘴里堵着的塞口物拿走！
让我从今天或随便哪天起，感觉到我本人已完全自足。

啊，是没有证实过的东西！是昏睡中的东西！
彻底逃脱了别人的铁锚和掌握！
自由地前进！自由地恋爱！置一切于不顾而冒着危险朝前冲突！
用辱骂与邀请来招致毁灭！
上升，跳跃到已经给我指明的爱情的天堂里去！
让我那醉醺醺的灵魂上升到那里去！
如果必要的话就丧魂落魄吧！
让一小时的丰满和自由来哺育我的余生！
只要有短短一小时的疯狂与欢乐。

1860　　1881

从滚滚的人海中

从滚滚的人海中有一滴水走来温柔地对着我，
悄悄说：我爱你，不久我就要死去，
仅仅为了看看你，摸你一摸，我已经长途跋涉，
因为我不来看你一眼我是不能死的，
因为我怕我可能以后会失去你。

现在我们已经相会，见了面，我们平安无事了，
请放心回到大洋中去吧，亲爱的，
我也是大洋中的一部分，亲爱的，我们并没有完全分离，
请看那伟大的圆球，一切都黏连在一起，多么完美！
但是对我、对你来说，那不可抗拒的大海将使我们分离，
在一小时的时间里我们将各奔东西，但却不能永远使我们
　分离；
不要着急——这只是短暂的片刻——要知道我在向空气、海洋
　和陆地致意，
每天在日落的时候这样做，都为的是你啊，亲爱的。

1865　　1881

多少年代以后还会不时地回来

多少年代以后还会不时地回来，
没有被摧毁，还在不死地游荡着，
粗壮，佩带着男性生殖器，还是原来那些茁壮有力的生殖器官，非常甜蜜，
我，唱着亚当式歌曲的歌手，
经过西方这座新型花园，访问了巨大的城市，
极度兴奋，就这样引进了后来的世代，献上了这些，贡献了我自己，
冲洗着我自己，把我的诗歌放在性里面冲洗，
我的生殖器官留下的后代。

1860　　　　　　　　　　　　1867

我俩，我们被愚弄了这么久

我俩，我们被愚弄了这么久，
可现在变了，我们飞速地逃跑，像大自然一样逃跑，
我们就是大自然，我们离开此地已很久，但是现在我们回来了，
我们成了植物、树干、树叶、树根、树皮，
我们被安装在地上，我们是岩石，
我们是橡树，我们并排生长在林中的空地上，
我们吃草，我们是野牛群中的两只，和随便哪一只一样的顺乎自然，
我们是两条鱼，在大海里一同游泳着，
我们像刺槐的花朵，我们早晚在小巷周围散发芳香，
我们也是兽类、植物、矿物的粗劣斑痕，
我们是两只捕捉肉食的鹰，我们飞蹿到天上，又朝下窥视，
我们是两个灿烂的太阳，是我们在像星球那样平衡着自己，我们是两颗彗星，
我们用四腿和利齿在树林里觅食，我们朝着猎获物猛扑过去，
我们是午前午后在天空中奔驰着的两朵云彩，
我们是交缠在一起的海洋，我们是两个欢乐的浪头在彼此身

上翻滚着又互相浇湿着，
我们是大气层，透明，善于接受，能够被穿透，又不能被穿透，
我们是雪、雨、寒冷、黑暗，我们各自都是地球的产物和力量，
我们转了一圈又一圈，直到又回到了家里，我们俩，
我们除了自由和我们自己的欢乐以外排除了一切。

1860　　　　1881

处女膜啊！啊，有着处女膜的人！

处女膜啊！啊，有着处女膜的人！你为什么这样戏弄我？
啊，为什么只在极快的一瞬间刺痛我？
你为什么不接下去？啊，为什么你现在停止了？
是否因为如果你不只是极快的一瞬间而是接下去的话，你不久肯定会将我置于死地？

1860　　　　1867

我就是那渴望热恋者

我就是那渴望热恋者；
地球是有引力的吗？物质不都是渴望着吸引一切物质的吗？
因此我的肉体也同样会吸引我所遇到或认识的一切。

1860 1867

顺乎天性的时刻

顺乎天性的时刻——在你来到我身边的时候——啊，你现在已来到我这里，
只要现在就给我性的欢乐，
让我浸透在我的情欲中，请给我粗俗而腥臭的生活，
今天我要去和大自然的宠儿做伴，今晚也如此，
我赞成那些纵欲的人们，我参加青年们午夜的狂欢，
我和跳舞的跳舞，和喝酒的喝酒，
回声震响着我们放荡的叫嚷声，我选一个下流的人做我最亲热的朋友，
他将无法无天，粗野不文，他将是一个干了坏事而受到别人谴责的人，
我将不再装腔作势，我何必流放自己、离开我的同伴呢？
啊，你们这些被人们躲避的人们，至少我不躲避你们，
我走出来站在你们中间，我要做你们的诗人，
你们将比别人更加看重我。

1860　　1881

一次，我经过一个人烟稠密的城市

一次，我经过一个人烟稠密的城市，我把它的外表、建筑、
习俗、传统，铭刻在我脑子里，以便将来使用，
然而现在在那整个城市里我记得的只是一个偶尔遇到的女人，
她因为爱我而把我留下了，
我们日日夜夜在一起——别的一切我都早已忘记，
我记得我只是说那女人热烈地紧紧缠住我不放，
我们一再到处漫游，我们热恋，我们又分手，
她又一次握住了我的手，不许我走，
我还能看见她紧挨在我身边，嘴唇不说话，只是忧郁地微微
颤抖着。

1860　　　　1861

我听见了你，庄严甜蜜的管风琴

上个星期天早晨我经过教堂时听见了你，庄严甜蜜的管风琴，
秋天的风啊，黄昏时我在树林里散步，我听见你在上空长长嘘出的叹息是那么忧伤，
我在歌剧院听见那美妙的意大利男高音在歌唱，我听见四重唱里那位女高音的声音，
心爱的！我也听见那搂着我头的那只手腕边你的低语，
昨晚上在寂静中我听见你的脉搏在我耳畔发出的小小铃铛声。

1861　　1867

从加利福尼亚海岸朝西看

从加利福尼亚海岸朝西看，
不倦地问着路，寻找着那还未找到的东西，
我，一个孩子，已经很老了，越过波澜，向着我母亲这个血统的家，那多次移民的地方，远远望去，
从我的西海的岸边望去，几乎转完了一圈；
因为从印度斯坦向西去，从克什米尔河谷，
从亚细亚，从北方，从上帝，那圣贤和英雄那里，
从南方，从花朵盛开的半岛和盛产香料的岛屿那里起步，
我已经游逛了很久，曾经绕着地球游逛，[1]
现在我又回到了家乡，非常满意，高兴，
（但是我许久以前动身去寻找的东西在哪里？为什么还没有找到？）

1860　　1867

1 诗人在想象中漫游，作为美国民族的代表，从亚洲开始西行，绕地球一周。

亚当一清早

亚当一清早，
从树荫深处走出来，睡醒后精神抖擞，
我走过时他看见了我，听见了我的声音，朝我走了过来，
碰碰我吧，在我路过时用你的手掌碰碰我的肉体吧，
不要怕我的肉体。

1861 1867

芦 笛

芦笛原文为Calamus，也指菖蒲及芦苇。惠特曼自己说：“这是一种很大的香草或蒲草，长在山谷里的水池旁——叶高大约三英尺——常被叫作甜菖蒲——北部和中部诸州到处都有——我书中所用的那个十分文雅的名字为芦笛，有着极大极耐寒的叶片——有着清新的、水草属的香气扑鼻的特殊风格。”

在人迹罕到的小路上

在人迹罕到的小路上，
生长在池水旁，
逃离了那浮在表面的生活，
离开了迄今为止公开宣布的所有规范，离开了享乐，利益，
　大家遵守的条例，
那些太久以来我给我灵魂提供的粮食，
我现在才懂得了未曾公布过的规范，懂得了我的灵魂，
我所代表的那个男子的灵魂最喜欢的是伙伴，
我独自在这里远离尘世的喧闹，
一一记下了那些芬芳的舌头[1]在这里对我说的话，
不再腼腆，（因为在这个僻静的地方我不像在别处那样不敢
　回答，）
我深切感到了那并非表面，然而却包含了一切的生活，
下决心今天不歌唱别的，只歌唱有关男子之间的感情，
让这些诗歌沿着充实的生活发展下去，
今后只留下各种各样健壮的友情，

1　指这种植物的叶片做成的笛子。

这是在我四十一岁的一个美妙的九月下午，
我进行的都是为了所有的年轻人或曾经是年轻的人，
告诉他们我夜间和白天的秘密，
歌颂寻求伙伴的必要性。

1860 1867

我胸口的芳草

我胸口的芳草，
我从你那里采集草叶，我写作，以便日后让人们更好地传诵，
墓上的草叶，生长在我和死亡之上的、尸体长出的草叶，
持久不死的根，高高的叶瓣，啊，冬天将不会把你冻死，娇柔的草叶啊，
你每年都会重新萌发，你会从你退却的地方再现；
啊，我不知道许多过路者会不会发现你或吸进你那淡淡的清香，但是我相信少数人也许能够；
啊，窈窕的草叶！啊，我鲜血的花朵！我允许你用自己的语言诉说你下面的心事，
啊，我不知道你身体下面包含着什么深义，你不是幸福，
你往往苦涩得使我忍受不了，你烧灼我，刺痛我，
但是你对我来说还是美丽的，你那稍带颜色的根啊，你使我想到死亡，
你带来的死亡是美丽的，（其实除了死亡与爱最终还有什么是美丽的呢？）
啊，我想我在这里讴歌密友的交情，不是为了生命，我想一定是为了死亡，

因为上升到密友的大气层中时，该是多么宁静、多么庄严啊，
是死亡还是生命我已毫不关心，我的灵魂不愿做出选择，
（我不敢肯定，但是密友们的崇高灵魂最欢迎的还是死亡，）
其实，啊，死亡，我现在认为这些草叶的含义和你的含义完全一样，
长高些吧，甜蜜的草叶，让我看个清楚！请从我胸口长出！
从那隐蔽着的心脏那里跳走吧！
不要把自己封闭在你那些粉红颜色的根须中，羞怯的草叶！
不要含羞忍辱地停留在那里，我胸口的草叶！
是的，我决心袒露我那宽阔的胸膛，我已窒息、憋闷得够久了；
具有象征意义而又喜怒无常的叶片啊，我要离开你们，你们现在已不再为我服务，
我将凭借叶片本身说出我要说的话，
我只要用声音表达我自己和伙伴们就足够了，除此以外，我将不会发出别的呼声，
我将让它在各州唤起不朽的回响，
我将给密友们做出榜样；让它在各州成为永久性的形体和意志，
我要让我说的话使死亡振奋人心，
因此啊，死亡把你的声调传给我吧，让我和它共鸣，
把你自己给我吧，因为我知道你现在主要属于我，你们，爱与死亡，是不可分离地紧抱在一起的，

我也不会容许你再用我所谓的生命给我设置障碍，
因为我现在理解你的含义是根本性的，
你隐藏在这些多变的生活形式中是有原因的，而且基本是为了你，
你超越了它们而继续存在下去，成为真正的现实，
你耐心地在物质的面具背后等候着，不管需要多久，
终究会有一天你可能掌握一切，
也许你会使表面形式全部烟消云散，
也许表面形式都是为了你，但这不会持续很久，
而你是会十分持久的。

1860　　1881

现在紧紧缠着我的不管是谁

现在紧紧缠着我的不管是谁，
缺了一件就什么都将无用，
在你进一步试图缠住我之前，我对你预先发出警告，
我并非你所设想的，而是大不相同。

谁将是那个追随我的人？
谁愿意署下自己的名字作为赢得我感情的候选人？

方式是可疑的，结果是不能肯定的，也许是破坏性的，
你必须放弃别的一切，只有我才能充当你独一无二的唯一标准，
即使如此，你的实习期也将是漫长而辛苦的，
你过去对生活的全部理论和你所习惯的周围生活都必须放弃，
因此在你进一步自寻烦恼之前现在就放开我吧，把你搭在我肩上的那只手拿开，
放下我去走你自己的路吧。

再不然就偷偷到某个树林里去试一试，

或者走到空旷处的一块岩石背后，
（因为我不可能从一间盖有屋顶的房间里出现，也不会有同伴，
在图书馆里我会像个哑巴那样躺着，一个呆子，还没有出生，或者已死去，）
但是也可能和你在一座高山上，先看看几英里之内会不会有人突然来到，
也可能和你在海上航行，在海滩上或在某个清静的小岛上，
在这里我允许你把你的嘴唇压在我的嘴唇上，
接一个伙伴式的长吻或是一个新婚丈夫的亲吻，
因为我是那新婚丈夫，我是那伙伴。

或者你如果愿意，就把我塞进你的衣服下面，
让我在那里感受到你心的搏跳，或者让我靠着你的臀部，
你在陆地或海上旅行时请携带着我，
因为只要接触到你就已经足够，也最好，
就这样接触到你，我就会静静睡去，永远被携带着。

但是你若细读这些草叶你就会冒风险，
因为你不会理解我和这些草叶，
一开头你就会无法掌握其意义，过后就更不可能，我肯定会逃脱你的掌握，
即使你以为毫无问题，你已经一把将我拉住了，但是看哪！

你会发现我早已从你身边逃走。

我写这本书不是为了写其中的内容，
阅读它并不会使你得到它，
那些钦佩我又吹嘘我的人也并非最理解我，
那些想赢得我友情的候选人（除非只是极少数几个）也不会胜利，
我的诗篇也不仅有益，它们也同样有害，也许危害更多一些，
没有那些你猜了多次猜不中而又是我暗示了的东西，一切就将无用；
因此放下我，走你的路去吧。

1860 1881

为了你，啊，民主！

请听我说，我将使这个大陆不可溶解，
我将缔造太阳照耀下最光辉的人种，
我将使具有巨大吸引力的国家变得神圣，
以伙伴之间的友爱，
以伙伴之间终生不衰的友爱。

我要沿着美利坚的所有江河、沿着大湖的湖岸、遍及所有的
　大草原，栽植像树木一样密集的友爱，
我要让拆不散的城市用它们的臂膀搂住彼此的脖子，
以伙伴的友爱，
以男性间伙伴的友爱。

这些是我献给你的，啊，民主，是为你服务的，我的女人啊！
为你，为你，我才颤声发表着这些诗歌。

1860　　1881

我在春天唱着这些歌

我在春天歌唱时为密友们收集了这些歌，
（因为除我之外还有谁能懂得密友们和他们所有的忧伤与欢乐呢？
除我之外又有谁是伙伴们的诗人呢？）
收集时我横跨了世界这座花园，但不久我就走出了大门，
时而沿着池塘，时而稍稍涉水，不怕受潮湿，
时而又走近栅栏式的篱笆，在那些从田间拾来的乱石块被扔作一堆的地方，
（野花、藤蔓和杂草从石缝里长出，又部分掩盖了石堆，我离开了这里又往前走，）
远远走进了森林，或者后来又在夏天时随意漫步，竟没有考虑要去什么地方，
独自一人，闻着泥土的气息，又不时在寂静中停下了脚步，
本以为只剩下了自己，然而过不久许多人围了上来，
有的走在我身边，有的走在我后面，有的又挽着我的臂膀或脖子，
他们是死去或活着的亲密朋友们的灵魂，愈聚愈多，成了一大群，而我则是在中间，
在那里我一边收集，一边分赠，一边歌唱，一边和他们在一

起游逛，
折下点什么作为纪念，谁离得近就丢给谁，
这里，是紫丁香和一枝松针，
这里，从我口袋里取出的一点苔藓，是我在佛罗里达州那株挂满了苔藓的栎树上揪下来的，
这里是一些石竹和桂树叶，和一把鼠尾草，
这里是我现在从水里捞上来的，是我在池塘边涉水时所得，
（啊，这里是我最后一次看见他的地方，他温柔地爱着我，后来又回来再也不和我分离，
而这一枝呢，啊，这一枝将从此成为伙伴们的标志，这是芦笛的根，
青年人应当用它来互相交换！谁也不要把它退回去！）
还有几片枫叶，一束野柑橘和板栗，
几枝红醋栗和梅花，和芬芳的雪松，
这些我用一团浓密的灵魂把它们缠住，
在我信步路过时用手指指点或抚摸，或从我身边把它们抛撒掉，
并告诉每个人他应得的是什么，并使每个人都有所收获；
但是我从池塘边的水里捞取的东西我却要保留，
我也要给人，但只能给那些像我自己那样友爱的能量很深的人们。

1860　　　　1867

不只是我胸腔里呼出的气

不只是我胸腔里呼出的气，
并非由于中夜兴叹，因对自己不满而恼怒，
并非由于那些长长嘘出、抑制不住的叹息，
并非由于那许多背弃了的誓言和许愿，
并非由于我那固执而凶残的灵魂做出了决断，
并非由于空气提供的微妙营养，
并非由于太阳穴和手腕这两处的搏动和猛跳，
并非由于那终有一天会停止的奇妙的心肌的伸缩，
并非由于只有天知道的那许多渴望，
并非由于我独自在遥远的旷野里抛出的喊叫声，笑声，置一切于不顾，
并非由于从咬紧的牙缝里吐出的沙哑的喘气声，
并非由于说过了又说的话，喋喋不休的话，应答话，僵死的话，
并非由于我睡觉时梦中哼出的喃喃声，
也不是那些每天的奇异梦境中发出的其他喃喃声，
也不是那些不断接待你又打发你走的我那躯体的四肢和五官——并非由于这些，

并非由于以上的任何一端或全部，啊，黏着力！[1] 啊，我生命的脉搏！
我才需要你存在并表现你自己，在这些诗歌里。

1860　　1867

1 颅相学术语，表示强烈的兄弟情谊和友好关系。

关于极度可疑的表面现象

关于极度可疑的表面现象，
关于终久还是不可靠，我们仍有可能是受了欺骗，
很可能信赖和希望终久不过是臆测，
谢世以后仍可能保留本性只是一个美丽的虚构，
可能我看见的东西，动物，植物，人类，丘陵，闪亮着又流动着的河川，
白天与夜间的天空，颜色，密度，形体，也许这些都只是（无疑也确实只是）幻影，真实的东西仍待发现，
（它们多少次从自身中突然出现像是要迷惑我，嘲笑我！
有多少次我认为我既不理解其中的任何一事，也没有谁能理解，）
也许从我现在的观点出发我只是看到了它们的形似（无疑它们也只能是形似），但从完全不同的观点看去，丝毫也不能证明（这也是当然的）它们的表面是什么，甚至什么都不是；
对我说来，这些和类似的问题被我的密友——我那些亲爱的朋友们奇妙地做出了回答，
在我心爱的人和我同游或长时间握着我的手坐下时，

在那微妙的不可捉摸的气氛、那种认为词句和理智都不可靠
　的感觉包围了我们而且渗透了我们时，
那时我才真的充满了未曾明说过而又不可能明说的智慧，我
　默默无言，不再需要更多的东西，
我不能回答表面现象或谢世以后的本性这些问题，
但是不管是走着路或毫不在意地坐着，我都是满足的，
那握住了我的手的他已经使我完全满足了。

1860　　　　1867

一切形而上学的基础

听着，先生们，
我要说几句话，让它们一直留在你们的记忆和头脑里，
作为一切形而上学的基础和最后结论。

（在他那听者众多的课程结束的时候，
老教授就是这样对学生们说的。）

研究了现代与古代，希腊和日耳曼的体系之后，
研究并阐明了康德、费希特、谢林和黑格尔之后，
阐明了柏拉图的学说，还有比柏拉图更加伟大的苏格拉底之后，
在长期研究了比曾经探索过、阐明过的比苏格拉底更加伟大的神圣的基督之后，
我今天回顾，体会了那些希腊和日耳曼体系，
体会了所有的哲学体系，体会了基督教教会和教义，
然而在苏格拉底的更深一层下面，却清楚地看到了，在神圣的基督的更深一层下面，我看到了
人对他的伙伴所怀有的热烈感情，朋友和朋友之间的吸引力，

那美满的丈夫和妻子之间，孩子们和父母之间，

城市和城市之间，国家和国家之间的热烈感情。

1871 1871

今后多少年代的记事员

今后多少年代的记事员啊，
来吧，我来把你们带进这冷漠的外表的内部，我来告诉你们，你们能说我些什么，
把我当作那最温柔的密友来公布我的名字、悬挂我的照片吧，
那个朋友那个密友的造像，是他的朋友他的密友最喜爱的一幅，
他并不为他写下的诗歌感到骄傲而是为他内心那汪洋大海般的友情，他自由地把它倾倒了出来，
他常常孤独一人散步，想念着他那些亲爱的朋友们，他的密友们，
他离开了他所爱的那人就愁闷，晚上经常睡不着，得不到满足，
他饱尝了那最令人寒心的恐慌，生怕他热爱的那人可能暗中对他完全无意，
他最快活的日子是远远走去，穿过田野进入树林，登上山冈，他和另外那一个手拉着手闲步着，他们两个远离众人，
在街上游逛时他经常曲着胳膊搂着他朋友的肩膀而他朋友的胳臂也搭在他身上。

1860　　1867

在一天将结束时我听说

在一天将结束时我听说我的名字在州议会厅里受到鼓掌欢迎，
　可是当天晚上我并不觉得幸福，
又有时我开怀畅饮，或者我的计划都已完成，我还是并不感
　到幸福，
但是一天清早我十分健康地从床上起来，精神抖擞，唱着歌，
　吸着秋天那醉人的气息，
我看见西方的满月在渐渐淡下去，在晨曦中消失，
我独自一人在海滩边信步走着，脱下衣服洗了个澡，和清凉
　的水一起欢笑，看着太阳升天，
又想到我亲爱的朋友我的密友即将到来，啊，那时我才幸福，
啊，那时每口气才更加香甜，整整一天的饮食也更有营养，
　美丽的一天顺利地过去了，
第二天到来也一样欢乐，而紧接着那天的黄昏我的朋友来了，
那天晚上在一切都静寂时我听见河水缓慢地、不断地翻滚到
　岸上来，
我听见那咝咝的液体和沙土的沙沙声，好像在朝着我向我悄
　悄祝贺，
因为我最爱的那人睡在我身旁，在凉爽的夜晚合盖着一床

被子，
在秋天月色的寂静中他的脸朝着我靠近，
他的臂膀轻轻放在我胸口——那天晚上我是幸福的。

1860 1867

你就是那被我吸引的新来的人吗？

你就是那被我吸引的新来的人吗？
让我先警告你，我其实和你所想象的差得很远；
你是设想你会在我身上找到你的理想吗？
你认为让我做你的密友是很容易的吗？
你认为我的友谊会是不掺杂质的完全满意吗？
你认为我既可靠又忠诚吗？
你除了这个表面：我的这种光滑而随和的态度之外就不需要进一步认识了吗？
你以为你自己是在脚踏实地朝着一位真正的英雄人物前进吗？
难道你从来没想到，啊，做着美梦的人儿，这一切可能都是空幻，都是假象吗？

1860　　1867

只是些根与叶

这些只是些根与叶，
是从野林和池畔给那些男女带来的芳香，
友爱的酸模和石竹，比藤蔓缠得更紧的手指，
太阳升起后躲在树叶丛中的鸟儿们喉头涌出的歌声，
陆地和友爱的微风从活跃着的岸边吹送到活跃着的海上的你们身边，啊，水手们！
在冬天快要过去时给在田野里漫步着的年轻人乘着新鲜送去的、严霜催熟的浆果和三月的嫩枝，
安放在你面前和你内心里的友爱的花苞，不管你是谁，
按照旧日条件而即将开放的花苞，
如果你给它们带来太阳的温暖，它们就会开放，给你带来形态、颜色、芳香，
如果你成为养料和潮湿的话，它们就会成为花朵、果实、高高的枝丫和树木。

1860　　1867

不是高温点燃起火焰并烧毁一切

不是高温点燃起火焰并烧毁一切，
不是海浪在匆忙地进出，
不是干燥而香甜的空气，夏深时的空气，轻轻带动着无数种子的白色茸球，
被吹送着，轻柔地飘舞着，随处落下来；
不只是这些，啊，无独有偶的是我也一样燃起火焰烧毁着一切，为要得到我所爱的那人的友爱而燃烧着，
啊，我也一样在匆忙地进出；
潮水不是在匆忙地寻找着什么，而且从不服输吗？啊，我也是一样，
啊，若是说茸球或芳香，高空那洒着雨点的云朵在空中遨游的话，
那么我的灵魂也一样在空中遨游，
朝着各个方向吹送，啊，亲爱的，为了寻找友谊，寻找你。

1860　　　　1867

缓缓渗出的点滴

缓缓渗出的点滴！从我的蓝色的血管中流出！
啊，是我落下的点滴！渗出着，缓慢的点滴，
径直地从我身上流下，滴落，点点鲜血，
从为了把你自监狱中解放出来而造成的创伤中，
从我脸上，从我额头和嘴唇上，
从我胸口，从那隐蔽着的我的内心深处挤出了红色的点滴，
　自画供状的点滴，
请污染每一页，污染我唱的每一首歌，我说的每一句话吧，
　血红的点滴，
让它们懂得那猩红的高温，让它们闪烁放光，
让它们浸透着你自己，满面惭怍而潮湿，
使我所写或将要写的一切都发出红光吧，点点鲜血，
让一切都渗透你的观点吧，羞得通红的点滴。

1860　　　　　　　　　　　　　　　　　　　　1867

纵情欢乐的城市

纵情欢乐、具备着各行各业和各种乐趣的城市，
我曾经在这里住过并在这个城市里歌唱过这件事终将有一天使你声名卓著，
你的华丽排场，你那些多变的戏剧性和壮观的表演，不足以酬谢我，
不是你那些没有尽头的一排排房屋，也不是那些靠着码头的船只，
不是街上的游行队伍，也不是摆满商品的明亮橱窗，
不是和有学问的人谈话，或让我参加晚会与宴席；
不是那些，而是在我走过时，啊，曼哈顿，你经常迅速地向我投来明亮的眼神向我献上了友爱，
对我自己内心的友爱做出了反应——这些才真正酬谢了我，
只有密友，不断出现的密友们才真正能够酬谢我。

1860　　　　1867

看这张黝黑的脸

看这张黝黑的脸，那双灰色的眼睛，
这把胡须，那垂在我颈上的白色的没有修剪过的毛发，
我那褐色的双手和我那毫不可爱的沉默态度；
但是却来了一个曼哈顿的居民，他总是在告别时轻轻吻我的嘴唇表示坚定的友情，
而我则是在过街时或在船的甲板上也报以一吻，
我们遵守着陆地和海上的美利坚伙伴之间的那种礼节，
我们就是那样两个顺乎自然而随随便便的人。

1860　　1871

在路易斯安那我看见一株四季常青的橡树在成长着

在路易斯安那我看见一株四季常青的橡树在成长着，
它孤单单独自站立着，苔藓从树枝上挂下来，
它没有任何同伴却生长在那里倾吐着欢乐的、深绿色的叶子，
它的相貌粗鲁、挺拔、健壮，使我想到我自己，
但是我诧异它怎么能独自站在那里倾吐着欢乐的叶子，却没有它的朋友在身边，因为我知道我就办不到，
我折下了小小一枝，上面有几瓣叶子，又给绕上一点儿苔藓，
我把它带走，把它放在我屋里容易看见的地方，
我不需要它使我重新想起我自己那些亲爱的朋友，
（因为我认为我最近除了他们之外没怎么想念过别的，）
但是它仍是一件奇异的纪念物，它使我想到男子之间的友爱；
虽则如此，而且虽然那四季常青的橡树孤独地在路易斯安那那块很大很平坦的空地上闪闪发光，
终其一生倾吐着欢乐的叶子，竟没有一个朋友或心爱的人在身边，
我深知我就是办不到。

1860　　1867

给一个陌生人

过路的陌生人！你不知道我是怀着多大的渴望用眼睛看着你，
你定是那我正在寻找的他或她，（我真像是做了一个梦，）
我肯定在什么地方和你共享过一段欢乐的生活，
我们擦身走过时一切都想起来了，流体似的，多情，贞洁，
　已经成熟，
你是和我一起长大的，是一个和我在一起的少年或少女，
我和你一同饮食，和你一同睡觉，你的躯体已不只是你的，
　我的也不只是我的，
我们相逢时你的眼睛，脸，肉体给了我愉悦，作为回敬你接
　纳了我的胡须，胸脯，双手，
我原是不许和你说话的，只有在我独自坐着，或独自在夜间
　醒来时，才许可想到你，
我原定要等候你，无疑我还会再遇见你。
我必须保证不把你白白丢失掉。

1860　　　　　　　　　　　　　　　　1867

这一瞬间既深切怀念又心事重重

这一瞬间独自坐着既深切怀念又心事重重，
我似乎觉得在别的国家也有别的人在深切怀念又心事重重，
我似乎觉得我稍往远处看便能够在德国、意大利、法国、西班牙看到他们，
或在十分遥远的中国，或在俄罗斯或日本，操着不同的方言，
我似乎觉得如果我能认识那些人我也会对他们产生感情，像对我自己国家的人们那样，
啊，我知道我们会成为兄弟和密友，
我知道和他们在一起将是幸福的。

1860 1881

我听见人们指责我

我听见人们指责我说我企图破坏社会制度，
但是我实际既不赞成也不反对社会制度，
（我怎么会和它们有什么共同点呢？破坏它们又会怎么样呢？）
我只是想在曼纳哈塔和这个国家的每座城市，无论在内地或海边，
在田野间和树林里，在每一条压低水面的大小龙骨之上，
不必求助于大建筑物，规章，董事，或任何论据，
建立起一个伙伴之间亲密友爱的制度。

1860　　　　1867

在大草原的草丛中辟路而行

在大草原的草丛中辟路而行，呼吸着它的特殊气味，
我要求它满足精神上的互相一致，
要求男子之间最丰富、最亲密的同伴关系，
要求草叶生长出言辞，行动，人物，
都属于开阔的大气层，粗糙，受到阳光的照射，清新，富于营养，
能够按照自己的步伐走路，笔直，行动自由而果断，在前面引导而不是跟在后面，
有一种毫不气馁的勇气，有一副甜蜜、健壮、一尘不染的肉体，
能够漫不经心地望着总统和州长，当面问他们你是谁？
具有普通人的热情，简朴，从不受拘束，从不服从，
具有那种美利坚内陆的性格。

1860　　　　1867

在我读到那已经取得战果的美名时

在我读到英雄们那已经取得战果的美名和威武的将军们的胜利时，我并不羡慕那些将军们，
也不羡慕那居于总统职位的总统或住在高楼里的富翁，
但是在我听说密友之间的兄弟情谊和他们的情况时，
他们又怎样毕其一生在一起，经历了危险，耻辱，毫不变心，地久天长，
经历了青年、中年和老年，又怎样毫不动摇，友爱而又忠诚时，
我这才心情沉重——我急忙走开，满心怀着最苦涩的妒忌的心情。

1860　　1871

我们两个少年紧紧搂抱在一起

我们两个少年紧紧搂抱在一起，
彼此绝不分离，
在大路上来回走着，自南到北旅行着，
享受着力量，伸展着胳膊肘，手指握紧着，
披戴着武装，毫不畏惧，吃着，喝着，睡着，相爱着，
除了我们自己，不承认任何其他法律，航海，当兵，盗窃，
　进行威胁，
惊动着吝啬鬼、奴仆、僧侣，吸着空气，喝着水，在草地或
　海滩上跳着舞，
骚扰着城市，不屑于悠闲，轻蔑法规，驱逐着软骨病，
完成着我们的突然袭击。

1860　　　　1867

给加利福尼亚许下一个愿

给加利福尼亚许下一个愿要往那里去，
或是去内地到那些宽阔的放牧牛羊的平原，再前进到普吉特海峡和俄勒冈；
在东部稍稍多待一忽儿，不多久我就朝你们走去，留下来教你们学会茁壮的美利坚式的友爱，
因为我深知我和茁壮的友爱是属于你们内地和西部沿海的，
因为这几个州靠近内地，面临着西部海洋，而我也将去同一个方向。

1860　　　　1867

这里是我最脆弱的草叶

这里是我最脆弱的草叶，然而也是我能够长期维持的最茁壮
　的草叶，
我在这里隐藏着我的思想，我自己不去暴露它们，
然而它们却比我所有的其他诗歌更加暴露着我。

1860　　　　　　　　　　　　　　　　　　　　　　　　1871

不是一架节省劳力的机器

不是一架节省劳力的机器，
我也没有什么新发现，
也不能留下一大笔遗产，足以创办一座医院或图书馆，
也不可能想起我曾为美利坚干过一桩勇敢的大事，
也没有文学上的成就或才能，也没有给书架上添过一本书，
只留下了几首还在空气中震颤着的欢歌，
呈献给伙伴和亲密的朋友们。

1860 1881

一　瞥

从门缝里窥见的一瞥，
某个很晚的冬天的晚上，一群工人和车夫在酒吧间里围着火炉，却没有人注意到我坐在一角，
一个爱我而为我所爱的青年默默走来坐在我身旁，以便拉着我的手，
在来来去去的吵闹声中，在喝酒赌咒和下流的笑谈声中过了很长时间，
我们两个在那里，因能够在一起而感到满足，幸福，很少说话，可能连一句话都没有说。

1860　　　　　　　　　　　　　　　　　　　　1867

给携手者的一片草叶

给携手者的一片草叶，
你们这些听从自然的老人和青年！
你们这些在密西西比河上和在所有的密西西比支流旁的人们！
你们这些友好的船夫和工匠！你们这些粗人！
你们这两个！和所有沿着街道走动着的行列！
我愿意把我自己融化在你们中间，直到我看见手拉着手走路成为平常的事。

1860　　1867

大地和我很形似

大地和我很形似，
虽然你看似那么冷漠，宽阔，浑圆，
我现在却怀疑那并不全面；
我现在感到你身上有一种凶猛的东西随时都会爆炸，
因为一个壮汉在热恋着我，我也热恋着他，
但是对于他，我身上有一种凶猛而怕人的东西随时都会爆炸，
我不敢说出来，甚至不敢让它在这些诗歌中出现。

1860 1867

我在梦中梦见

我在梦中梦见一座城市，它在全世界向它攻击时能够岿然
　不动，
我梦见那是一座新的朋友结成的城市，
在那里没有比强有力的友情更伟大的，它统领一切，
这体现在那个城里的人们每小时的行动之中，
也在他们所有的表情和言论之中。

1860　　　　1867

你知道我为什么手里拿着笔?

你认为我手里拿着笔是为了记载什么?
是我今天看着它扯足帆篷驶出海面的那艘造型美观、姿态庄严的战舰吗?
是过去的荣华富贵?还是那笼罩着我全身的夜晚的光辉灿烂?
还是那在我周围展示的那伟大城市的不可一世的光荣和成长?——不是的;
仅仅是我今天在码头上的人堆里看见的两个普通人，像亲爱的朋友那样在互相告别,
那个留下的搂着另外那个人的脖子，热烈地吻着他,
而那个要走的人则是用手臂紧紧拥抱着那个留下的人。

1860 1881

给东部和西部

给东部和西部，
给那个在滨海一州和宾夕法尼亚居住的人，
给那个北方的加拿大人，给我爱的那个南方人，
这些人能够完全可靠地把你们描写得像我自己一样，生机存在在所有人的心里，
我相信这个国家的主要意图是缔造一种壮丽、崇高、前所未有的友谊，
因为我看到它在等待，而且一直在等待着，它潜伏在所有人的心里。

1860　　　　1867

有时对我所爱的那个人

有时对我所爱的那个人我满腔怒火，生怕我吐露的是得不到报答的友情，
但是现在我认为并无没有报答的友情，报酬是肯定的，只是方式不同，
（我热烈地爱着某个人，而我的爱却得不到报答，
然而我却因此写下了这几首诗。）

1860 1867

给一个西部的少年

我要教会你吸收许多东西以便使你成为我的学生，
然而你血管里若是没有流着像我这样的血，
若是你并没有默默被心爱的人选中，也没有默默地挑选自己心爱的人，
你想要做我的学生又有什么用呢？

1860 1881

让抛下的锚永远固定下来，啊，亲爱的！

让抛下的锚永远固定下来，啊，亲爱的！啊，我所爱的女人！
啊！新娘！啊，妻子！想到你时，我简直说不清你是多么使人无法抗拒！
那就分手吧，让我摆脱形体或作为另一个人去投生吧，
飘飘然，成为最后一个体格健壮的实体，我的安慰，
我升级，我漂浮在你友情的范畴之内，啊，男子，
啊，你分担了我的无定所的生活。

1860　　　　1867

在许多许多人之间

在许多许多男人和女人之间，
我看到有人用隐蔽而神圣的手势选中了我，
不承认还有别的人，不承认任何父辈、妻子、丈夫、兄弟、
　孩子会比我更加贴心，
有些人迷惑不解，但是那人却不这样——那人理解我。

啊，完全平等的心上人，
我原希望你凭借微弱、曲折的道路发现我这个人，
而我在遇到你时也打算通过同样的途径发现你。

1860　　　　　　　　　　　　　　　　1881

啊，我经常悄悄地来到你身旁

啊，我经常悄悄地来到你所在的地方，以便和你在一起，
我在你身旁走，或靠近你坐下，或和你待在同一间屋子里时，
你决想不到我心中为了你而闪动着的微妙电火花。

1860 1867

那影子是我的肖像

那影子是我的肖像，它来回奔走，为着谋生而喋喋不休，讨价还价，
我经常发现我自己站在那里望着它飘来飞去，
我经常提出问题并怀疑那究竟是否真的是我；
但是我在密友中间欢唱着这些歌的时候，
啊，我从来没有怀疑过那人是否真的是我。

1860　　　　　　　　　　　　　　　　1881

现在还充满活力

现在还充满活力，结实，人们还看得见，
我，四十岁，也是这个国家的第八十三个年度，
向一个距今一个世纪或无论多少个世纪的人致意，
向你们这些还未出生的人献上这些诗篇，努力寻求着你们。

在你们读这些诗篇时那看得见的我已不复看得见了，
现在轮到你们结实，看得见了，你们在实现我诗中的愿望，
　在努力寻求着我，
幻想着如果我能和你们在一起，成为你们的伙伴，该有多么
　幸福；
那就当我和你们在一起吧（不要过于肯定认为我现在并未和
　你们在一起。）

1860　　　　　　　　　　　　　　　　　　　　1871

向世界致敬！

一

啊，拉着我的手，沃尔特·惠特曼！
这许多滑翔着的奇迹！这许多景物和声音！
这许多没有尽头、接连在一起的链环，一个钩着一个，
每一个都代表全体，每一个都和全体在一起分享着大地。

什么在扩充着你的怀抱，沃尔特·惠特曼？
什么波浪与土壤在徐徐渗出？
是哪些区域？这里是哪些人和城市？
有些在玩，有些在睡觉的婴儿都是谁？
这些少女是谁？这些已婚的妇女是谁？
那些用臂膀搂着彼此脖子在缓缓走着的一群群老翁是谁？
这些是什么河流？这些是什么森林和果木？
那些高高耸立在雾中的群山叫什么名字？
那些住满了人的无数住宅都是些什么地方？

二

在我怀抱里纬度在扩充，经度在延伸，
东边是亚细亚，阿非利加，欧罗巴——西边安排的是美利坚，
围绕着地球的隆起部分的是炎热的赤道，
地轴的两端奇妙地朝着北方南方运转，
在我怀抱里是最长的白天，太阳沿着斜圈转动，好几个月都不沉落，
在我怀里按时横卧着的那午夜的太阳刚刚离开地平线便又沉落了，[1]
在我怀里是各个寒热地带，大海，瀑布，森林，火山与各种群体，
马来西亚，波利尼西亚，和那些伟大的西印度群岛。

三

你听见了什么，沃尔特·惠特曼？

我听见那个工人在歌唱，那个农夫的妻子在歌唱，
我听见清早从远处传来孩子们和动物的声音，
我听见澳大利亚人在追逐野马时一个赛过一个的喊叫声，

---

1 南极与北极夏季出现的午夜太阳。

我听见栗树荫下由雷别克[1]和吉他伴奏的敲着响板的西班牙舞蹈，
我听见从泰晤士河那里不断传来的回声，
我听见激昂的法国人的自由之歌，
我听见意大利船夫用优美的音律朗诵古诗，
我听见叙利亚的蝗虫正结成可怕的队伍密集地袭击谷物和青草，
我听见科普特人[2]在临近日落时唱出的叠句正忧郁地降落在那黑色的古老而广阔的母亲——尼罗河的胸脯上，
我听见墨西哥赶骡人的轰赶声和骡子身上的铜铃声，
我听见阿拉伯那位召集祈祷的负责人员在寺院顶上高呼，
我听见基督教神甫在他们教堂的圣坛前，我听见男低音和女高音的应声回答，
我听见哥萨克人的呼叫，从奥考茨港[3]出海去时那海员的声音，
我听见一队奴隶在行进时的沉重喘气声，这些粗壮的队伍三三两两经过，手铐和脚镣把他们都锁在一起，
我听见那希伯来人在诵读他的记事录和圣诗，
我听见希腊人那些写成诗体的神话和罗马人的壮丽传说，
我听见美丽的神基督的圣洁的生平和流血死亡的故事，
我听见那印度人在教导他宠爱的学生有关爱情、战争、谚语之事，是三千年前的诗人们所写作，一直平安无事地传到今天。

---

1 雷别克（rebeck），一种用弓拉的梨形三弦古琴。
2 科普特人（Coptic），即埃及土人，古埃及人的后裔。
3 奥考茨（Okotsk），苏联西伯利亚东部一港。

四

你看见了什么，沃尔特·惠特曼？
你在向谁敬礼，而一个一个向你敬礼的又是谁？

我看见一个巨大的圆形的奇物在空间滚动，
我在它的表面看见微型的农庄、村落、废墟、墓园、监狱、工厂、宫殿、茅舍、野蛮人住的小屋、游牧人住的帐篷，
我看见睡觉的人在睡觉的那有遮阴的一边和阳光普照的另一边，
我看见光与影的奇妙而迅速的变换，
我看见远方的国家，它们和它们居民的真实而亲密的关系正像我的国家和我的关系。

我看见许多江河湖海，
我看见山峰，我看见绵延不断的安第斯山脉，
我见喜马拉雅山脉、齐安夏、阿尔泰、加茨山脉，[1]
我看见厄尔布尔士山脉[2]、卡兹别克、巴萨求西[3]的巨大峰顶，
我看见施蒂里亚和卡纳克的阿尔卑斯山脉，[4]
我看见比利牛斯、巴尔克、喀尔巴阡山脉和北部的多弗拉非

1 这些山脉分别在中国、西伯利亚和当时英国统治的印度。
2 厄尔布尔士山脉（Elburz Mountains），伊朗北部的山脉名。
3 卡兹别克（Kazbek）、巴萨求西（Bazardjusi），高加索的山脉。
4 在奥地利和意大利。

尔兹山脉，还有海上的赫克拉火山[1]，
我看见维苏威和埃特纳火山，月亮山脉[2]，和马达加斯加的红山，
我看见利比亚，阿拉伯和亚细亚的沙漠，
我看见庞大而可怕的北极和南极的冰山，
我看见高一级的海洋和低一级的海洋、大西洋和太平洋、墨西哥海、巴西海和秘鲁海，
印度斯坦的水域，中国海和几内亚海湾，
日本的水域，美丽的长崎海湾，四周由高山包围着，
辽阔的波罗的海、里海、波的尼亚湾[3]、不列颠海岸和比斯开湾，
明朗的太阳照耀着的地中海，从其中这一个岛屿到另一个岛屿，
白海和格陵兰周围的海域。

我看见世界各地的海员，
有些经历着风暴，有些晚上和守夜的在一起警戒着，
有些无可奈何地漂泊着，有些患了传染病。

我看见世界各地的船只和轮船，有些麇集在海港里，有些在

1 赫克拉火山（Hekla），冰岛西南部的一座活火山。
2 古希腊天文学家托勒密（Claudius Ptolemaeus），曾指出此山在非洲内陆。
3 波的尼亚湾（Bothnia），在波罗的海北部。

海上航行，

有些绕过风暴角[1]，有些绕过佛得角[2]，其他则绕过瓜达富伊角[3]，波翁[4]或巴佳多利角。

有些绕过栋德拉角[5]，有些经过巽他海峡[6]，有些绕过洛帕特加角[7]，有些经过白令海峡，

有些绕过合恩角，有些在墨西哥湾航驶或沿着古巴或海地，有些则在哈得孙湾或巴芬湾，

有些经过多佛尔海峡，有些进入沃什湾，有些进入索尔威湾，有些绕过克利尔角，有些绕过地角，

有些横跨须德海或斯海尔德河[8]，

有些在直布罗陀或达达尼尔海峡来来去去，

有些坚定地强行穿过北方冬天的大块浮冰，

有些上或者下鄂比湾[9]或勒拿河，

有些在尼日尔或刚果，有些在印度河、布拉姆普特河和柬埔寨河[10]，

1　即好望角。

2　佛得角（Cape Verde），非洲大陆最西端。

3　瓜达富伊角（Cape Guardafui），在索马里东北端。

4　波翁（Bon），在突尼斯东北。

5　斯里兰卡南端的角。

6　苏门答腊和爪哇之间的海峡。

7　在堪察加南端。

8　斯海尔德河（Schelde），欧洲西部河流，发源于法国，流经比利时和荷兰，注入北海。

9　鄂比湾（Obi），苏联自东南向西北纵贯西西伯利亚的大河，注入北冰洋喀拉海的出口处的水湾。

10　这是三条亚洲的河流。

有的在澳大利亚的诸港口升火待发，
在利物浦、格拉斯哥、都柏林、马赛、里斯本、那不勒斯、汉堡、不来梅、波尔多、海牙、哥本哈根等待着，
在瓦尔帕莱索、里约热内卢、巴拿马等待着。

五

我看见地球上铁路的轨道，
我在大不列颠看见它们，我在欧罗巴看见它们，
我在亚细亚和阿非利加看见它们。

我看见地球上的电报机，
我看见通过细丝传来的我这个民族的有关战争、死亡、损失、收获，和激情的消息。

我看见地球上的长长河流，
我看见亚马孙河和巴拉圭河，
我看见中国的四条大河，阿穆尔河[1]、黄河、长江和珠江，
我看见塞纳河在什么地方流动，多瑙河、卢瓦尔河、罗讷河[2]和瓜达尔基维尔河[3]又在什么地方流动，

1　即黑龙江。
2　卢瓦尔河（Loire）与罗讷河（Rhône）均为法国河流。
3　在西班牙南部。

我看见伏尔加、第聂伯和奥得河弯弯流过的地方，
我看见托斯卡纳人顺阿诺河而下，威尼斯人沿着波河，
我看见那个希腊水手从埃吉纳湾出海而去。

六

我看见古老亚述王国的遗址，还有波斯的和印度的，
我看见恒河水顺着桑加拉[1]神的高高头顶朝下奔流，
我看见神的概念化为人的形象的那个地方，
我看见地球上历代僧侣所在的场所，先知、舍身者、婆罗门、塞比教徒[2]、喇嘛、和尚、伊斯兰教门的法学家[3]、劝人为善者，
我看见莫那[4]的树林里巫师们经常走动的地方，我看见槲寄生和马鞭草[5]，
我看见诸神死后葬身时的寺庙，我看见那些古老的标记。

我看见基督在青年和老年人中间吃着他最后一顿晚餐的面包，
我看见那健壮而神奇的青年赫拉克勒斯长期忠诚地在那里劳

1 亦名湿婆（Siva），婆罗门教和印度教的主神之一，主管破坏与再生，亦即主繁殖的神。
2 最初是巴比伦的一个基督教派别，后来又成为美索不达米亚的一个穆斯林教派。
3 伊斯兰教法典说明官。
4 莫那（Mona）是威尔士北部一县的拉丁文名称，威尔士名为安格力西亚（Anglesea）。
5 这些植物都和巫术有联系。

动、后来又死去的所在地，
我看见那肢体丰满而美丽的夜游神巴科斯[1]度过了清白而富足的一生又遇到不幸的地方，
我看见克乃夫[2]，青春年少，穿着蓝色的衣服，头上戴着羽冠，
我看见赫耳墨斯[3]，并不知道自己为人们所爱戴，在垂危时他对人们说：不要为我哭泣，
这里不是我真正的故土，我被赶出了我那真正的故土，现在我要回到那里去，
我要回到天国去，那是人人迟早都会前去的地方。

七

我看见地球上的战场，青草在上面长着，还有花朵和谷米，
我看见古今多少次远征留下的足迹。

我看见那些无名的砖石建筑，地球上未曾听说过的事件、英雄人物和文献所留下的古老遗训。

我看见英雄传奇的发源地。
我看见被凄厉的北风所摧残的松树和杉木，

---

1 罗马神话中的酒神。
2 埃及神话中的神，羊首人身。
3 希腊神话中为众神传信并掌管商业、道路等的神。

我看见坚硬的岩石和峭壁，我看见青绿的草地和湖泊，
我看见斯堪的纳维亚武士们[1]的石冢，
我看见许多石块在不平静的海洋边缘堆得高高的，以便死者的阴魂在厌倦了他们静悄悄的坟墓时可以从石堆里探出身子来遥望那些奔腾着的波浪，并且被风暴、宽阔的空间、自由和行动冲洗得精神抖擞。

我看见亚细亚的大草原，
我看见蒙古的古冢，我看见卡尔墨克和巴斯基尔[2]人的帐篷，
我看见赶着公牛和母牛群的游牧部落，
我看见镶刻着峡谷的高原，我看见丛林和沙漠，
我看见骆驼、野马、硕鸨、肥尾羊、羚羊和那在地下打洞的豺狼。

我看见阿比西尼亚的高原，
我看见成群的山羊在吃草，看见无花果树，罗望子树，枣树，
看见成片长着谷米[3]的田野和青绿金黄的地方。

我看见那巴西的牧民，

1 在这里惠特曼从自己保存的一张剪报中得到启发，写成诗句。
2 蒙古的游牧部落。
3 阿比西尼亚（现为埃塞俄比亚）的一种粮食。

我看见那玻利维亚人在攀登着索拉他山[1]，
我看见那瓦求人[2]在穿过平原，我看见那举世无双的骑马人臂上搭着套索，
我看见为取得皮革而在大草原上追逐野牛的人们。

八

我看见雪与冰的地区，
我看见目光锐利的萨莫依人[3]和芬兰人，
我看见捕捉海豹者在船上端稳着他的长矛，
我看见那西伯利亚人乘坐着家犬拖拉的小小雪橇，
我看见猎取海豚者，我看见南太平洋和北大西洋的捕鲸者，
我看见瑞士的峭壁，冰川，激流，山谷——我注意到漫长的冬天时与世隔绝。

九

我看见大地上的城市，我随意就成为其中的一员，
我是个真正的巴黎人，
我是一个维也纳、圣彼得堡、柏林、君士坦丁堡的居民，

---

1 在玻利维亚西部。
2 得克萨斯印第安部族卡多恩的成员。
3 阿尔泰山区的一个新西伯利亚部族。

我来自阿德莱德、悉尼、墨尔本，
我来自伦敦、曼彻斯特、布里斯托尔、爱丁堡、利默里克，
我来自马德里、加的斯、巴塞罗那、波尔多、里昂、布鲁塞尔、伯尔尼、法兰克福、斯图加特、都灵、佛罗伦萨，
我属于莫斯科、克拉科夫、华沙，或北至克里斯蒂安那或斯德哥尔摩，或在西伯利亚的伊尔库茨克，或在冰岛的某一条街上，
我访问了所有这些城市，又从那里走出来。

十

我看见未被勘探过的地区散发着蒸汽，
我看见典型的野蛮人，弓和箭，含毒的金属片，迷信物和符咒。

我看见非洲和亚洲的城镇，
我看见阿尔及尔、的黎波里、德尔尼、摩加多尔、廷巴克图、蒙罗维亚，
我看见成群的北京人、广州人、贝拿勒斯人、德里人、加尔各答人、东京人，
我看见那克鲁曼[1]人在他的小屋里，达荷美和亚山蒂人在他们的小屋里，

1 西非利比里亚的一个部落。

我看见那土耳其人在阿勒颇吸用着鸦片，
我看见基瓦[1]和赫拉特[2]市场上的那些别具风格的人群，
我看见德黑兰，我看见马斯喀特[3]、麦地那和两者之间的沙漠，
　我看见奋力前进的商队，
我看见埃及和埃及人，我看见金字塔和方尖塔，
我观看着凿成文字的历史，镌刻在沙石板或花岗石上的有关
　军功显赫的君主和各个朝代的记载，
我在孟菲斯看见埋葬在坑穴里的那些抹着香膏的木乃伊，裹
　着麻布，在那里已躺卧了好几个世纪，
我观看着那倒下的底比斯人，他的巨大眼珠，朝一边低垂的
　脖子，合抱在胸前的双手。

我看见所有地球上的奴仆在服着苦役，
我看见所有关在监狱里的囚犯，
我看见地球上那些残缺的人体，
盲人、聋哑人、白痴、驼背、精神病患者，
地球上的海盗、窃贼、叛徒、凶手、奴隶主，
无依无靠的婴儿，无依无靠的老年男女。

我到处看见男性和女性，

1　西亚的一个可汗国家，曾属苏联。
2　阿富汗西北一城。
3　阿拉伯阿曼的首都。

我看见哲学家中间和谐的兄弟情谊，
我看见我民族的建设性行动，
我看见我的民族由于坚毅和勤奋而结出的果实，
我看见阶层，肤色，野蛮行为，文明行为，我到他们中间去，
　毫不歧视地和众人在一起，
我向地球上的所有居民致敬。

十一

你，不管你是谁！
你，英格兰的儿或女！
你，来自强大的斯拉夫部族和帝国的！你，在俄罗斯的俄国人！
你，来历不明，皮肤黝黑，灵魂神圣的非洲人，魁梧，头颅
　俊秀，体形高贵，前程远大，和我平等对话！
你这挪威人！瑞典人！丹麦人！冰岛人！你这普鲁士人！
你这西班牙的西班牙人！你这葡萄牙人！
你这法兰西的法国女人和法国男子！
你这比利时人！你这爱好自由的尼德兰人！（我就是你那个
　血统的后代[1]；）
你这精悍的奥地利人！你这伦巴第人！匈奴人！波希米亚

1　惠特曼的母亲是荷兰裔。

人！施蒂里亚[1]的庄稼人！
你这多瑙河的邻居！
你这莱茵河、易北河、威悉河[2]的工人！也包括你这个女工！
你这撒丁人！你这巴伐利亚人！斯瓦比[3]人！撒克逊人！瓦拉恰[4]人！保加利亚人！
你这罗马人！那不勒斯人！你这希腊人！
你这塞维利亚竞技场上敏捷的斗牛士！
你这无拘无束地住在陶鲁斯[5]或高加索的山里人！
你这布哈拉[6]的牧马人，看守着你那些正在吃草的母马和公马！
你这体格健美的波斯人，乘一骑疾驶着对准目标射箭！
你这中国的中国男子和中国妇女！你这鞑靼地方的鞑靼人！
你们这些地球上的妇女们，在顺从地工作着！
你这犹太人，老年时还在旅行，为踏上叙利亚土地而冒各种风险！
你们其他犹太人，在世界各地等候着你们的弥赛亚！
你这善用心计的亚美尼亚人，在幼发拉底河的一个支流旁细心估量着！你在尼尼微的废墟堆里用眼睛搜索着！你在往

1 奥地利东南一省。
2 在德意志的一条河。
3 在现在的巴伐利亚西南。
4 今罗马尼亚。
5 小亚细亚南部山脉，在土耳其。
6 今属乌兹别克斯坦，过去是中亚的一个可汗国。

上攀登阿拉拉特山！

你这走乏了的朝圣者，因看见远远麦加清真寺闪烁着的尖塔而心中欢喜！

你们这些沿着苏伊士直到曼德海峡[1]、统治着你们家族和部落的酋长们！

你这栽种橄榄的人，在拿撒勒，大马士革或太巴列湖[2]边的田地里照管着你的果实！

你这西藏商人，在广阔的内地出现，或在拉萨的店铺里讨价还价！

你这日本男子或妇女！你这住在马达加斯加，锡兰，苏门答腊，婆罗洲的居民！

所有你们这些住在大陆的人，不管在哪里，亚细亚，阿非利加，欧罗巴，澳大利亚！

所有你们这些住在海洋里数不清的群岛上的人们！

你们这些要过几个世纪才听取我说话的人们！

还有你这我并未特别指明的无论在哪里的每一个人，我还是把你包括在里面！

祝你们健康！这里是我和美利坚向你们大家发出的良好祝愿！

我们每个人都是必不可少的，

1 红海与印度洋之间的海峡。

2 在巴勒斯坦东北部，又称加利利海（Galilee）。

我们每个人都是无限量的——我们每个人在地球上都有他或
　她的权利，
我们每个人都被准许理解大地的永恒含义，
我们这里的每个人都和在这里的任何一个一样是神圣的。

十二

你们这些用上颚发音的霍屯督人[1]！你们这些头发卷曲的游牧
　部落！
你们这些人身属他人所有的人们流淌着汗水或血水！
你们这些面目形同莫测高深而令人难忘的野兽一样的人类！
你这可怜的库布人[2]虽有你微微闪光的语言和精神面貌却仍为
　最卑鄙者所鄙视！
你们这些侏儒般的堪察加人，格陵兰人，赖普人！
你这个澳大利亚黑人，赤着身子，肤色微红，沾满煤烟，突
　出的嘴唇，卑躬屈节，在寻找着吃的东西！
你这卡菲尔人[3]，柏柏尔人[4]，苏丹人！
你这憔悴、粗野、没有教养的贝都因人[5]！
你们这些在马德拉斯，南京，喀布尔，开罗的瘟疫似的群氓！

1 霍屯督人是西南非洲人，本指原始人类，上颚发音也意味着原始人的语言。
2 指苏门答腊中南部居住在森林里的原始马来亚部族。
3 南非洲的一种黑人。
4 南非洲的一个部族，说班图语。
5 从事游牧的阿拉伯人。

你这亚马孙流域愚昧的流浪者！你这巴塔哥尼亚人[1]！你这斐济人！
我并不十分偏爱别人而歧视你们，
你们远远站在一旁我也不说你们一句坏话，
（你们迟早会来到我的身边。）

十三

我的心灵怀着同情与决心绕过整个地球，
我曾经寻找和我平等而又亲密的人们，而且发现他们到处在等待着我，
我想是某种神圣的协调使我和他们完全平等。
你们这些蒸汽啊，我想我曾经随同你们升起并漂向远方的大陆，为了某些原因而在那里降落，
我想我曾经随同你们吹拂，你们这些风啊；
你们这些江海湖泊啊，我曾经随同你们摸弄过每一处堤岸，
我曾经随着每一条河、每一个海峡流过全球，
我曾在半岛连接陆地的地方站住了脚，并高高站在深埋在地下的岩石上喊道：

向世界致敬！

1 巴塔哥尼亚人（Patagonian），阿根廷南部的一个种族。

凡是被光和热渗透了的城市，我自己也渗入，
鸟类飞去的所有岛屿，我自己也照样飞去。

面对着你们大家，我以美利坚的名义，
高高举起那只矗立着的手，我发出信号，
我今后将会永远留在人间，
留在人们经常出没或居住的地方。

1856　　　　　　　　　　　　　　1881

大路歌

一

我轻快地举步踏上了大路，
健康，自由，世界在我面前，
那在我面前的漫长而棕褐色的道路引向我要去的任何地方。

从此我不再要求幸福，我自己就是幸福，
从此我不再低声哭泣，不再迟疑，不再需要什么，
告别了关在屋里[1]的埋怨，图书馆，满腹牢骚的指责，
我健壮而满足地走在大路上。

地球，有了它就已经足够，
我不要求星群离得我更近些，
我知道它们现在所处的地位十分优越，
我知道它们能够满足属于它们的一切人。

1 “屋里”是“户外”的对立面。

（但是在这里我仍然背负着受我多年宠爱的包袱，
我背负着他们，男人和女人，我带着他们去我所去的地方，
　　我发誓我绝不可能抛弃他们，
他们使我充实，我也要使他们充实。）

二

你这条我走着的，并还在四面环顾着的路啊，我相信你不只
　　眼下这一点，
我相信这里也还有许多看不见的东西。

这里还有对待事物的深刻教训，既不偏爱，也不否定，
鬈发的黑人、罪犯、患病者、文盲，没有被否定；

婴儿出世，急忙去请医生，乞丐的踝躞，醉汉的蹒跚，一群
　　哄笑着的技工，
那已经逃走的青年，有钱人的仪态，纨绔子弟，一对私奔的
　　男女，
清早的赶集人，柩车，把家具运进城里，又从城里回来，
他们走过，我也走过，任何东西走过，都没有受到制止，
没有不被我接受的，没有不被我宠爱的。

三

你这供给我气息使我说话的空气啊！

你们这些使我的各种意识不致散失而又给它们以形态的物体啊！

你这把我与万物包裹在细微而均匀的阵雨[1]中的亮光啊！

你们这些在大路旁被践踏得坑坑洼洼的小道啊！

我相信你们都有着潜在的看不见的生命，我觉得你们是多么可爱啊。

你们这些城里的石板路！你们这些巩固着路边的镶边石啊！

你们这些渡船！你们这些码头上的厚木板和竖杆！你们这木料铺设的码头两旁！你们这些远方的船只啊！

你们这些一排排的房屋！你们这些镶嵌着窗子的房屋正面！你们这些屋顶啊！

你们这些游廊和入口处！你们这些墙压顶和铁栅栏啊！

你们这些配着透明玻璃的窗子又能暴露多少内幕！

你们这些门和往上攀登的台阶！你们这些拱门！

你们这些没有尽头的石砌路上的灰色石块！你们这些踏平了的十字路口！

我相信你们已经从你们接触到的一切人物事物中取得收获，

1　这里很可能是指像阵雨一样的光，而不是雨。

现在又要把同样的东西暗暗传递给我，
你们已经通过生者和死者使你们冷漠的表面不再寂寞，而他们的精神对于我该是看得清楚而友好的。

四

地球在左边右边扩展着，
图画是生动的，各个部分都突出了它的优点，
音乐在需要时出现，不需要时就停止，
大路上的快乐声音，大路上的欢快而清新的情调。

啊，我在走着的公路，你是否对我说不要离开我？
你是否说不要这样做——如果你离开我你就会迷路？
你是否说我已做好准备，我已经经受过敲打，不会被否定，紧跟着我吧？

啊，大路，我回答说，我并不怕离开你，然而我爱你，
你比我自己更加善于表达我自己，
对于我说来，你应该比我的这首诗更加重要。

我想英雄的业绩都是在户外构想出来的，一切自由的诗歌也是如此，
我想我自己也可以留在这里并创造奇迹，

我想我会喜欢我在路上遇到的一切，而看见我的无论什么人
　也会喜欢我，
我想我见到的无论什么人也一定是幸福的。

五

从这时候开始我要命令自己摆脱羁绊和想象中的界线，
去我愿意去的地方，完全而绝对地成为我自己的主人，
倾听他人，慎重地考虑他们说的话，
逗留下来，搜索，接受，思考，
温和地，但是怀着不可否认的意志，自己解开束缚我的拘束。

我把空间大口大口地吸进，
东方西方是我的，北方南方是我的。

我比我自己想象的更加巨大、更加美好，
过去我不知道我竟有这许多美好的品质。

对我说来一切都是美的，
我可以对男人和女人们再三申说，你们给我做了这许多有益
　的好事，我也要同样对待你们，
我要在路上为你们和我自己求得补充，
我要在路上把自己散布在男人和女人们中间，

我要在他们中间抛下一种新的喜悦和粗率，
不管谁否定我，将不会使我烦恼，
不管谁接纳我，他或她将受到祝福，同时也祝福我。

六

如果现在出现一千个完美的男子我将不会惊奇，
如果现在出现一千个形容美丽的女人我将不会大吃一惊。

现在我明白了造就最优秀人物的奥秘，
那就是在户外成长，和大地一同饮食、休息。

在这里一桩伟大的个人业绩是有发展余地的，
（这样一个业绩会掌握住全人类的心，
它所散发的力量与意志将压倒法律，蔑视一切权威，和反对它的一切论点。）

这里是智慧的一次考验，
智慧不是最后在学校里才受到考验，
智慧不可能由有智慧的人传给没有它的人，
智慧属于灵魂，是不能证明的，它是它自己的证明，
能应用于一切阶段，事物和品质，而且感到满足，
它肯定了事物的现实性、不朽性和事物的优越性；

在可见事物的浮动中有某种东西会促使它从灵魂中出现。

我现在重新检验各种哲学与宗教，
它们在课堂里可能被证明是不错的，然而在广阔的云层下面，
　　置于景物和流水之旁时，是什么也证明不了的。

这里是认识，
一个人在这里受到权衡——他在这里认识到他自己有些什么，
过去，未来，尊严，爱情——如果它们那里没有你，你也就
　　没有它们。

只有每一件事物的核心才会提供营养；
那为你我剥去外壳的人在哪里呢？
那为你我揭穿阴谋和蒙蔽的人在哪里呢？

这里就是黏着力，以前没有成过形，但现在却很及时；
你是否知道你路过时受到陌生人的友爱是怎么回事？
你是否懂得那些转动着的眼珠说的是什么话？

七

这里就是灵魂的流露，
灵魂的流露来自内部，经过凉亭掩蔽的大门，永远在提出各

种问题，
为什么有这种渴望？这些在黑暗中的思想是为了什么？
为什么有些男人和女人在走近我时，阳光会使我的血液沸腾？
为什么在他们离开我时欢乐的旗帜就倒下、就疲软？
为什么我从来没有在底下走过的树木却会给我带来开阔而美妙的思想？
（我想它们不分冬夏悬挂在那些树上，并在我过路时总是落下果实；）
我这样突然和陌生人交换的是什么呢？
我坐在赶车人身旁的座位上和他交换的是什么呢？
我半路上停下来和岸边拉着渔网的渔夫交换的是什么呢？
使我自由接受一个妇女和男子的好意的是什么？使他们自由接受我的好意的是什么？

八

灵魂的流露是幸福，这里就是幸福，
我想它弥漫在空中，随时都在等候着，
现在它又向着我们流来，我们恰好被它所充实。

这里出现了那种流动而有依附力的特征，
那流动而有依附力的特征就是男人和女人的清新和香甜，
（从它本身不断散发出的清新与香甜绝不下于清晨的芳草每天

从它们的根须散发出的清新与香甜。）

向着那流动而有依附力的特征渗出的是怀着热情的老年和少年的汗水，
从它那里才提取了神秘的力量足以蔑视美貌与成就，
朝着它起伏的是那战栗的企求接触的渴望。

九

走吧[1]！不管你是谁，来和我同行吧！
和我同行你们就会发现不会疲倦的一切。

地球永远不会疲倦，
地球起初是粗鲁、沉默、不可理解的，大自然起初是粗鲁、不可理解的，
不要灰心，继续前进，这里有隐蔽着的神圣的东西，
我向你发誓，这里有神圣的东西，比语言所能够形容的更加美丽。

走吧！不要在这里停留，
不管这里储藏的东西多么可爱，不管这所住房多么方便，我

1　作者在此用的是法语 Allons，突出了词意。

们不能留在这里，
不管这个港口多么能避风，不管这里的水面多么平静，我们绝不要在这里下锚，
不管我们周围的主人有多么殷勤，也只能允许我们作短暂的周旋。

十

走吧！吸引力应该更大些，
我们将在一望无际的惊涛骇浪中航行，
我们去的将是风吹浪打的地方，那扬基式的快船[1]在扯足了风帆飞速前进。

走吧！携带着威力，自由，大地，大自然的能量，
健康，轻蔑，快乐，自尊，好奇；
走吧！离开一切公式！
离开你们的公式，啊，愚蠢而拜物的僧侣。

那陈旧的腐尸堵塞了通道——葬礼不能再等下去了。

1 美国造船者于1830至1854年间建造的一种快速帆船，船首突出，桅桁倾斜，船身修长。

走吧！然而要注意！
和我同行的人需要最好的血液，肌肉，耐力，
不许参加考验，除非他或她带来勇敢与健康，
如果你已经耗损了你自己的精华就不要到这里来，
只有躯体是香甜而坚决的才许可来，
患病的，酗酒的或染上性病的不许可到这里来。

（我和我的同伴从不用论证、比喻、韵律来试图说服，
我们用的是自己的存在。）

十一

听着！我对你将毫不隐瞒，
我给的不是陈旧而润滑的奖品，我给的是粗糙的新的奖品，
你会过这样的日子：
你将不会堆积起所谓的财富，
你将挥霍地散播你所有的收获或成就，
你只是抵达了那指定的城市，在还没有来得及完全安顿下来
　时就会听到不可抗拒的召唤要求你离开，
你将忍受那些留下来的人们的嗤笑和嘲弄，
爱情在向你招手时你的回答只能是离别时的热烈亲吻，
你将不许可紧握人们向你伸出来的手。

十二

走吧，去追随那些伟大的同伴，做他们中间的一员！
他们也在路上——他们是快速而庄严的男子——她们是最伟大的女人，
海的宁静和海的风暴的享受者[1]，
曾在许多船上航过海的水手，走过许多英里陆路的步行者，
许多远方国家的常客，遥远住所的常客，
男人与女人的信任者，城市的观察者，孤独的劳动者，
对着丛树、花朵、海滩上的贝壳的留恋者、沉思者，
婚礼舞的舞蹈者，新娘的亲吻者，孩子们的温柔帮助者，孩子们的生育者，
叛乱的士兵，敞着穴口的坟墓的看守者，把棺材安葬入穴者，
一季接着一季，一年复一年的旅行者，奇妙的年头，每一年接着前一年而出现，
结伙的旅行者，同伴就是他们自己的不同阶段，
从潜在的尚未实现的婴儿时代开始的朝前踏步者，
过着他们自己欢乐的青春的旅行者，已经生出胡子并已长大成材的旅行者，
已经成熟的妇女，充裕的，无可比拟的，知足的旅行者，
已到男子或妇女自己的庄严老年的旅行者，

1　从这里开始的十几行作者用了一系列以“er”为词尾的名词，相当于中文的“者”。译者尊重作者这一用法，均照译。

老年，平静又开朗，和傲慢的宇宙的尺度一样宽阔，
老年，和美好的死亡即将带来的解放一样流畅。

十三

走吧，向着那既无始又无终的路上走去，
要历尽艰辛，白天步行，晚上休息，
把一切都融合在他们进行的旅行和度过的日夜之中，
更要把它们融合在高尚的旅程开始之时，
不要随意看见任何东西，只看见你们可能达到而超越的东西，
不要设想某一个时刻，不管还有多么久远，只设想你们可能达到而超越的那个时刻，
不要在随便哪条路上东张西望，只注意在你们面前伸展着等待着的那条，不管路有多长，它都在伸展着等待着你们，
不要想看见某种存在，不管是上帝的或什么别的，但是你们也朝着那个方向走去，
除了你们可能占有的东西外，不要想占有别的，享受那不需要劳动或购买的一切，你享用的是整个筵席而不是其中的一脔，
占有农民农庄上的最佳农田，富人的精致别墅，美满夫妻的纯洁祝愿，果园里的果实和花园里的花朵，
在你们路过时，从拥挤的城市中取用所需，
此后不管你们到什么地方都带上屋宇和街道，

在和人们相遇时从他们的头脑中采集智慧，从他们的心中采集友爱，

尽管你们把你们的情人留下来了，还是要带着他们一同上路，

要认识宇宙本身就是一条大路，是许多条大路，是为旅行着的灵魂开辟的大路。

为了灵魂的前进，一切都要让路，

一切宗教，一切物质的东西，技艺，政府一切过去和现在出现在这个地球或任何地球上的东西都会在灵魂沿着宇宙的庄严大路列队前进时堕落进壁龛和角落。

在男人与女人的灵魂沿着宇宙的庄严大路前进时，一切其他进程是必要的标志和支持。

永远是生气勃勃，永远在前进，

庄严，肃穆，忧伤，退缩，困惑，疯癫，骚乱，怯弱，不满，

绝望，骄傲，钟情，患病，为人们所接受，为人们所排斥，

他们在走！他们在走！我知道他们在走，但是我不知道他们要去什么地方，

但是我知道他们在朝着最美好的方向前进——朝着某一个伟大的目标。

不管你是谁，出来吧，不管你是男是女，出来吧！

不要躲在房子里睡觉，徒然耗去时光，虽然房子是你造的，
　　或者是为你而造的。

从黑暗的禁锢下出来吧！从幔幕后面出来吧！
抗议是无用的，我知道一切而且要把它揭穿。

已看透你和别人一样不妙，
从人们的嬉笑、舞蹈、正餐、晚餐中，
在衣服和装饰品里面，在那些洗干净了又修整过的面貌内部，
看到了一种暗藏的沉默的厌恶与绝望。

没有可信任的丈夫，妻子，朋友来听取发自内心的倾诉，
另外的一个自我，每个人的复本，一直在躲躲闪闪，
无形又无声地经过城里的街道，在客厅里则是客气而冷漠，
在铁路上的车厢里，在汽船中，在公共的集会场所，
到男人和女人们的家里去，在餐桌旁，在卧室里，无论在什
　　么地方，
穿戴得时髦，面带笑容，站得笔直，却在胸骨下面隐藏着死
　　亡，颅骨下面隐藏着地狱，
在呢绒和手套下面，在缎带和人造的花朵下面，
按照惯例办事，一个字也不涉及事物的本身，
什么话都可以说，但绝不涉及事物的本身。

十四

走吧！通过奋斗和战争！
已经提出的目标不能撤回。

过去的斗争成功了吗？
什么是成功了的？你自己？你的国家？大自然？
现在请听清楚——事物的本质规定，在实现任何一项成就时，不管是什么，必然会出现某种东西使更加伟大的斗争成为必要。

我的号召是战斗的号召，我培养积极的对抗，
和我同路的必须尽量武装起来，
和我同路的常常会碰到简陋的饮食，贫穷，蛮横的敌人，逃兵。

十五

走吧！大路在我们面前！
路是安全的——我已经试过——我自己的双脚曾经充分试验过——不要再迟疑！
把那张纸放在桌子上不要在上面书写，让那本书留在书架上不要去翻阅！

让工具留在车间！让钱留在那儿不要去挣！
让那学校开设在那里！不要去理睬教师的呼唤！
让那牧师在讲台上说教！让那律师在法庭上申辩，让那法官解释他的法律。

伙伴啊，我把手伸给你！
我给你的是比金钱宝贵得多的友爱，
我在说教和法律之前把我自己交给你；
你会把自己交给我吗？你愿意和我同行吗？
我们这一生能始终互相支持吗？

1856　　　　1881

一路摆过布鲁克林渡口

一

在我下面滚滚前来的潮水！我面对面看见你！
西天的云彩——太阳在那里还有半个小时那么高——我也是面对面看见你。

穿着平时服装的成群男女啊，对我说来，你们是多么新奇！
在渡船上过河回家的千百位乘客啊，对我说来，你们比想象的还要新奇，
而你们这些在今后的岁月里还要从此岸到彼岸的人们，对我说来，你们比想象的更加使我关切，更加在我的默念之中。

二

我的这份每天每时每刻从所有事物中提取的无形食粮，
那单纯、紧凑、衔接得很好的结构，我自己是从中脱离的一个，人人都脱离，然而都还是这个结构的一部分，
过去的类似处和未来的类似处，

我在街上走路和在过河时所看见、听见的最微细的事物，像珠子穿成的一连串无上光荣，
那奔腾的急流随同我在远处游泳，
那些将要跟在我后面的其他人，我和他们之间的联系，
可以肯定的其他人，其他人的生活，爱情，视觉，听觉。

其他人将走进渡口的大门，从此岸过渡到彼岸，
其他人会观看那滚滚而来的潮水的奔腾，
其他人会在西北方向看见曼哈顿的船舶，在东南方向看见布鲁克林的高地，
其他人会看见大大小小的岛屿；
五十年后，其他人会在摆渡时看见它们，太阳还有半个小时那么高，
一百年或好几百年后，其他人会看见它们，
会欣赏那夕阳，那高涨的潮水奔腾而来，那退却的潮水又回到海里。

三

时间或地点是无能为力的——距离是无能为力的，
我和你们在一起，你们这一代或距今多少代的男人和女人，
正像你们在望着那条河和天空时所感受的，我也曾经感受，
正像你们每一个人都是活泼的人群中的一员，我也曾经是人

群中的一员，
正像欢腾的河和它那明亮的流波使你们心旷神怡，我也曾经心旷神怡，
正像你们站在那里倚着栏杆，却随着急流匆匆而去，我也曾经站着而匆匆，
正像你们望着船只的无数桅杆和汽轮的粗大烟囱，我也曾经这样望着。

我过去也曾一次又一次地渡河，
望着十二月的海鸥，看见它们在高空平展着翅膀浮游，摆动着身子，
看到黄色闪光如何照亮了它们身躯的局部，而把其余部分留在浓重的黑影中，
看到它们缓慢地一圈圈盘旋，又渐渐侧身飞向南方，
看到水中夏日天空的倒影，
闪烁着的一道道光柱使我的两眼眩晕，
望着那阳光照亮的水里那环绕我头部的一轮离心放射的细密光圈，
望着南方和西南方山上的薄雾，
望着蒸汽，看着它像羊毛似的飘飞着，微带紫色，
望着远处的海湾，注意那些即将到来的船只，
看见它们渐渐靠拢，看见船上那些离我较近的人们，
看见纵帆船和单桅小帆船的白帆，看见那些停泊着的船只，

水手们在缆索中间工作或在外面跨骑着圆木，
那些圆形的桅杆，那些摆动着的船身，那些苗条得像蛇一般的三角旗，
那些开动着的大小轮船，操舵室里的领航员，
船只驶过时留下的白色浪花，轮轴抖颤着快速转动，
各国的旗帜，日落时降了下来，
暮色苍茫中的扇贝形波浪，有些像带着长把的杯勺，嬉戏着的浪峰在闪闪发光，
那远远的一片陆地越来越昏暗了，码头旁花岗石的仓库的灰色墙垛，
河上那阴影密布的一堆，大拖船和两舷紧靠的平底船，干草船，迟到的驳船，
邻近的岸上是铸工厂烟囱里冒出的火苗，高高燃烧着，在黑夜里分外刺目，
和放肆的红色黄色亮光对照的是时隐时现的黑影投掷在房顶上，又落到街道的空隙处。

四

过去的这些和其他一切对于我来说，就像它们现在对于你们一样，
我曾经非常喜爱那些城市，非常喜爱那条庄严而湍急的河，
我见过的男人与女人对我都很亲近，

别人也一样——别人现在回过头来望着我，正因为我曾经瞻望过他们，
（时机会到来，虽然我今天夜晚在这里住下了。）

五

那么我们之间还有什么呢？
我们之间那个几十年或几百年的数字又算得什么呢？

不管是什么，它是无能为力的——距离是无能为力的，地点是无能为力的，
我也生活过，有着许多山峦的布鲁克林曾经是我的，
我也曾在曼哈顿岛的大街上走过，曾经在它周围的海水里洗过澡，
我也曾经感觉到离奇的、突然发生的问题在我胸中蠕动，
白天，在人群中，我有时会想起这些问题，
在深夜回家的路上或睡在床上时我又会想起，
我也是从那永恒的液体浮动中被铸造出来的，[1]
我也是通过我的肉体才识别了我自己的特性，
我从我的肉体知道我过去的存在，我将来该是什么样的，也将是通过我的肉体。

1　惠特曼常常以为物质是从某种永恒的液体“浮动”中铸造出来的。

六

不只是在你身上才落下斑斑黑影，
昏暗也曾在我身上投下黑影，
我最大的努力在我看来似乎是空洞而值得怀疑的，
我自己认为是我的伟大思想，实际上不是极为贫乏吗？
也并非只有你才知道什么是邪恶，
我这人也知道什么是邪恶，
我也曾编织过那个古老的相互对立之结，
随便胡说，羞得满脸通红，怨恨、说谎、盗窃、吝啬，
怀着诡诈、愤怒、淫欲、不敢明说的邪念，
任性、虚荣、贪婪、浮浅、狡猾、怯懦、恶毒，
豺狼、毒蛇、蠢猪，我性格中不缺少这些东西，
那骗人的表情，轻薄的言辞，通奸的欲念，并不短缺，
拒绝、仇恨、拖延、卑鄙、懒惰，一样都不缺，
和其他人完全一致，过着和其他人一样的日子，冒着一样的风险，
看见我走近或经过时年轻人那响亮的声音用最短的名称叫唤着我，
我站着时能够感觉到他们的手臂搁在我脖颈上，我坐着时他们的肉体随意地靠在我身上，
在街上、渡船上或公共的集会场所我看见许多我喜爱的人们，然而却没有向他们说过一句话，

和大家过着一样的生活，照例哈哈大笑，受着折磨，睡着觉，
扮演的角色也就是那个男演员或女演员扮演过的，
是同样那个熟悉的角色，也就是我们随意创造的那一个，要多伟大有多伟大，
要多渺小有多渺小，或者既伟大又渺小。

七

我朝你又走近了一步，
你现在对我抱有的看法我对你也曾经同样有过——我事前就有了贮备，
在你出生之前我就已经长久而慎重地考虑过你。

谁知道我能有多少觉悟呢？
谁知道我此刻不正在享受此事呢？
谁知道距离远，你虽然看不见我，我此时不正在注视着你呢？

八

啊，对我说来还有什么能比得上被桅樯重重包围的曼哈顿那样威严壮丽的呢？
还有什么能比得上河流、落日和涨潮时的扇贝形波浪呢？
还有那摇摆着身子的海鸥，薄暮时分的干草船和那迟到的驳船？

什么神灵能赛过那些紧握着我的手、在我走近时用我喜爱的声音及时、响亮而用最短的称呼叫唤我的人们呢?
那把我和那个注视着我的脸的女人或男人联系在一起的纽带,
那促使我现在就融化在你里面,又把我的心意倾注到你里面的动力,还有什么比这还微妙的呢?

那么我们是理解的,不是吗?
我虽没有明说但却已经许下的诺言,你们不是接受下来了吗?
那经过研究未曾学会——经过说教未能完成的,已经完成了,不是吗?

九

向前流吧,河啊!和来潮一起奔流,和退潮一起退走!
继续游戏吧,冠状的扇贝形的波浪!
日落时的瑰丽云朵!用你的华彩把我或后来世代的男女浸透!
从此岸摆渡到彼岸吧,数不清的成群乘客!
站起来吧,高高耸起的曼纳哈塔的桅杆!站起来吧,布鲁克林的美丽群山!
跳动吧,迷惘而又好奇的大脑!请抛出问题和答案!
在这里和无论哪里都请暂停吧,液体的永恒流动!

凝视吧，多情而饥渴的眼睛，在屋内或街上，或在公共集会的场所！
试试声带吧，青年人的声音！响亮而像音乐般用最短的名称叫唤我！
生活下去吧，古老的生命！扮演那个男女演员扮演过的角色！
扮演那个熟悉的角色吧，那个可以随意使之伟大或渺小的角色！
考虑一下吧，我的读者们，我是否还可能在不知不觉之间注视着你们呢；
坚定些吧，俯瞰着河流的栏杆，以便托住那些闲适地倚靠着你的人们，虽然他们也在随着急急的流水在急急地行进！
继续飞吧，海鸟！侧着身子飞，或者在高空绕着大圆圈盘旋；
接受那夏日的天空吧，流水啊，忠实地拥抱着它，直到所有低垂着的眼睛得以从容地从你那里把它取走！
细密的光轮啊，请离开我或别人的头，把自己散布在日光照耀着的水面上吧！
前进吧，远处港湾的船只！上下开动吧，张着白帆的纵帆船，小帆船，驳船！
得意地随风招展吧，世界各国的旗帜！日落时一定要照旧降下！
让火苗高高燃烧吧，铸工厂的烟囱！在夜间投掷黑影吧！把红色黄色的光抛掷在屋顶上！

表面现象啊，不管在当前或今后，请指明你的真相，
你这不可缺少的薄膜啊，请继续包裹着灵魂，
请为了我在我的身体周围，为了你在你的身体周围漂浮起我们最圣洁的芳香，
繁荣起来吧，都市——带着你们的货物，带着你们的展品，宽广而富足的河流，
扩充吧，也许这是最富有精神价值的存在了，
保持你们的地位吧，你们是最能够持久的物体了。

你们曾经等候过，你们总在等候着，你们这些沉默的、美丽的使者，
我们最后解放了思想接待你们，而且今后将永远不知满足，
你们也不可能再使我们迷惑或拒绝接近我们，
我们要使用你们，绝不把你们弃置在一旁——我们要永久把你们栽植在我们心中，
我们测不透你们的高深——我们爱你们——你们也有完美的部分，
你们为永生做出了你们的贡献，
不论是伟大还是渺小，你们为灵魂做出了贡献。

1856　　1881

回答问题者之歌

一

现在请倾听我早晨的浪漫曲，我要说的是那位回答问题者的一些信号，
我的听众是我面前那些在阳光下散布着的城市和农庄。

一个青年带着他兄弟的口信来到我这里，
这个青年怎么可能知道他兄弟如何选择，又定于何时呢？
告诉他，请把那些信号给我送来。

我面对面站在那青年面前，用我的左手握住了他的右手，右手握住了他的左手，
我替他兄弟和别人做出了回答，也替那为一切人做出回答的人做出了回答，并送去这些信号。

所有的人都在等候他，所有的人都信服他，他的话是决定性的，不可更改，
他们接受他，在他里面沐浴，在他身上看见自己如同在光亮中，

他们把他浸透，他又把他们浸透。

美丽的女人，那些最傲慢的国家，法律，景色，人物，动物，
那意味深长的大地和它的特征，还有那不平静的海洋，（我那早晨的浪漫曲如是说，）
一切享受，财产和金钱，以及金钱所能购买的一切，
最好的农庄，别人在辛苦劳动，在种植，而他则是不可避免地收获，
最崇高、价值最昂贵的城市，别人在平整，在建造，而他却把家安置在那里，
没有什么为别人的不也都是为了他，远近都是为了他，那在远处海面上的船只，
陆地上那从不中断的表演和进军，如果是为谁的话，也都是为了他。

他把事物按照它们各自的姿态安排好，
他柔顺而热情地从自身创造了今天，
他安排他自己的时间、回忆、父母、弟兄姊妹、交往、工作、政治，使后来者绝不可能屈辱它们，也不敢随便支配它们。

他是那回答问题者，
能回答的，他做出回答；不能回答的，他说明为什么不能回答。

凡是人都是一种召唤和挑战，

（躲避是无济于事的——你听见那嘲讽和笑声吗？你听见那频频传来的冷言冷语吗？）

书本、友谊、哲学家、僧侣、行动、乐趣、骄傲，乱纷纷地力图使人满足，

他指出了这种满足，也指出了那些乱纷纷的事物。

不论什么性别，不管什么季节或地点，他可以日夜清新、温柔而安全地行动，

他手中有开启心扉的万能钥匙，门球拉手上转动着的手能够对他做出反应。

他到处受欢迎，美的流行并不比他更加普遍或更加受到欢迎，

白天受他偏爱、晚上和他同睡的人有福了。

一切存在有它的独特风格，每样东西都有它的风格和说话方式，

他把一切说话方式都变成自己的，又把它用在别人身上，任何人都在翻译，任何人也都在翻译他自己，

某一部分并不抵消另一部分，他是衔接者，他负责如何把它们衔接起来。

他在招待会上和总统说话也像和别人一样随便：朋友，你好吗？

他对在甘蔗地里锄地的黑奴说：你好，我的兄弟，
两者都理解他，都知道他的语言是正确的。

他在国会大厦里从容不迫地走着，
他在国会议员中间走着，一个代表对另一个说：这个新来人，是和我们平等的。

而且机械工们把他当机械工，
士兵们把他当士兵，水手们认为他是在海上就业的，
作家们把他当作家，艺术家们把他当艺术家，
劳动者见他能够和他们一同劳动而且待他们情谊很深，
不管是什么工作，他都拿得起来，或者已经拿起来了，
不管是什么国家，他都能在那里找到他的兄弟和姊妹。

英国人认为他的祖先是他们英国人，
犹太人觉得他似乎是犹太人，俄国人当他俄国人，照例很亲近，对谁都不是远亲。

他在过路人的咖啡馆里无论对谁看一眼，谁就把他承认下来，
意大利或法国人认为没有问题，德国人认为没有问题，西班牙人认为没有问题，古巴岛上的人认为没有问题，
那工程师，那大湖上或密西西比河上或圣劳伦斯或萨克拉门托或赫德森或鲍玛诺克海湾那里的甲板水手也都承认他。

血统极纯的那位先生承认他血统极纯，
那损害人的，那妓女，那发怒的人，那乞丐，在他的举止中看到了自己，他奇妙地转化了他们，
他们不再是邪恶的，他们已转变到这步田地，连他自己都几乎不认识自己了。

二

时间已经表明并核实，
神志完全清醒，说明他是哲学家中的大师，
时间，从不间断，多少也表明了它自己，
永远说明他是诗人的是那一伙讨人喜欢的歌手们[1]和他们的歌词，
歌手们的歌词说明了光明或黑暗发生在何时何刻，但是诗人的词句说明了一般的光明与黑暗，
诗人决定什么是正义，现实，不朽，
他的洞察力和才能包含全部事物和人类，
到目前为止他是事物和人类的光荣与精华。

歌手们不能给予生命，只有诗人才能够，
歌手们受欢迎，容易理解，经常出现，但是诗人，那回答问题者出生的那一天和地点却很不寻常。

1 “歌手们”指那些比较传统，只注意局部和细节的诗人。

（一天的名称虽多，却不是每个世纪或每隔五个世纪就有那么
一天。）

多少世纪以来不断有一些歌手们可能有表面的名称，但是他
们的每一个名字只限于一个歌手，
他的名字是眼的歌手、耳的歌手、头的歌手、甜蜜的歌手、
夜的歌手、客厅的歌手、爱的歌手、神秘的歌手，或什么
别的名目。

长久以来总是在等候着的是那些真正的诗句，
真正的诗句不只是使人愉快，
真正的诗人不是美的追随者而是美的庄严主人，
儿子的伟大来自母亲和父亲的伟大，
真正的诗句是科学的羽冠和最后爆发的掌声。

神圣的本能，宽阔的视野，理智的法则，健康，粗壮的体魄，
谦让，
欢乐，被太阳晒黑，空气的甜美，这是某些诗的词句。

诗人，那回答问题者的基础是水手，旅行者，
建筑师、几何学家、化学家、解剖学者、颅相学家、艺术家，
所有这些人都是诗人、是回答问题者的基础。

真正的诗句给予你的不只是多少首诗，
它们让你形成自己的诗句、宗教、政治、战争、和平、行为、
　历史、文章、日常生活和其他一切，
它们平衡着等级、肤色、种族、信条和性别，
它们并不追求美而是为美所追求，
永远在接触它们或跟得很紧的是美，渴望，心愿，痴情。

它们准备着面对死亡，然而却并非结束，而是开端，
它们并不给他或她的终点带来什么或得到满足和充实，
它们带动人们时是带他们到空间去观看星星的诞生，去学习
　某一个含义，
让他们怀着绝对的信念迈开步子，横穿无休止的光环，而且
　再也不沉默下来。

1855，1856　　　　　　　　　　　　　　　　1881

我们熟悉的一簇簇叶子[1]

永远是我们熟悉的一簇簇叶子！

永远是佛罗里达的绿色半岛——永远是路易斯安那无价的三角洲——永远是亚拉巴马和得克萨斯的棉田，

永远是加利福尼亚的黄金山峦和山谷，新墨西哥的白银群山——永远是呼吸轻柔的古巴，

永远是那被南海吸干的巨大斜坡，它和那被东海和西海吸干的斜坡是分不开的，

合众国到了第八十三年时的面积，那三百五十万平方英里，

海上那一万八千英里海岸和海湾沿岸，那三万英里的河上航道，

七百万独立的人家和同样数目的家园——永远是这些，还有更多的，分成数不清的支脉，

永远有自由回旋的余地和多样性——永远是民主的大陆；

永远是草原、牧场、森林、大城市、旅行者、加拿大、积雪；

永远是这些结实的土地臀部受着约束，腰带串联着巨大的椭圆形湖泊；

永远是健壮的本地人居住的西部，那里人口密度在日益增长，

1　在这里“叶子”的含义近似“草叶”。

居民之间彼此友好，对外来的进犯者则是威胁、冷言冷语、蔑视；

各种景物，南方、北方、东方——各种行动，随时都在杂乱地进行，

各种人物、运动、建树，少数是受人注意的，绝大多数是无人注意的，

我在曼纳哈塔的大街上走着，收集着这些事情，

黑夜时在松枝火把照亮的内河上，汽船运载着木柴，

白天在阳光照耀下的萨斯奎哈纳河谷，波托马克和拉帕哈诺克河谷，罗阿诺克和特拉华河谷，

在北方的尚未开发地区，食肉兽经常出没在阿迪龙达克山里，或在萨吉诺湾舔饮湖水，

在一处寂寞的水湾里一只麻鸭掉了队，它坐在水上悄悄地摆动着身子，

在农夫们的谷仓里牛群在栏里，收获工作已结束，它们站在那里休息，它们太累了，

在遥远的北冰洋，母海象困倦地在水上躺着，小象们在附近游戏，

那秃鹰在人类还没有航驶过的地方航驶着，那最远的地极海，多细浪而透明晶亮，开阔，在比浮冰更远的地方，

白色的漂流物在向前推进，那里的船只在风暴里冲撞，

在坚固的陆地上，在午夜的钟声齐鸣时，城市的各种动静，

在原始森林里，各种声音也在响着，狼嗥，豹子的尖叫，麋

鹿的沙哑叫声，
冬天在穆斯黑湖的蓝色坚冰下，夏天在清澈的湖水里可以看见一尾大鳟鱼在游泳，
在纬度较低、卡罗来纳两州较暖的气流里，一只黑色大兀鹰缓慢地在离开树梢较远的高空中浮动，
下面，红色雪松上挂满了西班牙苔藓，铺开得很远而平坦的白沙土上长出了松柏，
粗陋的小船驶下阔大的披地河，攀缘而上的植物，长着有色花朵和浆果的寄生物绕满大树，
栎树上飘动着的披挂物下垂得又长又低，无声地被风吹动着，
天刚黑时佐治亚赶车人的宿营地，白人和黑人的那几堆烧晚饭的柴火，他们在边煮边吃着，
三十或四十辆大车，在槽里吃草料的骡子、牛和马，
古老的美国梧桐树叶底下竖起的阴影和微光，从油松枝上袅袅上升的火苗和黑烟，
南方的渔民们在捕鱼，沿着北卡罗来纳海岸的海峡与水湾，鲱鱼渔场和青鱼渔场，大拖网，用马匹拖拉的岸上的起锚机，清理、腌制和包装工厂；
在松林深处松节油从树身的切开处流滴，还有松节油工厂，
健康的黑人在工作，无论朝哪个方向地上都铺着松针，
在田纳西和肯塔基，奴隶们在装煤站、锻工车间、高炉的火或脱壳机旁忙碌着，
在弗吉尼亚，种植园主的儿子长期离家后回来了，那年迈的

混血保姆高兴地欢迎他、亲吻他，
在河上，船夫们到晚间在船里安全地在高高堤岸的隐蔽下停泊下来，
有几个年轻些的随着五弦琴或小提琴的音乐跳起舞来，其他一些人则是坐在船舷上一边抽烟一边聊天，
下午晚些时候，学舌鸟，那美国籍的模仿者，在凄凉的大沼泽地[1]唱着歌，
那里是绿色的水域，树脂的气味，大片的苔藓，柏树和落叶松；
朝北去是曼纳哈塔的年轻人，外出打靶的那些人黄昏时回到家里，枪口上都挂满了妇女们赠送的花束，
孩子们在玩耍，要不然就是一个小男孩在他父亲怀里睡着了，（看他的嘴唇在动！看他睡梦中还在微笑！）
侦察员骑着马经过密西西比以西的平原，他登上一座小山，眼睛四处察看；
加利福尼亚生活，那矿工，留着胡子，穿着粗布衣服，那加利福尼亚式的忠诚友谊，那清甜的空气，过路时在马行道旁见到的寂寞坟墓；
在得克萨斯的是棉田，黑人住的小屋，赶车人赶着那拉小车的骡子或牛，两岸和码头上堆着一捆捆棉花，
圈进一切，上下左右蹿飞着的是那美国式的灵魂，有着相等

1　在北卡罗来纳州阿尔伯马尔海峡以北的沼泽地。

的两个半球，一个是爱，另一个是扩张或骄傲；
过去和土著部落易洛魅[1]的和平谈判，和平烟袋，亲善的烟管[2]，仲裁和签署，
酋长首先朝着太阳吹一口烟，然后又朝着地上吹一口，
头皮[3]舞的这出戏上演了，画着花脸，发出喉音很重的喊叫声，
作战的队伍出发了，一次漫长而暗中的前进行军，
单行行列，舞动着小斧，奇袭并杀死敌人；
这个国家的所有行为，场景，方式，人员，态度，还有回忆，机构，
各个州紧密配合，这个国家的每一平方英里都没有丝毫例外，
我很高兴，在小巷和田野漫步，在鲍玛诺克的田野，
望着两只小黄蝴蝶的盘旋飞舞，他们互相穿来穿去，在空中越飞越高，
那箭一般的燕子，灭虫者，秋天南去的旅客，但是早春时又回到北方，
那个乡下男孩在天黑前赶着一群母牛，在他们掉队到路旁去吃草时吆喝着他们，
城里的码头、波士顿、费城、巴尔的摩、查尔斯顿、新奥尔

1 易洛魅是一个包括五个部落的印第安联邦，原在纽约州西部和北部等地。部族的后裔住在俄克拉荷马州。
2 和平烟管是印第安人的一种红石烟管，互相吸用时表示和平与友好。
3 印第安人每杀一敌人即取其头皮，头皮的多寡表示战绩的大小。

良、旧金山，
水手们起锚后那些出海而去的船只，
黄昏时分——我在我屋里——那西下的夕阳，
夏天的夕阳照进我开着的窗子，显出了密密麻麻的苍蝇悬在半空中，在屋子中央的空气中摆动着，斜飞着，上下飞舞着，在阳光照亮的对面墙上快速地投下点点黑影；
那位健壮的美国中年妇女在对着成群的听众发表公开讲话，
男性，女性，移民，各种结合体，各州的富饶，个性，各为自己——那些专为赚钱的人，
工厂，机器，机械设备，起锚机，杠杆，滑轮，一切可以确定的事物，
可以肯定的空间，增殖，自由，未来，
在空间是那些四散的物体[1]，分散的岛屿，星星——在结实的地球上的是土地，我的土地，
啊，土地啊！对我说来一切都十分可爱——你是什么样的（不论是什么），我都随手把它写进这些诗歌，成为其中的一部分，不论是什么，
朝着南方，我尖声叫着，缓缓扑着翅膀，随着成群的海鸥沿着佛罗里达的海岸去度过冬天，
别的地方则是在阿肯色河，格兰德河，努埃西斯河[2]，布拉索

1 四散的物体包括分散的岛屿，即希腊爱琴海的岛屿和不属于哪个星座的零散星星。
2 在得克萨斯州。

斯河，汤比格比河[1]、雷德河，萨斯喀彻温河或奥莎奇河的两岸中间，我随着春水欢笑，跳跃，奔跑，
往北，在沙滩上，在鲍玛诺克的某个浅水湾里，我和一群群雪白的苍鹭涉水寻找虫蚁和水生植物，
后退着，得意扬扬地鸣啭着，那极乐鸟用它的喙啄刺乌鸦当作游戏——而我也得意扬扬地鸣啭着，
一群在迁移中的雁子在秋季飞落下来借以养息，雁群的大队在觅食，站岗的雁子则直着脖子四处巡逻，不时有别的雁子前来换岗——我也觅食并参加轮换，
在加拿大的森林里，像公牛大的麋鹿被猎人逼得无路可走，急得后腿着地、高举着前腿向前飞奔，蹄子像刀锋一样犀利——而我，也躲着猎人猛跑，被逼得无路可走而干着急，
在曼纳哈塔，街道、码头、船舶、仓库，无数工人在工厂里工作，
我也属于曼纳哈塔，讴歌着它的一切——我自己的一切并不亚于曼纳哈塔本身，
欢唱着这一切之歌，我那永远联合着的国土——我的躯体也不可避免地联合在一起，部分结合着部分，从一千种不同的来源结合成一个整体，正像我的国土是不可避免地联合在一起的，是**一个整体**；
出生地、气候、那伟大牧场的青草，

1 在密西西比州之东，亚拉巴马州之西。

城市、各种劳动、死亡、动物、产品、战争、善与恶——这些都是我，
这些，包括它们的一切细节——给我和美利坚提供了熟悉的一簇簇叶子，我怎能不把它们联合起来所提供的线索也交代给你呢？
不管你是谁！我怎能不给你献上神圣的叶片，使你也和我一样符合规格呢？
我怎能不在这里歌唱，不邀请你、请你自己也把这个国家所提供的无与伦比的一簇簇叶子收集起来扎成花束呢？

1860　　1881

欢乐之歌

啊，写作一首洋溢着欢乐的歌！
充满音乐——充满男子气概，妇女本色，婴儿特征！
充满日常事务——充满谷物和树木。

啊，歌唱动物的声音——啊，歌唱鱼类的敏捷和平衡！
啊，在一首诗里歌唱雨点的淅沥！
啊，在一首诗里歌唱阳光和波浪的活动！

啊，我精神的欢乐——打开了牢笼——它像闪电一样飞蹿！
只有这个地球或某一段时间是不够的，
我要有千万个地球和全部时间。

啊，司机的欢乐！跟着火车头前进！
听那蒸汽的嘘嘘声，那快乐的尖叫声，那汽笛的鸣响，那欢笑着的火车头！
一路毫无阻力地前进，飞快地消失在远方。

啊，欢畅地在田野与山腰间闲步！

最平常的杂草上的叶和花，树林里潮湿又清新的寂静，
拂晓时大地的清香，香遍了整个上午。

啊，骑马的男子和骑马的妇女的欢乐！
鞍座，疾驰，加在马背上的压力，耳畔和发际吹过的阵阵凉风。

啊，救火员的欢乐！
我在深夜里听到了警报，
我听到了钟声，喊叫声！我赶在人堆前面飞奔！
看见了火苗使我欣喜若狂。

啊，那膂力过人的决斗者的欢乐，在最佳状态下昂然挺立在竞技场中，自信有力量，渴望和他的对手遭遇。

啊，天生有无穷同情心的欢乐，这种同情心只有人的灵魂才能滔滔不绝、无穷无尽地产生并流露。

啊，做母亲的欢乐！
守护着，坚持着，又疼爱，又痛苦，那耐心地献身的一生。

啊，增殖，成长，复原的欢乐！
抚慰与和解的欢乐，协调和融洽的欢乐。

啊，回到我出生的地方去，
再一次听见鸟儿们的歌唱，
再一次在住房和谷仓周围和田间散步，
再一次穿过果园沿着那些古老的小巷。

啊，在海湾里，礁湖畔，小河边或沿着海岸长大，
毕其一生在那里住下去，工作下去，
海盐和潮湿的气味，沿岸和水浅时露出的海草，
渔夫们的作业，捕鳗鱼和拾蛤蜊者的作业；
我带着拾蛤蜊的钉耙和铲子前来，我带着鳗鱼叉前来，
潮水退了吗？我到浅滩上和那群拾蛤蜊的人在一起，
我和他们在一起欢笑、工作，我像个精神饱满的青年一样工作时有说有笑；
冬天，我拿着鳗鱼篓和鳗鱼叉在冰上一路走去——我有一柄在冰上凿洞用的小斧，
请看我穿戴齐整、兴高采烈地外出，又在下午回来，我那伙能吃苦的少年伴随着我，
我那伙已经长大和还未长足的少年最喜欢和我在一起，胜过和别人，
白天和我在一起劳动，晚上和我在一起睡觉。

有一次天气很暖，我坐着船外出，去提取那些用重石块浸泡在水里的龙虾篓子，（我知道浮标在哪里，）

啊，日出以前我坐船向着浮标划去，水上那五月的清晨是多么甜美，

我歪斜着提起那些柳条编的鱼篓，在拿出这些深绿色的龙虾时，它们拼命地舞动着钳子，我用木钉插进它们巨螯的关节处，

一个接着一个地方，我去了所有地方，然后又划着船回到岸边，

一大壶滚开的开水，龙虾将在里面烧煮，直到颜色变成鲜红。

又有一次捕捉鲭鱼，

这些鱼儿贪吃，急于上钩，游近水面，多少英里的河水里似乎到处都是鱼；

又有一次在切萨皮克湾捕捉岩石鱼，我就是脸色黑红的船员之一；

又有一次跟踪离鲍玛诺克不远的鲭鱼，我笔直地站着，

我的左脚踏着船舷，右臂远远撒出一圈圈细细的绳索，

就在我眼前是五十条轻舟在飞快地变着方向到处突进，它们是我的同伴。

啊，在河上划船，

沿着圣劳伦斯河顺流而下，绝妙的风景，众多的汽艇，

船只在航行，经过千岛，偶然有木筏和手操长桨的筏夫，

筏上的小屋，黄昏时的炊烟。

（啊，一种危险而可怕的东西！
一种和孱弱而虔诚的生活毫不相干的东西！
一种未被证实的东西！一种还在麻木昏睡的东西！
一种逃脱了铁锚的拘束而自由驰骋的东西。）

啊，去矿上劳动，或者去炼铁，
在铸造厂里铸铁，铸造厂本身，那简陋而高耸的屋顶，那宽广而阴暗的空间，
熔炉，熔液在外流而奔泻着。

啊，重新恢复当士兵的欢乐！
再感受一次一位勇敢的司令员的实际存在——感受到他的同情！

看到他的安详——在他微笑的光芒中感到温暖！
奔赴战场——听到号角吹响，鼓声咚咚！
听到大炮的轰鸣声——在阳光下看见闪亮的刺刀和枪筒！
看见人们倒地而死，而毫不埋怨！
舔尝鲜血的野蛮滋味——像恶魔一样！
看着敌人的伤亡而幸灾乐祸。

啊，捕鲸者的欢乐！啊，我又在旧地乘船巡游！
我感到脚底下船的簸动，我感到大西洋的微风在向我轻扇，

我又听见从桅顶那里传来的呼叫声，看哪——鲸鱼在喷水了！
我又缘索而上和别人一同观看——我们又下来，兴奋得发狂，
我跳进放下来的小船，划到我们猎物所在的地方，
我们偷偷地、悄悄地行进，我看见那高山一样的庞然大物，
在懒懒地晒着太阳，
我看见那手执鲸叉者站起身来，我看见兵器从他那矫健的手
臂那里飞出；
啊，那受伤的鲸鱼又在急速向远洋处游去，沉入海中，又顺
风而驶，拖拉着我，
我又看见它抬起身来呼吸，我们又朝它划去，
我看见一支长矛插在它的胁下，戳得很深，在伤口里转动，
我们又后退，我看见它又一次沉入海中，生命在迅速离它
而去，
在它出水时它喷吐鲜血，我看见它游着的圈子逐渐缩小，在
飞快地切削着水面——我看见它死去，
它在旋涡中心抽搐着腾跳了一次，然后在血染的泡沫中平卧
着一动不动。

啊，我那昔日的男子气概，我最崇高的欢乐！
我的儿女和孙辈，我的白发和胡须，
我那漫长生命中出现的宽宏，镇静和庄严。

啊，妇女本来就具有的那种成熟的欢乐！啊，终于得到了

幸福！
我已经八十有余，我是那最受尊重的母亲，
我的头脑是多么清醒——众人又是多么和我亲近！
这些前所未有的吸引力是什么？什么花朵能比得上青春的花朵？
那落到我身上、又从我身上出现的美是什么？

啊，演说家的欢乐！
挺起胸膛，从肋骨和喉头滚出如雷的声音，
使人们和你自己一同愤慨，哭泣，仇恨，渴望，
引导着美利坚——用伟大的如簧之舌征服美利坚。

啊，我的灵魂稳稳依靠着它自己的那种欢乐，从物质得到个性又爱好物质，观察着人物又从中有所汲取，
我的灵魂通过视觉，听觉，触觉，理性，发声，比较，记忆等等又颤动着回到我自己，
我的感官和肉体的真实生命超出了我的感官和肉体，
我的身体不需要物质，我的视觉不需要物质的眼睛，
今天不必苛求就已经证明，最后使我看见的不是那双物质的眼睛，
也不是我那物质的肉体才终于使我爱，使我走路，欢笑，叫喊，拥抱，繁殖。

啊，农夫的欢乐！
俄亥俄人、伊利诺伊人、威斯康星人、加拿大人、艾奥瓦人、
　堪萨斯人、密苏里人、俄勒冈人的欢乐！
天微明时起床，轻捷地走出去劳动，
秋天里耕田准备冬天里播种，
春天里耕田以便种上玉米，
秋天里修整果园，嫁接，收摘苹果。
啊，在游泳池或在沿岸找个好地方洗澡，
啊，泼溅着水！齐脚踝没在水里走路，或赤着身子沿岸飞跑。

啊，充分认识空间有多大！
一切都富裕，不受限制，
走出来和天空，太阳，月亮和飞着的云彩合为一体。

啊，一个男子有充分自我意识的欢乐！
绝不卑躬屈节，绝不言听计从，不论是知名或不知名的暴君，
挺着腰板走路，步子轻盈而有弹性，
目光宁静，或目光闪闪，
用饱满而洪亮的声音说话，从宽广的胸中发出声音，
让天下所有的人的性格正视你的性格。

你懂得青年人的无比欢乐吗？
亲密的同伴、快乐的谈话和笑脸的欢乐？

快活而明亮的白天的欢乐，敞开胸怀游戏的欢乐？
美妙音乐的欢乐，灯火辉煌的舞厅和舞伴的欢乐？
丰富的筵席和开怀畅饮的欢乐？

然而，啊，我那至高无上的灵魂！
你懂得深沉思虑的欢乐吗？
那自由而孤独的心、那温柔而忧郁的心的欢乐？
那独自走路，精神低沉却又高傲，有痛苦又有斗争的欢乐？
论战的痛苦，心醉神迷，那不分昼夜慎重思考的欢乐？
在想到死亡，想到时、空那些巨大范畴时的欢乐？
更好、更崇高的爱的理想，神仙般的妻子，甜蜜、永恒、完美的伙伴所带来的预兆未来的欢乐？
一切属于你自己的不死的欢乐，啊，灵魂，那和你相匹配的欢乐。

啊，如果我活着就该是生活的主人而不是奴隶，
应作为强大的胜利者去迎接生活，
不发怒，不烦闷，不再埋怨或提出轻蔑的批评，
在空气、水和土地的庄严法则面前证明我内心的灵魂是坚不可摧的，
任何外在事物都不可能支配我。

我讴歌的不仅是生的欢乐，我还要重复——死的欢乐！

碰到死亡的美丽触动，在短时间内感到安慰和麻木，是有理由的，
我自己抛弃了我粪土般的肉体，让它烧化，或碾成细粉，或埋入土中，
我真正的肉体无疑是留给我去参加另外的领域的，
那已经空虚的躯壳对我已毫无意义，经过净化，将担任别的任务，为大地所永久利用。

啊，需要比吸引力更大的力量才能吸引！
我不知道为什么如此——然而看哪，有某一物不听命于其他，
它进取，它从不防御——但是它的吸引力又是多大啊。

啊，在寡不敌众时努力奋斗，无畏地迎接敌人！
完全孤立地迎接他们，试试独自一人能坚持多久！
迎上去面对斗争，酷刑，监狱和舆论的谴责！
登上断头台，毫无畏惧地前去面对枪口！
成为一个真正的上帝！

啊，乘船出海而去！
离开这安稳的、不堪忍受的陆地，
离开这恼人的千篇一律的街道，人行道和房屋，
离开你，啊，你坚牢静止的陆地，登上一条船，
航海，航海，再航海！

啊，使生活从此变成一首诗，歌唱崭新的欢乐！
跳舞，拍手，雀跃，呼喊，欢蹦，跳跃，向前翻滚，继续
　漂荡！
做一个驶向一切港口的世界水手，
成为一条船（请看我那些在太阳和空气中张开的帆篷，）
一艘饱满的快艇，装足了丰富的词句，装足了欢乐。

1860　　　　　　　　　　1881

阔斧歌

一

体形美好的武器，赤裸，苍白，
头颅则是从母亲的内脏[1]里引出来，
木质的肉，金属的骨，只有一个肢体，只有一片嘴唇，
高温促成了青灰色的叶瓣，小小的种子里长出了柄，
栖息在草中，草上，
依傍着什么，又提供依傍。

健壮的形体和健壮形体的特征，男性的职业，景象和声音，
有同一象征意义的样式繁多的一长队，音乐的轻柔节拍，
风琴演奏者的手指清脆地跳跃着经过那伟大的风琴的键盘。

二

欢迎地球上的一切土地，各有自己的类别[2]，

---

1 母亲的内脏亦即大地的深处。
2 土地是阔斧的母亲。

欢迎松树与橡树的土地，
欢迎柠檬与无花果的土地，
欢迎黄金的土地，
欢迎小麦与玉蜀黍的土地，欢迎葡萄的土地，
欢迎糖与米的土地，
欢迎棉花的土地，欢迎马铃薯和甘薯的土地，
欢迎山岳，平地，沙洲，森林，草原，
欢迎江河两边的富饶土地，高原，林间空地，
欢迎那广阔无边的牧场，欢迎那到处是果园，亚麻，蜂蜜，
　大麻的肥沃土壤；
也同样欢迎其他那些表皮更加坚硬的土地，
像黄金的土地或小麦与果树的土地那样富饶的土地，
矿藏的土地，雄伟而嶙峋的矿石之地，
煤，铜，铅，锡，锌的土地，
铁的土地——造就斧头的土地。

三

木头堆里的木材，旁边倚着的斧头，
森林中的小屋，门洞上的藤蔓，为开辟花园而整理出的空地，
暴雨平息下来后滴落在树叶上的很不均匀的雨点声，
隔时传来的哀哭和悲叹声，想到大海，
想到那些在风暴中受到打击的船只，船身倾侧，桅杆折断，

旧式房屋和谷仓的高大木结构所引起的感触，
留在记忆中的图片或事迹，有些人带着家小，什物，冒着风险航行，
弃舟登陆，想缔造一座新的城市，
人们想寻找一个新英格兰而终于找到了的这一航行，开端可以是任何地方，
在阿肯色、科罗拉多、渥太华河、威拉米特河[1]一带定居的人们，
那缓慢的进展，稀少的食物，斧头、步枪、马褡裢；
在探险而有胆量的所有的人们是美的，
面部虽未修剃却是开朗的伐木少年和伐木工人是美的，
依靠自己而赢得独立、起点和行动是美的，
美国人蔑视法规与礼节，简直不能忍受约束，
散漫的性格，随便哪一种类型所提供的微弱开始，最后的定型；
屠宰场的屠夫、大小帆船上的船员、筏夫，拓荒者，[2]
冬天住在帐篷里的木材工人，树林里的拂晓，树枝上的积雪，偶尔传来的折枝声，
自己的响亮而愉快的声音，欢乐的歌，林中生活的自然情趣，一天的扎实工作，
晚上的熊熊火堆，晚饭的香甜滋味，在一起叙谈，铁杉枝和

1 渥太华（Ottawa）河在加拿大；威拉米特（Willamette）河在俄勒冈西部。
2 这里是指随便哪种类型，他们也大半是阔斧的使用者。

熊皮铺成的床；
建屋者在城里或别的地方做工，[1]
拼接，砍成方形，锯割，接榫等准备工作，
举起横梁，把它们推送到适当位置，又把它们安放得平整，
按照已就绪的程序，在接榫处安装上中间柱，
木槌与榔头的锤打，工人的姿势，他们曲着的肢体，
弯着腰，站着，两腿骑在梁木上，敲进钉子，扶住了木桩和支柱，
曲着的一臂扶住木板，另一臂挥动斧头，
铺地板的工人用力把木板紧拼在一起，然后钉牢，
他们手中的工具落到托架上时的姿势，
空楼里震荡着回声；
城市计划兴建的巨大仓库早已在施工，
六个负责木结构的工人，两个在中间，一头各两个，小心翼翼地用肩膀抬着一根沉重的木柱作为横梁，
拥挤着站成一行的泥瓦工右手拿着泥刀迅速砌着首尾二百英尺的一堵长墙，
背脊柔韧地时起时伏，泥刀敲打在砖上不时发出的叩击声，
一块接着一块的砖熟巧地在垒砌着，又用刀把儿一击把它固定下来，
成堆的材料，灰泥在灰泥板上，灰泥工还在不断地加以补充，

1　惠特曼的父亲和诗人自己都曾是造房工匠。

圆木场上的材料员，蜂拥在行列里的已经成年的学徒，
他们的斧头落在砍成方形的木料上，把它整理成桅杆的形状，
那清脆短促的钢刃斜劈进松木的断裂声，
奶油色木片的大批薄片、碎片在飞舞着，
那些穿着便服的矫健的年轻臂膀和臀部的灵敏动作，
那些码头、桥梁、船埠、堤岸、浮坞、固定设施的修建者，
城里的灭火员，在人烟稠密的广场突然爆发的大火，
即将到达的灭火机，沙哑的喊叫声，轻捷的脚步和勇敢的行动，
救火喇叭发出的坚决命令，整顿好队形，臂膀上下动着的压水动作，
细长的、一阵阵喷出的蓝白水柱，出动了铁钩和云梯，并使它们执行任务，
劈开并切断连接在一起的木结构，有时切除地板，如果下面的火种没有完全熄灭，
脸上映着火光的人群在观看着，炫目的光照和浓黑的阴影，
熔铁炉前的锻工和跟在他后面的使用铁器的人，
大小斧头的制作人、焊工和回火工人，
选购者在冰冷的钢上吹一口气，又用拇指试验刀锋，
那制作了光滑的柄又把它坚牢地安在斧头的插孔里的人；
还有过去那些使用者的肖像构成的阴暗行列，
那些最初的能够坚忍的工匠、设计师和技师，

那遥远的亚述人的建筑物和米兹拉人[1]的建筑物，
古罗马执政官前面的官吏，
执着板斧作战的古代欧洲的武士，
高举的手臂，对准戴着头盔的头颅连连猛击的碰击声，
临死时的号叫声，力竭而站立不稳的身躯，敌人和友人都朝着那个方向跑去，
谋反的臣仆们的围攻，他们决心寻求自由，
号召投降的命令，古堡门前的猛攻，休战与谈判，
也有时洗劫一个古老的城市，
成群的雇佣兵和狂徒喧闹而纷乱地冲了进来，
咆哮，大火，流血，酗酒，疯狂，
从住宅与庙宇中随意抢走财物，在强徒劫持下的妇女呼救声，
随军人员的诡诈和盗窃，男人在奔跑，老年人无计可施，
战争是地狱，教条非常残酷，
一系列执法者的正义与非正义的行为和言论，
正义与非正义的人格的权威。

四

力量和勇气是永存的！

1　即埃及人，米兹拉是《圣经》中的用语。

给生命注入力量的也会给死亡注入力量，
死者在前进正如生者在前进，
未来也并不比当前更加难以肯定，
因为地球与人类的粗糙所包含的和地球与人类的精致所包含的一样多，
能持久的除了个人品质以外没有别的。

你认为什么才能持久呢？
你认为一个伟大的城市能持久吗？
还是一个生产发达的国家？还是一部草拟就绪的宪法？还是质量优良的轮船？
还是花岗石和钢铁修成的旅馆？还是某一项工程杰作，要塞，军备？

算了吧！这些东西本身是不值得珍惜的，
它们暂时起了作用，跳舞的跳了舞，音乐家为他们奏了乐，
表演结束了，当然一切都还像个样子，
一切都不错直到突然爆发了挑战。

一个伟大的城市是一个有着最伟大的男人与女人的城市，
虽然只是几间破烂的茅屋却仍然是全世界最伟大的城市。

五

一个伟大的城市所在的地方不仅仅是一个有着广阔的码头、船坞、制造业和堆积产品的地方，
也不是一个不断向新来者或起锚离去的人们致以敬礼的地方，
也不是造价昂贵的高楼大厦或出售世界各国货物的商店所在地，
也不是图书馆和学校最好的地方，也不是钱最多的地方，
也不是人口最多的地方。

这个城市里有一批最健壮的演说家与诗人，
他们热爱这个城市，城市也热爱他们，理解他们，
这里没有为英雄们竖立纪念碑而是记下了普通的言行，
这里俭朴有它的地位，谨慎有它的地位，
这里的男女并不十分重视法律，
这里已没有奴隶，也没有奴隶主，
这里的居民立即起来反对当选者的无休止的胡作非为，
这里烈性子的男女蜂拥向前正如大海对着死亡的呼啸声倾注着它的一望无际的连绵巨浪，
这里外在权威的执行永远服从内在权威的领先地位，
这里公民永远是首脑和理想，总统、市长、州长等等是有报酬的雇员，
这里的孩子们学会以自己为法则，完全依靠自己，

这里遇事往往泰然处之，
这里探索心灵的活动受到鼓励，
这里的妇女和男人一样在街上参加游行队伍，
这里她们和男人一样走进公共集会的场所并占领席位，
这座城市里有最忠诚的朋友，
这座城市里的两性管理是干净的，
这座城市里有最健康的父亲，
这座城市里有体魄健全的母亲，
那才是一座伟大的城市。

六

在大胆的行为面前争论是那么寒酸！
在一位男子或妇女的目光面前，城市里的华丽的物质条件是那么猥琐不堪！

一切都在等待着或者暂时无法进行，直到一个强者出现；
一个强者可以证明一个民族也证明宇宙是具有能力的，
在他或她出现的时候物质便黯然失色，
有关灵魂的争论就停止，
陈旧的习俗和词句受到质疑，只能后退，或被搁置在一边。

现在你赚钱的活动又算得什么呢？他还有什么用处呢？

你的体面现在又算得什么呢？

现在你的神学、教育、社会、传统、法令全书又算得什么呢？

现在你谈到存在时开的玩笑能达到什么目的呢？

现在你谈到灵魂时吹毛求疵又能达到什么目的呢？

七

一派枯涩的景象笼罩着矿石，外表虽令人却步却是个数一数二的地方，

这里是矿，这里是矿工，

这里是熔铁炉，熔解已告成，拿着钳子和锤子的锻工就在附近，

过去一直是服务、现在也总是服务的就在附近。

没有比这服务得更好了，它一直在为一切服务，

曾为舌头流畅、头脑敏锐的希腊人服务，也为希腊人的前人服务，

曾为建造比一切都更加持久的建筑物服务，

曾为希伯来人、波斯人、最古老的印度斯坦人服务，

曾为密西西比河上的筑堤人服务，曾为遗迹还留在中美洲的人们服务，

曾为树林中或平原的阿尔比恩[1]庙宇服务，那里有未曾雕琢过的支柱和巫师，
曾为斯堪的纳维亚雪山上人工造成的高大而静穆的裂缝服务，
曾为那些远古时期在花岗石墙上刻画草图的人服务，这是些太阳、月亮、星星、船只和海浪的草图，
曾为哥特人入侵的道路服务，曾为畜牧部族和游牧民服务，
曾为遥远的凯尔特族服务，曾为波罗的海的能吃苦的海盗服务，
曾为在这些以前的埃塞俄比亚的深受敬爱而善良的人们服务，
曾为制造游艇的舵轮和制造战船的舵轮服务，
曾为陆地上的一切伟大工程和海上的一切伟大工程服务，
为了中世纪时期和中世纪以前的时期，
并非当时就像现在这样只为生者服务，也为死者服务。

八

我看见那欧洲的刽子手，
他站在那里戴着面具，穿着红色的衣服，有着粗壮的腿和结实赤裸的臂膀，
倚靠着一柄沉重的斧头。

1　阿尔比恩是英格兰的古名。

（你最近杀死了谁，欧洲的刽子手？
你身上这样黏湿的是谁的血？）

我看见烈士们的十分清楚的夕阳西沉，
我看见从断头台上走下来的幽灵，
死去的贵族，未曾加冕的贵族妇女，被控告的大臣，被废黜的帝王的幽灵，
敌对者，卖国贼，下毒者，失去了体面的头目和其他人等的幽灵。

我看到那些在任何地方都是为了正义的事业而献身的人们，
种子不多，但收获却永不会枯竭，
（请注意，啊，你们这些外国的君主，啊；僧侣们，收获永不会枯竭。）

我看见斧头上的血渍已完全洗去，
刀刃和柄都已经干净，
它们已不再喷射欧洲贵族的鲜血，它们不再紧紧缠住王后们的颈项。

我看见刽子手已经引退并成为无用，
我看见断头台已经无人去踩踏，已经发霉，我看见上面已经没有斧头，

我看见我自己民族的权威，它象征着力量与友谊，这是一个最新、最巨大的民族。

九

（美利坚！我并不炫耀我对你的爱，
我有的是我所有的。）

斧头跳跃了！
固体的森林说出了液体[1]的话，
树木翻滚着向前，站起并成为形体，
小屋、帐篷、登陆处、观察站，
连枷、犁、镐、铁橇、铲，
木瓦、横杆、支柱、护壁板、侧柱、板条、镶板、山墙，
城堡、天花板、酒吧间、学院、风琴、陈列室、图书馆，
檐口、格构、壁柱、阳台、窗、塔楼、走廊，
锄、钉耙、草耙、铅笔、板车、竿、锯、大刨、槌、楔、木把，
椅子、盆、箍、桌子、小门、风标、窗框、地板，
工具箱、柜子、弦乐器、船、镜框，等等，

1 惠特曼很喜欢用“液体”（fluid）或“流动”这个词。他认为精神的东西是“液体的”，物质的东西则是“固体的”。亦见《大路歌》。

各州的议会大厦，各州的国民议会大厦，
马路两旁排成长队的庄严建筑，孤儿院或为贫病者设置的医院，
曼哈顿的汽船与快艇在海上到处航行。

形体出现了！
无论如何是使用斧头造出的形体，使用者的形体和一切与他们接近的形体，
把木材砍倒的人和把它拉到佩诺布斯科特或肯纳贝克[1]去的人们，
在加利福尼亚山中或在小湖旁，或在哥伦比亚河上的那些小屋里居住着的人们，
住在南方希拉河或格兰德河两岸的居民，友好的集会，各种人物和娱乐，
沿着圣劳伦斯河或在北方加拿大，或下至黄石河一带的居民，
在海岸上和离海岸较远的居民，
捕捉海豹者，捕鲸者，破冰前进的北极海员。

形体出现了！
工厂、兵工厂、铸工厂、市场的形体，

---

1 佩诺布斯科特（Penobscot），美国缅因州中部的一条河；肯纳贝克（Kennebec），缅因州南部的一条河。两河都流向大西洋。

铁路的两条铁轨的形体，
桥梁的枕木、巨大的构架、大梁、拱门的形体，
成队的驳船、拖船，湖上和运河上的船只，河上船只的形体，
沿着东西两海和在许多海湾与偏僻地方的造船厂和干船坞，
橡树的龙骨、松木板、圆木，制造成弯曲形木材的落叶松的树根，
正在航驶的船只、一层层的脚手架、里里外外忙碌着的工人，
放在周围的工具：大螺丝钻和小螺丝钻、手斧、插销、绳索、曲尺、半圆凿和圆刨[1]。

十

形体出现了！
形体被测量，锯出，抬起，接合，染色，
棺材的形体是让死者穿着尸衣睡在里面，
形体作为竖杆出现，作为床杆，作为新娘的床杆出现，
小槽的形体，下部做成摇椅的形体，婴儿摇床的形体，
地板的形体，为舞蹈者的双脚践踏的地板，
家里厚木板的形体，那个父母子女都和睦相处的家庭，
幸福的青年男女家里那屋顶的形体，恩爱的青年夫妇头上的屋顶，

1　一种可以把木材削成圆形的刨子。

在这屋顶下贞节的妻子高兴地做好了晚饭，做了一天工作后
心满意足的纯洁的丈夫高兴地吃了。

形体出现了！
法庭上犯人的位置的形体，以及坐在位置上的他或她的形体，
年轻的酒徒和年老的酒徒所倚靠着的酒吧间柜台的形体，
鬼鬼祟祟的脚步所踩踏的蒙受了耻辱而愤怒的楼梯的形体，
那张奸邪的长背靠椅的形体和那对通奸的不干净的男女，
那个有着极大输赢的赌博台面的形体，
为那定了罪判了刑的凶手预备下的折梯的形体，凶手的面色
憔悴，两臂被绑着，
警察局长和他的副手们就在附近，沉默而嘴唇惨白的人群，
摇晃着的绞索。

形体出现了！
供人们经常出进的那些门的形体，
那决裂了的朋友红着脸匆忙经过的那扇门，
接受好消息和坏消息的那扇门，
充分自信而自命不凡的儿子离家出走时跨过的那扇门，
经过了旷日持久而可耻的离别，患着病，精神不振，失去了
清白，又身无分文时重又走进的那扇门。

十一

她的形体出现了，
她没有平时谨慎，又比平时格外谨慎，
在粗野和肮脏之中行动却并没有使她粗野而肮脏，
在她经过时她知道人们的思想，什么都瞒不过她，
但是并没有因此而减少了她的体贴或友爱，
她是最受宠爱的，这没有例外，她没有理由惧怕，也并不惧怕，
在她经过时，咒骂、争吵、唱不成声的歌曲、猥亵的表情对
　她都不起作用，
她沉默，她镇静，她毫不介意，
她对待这些就像自然规律对待它们一样，她是坚强的，
她也是一种自然规律——没有比她更坚强的规律。

十二

主要的形体出现了！
彻底民主的形体，是许多世纪的结果，
永远在发展成别的形体的形体，
扰攘而雄伟的城市的形体，
全球的朋友和敞开家门待客者的形体，
紧抱着全球又为全球所紧抱的形体。

1856　　　　　　　　　　　　　　　　　　　　　　　　1881

展览会之歌[1]

一

（啊，那位劳动者没有十分留意
他的工作是怎样使他接近上帝的，
即那位存在于时间和空间的深情的*劳动者*。[2]）

归根结底不只是创造或发起，
而恐怕是应把已经确立的从远处带到身边，
给它以我们自己的个性，平均水平，不受限制，自由，
使粗俗而呆板的庞然大物灌满生气勃勃的宗教热忱，
不是抵制或破坏而是接受，熔合，更新，
既服从又指挥，跟随多于领导，
这些也都是我们新大陆的教训；
而且新的究竟是多么少，而那旧而又旧的世界又是多么多啊！

1　这首诗是惠特曼为美国学会第四十届展览会在纽约开幕式（1871 年 9 月 7 日）上朗诵而创作的。

2　“劳动者”即上帝。本诗第一行的劳动者则是一位普通的劳动者。

这青草已长了很久很久，
这雨已下了很久很久，
这地球已转动了很久。

二

来吧，诗魂，从希腊和爱奥尼亚[1]迁移到这里来吧，
请划去那些支付得大大过了头的账目，
即有关特洛伊和阿喀琉斯的盛怒，和埃涅阿斯、奥德修斯流浪的那段公案，
把“迁出”和“出租”的招贴张贴在你们那帕那萨斯[2]雪山的岩石上吧，
在耶路撒冷也照办，把通知高高张贴在雅法的大门[3]和毛里亚的山巅[4]上，
将同样的告示张贴在你们德国、法国和西班牙的古堡的墙上，还有那些意大利的收藏品，
须知一个更好、更清新、更加繁忙的活动范围，一个宽广而未曾尝试过的领域在等待你、需要你。

---

1 希腊的文化中心。
2 希腊南部的一座山，是文艺之神所在的圣地，亦即诗歌的领域。
3 雅法是以色列的一个海港。
4 耶路撒冷的一座山，上面有所罗门的寺庙。

三

为了响应我们的召唤，
可能也还是顺乎她久已怀抱的心愿，
再加上一种不可抗拒的自然吸引力，
她来了！我听见她长袍的窸窣声，
我闻到她气息的醉人芳香，
注意到她美妙的步法，她好奇的眼睛在转动着，
面对着的正是这片场地。

女性中的佼佼者！我能否就此认为，
那些古代的寺庙，第一流的雕塑都未能把她挽留住？
维吉尔和但丁的阴魂，数不清的回忆，诗篇，旧日的联系也
　　都不能吸引她、把她缠住？
而是她离开了一切——来到了这里？

是的，如果你们容许我这样说，
我，我的朋友们啊，如果你们看不见，我却能清楚地看见她，
就是这个表现大地、活动力、美和英雄行为的不朽灵魂，
通过她的逐步进化来到了这里，结束了她以前那些题材所垒
　　起的地层，
被作为今天基础的今天的题材所掩盖，

她那在卡斯塔里泉[1]畔的声音随着时间的消逝而结束了、断了气，
埃及那残缺了唇的人面狮身像沉默了，所有那些疑难了人们几个世纪的陵墓也沉默了，
亚洲的史诗，欧洲那些戴着头盔的武士们永远结束了，
女神们的原始呼声结束了，
卡列奥比的号召已永远告终，克里欧、梅尔波米奈、撒里亚已经死去，[2]
俞娜和奥莉安娜[3]的庄严韵律已结束，寻求圣杯的活动已结束，
耶路撒冷是一撮被风吹散的灰末，已熄灭，
十字军那些川流不息的昏暗的午夜队伍随着日出而疾走，
阿马狄斯、谭克雷德[4]已一去不复返，查理曼大帝、罗兰、奥列佛[5]已不再回来，
帕墨林，吃人的妖精，走了，乌斯克河[6]中倒映的塔楼消

1 这一帕那萨斯山上的泉水是诗的灵感的源泉。

2 女神们，即希腊神话中司文艺的九位女神。卡列奥比是史诗之神，克里欧是历史之神，梅尔波米奈是悲剧之神，撒里亚是喜剧之神。

3 俞娜在斯宾塞的《仙后》中象征真正的宗教。奥莉安娜是伊丽莎白时代诗人们用以称呼伊丽莎白的名字。这个名称亦见于15世纪的一首西班牙传奇。

4 阿马狄斯是中世纪传奇中的英雄。谭克雷德是第一次十字军东征时诺曼底人的主帅。

5 奥列佛是罗兰的朋友，查理曼大帝的十二大臣之一。

6 帕墨林是葡萄牙传奇中的英雄。乌斯克河在英国的威尔士，见于阿瑟王的传奇。

失了，
阿瑟和他所有的武士们都告别了，墨林、朗索拉特和加拉黑特都一去不复归，像一团气体似的完全分解了，
过去了！过去了！对我们说来是永远过去了，当年那威力无边的世界现在是个空洞、没有生气、像鬼魂一样的世界了，
那个绣满花朵、炫人耳目的外邦人的世界，它有许多灿烂的传说和神话，
它的不可一世的帝王和城堡，它那些僧侣和赳赳武夫式的王公和显贵的妇女，
都进入了墓葬，披戴着王冠与甲胄睡进了棺材，
为莎士比亚的华丽辞藻所渲染，
丁尼生又用他那哀婉的韵律唱过它们的挽歌。

我说，我的朋友们啊，如果你们看不见，我却能看见那位显赫的流亡者[1]（不错，她当年虽然还是老样子，却已经改变，走了很多路，）
直接前来奔赴约会，为她自己有力地开辟了道路，在混乱中迈着阔步，
不怕机器的隆隆声和汽笛的尖叫声，
也丝毫没有被排水管、煤气表和人工肥料吓唬住，
微笑着，心情愉快，显然有意留下来，

1　即诗魂。

她来到了这里，安置在厨房的各种设备中间！

四

但是且慢——我是不是有失礼貌？
为了把这个陌生人介绍给你，哥伦比亚[1]；（除此以外我活着究竟还为什么歌唱呢？）
我用自由的名义欢迎你，不朽的女神！紧紧握手吧，
从今后两人[2]便是亲热的姊妹了。

不要惧怕，啊，诗魂！确实是新的方式，新的日子在迎接你，包围你，
我坦白承认这是个新型的古怪又古怪的民族，
然而还是同属一个古老的人类，里外都一样，
脸和心都一样，感情一样，想望一样，
同样的古老爱情，美，和同样的习惯。

五

我们并不责怪你，年高资深的世界，也不真正让自己脱离你，

1　哥伦比亚用在诗歌中指美国，是美国的女性拟人化。
2　指诗魂和哥伦比亚。

（儿子会让自己脱离父亲吗？）
回顾你时，看着你在过去的世代里专心致志地为你所担任的
　　义务和伟大事业而建设着，
我们今天也要为自己而建设。

比埃及的陵墓更加强大，
比希腊罗马的庙宇更加壮丽，
比米兰的装配着雕塑和尖顶的大教堂更加气宇轩昂，
比莱茵河上的城堡更加美丽如画，
我们甚至现在就计划建造，超过这一切，
你的伟大的教堂是神圣的工业，而不是陵墓，
是毕生可以保留的、有实际价值的发明。

正像清醒时看见的远大理想，
即使在我歌唱时也已经看见它在树立起来，我里里外外在加
　　以审视并预告，
这一多方面的整体。

在一座比其他更崇高、更美好、更宽阔的宫殿[1]周围，
将是大地的现代式奇迹，超过历史上的七个，

1　这里描写的是当时著名的展览馆——1851 年的伦敦水晶宫，1853 年开幕的美国水晶宫。

一层又一层地高高升起，迎面装配着玻璃和铁，
使太阳和天空更加兴高采烈，色彩极度轻松愉快，
青铜，淡紫，浅绿，海蓝与深红，
在它那金色的屋顶上，在你那自由的旗帜下，将招展着本国和各国的旗帜，
周围麇集的将是一群崇高而美好的，但却是规模较小的宫殿。

在围墙里的某处，一切推动完美的人类生活的努力将在此开始，
尝试，传授，向前发展，并公开展览。

不仅是一个完备的工厂、贸易、产品的世界，
还有世界上的所有工人也在这里派有代表。

你在这里将可跟踪在顺利进行中的、
在各种状态下的实际而繁忙的运动中的文明的条条溪流，
这里的器材将在你眼睛面前魔术似的改变形体，
棉花将就地被摘落下来，
在你眼面前晾干，摘净，轧成皮棉，打成包，纺成线与布，
你会看见工人在执行一切旧的和新的程序，
你会看见各种谷物，面粉是怎样制成的，面包师是怎样把它烤成面包的，
你会看见加利福尼亚和内华达的原矿石经过一道道程序成为

金块或银块，
你会看见排字工人如何排字，认一认排字盘是什么样子，
你会惊奇地注意到霍氏轮转印刷机[1]的滚筒在飞快地转着，不断迅速地把印就的纸张脱落下来，
照片、模型、手表、别针、钉，将在你面前一一制成。

在那些大而安静的厅堂里，一座雄伟的博物馆会使你得到许多有关矿石的知识，
在另一处会有图片说明树林、植物、草木——在另一处则是动物、动物的生活和发展。

其中的一座大厦将是音乐厅，
其他的属于其他技艺——学术、各种科学，也都将在这里出现，
不怠慢任何一项，每一个项目都在这里受到尊重，协助，举例说明。

六

（这个，这个和这些，美利坚啊，将是你的金字塔和方尖碑，

1 理查·马·霍（Richard March Hoe）于 1846 年发明了轮转印刷机，并在展览会上展出。

你的亚历山大灯塔，巴比伦花园，[1]
你那在奥林匹亚的殿堂。）

男性和女性中有许多是不做工的，
将永远在这里遇到做工的多数人，
对双方都大大有利，对大家都光荣，
对你，美利坚，和你，不朽的诗魂。

你们将在这里居住，强有力的主妇们！
在你们统治下的广大领土比过去的一切更加广大，
响着的是未来许多漫长又漫长的世纪的回声，
唱着不同的、更加辉煌的歌曲，采取更加有力的题材，
务实的、和平的生活，人民的生活，人民本身，
在和平中被高举，照亮，洗濯——在和平中欢欣鼓舞，无忧
　无虑。

七

再也不要战争的题材！再也不要战争本身！
今后也不要再让我战栗地看见变黑了的残缺不全的尸体！
那到处泛滥的地狱和血洗，只适合猛虎或吐着舌头的狼群，

1　亚历山大灯塔，即法罗斯灯塔，和巴比伦空中花园同属世界七大奇观。

而不是有理智的人类，
代替它的是加速工业发展的伟大计划，
率领着你无畏的大军进行各项工程，
你那些三角旗在起作用，在微风中展开，
你的号角声嘹亮而清晰。

再也不要古老的传奇！
不要描写外国宫廷的小说，情节和戏剧，
不要那些用韵律来加甜的情诗，那些游手好闲者的私通和
　奸情，
这些只适合夜间摆开的筵席，在那里跳舞者随着深夜的音乐
　滑步，
这些不健康的寻欢作乐是少数人的荒淫无耻，
伴随着香味、高温和酒类，在那炫目的枝形吊灯下面。

对你们这些可敬而明智的姊妹们[1]，
我发出呼声要求诗人和艺术家描写更加壮丽的题材，
歌颂当前和现实，
使普通人懂得日常职务和行业的光荣。
歌唱健全的体魄和顺乎天性的生活如何绝不会受挫折，
人人都需要体力劳动：耕种、锄地、挖掘，

1　指希腊神话中九位文艺女神。

栽种并管理树木、浆果、蔬菜、花卉，
每个男人都保证做些实在的工作，每个妇女也必须如此；
会使用锤子和锯子，(劈开或横剖，)
学会木工，泥灰作业，油漆，
学当男裁缝、女裁缝、护理、旅馆马夫、脚夫，
发明点什么，某种巧妙的东西，以帮助洗衣、做饭、扫除，
而不以亲自动手为耻。

诗魂啊，我是说我今天在这里给你带来的，
是各行各业，广泛和近旁的各项任务，
繁重的劳动，健康的重劳动和流汗，没有止境，不会停歇，
那些古老又古老的实际负担、兴趣、欢乐，
家庭、出身、童年、丈夫与妻子，
家室所提供的享受、房子本身和其中的一切东西，
食物及其保存，运用了化学原理，
能够造就正常、健壮、完整、血统纯洁的男人或女人的一切，
　使之有非常持久的品格，
帮助它使它当前的生活健康而幸福，塑造它的灵魂，
以便迎接未来的永恒的真实生活。

享有最新的联系手段、工程、国际运输工具，
蒸汽力、伟大的特快线路、煤气、石油，
这些我们时代的胜券，大西洋的灵敏电缆，

太平洋铁路、苏伊士运河、塞尼山[1]和哥特哈[2]和胡萨克隧道[3]、
　布鲁克林桥，
这个地球上到处横跨着铁路，轮船的航线穿行着每一片大海，
我带来的是我们自己的圆形物，即目前这个地球。

八

而你呢，美利坚，
你的子孙在高高耸立着，但是你的高度又胜过一切，
胜利在你的左手边，法律在你的右手边；
你的联邦维持着一切，融合、吸收、宽容着一切，
我歌唱的是你，永远是你。

你，也就是你，构成一个世界，
你享有一切宽阔的地理，多方面的，不同的，遥远的，
都被你合拢为一体——一个共同的完整语言，
一个为一切人安排下的共同的、不可分割的命运。
由于你们恳切地把灵感赐予你们的使者，
我在这里使之人格化并提出我的主题，让它们在你们面前接
　受检阅。

1　经过阿尔卑斯山的塞尼山的一条连接法国与意大利的八英里隧道。
2　在圣哥特哈要隘下九又四分之一英里的隧道，连接瑞士和意大利。
3　在美国马萨诸塞州菲奇堡铁路线上的一个隧道，长四英里半。

看哪，美利坚！（也包括你，难以言喻的客人和姊妹！）
你的江海和陆地是为你而结队前来的；
看哪！你的田野与农庄，你那些遥远的树林和山岳，
像是在列队前来。

看哪，那大海本身，
在它那一望无际的汹涌着的胸脯上的是那些船只；
看吧，在那里它们的白帆在风中鼓起，点缀着那绿色与蓝色，
看吧，那来来去去的汽艇，驶出又驶入港口，
看吧，那些黝黑而波浪式起伏着的长长烟幡。

看哪，在俄勒冈，在遥远的西北部，
或在缅因，在遥远的东北部，你那些快乐的伐木者，
整天舞弄着他们的斧头。

看哪，在湖上，你的领航员在他们的罗盘旁，你的划桨手，
那桴木又怎样在那些肌肉发达的手臂下扭动着！

在熔炉旁，在铁砧旁，
请看你那些健壮的铁匠在抡着他们的大锤，
稳稳地举手过肩，举手过肩又落下，欢乐地叮当响着，
像一阵喧闹的笑声。

请注意到处都是发明家的精神，你那些一个接着一个的专利权，
你那些不断建成或正在兴建的工厂和铸工厂，
看吧，从它们的烟囱里高高的火苗是怎样溢流出来的。

注意，你那些没完没了的农庄，在北部，南部，
你那些富足的女儿州[1]，在东部和西部，
俄亥俄、宾夕法尼亚、密苏里、佐治亚、得克萨斯等地的多种产品，
你那些无限量的收成、青草、小麦、甘蔗、油料、玉米、大米、大麻、蛇麻子，
你的谷仓都堆得满满的，走不完的货车和胀满了的仓库，
葡萄在藤蔓上成熟，苹果在果园里成熟，
你那些计算不清的木材、牛肉、猪肉、马铃薯，你的煤，你的金和银，
你矿山里用不完的铁。

都是你的，啊，神圣的联邦！
船舶、农庄、店铺、谷仓、工厂、矿山，

---

1 女儿州（daughter-states），含义不详，可能是说：国家既是“母亲”，州就是“女儿”。

城市和州郡，北方、南方，单项和集体，
敬畏的母亲[1]，我们把一切都献给你！

绝对的保护人是你！你是一切的堡垒！
因为我们很知道你给予了每一个人和全体，（像上帝一样
　慷慨，）
没有你就没有全体或个人，没有土地和家园，
没有船，没有矿，没有今天安稳享用的任何东西，
什么都没有，哪天都不会安逸。

九

而你呢，在一切之上飘动着的标志！
文雅的美人，有一句话对你说，（可能是有益的，）
要记得你并非一直在这里像今天一样舒服地居于最高地位，
旗帜啊，我曾经在别的场合看见过你，
并不是那样齐整，完全，容光焕发，穿着毫无污点的丝绸，
我曾经看见你的旗帜在你开裂的旗杆上碎成片片，
或是被某个年轻旗手紧张地朝着胸脯一把抓住，
为它而拼死拼活地进行着斗争，长期战斗着，
在雷鸣的炮声中，在众多的咒骂、呻吟和喊声中，在清脆而

1　敬畏的母亲和亲爱的母亲（见下节）都是指联邦。

稠密的枪声中，
那移动着的人海像魔鬼似的汹涌着，冒着生命危险，
因为你的残部满身烟熏和污垢，浸在血泊中，
为了这个，我的美人啊，为了使你能够像今天那样安稳地随意飘荡，
我曾看见许多精壮的男子倒了下去。

现在呢，这里和这些从此享受到和平，一切都属于你，啊，旗帜！
而现在和今后都是为了你，啊，属于全球的诗魂！而你是为了它们！
而现在和今后，啊联邦，所有的工作和工人都属于你！
没有什么是脱离你而存在的——从此都是一体，我们和你，
（因为孩子们的血，是什么呢，不都是母亲的血吗？
生命和工作，它们最终都是什么呢，不都是通向信仰和死亡的道路吗？）

在我们列举我们的统计不完的财富时，是为了你，亲爱的母亲，
我们今天才占有了一切，你是永远不会溶解的；
不要认为我们的颂歌，我们所展览的一切仅仅是为了总产值和金钱的收益——是为了你，为了你的灵魂，带有电力，是属于精神领域的！

我们的农庄、发明、收成，是因你才占有的，城市和州郡也
　　是因为你！
我们的自由也都是因为你，我们活着也是因为你！

1871　　　　　　　　　　　　　　　　　　　　　　　　1881

红杉树之歌

一

一首加利福尼亚之歌，
一种预告和寓意，一个可以像空气那样吸进的捉摸不住的思想，
一个森林女神组成的合唱队，渐远，离去了，或是树神们正在离去，
一个低沉、预言性的巨人的声音，来自大地与天空，
红杉木的密林中一株行将咽气的大树发出的声音。

再见吧，我的弟兄们，
再见吧，啊，大地和天空，再见吧，你们这些附近的水域，
我的时间已尽，我的期限已到。

沿着北海岸，
刚刚从多岩石的岸边和洞穴中回来，
在门多西诺[1]地区的海上，那含盐的空气中，

1 门多西诺（Mendocino），旧金山以北的一座滨海县城。

巨浪是基调，伴奏是低沉而嘶哑的，
传来了粗壮的臂膀用力砍剁时那音乐般的斧劈的开裂声，
被锋利的斧刃劈得很深，也就是在那红杉木的密林里，
我听见那巨大的树木在唱着它临死前的哀歌。

那些树神们从他们千年的故居前来帮腔时，
那些伐木者没有听见，那些简陋的棚屋没有应声，
那些尖耳朵的赶车人和管链条与螺旋起重器的人们没有听见，
但是我却在我的灵魂深处清楚地听见了。

喃喃声从它那无数的叶缝里传出，
从二百英尺高的顶端往下降落，
从粗壮的树干和树枝那里，从尺把厚的树皮那里，
传来了那首季节和时间之歌，既歌唱过去，也兼及未来。

你这从未倾诉过的我的一生，
所有你们这些可敬又天真的欢乐，
我那持久而坚挺的一生，享受过雨中和许多个夏日烈阳下的
　欢乐，
还有白雪，黑夜和狂暴的风；
啊，那些巨大、容忍而粗犷的欢乐，人类所未留意的我的灵
　魂的强大欢乐，
（要知道我怀里有符合我身份的灵魂，我也有意识，个性，

所有的岩石和山岳也同样有，包括所有的大地，)
那些符合我和我弟兄们身份的生活的欢乐，
我们的时间，我们的期限已经到来。

我们并未悲伤地屈从，庄严的弟兄们
我们曾经庄重地充分利用了我们的时间；
怀着大自然的十分安详的满足，怀着心照不宣的巨大快乐，
我们欢迎我们过去所努力完成的一切，
现在把地盘让给他们。

早已预料到他们的到来，
作为更加优秀的民族，他们也将庄重地利用他们的时间，
我们给他们让出位置，在他们身上看到了我们自己，你们这些森林之王！
他们将拥有这些天空和空气，这些山峰，沙斯塔山和内华达山脉[1]，
这些巨大陡峭的悬崖，这种宽阔度，这些山谷，遥远的约塞米蒂[2]，
都将被他们所吸收，同化。

1 沙斯塔（Shasta）是加利福尼亚州锡斯基尤（Siskiyou）县的一座山峰。内华达（Nevada）山脉在加利福尼亚州东部。
2 约塞米蒂（Yosemite），加利福尼亚州的一个瀑布。

然后转向一个更加高亢的调门，
歌声也更加骄傲，更加激昂，
好像这些继承者：西部的诸神，
也鼓着如簧之舌参加了进来。

没有因亚细亚的迷信而变得苍白，
没有因欧罗巴古老朝廷的屠宰场而变得血红，
（宝座下的那片谋杀区，还到处留有战争和绞架的余味，）
而是从大自然的漫长而无害的阵痛中诞生，此后便在和平中
　　建设，
这些处女地，西岸的土地，
向这个新来的高峰人物，向你，这个新的王国，
向早已许下的你[1]，我们表示忠诚，我们献身。

你们，神秘而深奥的意图，
你，那普通人的、属于精神范畴的男子气概，是最终目标，
　　完全依靠你自己，是制定而不是接受法律，
你，那神圣的妇女心肠，是一切的主宰和源泉，从你那里得
　　到生命与爱情和来自生命与爱情的一切，
你，美利坚所有大量物质的肉眼所看不见的道德精髓，（代代
　　都在死亡和生命中同时起着作用，）

1　即在诗歌和文字中早已预告的黄金时代。

你，有时人们知道，但无人知道的时候更多，是你在真正形成并塑造这个新世界。使之适应时间与空间，
你，那隐蔽的民族意志，埋藏在你的深处，看不见，但却永远机警，
你们，这些固执追求的过去和当前的目标，也许你们自己并不感觉，
并未因一切暂时的错误和表面的不安而使你们动摇；
你们，那些生机勃勃、普遍存在的不死的胚芽，是一切信条、艺术、法令、文学的基础，
你们在这里建造了永久性的家园，在这里立足，在这里的全部区域，西岸的土地，
我们向你们表示忠诚，向你们献身。

为了使你成人，你这有特殊风格的民族，
他可以在这里成长为吃苦耐劳而可爱的巨人，高高耸立，和大自然成正比，
在这里不受限制地高攀那巨大而纯洁的空间，不受墙壁和屋顶的阻遏，
在这里和风暴或太阳一同欢笑，在这里享受欢乐，在这里耐心地适应自己，
在这里多多注意自己，揭示自己（不必照顾别人的公式，）在这里充分利用他的时间，
按时倒下，提供援助，终究无人理会，

消失，尽力服务。

就这样在北海岸，
在赶车人的呼叫和链条叮当的回声中，在伐木斧头的乐声中，
倒下的树干和树枝，沉重的落地声、被压低的尖叫声、呻吟声，
合起来都是红杉树留下的话，声音透着兴奋、苍老，沙沙地，
持续了一个世纪之久、看不见的森林女神在唱歌，在引退，
离开了她们所有森林和山峦的幽深处，
从喀斯喀特山脉直到沃萨奇[1]，或遥远的爱达荷或犹他，
从此让位给现代诸神，
那合唱曲和各种指示，未来人类的远景，定居点，所有的特征，
我在门多西诺的森林中都听到了。

二

加利福尼亚那闪光的、金黄色的庆典，
那意外而华丽的戏剧性场面，那和煦而宽阔的土地，
从皮吉特[2]湾南至科罗拉多的那漫长而多样式的狭长地带，

1 喀斯喀特（Cascade）山脉在俄勒冈，华盛顿和加拿大的不列颠哥伦比亚省。沃萨奇（Wahsatch）在犹他州之北，爱达荷州东南。
2 皮吉特（Puget）湾在华盛顿州。

沐浴在更加香甜的、稀有的、健康的空气中的土地，山谷和
　陡险的峭壁，
大自然那已耕和休耕地，那不声不响、周期性的化学作用。
时代在艰难、缓慢地稳步前进，那未被占领的表皮在成熟，
　地下的丰富矿石在形成，
新的终于来到，它负担起责任，就地占领了下来，
一个密集而忙碌的民族在到处定居并组织起来，
船舶从世界的各个方向来到，又出海驶向全球，
去印度、中国、澳大利亚和太平洋上成千个岛上乐园，
人口稠密的城市，最新的发明，河上的汽船，铁路，许多兴
　旺的农庄，使用着机器，
还有羊毛、小麦和葡萄，和发掘出来的黄金。

三

但是你还不仅这些，西岸的土地啊，
（这些只是手段，工具，立足点，）
我在你身上看到一直推迟至今又必然会到来的千百年前许下
　的诺言，
许下的诺言必须实现的是我们这些普通人，这个民族。

新社会终于来到，和大自然成正比，
你的男子气概胜过了你的山峰或威武而结实的树木，

妇女更加远远胜过了你所有的黄金或藤蔓，甚至生命所必需的空气。

新近到来的确实是一个新的世界，但却是经过了长期的准备，
我看见了现代式的天才，现实和理想的儿子，
为广阔的人类开辟着园地，那真正的美利坚，壮丽的过去的继承者，
目的是建设一个更加壮丽的未来。

1874　　1881

职业之歌

一

唱一支职业之歌！
在机器和各行各业的劳动和田间劳动中我找到了发展前途，
找到了永恒的意义。

男工们和女工们啊！
就算我身上已充分展示了一切实用的与装饰性的素养，这能有多少价值？
就算我是主任教师，宽容的业主，明智的政治家，这能有多少价值？
就算我待你像一个雇用你并付你工资的上司，你会满意吗？

博学，高尚，仁慈，还有那些经常附带的条件，
像我这样的人从来不谈经常附带的条件。

我既不是仆人也不是主人，
我既不少收报酬也不多收报酬，不论谁享用我我都愿意自己

做主，
我绝不吃你的亏，你也不必吃我的亏。

如果你在车间站着工作，那么我在这个车间也和站得最近的人一样近，
如果你送礼给你兄弟或最好的朋友，那么我要求你也待我像你兄弟或最好的朋友，
如果你的情人，丈夫，妻子日夜都受到欢迎，那么我个人也要求一样受到欢迎，
如果你堕落了，犯了罪，患了病，那我也要为了你变得和你完全一样，
如果你还记得你那些愚蠢而违法的行为，难道你认为我就不会记得我自己那些愚蠢而违法的行为吗？
如果你在桌旁畅饮，我就在桌子的对面畅饮，
如果你在街上遇到了陌生人并且爱上了他或她，唉，我其实也常在街上遇到陌生人并且爱上他们。

嗨，你对你自己是怎么估计的？
是你认为自己并不怎么样吗？
你认为总统就比你伟大吗？
还是认为有钱人比你舒服？受过教育的人比你聪明？

（就因为你滑头、长着脓疱，或曾经喝醉过，偷过东西，

或者你有病，患着风湿症，是个妓女，
或者你为人轻薄、无能，不是学者，名字也从未在报刊上出现过，
你就从此认输、不可能永垂不朽了吗？）

二

男人们和女人们的灵魂啊！我所谓没有见过、没有听说过、碰不得、也不碰人的人不是你，
我提出正反论证、并企图解决你是否还活着的人不是你，
如果没有别人肯承认，那就由我来公开承认你是谁吧。

凡是属于这个国家和别的国家，不论室内和室外的已长成、半长成和还是婴儿的，我看大家都一样，
包括它们后面和经由它们的其他一切。

妻子，她一点也不比丈夫差，
女儿，她和儿子一样好，
母亲，她和父亲一样重要。

愚昧的和穷苦人的后代，学手艺的学徒，
在农庄工作的小伙子和在农庄工作的老年人，
水手、商人、沿海作业的生意人、移民，

这些人我都看见，不论远近，我同样看见，
谁也逃不过我，也没有人愿意让我逃过。

我带来你一向不缺的急需品，
不是金钱、情爱、服装、食品、学问，但是一样实用，
我不派代理人或中间人，不提供有价值的代表而是价值本身。

有某物，它不但此时而且还在不断来到跟前，
它不是印刷品、宣教文、讨论对象，它无法讨论，不能印制，
它不能放进书里，它不在这本书里，
不管你是谁，它是给你的，它和你的听觉、视觉一样，离你并不很远，
暗示它的是距离最近、最平常、就在手边的一切，它永远受这一切的诱发。

你可以读许多不同语言的作品，但是读不到它，
你可以读总统的文告，但还是读不到它，
它不在国务院或财政部的报告或各种日报或周报里，
也不见于人口调查或税收统计表格，时价表或任何股票单据。

三

太空中浮动着的太阳和星星，

苹果形的地球和住在上面的我们，它们的去向肯定是宏伟的，
我不知道除了宏伟和幸福之外还可能是什么别的，
而且我们在这里所包括的内涵并非一种投机、取巧或刺探，
不是什么侥幸就对我们有利，倒霉就使我们失败的东西，
也不会为某种偶然的原因就可以把它取消。
光和影，有关身体和个性的奇妙感觉，随意就能吞没一切的贪婪，
人的无穷傲气和扩张，非可言传的欢乐与悲伤，
每个人看见他所看见的每个别人身上的奇迹，以及永远在每一分钟的时间里装满的奇迹，
你是怎么估计这些的，伙计？
你是否从你的职业或农业劳动的角度来估计它们？还是从你货物能赚进利润的角度？
或者为的是给自己谋一个职位？或者为的是消磨作为一位绅士的空余时间，或一位夫人的空余时间？

你曾否估计到景物之成为实体和形状是为了把它绘成图画？
男人与女人是为了描写和歌颂他们？
地心吸力，伟大的定律，和谐的结合，空气的流体，是为了给学者们提供题材？
或者褐色的大地和蓝色的海洋，是为了制成地图和图表，
或者星星是为了把它们列入星座、标上新奇的名字？
或者培养种子是为了农业图表或农业本身？

陈旧的机构，这一类技艺，图书馆，传说，收藏，以及随着制造业而形成的习惯，我们会不会把它们评价得这么高？

我们会不会把我们的现金和营业评价得很高？我并不反对，

我把它们评价得高到了顶点——然后是一个女人和男人生养的孩子，我把他评价得高过一切。

我们认为我们的联邦了不起，我们的宪法了不起，

我不是说它们没有什么了不起，没有什么好，因为它们确实很好，

今天我和你一样非常热爱它们，

而且我热爱着你，热爱着世界上我的所有同类。

我们认为各种圣典和宗教是神圣的——我不否认它们神圣，

我说它们都是从你身上长出的，而且还继续从你身上长出，

赐予生命的不是它们，赐予生命的是你，

它们出自你，正像树叶出自树木，树木出自大地。

四

我把人间所有的敬意加起来的总和都归于你，不管你是谁，

总统待在白宫是为了你，你待在这里却并非为了他，

部长们在部里的行动是为了你，不是为了他们你才在这里，

国会每隔十二个月是为你而开会，
法律，法庭，各州的成立，各个城市的宪章，商务和邮件往来都是为了你。

请仔细聆听，我亲爱的学者们，
教义，政治和文明来自你们，
雕塑、纪念碑和任何场所的任何铭刻应算在你们的账上，
自有记载以来，历史和统计资料的要旨此时都在你们的掌握之中，神话和传说也一样，
如果不是你们在这里呼吸、行走，他们都会是什么样子？
最著名的诗歌将是灰烬，演说词和戏剧将是真空。

一切建筑是在你们观察后你们对它的加工，
（难道你们认为它来自白色或灰色的石块？来自拱门和上楣的线条？）

一切音乐是你们被乐器唤醒后觉悟出来的产物，
不是小提琴和短号，不是双簧管或打击乐器，不是男中音在唱他那甜蜜的浪漫曲时用的乐谱，也不是男子合唱队的乐谱，也不是女子合唱队的，
它要比这些更近一些，又更远一些。

五

那么全部都能回忆起来吗?

每个人照一照镜子就能看到最好的信号吗?没有更大些更多些的东西吗?

是否一切都在那里和你同坐,同时也和那神秘的、看不见的灵魂在一起?

我提出的那真正的自相矛盾是奇怪而坚硬的,

粗俗的事物和看不见的灵魂是同一件事。

盖房,测量,锯成木板,

打铁,吹玻璃,造钉子,打桶,铺设铁皮屋顶,整理盖房的木瓦,

拼接船身,建造码头,腌制咸鱼,铺路人用石板铺设人行道,

抽水机,打桩机,大型起重机,煤窑和砖窑,

煤矿和下面的一切,黑暗中的灯盏,回声,歌声,抹黑了的人脸表现出的沉思和广阔的朴素思想,

山里或河畔的铁工厂和打铁炉,在一旁的人手用大铁橇试探着熔解物,一坨坨矿石,到时把矿石、石灰石和煤块结合在一起,

鼓风炉和搅炼炉,最后是那在熔解物底部的软铁,轧钢机,粗短的生铁块,坚硬而光洁的T形铁轨,

油厂、丝厂、白铅厂、糖厂、蒸汽锯、那些大磨坊与大工厂，
石工，修整房屋的门面、窗，或门楣、木槌、齿状凿、保护拇指的挡板，
密封烙铁，一壶沸滚的水泥，水壶下面的火种，
棉花包，搬运工的铁钩，锯木工的锯和锯木架，铸工的模子，屠夫的刀，冰银，以及与冰有关的各种劳动，
索具装配工、抓钩者、制帆工，以及滑车制造者的工作和工具，
杜仲胶、纸型纸、颜色、刷子、制刷业、玻璃工的工具等物，
胶合板和胶锅，蜜饯师的装饰品，盛水瓶和玻璃杯，大剪刀和熨斗，
鞋钻和护膝，一品脱量器和一夸脱量器，柜台和板凳，鹅毛笔或金属笔，制作各种有刀刃的工具，
酿酒厂、酿酒、麦芽、大缸、酿酒者、果子酒的酿造者、醋的制造者和他们所做的一切，
制革、造车、锅炉制造业、搓绳、蒸馏、画招牌、烧石灰、摘棉花、电镀、电铸、浇铸铅板，
凿孔器、刨床、收割机、犁田机、打谷机、蒸汽车，
搬运工的货车、公共马车、笨重的大车，
施放烟火，晚上点燃彩色烟火，新奇的图案和流星；
屠夫肉案上的牛肉、屠夫的屠宰场、穿着屠宰服的屠夫，
栏里的活猪、杀猪的大铁锤、猪钩、烫洗用的大盆、开膛、切肉刀、加工猪肉者的大木槌，以及冬天的猪肉加工忙，

面粉工厂、碾磨小麦、黑麦、玉米、大米，一桶、半桶和四分之一桶、装满货物的驳船，在码头和大堤上高高矗立的一堆堆，
男人和男人们在渡口、铁路、沿海贸易船、渔船和运河上的工作，
你自己或别人生活中每个小时的日常工作，车间，场地，店铺或工厂，
所有这些眼前的东西日夜在你身旁——工人啊！不管你是谁，这是你每天的生活！
在日常生活和眼前事物中埋伏着最沉重的重量——此中的重量比你估计的还要重，（也可以轻得多，）
在这些中间是为你我提供的现实，为你我提供的诗歌，
在它们之中而不是你自己——你和你的灵魂才容纳一切，不管评价如何，
在它们之中才有良好的发展——它们才拥有所有题材，暗示和可能性。

我并不肯定你再朝远处看就是徒劳，我并不奉劝你止步，
我不说你认为伟大的引力并不伟大，
而是说除此以外没有别的能引向更加伟大的目标。

六

你想到远处去寻找吗？你最后肯定会回来，
在你最熟悉的事物中才能找到那最好的，或相当于最好的，
在你最近的近亲中才能找到那最甜蜜、最壮实、最亲热的，
幸福，知识，不在别处而在此处，不在其他时候，而在此时，
在你最先看见或接触的人身上看到了男子汉，亦即永远在朋友、弟兄和最近的近邻身上——女子则是在母亲，姊妹，妻子身上，
受众人欢迎的爱好和工作在诗歌或别的事物中占优先地位，
你们这些这个国家的女工和男工有你们自己的神圣和强大的生命力，
其他一切都让位给你们这样的男人和女人。

在圣诗而不是歌手在演唱时，[1]
在经文而不是牧师在布道时，
在讲台走下来出门而去而不是雕刻台上那桌子的雕刻家时，
在我能够日夜接触书本的躯体时，在它们回过头来又接触我的躯体时，
在大学设置的课程像一个沉睡的女人和孩子一样有说服力时，

---

1 作者在这里是表明创造一切的要比他们所创造的事业更加可贵。如果金币和契约能成为好的同伴的话，诗人也会尊重它们。但事实却是只有活生生的人类才能成为友好的同伴。

在库房里的金币像守夜者的女儿那样微笑时，
在有保证的契约在对面椅子里悠闲地休息而成为我的友好同伴时，
我打算把我的手伸给它们，并像我尊重你们这样的男人和女人一样尊重它们。

1855 1881

转动着的大地之歌

一

一支转动着的大地和相应的词汇之歌，
你是否认为那些竖立着的直线，那些曲线、棱角和黑点就是词汇？
不，那些不是词汇，实质性的词汇在地下和海里，
它们在空气里，在你灵魂里。

你是否认为那些出自你朋友们口中的美妙声音就是词汇？
不，真正的词汇要比这些更加美妙。

人的肉体才是词汇，数不清的词汇，
（在最好的诗歌里男人或女人的肉体又重新出现，形态美好，自然，欢快，
每个部分都有能量，活跃，反应灵敏，毫不感到羞耻或有感到羞耻的必要。）

空气，土壤，水，火——那是词汇，

和它们一样，我自己就是一个词——我们的特性互相渗透——
我的名字对他们说来毫无意义，
即使用三千种语言表达，空气、土壤、水、火，会知道我名字的哪一点呢？

健康的仪表，友好或权威性的手势，才是词汇，格言，含义，
只要是某些男人和女人的容貌所固有的魅力，就也是格言和含义。

灵魂的巧夺天工就凭借这些大地的无声词汇，
大师们熟悉大地的词汇，并且使用它们多于使用听得见的词汇。

“改善”就是大地的词汇之一，
大地既不滞留也不急进，
它自身中一开始就潜伏着各种属性，生长技能，效益，
它不仅只有美的一半，而且缺点和赘疣也和优点一样表现无遗。

大地并不保留，它是够慷慨的，
世上的真理一直在等候，它们也并非十分隐晦，
它们镇静，微妙，非印刷字体所能传达，
它们渗透万物，很愿意传播自己，

传播着一种感情和邀请，我再三申述，[1]
我没有说话，但是你们若没有听见，我对你们又有什么用呢?
既不承担，又不改善，那我还有什么用呢?

（怀孕的！赶快生产吧！
你要把你自己的果实留在体内腐烂吗?
你愿意在那里蹲下来使自己窒息吗?）

大地并不争辩，
并不感伤，也没有什么安排，
它从来不刺耳地号叫，匆忙，说服，威胁，承诺，
它一视同仁，也没有什么可以想象的失败，
没有封闭什么，拒绝什么，排斥什么，
而是所有力量、事物、情况都予以通报，都不排斥。

大地并不展示自己也不拒绝展示自己，它在外表下面还有内容，
在表面的声音下面是英雄们的庄严合唱、奴隶们的哀号，
情人们的互相说服，垂死者的诅咒与残喘，青年们的欢笑，
　议价者的说话腔调，
在这些下面是永不落空的词汇。

1　我再三申述，但并非用语言申述。

对儿女们说来那雄辩而缄默的伟大母亲，她的词汇是不会落空的，
真实的词汇不会落空，因为运动不会落空，映象[1]会落空，
白天和黑夜也不会落空，我们踏上的航程不会落空。

那些数不清的姐妹们，[2]
姐妹们无休止的轻快舞蹈，
那些向心和离心的姐妹们，那些年长和年轻的姐妹们，
那位我们所熟悉的美丽姐姐在和其余人继续跳舞。

她那丰腴的背部对着每个观舞的人，
有着青春的魅力也同样有着老年的魅力，
她坐在那里，安详地坐着，我也像别人那样热爱着她，
她手里举着一面镜子那样的东西，她的两眼从镜中朝她望着，
她坐在那里，不时投以一瞥，不邀请谁，不拒绝谁，
日夜不知疲倦地在面前举着一面镜子。

在近处看或在远处看，
每天的二十四小时都照例公开出现，
照例和他们的许多同伴或其中的一个走近又走过，

1　世界上的物体都是大地的映象。参看下两节。
2　姐妹和无休止的舞蹈都是指各种星体；“我们所熟悉的美丽姐姐”则是指大地。以下的二十八行都是指时间和天体的运行。

不是从他们自己的脸部向前观看，而是从同伴们的脸部，
从孩子们或妇女们的脸部，或男子汉的脸部，
从动物们开阔的脸部，或从无生命的事物，
从景物或江河或天空出现的美妙幻影，
从我们的脸部，我的和你的，忠诚地反映着他们，
每天保险公开出现，但是和什么同伴则是绝不重复。

环绕着人，环绕着一起，三百六十五天毫不抵制地环绕着太阳前进；
环绕着一切，安抚着、支持着、紧跟着和第一天相同的三百六十五天，和它们一样可靠而必要。

稳定地向前翻滚，毫不惧怕，
永远抵御着、经历着、运载着阳光、风暴、冷、热，
仍然继承着灵魂的觉醒和决心，
仍然进入并划分着周围和前面那流动着的真空，
没有障碍在推迟她前进，没有抛下铁锚，没有触撞到岩石，
快速，欣喜，满足，毫无损伤，没有丢失什么，
能够并准备随时对一切都一一交代清楚，
神圣的船只在神圣的海上航行。

二

不管你是谁！运动和反照是特别为了你，

神圣的船只为了你而在神圣的海上航行。

不管你是谁！是男是女，大地是为了你成为固体或液体的，
太阳和月亮高悬空中是为了你这个男人或女人，
现在和过去不是为别人，是为了你，
不朽不是为别人，是为了你。

每个男人对他自己说的，每个女人对她自己说的是过去和现
　在的这个词，和不朽这个真实的词；
没有谁能代替别人取得什么——没有，
没有谁能代替别人成长——没有。

歌曲是对歌手而言，唯他最能回味，
教诲是对为师者而言，唯他最能回味，
谋杀是对凶手而言，唯他最能回味，
盗窃是对小偷而言，唯他最能回味，
爱情是对情人而言，唯他最能回味，
礼物是对馈赠者而言，唯他最能回味——万无一失，
演说是对演说者而言，表演是对男女演员而言，不是对观众，
除非是自己的，或指明是他自己的，谁也不会懂得什么叫伟
　大或善良。

三

我敢说对于那将是完整的男子或妇女说来，大地也肯定将是完整的，
大地只是对于那始终支离破碎的男子或妇女说来才始终是支离破碎的。

我敢说如果不向大地的伟大或力量看齐，就不可能有伟大和力量，
除非能进一步确证大地的理论就不可能有任何有价值的理论，
除非能和大地的宽厚比美，就不可能是有价值的政治，诗歌，宗教，行为，等等，
除非它能正视大地的准确性，活力，无私，正直。

我敢说我已开始意识到爱的激情比对爱做出的反应更加甜蜜，
他能够控制自己，既不邀请也不拒绝。

我敢说我已开始意识到在耳朵能听见的词汇中没有什么内容，甚至毫无内容，
一切都融合在大地所未曾说出的含义之中，
融合在那歌唱肉体和大地的真理的歌手身上，
融合在制造辞典的人身上，这种词汇是印刷体所望尘莫及的。

我敢说我已经认识到还有比把最好的话说尽更好的事情，
那就是永远把最好的话留着不说。
在我们打算把最好的话说出来时我发现我并不能如此，
我的舌头在它的枢轴上转动不灵，
我的呼吸器官不听使唤，
我成了一个哑巴。

大地的绝妙处是怎么也说不出来的，一切都绝妙，
它不像你所预期的那样，而是比较低廉，容易，贴近，
事物没有从原地被遣散，
大地还像以前那样肯定而直接，
事实、宗教、进步、政治、各行各业仍和以前一样实际存在，
但是灵魂也是实际存在的，它是肯定而直接的，
它的确立并不依靠推理和证据，
不可否认的日益成长才使它得以确立。

四

它们必须反映灵魂的音色和灵魂的词句，
（如果灵魂的词句不能引起他们的共鸣，那么它们又算什么呢？
如果它们和你没有特殊联系，那么它们又算什么呢？）

我发誓今后再也不相信必须把最好的话说出来，

我只相信最好的应保留着不说。

说下去吧，说话者！唱下去吧，歌唱者！
挖掘！塑造！把大地的词汇堆积起来！
一代一代地工作下去吧，绝不会徒劳，
也许需要等很久，但是一定会被采用，
材料都准备好时，建筑师就会出现。

我敢向你保证建筑师一定会出现，
我敢向你保证他们会理解你，论证你，
他们中间最伟大的应当是那最了解你的，他包罗一切，忠于一切，
他和其他人绝不会忘记你，他们会理解你丝毫不比他们差，哪怕是一点点，
他将因他们而受到充分表彰。

1856　　1881

青年，白天，老年和夜

青年：宽宏、矫健、亲热——青年充满了仪态、力量、魅力，
你知否跟在你后面的老年也一样有仪态、力量、魅力？

白天丰满又壮丽——白天的无限广大的太阳、行动、志愿、
欢笑，
黑夜紧跟着带来千百万颗太阳、睡眠和使人恢复精力的黑暗。

1855　　1881

候　鸟

普遍性之歌

诗魂[1]说：来吧，
请为我唱一支诗人从未唱过的歌吧，
为我歌唱普遍性。

在我们这宽阔的大地上，
在不计其数的粗鄙和熔渣中，
安全地包含在它正中的心里，
安卧着的是那颗“完美”的种子。

每一个生命都享有其中或多或少的一部分，
生命一出世，它也就同时出世，不论是隐藏的或暴露的，种子总是在等候着。

二

看哪！明察秋毫、巍峨高耸的科学，

1 即缪斯，诗人的灵感。

像是从高峰俯瞰着现代，
在连续发布着专横的命令。

然而再看一看吧！灵魂在一切科学之上，
为了它，历史像外壳似的聚集在地球周围，
为了它，全部众多的星群在天空转动。

在远远绕过而盘旋上升的路上，
（像海上一直频繁改变航道的船只，）
为了它，部分流向永恒，
为了它，现实向往着理想。

为了它才有神秘的进化，
不只是正义得到伸张，我们所谓的邪恶也有了存在的理由。

从他们的假面具里面，无论是哪一种，
从那巨大而腐烂着的躯干中，从奸诈、狡猾和眼泪中，
将出现健康与欢乐，具有普遍性的欢乐。

从大面积中，从病态和浅薄中，
从恶劣的多数，从各种数不清的人类与国家的欺骗行为中，
它像电力，仍然能够防腐，正黏附着、充塞着一切，
只有善才有普遍性。

三

在山中的生物上面是疾病与忧伤，
一只没有被污染的飞鸟一直在翱翔，翱翔，
在那高高的比较纯洁、比较幸福的上空。

从“缺点”的最浓密的乌云里，
永远会射出一缕“完美”的光之线，
天国的光辉的一闪。

随着时尚和习俗的不协调，
随着疯狂的嘈杂声和震耳欲聋的狂欢声，
还能在每一次暂停的一瞬间听见一曲耳朵刚可听见的音乐，
那从某个遥远的岸边传来的最后合唱。

啊，幸福的眼睛，快乐的心，
它们能够看见、认识那沿着强大的迷宫出现的纤细的引导线。

四

而你，美利坚，
为了完成计划，为了它的构思和实现，
为了这些（不是为你自己）你已经达到目的。

你也环绕着一切，
拥抱、携带、欢迎着一切，你也通过宽阔的、新的途径。
朝着理想走去。

别的国家那些有分寸的信仰，过去的宏伟壮丽，
不符合你的需要，但是你自己的宏伟壮丽，
对神的信仰与广阔胸怀，吸收着，包含着一切，

对一切都适用。
一切的一切都是为了永生，
爱像光一样默默地包裹着一切，
大自然的改造力量赐福给一切人，
各个时代的花朵、果实、神圣而可靠的果园，
形体、物体、成长着的事物、人类的天性，都在成熟为精神性的形象。

啊，上帝，请赐给我力量讴歌这个思想，
请赐给我，赐给我所爱的男子或妇女这种不会熄灭的信仰，
在你的整体中，凡已经被保留的请不要对我们保留，
深信时间和空间都包含着你的计划，
普遍享有的健康、平安、生机。

这是一个梦吗？

不是，没有它才是梦，
没有它，人世间的学问和财富才是一场梦，
整个世界才是一场梦。

1874　　　　1881

拓荒者！啊，拓荒者！

来吧我那些晒黑了脸的孩子们，
排好了队，把武器准备好，
带上你们的手枪了吗？带上你们锋利的斧头了吗？
拓荒者！啊，拓荒者！

因为我们不能在这里耽搁，
我们必须前进，亲人们，我们必须承担风险，
我们是年轻而肌肉发达的人种，所有别人都依靠我们！
拓荒者！啊，拓荒者！

啊，你们年轻人，西部的年轻人，
这样沉不住气，浑身是行动，浑身是男子的傲气和友谊，
我清楚地看见你们，西部的青年，看见你们在最前列大踏步前进，
拓荒者！啊，拓荒者！

那些年长一代的人们已暂停前进了吗？
他们精神萎靡、结束了他们的学习，在大海那边倦怠了吗？

让我们负担起这个永久性的任务，和这个重负和功课吧，
　　拓荒者！啊，拓荒者！

　　我们把过去的一切都抛在身后，
我们出现在一个更新、更强大、更多样化的世界上，
我们活泼有力地一把抓住这个世界，这个劳动和进军的世界，
　　拓荒者！啊，拓荒者！

　　我们经常派遣分队，
走下悬崖峭壁，穿过山间小路，直登高峰，
在陌生的路上征服着，占领着，壮着胆子，冒着风险，
　　拓荒者！啊，拓荒者！

　　我们砍伐原始森林，
堵塞河流，一个劲儿深入钻探地里的矿藏，
我们测量着广阔的地面，掀翻着处女地，
　　拓荒者！啊，拓荒者！

　　我们是科罗拉多人，
来自巍峨的峰顶，来自巨大的峰峦起伏的山地和高原，
来自矿山，来自沟洫，来自猎手走过的小路，
　　拓荒者！啊，拓荒者！

来自内布拉斯加，来自阿肯色，
我们是中部的内地人，来自密苏里，体内交流着大陆的血浆，
紧握着所有伙伴们的手，所有的南方人，所有的北方人，
拓荒者！啊，拓荒者！

啊，不可抗拒又不知休息的民族！
啊，处处都惹人喜爱的民族！啊，我的胸脯因温柔地爱恋着一切人而隐隐作痛！
啊，我悲哀又欣喜，我全心全意地爱着一切人，
拓荒者！啊，拓荒者！

扶起那强大的充当着母亲的主妇，
高高挥动那柔弱的主妇，让她超越一切星光灿烂的主妇（你们大家都把头低下吧，）
扶起那长着利齿的勇武的主妇，那严厉、冷静、携带着武器的主妇，
拓荒者！啊，拓荒者！

注意吧，我的孩子们；坚毅的孩子们，
对那些拥挤在我们后方的人群我们绝不能投降或犹疑，
多少代以前的千万个幽灵在我们背后皱着眉头怂恿着我们，
拓荒者！啊，拓荒者！

组织得严密的队伍不停地前进，
准备增加的新成员永远地等候着，死者留下的位置很快就补上，
经历了战斗，经历了失败，还在运动，从不停歇，
拓荒者！啊，拓荒者！

啊，在前进中死去！
我们中间有凋谢而死去的人吗？时间到了吗？
那么在前进中死去是最合适不过的，空隙很快准保就补上！
拓荒者！啊，拓荒者！

世界上的全部脉搏，
在联合起来为我们而跳动，随着西去的运动而跳动，
有时单独，有时结合，坚定地向前方移动，一切都是为着我们，
拓荒者！啊，拓荒者！

生活中那些复杂而多样的盛大场合，
一切形式和表现，一切在工作着的工人，
所有懂得航海和不懂航海的人们，所有的主人和他们的奴隶，
拓荒者！啊，拓荒者！

所有不幸而沉默的情人，

所有监狱里的囚犯，所有正直的和恶毒的人们，
所有欢乐的、所有忧伤的、所有活着的和垂危的人们，
　　拓荒者！啊，拓荒者！

　　我也伙同我的灵魂与肉体，
我们，古怪的三个，漫游着，寻路而行，
穿过这些阴影下的河岸，鬼影愈逼愈紧，
　　拓荒者！啊，拓荒者！

　　看哪，那飞射着滚动着的星球！
看哪，周围那些兄弟星球，所有那些一簇簇恒星和行星，
所有那些眼花缭乱的白昼，所有那些多梦的神秘的黑夜，
　　拓荒者！啊，拓荒者！

　　这些都是属于我们的，它们和我们在一起，
一切都为了首要又必要的工作，后来者在胚胎状态中等候，
我们在领导着今天的行列，我们在清理着前进的道路，
　　拓荒者！啊，拓荒者！

　　啊，你们这些西部的女儿！
啊，你们这些年轻和年长的女儿！啊，你们这些母亲和妻子！
你们切不可分裂，在我们的队伍里你们要联合行动，

拓荒者！啊，拓荒者！

潜伏在草原中的歌手！
（异邦的裹着尸衣的诗人，你们可以休息，你们的工作已结束，）
不久我听见你们唱着歌儿前来，不久你们在我们中间站好并踏着大步向前，
拓荒者！啊，拓荒者！

不是为了甜蜜的享乐，
不是靠垫和便鞋，不是安逸和勤学，
不是为了安全又寡味的财富，不是为了平淡的欣赏，
拓荒者！啊，拓荒者！

饕餮者还在开怀畅饮吗？
痴肥的寻梦者还在睡觉吗？他们把屋门全锁上、扣上了吗？
我们的饮食还是粗劣，毛毯还铺在地上，
拓荒者！啊，拓荒者！

夜幕已降吗？
最近路上还是艰苦吗？我们在路上打着瞌睡、懊丧地站住了脚吗？
我还可让你们在半路暂停一段时间，暂忘一切，

拓荒者！啊，拓荒者！

直到喇叭吹响，
远远、远远在报着天明——听啊！我听见它吹得既响亮又清晰，
快！走到队伍前面！——快！跳跃着各就各位，
拓荒者！啊，拓荒者！

1865 1881

给　你

不管你是谁，我担心你是在做梦似的走路，
我担心这些所谓的现实会在你的手脚下消失，
甚至目前你的五官、欢乐、言谈、房屋、职业、举止、烦恼、
　所干的蠢事、服装、罪恶，已从你身边化为乌有，
你的真正灵魂与肉体出现在我面前，
它们突出表现的场地是事务、商务、店铺、工作、农庄、衣
　服、特定的房屋、买进、卖出、饮食、痛苦、面临死亡。

不管你是谁，我现在把我的手放在你身上，请你成为我的诗，
我凑近你的耳朵用我的嘴唇悄悄说，
我爱过许多女人和男人，但是我最爱的是你。

啊，我曾经拖沓又愚蠢，
我早该直接朝你身边走去，
我早该除你之外不絮叨别的，除你之外不歌唱别的。

我要离开一切来这里，写作你的赞歌，
没有人理解你，但是我理解你，

没有人公正地对待过你，你没有公正地对待过你自己，
谁都认为你很不完美，只有我在你身上找不到缺点，
谁都要把你放在从属地位，只有我绝不同意放你在从属地位，
只有我不在你上面安排主人，属主，上司，上帝，只承认你自己本身所有的内在价值。

画师们绘画了密集的人群和众人中的中心人物，
散布在中心人物头部周围的是一个金色的光轮，
但是我绘画无数人头，却没有画过一个没有金色光轮的，[1]
它从我的手中、从每个男女的头脑中倾泻出来，永远光辉灿烂地流动着。

啊，我能够歌唱有关你的多少伟大业绩和光荣啊！
你没有认识到你是谁，你毕生都在倚靠着自己睡大觉，
大半时间你的眼皮就像是闭拢的，
你所做的一切已经在回过头来嘲笑你，
（你的俭朴、知识、祈祷，如果它们不是回过头来嘲笑你，
它们还能回过头来干什么呢？）

这些笑料不是你，
我看见你偷偷隐藏在它们下面和内部，

1　惠特曼在几乎所有的普通人头上绘上光轮。参看《一路摆过布鲁克林渡口》。

我到那没有人跟踪过你的地方去跟踪你，
沉默，书桌，那轻率的措辞，黑夜，那日常工作，如果这些掩盖了你使别人或自己看不见你，它们却并没有使我看不见你，
那修光的脸，那不稳定的眼神，那并不洁白的肤色，如果这些妨碍了别人，它们却并未妨碍我，
那引人注目的服装，那畸形的态度，喝醉了酒，贪婪，早死，所有这些我都推在一边。

没有哪一种男人或女人的天赋没有你的一份，
没有哪一种男人或女人的美德或优点，你不是照样也有，
没有哪一种别人身上的勇敢或毅力，你不是照样也有，
没有哪一种乐趣在等待着别人，而不是同样也在等待着你。

至于我呢，没有一件送给别人的东西不是也小心地送给你，
在我的歌里光荣不只是归于别人或上帝，我歌里的光荣也同样归于你。

不管你是谁！请不顾一切地把属于你的都接受下来吧！
和你相比，这些东方和西方的外表是平淡无奇的，
这些广阔的草地，这些没有止境的河流，你和他们一样广阔，一样没有止境，
这些天昏地转、气象、风暴、大自然的运动、明显消亡时的

痛苦，你是控制它们的主人或主妇，
你自己就是那享有权力控制大自然、气象、苦痛、热情、消亡的主人或主妇。

镣铐从你的脚踝上脱落下来，你自身就已完全足够，
年老或年轻，男或女，粗鲁、卑下，为他人所拒绝，你本身就能传播你自己，
面临出生，生命，死亡，埋葬，条件都具备，什么也不缺，
面临愤怒，损失，野心，愚昧，厌倦，你凭自己就能选择道路。

1856　　　　1881

法兰西

（合众国的第十八个年头[1]）

一个伟大的年份和地点，
一声刺耳的不协调的新生儿的尖叫迸发出来了，比什么都密切地触动了母亲的心。

我走在我那东海的岸上，
听见了重洋那边传来的微弱的声音，
看见那神圣的婴儿在她醒来的地方悲哀地啼哭着，四周是炮火的怒吼声，诅咒，叫喊，建筑物的倒塌声，
我并不十分厌恶沟洫里奔流着的鲜血，也不厌恶那一个个或垒成堆或那些被粪车运走的尸体，
对于惨遭杀戮带来的死亡不是那么绝望——对于枪炮的连续射击不是那么大为震惊。

苍白，沉默，严厉，我对这种长期在增长着的最后报应又能说些什么呢？
我能否期望人类换一个样子？

1　这里惠特曼是在纪念 1794 年法国革命时期革命法庭的最后一年。

我能否期望人民是木石制成的？
或者期望正义得不到最后的伸张？
啊，自由！啊，你是我的亲密兄弟！
这里也是火光冲天，储存着的葡萄弹和斧头，也将在需要时取用，
这里也一样，虽然长期受抑制，却永不会被毁损，
这里也会在最后站起来，杀人，精神振奋，
这里也要求报复长期欠下的积怨。[1]

为此我签署下我的敬礼，把它送过海去，
我并不否定那惊心动魄的赤色新生和洗礼，
而是记得我听见的那微弱的声音在啼哭，并满怀信心地等待着，不管需要多久，
并且从今天起我忧伤而信服地坚持那传给后代的奋斗目标，是所有国家所共有的，
我怀着热情把这几句话送去巴黎，
我猜想那里的有些歌手会理解它们，
因为我猜想法兰西仍蕴藏着音乐，潮水一般的音乐，
啊，我已经听见乐器在拨动，它们不久就会淹没一切骚扰它们的声音，
啊，我想东风在传来胜利和自由的进行曲，

1 这首诗写于美国内战爆发的前一年。

它已经到达这里，它使我激动得满心欢喜，
我将飞跑着把它改编成文字，以阐明它的内容，
我还要为你唱一支歌，我的女人。[1]

1860　　　　　　　　　　　　　　　　　　　　1871

1 “女人”是“民主”的拟人化称谓。这是惠特曼惯用的一个词。

我自己和我的一切

我自己和我的一切永远在操练，
以便承受冷热，以便举枪瞄准，开动船只，驾驭马匹，生育头等的儿童，
随时清楚地说话，感到在普通人中间就像在自己家里一样，
并在陆地和海上处于险恶地位时应付自如。

不是当绣花女，
（绣花女永远是众多的，我也欢迎她们，）
而是为了事物的质，为了男子和妇女固有的本质。

不是为了雕刻装饰品，
而是用自由的臂力雕刻许多至高无上的神的头颅和四肢，使合众国能够在走路说话时实现它们。

请让我自作主张，
请让别人传播法规，我将不重视法规，
让别人称赞杰出的人物并支持和平，我支持动乱和冲突，
我不称赞哪一个杰出的人物，我当面指责那被认为是最高明

的人物。

（你是谁？你一辈子偷偷隐瞒着的罪恶是什么？
你想一生都回避吗？你想一生都劳碌而喋喋不休吗？
你又是谁，竟这样依靠死记硬背絮絮叨叨，什么年月、页数、不同语言和追忆，
今天你还毫无知觉，不会正确说出哪怕是一个单词？）

让别人去完成标本，我从来不完成标本，
像大自然一样，我通过用之不竭的规律开始收集它们，总是又清新又属于现代。

我从来不要求所谓尽义务，
别人认为是义务的我认为是充满活力的冲动，
（我应当把心的活动当作尽义务吗？）

让别人去解决问题，我什么也不解决，我唤起无法回答的问题，
我看见、接触到的这些人是谁，他们又怎么样？
这些像我自己一样的人又怎么样？他们通过温柔的直接和间接的方式密切地吸引着我。

我要求世界不要轻信我的朋友们的讲述，而是要像我自己那

样倾听我的敌人，
我责令你永远拒绝那些打算解释我的人，因为我不能解释我
自己，
我要求不要因我而成立任何理论或学派，
我责令你让一切都自由，正像我让一切都自由。

跟随我走吧，前景！
啊，我认识到生命并不短促而是长得无法测量，
我今后在世界上将贞洁而有节制地跨步，早早起床，永远促
进事物的成长，
每个小时都是好几个世纪的精子，而且仍然属于好几个世纪。

我必须紧紧跟上这些空气、水分和泥土给予的不断教诲，
我认识到我不能随意浪费时间。

1860　　1881

流星的年代

（1859—1860）

流星的年代！发人深思的年代！
我要用追溯的笔法记下你的某些事迹和征兆，
我要歌唱你竞选第十九届总统的活动，[1]
我要歌唱一个高高的长着白发的老人，他如何在弗吉尼亚登上了绞刑架，[2]
（我就在旁边，我默默站着咬紧了牙关，我守着，
我站的地方离你很近，老人，你冷静，无动于衷，但是你的年龄和你尚未痊愈的伤口使你发着抖登上了绞刑架；）
我要在我的歌里详细咏唱你那些全国人口统计表，
人口和产品的统计表，我要歌唱你的船只和它们载着的货物，
曼哈顿的骄傲的黑色船只正在到来，有些满载着移民，有些从地峡那里来，运载着黄金，
我要唱有关这些的歌曲，我要欢迎到这里来的一切，

1 指1860年林肯和道格拉斯之间的竞选活动。
2 反对蓄奴制的约翰·布朗于1859年12月2日被处死。

我也要歌唱你，英俊的少年！我欢迎你，英国的青年王子！[1]
（你带着侍从你的贵族经过时，那许多蜂拥前来的曼哈顿人群，你还记得吗？
我就在人群中站着，特别亲热地注意到你；）
我也没有忘记歌唱那巍然壮观、那驶到我海湾里来的船只，
“伟大的东方号”[2]身材匀称而庄重，滑行着驶进了我的海湾，她长达六百英尺，
她在许多小船包围下的快速动作我也没有忘记歌唱，
也没有忘记那没有预报过的彗星从北方出现，在空中闪耀着，
没有忘记那奇异而庞大的流星群在我们头上发出炫目的光芒并笔直地飞行，
（一瞬间，只是一瞬间，这些发着非尘世所有的光彩的球体就已经在我们头上飞过，
然后走了，在黑夜中坠落，不见了；）
就像这些，它们又只是一时出现，我歌唱——我借助它们的微光也微微照亮，并拼凑这些歌曲，
你的歌曲，啊，夹杂着恶与善的一年——预告不祥的一年！
短暂而奇异的彗星和流星的一年——哪！这里还有一个也是这样短暂而奇异！

---

1 指英国威尔士亲王，后来的爱德华七世，他于1860年10月11日访问了纽约。惠特曼在笔记中记下了这件事。

2 著名的英国轮船，第一次横渡大西洋，并于1860年6月28日到达纽约。

在我急急穿越你们而掠过、很快就陨落而消失时，这首歌又算什么呢，
我自己除了也是你们中间的一颗流星之外还可能是什么呢？

1865　　1881

先行者

一

有先行者，
有我的父母和累积下来的过去年代，
有所有的一切，不然像我这样的人今天就不可能活在这里，
有埃及、印度、腓尼基、希腊和罗马，
有凯尔特人、斯堪的纳维亚人、阿尔柏人[1]和撒克逊人，
有古时的海上冒险、法律、手工技艺、战争和旅行，
有诗人、吟唱诗人、英雄传奇、神话和神谕，
有买卖奴隶，有宗教狂，有抒情诗人、十字军和修道士，
有我们来到这个新大陆以前的那些旧大陆，
有那些在那里日益凋谢的王国和国王，
有那些日益凋谢的宗教和僧侣，
有从我们自己当前的大海岸回头看去的小海岸，
有数不清的年头牵引着自己向前直达目前这些年头，
你和我成了人——美利坚成了国家并且创造了目前的今年，

1　阿尔柏人（Alb），即阿尔比恩人，亦即英国人。

今年！它推动着自己直奔未来的数不清的许多年。

二

啊，但是并非依靠那许多年——而是靠我，靠你，
我们触及所有规律，估计到所有的先行者，
我们就是那吟唱诗人、神谕、修道士和骑士，我们轻易就能包括一切而有余，
我们站在没有首尾的时间之中，我们站在善恶之间，
一切随着我们旋转，既有光明也有同样数量的黑暗，
甚至太阳也围着我们摆动自己和它的行星系统，
它的太阳和太阳的太阳都围着我们旋转。

至于我呢，（在这些情绪激昂的日子里，我不安，暴躁，）
我对一切都有想法，我就是一切，也相信一切，
我相信唯物主义是正确的，唯灵主义是正确的，任何一方我都不排斥。

（我忘记了任何一方吗？忘记了过去的任何事情吗？
请来到我这里，不管是谁，不管是什么，直到我把你承认下来。）

我尊重亚述[1]、中国、条顿尼亚和希伯来人，

1 古代东方的一个奴隶制国家。

我采纳每一种理论、神话、神和半神半人，
我认识到旧日的故事、各种圣典、家谱，毫无例外都是真实的，
我确认一切过去的日子都必然是过去那个样子，
也绝不可能比它们原来的样子更胜一筹，
而今天则是它应有的样子，美利坚也就是这个样子，
今天和美利坚也绝不可能比本来的样子更胜一筹。

三

过去是属于这个国家和你我名下的，
当前是属于这个国家和你我名下的。[1]

我知道过去是伟大的，将来也会是伟大的，
我知道这两者奇妙地在当前结合在一起，
（我这样说明是为了他的缘故，为了那个一般的普通人的缘故，如果你是他，那就是为了你的缘故，）
今天你我所在的地方就是一切时间和一切民族的中心，
对所有已有的民族和时间或未来的民族和时间来说，我们就是这样理解其全部意义的。

1860　　1881

1 这是说“过去”的一切是进化的基础，“过去”导致了今天的美国和你我。“当前”说明并完成了“过去”的一切。参考结尾的五句诗。

百老汇大街上的盛大游行

一

经过西海从日本来到这里，
这些面颊微黑佩着双剑的使者们很有礼貌，
背靠着敞篷的四轮四座马车，头上未戴帽子，脸上没有表情，
今天乘车经过曼哈顿。

自由啊！我不知道旁人是否也看见了我所看见的，
走在日本贵族行列中的还有那些供差遣的人们，
他们走在后面，逗留在前、在四周，或在队伍里面前进，
但是自由啊，我要把所看见的为你编一支歌。

在脱了缰、长着百万只脚的曼哈顿来到人行道上时，
在雷鸣般的火炮发出我喜爱的骄傲吼声把我惊醒时，
在圆口的火炮从我喜爱的硝烟和气味中迸出它们的敬礼时，
在闪耀着火光的火炮充分动员了我，而天上的云彩在我的都
　市上空罩上一层精致的薄雾时，
在数不清的华丽竖杆、那些码头旁的森林上空扬着浓密的旌

旗时，
在每只船都梳妆打扮又在顶端飘着她的旗帜时，
在三角旗招展而街上的花彩从窗上挂下时，
在百老汇大街全部交给了走路的和站着的人们而人群又最稠密时，
在屋前都活跃着人群、千万只眼睛又同时都集中望着时，
来自各岛的客人们在前进，盛大的游行队伍很显眼地在向前移动时，
召唤已经发出，等了几千年的回答已经做出时，
我也站起来做出了回答，走到人行道上，挤入人群，和他们一同凝神观看。

二

容光焕发的曼哈顿！
美利坚的伙伴们！东方终于来到了我们身边。

来到了我们、我的都市身边，
在这里我们高耸的大理石和铁铸的美女们排立在两旁，以便腾出走路的空地，
我们的对跖人[1]今天来到了。

1 对跖人（Antipodes），生活在地球相反地区的人。

那创始人来了，
她是各种语言的巢穴，各种诗歌的传递者，远古的遗民，
气色红润，沉默不语，思绪重重，感情炽热，
香气扑鼻，穿着飘飘然的宽敞的长袍，
晒黑了的面容，深沉的灵魂，炯炯的目光，
梵天的子民来了。

请注意啊，我那优美的歌声！这些，还有更多的，正从队伍里向着我们发出闪光，
它一边移动一边变换，像一个神力操纵的万花筒，在我们面前变换着移动。

因为来者不只是这些使者，不只是那个从岛屿来的皮肤微黑的日本人，
那灵巧而沉默的印度人也出现了，亚洲大陆本身出现了，那过去的，那死去的，
那令人惊奇的、昏暗像夜一样的早晨和不能理解的寓言故事，
那层层包裹着的奥秘，那古老而不知名的蜂房中的蜜蜂，
北方，酷热的南方，东方的亚述，希伯来人，古人中的古人，
荒漠一般的巨大城市，那悄悄行进的当前，所有这些以及其他都参加在这个盛大的行列之中。

地理，即全部世界，就处在其中，

那大海[1]群岛，波利尼西亚，那更远的海岸，
你今后要面对的海岸——你，自由啊从你西部的黄金海岸望去，
那里的国家和它们的居民，千百万人构成的全体妙地出现在这里，
那些拥挤的市集、沿着两旁或在最后排列着佛像的寺庙、日本僧人、婆罗门和喇嘛，
达官贵人、庄稼汉、商人、机械工和渔夫，
歌女和舞女、那些如痴如醉的人们、那些禁区内居住的皇帝们，
孔丘他本人、那些伟大的诗人和英雄、武士、社会等级、所有的人，
都集合在一起，从各方面涌过来，来自阿尔泰山脉，
来自西藏，来自中国的四条曲折而流量长远的河流，
来自南方的半岛和次大陆的岛屿，来自马来西亚，
这些和附属于它们的一切，我看得清楚，也能够掌握，
它们也掌握了我，它们对我很友善，
直到我在这里歌唱它们全体，自由啊！为了它们，也为了你。

因为我也提高了我的嗓门参加这盛大游行的行列，
我是那歌者，我高声颂扬这盛大的游行，

1 可能指太平洋。

我歌唱我那西海上的世界，
我不厌其烦地歌唱那些远方的岛屿，像天上的星星那样密集，
我歌唱那比以前所有的帝国更加辉煌的新帝国，它像是在梦幻中来到我面前，
我歌唱美利坚这个主妇，我歌唱一个更高的权威，
我歌唱那些成群的海岛上将要按时到来的一千座新兴城市，
我的帆船和汽船在群岛中穿行，
我的星条旗在风中飘扬，
商业展开了，几个世代的长眠已完成了使命，民族又再生了，又获得了力量，
生活，工作又重新开始了——目的我不清楚——但是古老的亚洲必然已得到新生，
从今天开始，为世界所包围。

三

而你呢，世界的自由！
你将千年万年安稳地坐在其中，
今天亚洲的贵族从一方来到你面前，
明天英国的王后又会从另一方把她的长子送到你跟前。[1]

1 即威尔士亲王。

信号在倒转，星球已圈住，
环形已合拢，旅程已结束，
匣盖只是微开，但是香味却从整个匣子内大量流出。

年轻的自由啊！对于年高德劭的亚洲，那一切之母，
你此时与今后都必须十分体贴，永远灼热的自由啊，因为你是一切，
向着那远方的母亲低下你那骄傲的头吧，她正在越过海中的群岛向你传递信息，
把你那骄傲的头低下一次吧，年轻的自由。

孩子们确实西行了很长时间吗？踏步声的范围很广吗？
以前那些朦胧的世代已从乐园西行了很久吗？
虽然一直无人知晓，那些个世纪一直在为你，为某些理由这样行进吗？
它们有理由，它们已成功，现在也该换一个方向，从那里朝着你的方向开始旅行了，
它们现在也应该为了你的缘故，顺从地向东行进了，自由啊。

1860 1881

海　流

来自不停摆动着的摇篮那里[1]

来自不停摆动着的摇篮那里，
来自学舌鸟的喉头，穿梭一样的音乐，
来自九月的午夜，
在那不毛的沙地和远处的田野里，那个孩子从床上起来，一个人慢慢游逛着，光着头，赤着脚，
在阵雨般洒落的月晕下面，
上有阴影在神秘地游戏，互相纠缠着，像活的东西，
在生长着荆棘和黑莓的小块土地上，
从那对着我唱歌的小鸟的回忆中，
从你的回忆中，忧愁的兄弟，从我听见的时高时低的阵阵歌声中，
从那很迟才升起、又好像饱含着眼泪的半轮黄色月亮下，
从那在迷雾中唱出的怀念与爱恋的最初几个音符中，
从我心中发出的、从来不会停歇的一千个回答中，
从那由此而唤起的无数词句中，
从那比任何一个都更加强烈而甜美的词汇中，

1　注意这首诗采用的歌剧形式。

从它们现在又开始重访的那个场地，
就像一群飞鸟，鸣啭着，高飞着，或者从头上经过，
乘一切还没有从我身边滑过之前，匆忙地负载到这里来的，
是一个成年男子，然而因为流了这许多泪，又成了一个小男孩，
我把自己全身扑倒在沙滩上，面对着海浪，
我，痛苦和欢乐的歌手，今世和来世的统一者，
所有暗示都接受了下来，加以利用，但又飞速地跃过了这些，
歌唱一件往事。

从前在鲍玛诺克，
在空中飘着丁香的芬芳而五月草又正在长出的时候，
就在这一带海岸的荆棘丛中，
有两位来自亚拉巴马的披着羽毛的客人，双宿双飞，
还有它们的巢，和四个带着褐色斑点、浅绿色的卵，
每天那雄鸟在近处飞来飞去，
每天那雌鸟趴伏在巢里，默默地，闪着明亮的眼睛，
每天我，一个好奇的孩子，从不走得太近，从不惊动它们，
小心地仔细察看着，汲取着，转译着。

照耀吧！照耀吧！照耀吧！
倾倒你的温暖吧，伟大的太阳！
我们两个在一起正好取暖。

两个在一起！
风朝着南方吹去，风朝着北方吹去，
白色的白天来了，黑色的黑夜来了，
家乡，或来自家乡的河流和山脉，
一直在歌唱，忘记了时间，
我们俩厮守在一起。

但是突然，
也许被杀害了，她的伴侣什么也不知道，
一天上午那雌鸟没有趴伏在巢里，
下午也没有回来，次日也没有，
从此就再也没有出现。

此后的整个夏天，在海涛声中，
在夜间，在气候比较平静时的满月下面，
在波涛嘶哑而汹涌的海上，
或白昼在荆棘丛中飞来飞去，
我有时看见并听见那只留下来的雄鸟，
那来自亚拉巴马的孤独客人。

吹吧！吹吧！吹吧！
沿着鲍玛诺克岸边劲吹吧，海风；
我等候又等候，在等你把我的伴侣吹到我身边。

是的，在星星闪闪放光的时候，
整个晚上在一个长满苔藓的木桩上，
几乎就在撞击着的浪花中，
坐着那孤单的奇妙的歌手，它催人泪下。

他呼叫他的伴侣，
他倾倒出来的含义在众人中独我能够理解。

是的，我的兄弟，我理解，
其他人也许不能，但是我一直珍惜每一个音符，
因为我不止一次在昏暗中悄悄走去海滩上，
默默地，避开着月光，让自己和阴影交融在一起，
此时还能记起那些模糊的形体、回声、各种声音和情景，巨浪伸出的白臂膀不倦地在挥动着，
我，一个赤脚的孩子，海风吹动着我的头发，
听了很久很久。

我听是为了牢记，为了歌唱，现在又在转译着那些音符，
按照你的原意，我的兄弟。

抚慰！抚慰！抚慰！
紧跟在后面的后浪抚慰着前浪，
后面又有一个浪头，拥抱着，轻拍着，一个紧跟着一个，

但是我的爱却没有使我安宁，没有。

月亮低低悬挂在天边，它升起得很晚，
它走得缓慢——啊，我想它是负担着爱的重荷，爱的重荷。

啊，大海在疯狂地涌上陆地，
满怀着爱，满怀着爱。

啊，黑夜！莫非我看见了我的爱侣在那些浪头中间扑飞？
我看见的那白色当中的小小黑点是什么？

大声！大声！大声！
我大声呼叫着你，我的爱侣！
高昂而清晰，我把我的声音越过波浪抛掷出去，
你肯定知道谁在这里，在这里，
你肯定知道我是谁，我的爱侣。

低低悬挂着的月亮；
你那黄褐色上面的黑点是什么？
啊，是形体，是我伴侣的形体！
啊，月亮，不要再把她留住不放。

陆地！陆地！啊，陆地！

不管我转到什么方向，啊，我想你能够把我的伴侣还给我，
只要你愿意，
因为我几乎能肯定我已朦胧地看见了她，不管我对着什么方向张望。

啊，正在升空的星星！
也许我渴想的那一个也会升空，会随同你们中的几个升到天空。

啊，歌喉！啊，颤抖着的歌喉！
经过了大气层，声音格外清脆！
穿透树林，穿透大地，
在某地力求听见你的，必是我想望的那一个。

扬起歌声吧！
这里很寂寞，黑夜的歌声！
孤独的爱的歌声！死亡的歌声！
在那缓步的，黄色的，残月下的歌声！
啊，在几乎即将沉入大海的月亮下面！
啊，不顾一切的绝望的歌声。

但是轻些！低声些！轻些！
让我只是喃喃细语吧，
请暂停片刻，你这粗哑声气的大海，

因为我深信我听见我的伴侣在某处答话的声音，
这样轻微，我必须寂静，寂静才能听见，
但也不能完全静寂，不然就怕她不能立即来到我身边。

到这里来，我的爱侣！
我在这里！在这里！
我就是用这种只能持续片刻的声音向你报告我自己，
这温柔的呼声是给你听的，我的爱侣，给你听的。

不要被误引去别的地方，
那是风的呼啸，这不是我的声音，
那是浪花在飞溅，在飞溅，
那些是树叶的阴影。

啊，黑暗！啊，一切都是徒劳！
啊，我是多么苦闷又悲伤。

啊，那天空中靠近月亮的褐色晕圈正在海上低垂！
啊，海上那愁苦的倒影！
啊，歌喉！啊，跳动着的心！
而我却整夜在徒劳又徒劳地歌唱着。

啊，过去！啊，幸福的生活！啊，欢乐的歌声！

在空气中，在树林里，遍及田野，
曾经爱过！爱过！爱过！爱过！爱过！
但是我的伴侣已不在，不再和我在一起！
我俩已不在一起。

歌声沉寂了，
别的都还在继续，星星在照亮，
风儿在吹，小鸟的歌声在不断成为回声，
暴烈的老母亲[1]愤怒地放出悲声，不停地放出悲声，
在鲍玛诺克灰色而沙沙响着的海滩上，
那黄色的半轮月亮显得更大了，沉重地低低悬挂着，沉落着，
　几乎碰到了海面，
那十分激动的男孩，浪头盖没了他的赤脚，空气在戏弄他的
　头发，
长久禁闭在心里的爱，现在解放了，现在终于轰然爆发了，
歌声的含义、耳朵、灵魂，在快速地凝聚起来，
古怪的眼泪顺着双颊流下，
那里的对话，三方[2]各自都发出了声音，
低沉的音调，粗野的老母亲在不停地呼叫，
阴沉地配合着孩子灵魂所提出的问题，咝咝吐露着某个已经

1　老母亲指大海。
2　三方（thetrio），此处指鸟、大海和孩子。

听不见的秘密，
向着那刚刚起步的诗人。

是精灵还是鸟！（男孩的灵魂说道，）
你确实是在对着你伴侣歌唱吗？还是其实是对着我？
因为我，过去是个孩子，我舌头的作用还在睡觉，现在我听见了你，
现在在一瞬间我知道了我生活的目的，我觉醒了，
已经有一千名歌手，一千支歌，比你的更清楚，更响亮，更忧伤，
一千种婉转的回声已开始在我胸中取得生命，永不会死去。

啊，你这寂寞的歌手，独自唱着歌，也反映了我，
啊，寂寞的我在静听，我从此将不倦地使你永远存在，
我将永远不会逃避，永远不会逃避那些余音的震颤，
未曾满足的爱的呼声将永远不会在我这里消失，
我也永远不会再是过去那个无所用心的男孩，像那天晚上那样，
在海边，在那黄色的低垂的月亮底下，
那使者已经唤醒了那烈火，那内心深处甜蜜的苦味，
那说不清的渴想，我那注定了的命运。

啊，给我提供线索吧！（在黑夜它躲藏在这里的某个地方，）

啊，我既可以得到许多，那就再多给我一些吧！

只要一个词（因为我决心掌握它，）
那最后的一个词，重于一切，
微妙，已经传出——是哪一个词呢？——我在听着！
你一直在悄语的就是它吗，你海上的波浪？
来自你晶莹的海面和潮湿的沙土的就是它吗？

大海朝着这里回答，
不迟延，也不匆忙，
整个夜里向着我悄语，拂晓时已十分明确，
向我喃喃吐出的是那低沉、甜美的词："死亡"，
一再重复是死亡，死亡，死亡，死亡，
咝咝然，音调优美，既不像那小鸟也不像我那已觉醒的童心，
而是渐渐朝着我一个人靠近，在我脚下发出沙沙的声音，
从那里一直缓缓接近我耳边，而且轻柔地沐浴着我的全身，
死亡，死亡，死亡，死亡，死亡。

这我不会忘记，
而是和我那昏暗的精灵和兄弟的歌声融合在一起，
那歌是他在月光下鲍玛诺克的灰色海滩上唱给我听的，
还有那些信口唱出的一千首答应之歌，
从那时开始我自己的歌也苏醒过来，

伴随着它们的是海浪送来的那个词，这是关键，
这个词属于最甜蜜的歌和一切歌，
那强有力而甜美的词一直在缓缓接近我脚边，
（或者像一个裹着美丽长袍的老婆婆在摇着摇篮，低着头，）
是大海悄悄说给我听的。

1859　　　　　　　　　　　　　　　　　　　　1881

在我随着生活的海洋落潮[1]时

一

在我随着生活的海洋落潮时，
在我走在熟悉的岸上时，
在我步行在细浪不断冲洗你，鲍玛诺克的地方时，
它们[2]在那里沙沙涌上来，发出粗哑的嗞嗞声，
那凶猛的老母亲在那里不停地哭叫着她那些遇难者，
我，在某个秋天的稍晚时默默寻思着，朝南方凝望着，
被这传电的自我控制着，并出于自豪心情而发为诗歌，
又被脚下那些缕缕斑痕的精魂所支配，
那海面，那沉淀物代表着地球的所有水域和所有陆地。

深深被吸引，我的眼睛又从南方收回，低下头来，跟踪那些被风吹干的细瘦枯柴，
糠秕、稻草、木片、杂草和海面筋，
潮水留下的浮渣、晶亮的岩石上长着的介壳、海菜叶子，

1 落潮在此也有衰退的意思。
2 指前行的“细浪”。

我走了几英里地，撞击着的浪头声在我的另一边，
在我想到过去思路所及的物我之间的一致时，鲍玛诺克就在彼时彼地出现了，
这些你都给我介绍过了，你这鱼形的长岛，
在我走在熟悉的岸上时，
在我步行时带着我那传电的自我寻找各种模式的时候。

二

我走去并不熟悉的岸边时，
听着那哀歌、那些遇难的男女们的声音时，
在我吸进那吹在我身上的摸不到的微风时，
那十分神秘的海洋在愈来愈近地向我卷来时，
我至多也不过像那一点点漂上来的杂物，
拾到的一点点泥沙和枯死的叶片，
我收集起来，并把自己也当做泥沙和杂物的一部分，和它们合为一体。

啊，既缺乏理解又受到挫折，对着大地也只能折下腰去，
因曾经胆敢张开我的嘴，使我感受到自身带来的沉重压力，
现在深感所有胡说过的话成了起反作用的回声，我从来未曾想过我是谁，我是什么，
在我所有那些盛气凌人的诗歌面前，我从未树立并接触过那

个真我，从未表白过，完全没有触及要害，
它[1]远远后退到一旁，用貌似祝贺的手势，鞠着躬嘲笑着我，
对我写过的每一个词发出远远传来的阵阵冷笑，
默默指着这些歌，又指指下面的沙土。

我认识到我并未真正懂得什么事情，哪怕只是一样东西，这
是谁都做不到的，
在大海面前，大自然捉弄我，向我扑来，并刺痛我，
因为我竟敢张大了嘴唱歌。

三

你们这两大海洋啊，我紧紧向你们靠拢，
我们都低声埋怨，滚动着的泥沙和漂浮物啊，不知为何，
这些小小的碎片确实代表了你们、我和一切。

你这脆弱的海岸和一堆堆碎片，
你这鱼形的岛屿，我接受脚底下的一切，
你的也就是我的，我的父亲。[2]
我也一样，鲍玛诺克，

1　即“真我”。
2　鲍玛诺克是诗人的出生地，在这里象征父亲，正如海洋是那“凶猛的老母亲”。

我也已冒出了泡沫，漫无边际地漂浮着，拍打着你的海岸，
我也只是那一路留下的漂浮物和碎片，
我也在你身上留下一片片船只的残骸，你这鱼形的岛屿。

我让我自己扑在你怀里，我的父亲，
我紧紧缠住你，使你无法松开我，
我是这样紧抱着你，等着你给我做出回答。

亲吻我吧，我的父亲，
用你的嘴唇轻轻接触我吧，正像我轻轻接触那些我热爱的人们，
在我紧抱你时，请悄悄告诉我，我十分羡慕的那喃喃说出的秘密吧。

四

落潮吧，生活的海洋（涨潮是会回来的，）
不要停止你的呻吟，你凶猛的老母亲，
不停地呼叫你那些遇难者吧，但不要惧怕，不要拒绝我，
在我接触你或在你身边求教时，请不要那样嘶哑又愤怒地朝着我的双脚沙沙涌上来。

我对你和大家是一片温柔，

我为自己求教，也为这个幽灵，它低头望着我们前进的方向，
　　跟随着我和我的一切。

我和我的一切，都是散乱的被风吹干的枯柴，小小的尸体，
白沫，雪一样白，还有水泡，
（看哪，渗出物终于从我僵死的嘴唇里流出来了，
看哪，那五光十色在闪亮，在滚动，）
缕缕稻草，泥沙，碎块，
从互相矛盾的不同心情下在这里浮出，
来自风暴，长期的沉寂，黑暗，滚滚的浪潮，
默想着，沉思着，一口气，一滴带咸味的泪水，一抹液体或
　　泥土，
全都一样出自经过酝酿而形成的深不可测的运动规律，
一朵两朵疲软的花，已破败，还照样漂浮在浪头上，随波
　　逐流，
传送给我们的也同样是大自然那悲啼着的哀歌，
在我们那里也同样传来那云中喇叭的吼叫声，
我们是任性的，自己不知道来自何方，现在陈列在你前面，
你这在那里走着或坐着的人，
不管你是谁，我们也作为漂流物，停留在你脚下。

1860　　　　　　　　　　　　　　　　　　　　1881

泪　水

泪水！泪水！泪水！
黑夜里，孤独时，泪水，
在白色的海岸上滴着，滴着，被沙粒所啜取，
泪水，连一颗晶莹的星都没有，到处是黑暗和凄凉，
潮湿的泪水，从蒙着头那人的眼里滴落下来，
啊，那鬼魂是谁？那在黑暗中落泪的形象是谁？
那在沙滩上弯着腰蹲伏着的不成形的隆起物是什么？
泉涌的泪，呜咽的泪，为粗犷的号哭哽塞住的痛苦，
啊，风暴，聚集成势，升腾，沿着海岸疾步飞奔！
啊，粗野而阴沉的黑夜的暴雨，夹着风——啊，滂沱而狂骤！
啊，白天是这样安详而文雅的阴魂，面容宁静，步履稳重，
但是你在黑夜里疾驶而无人看见的时候——啊，那就像没遮拦的汪洋一片，
是泪水！泪水！泪水！

1867　　　　1871

致军舰鸟[1]

你曾经整夜倚靠在风暴身上睡觉，
醒来时你驾驶着你巨大的翅膀更加精神百倍。
（曾冲破了那放肆的风暴吗？你越过它往上飞升，
躺卧在天上休息，天是你的摇篮和奴隶，）
现在是蓝色的一点，远远在天空中浮动，
像甲板上出现的灯光那样，我守望着你，
（我自己是一个微粒，是浮游着的广阔世界上的一点。）

在遥远又遥远的海上，
经过一夜在惊涛骇浪中漂泊，岸上布满了船只的残骸，
白天再现时又像现在一样快乐而晴朗，
那玫瑰红的、轻快的黎明，那熠熠闪光的太阳，
蓝色的空气清澈地铺开着。
你也重新出现。

1　这首诗是法国著名历史学家米什莱（Jules Michelet，1798—1874）一诗的改写。惠特曼依据的是英译本。

你生来就和大风匹配，（你全身是翅膀，）
能对付天空、地球、大海和飓风，
你这空气中的船只从来不卷起你的帆篷，
成天，甚至几个星期都不知疲倦，只是向前，穿过空间，在
　各个领域里旋转着，
黄昏时出现的是塞内加尔，早晨是美利坚，
你在电光和雷云中游戏，
在其中，在你的经历中，你有着我的灵魂，
多大的欢乐！你的快乐有多么欢畅啊！

1876　　　　1881

在船上的舵轮旁

在船上的舵轮旁，
一个年轻的舵手在小心地掌着舵。

透过浓雾，在海岸上悲鸣着的，
是一口海洋的钟——啊，一口发布警报的钟，随着波浪摆动。

啊，你确实及时唤起了注意，你这口在暗礁旁鸣响着的钟，
敲啊，敲啊，警告船只远离触礁的地方。

你照例警惕着，啊，舵手，你服从那大声的警告，
船头拨转了方向，装满货物的船只在她灰色的帆篷下顺着风势快速地驶去，
那携带着她所有宝贵财富的美丽而庄重的船只欢乐而安全地飞速驶去。

但是，啊，那条船，那条不朽的船！
啊，那条船上的船！肉体的船，灵魂的船，在航驶着，航驶着，航驶着。

1867 1881

黑夜，在海滩上

黑夜，在海滩上，
一个孩子和她的父亲在一起站着，
守望着东方，那秋夜的长空。

在黑暗的高空，
贪婪的云彩，埋葬一切的云彩，在黑压压地铺开着，
阴沉而快速，横跨着从天边压下来，
在东方剩下的一条透明而清晰的以太带中间，
升起了那大而安详的星中之王朱庇特，
而近在手边，只是稍高一点，
游动着那几个娇美的姊妹：七颗明星。

在海滩上孩子紧拉着她父亲的手，
那些压下来埋葬一切的云彩不久就将胜利地吞食一切，
她守望着，默默地流着泪。

不要哭泣，孩子，
不要哭泣，我的宝贝，

让我用亲吻来擦干你的眼泪，
贪婪的云层不会长时间保持胜利，
它们不会继续占领天空，它们只是貌似吞食了星星，
朱庇特一定会出现，不要心焦，再守一个晚上，七颗明星一定会出现，
它们是不朽的，所有这些金色银色的星星会重新照亮，
大星小星定会重新照亮，它们是持久的，
巨大而不朽的恒星和持久而沉静的卫星会重新照亮。

那么，最亲爱的孩子，你只是为朱庇特悲伤吗？
你考虑的只是星星被埋葬吗？

有某种东西，
（我用嘴唇安慰你，还要悄悄对你说，
我向你提出第一个暗示、问题和间接含义，
有某种东西甚至比星星更加不死，
（埋葬已多次，不少个日日夜夜正在过去，）
有某种东西甚至比明亮的朱庇特还要持久，
胜似太阳或任何旋转着的卫星，
胜似那七颗灿烂的姊妹明星。

1871　　1881

海底世界

海底世界，
海底的森林，枝丫和叶子，
海菜，大量的苔藓，奇异的花朵与种子，茂密而纠缠成一团
　的植物，空隙，和粉红色的草皮，
不同的颜色：浅灰和绿、紫色、白和金色，光在水中穿行着
　游戏，
岩石、珊瑚、胶状物、杂草、灯芯草中间的沉默游泳者和游
　泳者的食物，
懒惰的生物在悬空着寻求食物，或者缓慢地贴着海底爬行，
巨头鲸在海面喷出气体和飞沫，或动用它的鳍尾嬉耍着，
目如铅丸的鲨鱼、海象、海龟、多毛的海豹和魟鱼，
那里有火热的情感、战争、追逐、不同部族、海洋深处的奇观，
许多生物在呼吸着那浓浊的空气，
从那里转换到这里的情景，转换到我们这些在这个领地里行
　走时所呼吸的稀薄空气，
从我们这里又转换到在别的领地里行动着的生物。

1860　　　　1871

黑夜，独自在海滩上

黑夜，独自在海滩上，
那年老的母亲在来回摆动着身子唱着她那沙哑的歌，
在我望着那照耀着的明亮星星时，我想到了宇宙和未来的基本曲调。

一种广阔的“形似”联结着一切，
一切天体：已成熟的、未成熟的、小的、大的、恒星、卫星、行星，
不管地方之间的距离有多宽阔，
一切时间的距离，一切无生命的形态，
一切灵魂，一切有生命的躯体，不论彼此间有多少差别，或者属于不同世界，
一切气体、液体、植物、矿物的冶炼过程、鱼类、兽类，
一切民族、肤色、野蛮行为、文明世界、语言，
一切曾在这个或别的星球上存在过或可能存在的个体，
一切生和死，一切过去、现在、将来，
这一广阔的“形似”囊括一切，而且一向如此，
并将永远囊括一切，而且紧紧保持并圈进一切。

1856　　　　1881

歌唱所有海域，所有船只

一

今天是一首粗糙而短小的朗诵诗，
说的是行驶在海上的船只，各自有它自己的旗帜和信号，
说的是船上未提名姓的英雄——关于目力所能及的不断远远散开着的波浪，
说的是飞溅着的浪花和呼啸着、吹动着的风，
根据这些内容谱写了一曲献给各国水手的歌，
一阵阵的，像汹涌的波涛。

说的是年轻或年老的船长和助手，所有无畏的水手，
说的是那极少数的几个，百里挑一、沉默寡言，命运绝不会使他们惊讶，死亡，也绝不会使他们沮丧，
是你，年老的海洋，悄悄精心选拔的，是你挑选出来的，
这个民族是大海你及时选出并提拔的，还团结了各国。
是受你哺育的，沙哑的老保姆，吸取了你的形体，
像你一样不屈不挠，不可征服。

（永远是海上或陆地的英雄，单独或成双地出现着，
永远维持着血统，从未失误，虽然罕见，留作种子却是足够的。）

二

啊，大海让你那些各国的不同旗帜迎风招展吧！
让各种船只的信号始终在人们的眼前迎风招展吧！
但是请你在一切之上特别为你自己和人类的灵魂保留一面旗帜，
一种代表一切国家、以精神织就的信号，是高举在死亡之上的人类的标志，
一切勇敢的船长和一切无畏的水手和助手们的代号，
也属于一切忠于职守而沉入海底的人们，
使人们怀念他们，是所有无畏的青年或老年船长缠结成的，一面属于全宇宙的三角旗，无时无刻不在悠扬地飘动着，在勇敢的水手们头上，
在所有海域，所有船只之上。

1873 1881

在巴尼加特海湾[1]巡逻

风暴是多么猖狂，波涛又掀起多高啊，
大风那不停的吼叫声，伴随着不停的低声隆隆，
着了魔似的狂笑声阵阵穿心似的轰鸣着，
波浪、空气、午夜，这最蛮横的三方在抽打着，
在那里的黑影堆里乳白色的浪峰在飞卷着，
在海滩的淤泥和沙土上，雪花在猛烈地喷射、斜飞着，
透过黑暗，那带来死亡的东风正逆着方向吹来，
穿过割削着的旋涡和浪花谨慎而坚定地前进着，
（在远处的那一点！是一条失事的船吗？红色信号在闪亮吗？）
海滩上的淤泥和沙土毫不知疲倦，直到白天来临，
稳健地，慢悠悠地，穿过从未缓和过的沙哑怒吼声，
傍着乳白色的浪峰，沿着午夜的边缘在飞卷着，
那一群昏暗的、鬼魂似的形体在挣扎着，在迎着黑夜，
小心翼翼地在看守着那蛮横的三方。

1880　　　　1881

1　巴尼加特（Bamegat）海湾是三十英里长的一个海湾，离新泽西州的大洋县（Ocean County）不远。惠特曼晚年曾去过这个地方。

紧跟着海船

紧跟着海船，紧跟着呼啸的风，
紧跟着为桅杆和绳索所绷紧的灰白色帆篷，
下面是成群结队的波浪在急走，高举着它们的颈部，
不停地在朝着船后的浪迹向前流动，
海洋的波浪在汩汩冒着水泡，快乐地东张西望，
波浪，起伏着的波浪，透明，参差不齐，互相竞走的波浪，
朝着那旋转的水流，大笑着，非常活泼，并带有曲线，
大船在那里前进着，变换着方向，破坏着海面，
在海洋的宽阔怀抱里是大大小小的波浪在如饥似渴地流动着，
海船过处的尾波在阳光下闪亮并欢乐地游戏，
一队杂牌军，带着许多斑斓的泡沫和碎片，
跟随着那庄严而快速的大船，在尾波后面紧跟着。

1874　　　　　　　　　　　　　　　　1881

在路边

一首波士顿民谣[1]

（1854）

为了及时赶到波士顿城，我今天老早就起了床，
这里这个角落是个好地方，我决定站在这里看热闹。

让出路来，乔纳森！[2]
给总统的司礼官让路——给政府的大炮让路！
给联邦的步兵和龙骑兵让路，（怪影在成群地翻筋斗。）

1 这首诗作者写于南北战争前的1854年，国内正酝酿热烈的废奴情绪之际，这一年，爆发了一场“波士顿护奴暴动”（She Boston Slane Riot）。起因于逃奴安东尼·伯恩斯（Anthony Burns）在波士顿被捕。按照“逃奴法令”，伯恩斯是南方某奴隶主的私有财产，必须“物归原主”。波士顿的废奴群众集会反对，最后爆发为暴动，当局派兵镇压。皮尔斯（F. Pierce）总统表示必须“执法”。据说逃奴被押解上船，送往南方，交还主人时，武装押送的队伍不下一万人。诗中描写的就是这支庞大的押送队伍。诗中的“鬼影”是指那些在独立战争中阵亡的将士，他们挤入行列，为了“自由”和“民主”的沦丧而悲愤欲绝，但他们手中的唯一武器却只有老朽的拐杖。作者辛辣地指出，独立战士在此已起不了作用，1854年波士顿的大街上最合时宜的主人公当是英王乔治的尸骨。回忆八十年前美国独立战士为之流血的正是乔治三世派来的军队。

2 乔纳森是新英格兰乡下人的名字，是个普通美国人，他代表“民主”与“自由”。他在诗的第三行中必须为总统的司礼官让路，但在诗的结尾时也成了满肚子生意经的统治阶级的顺民了。

我喜欢看到星条旗，我希望横笛吹奏扬基歌。[1]
最前列的部队佩带的弯刀够多亮堂！
每个人握着他的左轮手枪，挺直着腰板走过波士顿城。

一片浓雾跟在后面，雾里的老朽们一颠一跛地走过来，
有的装着木腿，有的缠着绷带，脸色苍白。

好啊，这真是一场热闹——它把死者从地下唤了出来！
山里的旧坟地也赶来看热闹！
鬼影！数不清的鬼影在两侧和后方！
蠹虫蛀过的三角帽——迷雾炮制的拐杖！
挂着吊带的胳膊——老年人倚靠着青年人的肩膀。

北方佬的鬼魂，是什么事使你们烦恼？没有牙齿的牙床在嚼舌，说的都是什么？
是不是疟疾使你们的四肢抽搐？你们是否把拐棍错当了火枪，还举着它们瞄准？

如果泪水模糊了你们的眼睛，你们就看不见总统的司礼官了，
如果你们竟发出这样的呻吟，你们就可能会震哑政府的大炮。

1　扬基歌（Yankee Doodle）是美国独立战争时流行的歌曲。

莫要不识廉耻啊，老年的疯子们把你们乱舞着的臂膀放下来，
　　不要卖弄你们的白发，
你们的曾孙们在这里目瞪口呆，他们的妻子在窗口望着他们，
看他们穿得有多体面，他们的行为又多规矩。

越发糟糕了——你们受不住了吗？你们要退避三舍了吗？
和活人待上一个小时对你们是太死气沉沉吗？

那就仓皇撤退吧！
回到你们坟地里去——回去——回到山里去，年老的跛子们！
反正我认为这里不是你们的地方。

但是有一件东西是属于此地的要我告诉你们吗，波士顿的老
　　爷们？

我会悄悄告诉市长，他会派一个委员会到英国去，
议会会给他们权力，赶一辆轻便马车到皇家陵园去，
把国王乔治的棺材挖出来，迅速脱掉他的寿衣，把他的骸骨
　　装在匣内，准备上路，
找一艘扬基款式的快艇——这就是你的货物，黑肚皮的快艇，
把锚收起来吧——张开帆篷——直驶波士顿海湾。

然后再把总统的司礼官叫上，出动政府的大炮，

把国会里爱吼叫的人们请来，另外派支队伍，用步兵和龙骑兵当警卫。

这是给他们放在中央的供品，
看吧，所有规矩的公民——在窗口望着吧，妇女们！

委员会会打开匣子，把国王的肋骨安装起来，站不稳的用胶水粘住，
把颅骨安在肋骨上面，给颅骨戴上王冠。

这样你就复了仇，老家伙——王冠已物尽其用，而且不仅如此。

把手插在口袋里，乔纳森——你从今天起是个有身份的人了，
你真够机灵——这里是你的一笔赚钱买卖。

1854　　1871

欧罗巴

（合众国的第七十二年和第七十三年[1]）

突然从它陈腐而昏睡的巢穴，奴隶的巢穴中，
它像闪电一样跳了出来，连自己都差点大吃一惊，
它的双脚践踏着骨灰和破旧衣服，它的手紧紧扼住了帝王们的喉咙。

啊，希望和信仰！
啊，流亡的爱国者在痛苦中结束了生命！
啊，那许多伤透了的心！
今天都回过头来吧，你们自己重新振作起来。

而你们，被雇用来给人民抹黑的人们——你们这些说谎者，听着！
不是为了无法计算的痛苦，残杀，荒淫无度，
是为了在宫廷中进行的各种卑鄙盗窃行为，利用那穷苦人的淳朴骗取他的工资，

1 纪念1848年路易-菲利普在法国退位，2月26日第二共和国成立，在奥地利则是斐迪南一世让位给侄子弗朗西斯·约瑟夫。匈牙利在考索斯领导下宣布自由。在爱尔兰、伦巴第、威尼斯、丹麦等地有叛乱活动。

为了帝王们的嘴唇所许下的诺言在他们反悔时被粉碎，被嘲笑。

在他们掌权时并非为这一切才做出报复的打击或使贵族的头颅落地，
人民鄙视帝王们的残暴。

但是宽容的仁慈酿成了辛酸的毁灭，受过惊的君主重又回来，
各自威武地带着随从、刽子手、僧侣、税吏，
兵士、律师、大臣、狱卒和专事奉承的人们。

然而在所有卑鄙的盗窃行为后面，看哪，是一个人影，
和黑夜一样朦胧，全身披挂，头，脸和身，紧裹着红袍，
谁也看不见他的脸和眼，
露在袍服外的只有一件，一只手臂掀起了红袍，
一根曲着的手指在上面高高指着，像是出现了一个蛇头。

这时候新砌的墓里躺着尸体，年轻人血染的尸体，
绞架上的绳索沉重地挂着，王公们的子弹飞着，权势人物高声大笑，
所有这些都结下果实，而且是善果。

那些青年们的尸体，
那些吊在绞架上的烈士们，那些被灰色的铅弹穿透了的心，

看似僵冷，却在别处生机勃勃地活着，没有被杀害。

他们活在别的青年们心里，啊，帝王们!
他们又活在弟兄们心里，正准备反抗你们，
他们为死亡所净化，受到了教育，提高了。

每一座为自由而受到杀害者的坟墓都长出了自由的种子，种子又长出种子，
被风带到远处又重新下种，承受着雨雪的滋养。

暴君的武器不可能释放一个已丧失了肉体的灵魂，
但是它隐下行踪，在世上阔步地走着，说着悄悄话，商议着，告诫着。

自由，让别人对你失望吧——我绝不对你失望。

房门关好了吗？主人走了吗？
但仍需做好准备，不能放松警戒，
他不久就回来，他的使者马上就会到来。

1850　　1871

一面小镜子

牢牢把它举起来——看它照出了什么，（是谁？是你吗？）
表面是漂亮的服装，里面是灰末和秽物，
不再是闪光的眼睛，不再是洪亮的声音或有弹力的举步，
现在是一个奴隶的眼睛、声音、手、步法，
一个醉汉的气息，没落的就食者的面孔，患性病者的肉体，
肺部在一片片腐烂，胃部变得又酸又溃疡，
关节有炎症，肚肠已恶心地结成便闭，
鲜血在循环地流着黑色而含毒的浆液，
说的是胡话，听觉和触觉麻木，
没有了脑，没有了心，没有了性的魅力；
这是你走以前在镜子里一照的结果，
结果竟来得这么快——而一开始又是什么模样的！

1860 1860

上　帝

圣洁的情人，完美的伙伴，
在满足地等待着，还没有看见，但肯定会来到，
请你做我的上帝。

你啊，你啊，理想的男子，
公正，能干，美丽，知足，而且多情，
肉体完整，精神宽宏，
请你做我的上帝。

啊，死亡，（因为生命已完成了它的任务，）
通向天堂的司阍和向导，
请你做我的上帝。

在强者之中是我所看见、所设想、所认识的人中翘楚，
（切断那已经停滞的纽带——为了你，为了解放你，啊，灵魂，）
请你做我的上帝。

一切伟大的思想，各族的雄心壮志，

一切英雄行为，热情高昂者的事业，
请你们做我的上帝。

或者是时间和空间，
或者是神圣而奇妙的大地的形象，
或者是我一见就崇拜的美好形体，
或者是太阳或夜间的星星的晶莹球体，
请你们做我的上帝。

1871　　　　　　　　　　　　　　　　1881

胚　芽

形式、品质、生平、人性、语言、思想，
认识的东西和不认识的东西，
星球上的东西，星球本身，有些已成形，有些还未成形，
属于那些不同国家的奇迹、土壤、树木、城市、居民，不论是什么，
辉煌的太阳、月亮和光环，那数不清的各种结合体和后果，
诸如此类，以及与此类似的，这里或随处都能看见的，才占据了小小一点空间，只要我伸出手臂去就能用手拦住一半的那点空间，
它包含了每一种和一切事物的开始，是一切的善的因素，胚芽。

1860　　1871

有　感

关于所有权——似乎一个适合于占有事物的人却不能随意占领一切，并把它们和他或她自己结成一体，
关于前景——假设中途得到成长，充实，生命，而在发展过程出现混乱时又有些后退，
（但是我看见大路仍在向前，旅程也总在继续；）
过去世界上匮乏的，及时得到了补充——并且还要进一步得到补充，
因为我所看见和懂得的一切，其主要意义还在于将要进一步得到补充的是什么。

1860　　　　　　　　　　　　　　　　　　　　1881

在我聆听那博学的天文学家讲学时

在我聆听那博学的天文学家讲学时，
证据，数字在我面前排列成行时，
让我看那些表册和图解并需增加、划分和测量时，
在我坐着听那天文学家在讲堂里演讲而受到热烈赞许时，
不知为何我不久就感到疲劳而厌烦，
只有站起来偷偷溜出去独自一个走到外面，
在那神秘而潮湿的夜间空气里，不时地，
完全沉默地仰望着那些星星。

1865 1865

至美至善

只有他们自己懂得自己和自己的同类，
正像只有灵魂才懂得灵魂。

1860 1860

啊，天！啊，生活！

啊，天！啊，生活！那些一再重复出现的有关问题，
那些无休止的排成长列的背信弃义者，那些充满了愚昧的城市，
我自己永远在责怪我自己，（因为有谁比我更愚昧，有谁又比我更加背信弃义呢？）
一双渴望光明而却徒劳的眼睛，卑鄙的事物，一再重复的挣扎，
一切都结出恶果，在我周围看到的是那些步履艰难而卑鄙的人群，
其他人的虚度光阴，我又和其他人纠缠在一起，
这个问题，啊，天！够多伤心，又在重复出现——处在其中又有什么好处呢，啊，天，啊，生活！

回答——

你在这里的存在——生活存在并各有特性，
那强有力的剧情在发展，而你还可能提供一首诗。

1865—1866　　1881

给总统[1]

你所做、所说的一切对于美利坚说来是使人眼花的幻想，
你没有从大自然学到什么——你没有学会大自然的政治的博大、正直、无私，
你没有认识到只有这些才有利于这个国家，
而次于这些的，必须迟早撤离这个国家。

1860

1860

1 指詹姆斯·布坎南（1791—1868），美国第十五届总统（1857—1861）。在他之后当选总统的是林肯（1809—1865）。

我坐而眺望

我坐而眺望世上的一切忧患，一切压迫和耻辱，
我听见年轻人为自己做过的事情而悔恨不安，因痛苦而偷偷地抽抽搭搭地哭，
我看见在穷人中间那做母亲的受到她自己儿女的虐待，奄奄一息，无人照看，消瘦，绝望，
我看见那受丈夫虐待的妻子，我看见那诱奸青年妇女的歹徒，
我注意到力图隐藏起来的嫉妒和单恋的痛苦，我看见世上的这些情景，
我看见战争，瘟疫，暴政的恶果，我看见烈士与囚徒，
我看到海上的饥饿，我看到那些水手们抽签决定应轮到谁去牺牲以便维持其余人的生命，
我看到倨傲的人对待工人，穷人，黑人等的轻慢与鄙视态度；
所有这些——所有这些无止境的卑劣行为和痛苦，是我坐而眺望时所见，
看见，听见，并保持沉默。

1860　　　　　　　　　　　　　　　　　　　　1871

致慷慨的施舍者

你给我的东西我愉快地接受了，
一点食品，一所小屋和花园，一点钱，在我捧着我的诗篇和你约会的时候，
我在各州旅行的时候则是一个旅行人的住所和早餐——我何必为接受这些礼物而感到羞愧呢？又何必为它们做广告呢？
因为我自己也不是一个什么也没有给过男人和女人的人，
因为我给随便哪个男人或女人的是一个通道，能够由此而领取宇宙间的一切礼品。

1860　　　　1881

鹰的嬉戏

在沿着河边的大路走时,（我的午前散步，也是休息,）
天空突然传来一种低沉的声音，是鹰的嬉戏,
是高空中相互充满爱恋而接触的撞击声,
那扭结在一起的利爪，一次活跃而凶猛的旋转,
四个扑打着的翅膀，两个铁钩喙，紧紧抱成打着圈圈的一团,
在翻滚、转身、结成一个个环形，笔直朝着下方跌落,
直到在河上稳住，既是双方，又结成一个，只是一瞬间的
　暂停,
在空中保持没有动作的平衡，然后拆散，放松了利爪,
斜拍着缓慢而结实的双翼，又飞向高空，各自分头翱翔,
她飞她的，他飞他的，互相追逐着。

1880　　　　　　　　　　　　　　　　　　　　1881

思想在漫步

（读黑格尔后）

思想在遍及整个宇宙漫步，我看见那为数极少的善在不停地
　急步走向不朽，
而那被叫作恶的巨大全体，我看见它急于使自己渐渐消失，
　并在最后僵死。

1881 1881

一幅农家图画

在宁静的乡间谷仓那扇开着的宽阔大门外，
一片阳光普照的牧场，牛马在吃着草，
更有薄雾和极目处那遥远的地平线渐渐看不见了。

1865　　　　　　　　1871

一个孩子的惊奇

还是孩子时就沉默而感到惊奇，
我记得我每个星期天都听见牧师把上帝放在嘴上，
像是在和某种存在或影响争斗。

1865　　　　　　　　　　　　　　　　　　1867

赛跑的人

一个受过极好训练的赛跑者在一条平坦的路上奔跑，
他精瘦而肌肉发达，有着健壮的两腿，
他穿得很单薄，奔跑时身子前倾，
两手松松握着拳，两臂稍稍举着。

1867 1867

美丽的女人

女人们坐着或来回走动着，有些年老，有些年轻，
年轻的很美——但是年老的比年轻的更美。

1860　　　　　　　　　　　　　　　　　　　　1871

母亲和婴儿

我看见那熟睡的婴儿紧贴在母亲的怀里，
熟睡着的母亲和婴儿——悄悄地，我端详了他们很久很久。

1865　　1867

有 感

关于顺从，忠诚，黏着性[1]；
我远远站在一旁看时，深刻触动我的是许多许多男子在追随
　那些对人类并不信任的人们。

1860　　1860

1　颇相学术语，代表男子之间的亲密关系。参看《大路歌》第六章。

戴着假面具

一个假面具，是她自己的一个永久而自然的伪装，
遮盖着她的脸，遮盖着她的全身，
每时每刻都在变动、转化，
甚至在她熟睡时也发生在她身上。

1860　　　　　　　　　　　　　　　　　　　　1867

有 感

关于正义——仿佛正义除了天生的法官和救世主所陈述的那
　条宽大法律以外不可能是什么别的，
仿佛只要按照决议它就可能是这样或那样东西。

1860 1860

滑翔在一切之上

滑翔在一切之上，经过一切，
经过大自然，时间，和空间，
正像船在水面上前进，
是灵魂的航行——不只是生命，
还有死亡，我还将歌唱许多种死亡。

1871

1871

你从来没有遇到过这样的时刻吗？

你从来没有遇到过这样的时刻吗，忽而闪过一道灵光，
突然而来，爆破了所有这些泡沫、时尚、财富？
使这些急于想成就的事业——书本、政治、艺术、恋爱关系，
都化为乌有？

1881 1881

一个思想

关于平等——仿佛把我自己的机会和权利给了别人就等于伤害了我——仿佛旁人享有和我同样的权利对于我自己的权利并非必要。

1860 1871

给老年

我在你身上看到了那个在注入大海时气魄宏伟地扩大并舒展着自己的河口。

1860 1860

地点与时间

地点与时间——我身上有什么东西能不论何时何地都完全满足它们，并使我也无拘无束的？

形式，颜色，密度，气味——我身上有什么东西是和它们一致的？

1860 1871

礼　物

一千个完美的男人和女人出现了，
每个人身边围着一群朋友，还有快乐的孩子们和青年，携带着礼物。

1860　　1871

致这个国家

（以说明第十六届、十七届，或十八届总统的在职时期）

为什么躺在那里反复盘问？为什么我自己和所有的人都在打
　瞌睡？
是怎样的黄昏时刻——水面上漂着浮渣，
在国会大厦斜着眼睛充当蝙蝠和守夜犬的是些什么人？
多么肮脏的一届总统选举！（啊，南方，你们的灼热太阳！
　啊，北方，你们的北极冰冻！）
那些真是国会议员吗？那些是大法官吗？那位是总统吗？
我还是再睡一会儿吧，因为我看见为了某种原因，这个国家
　还在睡觉；
（随着天色的逐渐变黑，随着低沉的雷声和闪亮的光箭，我们
　都及时地醒了过来，
南，北，东，西，内地和沿海地区，我们一定会苏醒过来。）

1860 1860

鼓声哒哒

诗歌啊，首先是一首前奏曲

诗歌啊，首先是一首前奏曲，
在绷紧的鼓面上轻轻敲响我对我那城市感到的骄傲和欣慰，
她是怎样引导人们武装起来的，又是怎样加以指点的，
怎样毫不迟疑地立即敏捷跃起的，
（啊，真出色！啊，我那我自己的、无与伦比的曼哈顿！
啊，你在危险和关键时刻最坚强！啊，比钢还纯！）
你是怎样跃起的——你是怎样用那只毫不在意的手脱掉那身和平时期的服装的，
你那柔和的歌剧音乐是怎样变调的，换上的是鼓和横笛，
你是怎样走向战争，（起了我们那首前奏曲的作用，士兵们的歌，）
曼哈顿是怎样领先响起鼓声哒哒的。

我在我的城市里眼看着士兵们列队前进已有四十个年头，
作为多姿多彩的游行已有四十年，直到冷不防这座人口众多、吵吵嚷嚷的城市的女主人，
在她的船舶、房屋、数不清的财富中间并没有睡着，
周围是她那些上百万的孩子们，突然间，

在夜深时，听到了从南方传来的消息，
她激怒了，用握紧的拳头向着地面打去。

电一般地起了震动，黑夜助长了它，
直到拂晓时我们的蜂窝在告警的营营声中放出了群蜂。

从房屋里然后是车间里，经过所有的门道，
他们乱哄哄地跳跃而出，看哪！曼哈顿武装起来了。

随着鼓声哒哒立即行动，
青年们集合起来，武装起来，
机械工武装起来，（马上扔下泥刀、大刨、铁匠的锤子，）
律师离开了他的办公室武装起来，法官离开了法院，
车夫把车子扔在街上，跳下来，猛可地把缰索丢到马背上，
售货员离开了店铺；老板、记账员、勤杂工都离开了岗位；
一队队人马到处不约而同地集合、武装起来，
新兵，甚至包括少年，老人们都教他们怎样装备起来，小心谨慎地扣好皮带，
在户外武装，在屋里武装，枪筒闪闪放光，
一簇簇白色帐篷扎成营盘，周围是武装的哨兵，日出时出现大炮，日落时也同样，
武装的兵团天天到来，经过城市，在码头登岸，
（他们踏步走到河边时有多气派，流着汗，肩上扛着枪！

我真喜欢他们！我真想抱住他们，连带着他们褐色的脸，他们那落满尘土的衣服，和背包！）
全城热血沸腾了——武装就绪！武装就绪！到处这样喊叫，
教堂尖顶上，所有公共大楼和店铺上扬起了旗，
挥泪告别，母亲吻她的儿子，儿子吻他的母亲，
（母亲舍不得他走，然而不说一句挽留的话，）
乱哄哄的护卫，前面走着一队队警察，开着路，
淋漓尽致的热忱，人群为他们心爱的人狂热欢呼，
火炮群，金光闪闪的沉默大炮，一路拉去，轻轻滚过石板，
（沉默的大炮，即将打破沉默，
即将卸下炮的牵引车，开始血红的生涯；）
所有进行准备时的低声细语，所有下了决心的装备活动，
医疗服务，药棉，绷带和药品，
妇女们自愿充当护士，工作已认真开始，现在已不只是游行；
战争！一支武装的队伍在前进！迎接战斗没有回转的余地；
战争！不管多少周，多少月，多少年，一支武装的队伍在迎上去。

曼纳哈塔在进军——啊，要好好加以歌颂！
啊，要过雄赳赳的军营生活。

还有那坚强的火炮，
金光闪闪的枪炮，巨人的事业，要好好使用枪炮，

让它们做好行动的准备！（不再是过去四十年来的礼炮，不只是为礼貌，
除了火药和填料外现在还要放进别的东西。）

还有你这位船舶的女主人，你这曼纳哈塔，
这座骄傲、友好、狂乱城市的监护人，
在和平、富裕时你在你所有的儿女中间往往思虑重重，暗暗皱着眉头，
但是现在你却高兴地微笑着激励着你那心爱的曼纳哈塔。

1865　　1881

一八六一

武装的一年——斗争的一年，
对你，可怕的一年来说，不是轻巧的韵律和伤感的情诗，
你不是那苍白的小小诗人，坐在书桌旁口吐曲终前的华彩乐段，
而是一个站得笔直的壮男，穿着蓝布衣，向前走，肩上扛着枪，
铮铮铁骨，晒黑了的脸和双手，腰带上横插着一柄利刃，
我听见你高呼，你洪亮的声音在整个大陆震响，
你那男性的声音，啊，年头啊，在大城市中升起，
在曼哈顿的男子中我看见你是工人和曼哈顿居民中的一个，
或者迈着大步来自伊利诺伊和印第安纳，横跨过大草原，
脚步轻灵地迅速经过西部，直下阿勒格尼山脉，
或者来自大湖区或者就在宾夕法尼亚，或者沿着俄亥俄河，站在甲板上，
或者沿着田纳西或坎伯兰河南下，或在查塔努加的山头上，
我看见你的步伐，看见你肌肉壮健的四肢穿着蓝布衣，佩带着武器，茁壮的一年，
听见你一次又一次地发出坚定的声音，

这一年，圆口的大炮嘴突然唱起歌来；
我仿效你，急促、莽撞、忧伤、六神无主的一年。

1865　　　　1881

敲吧！敲吧！鼓啊！

敲吧！敲吧！鼓啊！——吹吧！军号！吹吧！
从窗里——从门里——像一股无情的力量那样爆炸，
冲进庄严的教堂，驱散了会众，
冲进了学生在学习的学校，
不要让新郎平安无事——他现在不能和新娘享受幸福，
也不要让和平的庄稼汉享受和平，耕地或收割，
你们这些鼓擂得有多凶猛——你们这些军号吹得够多刺耳。

敲吧！敲吧！鼓啊！——吹吧！军号！吹吧！
在城市的行人和车辆上空——在街上隆隆车轮声的上空；
房里还在铺好床让人们夜间睡觉吗？不能让人睡在那些床上，
白天不准谈交易——没有中间人，没有投机商——他们还想继续吗？
讲话的还想讲话吗？唱歌的还想唱歌吗？
律师还想在法院里站起来在法官面前陈说他的案情吗？
那就让鼓敲得更快更重些吧——你们这些军号吹得更疯狂些吧。

敲吧！敲吧！鼓啊！——吹吧！军号！吹吧！
不要谈判——不要停下来劝诫，
不要去理睬那胆小的——不要去理睬那个哭鼻子的和求上帝的，
不要去理那个哀求青年人的老人，
不要去听那小孩子的声音或那母亲的求告，
甚至让那个等着停放灵柩的支架也去摇撼那死者吧，
啊，你们这些震耳欲聋的鼓擂得有多强硬——你们这些军号吹得有多响亮。

1861　　　　　　　　　　　　　　　　　　　　1867

从鲍玛诺克开始我就像鸟儿那样飞翔

从鲍玛诺克开始我就像鸟儿那样飞翔，
我转着转着，为的是高飞、歌唱那个包括全体的概念，
我朝北飞去为的是在那里唱北极的歌，
我飞向加拿大，直到把加拿大吸进了我自己，然后到密歇根，
到威斯康星、艾奥瓦、明尼苏达，为的是唱它们的歌（它们是极难模仿的；）
然后到俄亥俄和印第安纳去唱它们的歌，到密苏里和堪萨斯和阿肯色去唱它们的歌，
到田纳西和肯塔基，到南、北卡罗来纳州和佐治亚去唱它们的歌，
到得克萨斯再向前直到加利福尼亚，为的是到处漫游并得到承认；
首先是唱歌（如有必要就按照战鼓的节拍，）
歌唱那个包括全体的概念，歌唱那凝成一体而不可分割的西方世界，
然后歌唱合众国的每一个成员。

1865　　　　1867

黎明时的旗帜之歌

诗　人

啊，一支新歌，一支自由的歌，
拍打着，拍打着，拍打着，拍打着，响声和人声愈加清晰了，
顺着风声和鼓声，
顺着旗帜的声音，孩子的声音，大海的声音，父亲的声音，
低处是在地上，高处是在空中，
在地上是父亲和孩子站立的地方，
在上面空中是他们眼望着的地方，
即黎明时旗帜在拍打着的地方。

词句！书上的词句！你们是什么？
不必用词句了，注意听我说，
我的歌就在那空旷处，我必须歌唱，
伴随着的是旗帜和三角旗拍打的声音。

我将把绳与索编织进去，
男人的心愿，婴儿的心愿，我会把它们编织进去，我将在其

中灌注生命，
我将列入闪亮的刺刀尖，我将使子弹和弹丸嗖嗖飞舞，
（就像有人把一种象征性的符号和威胁远远带进未来，
用喇叭似的声音叫道：醒来吧，要留精！要留神，醒来吧！）
我要用缕缕鲜血灌溉我的诗句，充满意志，充满欢乐，
然后放松，开步走，前去竞争，
伴随着的是旗帜和三角旗拍打的声音。

三角旗

到这里来，诗人，诗人，
到这里来，灵魂，灵魂，
到这里来，亲爱的小孩，
和我一同在云里风里飘飞，和无边无际的光亮在一起游戏。

孩　子

父亲，那在天上用长长的手指向我打着招呼的是什么？
它一直在和我说些什么？

父　亲

我的孩子，你在天上什么也没有看见，

也没有谁在和你说话——但是要注意，我的孩子，
看一看房子里这些令人眼花的东西，你看那些正在开门的钱庄，
注意那些正准备装着货物沿街爬行的车辆；
这些，啊，这些，这些是多么受人重视，多少人愿意为它们付出劳动！
全世界又是多么羡慕它们！

诗　人

鲜红的太阳正在高高升起，
远远望去，蓝色的大海在飘浮，在随着水槽飞跑。
涌向陆地的大海的胸脯上飘浮着风，
那不断吹来的大风来自西边或西南方向，
水面上乳白色的泡沫在轻快地浮动。

但是我不是大海或红日，
我不是那像女孩那样咯咯笑着的风，
不是那正在增强力量的大风，不是那抽打着的风，
不是那奋力抽打自身、使自己恐惧而死的精灵，
但我是那虽然看不见却是在走向前来唱啊、唱啊、唱啊的人，
我在溪流中潺湲，在陆地上飞溅，
早晚在树林里的飞鸟们认识我，

岸上的沙粒认识我，还有那嗞嗞叫着的波浪，和那旗帜与三角旗，
它们在那里高高地拍打着，拍打着。

孩　子

啊，父亲，它是有生命的——到处都是人——它有许多孩子，
啊，现在我认为它是在和它的孩子们说话，
我能够听见——它在和我说话——啊，太奇妙了！
啊，它在伸展它在飞速张开，在奔跑——啊，我的父亲，
它很宽阔，它盖没了整个天空。

父　亲

不要说了，不要说了，我的傻孩子，
你说的话使我忧伤，使我很不高兴；
我是说你再和别人一同看看吧，不要看那高空的旗帜和三角旗，
而是看看那整齐的路面，特别注意那些墙壁坚牢的房屋。

旗帜和三角旗

和孩子说话吧，啊，来自曼哈顿的诗人，

对我们所有的孩子们，对那些在曼哈顿北部和南部的孩子们，
今天就特别把我们指给他们看，别的一切就都撇下吧——然
　而我们也不知道是为什么，
因为我们是什么呢，只是些无利可图的布片，
只能在风中拍打着？

诗　人

我听见、看见的不仅是布片，
我听见军队的踏步声，我听见那哨兵喝问口令声，
我听见千百万人的欢呼声，我听见呼叫自由的声音！
我听见击鼓声和吹喇叭的声音，
然后我自己也到处活动，急升高飞，
我用的是大陆鸟的翅膀和海洋鸟的翅膀，并从高处俯瞰，
我不否认和平的宝贵后果，我看见拥有数不清财宝的稠密城市，
我看见数不清的农庄，我看见庄稼汉在田里或谷仓里工作，
我看见机械工在工作，我看见到处建筑起高楼，正在建成或
　已经建成，
我看见火车头所牵引的列车飞快地在沿着轨道飞奔，
我看见波士顿、巴尔的摩、查尔斯顿、新奥尔良的商店和车站，
我看见远在西部的大片粮田，我在附近逗留了一个短时期，
我前去北部的木材森林，又去南方的种植园，又去加利福尼亚；
一路扫视全景时我看见数不清的利润、繁忙的集会、赚到手

的工资，
看到了三十八个广阔又傲慢的州所形成的特点（还会有更多的州，）
看见港口岸上的贸易站，看见船只进进出出；
然后在一切之上，（当然！当然！）是我那宝剑似的小小长长的三角旗，
它快速上升，标志着战争和抗议——现在长索已把它拉起，
在我那蓝色宽阔的旗帜旁，在我那星条旗旁，
在一切海域和陆地上，和平被抛弃了。

旗帜和三角旗

还要响亮些，高昂些，坚强些，诗人啊！还要破浪前进得更远些！更广泛些！
不要再让我们的孩子们只相信我们的财富与和平，
我们也可能是恐怖和屠杀，像现在这样，
我们现在已不是那些广阔和傲慢的各州中之一，（也不是其中的五个或十个，）
我们既不是市场或仓库，也不是城里的银行，
但是这些与一切，那褐色广阔的陆地和下面的矿藏，是我们的，
海岸是我们的，大小河流是我们的，
它们所润湿的田地和收成与果实是我们的，

港湾，航道，进进出出的船只是我们的——而我们则是在一切之上，
在下面铺开的地区之上，在三四百平方英里和首府，
四千万人口之上，——啊，诗人！无论是活着还是死去都是至高无上的，
我们，甚至我们，今后也要像主人翁似的在高空招展，
不只为目前，也要通过你而高歌一千年，
这是一支唱给一个可怜的小孩的灵魂听的歌曲。

孩　子

啊，我的父亲，我不喜欢这些房屋，
它们永远不会受我的重视，我也不喜欢金钱，
但是我想高升到那里去，啊，亲爱的父亲，我喜欢那面旗帜，
我愿意成为也必须成为那面三角旗。

父　亲

我的孩子，你真使我痛心，
成为那三角旗是太可怕了，
你简直不知今日为何日，此后又会怎样，
那就是一无所获，却冒失去一切、否定一切的危险，
你会站在战争的前线——啊，而且是这样的战争！——你和它

们有什么相干？
你和魔鬼、屠杀、夭折的激情又有什么相干？

旗　帜

那么我歌唱的是魔鬼和死亡，
我将在一切中，是的，在一切中灌输，那代表战争的剑形三角旗，
而且是一种新而又激动人心的愉快，是孩子们的小嘴巴说出的渴望，
与和平的大地发出的声音与大海液体的冲洗融合在一起，
还有那在海上战斗着的浑身黑烟的黑色船只，
还有那远在北方的冰样的寒冷，伙同着沙沙响着的雪松和松柏，
还有那鼓声隆隆，兵士们行军的声音，和南方的骄阳艳艳，
还有我那东岸的波浪涌上海滩，我那西岸也一样，
还有那在两岸之间的一切，和我那永远奔跑着的密西西比河和它的河湾与急流，
还有我那伊利诺伊的田野，我那堪萨斯的田野，我那密苏里的田野，
那大陆，毫无保留地献出了它的全部特性，
涌进来吧！请淹没一切问题，一切歌词，利用你的一切，和一切收获，

融合、保持、索取并吞没一切，
不再用温柔的嘴唇或音乐似的唇音，
而是永远离开了黑夜，我们的声音不再是说服，
而是像这里风中的乌鸦那样呱呱地叫着。

诗　人

我的四肢，我的血管扩张了，我的题材到底明确了，
夜间出现的旗帜是这样宽阔，我要傲慢而坚决地歌唱你，
我在又聋又瞎的情况下等候得太久太久了，我冲了出来，
我又恢复了听觉和舌头，（一个小孩教育了我，）
我在上空听见你，那嘲笑似的呼叫与要求，啊，战争的三角旗啊，
残忍！残忍！（然而我至少歌唱了你，）啊，旗帜！
你确实不是太平的屋宇，也丝毫不是它们的繁荣，（如必要的话，你还会下令把每所房子破掉，
你不想破坏那些值钱的、稳稳矗立在那里、装满了安适的花了钱建成的房屋，
那么它们真的能站稳吗？若不是你在上空，是一个小时都站不住的，现在却都站得稳稳的；）
啊，旗帜，你不是宝贵的金钱，你不是农作物，也不是物质的良好营养，
不是高级商店，也不是船舶卸在码头上的一切，

不是以帆篷或蒸汽为动力的超级海船，运载着货物，
不是机器，运输工具，贸易或收益——但是你，今后我看到的你，
你从夜间出现而往上飞升，带来你那一簇星星，（愈益增大的星星，）
你划分着黎明，割削着空气，受到太阳的抚弄，测量着天空，
（一个可怜的小孩热烈地见到了你，渴望着你，
而其他人却仍然忙忙碌碌，说着精明的话，永远教导着人们要节省，节省；）
啊，高高在上的你！啊，三角旗！你在像蛇一般波浪形地起伏，奇妙地发出嗞嗞声，
我高攀不上，你只是个观念，然而又是宁可冒生命危险竭力要争取的，为我所热爱，
十分热爱——啊，旗帜，你从黑夜带来的星星引导着白昼！
不值钱，是眼前看见的东西，在一切之上，又要求一切——（一切事物的绝对主人）——啊，旗帜和三角旗！
我也撇下了一切——虽然伟大，却一文不值——房屋机器都一文不值——我视而不见，
我只看见你，啊，战斗的三角旗！啊，布满条纹的宽阔的旗帜，我只歌唱你，
高高地在风中拍打着。

1865　　　　1881

啊，时代，从你们那无底深渊中脱身出来吧

一

啊，时代，从你们那无底深渊中脱身出来吧，直到你们能够更加崇高，更加凶猛地行动，
我为我那饥渴的壮汉般的灵魂长期以来吞咽着大地给我的一切，
我长期在北方的树林里漫游，长期看着尼亚加拉在倾泻，
我跨越大草原，在它们的胸口睡觉，我横跨内华达，我横跨高原，
我沿着太平洋攀登高耸的岩石，我出海去航行，
我在风暴中航行，风暴使我的精神爽朗，
我欢乐地望着那些波浪张开的带有威胁性的血盆大口，
我注意到高高奔涌的白色浪峰在翻滚，
我听见风在尖声呼啸，我看见那些乌云，
从下面看到升腾起来的一切，（啊，真壮观！啊，像我的心那样癫狂，那样有力！）
我听见那跟在闪电后面不停咆哮的雷声，
注意到细瘦而尖齿形的电光在空中彼此追逐，在喧闹声中唐

突而又疾速；
这些、和类似这些的，我欣然地看见了——惊奇地看到了，
然而也引起了我的沉思和自信，
地球的带有威胁性的巨大力量在我周围腾空了，
然而我以我的灵魂从中汲取营养，我心满意足，目空一切地汲取着。

二

很好，啊，灵魂——这是你为我做的很好的准备，
现在我们可以进一步满足我们潜伏着的胃口极大的饥饿感了，
现在我们可以前去接受大地和大海从来没有给过我们的一切，
我们不是去穿过强大的树林而是去穿过更加强大的都市，
现在某物在为我们倾注比尼亚加拉瀑布倾注的更多的东西，
人的激流，（西北部的水源和溪流，你们真的不会穷竭吗？）
对这里的街道和家园说来，那些高山大海的风暴都是些什么呢？
对今天我在周围亲眼所见的激情说来，那升空的大海又是什么呢？
风是不是在乌云下尖声吹奏着死亡的管乐？
看哪！从更加深处出现，更加凶恶野蛮的某物出现了，
曼哈顿跃起了，带着具有威胁性的迎战态度在行进——辛辛那提，芝加哥，挣脱了锁链；

我在海洋上看见的巨浪是什么？快看那来者。
看它是怎样放开手脚攀登的——它又是怎样冲击的！
那跟着闪电而来的货真价实的雷声是怎样吼叫的——闪电又是怎样熠熠放光的！
民主又是怎样踏着拚死的复仇的步伐前进的，在黑暗中通过闪闪电光显现着自己！
（然而我似乎在黑暗中听见一声哀呼和低沉的抽泣，
在那震耳的噪声暂停的时候。）

三

继续发出雷声吧！继续大踏步前进，民主啊！加紧复仇的打击！
还要更加高昂地站起来，啊，时代，啊，都市！
加倍沉重地爆发吧，啊，风暴！你对我十分有益，
我的灵魂在山中做好了准备，汲取了你不朽的强大的营养，
我长期在我的都市、穿过农庄在乡间的大路上行走，只是还不完全满足，
还有一种令人作呕的怀疑，在像蛇一样波浪似地起伏，在我面前的地上爬行，
它不断走在我前面，常常回头来对着我，嘲笑似的发出低沉的咝咝声；
我遗弃并离开了我那些十分喜爱的都市，我快步奔向适合我

的那些有把握的地方，
渴望着，渴望着，渴望着原始的活力和大自然的无所畏惧，
我只靠它振奋自己，我只爱品尝它，
我等着受抑制的热量爆发出来——我在水上、空中等了很久；
但现在我不再等候了，我已十分满足，我已经过饱，
我已亲眼见过真正的闪电，我已亲眼见过我那些通电一般的
都市，
我已活着看见人类冲出牢笼，武装的美利坚站了起来，
今后我将不再到北部的寂寞旷野里去求食，
不再到山中游荡或在怒涛滚滚的大海上航行。

1865　　1867

弗吉尼亚——西部

那崇高的父辈遭遇了厄运，
我看见那高举着的手在威胁着，挥舞着，
（旧日的回忆不时行了，爱与信仰不时行了，）
那失去了理智的利刃指向一切之母。[1]

那崇高的儿子在健步向前行进，
我看见了从大草原的陆地那里来的俄亥俄河流和从印第安纳那里来的，
那高大健壮的巨人催促他那些众多的后代前去营救，
穿着蓝布衣，肩上扛着他们可靠的步枪。

然后那一切之母安详地说了话，
至于你这个叛变者，（我似乎听见她说，）为什么要反对我呢？为什么要杀害我呢？
你自己不是一直准备保卫我的吗？

1 “一切之母”指“民主政治”。

因为你为我提供了华盛顿——现在又添了这些人。[1]

1872 1881

1 这首诗讽刺弗吉尼亚州要求脱离联邦，虽然她过去一直是忠于民主的；而新建的西部却负起保卫“民主”的大任，成为忠诚的美国人。

船的城市

船的城市！
（啊，那些黑色的船！啊，那些勇猛的船！
啊，那些船首轮廓分明的美丽的汽船和帆船！）
世界的城市！（因为所有民族都在这里出现，
所有地球上的国家都在这里做出贡献；）
大海的城市！有着来去匆匆而闪闪发光的潮汐的城市！
欢快的潮汐在不断前涌后退的城市，带着涡流和泡沫进进出出地旋转，
码头和仓库的城市——以大理石和铁为高大门面的城市！
骄傲而火热的城市——生气勃勃、疯狂而穷奢极侈的城市！
跃起吧，啊，城市——不只是为和平，而是作为真正的你自己，充满战斗精神！
不必恐惧——不要低头模仿，而是要服从你自己，啊，城市！
看着我吧——请体现我，正像我体现你一样！
你赐予我的我从未拒绝过——你采纳的人我也已经采纳，
不论好坏，我从未怀疑过你——我爱一切——我什么也不谴责，

我歌颂、赞美你的一切——然而不能再要和平了，
和平时期我歌颂太平，但现在我要的是战鼓，
我沿着你的大街歌唱战争，血红的战争，啊，城市！

1865　　　　　　　　　　　　　　　　　　　　　　　　　1867

百岁老人的故事[1]

1861 至 1862 年的一个志愿军（在布鲁克林的华盛顿公园里搀扶着那位百岁老人）

把手伸给我，老革命，
山头很近，只有几步路，（让让路吧，先生们，）
在这条小路上你一直跟着我走得不错，虽然你已是百岁出头，
你还能走路，老人，虽然你的眼睛差不多没用了，
你的其他器官还很好，不久我还一定要利用它们。

休息一下吧，我来告诉你我们周围的那许多人都是干什么的，
在下面平地上是新兵在操练，
那是营地，明天将有一个团开拔出去，
你听得见军官们在下命令吗？
你听得见枪支的铿锵声吗？

1 重述这个故事是为了纪念 1776 年 8 月 27 日的长岛战役。它发生在华盛顿公园地区（即格林要塞）。美军在那里建筑了工事，以便延缓敌人的攻势，让华盛顿平安渡过东河撤退。惠特曼曾祖父的一个儿子参加了这次战役，并在那里阵亡。

嗨，你现在是怎么啦，老人？
你为什么发抖，这样激动地握住我的手？
军队只是在操练，他们周围还都是笑脸，
围绕着他们的是穿得很考究的朋友和妇女，

灿烂而温暖的下午的太阳在照亮，
仲夏的草木青翠，那嬉弄人的微风在吹拂，
拂过骄傲而和平的城市和它们中间的海湾。

但是操练和检阅已经结束，他们列队回宿舍去了，
你听听那鼓掌表示满意的声音！听那手拍得有多欢啊！

人群现在都走散了——但是我们，老人啊，
我不是无缘无故带你到这里来的——我们不能走，
该说时你就说一说，我要听，也要讲。

百岁老人

我一把抓住了你的手不是因为害怕，
而是忽然间四面八方又朝着我涌来，
就在下面孩子们操练的地方，就在他们跑上山坡的地方，
就在支帐篷的那个方向，就在你看得见的南、东南和西南方向，
过了山头，走过低地，在树林附近，

沿着岸，在泥潭里（现在已经填平）又出现了，又突然响起
了战斗，
就像八十五年前，受到朋友们欢呼的不只是列队检阅，
而是一场我自己参加过的战斗——不错，已经过去很久了，
可是我参加了，
我这双脚走过的就是这个山头，就是这块土地。

是的，就是这块土地，
就在我说话的时候，我那瞎了的眼睛仍能看见从墓地里又走
出来许许多多人，
再后退多少个年头，街道和高楼不见了，
简陋的工事又出现，带着铁圈的枪炮又已经架好，
我看见那一行行的矮墙垛又从河边伸展到海湾，
我看见老远的大水，我注意到高地和山坡；
我们在这里扎营，也就是现在这样的夏天。

我一说就都想起来了，我记得那个《宣言》[1]
是在这里宣读的，全军受到检阅，是在这里向我们宣读的，
工作人员在周围，总司令站在中间，他高举着拔出了鞘的刺刀，
它在全军面前，在阳光下闪闪发亮。

1　指美国《独立宣言》，1776年7月4日由大陆会议通过（那天后来被定为美国国庆日），8月2日由国会签署，三周以后，英国威廉·豪将军率军进攻，发生了长岛战役。

在那时这是个勇敢的行动——英国军舰刚刚到达，
我们能看见它们已经在下面海湾里抛了锚，
运输艇上挤满了军士。

再过几天他们就登了陆，然后是那场战斗。

攻击我们的是两万人，
是火炮齐备的一支精兵。

我现在讲的不是整个战役，
不过一旅人，在上午受命去迎战那些穿红色上衣的军队，
我讲的是那一旅，它是怎样稳步前进的，
又在死亡面前坚持了多久，多坚决。

你猜想那些严峻地面对死亡稳步向前的是些什么人？
是一旅年纪最轻的青年，两千人，
是在弗吉尼亚和马里兰长大的，总司令本人认识其中的大多数。

他们轻松地快步走向加瓦纳斯海湾[1]，
直到突然间没料到于夜间走进了一条林间隘道，

1 加瓦纳斯（Gowamis）海湾在战场西南方近处。

英军在前进，从东边绕过来，猛烈射击着，
小青年被截断去路，四面受敌。

总司令在这座山头守望着他们，
他们多次奋力突围，
然后紧紧集结在一起，抱成一团，他们的军旗在当中飘扬，
但是啊，从山上望去，大炮是怎样在削减着他们的人数！

这件事仍使我心寒，那场大屠杀！
我看见总司令脸上的汗珠愈聚愈多，
我看见他怎样在痛苦地搓着双手。

这时候，英军又调动兵力引我们出击打一场对阵战，
但是我们不敢相信对阵战能够打赢。

我们分队迎战，
我们分几个点出击，但运气在各个点上都对我们不利，
我们的敌人在推进，到处稳占优势，把我们逼退到这座山上
　的工事那里，
直到我们在这里转过身来威胁敌人，然后敌人退去。

一旅最年轻的小青年就是这样完结的，两千人，
回来的人数很少，几乎全部留在布鲁克林了。

那就是总司令在这里的第一个战役，
没有妇女旁观，也没有阳光普照，结局也不令人鼓舞，
那时这里没有人拍手。

但是在黑暗中地上多雾，上面又在下着冰冷的雨，
那天晚上我们疲惫不堪，又丧气又沉闷地躺下了，
这时候，许多傲慢的老爷们嘲笑我们这些宿营的人，
我们能听见他们因胜利而在欢筵，碰杯。

沉闷、潮湿，又过了一天，
到晚上雾消了，雨住了，
在他们认为对他有十分把握时，我那总司令像鬼魂似的悄悄
　撤退了。

我看见他在河畔，
在火把照耀下走向渡口，催促大家上船；
我的总司令等所有的军士和伤员都上了船，
然后，（那是在日出之前，）我这双眼睛是最后一次看见他了。

人人似乎都心情沉重，
无疑许多人都想到了投降。

但是我那总司令从我身边走过时，

在他站在他船里向将要升起的太阳眺望时，
我看见的不是投降。

结　尾

够了，百岁老人的故事结束了，
两者，过去和现在，已经易位，
我自己是联系人，是一伟大的未来的歌手，我现在在说话。

这就是华盛顿踩踏过的土地吗？
我天天无精打采经过的水域就是他曾经经过的水域吗？
他在失败时的坚决态度就像别的将军们在他们最值得骄傲的
　胜利时一样吗？

我要把故事抄下来，让它在东西两方传诵，
我必须保存那道目光就像它照亮你们这些布鲁克林的河流时
　一样。

看吧——周年回来时阴灵们也回来了，
这是八月二十七日，英军已经登陆，
战斗已打响并对我们不利，请看硝烟中华盛顿的脸色吧，
弗吉尼亚和马里兰的队伍已开去拦击敌人，
他们被切断，山上的猛烈炮火在朝着他们射击，

一排排人倒下去，军旗默默地坠落在他们身上，
那一天受到了许多青年们血淋淋的伤口的洗礼，
受到了死亡，失败，以及姊妹们、母亲们的眼泪的洗礼。

啊，布鲁克林的丘陵与山坡啊！我明白你们比你们属主所想象的更有价值；
在你们中间站着一个年代久远的营地，
永远站立着那死去的联队的营盘。

1865　　　　1881

骑兵越津而过

一个很长的队列在翠绿的小岛间绕行，
他们排成一字长蛇形，他们的兵器在阳光下闪耀——请听那音乐似的铿锵声，
请看那银白色的河，在里面溅起水花的坐骑暂时停下来畅饮，
看那些晒黑了脸的男人，几个或一个都是一幅图画，那懒洋洋的在马鞍上休息，
有些已出现在对岸，有些才踏进河里——而同时，
鲜红，蓝色，雪白，
队旗在风中欢快地飘动。

1865　　1871

在山腰宿营

现在我面前看见一支正在行军的队伍在稍停，
下面横卧的是一个肥沃的山谷，有夏天的谷仓和果园，
后面，是一座山坡上的梯田，陡峭，有些地方很高，
断裂，有岩石，有依依雪松，有不大看得清楚的高耸形象，
远近散布着许多营火，有些高高在山上，
人马的昏暗形象，能隐隐看见，体积大，闪着微光，
而满天——在天上！远得很，远得够不着，星星点点，在不
　断出现的是那些永恒的星斗。

1865　　　　　　　　　　1871

军团在行进中

一群散兵当头阵，
有时像抽鞭子似的一声枪响，有时是不规则的齐发，
人数众多的队伍在奋力前进，快进，密密层层的队伍加速
　前进，
微微闪着光，在阳光下苦苦行进——满身灰尘的兵士，
分成行列随着地形起伏，
炮火是分散的——车轮滚滚，马匹流着汗，
军团在行进。

1865—1866　　　　　　　　　　　　　　　　　　　　　1871

在野营的时明时灭的火光旁

在野营的时明时灭的火光旁，
一队人马在我身边绕行着，庄重，甜蜜，缓慢——但是我首先注意的，
是在睡觉的军队的帐篷，田野和树林的昏暗轮廓，
黑暗中是点点火光，是沉默，
像幽灵似的远近偶尔有一个人影在移动，
矮树丛和高树，（在我举目时，它们像是在偷偷望着我，）
在列队前进时，会有思想，啊，温柔而奇妙的思想，
想到生与死、家庭、过去、心爱的人和那些远方的人们；
在我坐在地上时那里是一支庄重而缓慢的队伍在前进，
在野营的时明时灭的火光旁。

1865　　1867

从地里上来吧，父亲

从地里上来吧，父亲，我们的彼特来了信。
到前门来吧，母亲，你那亲爱的儿子来了信。

看哪，这是秋天，
看哪，树木更绿，更黄，更红了，
微风里抖颤着的树叶使俄亥俄的村庄显得凉爽又甜蜜，
果园里悬挂着成熟的苹果，棚架支起的藤蔓上悬挂着葡萄，
（你闻得到藤蔓上葡萄的气味吗？
蜜蜂们适才还在嗡嗡穿飞着的荞麦，你闻得到吗？）

看哪，特别是雨后的晴天多么宁静，多么明亮，还点缀着奇妙的云彩朵朵，
地上也一样，一片宁静，一切都生气勃勃而美丽，农庄也百事兴旺。

地里一切都十分兴旺，
但父亲现在却从地里走了上来，听从了女儿的呼唤，
母亲也到了门口，马上就来到了前门。

她尽量加快速度，不祥的预感使她步履不稳，
她顾不得花时间理顺头发，或把头上的帽子戴好。

快快把信封拆开，
啊，这不是我们儿子的笔迹，虽然署的是他的名字，
啊，是陌生人给我们亲爱的儿子代笔，啊，母亲的心受了多
　　大的打击！
她只见面前一切在浮动，两眼发黑，只听到了主要内容，
支离破碎的句子：胸口受枪伤，骑兵遭遇战，已送进医院，
　　目前情况稍差，不久可望好转。

啊，俄亥俄虽然欣欣向荣，到处是城镇和农庄，
我现在却只看得见一个人的形象，
她脸色苍白，头脑麻木，四肢无力，
倚靠在门柱上。

不要这样悲伤，好母亲，（才长成的女儿抽咽着说，
小妹妹们挤成一团，一言不发，心中惊慌，）
你看，好母亲，信上说彼特不久就会好转。
哎呀，可怜的孩子，他永远不会好转了（其实也无须好转，
　　那勇敢又朴素的灵魂，）
他们在家门口站着的时候他已经死去，
那独生子已经死去。

但是做母亲的却应该好转，
她瘦削的身子不久就穿上了黑衣，
白天她吃不下饭，晚上睡不稳，还时常惊醒，
午夜她醒来，呜呜哭泣，只怀着一个深切的愿望，
啊，但愿她能悄悄地离开，默默地逃离人间，
去跟踪，去寻找，去和她那亲爱的亡儿在一起。

1865　　　　　　　　　　　　　　　　　　　　　　　　1867

一天晚上，我在战场上站了一班奇异的岗

一天晚上，我在战场上站了一班奇异的岗；
那一天，你，我的儿子，我的伙伴，在我的身边倒下，
我只望了你一眼，而你那双亲爱的眼睛却报我以终生难忘的一瞥，
你的手只碰了我的手一下，啊，孩子，是你倒在地上时伸过来的，
于是我又赶紧前去参加战斗，那场势均力敌的战斗，
直到深夜我下了班才最后回到了原地，
我看见你死后僵冷成这样，亲爱的伙伴，看见你那报人以热吻的身躯，儿子（此生已经不再能如此报答了），
在星光下，裸露着你的脸，四周里显得多么异样，微微的夜风吹得多清凉，
就在彼地彼时我长久地站着岗，四面隐隐是广阔的战场，
奇妙的岗，甜蜜的岗，在那芬芳、静穆的黑夜里，
却没有落下一滴泪，甚至没有吁出一声长叹，我凝视了许久，许久，
然后我在你身旁半躺卧似的坐在地上，两手托着下颌，
和你，最亲爱的伙伴，度过了甜蜜的时光，不朽而神秘的时

光——没有一滴泪，不说一句话，
这是沉默、爱与死亡的站岗，是为你，我的儿子和我的士兵站岗，
当时高空的星光默默照亮，东方又有新的星群悄悄出现，
是为你站的最后一班岗，勇敢的孩子，（我没有能救下你，你死得太快，
你活着时我忠诚地爱你，关心着你，我想我们肯定会重逢，）
直到黑夜勾留到最后时刻，黎明才刚刚来到的时候，
我把我的伙伴用他的毡子包裹，严密地裹住了他的身体，
把毡子整理妥当；小心地裹住了头又小心地裹住了脚，
就在彼地彼时，在初升太阳的沐浴下，我把我儿子安放在那草草挖出的墓穴里，
就这样站完了一班奇异的岗，这一班在黑夜里和昏暗的战场上站的岗，
为那报人以热吻的孩子站岗（此生已不再能如此报答了），
为顷刻之间就被杀死的伙伴站岗，我永不能忘的一班岗，又怎样在东方微明时，
我从冰凉的地上站起，用他的毡子仔细包裹了我的兵士，
把他埋葬在他倒下的地方。

1865　　1867

列队急行军

列队急行军，又不知前途何方，
在黑暗中压低了踏步声穿过密林，
我军损失严重，残余部队正闷闷向后撤退，
午夜后一座灯光黯淡的大楼向我们闪出微光，
我们来到了林中空地，在灯火黯淡的楼旁停下，
这是岔路口的一座古老的大教堂，现在是临时医院，
我只踏入了片刻就见到了诗画中从未见过的景象，
极深极深的黑影，只有移动着的烛光和灯光在照亮，
一个固定的沥青大火把在冒着粗野的火舌和浓烟，
就这样我模糊见到地上成堆成批的人形，有的躺在教堂的长凳上，
在我脚下看得较清楚的是一个士兵，还是孩子，有流血致死的危险（他腹部中了弹），
我暂时止住了血，（那小伙子的脸像百合一样苍白，）
临走时我扫了一眼，想把当前的光景看清，
无法描绘的人脸，不同的类型和姿态，大半看不清楚，有些已经死去，
医生动着手术，侍从举着灯，乙醚和鲜血的气味，

人堆，啊，鲜血染污了的人堆，外面场地也挤满了人，
有些在空地上，有些在木板或担架上，有些因死亡的痉挛而流着汗，
有时一声尖叫或呼唤，医生的高声命令或喊叫，
钢制的小器械迎着火把的火光而闪烁发亮，
这些我咏唱时都一一回忆，我又看见了这些人，又闻见了那种气味，
然后听见外面发出的命令：集合，弟兄们，集合！
但是我首先俯身向着那垂危的孩子，他睁着眼，给了我半个微笑，
然后闭上了眼睛，安静地闭上了，而我则快步走向黑暗，
归了队，前进，永远在黑暗中行进，在队伍里前进，
不知前途何方，但仍然在前进。

1865　　　　　　　　　　　　　　　　　　　　1867

在黎明的灰暗光照下扎营地所见

在黎明的灰暗光照下扎营地所见，
那时我正因失眠，一早就从我的帐篷里走了出来，
我缓步在清凉的空气里，踏上了帐篷医院附近的小径，
我看见三个人的身躯在担架上躺着，停放在那里，无人看管，
每人身上盖着毡子，羊毛的棕褐色大毡子，
灰色厚重的毡子，围裹着，遮住了全身。

我好奇地止步，默默地站在那里，
然后用手指轻轻从第一个最近的那张脸上掀起了毡子，
你是谁，你这个又瘦又板着脸孔的老年人，披着一头银灰色的头发，眼睛边的皮肉陷得那么深？
你是谁，亲爱的伙伴？

然后我走向第二个——你是谁，我的孩子，我的亲人？
你是谁，你这个双颊还绯红的可爱的孩子？

然后是第三个——这张脸既非孩子的，也没有老，十分平静，像美丽的嫩黄象牙雕成的；

年轻人，我想我认识你——我想这张脸是基督他自己的脸，
死了，是神圣的，是众人的兄弟，现在又躺卧在这里。

1865　　　　1867

我艰难地在弗吉尼亚的树林里漫步的时候

我艰难地在弗吉尼亚的树林里漫步的时候，
伴奏的是我两脚踢起的沙沙树叶制造的音乐（因为那是秋天），
我注意到一棵树根下有一个士兵的坟墓；
他受了致命伤，在撤退时被埋葬（这一切我都不难领会），
队伍在正午时稍停，又赶快起立！没有时间耽误——但留下了这一记载，
墓畔树上钉着的木牌上草草写着：
英勇、谨慎、可靠，是我的亲爱的伙伴。

我沉思了很久很久，然后又继续向前漫步，
经历了多少个多变的季节，见过了多少个生活的场景，
但有时在经过了多变的季节和场景以后，突然，独自一人，或在拥挤的街上，
又会出现无名士兵的坟墓，出现弗吉尼亚树林里那草率的铭文：
英勇、谨慎、可靠，是我的亲爱的伙伴。

1865　　1867

不是领航员

不是领航员命令自己把船领进港口，虽然它被击退，而且多次不知所措；
不是开路人在长期疲倦地深入内地，
受尽沙漠的干旱，下雪天的寒冷，河流的潮湿，坚持着直到目的地，
比责成我自己更进一步的是无论如何要为这个国家写一支进行曲，
如果必要的话，就在今后的多年内，几个世纪后，为了号召武装起来而写一支召集战斗之歌。

1860　　　　1881

在我身边战栗而旋转的那一年 [1]

在我身边战栗而旋转的那一年！
你那夏季的风是够温暖的，然而我吸进的空气却使我冰凉，
厚厚的愁云透过阳光跌落下来，使我一片漆黑，
我有必要改变我那些胜利的歌曲吗？我对自己说，
我真有必要学会唱失败者的冰冷哀歌吗？
和那些沉闷的有关失败的赞歌？

1865　　　　1867

1　那一年可能是 1863 至 1864 年，当时危急的战斗比较多。

裹伤者

一

我这个弯着腰的老人来到了陌生人中间，
在回答孩子们的问话时又回顾了当年和往昔，
那些热爱着我的少年男女说，给我们讲讲吧，老人，
（我曾经兴奋又震怒，意欲击鼓报警，并号召血战到底，
但我的手指不久就软弱无力，双颊松垂，自愿后退，
坐在伤者身边抚慰他们，或悄悄守着死者；）
这些情景，这些愤激的热情和风云变幻已经过去多年，
逝去的还有举世无双的勇士（只一方骁勇吗？另一方也一样骁勇）；
现在请你再说说目击的情形吧，请描绘一下那些世上最强大的军队，
那些迅猛、雄健的军队，你见到、能说的都是些什么？
你记得最牢、最深刻的是什么？非比寻常的惊慌失措，
艰苦的战斗，规模巨大的围困，是哪一桩印象最深？

二

啊，我热爱的、又热爱着我的少年男女，
你们要我讲最离奇的经过倒使我突然想起，
我当兵长征归来，满身是汗渍和尘土的时候，
我来得适时，投入了战斗，在胜利冲锋时高声喊叫，
占领了攻克的工事——但是看哪，它像急湍似的消失了，
过去了，不再回来，它们消失了——当兵的灾难或欢乐我不必多说
（两者我都清楚地记得——苦难多，欢乐少，但我仍感到满足）。

但是在沉默中，在梦的气氛里，
在尘世的收益和事物的表面现象和欢笑继续前进的时候，
过去的马上被忘记，波浪洗掉了沙土上的痕迹，
我步履艰难地回来，又走进了门（你就在那里，
不管你是谁，悄悄跟着我来，壮起胆）。

手拿着绑带，水和药棉，
我飞快地笔直朝着我那些伤员们走去，
在那里，战斗过后，他们就被人送来躺在地上，
在那里无价之宝的鲜血染红了草皮和土地，
有时我去帐篷医院的行列当中，有时又走进设在屋里的医院，
回到那上上下下两边排着长队的小床旁，

我顺着次序走近每一张床，一张也不漏，
侍从端着盘子跟在后面，手提着盛垃圾的空桶，
不久就装满了结着硬块的布条和血，倒掉，又装满。

我往前走，我站住了脚，
用僵直的两腿和稳健的手包裹着伤口，
对每个伤者我都十分坚定，痛是彻骨的，却不可避免，
有一个伤员用恳求的眼光对我看着——可怜的孩子！我不认识你，
但只要能使你活命，我想我不会拒绝马上就为你而死。

三

走，往前走，（打开时间的门！打开医院的门！）
裂开的头我来包扎（可怜的神志错乱了的手，快不要扯掉绷带），
脖子给子弹穿得透而又透的骑兵我来检查，
呼吸多么困难，眼珠已经呆滞，生命却还在拼命挣扎，
（来吧，甜蜜的死亡！听话吧，啊，美丽的死亡！
你若是肯慈悲，就快来吧。）

就在那锯掉了手的臂膊这一头，
我解开了那结硬了的布垫，摘去了腐肉，洗掉了脓和血，

伤兵又躺在枕头上，低垂着脖子，把头转过一边，
他的眼睛是闭拢的，脸是苍白的，他不敢看那血肉模糊的残肢，
从不曾看过一眼。

我包裹着身子一侧的伤口，深极了，深极了，
只有一天两天了，看那躯壳已消瘦、萎缩，
看那脸庞又多么焦黄。

我包裹着那穿了孔的肩膀，子弹伤了的一足，
清洗着这一个人剧痛的、成了坏疽的伤口，多么令人作呕，多么难闻，
侍从则站在一边，举着盘子、提着桶。

我始终忠诚，绝不退避；
那折了骨的大腿，膝盖，腹部的伤口，
我漠然地用手裹着这些以及其他许多伤口（在我胸部深处却是一蓬火，一股烈焰）。

四

就这样在沉默中，在梦的气氛里，
我回去，重理旧业，在一家家医院里穿行，

用抚慰的手使伤痛者平静下来，
整个黑夜我坐在烦躁的伤员身旁，有些是多么年轻，
有些又多么疼痛难忍，我回忆着这一段甜蜜又愁苦的经验，
（有多少个士兵的温柔手臂搂着我的脖子依靠在那上面，
有多少个士兵的亲吻牢牢地印在这两片长满胡子的嘴唇上）。

1865　　　　　　　　　　　　　　　　　　　　1881

太久太久了，美利坚

太久太久了，美利坚，
你走的都是平坦而和平的道路，你只是从欢乐和繁荣中学到了什么，
可是现在，啊，现在，要学会在痛苦的关键时刻前进，和最可怕的命运搏斗而毫不退却，
现在要设想并且向全世界说明你的全体孩子们究竟是什么样的，
（因为除了我自己以外，还有谁曾经设想过你的全体孩子们究竟是什么样的呢？）

1865　　1881

给我那光彩夺目的沉默的太阳

一

给我那光彩夺目的沉默的太阳和它所有十分炫目的光芒，
给我那来自果园的多汁水而又熟又红的秋天果实，
给我一片没有割过而还长着青草的田野，
给我一座凉亭，给我那架上的葡萄，
给我新鲜的玉米和小麦，给我那些教育人们应当满足的举止安详的动物，
给我密西西比以西高原的十分安静的夜晚，而我则是仰望着那些星星，
给我日出时喷香的满园美丽的鲜花，我可以在那里散步而不受干扰，
让我娶一个我永远不会厌倦的呼吸芳香的女人，
给我一个十全十美的孩子，给我一个远离尘嚣在农村住家的生活，
让我在独自隐居时婉转唱出发自内心的歌曲，只有我自己的耳朵能够听见，
给我寂寞，给我大自然，请再赐给我，啊，大自然，你那种

原始的清醒头脑！
我要求得到这些（已厌倦了没完没了的激动，和在战争中所受的折磨，）
为了得到这些，我不停地请求，从我的心底里发出了呼声，
我一边不停地请求，一边还紧紧依附着我的城市，
日复一日，年复一年，啊，城市，我走在你的街上，
有一个时期你牢牢拴住了我不肯放我走，
然而你使我过饱，灵魂是丰富了，你给我的永远是人们的脸；
（啊，我知道我想逃避什么，我正视着，我的呼声颠倒了方向，
我看见我自己的灵魂在践踏它自己的请求。）

二

保留你那光彩夺目的沉默的太阳吧，
保留你的树林吧，啊，大自然，和那些树林附近的安静地带，
保留你那些种满苜蓿和猫尾草的田地，以及你的玉米田和果园，
保留那些九月蜂营营飞绕的长势旺盛的荞麦田吧；
给我脸和街道——给我那些不停而无休止地沿着人行道走动的幽灵！
给我数不完的眼睛——给我妇女——给我成千个伙伴和情人！
让我每天都看到新来者——让我每天都握住新来者的手！
给我这样的场景——给我曼哈顿的大街！
给我百老汇，那里有兵士们在行进——给我喇叭和鼙鼓的声音！

（兵士们成队或成团——有些在开动，脸色红红的，无所畏惧，
有些，他们的时间已到，跟着削弱了的队伍回来了，年轻，然而显得非常苍老而憔悴，在踏步前进，什么也没注意；）
给我那些排满黑色船只的岸和码头！
啊，就给我这些！啊，一种紧张的生活，已达到饱和点而又多种多样！
给我戏园子，酒吧间，大旅馆的生活！
轮船上的大客厅！给我那十分拥挤的集体出行！那举着火把的队伍！
即将参战的密集的军旅，后面跟着物品堆得高高的军用车，
人，没完没了的人，在流动，声音洪亮，热情高，盛大的游行队伍，
曼哈顿的大街和它们强有力的心脏在搏动，就像现在这样擂着鼓，
那走不完的喧闹着的合唱团，步枪的咔嚓和铿锵声，（甚至看见了伤兵，）
曼哈顿的拥挤的人群，和他们狂涛般的充满音乐的合唱歌声！
永远给我曼哈顿人的脸和眼睛。

1865　　　　1881

两个老兵的哀歌

最后的一线阳光
轻轻地在安息日已结束的时刻落下，
落在这里的人行道上，从那里望过去，
是一座新垒的双穴坟墓。

看哪，月亮在上升，
从东边升起的是银白滚圆的月亮，
在房顶上美丽非常，鬼魂一样，幽灵似的月亮，
无比大的沉默的月亮。

我看见一个忧伤的行进队伍，
我听见渐渐走近、饱满的号角的声音，
它们泛滥了城市大街的所有渠道，
像沸腾着人声和眼泪。

我听见大鼓的声音隆隆，
又听见小鼓不断地咚咚敲响，
每一响巨大的震人肺腑的鼓声，

都深透地穿过了我的全身。

因为儿子是和父亲同时抬来的，
（他们在激烈攻势的最前列倒了下来，
两个老兵——儿子和父亲同时倒下，
双穴坟墓在等待着他们。）

号角声愈走愈近了，
鼙鼓敲打得更加震动人心，
人行道上的日光已经消失殆尽，
雄壮的丧礼曲围绕在我周围。

东边天上正高高浮起，
那悲愁的巨大幽灵在微光下行进
（这是一位母亲的巨大、明亮的脸庞
在天上愈显得光明）。

啊，雄壮的丧礼曲你使我高兴！
啊，无比大的月亮的银色脸庞你使我安心！
啊，我的两位士兵！啊，我的老兵们正前去入土安葬！
我所占有的也要交给你们。

月亮给了你们光明，

号角和鼙鼓给了你们音乐，
而我的心，啊，我的士兵，我的老兵，
　　我的心把爱给了你们。

1865—1866　　　　　　　　　　　　1867

在成堆的尸体上空升起了预言家的声音

在成堆的尸体上空升起了预言家的声音，
不要灰心，爱的深情终将解决自由的问题，
彼此相爱的人们终将不可战胜，
他们终将使哥伦比亚[1]得胜利。

众人之母的儿子们，你们终将获得胜利，
你们终将对世上其余人的攻击嗤之以鼻。
危险不会来挫伤哥伦比亚的有情人，
如有必要，一千人将严正地为一人做出牺牲。

从马萨诸塞来的那人将是密苏里人的伙伴，
从缅因来的，从炎热的卡罗来纳来的和那另一个俄勒冈人，
　将是三位一体的朋友，
他们视彼此为至宝，胜过世上一切财富。

1　哥伦比亚（Columbia）用在诗歌中是指美国，是美国的女性拟人称谓。下一行的“众人之母”也是指哥伦比亚。

佛罗里达的各种香料将温柔地来到密歇根，
不是花的芬芳，而是更甜蜜，能超越死亡而飘香。

应该在房里、街上经常看到男子气概的爱的深情，
最无畏而粗鲁的也应轻轻地用脸亲一亲脸，
自由的靠山应该是有情人，
平等的继续应该是伙伴

这些应该比铁箍更能坚牢地系住你们，捆住你们，
啊，同伙们，啊，世界各地！我欣喜欲狂地用情人的爱系住了你们。

（你们是在指望律师把你们联结在一起吗？
还是用一纸协议？还是用军备？
不成，不论是世界，不论是任何生物，都不会借此团结在一起。）

1860 1867

我看见老将在作困兽斗

我看见老将在作困兽斗，
（虽然年老，他的灰色眼睛在战斗时还像星星那样炯炯有神，）
他那支小小队伍现在已被团团围困在工事里，
他命令志愿兵去突破敌人的阵线，一种危急时的绝望挣扎，
我看见一百多人从队伍中站出来，但只选中了两三人，
我看见他们在一旁接受命令，他们认真地听取着，副官的态度十分严肃，
我看见他们欣然前往，甘心冒生命的危险。

1865　　1867

炮手在梦幻中所见

我妻子在我身旁躺着睡觉，战争早已结束，
我的头在家里枕着枕头，空无一物的午夜已经过去，
在寂静中，黑暗中，我听见，仅只是微微听见我那婴儿的鼻息，
就在屋里我醒来时，这个梦境仍历历在目；
在虚无的幻境中战斗又在彼时彼地打响了，
散兵们开始行动，他们小心翼翼地向前爬去，我听见那不规则的一声声枪响！
我听见不同武器的声音，短促的步枪子弹的突突声！
我看见子弹爆炸时留下的小小白烟，我听见炮弹飞过时的尖叫声，
葡萄弹像风穿树木时的呼啸声（战斗现在变得激烈了，）
一切炮战场面的细节又重新在我眼前出现，
爆炸声和冒出的烟雾，兵士们对他们的武器感到的骄傲，
那主炮手把大炮对好瞄准，选定了合适的时间引爆，
放响后我看见他斜着身子仔细察看效果如何；
在另一处我听见兵团冲锋的呐喊声，（年轻的上校这次举着刺刀亲自领先，）

我看见敌人的排炮留下的空隙，（马上就填补，毫不耽误，）
我呼吸那窒息人的浓烟，然后是扁平的云层压下来遮盖了一切！
现在是几秒钟的奇怪暂停，双方都没有射击，
然后又开始了更加震耳的一片混乱，军官们在紧张地高呼，发布命令，
而战场远处的风声传来一阵欢呼声，（某一特殊胜利，）
还永远是远近的炮火声，（甚至在梦中还引起了灵魂深处的极度狂欢和那种旧时的疯了似的兴高采烈，）
永远是步兵在匆匆改变位置，炮兵，骑兵，在这里那里调动着，
（倒下，垂危，我不去理会，伤员流着鲜血我不去理会，有些在一拐一拐退去后方，）
污垢，奇热，冲向前去，副官们骑马跑过或者全速奔跑，
轻武器的噼啪声，步枪嗖嗖的警告声，（这些我在我的梦幻中听见看见，）
炸弹在空中爆炸，晚上是色彩缤纷的火箭炮。

1865　　　　　　　　　　　　　　　　　　1881

埃塞俄比亚在向军旗敬礼[1]

你这黑皮肤的妇女，你是谁，老得不像个人样，
光着一双瘦脚，鬈曲的白发裹着头巾？
为什么你从这里的路旁站起来，朝着军旗致敬？

（那时我们军队正沿着卡罗来纳的沙地和松林列队前进，
你这埃塞俄比亚人从你那茅屋的门里出来向我走近，
而我这时正在勇猛的谢尔曼部队里向着大海行军。）

一百年前我的主人硬叫我离开了我的父母，
我才是个孩子，他们捉住了我像捉一头野兽一样，
然后凶残的奴隶贩子把我带到了这里，远涉重洋。

她没有再往下说，而是整天在徘徊不去，
摆动着她那高昂的裹着头巾的头，转动着她那黢黑的眼睛，
向着走过的兵团、向着过路的队旗致敬。

1　这首诗不但三句一节，每节的后两行还押了韵。

是为什么呢，不幸的妇人，视力模糊，几乎没有个人样?
为什么摇着你那裹着黄、红、绿三色头巾的头?
你看见或见过的东西真的会这样使你惊奇不休?

1871　　　　　　　　　　　　　　　　　　　　　　　　1881

青春不属于我

青春不属于我，
我也不典雅，不会用谈话消磨时光，
在客厅里我觉得局促不安，既不会跳舞，又并不文质彬彬，
坐在有学问的小团体里我感到拘束，又没有话说，因为我不
　习惯于学问，
美貌，知识，我不习惯——但是也有二三事是习惯的，
我曾给伤员送过食品，安慰过许多即将死去的士兵，
在帐篷里或在等候的间隙时，
我写下了这几首诗歌。

1865　　　　1871

是老兵那种人

是老兵那种人——胜利者那种人！
和泥土打交道的那种人，随时准备战斗——是向胜利进军的
　那种人！
（不再是轻信的那种人，能容忍的那种人，）
是除本身的法律以外什么法律都不承认的那种人，
是属于热情与风暴的那种人。

1865—1866　　　　　　　　　　　　　　　　　　1871

世界，请好好注意

世界，请好好注意，银星在逐渐消失，
乳白色已经撕去，白色的信号已摘掉，
煤炭共三十八块[1]，既不吉祥又在燃烧，
鲜红，重要，警告人们不容许干扰，
现在和今后都会在这些海岸上招摇。

1865　　1881

1　1876 年时共三十八州，此诗曾改动，原为三十四州。煤炭指星条旗上的星星。

啊，晒黑了脸的草原那边来的孩子

啊，晒黑了脸的草原[1]那边来的孩子，
你没有来营地以前来过许多受欢迎的礼物，
来了赞扬和礼品和富有营养的食物，直到最后在新兵中间，
来了你，沉默寡言，没有拿来什么——我们只互相望了一眼，
但是看哪！你给我的胜过了世界上所有的礼物。

1865 1867

1 草原多半指在密西西比山谷的大片草原。

请往下看，美丽的月亮

请往下看，美丽的月亮，请浇灌这幅图画，
请温柔地在那些惨白、浮肿、紫色的脸上倾倒黑夜的光彩吧，
倾倒在那些张臂仰卧着的死者身上，
请毫不吝啬地倾倒你的光彩吧，圣洁的月亮。

1865　1881

和　解

这个词超过一切词汇，和天色一样美丽，
美丽是因为战争和一切残杀行为总有一天要完全被取消，
死亡和黑夜两姊妹的双手又在不断轻轻洗涤，一再洗涤这肮
　脏的世界；
因为我的敌人死了，一个像自己一样神圣的人死了，
我望了一眼，他躺在棺材里，雪白的脸，一动不动——我走
　过去，
弯下腰，用我的嘴唇轻轻吻了那棺材里的那张雪白的脸。

1865—1866　　　　　　　　　　　　　　　　1881

一个一个地够多么庄重

（华盛顿城，1865）

一个一个地够多么庄重，
疲劳而汗淋淋的队伍在归途中，士兵们在我站着的地方排成纵队走过，
脸部像是假面，我望着这些脸端详着这些假面，
（我从这页纸上抬头端详着你时，亲爱的朋友，不管你是谁，）
对队伍里的每个人，对你，我那悄悄细语着的灵魂的思想是那样庄重，
我在每个假面背后看到一个奇迹，即一个和我相通的灵魂，
啊，子弹永远也杀不死那个真正的你，亲爱的朋友，
刺刀也刺不死那个真正的你；
那个灵魂！我看见的是你自己和别的一切一样伟大，和最好的一样优美，
它在安稳而满足地等候着，子弹绝不可能杀死，
刺刀也绝不会刺死，啊朋友。

1865—1866　　　　1871

我把头枕在你怀里[1]时，伙伴啊

我把头枕在你怀里时，伙伴啊，
我又接下去向你表白，又接下去说了我在野外对你说的话，
我知道我很不安，也使别人不安，
我知道我说的话是充满了危险和死亡的凶器，
因为我面对的是和平、安全和一切早已定下的法规，而我使它们不复安定，
因为众人都尽量否定我，而不是承认我，这使我更加坚决，
我不曾也从来不曾重视过经验，忠告，大多数人的压力或嗤笑，
对我说来所谓地狱的威胁不起什么作用，甚至毫无作用；
所谓天堂的诱惑力对我说来也不起什么作用，甚至毫无作用；
亲爱的伙伴！我承认我一直在鼓动你和我一同前进，而且仍在鼓动着你，却全然不知我们的目的地究竟在何方，
也不知我们会不会胜利，还是彻底受镇压，遭失败。

1865—1866　　1881

1 “在你怀里”原文为 in your lap。“lap”原指“腰与大腿部分”，即一个坐着的人的腰腿部分。注意前置词是“in”。

幽雅的群星

幽雅的群星！繁忙生活的旗帜！
遮盖了我所有的土地——排满了我所有的海岸！
死亡的旗帜！（我是怎样透过战斗的浓厚硝烟在望着你！
又是怎样听你在拍打！在发出声响，无所畏惧的布片！）
天蓝色的旗帜——充满阳光的旗帜，布满着斑斓的夜间星斗！
啊，我那银白色的美人——啊，我那毛茸茸的白色和鲜红！
啊，为了歌颂你，我那威力无边的女当家！
我那圣洁的母亲。

1871 1871

给某个平民

你是要我给你悦耳的韵律吗？
你要的是平民百姓的和平而伤感的韵律吗？
你觉得我不久前唱的歌很难听懂吗？
唉，我不久前唱的歌本不要求你听懂，理解——现在也一样；
（我的出现和战争的出现是一个来源，
军鼓的咚咚声对我永远是甜美的音乐，我非常喜欢军中的哀乐，
缓慢的悲鸣和抽噎在前面引领着军官的葬礼，）
我这样的诗人对你这样的人有什么相干呢？因此请抛开我的
　作品吧，
去找你能够理解的来安慰你自己吧，伴以钢琴的曲调，
因为我谁都不会安慰，而你也永远不会理解我。

1865　　　　1871

看哪，山巅的胜利女神

看哪，山巅的胜利女神，你在威武地注视着这个世界，
（那世界，啊，自由，它反对你的阴谋已被挫败。）
已摆脱了它那些数不清的缠住你的圈套，在全部挫败了它们以后，
你主宰一切，炫目的太阳在你周围，
你现在已安全而永远健康、精神焕发地高高在上了——看哪，在这个至高无上的时刻，
我带给你的歌不是一首骄傲的诗，也不是什么引起狂喜的诗的杰作，
而是包含深夜的黑暗和滴着血的伤口的一束，
和一些有关死者的赞美诗。

1865—1866　　1881

已完成任务的精灵

（华盛顿城，1865）

已完成任务的精灵——那段可怕时期的精灵！
请在离开以前从我眼前消灭你那些林立的刺刀吧，
十分阴暗的恐惧和疑虑的精灵，（然而仍旧在向前毫不犹疑地急走，）
许多严重时刻和许多野蛮场景的精灵——电流一般的精灵，
战争已结束，然而在战时一直在持续的低语声像一个不倦的幽魂似的在飞来飞去，
用火焰般的气息唤醒着大地，一直在连连击鼓，
现在这个始终沉重而刺耳的鼓声在我周围震响，
你的队伍，你那些不朽的队伍又回来了，从战场上回来了，
青年们的肩头还在扛着步枪，
我望着他们肩上那一排排竖着的刺刀时，
那些斜背着的刺刀，像树林般在远处出现，走近又走过去，往回家的路上走时，
动作沉稳，前后左右摇摆着，
有节拍的脚步均匀轻盈地一起一落；
我熟悉的那段时间的精灵，今天激动得脸色通红，第二天又苍白得犹如死神，

在你离开前请和我接一个吻，狠狠吻我一下，
给我留下你盛怒的脉搏——把它们遗传给我吧——把我灌满激
　　动的电流，
你走后让它们在我的诗歌里烧焦，起疱，
让它们在这些诗歌里使未来的人们认识你是谁。

1865—1866　　　　　　　　　　　　　　　　　　　　1881

向一个士兵告别

再见，啊，士兵，
你这个参加过艰苦战斗的人，（我们分担过同一经历，）
那快速的行军，营盘里的生活，
双方的激烈对阵，长时间的调动，
血红的战斗和它们带来的屠杀，那刺激，那强烈巨大的赌博，
人心都勇敢而气派的那段时间，长时期以来在你身上和像你
　这样人的身上都灌得满满的，
是战争和战争的表现形式。

再见，亲爱的伙伴，
你的使命已完成——但是我，比你更加勇武，
我自己和我这好斗的灵魂，
还要前去进行自己的战斗，
要经过从未走过的道路，沿途都是敌人设下的埋伏，
要经过多次严重的失败和危机，经常受到挫折，
在这里行军，永远继续行军，打一场战争——就在这里，
出现了更加剧烈、更加严重的战斗。

1871 1871

转过脸来吧，啊，自由！

转过脸来吧，啊，自由，战争已经结束，
从此将是向前发展，不再犹疑，要坚决，横扫整个世界，
离开那些追溯并记载既往的国家，
离开那些歌颂过去光荣事迹的歌手，
离开那些封建世界的颂歌，君主的成就，奴隶制，等级制，
转向世界，转向那已经储备下的未来的胜利——抛弃那落后的世界，
把它奉让给那些迄今为止的歌手，送给他们那些源源不绝的过去，
而余下来的是留给歌手们和你的——未来的战争是给你留下的，
（看哪，你已经习惯了过去的战争，也会习惯当前的战争；）
那就请转过脸来吧，不要惊慌，啊，自由——转过你那不死的脸来吧，
面向未来，它比一切过去更加伟大，
它在为你迅速、稳妥地进行着准备工作。

1865　　1871

向着他们走过的已经发酵的土地

向着他们走过的已经发酵的土地我发出呼唤，唱我最后的一支歌，
（我最后一次走出了帐篷，不再回去，放松并解开了帐篷的绳索，）
在上午的清新空气中，极目望去的四周和远处已恢复平静，
在那些四散的火热战场上和那些一望无际的远处，朝南与朝北，
向着全部西方世界的已发酵的土地，我证实着我的歌，
向着阿勒格尼山脉和不倦的密西西比，
向着岩石，我呼唤着歌唱，还有林中所有的树木，
向着平原，唱着英雄之歌，向着一望无际的大草原，
向着遥远的大海和那些看不见的风，和那清醒的捉摸不住的空气；
它们都做出了回答，（但不是用词句，）
平凡的土地，那战争与和平的证人，默默地表示已听见了这一切，
大草原把我叫到身边，就像父亲把儿子搂在宽阔的胸前，
生下我的北方的冰和雨始终哺育着我，
但是南方火热的太阳将充分使我的诗歌成熟起来。

1865—1866　　　　1881

[美] 沃尔特·惠特曼 著 赵萝蕤 译

后浪

草叶集

下

江苏凤凰文艺出版社
JIANGSU PHOENIX LITERATURE AND ART PUBLISHING

纪念林肯总统

最近紫丁香在前院开放的时候

一

最近紫丁香在前院开放的时候，
而那颗巨星又老早在夜空的西方陨落的时候，
我悲痛，而且年年在春归时也一样悲痛。

年年归来的春天，你一定会给我带来三件东西，
年年开放的紫丁香，西天陨落的星星，
和我对我所敬爱的人的思念。

二

啊，强大的在西天陨落的星星！
啊，黑夜的幽灵——啊，忧郁的、泪痕满面的黑夜！
啊，巨星不见了——啊，遮没了那颗星星的黑色阴影！
啊，使我无能为力的残酷的手——啊，我那无济于事的灵魂！
啊，那不肯解放我灵魂的围绕在四周的粗暴乌云。

三

一家古老农舍的前院，在靠近白色栅栏的地方，
挺立着那丛高高的紫丁香，长满翠绿的心形树叶，
亭亭开着的许多尖尖的花朵，散发着我心爱的浓烈香味，
每片叶子都是奇迹——也就是从前院的这个花丛中，
从这个开着颜色淡雅的花朵、长着翠绿的心形树叶的花丛中，
我折下了带着花朵的小小一枝。

四

在幽深僻静的沼泽地，
一只羞怯的躲藏着的小鸟在婉转地唱着一支歌。

那只画眉鸟是孤单的，
它是位离群索居的隐士，躲避着居民点，
独自唱着一支歌。

一支喉头哀哀啼血的歌，
一支在死亡中求生命的歌，（因为亲爱的兄弟，我很明白，
如果你没有唱歌的权利，你就必然会死亡。）

五

经过春天的胸怀——那大地，在城市中，
在小巷里，穿过古老的树林，那里不久前曾有紫罗兰在地上
　偷偷张望着，点缀着灰色的碎石堆，
经过小巷两旁田野里的青草，经过望不到边的草地，
经过长着黄色叶片的麦田，那深褐色的田地里的每一颗麦粒
　都钻出了苞片，
经过果园里开放着的白色和粉红色的苹果花，
被运载着的一具尸体在走向它得以安息的基地，
一口棺木在日夜行进着。

六

棺木在大街小巷里穿行，
日夜顶着那使大地昏暗的巨幅乌云[1]，
卷起的旌旗十分壮观，城市披上了黑纱，
各州本身则是像站立着的蒙着黑面纱的妇女，
长长的、弯弯曲曲前进的队伍，黑夜的火炬，
已经点燃了的无数火把，像沉默的大海似的人脸和未曾脱帽

1　可能指火车喷出的黑烟，又见本诗第十四节的“那片乌云……那条拖曳着的黑色长龙”；但是“云”在本诗中很有分量，它遮蔽星光，遮蔽大地，有着一定的象征意义。

的人头，
这里是等候着的接灵站，那正在到来的棺木和那些阴沉的脸庞，
彻夜是哀歌，升腾而起的是千万人的雄壮而庄严的声音，
哀歌的悲凉声音倾泻在棺木的四周，
灯火暗淡的教堂，抖颤着的风琴——你就在其中行进，
钟声在不断地敲响着，敲响着，
就在这里，缓缓经过的棺木啊，
我献给你我那小小的一枝丁香花。

七

（也不只是给你，只给一个人，
我将花朵与绿色的枝丫献给所有的棺木，
就这样我为你谱写了一首歌，像早晨一样新鲜，啊，清醒而神圣的死亡。
到处是玫瑰花束，
啊，死亡，我在你身上盖满了玫瑰和早开的百合，
但是现在最多的是开得最早的紫丁香，
我采了许多，我从树丛里折下了不少的小小花枝，
我两臂抱得满满地前来，为你抛撒，
为你也为所有的棺木，啊，死亡。）

八

啊，在天空行驶着的西方的星星，
我一个月前曾信步走着，却直到现在才明白你的用意，[1]
我那时在那个明亮又多暗影的晚上默默走着，
我那时看见你夜夜都弯着腰像要告诉我什么，
那时你从天上低低下垂，好像要来到我身边，（而别的星星却都在一旁看着，）
当时我们整个庄严的晚上都在一起遨游，（我不知为什么竟不能入睡，）
在黑夜渐深时，我看见你在西方的天边是那样的无比悲切，[2]
我当时站立在一个台地上，微风吹拂着，夜晚既清凉又明澈，
我望着你经过，并在夜晚的黑暗处消失了，
当时我的灵魂也因不安而十分低沉，正像你，忧伤的星星，
结束了一切，在黑夜里陨落，从此不见了。

九

就在那沼泽地唱下去吧，

---

1 惠特曼在 1865 年 3 月间曾一连数月看到一颗特别明亮的星星，那是在林肯遇刺前一个月。见艾伦教授的惠特曼传，1967 年修订本《孤独的歌手》第 354 页。

2 惠特曼在描写林肯时特别指出他脸上的愁容，又见第十六节：“那充满痛苦的面部表情。”见本书附录《惠特曼论林肯》。

啊，羞涩而温柔的歌手，我听见你的歌声，我听见你的呼唤，
我听见了，我不久就会来到，我了解你，
但是我还须稍稍耽搁，因为那颗晶莹的星星留住了我，
那星星，那即将与我分手的伙伴，挽留了我。

十

啊，我该怎样为我所敬爱的亡魂婉转歌唱呢？
我又该怎样为那已经逝世的宽宏而甜蜜的灵魂修饰我这首歌呢？
又该给我所敬爱的人的坟墓贡献什么香料呢？

海风从东方和西方吹来，
从东海吹来，也从西海吹来，直到在草原上相遇，
这些，就用这些和我这支歌的气息，
来薰沐我所敬爱的人的坟墓吧。

十一

啊，我应当在室内墙上悬挂些什么呢？
我应当在墙上悬挂些什么图画呢？
怎样来装扮我那敬爱的人入葬后的冥府宅邸呢？

日深一日的春天，农田和房舍的图画，

图画里是四月日落时的黄昏，灰色的烟雾清澈又明亮，
艳丽，慵懒而缓缓沉落的太阳的万道金光在燃烧，在使天空更加开阔，
清新而甜美的萋萋芳草在脚下，树木的浅绿色叶片正繁茂，
远方是流动着的釉彩，河水的胸膛，这里那里是微风吹皱了的河面，
两岸绵亘着山岭，许多线条印刻在天上，又有阴影，
附近的城市里则是房屋密集，烟囱林立，
到处是生活的场景，工厂和正在回家的工人。

十二

看哪，既是肉体又是灵魂——这块土地，
是我自己的曼哈顿，有教堂的尖顶，和闪烁而紧跑着的潮水与船只，
那多种多样而宽阔的土地，南方与北方都受到光照，俄亥俄的多处河岸和光彩夺目的密苏里，
永远是那向远处铺开的草原，长满青草和谷米。

看哪，那十分美好的太阳是这样宁静又傲慢，
深浅两种紫色的清晨和拂来仅可感受的微风，
那温柔、轻盈的不能以尺寸衡量的光亮，
那普照并沐浴一切的奇迹，那已经达到顶点的中午，

那即将到来的美妙黄昏，那受人欢迎的黑夜和星星，
在我的城市上空照亮，包括人类和大地。

十三

唱下去吧，唱下去吧，你这灰褐色的小鸟，
在沼泽地，在幽深处，唱吧，在树丛中倾泻你的歌声吧，
让它无穷尽地来自黄昏时刻，来自杉木和松树林中。

唱下去吧，最亲爱的兄弟，婉转地唱你那管乐似的歌吧，
那声音极端悲切的、响亮的人间曲调。

啊，清脆、自由而温柔！
啊，我的灵魂感受了你的癫狂和奔放——啊，奇妙的歌手，
我只听见了你——但是那颗星星也占有了我，（它即将离去，）
带有迷人芳香的紫丁香也占有了我。[1]

十四

现在我在白天坐而眺望时，
在白天的怀抱里，在日光和春天的田野里，农夫们正忙着耕作，

1　在这里，诗人还因为悼念林肯而没有完全接受小鸟的歌声。

我的国土里有着湖泊和森林，是一片广阔的自己并未意识到的美景，
在天堂般的空灵挺秀中，（在恼人的狂风暴雨之后，）
在匆匆过去的下午的苍穹笼罩下，又有孩子们和妇女的声音，
那许多动作不休的潮水，我看见船只又如何出海而去，
夏天的来临带来财富，田野里一片繁忙，
不计其数的分散的人家又怎样在活动着，忙着各自的饮食和日常琐事，
街道的脉搏又怎样震颤着，城市又怎样拥挤不堪——看哪，就在彼时彼地，
降落在一切之上，一切之中，又把我也包含在里面的，
却出现了那片乌云，出现了那条拖曳着的黑色长龙，
于是我理解了死亡，即有关死亡的思想，以及神圣的有关死亡的认识。

就这样有关死亡的认识在我一旁走着，
有关死亡的思想紧紧在我另一旁走着，
而我在中间，恰像和同伴们在一起，握住了同伴们的手，
我于是急急逃向那不会传话的、隐藏一切又接受一切的黑夜，
直到河畔，那条昏暗的沼泽地的小径那里，
直到那布满庄严阴影的杉木和寂静而阴森的松树那里。

那位对旁人都十分羞怯的歌手接待了我，

我认识的那灰褐色的小鸟接待了我们伙伴三个，
它唱了死亡的颂歌，和致我所敬爱的人的诗句。

从僻静地带的幽深处，
从芬芳的杉木和寂静而阴森的松树那里，
传来了小鸟的颂歌。

美妙的颂歌使我心醉，
我于夜间似乎在握住了我伙伴的手时，
我的心声应和着小鸟的歌声。

来吧，美丽而安抚人心的死亡，
你围绕着世界像波浪一样起伏，在安详地到来，到来，
在白天，在黑夜，对全体，对个人，
轻灵的死亡迟早会来临。

赞美这深不可测的宇宙吧，
为了生命与欢乐，为了事物和新奇的知识，
为了爱，甜蜜的爱——但是也需要赞美！赞美！赞美！
为了那寒气逼人的死亡的挽住了不放的臂膀。

暗黑色的母亲[1]的轻柔脚步总是在悄悄走近，

---

1 “暗黑色”是死亡的颜色，但作为“母亲”，她又能赋予人们以新的生命，即永生。

竟没有人为了全心欢迎你而唱过赞歌吗?
那就让我来为你歌唱吧，我推崇你胜过一切，
我献给你一支歌，请求你在理应到来时，就毫不踌躇地来吧。

来吧，强大的解放者，
在你来到时，在你已经接受他们时，我将欢乐地讴歌死者，
让他们消失在你那慈爱而浮动着的大洋中，
在你那多福的波涛中冲洗，啊，死亡。

我要给你唱快乐的小夜曲，
我要为你举办向你致敬的舞会，为你张灯结彩，广开盛宴，
开阔的美景和高旷的天空是十分相宜的，
还有生命和田野，和那巨大而勤于思考的黑夜。

黑夜悄悄出现在星斗之下，
海岸和我听熟了的沙哑又悄语着的波浪，
灵魂转向了你，啊，宽阔而伪装得巧妙的死亡，
肉体也感谢你的恩德而紧紧向着你挨近。

经过树梢我给你漂去一支歌，
经过腾起又伏倒的海浪，经过无数田野和宽广的草原，
经过所有人烟稠密的城市和熙熙攘攘的码头和通道，
我欢乐地给你漂去这首颂歌，把欢乐献给你，啊，死亡。

十五

配合着我心灵的节拍，
灰褐色的小鸟继续洪亮而健壮地歌唱，
纯洁而字字舒展的歌声弥漫并充塞着黑夜。

在昏暗的杉木和松树林里歌声嘹亮，
在湿润的清新气氛里，在沼泽地的芳香中歌声清晰，
黑夜时，我和我的伙伴们也在那里。

这时被蒙蔽而失去了视觉的眼睛又重新睁开，
面对着一幅幅图景构成的长条画卷。

我侧身望去看见有许多军队，
我像是在无声的睡梦中看见了千百面战旗，
我看见它们经过战斗的硝烟，为流弹所洞穿，
这里那里被举着穿过硝烟，被撕破，被染上血迹，
最后旗杆上只留下几块碎片（一切都沉寂，）
旗杆也都开裂和折断。

我看见了战斗后的尸体，成千上万，
年轻人的白骨我也看见了。
我看见了废墟和阵亡士兵的断肢残骸，

但是我看见的和人们想象的不同，
他们已完全安息了，他们已不再痛苦，
活着的却留下来忍受着痛苦，做母亲的在痛苦，
妻子孩儿和那心事重重的伙伴在痛苦，
余下的军队在痛苦。

十六

呈现在眼前的图景在过去，黑夜在过去，
在过去，我那些伙伴们紧握着的手在放松，
在过去的还有蜂雀之歌和那同一节拍的我的灵魂之歌，
胜利之歌，从死亡中得解放之歌，却又是个多种式样而永远
　在变化着的歌，
它低沉而哀婉，但声调清晰，时起时伏，弥漫了整个黑夜，
它又悲愁地低沉而微弱，似不断在警告，却又因为欢乐而振奋，
覆盖着大地，又充塞着开阔的天空，
正像那天晚上我在僻静处听到的雄壮圣歌，
在过路时我给你留下了紫丁香和心形的叶片，
我把你留在前院，让花朵随着春归而开放。

我停止了我为你唱的歌曲，
不再朝西，面对着西方，向着你凝望并和你神交，
啊，在夜间放着光彩的白银脸盘的伙伴。

但是一切都应当保存，不容许它们被黑夜吞没，
那支歌，灰褐色小鸟唱的那支奇妙歌曲，
和那相呼应的歌，我灵魂深处唤起的回响，
还有那明亮而正在沉落的星星和它那充满痛苦的面部表情，
和那些已在向小鸟的呼唤接近的握着我手的握手者，
为了我衷心敬爱的那位死者，我的伙伴们，伙同站在中间的我，将永远记得一切，
为了我毕生和各地所见的最甜蜜最智慧的灵魂——为了亲爱的他，
紫丁香、星星和小鸟才和我的灵魂之歌交缠在一起。
在芬芳的松树和昏暗的杉木林里。

1865—1866　　　　1881

啊，船长！我的船长！

啊，船长！我的船长！我们可怕的航程已终了，
船只渡过了每一个难关，我们寻求的奖品已得到，
港口就在眼前，钟声已经听见，人们在狂热地呼喊，
眼睛在望着稳稳驶进的船只，船儿既坚定又勇敢，
但是心啊！心啊！心啊！
啊，鲜红的血在流滴，
我的船长躺卧在甲板上，
人已倒下，已完全停止了呼吸。

啊，船长！我的船长！请起来倾听钟声的敲撞！
请起来——旗帜在为你招展——号角在为你吹响，
为了你，才有花束和飘着缎带的花圈——为了你人群才挤满了海岸，
为了你，汹涌的人群才呼唤，殷切的脸才朝着你看；
在这里，啊，船长！亲爱的父亲！
请把你的头枕靠着这只手臂！
在甲板这地方真像是一场梦，
你已倒下，已完全停止了呼吸。

我的船长没有回答，他的嘴唇惨白而僵冷，
我的父亲感不到我的臂膀，他已没有了脉搏和意志的反应，
船只已安全地抛下了锚，旅程已宣告完成，
胜利的船只已达到目的，已走完了可怕的航程；
欢呼吧，啊海岸，敲撞吧，啊钟声！
但是我每一举步都怀着悲凄，
漫步在我船长躺卧的甲板上，
人已倒下，已完全停止了呼吸。

1865—1866　　　　1871

今日宿营地静悄悄

今日宿营地静悄悄，
士兵们，让我们给身经百战的兵器蒙上黑纱，
人人都心事重重地回到营房去准备纪念，
我们亲爱的司令员的死亡。

生活的剧烈斗争已轮不到他，
也不会再有胜利或挫败——不会再有时间带来的严重事件，
像无休止的云朵那样冲锋似的掠过晴空。
但是诗人，用我们的名义歌唱吧，
歌唱我们对他的敬爱——因为你，是个宿营者，你懂得这种敬爱。

在他们把棺木入葬时，
唱吧——在他身上封闭泥土的大门时——唱一首诗吧，
表表士兵们的沉重心情。

1865　　1871

这一撮尘土曾经是一个人

这一撮尘土曾经一度是一个人，
他温和，平易，正直，果断，在他谨慎的手下，
对抗了史无前例的可耻罪恶，
拯救了这几个州组成的联邦。

1871

1871

在蓝色的安大略湖

一

在蓝色的安大略湖畔，
我正在寻味那些战争年代和已恢复的和平，而死者却永远不会回来时，
一个高大无比的幽灵带着严肃的表情朝我走来，
给我唱一首出自美利坚灵魂深处的诗吧，它说，给我唱一支胜利的欢歌，
奏响自由的进行曲，要比前此的进行曲更有威力，
在你未去之前，给我唱一支民主诞生时的阵痛之歌吧。

（民主，是必然的胜利者，然而到处是奸诈的假笑，
每跨一步都是死亡和背信弃义。）

二

一个国家宣布了自己的存在，
我自己促进了人们能够赞同的唯一的成长方向，

我什么也不排斥，我接受一切，然后用我自己的形式再现一切。

是经得起时间和实际行动考验的一代子孙，
保持了自己的本色，出生地已足够回答一切非难，
我们摆弄自己像摆弄一件武器，
我们自己就是强大的，惊人的，
我们自己就是执行者，我们本身的多样性就已经足够，
我们自己觉得自己就是最美好的，
我们泰然自若地站在中心位置，又从此地向全球派出分支，
从密苏里，内布拉斯加或堪萨斯出发，未把任何攻击放在眼里。

我们认为除了我们自己之外别无所谓罪恶，
不论出现什么或不出现什么，只有我们自己是美的或有罪的。

（啊，母亲——啊，亲爱的姊妹！[1]
我们若是完全输光了，也绝非另外有个胜利者毁灭了我们，
是由于我们自己我们才落入永恒的黑夜。）

三

你认为只可能有一个至高无上吗？

1 此处“母亲”指国家；“姊妹”指各州。

其实可能有数不清的至高无上——这一个不会抵消另一个，
　正如一只眼的视力不会抵消另一只眼的，或者某个生命会
　抵消另一个。
所有的人都有权利拥有一切，
一切是为每个个人的，一切是为你的，
无所谓有某种受禁止的条件，不管是上帝的还是哪一个的。

一切来自肉体，只有健康才能使你和宇宙完全协调。

只要生产伟大的个人，别的自会水到渠成。

四

虔诚和就范是对遵守它们的人而言，
和平，痴肥，效忠是对遵守它们的人而言，
我是个连笑带骂，强迫男人、女人、国家行动的人，
我叫道，从你们座位上跳起来拼死战斗吧！

我是个在各州活动而出口伤人的人，遇到谁就盘问谁，
你是谁，为什么你只想听你已经听过的话？
你是谁，为什么你说废话时只要求一本书来参加你的行列？

（你承认痛苦和哭喊声是你自己的，啊，生育了许多儿女的人，

这些疯言疯语是我说给有自豪感的人们听的。)

啊，各地啊，你们想不想比过去的各地更加自由?
如果你想比过去的各地更加自由，那就请听我说。

要畏惧斯文、典雅、文明、细致，
要畏惧甘醇和一味啜饮蜜水，
要小心得寸进尺的大自然致命的早熟，
要小心那些促使粗胚状态和粗壮人物腐烂的一切。

五

不同时代，先例，一直在累积未经指明方向的材料，
美利坚带来建设者，也带来它自己的风格。

亚洲、欧洲的不朽诗人已完成他们的任务进入别的领域，
余下的工作是超越他们所做的一切。

美利坚对一切外域人物都感到好奇，它不顾一切地支持它自己的一切，
站得远，空间大，结合紧密，健康，开始真正地援用先例，
并不拒绝它们[1]或过去，并不拒绝按照它们的形式产生产的一切，

1 从这里开始，这一节的其余部分和第六节的绝大部分都出自1855年版的长序。

安详地接受教训，看着那尸体被缓缓抬出房子，
看到它在门口稍停，认识到它是最合乎它那个时代的要求的，
它的生命已遗传给那正在走来的健壮而体态匀称的继承者，
他也将是最合乎他那个时代的要求的。

一个国家必然要经历的任何一段时期，
总得有一个国家成为未来的指望和依靠。

这个国家是一首最宏阔的诗，
这里不仅仅是一个国家，还是个人口众多的多民族的国家，
这里人们的所作所为符合那些日日夜夜在传播着的所作所为，
这里是最宏伟的集体行动，不拘泥小节，
这里是灵魂所钟爱的粗人，留胡子，友善，有战斗性，
这里是灵魂所钟爱的疾驰的列车，这里是人群，平等，多样性。

六

这个国家之中的国家和诗人们可以证实！
站在这些人中间的是一张朝着亮光抬起的、受过西部教育的脸，[1]

---

1 惠特曼常把美国西部当做最进步的地区。

母亲和父亲给了他那张有遗传特征的脸，
他首要的成分是各种物质：泥土、水、动物、树木，
是普通材料造就的，不论远近都能够活动，
习惯于省去别的国家，体现着这个国家的精神，
把它的肉体和灵魂都吸引到自己身边，无比热情地搂着它的脖子，
把他那生殖力强壮的肌肉全部投进了它的优点和缺点，
使它的城市，一切的开始，重要事件，多样性，战争，都在他身上发出声音，
使它的河流、湖泊、海湾都在他身上享有出口，
密西西比和它每年的淡水流和不停变化着的急流，哥伦比亚，尼亚加拉，赫德森，都友爱地在他身上消耗着自己，
如果大西洋海岸向前伸展或太平洋海岸向前伸展，那么他跟随着它们伸展，或南或北，
横跨着它们之间的东部和西部，接触到它们之间的一切，
他身上生长的一切能够弥补已经长出的松树、雪松、铁杉、常青橡树、刺槐、板栗、山核桃、白杨、柑橘和玉兰的不足，
缠结，那么他也变得缠结，像任何藤丛和沼泽，
他像山坡和山峰，和那些凝结着北国冰凌的树林，
在他身上有牧场的甜美与自然，像没有树的平原、山地、大草原，
通过他能够实现飞翔、旋转、尖叫，像那些鹗、学舌鸟、夜

苍鹰和秃鹰那样，
他的心灵环绕着他国家的心灵，向善恶都敞开着大门，
环绕着实际事物的精华，不论古今，
环绕着刚发现的陆地、岛屿、红种部落，
雨打日晒的船只、码头、定居点、胚胎状态的体格和肌肉，
独立第一年的傲慢抗拒、战争、和平、宪法的制订，
各个不同的州、那简单而富于弹性的方案、移民，
联邦总是挤满了随便说话的人，总是满有把握，毫不动摇，
那没有丈量过的内地、木屋、林间空地、野生动物、猎户、
捕兽者，
环绕着多种形式的农业、矿山、气候，酝酿着新州的成立，
每逢十二月必然召开的国会，议员们从最远处按时到来，
环绕着机械工和庄稼汉，特别是青年人的崇高品格，
回答着的是他们的仪态、言论、服装、友谊，他们那种从来
没有尝过站在上司面前是什么滋味的走路姿势，
他们相貌的鲜亮与坦率，他们颅相的丰满与果断，
他们体态的潇洒，他们受委屈时的凶猛，
他们话语的流畅，他们热爱音乐，他们的好奇心，性格和气
又慷慨，那整个的紧凑结构，
那占优势的热忱和事业心，大方的恋爱观，
男女之间完全平等，人口的流动性，
高水平的航海业，自由经商，渔业，捕鲸业，采金业，
为码头所包围的城市，铁路和轮船线路在各处交叉，

工厂，经商活动，节省劳力的机器，东北，西北，西南各地，
曼哈顿的救火员，北方佬式的交易，南方的种植园生活，
奴隶制——建立在所有的人的毁灭之上的凶残、奸诈的阴谋，
继续不断地和它搏斗——刺客！你或我们的生命是赌注，不会再有休战。

七

（看哪，在高空中，今天，
自由，从胜利者的战场上回来了，
我注意到你头部周围那新的光环，
不再属于柔和的星星，而是炫人耳目和强烈，
闪烁着战争的火焰和闪电，
你站在那里的姿态毫不移动，
眼睛仍然亮着扑不灭的火光，高举着紧握的拳头，
你的脚踏在威胁者的颈上，嘲弄你者已在你脚下被彻底粉碎，
那举着杀人利刃，怀着愚蠢的轻蔑向前举步迈进的傲慢的威胁者，
那到处张扬的人，那夸口的人昨天还想大有作为，
今天已是一具腐烂的尸体，受到全世界人的诅咒与鄙视，
已是一堆腥臭的垃圾，被扔在爬满蛆虫的粪堆里。）

八

别的人接受终点的到来，但共和国永远在建设，永远保留前景，
别的人装饰过去，但是你们那些当前的时日啊，我装饰的是你们，
未来的时日啊，我相信你们——我为你们而孤立我自己。
啊，美利坚因为你为人类而建设，我就要为你而建设，
啊，亲爱的石工们，我引导着那些以决心和科学在制订计划的人们，
我用友谊的手牵引着当前走向未来。

（我为所有把头脑清新的孩子们送往下一个年代的一切推动力欢呼！
但是诅咒那消耗了本身而一点不考虑它所带来的污点、痛苦、沮丧、虚弱。）

九

我在安大略湖畔聆听那个幽灵，
我听见那要求诗人的呼声在升起，
要仰仗他们这些完全土生土长而气魄宏大的人们，只有他们才能把这个国家凝成一个结构紧密的有机体。

把人们用纸张和火漆或强制团结起来是不足取的，
要团结人们就只有用一个有生命力的原则把一切聚集在一起，
　　要凝聚得像人体的四肢或植物的纤维那样。

在所有的民族和年代里，只有血管里充满着诗意的这个国家
　　才最需要诗人，它将拥有并重用那些最伟大的诗人，
那些州的共同裁判员将不是总统而是它们的诗人。

（充满热情的灵魂和充满热量的舌头！
那只能穿透最深的深处而横扫世界的眼睛！
啊，母亲，在各方面都繁荣而充实，然而为什么多久还没有
　　生育，还没有生育？[1]）

十

在这个国家里诗人是那个稳定的人，
并非在他身上而是离开了他，事情才怪诞，偏执，不能得到
　　充分的效益，
不适当的不可能是好的，适当的不可能是坏的，
他给予每件事物或品性以最适当的比例，不多也不少，
他是不同事物的仲裁，他是开锁的钥匙，

1　指还没有产生出诗人来。

他是他那个时代与国家的平衡器，
需要给养时他提供给养，需要检验时他做出检验，
和平时期他谈论和平的要义，宽大，丰富，节约，建造人口稠密的城镇。鼓励农业，技艺，商业，指导人们研究人类，灵魂，健康，不朽，政体，
战争时期他尽力支持战争，他提供的炮火和工程师提供的是一样的质量，他能使他说的每一句话都针针见血，
在那些偏离信仰的年月里他以坚持信仰作为抵制，
他不是辩才，他是审判，（大自然无条件地接受他，）
他审判不是像法官那样审判而是像阳光落在一件没有指望的东西周围，
因为他看得最远，他的信仰也最坚定，
他的思想是称颂事物的赞歌，
在有关上帝和永生的争论中他保持沉默，
他认识的永生不大像一个剧本的开场白和结尾，
他在男人和女人们身上看到永生，他不把男人和女人看作梦幻或小圈小点。

为了那伟大的观念，那完美而自由的个人的观念，
为了它，诗人走在前面，是领导人中的领导，
他的态度鼓舞奴隶并使外国暴君胆战心惊。

自由是不灭的，平等是不会后退的，

它们活在青年们和最好的妇女们的感情之中，
（世界上那些不屈的头颅随时准备为自由而落地不是毫无结果的。）

十一

为了那伟大的观念，
那，啊，我的弟兄们，那才是诗人们的天职。

严肃地抗拒的诗歌是永远做好准备的，
火速武装和进军的诗歌，
马上卷起和平的旗帜，我们熟悉的旗帜取而代之，
那伟大观念的战斗的旗帜。

（愤怒的布片，我看见它在那里跃起！
我又站在铅灰色的雨中向你那些拍打着的皱褶致敬，
我歌唱你，把你放在一切之上，你飞扬着号召着战斗——啊，那场艰苦的战斗！
大炮张开了它们那些喷吐玫瑰红的炮口——那些嗖嗖飞着的炮弹尖叫着，
战线在硝烟中形成——前线不停地发射着一排排枪炮，
听啊，那震耳的呼声：冲啊！——接着是短兵相接和疯狂的吼叫声，

又是尸体躺倒在地上蜷缩成一团，
僵死得冰凉冰凉，真要人的命，
我看见愤怒的布片在那里跳跃。）

十二

你是想在这个国家找个位置教书或当个诗人吗？
位置是庄严的，条件很苛刻。

谁想在这里担负起教育工作应该自己把身体和头脑准备好，
他应该好好调查，思考，武装，加强，加固，使自己灵活，
他肯定会在事先被我问上许多严厉的问题。

你到底是谁，想和美利坚对话或为它歌唱？
你对这片土地，它的习惯用语和人物已有所研究吗？
你研究过这块土地的生理学，颅相学，政治，地理，自豪感，
　自由，友谊吗？它的基层和事物呢？
你考虑过委员们签署，各州批准，华盛顿作为首脑，在全军
　面前朗读过的独立第一年第一天制订的契约了吗？
你掌握了联邦的宪法吗？
你看见是谁抛弃了所有的封建程序和诗歌，担任了民主政体
　的诗歌和程序？
你对事物忠实吗？你教授的是大地和海洋，人们的肉体，妇

女品德，爱情和英雄们的愤怒所教授的一切吗？
你已经很快越过了昙花一现的风俗习惯和流行情趣吗？
你能抵挡一切引诱，愚昧，旋风，剧烈的斗争吗？你很健壮吗？你真的是属于全民的吗？
你不属于某个小团体？某个派别或所谓宗教？
你已告别了对生活的回顾和批评？现在只受生活本身的鼓舞？
你已从这个国家的母性取得了活力吗？
你也有那古老而又永远清新的克制和公正无私吗？
你也同样热爱那些已锤炼得成熟的人们吗？热爱那最后出生者？不论大小，也热爱那误入歧途者吗？

你给我那美利坚带来的是什么？
和我的国家一致吗？
是不是比以前说的或做的还不如的某种东西呢？
你是否已经把这东西或代表它的精神装在某一条船上输送到了这里呢？
是不是仅仅是个故事？一篇韵文？一种外表的漂亮？——包括不包括那古老的美好事业？[1]
它是否曾经长期攀附在敌国诗人、政客和文人的脚跟后面？它是否认为那臭名昭著的过去仍然在这里？
它能否满足普遍的需要？它能否移风易俗？

1　参看《给你，古老的事业》，这一事业即民族的进步与自由。

它在那场脱离主义战争中曾否发出过联邦取得辉煌胜利的喇叭声？
你的表演能正视宽广的田野和海边吗？
我能否像吸收饮食和空气那样吸收它并让它再现在我的力量、步法和脸上？
它真正做了工作吗？是原作者而不是抄写员？
它是否正视了现代的新发现，不同的质量和事实？
它对美利坚的人物，进步，城市有什么意义？对芝加哥，加拿大，阿肯色又怎么样？
它能否看透那些表面的监护人背后是真正的监护人，他们站在那里带有威胁性、沉默，是那些机械工，曼哈顿居民，西部人，南方人，他们的冷漠和他们慷慨的热情同样很有意义？
它是否理解最后发生在，而且一直发生在每一个对美利坚有所要求的见机行事者，修修补补者，局外人，偏袒主人者，庸人自扰者和不信宗教者身上的是什么？
是什么样的嘲弄人、又奚落人的疏忽大意？
路上撒满骷髅的灰尘，
是别人轻蔑地丢在路边的。

十三

韵律和使用韵律的人已成为过去，从诗歌中提取出来的诗歌

已成为过去，
多如牛毛的反映论者和文人雅士已成为过去，留下了灰烬，
崇拜者，进口商，听命者只制造了文学的土壤，
美利坚能为自己辩护，若给予它一定的时间，伪装就不可能
欺骗它或掩盖住自己，它是够冷静的，
只有和自己类似的它才会前去迎接它们，
如果它的诗人出现了，它会在适当的时间前去迎接他们，不
必怕犯错误，
（证明他是否诗人的时间表还会被严厉地推迟，直到他的国家
能深情地吸收他，正像他已经吸收了它一样。）

一个被心灵掌握了的人，他才能真正掌握，味道最香甜的人
是那终于能结出最香甜的果实的人，
受时间宠爱的肌体的鲜血是不受拘束的，
在对诗歌、哲学、一种适合本土的大型歌剧、造船业、任何
工艺的需求方面，
只有那能够提供最伟大、最有独创性的实际榜样的他或她才
是最伟大的。

已经有潇洒自如的新一代在默默出现，出现在大街上，
人们的嘴唇只歌颂实干家、情人、使人满足者、有实际知
识者，

不久就不会再有僧侣，我是说他们的任务已完成，
在这里，死有迫切性，但是生命在这里却永远有迫切性，
你的肉体，你每天的生活和风格是第一流的吗？你死后将是
　第一流的，
正义、健康、自尊，以不可抗拒的力量开辟了道路；
你怎么会有这个胆量在一个男子面前放上一件先于他的东
　西呢？

十四[1]

走在我后面，各州啊！
一个男子先于一切——我自己，很典型，就是先于一切的。

请为我的服务付出报酬，
让我为那伟大的观念创作诗歌，别的都可以不要，
我一直爱的是大地、太阳、动物，我蔑视财物，
我给每一个乞讨者以施舍，为愚笨痴癫者仗义执言，把我的
　收入和劳动贡献给别人，
仇恨暴君，不为上帝的问题争辩，对人民有耐心与宽容，对
　知与不知的东西从不脱帽，
和顽强的未受过教育的人、青年和各个家庭的母亲自由来往，

1　这一节的许多行出自1855年版的长序。

在户外我给我自己读这些草叶，用树木、星星、河流来考验
　它们，
凡侮辱我自己的灵魂或玷污我肉体的，我一概抛弃，
不是在同样条件下慎重地让别人认取的东西绝不自己去认取，
飞奔到宿营地去，并在每个州发现并接受伙伴，
（许多垂危的兵士倚在我怀里呼吸最后的一口气，
这条胳膊，这只手，这个声音曾经滋养过、扶持过、复苏过，
救活了许多已卧倒的生命；）
我愿意等候，让人们尝够了我自己的滋味，才理解我，
谁也不拒绝，允许所有的人。

（你说，母亲啊，我不是一直忠于你的思想的吗？
我一生不是从来都没有忘记过你和你的一切吗？）

十五

我敢说我已开始看清这些事情的意义了，
伟大的不是大地，不是美利坚，
我才是伟大的或将成为伟大的，是那里的你，或任何别人才
　是伟大的，
应快步走过不同文化，政体，理论，
走过诗歌，庆典，各种表演，以便形成不同的个人。

在一切下面，是个人，
我敢说现在凡忽视个人的对我说来都不妙，
美国的契约是完全和个人结合的，
唯一的政体是那能够把个人记录下来的政体，
宇宙的全部理论是分毫不差地指向一个个人的——也就是你。

（母亲！有了你那敏锐而严格的意识，有了你手中那把出鞘的剑，
我看见你最后还是除了和个人直接打交道以外，拒绝沾染其他。）

十六

在一切下面是出生地，
我发誓我将忠于我自己的出生地，不管这算不算虔诚；
我发誓除出生地以外，别的都没有吸引力，
男子，妇女，城市，国家，它们之所以美好全在于它们的出生地。

在一切下面是热爱男子和妇女的表现，
（我发誓我曾见过足够的卑鄙、无能的热爱男子和妇女的表现形式，

今后我要采取我自己的热爱男子和妇女的表现形式。)

我发誓要在我自己身上具备我那民族的一切品质,
(不管怎么说,只有他的行为有利于这个国家的大胆和超群的汹涌气势才能适应这个国家。)

我发誓在事物、情绪、大自然、政体、所有制所给人的教益之外,我还看到别种教益,
在一切下面,对我说来是我自己,对你说来是你自己,(还是那一曲单调、陈旧的歌。)

十七

啊,我看见发出的信号是说这个美利坚不过是你和我,
它的威力,武装,证人是你和我,
它的罪恶,谎言,偷盗,变节是你和我,
它的国会是你和我,军官,议会大厦,军队,船舶,是你和我,
它那酝酿不完的新州是你和我,
那场战争,(那场血淋淋而无情的战争,那场我今后要忘记的战争),是你和我,
你和我既自然又人为,
自由,语言,诗歌,职业是你和我,

过去，现在，将来，是你和我。

我不敢容许我自己的任何部分偷懒，
不敢逃避美利坚的任何部分，不论好坏，
不敢不缔造那为人类缔造的一切，
不敢不平衡等级、肤色、信条和性别，
不敢不说明科学和平等的进程，
不敢不喂养那时代所宠爱的那肌体的傲慢血统。

我支持那些从来没有受过支配的人们，
支持那些性格从来没有受过控制的男子和妇女，
支持那些永远不会受法规、理论、传统支配的人们。

我支持那些和全宇宙并肩前进的人们，
那些为了开创一切而开创一件的人们。

我绝不让不合理的事情搞得自己局促不安，
我要识破那些讽刺我的人究竟包含些什么货色，
我要使城市和文明世界听命于我，
这是我从美利坚那里学会的——总的意义就是这个，我教导
　　的也是这个。

（民主啊，在武器到处对准你胸脯的时候，

我看见你安详地生养下不朽的孩子们，我在梦中看见你那日
　益增大的身影，
看见你在用张开的斗篷盖没整个世界。）

十八

我将正视这些日夜展示的一切，
我要知道我比它们是否有所不及，
我要看我是否不及它们雄伟，
我要看我是否不如它们那样含蓄而真实，
我要看我是否不及它们慷慨，
我要看我是否毫无意义，而那些房屋和船只却很有意义，
我要看龟和鸟雀们本身是否已经足够，而我只是本身却并不
　足够。

我拿我的心灵和你们的较量，你们这些星体、生长物、山峦、
　野兽们啊，
你们虽丰富，我把你们全部都吸进了我自己，而且我自己成
　了主宰，
美利坚孤立，然而却包含一切，它最后除了是我自己还能是
　什么？
这个国家不是我自己还能是什么？

我现在知道为什么大地是粗野的，戏弄人的，恶毒的，那是为了我，
我特意把你们当作我自己的东西，你们那些可怕的、粗糙的形体。

（母亲，请弯下腰来，把你的脸挨近我，
我不懂这些阴谋、战争和拖延是为了什么，
我不懂已取得的成就，但是我知道通过战争和犯罪，你的事业在前进，而且必须继续前进。）

十九[1]

就这样，在蓝色的安大略湖畔，
在各方的风吹拂我而海浪向我成群涌来时，
我悚然感到了力量的脉搏，和我的题材的魅力，
直到拘束我的那些组织解开了我身上的羁绊。

我看到了诗人们的自由灵魂，
过去年代的最高大的诗人在我面前大踏步走过，
奇怪的巨人，一直未醒来，未被揭开，在我面前被揭开了。

1　十九和二十两节是 1867 年增加的。

二十

啊，我那饱含热情的诗句，我的呼声，不要嘲笑我！
我推动你前进不是为了过去的诗人，不是为了乞灵于他们，
甚至也不是在这里安大略湖畔召唤那些高大的诗人。
我才这样任性而高声地唱我那野蛮的歌。

我召唤的只是那些为我自己国家的诗人，
（因为那场战争，那场战争已结束，战场已打扫干净，）
直到他们今后奏出胜利而前进的进行曲，
为了鼓舞你，啊，母亲，你那期待着的无边无际的灵魂。

那伟大观念的诗人们！和平时期各种发明的诗人们！（因为那场战争，那场战争已经结束！）
然而潜在的军队的诗人们，随时都准备好的百万雄师在等候着，
诗歌像通红的煤块或交叉的带形闪电那样的诗人！
宽广的俄亥俄和加拿大的诗人们——加利福尼亚的诗人们！内地的诗人们——那场战争的诗人们！
受我的魅力召唤的是你们！

1856　　1881

走向反面

站在前面的请到后面去，
在后面的请前进到前面来，
请偏执狂、蠢人、不洁的人们提出新的计划，
让旧的计划推迟施行，
让男人到处去寻找欢乐，就是不在他自己身上找。
让妇女到处去寻找幸福，就是不在她自己身上找。

1856　　1881

秋天的溪流

作为由此而造成的结果

作为夏天的雨水积聚下来而造成的结果，[1]
或秋天里流淌的难以驾驭的溪流，
或许多条长满香草的小溪的网状结构，
或地下的潺潺流水直奔大海，
我歌唱继续下去的年华。

首先是生命的不断更新的急流，（不久，不久就要去汇合死亡的古老的溪流了。）

有的穿过俄亥俄的农田或树林，
有的从终年积雪的源头流下科罗拉多的大峡谷，
有的一半隐藏在俄勒冈，或南下到得克萨斯，
有的在北方寻路到伊利，尼亚加拉，渥太华，
有的到大西洋的海湾，然后直达那大片咸水的海洋。

在你体内，不管你这个读我的书的人是谁，

1 这里诗人比喻自己已从夏天进入秋季。

在我自己体内，在全世界，这些水流在流淌，
全体，全体都流向那神秘的海洋。

为了开创一个新大陆的水流，
从液体派遣了到固体去的前奏曲，[1]
海洋和陆地融合在一起，温柔而忧郁的波浪，
（不只是安全而平静，也有波浪兴起和凶险的时候，
风暴的深不可测的波浪出自深渊，谁知道来自何方？
在茫茫的空间猛烈地汹涌着，造成了许多断折的桅杆和破碎的帆篷。）

或从时间的大海里，收拾着、破坏着一切，我带来一些像零散干草似的海藻和贝壳。

啊，小小的贝壳，卷绕得这样奇妙，这样清冷，悄无声息，
小贝壳，你们会不会在被举向寺院的钟鼓时，
仍能发出喃喃声和回声，轻微而遥远的永生的音乐，
吹来内地，从大西洋的边缘地带送过来，给大草原的灵魂预备下的旋律，
悄悄发出的回响，为西部的耳朵欢乐地奏出的和声，

1 惠特曼常把灵魂的、永恒的、精神的，叫作液体，而把肉体的、短暂的、物质的叫作固体；同时也把前者名为海洋，后者名为大陆。

你们的信息是古老的，然而却永远新鲜而不可转译，
是从我的生命和许多生命中出现的无限小的东西，
（因为我献上的不只是我的生命和年华——我献上了一切，
一切，）
这些来自深渊的流浪儿，被抛弃在一旁，
承受着美利坚海岸的冲洗？

1876，1881 1881

英雄们的归来

一

为了这些田地和这些热情洋溢的日子也为了我自己，
我现在暂时退居到你这里，啊，秋日田间的土地，
我靠在你胸口，把自己献给你，
答应着你那明智而平静的心脏的跳动，
为你吟哦出一些诗句。

啊，不具备声音的大地，放心给我一个声音吧，
啊，我那些田地的收成——啊，一望无际的夏天生长的作物，
啊，慷慨的棕褐色的多产的大地——啊，能够无限繁殖的母腹，
为陈述你，这里是一首歌。

二

永远在这个舞台上，
扮演着上帝的宁静的每年一剧，

壮丽的队伍，鸟雀们的歌，
最能养育并更新的灵魂的日出，
汹涌的大海，岸上的波浪，那些音乐般优美而强大的波浪，
树林，粗壮的树木，那些窈窕的顶端是锥形的树木，
青草的那些数不清的矮小军队，
那高温，阵雨，丈量不完的牧场，
雪景，风的自由管弦乐队，
伸展而轻悬的云朵构成的屋顶，那些清澈的天蓝色和银色的条纹流苏，
那些在高空逐渐扩大的星星，那些宁静的招着手的星星，
那些流动着的羊群、牛群，那些平原的翠绿的草坪，
所有各种不同田地所展示的，所有的生长物和产品。

三

丰产的美利坚啊——今天，
你到处是诞生和欢乐！
你在财富的重压下呻吟了，你的富裕像一件大袍似的裹住了你，
产业过大的苦楚使你高声大笑，
一种受到重重缠绕的生活像交错的藤蔓捆住了你的全部广大领土，
像一艘大船运载着货物直到水边，你驶进了港口，

像天上降雨而大地升起蒸汽，你也同样，宝贵的产值降落在你身上，又从你那里兴起，
你是全球所羡慕的！你是奇迹！
你，在丰收中受到沐浴，透不过气来，游泳着，
你是那些宁静的谷仓的幸运主妇，
你是草原夫人坐在中央眺望着你的世界，东边看看西边望望，
你是分配者，一句话就施舍了一千英里，一百万农庄，就像没事儿的那样，
你是接待一切者——你好客，（你的好客也不过就像上帝那样好客。）

四

我最近唱歌时声音是悲伤的，
我周围展示的一切是悲伤的，震耳的仇恨声和战争的硝烟；
在冲突当中我树立着那些英雄，
或者缓步在那些伤员和垂危者的中间走过。

但是我现在不歌唱战争，
也不歌唱士兵们有节奏的行军或营地的帐篷，
也不歌唱急忙前来为了准备战斗而部署的兵团，
不再歌唱那些悲惨的不人道的战争场面。

那些精神饱满的不朽队伍，那些走在最前面的军队是在寻找
　　地盘吗？
哎呀，是那些鬼魂般的队伍，那些随后来的可怕的军队在寻
　　找地盘。

（向前走，向前走，你们这些骄傲的军旅，你们那踏着步的肌
　　肉发达的双腿，
你们那年轻而健壮的肩膀，你们的背包和步枪；
我站着望着你们开步行军时是多么情绪高昂啊。

向前走——然后再擂一擂鼓，
因为一支军队出现了，啊，另一支正在集合的军队，
人头骚动，紧跟在后面，啊，你这支令人生畏的正在增长的
　　军队，
啊，你们这些可怜的兵团，你们那致命的腹泻和发烧，
啊，我那国家的受了伤残的亲人，那大量血污了的绷带和
　　拐杖，
看哪，你们那支苍白的军队来到跟前了。）

五

但是在这些光明的日子里，
在范围宽广的美景面前，大路和小巷，那些堆得高高的农家

大车，还有水果和谷仓，
死者应该闯入吗？

啊，我认为死者并不会起破坏作用，他们和大自然很协调，
他们很适合那树下草上的景致，
和沿着天边在远处出现的地平线。

我也没有忘记你们这些已去世的人们，
也没有在冬天或夏天忘记你们，我那些已失去了的人们，
但是特别像在现在这样的户外，在我灵魂全神贯注和安宁时，
像令人愉快的幽灵，
有关你们的回忆在出现，在悄悄地从我身边经过。

六

我那天看见了英雄们的归来，
（然而那些无敌的英雄们却永远不会回来了，
那天我并没有看见他们。）

我看见那走不完的军团，我看见大队大队的人马，
我看到他们前来，分队鱼贯而过，
往北方走去，他们的任务已完成，有时成堆地在强大的宿营
地宿营。

不是度假的兵士——年轻，却又老练，
疲惫、黝黑、英俊、健壮，是庄稼人和工人血统，
已受过多次漫长战役和艰苦行军的锻炼，
已习惯于多次血战的战场。

暂停——军队在等待，
百万精壮的受过战争考验的胜利者在等待，
世界也在等待，然后像拂晓一样轻柔，黎明一样肯定，
他们融解了，他们不见了。

欢呼吧，啊，田地！胜利的田地！
你们的胜利不在那些通红而颤抖着的战场上，
你们的胜利在此地在今后。

融解，融解吧，你们这些军队——解散吧，你们这些穿蓝色
　衣服的兵士，
恢复原来的样子吧，永远放下你们凶残的武器吧，
今后对你们说来，不论是南方或北方，你们的园地将不再是武器，
将有更加理智的战争，甜蜜的战争，繁殖生命的战争。

七

响亮些吧，啊，我的歌喉，明朗些吧，啊，灵魂！

这是感恩的季节，是充分收获的声音，
是一曲为了无限的繁殖力而感到欢乐强大的颂歌。

所有已耕或未耕的田地在我面前展开，
我看见的始终是我民族的真正活动场所，
人们的单纯而健康的活动场所。

我看见英雄们在从事别的劳动，
我看见他们手中挥舞着更好的武器。

我看见一切之母，
用无所不见的眼睛守望着，长时间地凝视着，
计算着收集起来的各种产品。

那遥远的日光照耀着的全景十分繁忙，
大草原，果园，北方的金黄谷物，
南方的棉花和大米，路易斯安那的甘蔗，
开阔的未下种的休耕地，种植着三叶草和猫尾草的肥沃土地，
牛群和马群在吃草，成群的羊和猪，
许多条奔流着的庄严的河，许多条欢乐的小溪，
健康的山地吹着带香草味道的微风，
还有那多好的青草，那小巧的奇迹，那不断重新长出的青草。

八

继续劳动吧，英雄们！把产品收割下来！
不仅在那些交战的战场上，那一切之母，
才巍然闪动着眼睛守着你们。

继续劳动吧，英雄们！好好劳动！好好使用那些武器！
一切之母就像过去一样一直在这里守着你们。

你看见的是心情愉快的美利坚，
在西部的田野里到处爬行着那些怪物，
那些神圣的人造发明，那些节省劳动力的工具；
你还看见在每个方向行动着那像是充满生命的转动着的草耙，
以蒸汽为动力的收割机和用马力运转的机器，
那些机械：打谷机、整谷机，分离出干草，使用着灵活的专利干草叉，
你看见的是那更加新式的锯木床，那南方的轧棉机和舂米机。

在你的眼睛底下，啊，母亲，
英雄们就是用他们自己有力的双手使用这些和其他进行收割的。

都在采摘，都在收割，
然而若没有你，啊，强大的，不会有一把镰刀像现在这样稳

稳挥动，
不会有一株玉米秆像现在这样太平地飘动着它那丝绸般的流苏。

只在你看守下他们才收割，甚至连一小叶干草也只是在你的伟大的脸的照看之下，
收割俄亥俄、伊利诺伊、威斯康星的小麦，每一片刺手的叶片也都在你的眼睛底下，
收割密苏里、肯塔基、田纳西的玉米，每一穗在它那浅绿色的叶鞘里，
收拾干草，把数不完的一堆堆放进喷香又宁静的谷仓，
燕麦入仓，密歇根的土豆、荞麦进入它们的谷仓；

收摘密西西比或亚拉巴马的棉花，挖掘并收藏金色的佐治亚和南、北卡罗来纳的甜薯，
剪取加利福尼亚或宾夕法尼亚的羊毛，
割下中部诸州的亚麻，或边区的大麻或烟草，
摘下豌豆和豆荚，揪下树上的苹果和藤上的一串串葡萄，
或任何在所有各州或北或南的已成熟的东西，
在光芒四射的太阳和你的眼睛底下。

1867 1881

有那么一个孩子出得门来

有那么一个孩子每天出得门来，
他看见的第一件东西，他就成了那件东西，
而那件东西就在这一天或在这一天的某段时间里成了他的一部分，
或者持续了许多年或长达好几个周年。

那早春的紫丁香成了这个孩子的一部分，
青草，白的红的喇叭花，白的红的三叶草，还有美洲绯鹟的歌，
三月的绵羊和母猪那窝浅粉色的小猪仔，还有母马的小驹和母牛的小牛犊，
仓前空地那里或池旁烂泥那里那窝聒噪不休的小鸡，
鱼类在下面奇妙地悬挂着，还有那美丽的奇妙液体，
还有那些水生植物和它们文雅而扁平的头部都变成了他的一部分。

四月五月的野生嫩枝成了他的一部分，
冬天谷物的嫩叶和浅黄色玉米的嫩叶，还有园中可食用的

球根，
开满花的苹果树和后来的果实，林中浆果，和路旁最常见的野草，
从酒馆厕所里刚站起身来的老醉鬼跌跌撞撞地往家里走，
女教师一路上学去，
友好的男孩子们打这里经过，还有那些爱拌嘴的男孩，
整齐而双颊鲜嫩的女孩子们，赤脚的黑人男孩和女孩，
无论他去什么地方的所有那些城里乡里的变化。

他自己的双亲，那成为他父亲的男人，那怀着他又生下他的妇女，
他们自己给了这个孩子的还不止此，
他们后来每天都给他些什么，他们成了他的一部分。

母亲在家悄悄把菜肴放在晚餐桌上，
母亲说话温和，衣帽整洁，走过时从她身上和衣服上散发着一种健康的气味，
父亲，健壮，过于自信，男子气，难对付，发脾气，不公正，
打人，尖锐地大声骂人，苛刻论价，诡计多端，
家庭的作风，语言，交往，家具，那颗充满渴望和容易激动的心，
不可否认的感情，真实感，想到可能最后还证明是不真实的，
白天的犹疑和夜间的犹疑，那说不清楚的究竟与如何，

出现的事情是否确实如此，还是都是些偶然出现的闪光和斑斑点点？
街上挤满了男人和妇女，他们不是闪光和斑斑点点又是什么？
街道本身和房屋的门面，橱窗里的商品，
运输工具，兽拉车，厚重木板架成的码头，渡口的巨大吞吐量，
日落时远远望去的那个高地上的村落，中间是河流，
阴影，晕轮和迷雾，两英里外日光照在白色或褐色的屋顶和三角墙上，
附近的纵帆船困倦地顺流而下，小船的船尾懒懒地被拖拉着，
那急急翻滚着的波浪，快速分散的浪峰，拍打着，
一层层的彩霞，远远独自在一边的栗色长条，一动不动地横卧在一片纯净之中，
地平线的边缘，飞着的海鸥，盐碱滩和岸上泥土的香味，
这些都变成了那孩子的一部分，他每天出门去，现在出门去，永远会每天出门去。

1855 1887

古老的爱尔兰

离这里很远的一个十分美丽的小岛上，
蜷缩在一座坟墓上的是一个年迈忧伤的母亲，
一度是个王后，现在却干瘦，衣衫褴褛，坐在地上，
她的老年的白发散乱地披在肩上，
脚下倒卧着一个没有使用的皇家竖琴，
她沉默了很久，沉默得太久了，她悼念着她那裹着尸衣的希望和后嗣，
全世界唯她的心最愁苦，因为也是她的心爱得最深挚。

然而听我说一句，年迈的母亲，
你不必再蜷缩在冰冷的地上，前额埋在两膝间，
啊，你不必坐在那里披着你散乱的老年白发，
你应知道你哀悼的那个人不在那座坟墓里，
这只是幻觉，你心爱的儿子没有真正死去，
基督没有死，他已复活，年轻又强壮，在另一个国家里，[1]

1 爱尔兰裔的美国人组织的革命会社——芬尼亚兄弟会——于 1858 年在美国成立。1851 至 1860 年之间来到美国的爱尔兰移民约有一百五十万人，留在本国的爱尔兰人则不到六百万。

就是你在墓畔那倒卧着的竖琴那里哭泣的时候，
你所悲悼的已经转化，离开了坟墓，
风儿宠爱着它，大海推送着它，
他现在有了玫瑰红的新的血液，
今天在一个新的国家里活动着。

1861 1867

城里的停尸所

在城里停尸所的大门旁，
顺着叮当声我走来闲逛着，
我好奇地站住了，因为看哪，一个被抛弃的人，一个可怜的死去了的妓女被带进来了，
他们放下了她那无人认领的尸首，它躺在潮湿的砖地上。
那神圣的女人，她的肉体，我看见那肉体，我独自一人望着它，
那房子曾一度充满热情和美丽，别的我都没有注意，
那冰冷的沉寂，龙头里放出的水，引起疾病的气味都没有打动我，
但只有那所房子——那所奇妙的房子——那所精致美好的房子——那倒塌的房子！
那不朽的房子胜过曾经建造过的所有一排排住宅！
或那座白色圆顶的国会大厦，装修着高大的人像，或所有那些古老的尖顶高耸的大教堂，
只有那所小小的房子胜过所有这些——可怜的，毫无希望的房子！
美好的、可怕的破屋——一个灵魂的住所——它本身就是一个

灵魂，
无人认领，人人走避的房子——请从我抖颤着的唇边吸一口气吧，
取一滴落在一旁的眼泪吧，这是我走过时想到了你而洒下的，
已死去的爱情的房子——疯狂和有罪的房子，倒塌了，粉碎了，
生命的房子，不久前还在说笑着——但是，啊，可怜的房子，即使在那时也已经死去，
成年累月，一座响着回声、装饰得很美的房子——但是死了，死了，死了。

1881 1867

这堆粪肥

一

我认为我是在最安全的地方时一件事情惊动了我，
我离开了我那心爱的寂静的树林，
我现在不去牧场散步了，
我不会从身上脱下衣服去和大海我的情人见面了，
我不会为了使我振作而用我的肉体像和别的肉体那样去接触大地了。

啊，为什么这块地本身竟没有生病呢？
你们这些春天长出的作物，你们怎能还活着呢？
你们这些香草、树根、果园、谷米的血浆，你们怎能依旧提供健康呢？
他们不是在不断把患病的尸体放进你们体内吗？
每一处大陆不是在用酸臭的死尸在一再翻造吗？

你们把他们的尸体安置在哪里了？
那好几代的醉鬼和饕餮？

所有那些腥臭的液体和腐肉你们都抽吸到哪里去了？
我今天没有在你们身上看见其中的任何一点，也许是我受了骗，
我要用我的犁耕一道沟，我要用铁铲撬土，往深处翻挖，
我肯定会多少掘出一点腐肉。

二

请看这堆粪肥！好好看一看！
也许每一小块都曾经是一个病人的一部分——然而请看！
春天的青草盖没了大草原，
豆角毫无声息地从园中的沃土里钻了出来，
葱头的嫩叶往上穿刺，
苹果枝上成球地长着苹果花苞，
小麦的复活使它苍白的面目又从它的坟墓里出现，
柳树和桑树的浅淡颜色苏醒了，
雄鸟日夜欢歌，雌鸟在抱窝，
雏鸡从蛋壳里啄壳而出，
初生的动物出现了，小牛出自母牛，小马出自母马，
从它的小山头忠实地长出了土豆的深绿色叶子，
从它的山头长出了黄色的玉米秆，前院的紫丁香开花了，
在所有那些层层酸臭的死尸上面，夏天的作物是无辜而倨傲不恭的。

多好的化学作用！
其实风是不会传染疾病的，
这并非欺骗，这片大海的透明绿波十分多情地跟着我，
让它的舌头浑身舐弄我那赤裸的身体是安全的，
埋伏着各种炎症的它是不会危害我的，
一切永远永远是洁净的，
井里的凉水味道很好，
黑莓的味道很好而且汁水很多，
苹果园和柑橘园里的果实：瓜、葡萄、桃、李，都不会毒害我，
我躺在草上时不会染上疾病，
虽然每片青草生长的地方或许一度都有过传染病。

现在我害怕大地，它是那样安详而忍耐，
它从这样的腐朽之中长出了这样甜蜜的东西，
在这样许多接二连三的患病的腐尸中它的轴心安全而一尘不
　染地旋转着，
从这样到处弥漫的恶臭中它滤出了这样美好的各种风，
以这样若无其事的态度再生了它大量的、年产丰富的收成，
它给人的是这样神奇的物资而它最后从它们身上接受的却是
　这样一些残羹剩饭。

1856　　　　　　　　　　　　　　　　　　　　1881

给一个遭到挫败的欧洲革命者

勇敢些，我的兄弟，我的姊妹！
坚持下去——不论发生什么事情，自由必须促进，
没有什么一次两次或多次失败就扑灭了的，
不论是否由于人民的冷漠，忘恩负义或不忠，
或是受到了权力、士兵、大炮、刑法的非难。

我们所信仰的永远在各州潜伏着，等待着，
不邀请谁，不许诺什么，而是在镇静和光明中坐着，积极而安详，不知什么叫沮丧，
耐心地等待着，等待着时机。

（这些不只是效忠的歌，
也是造反的歌，
因为我是全世界每一个无畏的叛逆者的最忠诚的诗人，
跟我走的只有放弃太平和常规的生活，
随时准备失去生命。）

战斗已轰轰烈烈打响，多次大声报警，经常有进有退，

背叛自由者胜利了，或者自以为胜利了，
监狱、绞架、刑具、手铐、铁项圈、铅弹起着它们的作用，
知名和无名的英雄进入了另一个世界，
伟大的演说家和作家被放逐，他们病倒在遥远的异乡，
正义的事业睡着了，最坚强的喉咙被自己的鲜血堵塞了，
年轻人在见面时朝着脚下的地低下了头，
虽然如此，自由并未远离，变节者也没有完全掌权。

自由在离开时绝非第一个、第二个或第三个离开，
它等着大家都走完，它是最后一个。

在人们的记忆中已完全没有英雄和烈士的时候，
在男人和女人的全部生命和全部灵魂已在全球绝迹的时候，
那时自由和自由的观念才在地球的某一处地方绝迹，
变节者才完全掌权。

因此勇敢些，欧洲的男女造反者！
一切都停止时你们也不能停止。

我不知道你们目的何在，（我也不知道自己的目的，或任何事物的目的何在，）
但我要认真寻求，不怕挫败，
不管是否失利、贫穷、误解、被囚禁——这些也都是伟大的，

我们认为胜利是伟大的吗？

是的——但是我现在认为在不可避免时，失败也是伟大的，

死亡和沮丧也是伟大的。

1856　　1881

未曾被题名的国家

在这个国家之前一万年的各个国家，在这个国家好几个一万年之前的各个国家，
集许多个时代以来像我们这样的男人女人长成了人，走过了他们的道路，再往前进，
多少大型城市，多少秩序井然的共和国，多少牧民部族和游牧者，
多少可能超过其他一切的历史，统治者，英雄，
多少法律、习俗、财富、技艺、传统，
什么样的婚姻，什么样的服装，什么样的生理学和颅相学，
他们中间的自由和奴役又怎么样，他们对死亡和灵魂是怎么想的，
谁机智、明智，谁美丽而富于诗意，谁粗野又落后，
没有留下一点痕迹或记载——然而一切都留了下来。

啊，我知道这些男人和女人不是无故活着的，正像我们不是无故活着的，
我知道他们属于世界规范之内，正像我们现在也完全一样。
他们站的地方很远，然而我却觉得他们站得很近，

有些是鹅蛋脸，很有学问，很安详，
有些赤着身子很野蛮，有些像大批收集起来的昆虫，
有些住帐篷，牧民、族长、部族、骑手，
有些在树林中谋生，有些和平地生活在农庄上，劳动，收割，把谷仓装足，
有些走着石砌的马路，在寺庙、宫殿、工厂、图书馆、表演场所、法庭、剧院、奇妙的碑林之间出入。

这些亿万人众真的都消失了吗？
这些老于世故的妇女们都消失了吗？
他们的生平、城市、技艺，全靠我们了吗？
他们没有为自己取得过永久性的成就吗？

我相信那些住满了未曾被题名的国家的所有男人和女人，此刻每个人都存活在这里或别的地方，只是我们看不见，
这和他或她是如何在生活中成长起来的，以及他或她在生活中的所作所为，感受，发展，爱好和罪过成正比。

我相信那不是那些国家或其中任何一个人的终点，正如同这也不会是我的国家或我的终点；
至于他们的语言、政体、婚姻、文学、产品、游戏、战争、习俗、犯罪、监狱、奴隶、英雄、诗人，
我猜想它们的结果是奇妙地在至今还未能看见的世界里等候

着，亦即在这个可以看见的世界里是那些和他们所取得的增长和成就相对应的东西，
我猜想我会在那里遇见它们，
我猜想我会在那里找到那些未曾被题名的国家的每一个古老的细节。

1860　　1881

谨慎之歌[1]

我在曼哈顿街头漫步时一直在思考着，
时间，空间，现实——诸如此类的问题而和它们并肩而行的
则是谨慎。

关于谨慎总还有最后的解释还没有做出，
不论巨细都由于合乎不朽原则的谨慎而被悄悄丢在一旁。[2]

灵魂是属于它自己的，
一切都朝它靠拢，一切都要看结果，
一个人所做所说所想的一切都是重要的，
一个男人或女人的每一行动不只影响他或她一天，一个月，

---

1 这首诗是初版长序中论“谨慎”一段的改写。惠特曼在他的文章中多次提出“深谋远虑”“谨慎”“智虑”，亦即“prudence”这个词，例如他认为激进不能过了头，不能忘记需要“谨慎”。又说“谨镇”是独立的右臂。颅相学和伊壁鸠鲁学说都主张“谨慎”，享乐要有节制始能持久。学者们还认为惠特曼读了爱默生论“谨慎”的文章，后者认为“谨慎”是内心生活的外层行动，事物的天性不是偶然的而是有法则的，精神上的“谨慎”尤为重要。

2 现在对于“谨慎”的通俗理解是“精打细算”。但在这里的基本意义是一种导致美德与修养的智者之虑。

或直接的一生中的任何一段时间，或临死的时候，
而是会继续影响他或她的间接的一生。[1]

间接的和直接的同样重要，
精神从肉体得到的东西和它给予肉体的一样多，也许更多。

不会有一句话，一个行动，不会有任何性病、污染、手淫者的阴私，
饕餮或酒鬼的堕落、侵吞、狡猾、背叛、凶杀、诱奸、卖淫，
不在死后也有恶果，如在生前一样切实。

宽厚和个人力量是唯一有价值的投资。

不需要详细说明，一个男性或女性所做的一切，只要是有生命力的，仁慈，干净的，对他或她就是有益的，
这是不可动摇的宇宙规律，也永远不会越出这个范围。

明智者会收取利息，
野蛮人、罪犯、总统、法官、庄稼汉、水手、机械工、文人，年轻的，年老的，都一样，
迟早会收到利息——迟早一切都会到来。

---

1 这里的“直接的一生”指有生之年；“间接的一生”指死后的永生。

单独，全部，现在会有影响，当时受影响，永远会影响，包括全部过去，全部现在，全部未来，
所有战争与和平的勇敢行动，
一切给予亲戚、陌生人、穷人、老人、愁苦的人、年轻孩子、寡妇、病人、受排斥的人的援助，
一切自我克制，在将沉没的船上稳稳远远站定，而让别人坐满救生船的人，
一切为那美好的古老事业[1]或为一个朋友或某种主张而贡献物资或生命的人，
一切受到他们邻居嘲笑的热心者的苦痛，
一切做母亲的无限甜蜜的爱和无穷苦难，
一切记载过或未曾记载过的、在斗争中受挫折的正人君子，
一切古代国家的宏伟和优胜，它们的片纸只字我们继承了下来，
一切我们不知其名，其日期、地点的几十个左右的古国和它们的所有业绩，
一切从来都是按照男子本色开创的事业，不管成与不成，
一切能使人想到人的神圣智慧，他的神圣的口形，或他那一双大手的形状的，
一切今天很好想到或说过的，不管是在地球的哪一方，在活动着的星球或固定的星球哪一个，只要是那里的人和这里

1　参看《给你，古老的事业》。

的人所想所说的，
一切今后你想的，做的，不管你是谁或任何别人，
这些都适应，已经适应，将要适应那些已经产生或即将产生
它们的不同个性。

你认为任何事物只在当时的刹那间才存活吗？
世界不是这样存在的，可捉摸或不可捉摸的各个部分都不是
这样存在的，
没有一种完美成果的存在不是出自某种以前的漫长的完美成
果，而它又出自另一种，
必然有一种可设想的最远成果比别的更接近于开始的时候。

凡能满足灵魂的就是真实的；
谨慎能完全满足灵魂的渴望与贪婪，
只有它本身才能最终使灵魂满足，
灵魂有无穷的自信，它反抗除它自己之外的任何教训。

现在我吐露了那个和时间、空间、现实并列的词汇谨慎，
那样就满足了那除自己外不接受任何教训的自信。

所谓谨慎是不可瓜分的，
它拒绝使生命的一部分脱离其他部分，
不能分正直和不正直，或活的与死的，

和每个思想或行动互相配合的是与它有关的东西，

不承认有宽恕的可能性或赎罪的替代品，

深知那镇静地冒生命危险而最后牺牲的青年无疑表现得非常出色，

那从未冒过生命危险，在富贵与舒适中活到老的，他自己可能毫无什么值得一提的成就，

认识到只有那学会看成果的人才是个真正学到东西的人，他对肉体和灵魂同样看待，

他知道那间接的肯定是从那直接的那里来的，

他的精神在遇到任何紧急情况时既不急于追求，也不躲避死亡。

1856 1881

狱中的歌手[1]

一

啊，令人看着可怜、可耻又可悲的人们！
啊，可怕的思想——一个囚犯的灵魂！

这一叠句歌词沿着过道、监狱，震响着，
升到屋顶，直上穹苍，
曲调像潮水那样奔涌，音色忧郁、甜蜜又雄壮，是从来未曾听见过的，
连远远的哨兵和荷枪的卫队都听得见，他们停止了巡逻，
听者的脉搏都因为激动、肃然起敬而停止了。

二

一个冬天，太阳在西边低垂，

1 这首诗歌颂了1869年著名歌星帕丽卜-罗莎在新新监狱举行的一次音乐会，据说惠特曼曾经参加了这一集会。诗中部分采取了他极少使用的传统诗体。

在当地的盗贼和歹徒中间的一个狭窄甬道两旁，
（那里坐着几百个面孔干瘦的凶杀犯，狡猾的伪钞制造者，
在有人站岗的监狱墙内集在一起做安息日的礼拜，
不少看守荷枪实弹，双目炯炯地守卫着，）
一位夫人镇定地走来，一手拉着一个天真的小孩，
他们坐在台上她身旁的小凳上，
她先用乐器弹了一个低沉的前奏乐曲，
然后用十分美妙的声音唱了一首古雅的赞美诗。

一个被铁栏和镣铐囚禁的灵魂，
一边呼叫一边搓着两手：救命！啊，救命！
她的眼睛瞎了，她的胸脯流血了，
还是得不到饶恕，连宽慰也得不到。

她不停地走来走去，
啊，白天是心焦！啊，夜里是忧虑！
没有朋友的手，也没有慈祥的脸，
既得不到照顾，也听不到仁慈的语言。

犯罪的不是我，
是无情的肉体拖累了我，
虽然我一直在勇敢地奋斗，
还是敌不过肉体的引诱。

再忍一忽儿，亲爱的遭囚禁的灵魂，
你会得到宽恕，这迟早可以肯定；
会带你回家去，终于得到解放，
上天派来的免罪人将是死亡。

不再是囚犯，不再感到羞耻或悲愤！
走吧——一个上帝已免罪的灵魂！

三

歌手唱完了，
她那双清澈安详的眼睛对着所有仰着的脸望了一眼，
是一片狱中人的脸的奇异大海，是一千张不同的诡诈、残忍、
　　布满皱纹又美丽的脸，
然后站起来，走过他们中间的那条狭窄甬道，
她的长袍在沉默中窸窣地擦过他们的身旁，
她和她的孩子们消失在暮色之中。

这时候，所有的人，囚犯和武装的看守还没有动过一动，
（囚犯忘记了监狱，看守忘记了他那实弹的手枪，）
在奇妙的一瞬间没有一点声音，像是暂停，
然后是深沉的强忍住的抽噎和坏人也低头感动得哭泣的声音，
青年的抽搐着的呼吸，回忆着家里，

母亲唱摇篮歌的声音，姊妹的照顾，幸福的童年，
长期受压抑的精神又勾起了回忆，
那是奇妙的一瞬间——但是后来在孤独的夜晚，对那里的许多许多人，
多年以后，甚至在临死的时候，那忧伤的叠句，那曲调、声音、词句，
又会重演，那高大安详的夫人走过那狭窄的甬道，
又是那哀婉的调子，歌手在监狱里歌唱，

啊，令人看着可怜、可耻又可悲的人们！
啊，可怕的思想——一个囚犯的灵魂！

1869　　1881

丁香花开放时的欢唱

请现在给我唱一支丁香花开放时的欢歌吧，（又回到了记忆中，）
啊，舌头和嘴唇，请为大自然的缘故，为我选一些初夏的纪念品，
收集那些受欢迎的季节的标志，（像孩子们玩弄石子或把贝壳串在一起，）
在四月和五月时请列入池塘里呱呱叫着的雨蛙，那富于弹性的空气，
蜜蜂、蝴蝶、麻雀和它那简单的声调，
青鸟和箭一般的燕子，也不要忘记那闪动着金色翅膀的啄木鸟，
那凝静而闪烁着阳光的薄雾，那散不开的黑烟，那水汽，
有鱼在游泳的水面的微光，那天蓝色的上空，
一切欢乐而闪耀的东西，那奔流着的小溪，
枫林，那清爽的二月天气和制糖的活动，
知更在跳着的地方，眼睛亮，胸脯棕黄，
日出时悠扬清脆的鸣叫，又在日落时鸣叫，
或在苹果园的树丛里飞来飞去，给它的伴侣筑着窝，

三月已消融的雪，杨柳发出它黄绿色的嫩芽，
因为春天到了！夏天到了！这里那里又出现了什么?
你，灵魂，你被松绑了——那种我不知目的何在的不安的
　追求；
来吧，莫在此地久留，让我们站起来走吧！
啊，若能像鸟儿那样飞行该多好！
啊，像坐在船里那样远遁，出航！
和你一同滑翔，啊，灵魂，驶过一切，驶进一切，像水上的
　一条船；
收集这些暗示，这些前奏曲，蓝天、青草、晨露，
丁香的芬芳，长着墨绿色心形叶瓣的树丛，
林间紫罗兰，那号称天真的浅色的小巧的花朵，
它们不仅是自己的样品和品种，也制造气氛，
为了打扮我心爱的树丛——为了和鸟儿们一同唱歌，
丁香时节的一支欢歌，又回到了记忆中。

1870　　　　1881

一座坟墓的草图

（G. P.，葬于 1870 年）

一

我们能讴歌什么呢，啊，这墓中的你？
为你悬挂些什么碑文，草图呢，啊，百万富翁？[1]
我们不知道你的生平，
只知道你一直在进行贸易，在经纪人常去的地方，
也不知道你的英雄业绩里，有无战争，光荣等事迹。

二

安静吧，我的灵魂，
像在等候什么那样，低垂着眼皮，考虑着，
不再追求所有的实际范例，英雄们的丰碑。

而是通过内心酝酿的远景，
不声不响地升起了幻象似的，（像夜间出现了北方的朝霞，）

1　百万富翁指慈善家乔治·皮巴迪（George Peabody，1795—1869），卒于伦敦，尸体由英国的一艘战舰运回家乡马萨诸塞州的丹弗斯（Danvers）（1870 年 1 月），他创立了耶鲁和哈佛的皮巴迪博物馆。

微光熠熠的画面，预兆式的，没有实际形体的景象，
而是精神性质的投影。

其中的一幅，在城里的街道上出现了一个工人家庭，
他已做完一天的工作，煤气灯在干净而清新的空气中亮着，
地毡扫得干干净净，那欢乐的炉子里烧着火。

又一处，一幅神圣的分娩图，
一个幸福而没有痛苦的母亲生了一个十全十美的婴儿。

另一幅是一家人在吃丰盛的早餐，
坐着和睦的双亲和心满意足的儿子们。

又一幅是三三两两的年轻人，
集中着几百人，在小路、街道和大路上走，
走向一所圆顶耸立的学校，

另一幅是美丽的三人一组，
祖母，亲热的女儿，亲热的女儿的女儿，坐在那里，
闲谈着，缝补着。

又一幅沿着一套高大的房间，
在许多书籍和报刊、墙上的画、精致的小塑像中间，

是一群一群的友好的工人，青年机械工，
在读着书，谈着话。

展示的一切一切都是劳动者的生活，
城与乡，女人、男人和孩子们，
他们的生活日用品有了足够的供应，这一次总算快乐地在阳光底下染上了颜色，
结婚、大街、工厂、农庄、家里的房间、寄宿的房间，
轻劳动和重劳动、洗澡间、健身房、游戏场、图书馆、高等学校，
学生，或男或女，被带去上学，
病人有人照看，无鞋的有鞋穿，孤儿得到了父爱和母爱，
饥饿的有饭吃，无房的有房住；
（用意绝佳而且实在太好了，
活动方式，细节，合乎人情。）

三

啊，你这墓中人，
这些景象是你促成的，你是毫不吝啬的慷慨的赠予者，
和大地所赠予的一样，像大地一样宽厚，
你的名字就是大地，有山有田有潮。

不只是你们流着的水，你们这些河流啊，
你们，你们康涅狄格河的两岸，
你和你、所有古老的泰晤士的繁忙生活，
你这洗涤着华盛顿走过的土地的波托马克，还有你，帕塔普斯科[1]
你，哈得孙，你，无止境的密西西比——也不只是你，
我的思想和对他的悼念也在奔向公海。

1870 1881

1 帕塔普斯科（Patapsco），流进切萨皮克湾的一条河，在弗吉尼亚州。

从这个假面背后[1]

（面对一幅画像）

一

从这个低着头粗线条刻制的假面背后，
出现了这些光与影，这出包括全体的戏剧性情节，
这张脸的这一人人皆同的面幕[2]包含的我就代表我，你就代表
　你，人人代表他自己，
（悲剧，忧伤，欢笑，眼泪——啊，天哪！
这一面幕掩盖着充满热情的许多戏文！）
这是上帝最晴朗、最纯洁的天空的釉彩，
这是撒旦那火烫的地狱的一层薄膜，
这是心的地图，这是无界限的小块大陆，这是没有声息的
　大海：
从这个地球的迂回曲折中出现了，
这个比太阳或月亮，比木星、金星、火星更加奥妙的天体，
这个宇宙的缩影，（不，这里是唯一的宇宙，
这里是观念，都被包裹在这个手掌大的神秘之中；）

1　指林敦（W. J. Linton）。根据一张照片给惠特曼做的一幅木刻像，原载面对《裹伤者》的那页（见1876年版的《草叶集》）。

2　指假面。

这双刀刻的眼睛在闪着光，请你走向未来，
通过斜着旋转的空间，从眼睛里向你投去、送去、射去的，
不管你是谁——是一瞥。

二

一个曾经经历过思考和岁月，和平和战争的旅客，
青春早已过去，中年也在日益退化，
（像一个已经读完而被放在一边的故事的第一卷，而这是第二卷，
诗歌，探险，思索，不久就要结束，）
此时在这里稍稍逗留，转过身来面对着你，
像在大路上或偶尔来到某一扇微开着的门边，或敞开着的窗边，
暂停片刻，低下头，脱下帽，特别向你致意，
想吸引你的灵魂并至少一次用我的灵魂紧紧抱住你的，
然后再向前走，继续旅行。

1876 1881

发声艺术

一

发声艺术，分寸，集中度，力度，用词汇说话的神圣威力，
你是否因长期锻炼，努力练习，身体结实，而声音洪亮，嘴唇灵巧？
你是否在这些广阔的土地上活动，和土地一样广阔？
于是就取得了用词汇说话的神圣威力？
因为只有经过多年之后，经过贞洁、友谊、生育、谨慎和裸露，
经过脚踏土地，迎着河流与湖泊前进，
经过一个解放了的喉咙，经过吸收了许多时代、性格、种族，经历了知识、自由、犯罪，
经历了全心信仰，经历了澄清、提高、排除障碍，
经过了这些而有余之后，才有可能使一个男子，一个妇女取得用词汇说话的神圣威力，
然后一切都迅速急忙地来到那个男子或那个妇女面前——没有人拒绝，人人都注意听，
军队、船舶、古迹、图书馆、绘画、机器、城市、仇恨、绝

望、友情、痛苦、偷盗、凶杀、企望，紧密排列在一起，
由于要求它们顺从地走过那个男子或那个妇女的口腔，它们于是就倾吐了出来。

二

啊，我身上是什么东西使我在听见人声时这样颤抖？
和我说话时声音恰到好处我就一定会跟着他或她走，
正像流水跟着月亮，悄悄地，用流体的步子，随它到地球的任何地方。[1]

一切都在等候那恰到好处的人声；
熟练又十全十美的器官在哪里？发达的灵魂在哪里？
因为我看到从那里发出来的每个字音都有更深、更甜的新的声音，条件不够绝不可能。

我看见紧闭的大脑和嘴唇，不能感受的鼓膜和太阳穴，
一直要等到具备了能够感受和张口的能力，
一直要等到具备这个能力：把还在随时准备好的所有词汇里睡大觉的一切说出来。

1860　　　　1881

1　英国小说家乔治·艾略特（George Eliot，1819—1880）曾在小说《但尼尔·隆达》第四部分第二章中以这两行诗作为章前引语。

致那个钉在十字架上的人

我的心灵在向你的心灵说话，亲爱的兄弟，
不要担心许多叫你名字的人并不理解你，
我没有叫你的名字，但是我理解你，
我是为向你致敬才欣然来说明你的，啊，我的伙伴，我也向那些以前和此后或未来都心向着你的人们致敬，
我们在一起工作以传播同一个重托和继承，
我们这几个平等的少数人，不分国家，不分时代，
我们包含一切大陆，一切等级，容许一切有关神的理论，
同情别人，理解别人，和人们和睦相处，
我们在争论和坚持主张中默默走过，并不拒绝那些争论的人或被坚持的任何主张，
我们听见责骂声和喧闹声，分歧，嫉妒，反责从各方面来到我们身边，
它们专横地朝我们逼近，包围我们，我的伙伴，
然而我们还是不受把持地走着，自由自在，走遍全世界，上下周游，直到我们在时间和不同时代里留下我们磨灭不掉的痕迹，
直到我们渗透了时间与时代，以便各民族和各个未来时代的男子和妇女也会像我们一样成为弟兄和情侣。

1860　　1881

你们这些在法院受审判的重罪犯

你们这些在法院受审判的重罪犯，
你们这些坐牢房的囚犯，你们这些上了脚镣手铐、判了刑的暗杀犯，
我是谁，我为什么没有受审判，没有蹲监狱？
我像别人一样残酷凶恶，为什么我的手腕没上铐，我的脚踝没上镣？

你们这些娼妓在人行道上卖弄风骚，在你们房里卖淫，
我是谁，竟敢称你们比我自己更加淫乱？
啊，有罪的！我承认——我已暴露！
（啊，崇拜者，不要夸奖我——不要赞美我——你使我肉麻，
我看见的是你看不见的——我知道的是你不知道的。）

我在这些胸骨下面隐藏着斑污累累，透不过气来，
在这张看似冷漠的脸下面地狱的潮水不断在奔涌，
欲念和恶毒我都是能够接受的，
我怀着强烈的爱和犯法的少年同行，
我觉得我是他们的同伙——我自己属于那些囚犯和娼妓，

今后我将不会再否认他们——因为我怎能否认自己呢？

1860 1867

创造的法则

创造的法则，
强有力的艺术家和领袖，美利坚新一代的教师和杰出的文人，
崇高的学者和未来的音乐家们应遵守的法则。

一切人必须联系到世界上的全体，和世界上的严密真理。
无所谓太突出的题材——一切著作必须论证间接性的神圣法则。

你认为创造是什么？
你认为什么才能使灵魂满足，除了自由行动，不承认有上司？
你认为我要用一百种方式向你暗示的是什么东西？除了说男
　人或女人并不下于上帝？
而且别无比你自己更加神圣的上帝？
而且最古老和最新的神话的最后意义就是这个？
而且你或任何人只有通过这些法则才能进行创造？

1860　　　　　　　　　　　　　　　　　　　　　　1871

给一个普通妓女

镇定些——对我随便些——我是沃尔特·惠特曼，和大自然一样解放，健壮，
只有太阳把你排斥了，我才会排斥你，
只有流水拒绝为你闪光，树叶拒绝为你发出响声，我的话才会拒绝为你闪光并发出响声。

我的女孩，我和你定一个约会，而且我要求你做好相称的准备，以便和我见面，
我要求你要有耐心，维持最佳状态，直到我来。

到时候再见，现在我对你用含有深义的一瞥表示敬意，以便你不会忘记我。

1860 1860

我在长时间寻找

我在长时间寻找目的，
为自己找一个说明过去历史的线索，也为这些诗歌——现在我找到了，
它不在图书馆那些一页页的故事里，（这些我既不接受也不拒绝，）
也不是别处没有只在这些传说里，
它是在当前——它是今天这个大地，
它是在民主制度中——（这是一切过去的含义和目的，）
它是今天的一个男子或妇女的生活——今天的一个普通人，
它在语言、社会风俗、文学和艺术中，
它在人所制造的事物的广泛表现中，船舶、机器、政治，信条、现代化的革新，以及国与国之间的交往，
都是为了现代化——都是为了今天的那个普通人。

1860　　　　1881

有 感

关于升到高位，讲究礼节，富裕，有学术水平等等的人们，
（在我看来那些人达到的一切都从他们身边消失了，除非影响了他们的肉体和灵魂，
我看他们常常显得瘦削而赤裸，
而且我看他们常常彼此之间轻慢，也自己嘲讽他或她自己，
每个人的生活核心，即所谓幸福，都塞满了蛆虫的粪便，
而且我看那些男人和女人常常不知不觉地错过了真正的生活现实而趋向于虚假的现实，
我看他们常常只依靠惯例生活，没有什么别的，
我看他们常常像在黄昏时走动的忧伤而匆忙的尚未醒来的梦游者。）

1860　　　　1871

奇　迹[1]

唉，有谁重视什么奇迹呢？
我却是除奇迹外不知道还有什么别的，
不管我是否走在曼哈顿的大街上，
或是目光直射过屋顶飞向天空，
或者赤脚沿着海滩边踏水而过，
或者站在林里的树底下，
或者大白天和我心爱的随便谁谈话，晚上和我心爱的随便谁同床，
或者和其余的人一同坐下就餐，
或者望着乘车时坐在我对面的陌生人，
或者在某个夏天的上午注视着忙碌的蜜蜂围着蜂房转，
或者是田野里觅食的动物，
或者是空气中的鸟雀或昆虫的奇妙，
或者是落日的奇妙，或星星在静悄悄而又明亮地照耀，
或是春天的新月那精巧纤细的薄薄一弯。

1　在惠特曼1855年以前的笔记中曾有这样的话："我们听说过奇迹——但是哪有不是奇迹的呢？"

这些和其他，每一件和一切，对我都是奇迹，
都暗示着全部，然而又各有特色，各占己位。
对我说来每一小时的光和暗是一个奇迹。
每一立方英寸的空间是一个奇迹，
每一方码的地面铺着的是同样的东西。
内部的每一英尺都满是同样的东西。
对我说来大海是个持续不断的奇迹
游泳的鱼——岩石——波浪的摆动——船只和船上的人，
还有比它们更离奇的奇迹吗？

1856　　　　　　　　　　　　　　　　　　　　　　1881

转轮发出的火花

在城里那整天不断流动着人群的地方，
我走去参加了一群看热闹的孩子，和他们停留在一起，
在路边离铺设着的石板不远的地方，
一个磨刀人在掌握着转轮磨快一把大刀，
他低着头小心翼翼地让大刀靠近磨刀石，摆动着脚和膝盖，
用有节奏的踩踏，他飞快地旋转着轮子，手的压力是那样轻
　灵又坚定，
然后放射出许多金色的扩散物，
转轮发出的火花。

这情景和它周围的一切是那样抓住了我，牵动了我的心，
面色惨淡的尖下巴老人穿着破旧衣服，肩上勒着宽阔的皮带，
我自己是在缓缓流动，像液体，像一个离奇的漂游着的幽灵，
　在这里被吸引住，停住了脚步，
这里的一群（是镶嵌在浩渺环境里的无人注意的一点，）
这些全神贯注、不出一声的孩子，那边吵闹、骄傲、骚动着
　的街道，
那旋转着的磨刀石的低哑震动声，那轻轻按住的刀刃，

散布着，抛洒着，四处投射着阵阵的金色细雨，
转轮发出的火花。

1871 1871

给一个学生

需要改革吗？是通过你吗？
需要的改革越大，你完成它所需要的人格也就越伟大。

你！你难道没有看出来眼睛、血液、肤色，必须又干净又甜蜜是多么起作用吗？
难道你没有看出来有这样一个肉体和灵魂，在你走进人群时一种欲望和权威的气氛也就跟了你进去，使每个人都深深感到你人格的力量是多么起作用吗？

啊，有吸引力的人！满身全都是血肉！
去吧，亲爱的朋友，如果需要就请放弃一切，从今天开始就使自己能适应勇敢，现实，自尊，确切性，高姿态吧，
不要停顿，一直等到你集中注意力自己公开宣布你自己的“人格”。

1860　　　　1867

把折叠打开

把那个女人的折叠[1]打开男人也就打开了，而且来时总是打开着的，
只有把大地那最高明的女人打开才会有大地最高明的男子，
把最友好的女人打开才有最友好的男子，
只有把一个女人的完美肉体打开才会形成一个男子的完美肉体，
只有把女人的无与伦比的诗歌打开才会有男子的诗歌，（只有从那时起才有了我的诗歌；）
我爱的那健壮而傲慢的女人打开了，从那时起才会出现我爱的那健壮而傲慢的男子，
打开了我那心爱的肌肉结实的女人的健壮拥抱，只有从那时起才会有男子的强壮拥抱，
把那女人头脑的折叠打开就会有那男子的头脑的所有折叠，才会顺从，
把那女人的正义感打开了一切正义感才会打开，
把那女人的同情心打开了就会有一切同情；

1　折叠是指一个蜷曲在母体里的胎儿。

一个男人是世界上的一件大事而且永远如此，但是男人的每
　　个一星半点伟大是从女人那里揭开的；
首先那个男子是在那妇女里形成的，然后才能形成他自己。

1856　　　　1861

我还能是什么

我不是一个喜欢我自己名字的声音的孩子，还能是什么？一遍一遍地重复着；
我站在一边听——从来不会厌烦。

你的名字对你也一样，
你认为你名字的声音只有两三种读法吗？

1860　　1867

宇 宙[1]

他包括多样性而且就是大自然，
他是大地的广阔，大地的粗俗和性感，大地的伟大慈悲，也是平衡，
他没有白白从这些眼睛的窗户里往外看，他的头脑也没有白白听取信使们的报告，
他包含信徒和非信徒，他是最庄严的情人，
他及时地掌握着他或她那合乎比例的三位一体：现实主义，精神至上主义，和属于美学或智力的一切，
他考虑了肉体觉得它的所有器官和组成部分都很好，
他从大地的理论和他或她肉体的理论出发，通过深奥的比较，理解其他一切理论，
一座城市、一首诗、这个国家的重大政治的理论，
他不仅相信我们这个地球和它的太阳和月亮，也相信别的地球和它们的太阳和月亮，
他建造了他自己或她自己这所房屋，不是为一天而是为永久，

1 原文为Kosmos，一般是“有规律的宇宙”之意。此处指一个无所不包的和谐的个人。惠特曼曾自称是“一个宇宙”，因此在这里用“他”为主语。

看到了不同种族，时代，重大日期，一代又一代，
过去，未来，居住在那里，像居住在空间，和一切都不可
分离。

1860 1867

别人可以任意赞扬

别人可以任意赞扬；
但是我，从奔流的密苏里[1]岸边来，在艺术或别的方面不赞扬什么，
直等到它很好地吸进了这条河流的气氛，也吸进了西部大草原的气息，
然后又把它全部吐出来。

1865　　1881

1　惠特曼第一次看到密苏里河是在他从新奥尔良回家途中（1848 年 6 月），后来又在西游时看到过（1879）。

谁能学完我这一节课？[1]

谁能学完我这一节课？
老板、工人、学徒、教士和无神论者，
那愚笨和明智的思想家、父母与后代、商人、小职员、脚夫和顾客，
编辑、作家、艺术家和学童——到这里来，我们开始吧；
这不是什么功课——它开放了为一堂好课设置的禁区，
从那里开放了另一课，每个人接着又开放了另一课。

伟大法则的执行和传播是无须争议的，
我也是这种风格，因为我是它们的朋友，
我不分彼此地爱着它们，我不会停下来行额手礼。

我出神地躺着听人讲有关某些事情的美丽故事，以及某些事情的原因，
它们真动听，我用肘轻推自己要仔细听。

---

1 这首诗第一次出现在《草叶集》1855 年初版中，后来经过多次修改，于 1871 年定稿。

我不能告诉谁我听见了什么——对我自己都不好说——真是十分奇妙。

不是小事情，这个滚圆而又香甜的地球永远在准确地循着轨道走，不会颠簸或出现一秒钟的虚假，
我认为它不是用六天或一万年或百亿年造成的，
也不是一个接着一个设计和建造起来的，像一个建筑师设计并建造一所房子那样。

我并不认为七十年是一个男子或妇女的寿命，
七千万年也不是一个男子或妇女的寿命，
多少年也不会阻止我的或任何别人的存在。

我竟能不死岂不奇妙吗？正像每个人都是不死的；
我知道这是奇妙的，但是我的视力也一样奇妙，我是怎样被孕育在我母亲的子宫里的也一样奇妙，
又从婴儿在爬行时的那种迷糊状态里过上两个冬夏就会开始说话走路——所有这些也一样是奇妙的。

这时候我的灵魂拥抱你，我们没有相见而且恐怕永不会相见就能彼此感动，也完全是十分奇妙的。

我能有这些想法也一样十分奇妙，

我能提醒你而你也这样想并且知道这些想法是真实的，也一样十分奇妙。

而且月亮绕着地球旋转和地球一起前进也一样十分奇妙，
而它们又随着太阳和星星平衡自己也一样十分奇妙。

1855 1867

考　试

他们都坐在那里准备应试，内心深处很安稳，灵魂里并不准备接受分析，
当裁判的不是传统，不是外在的权威，
他们是外在权威和一切传统的裁判，
他们一直只是在确认所有确认他们自己并触及自己的一切；
虽然如此，他们本人永远在毫无例外地确认无论远近的任何东西。

1860　　1860

火　把

在我那西北岸上深夜时一个渔夫团体站在那里守候着，
他们面前的湖上是别人在用渔叉叉鲑鱼，
那独木舟，一个迷糊的阴影，在横过那片黑水，
船头亮亮地烧着一个火把。

1865　　　　　　　　　　　　　　　　　　1871

啊，法兰西之星[1]

（1870—1871）

啊，法兰西之星，
你的希望、力量和声望十分明亮，
像一条骄傲的船长期领导着舰队，
今天似乎是一个给大风驱赶的残骸，一具没有了桅杆的船壳，
在它那些拥挤的发了疯的淹得半死的人群中，
既没有舵也没有舵手。

昏暗的遭受了打击的星星，
不只是法兰西的星球，也是我灵魂的苍白符号，它最热切的希望，
亦即斗争和胆略，追求自由的神圣狂热，
对远大理想的追求，热情者寻求兄弟情谊的梦想，
使暴君与僧侣十分恐惧。

星星被钉死了——被出卖了，

1　1870至1871年的普法战争中法国战败了，签订了承认失败的法兰克福条约（1871年5月10日）。新成立的法国反动政府承认了条约，触发了巴黎公社（5月21至28日）的起义。

星星在死亡的大地，英雄的大地上喘息着，
奇异，热情，嘲弄人的，轻薄的大地。

悲惨！而我现在不会责怪你的谬误、虚荣、罪恶，
你那没有先例的不幸和痛苦平息了所有这些，
使你显得神圣。

因为你虽有许多缺点，你的目标永远崇高，
你不会真的出卖你自己，不管出的代价有多高，
你肯定会从你那受了麻醉的睡眠状态中啼哭着醒过来，
你是你姊妹中唯一的一个，像女巨人，撕毁了那些使你蒙受耻辱的人们，
你不可能也不肯戴上那些常规的锁链，
这个十字架，你那青灰色的脸，你那被钉穿了的手和脚，
那刺进了你肋部的那柄长矛。

啊，星星！啊，法兰西之船，长期被击退，受挫折！
挺起腰杆来，啊，遭受打击的星球！啊，船！继续前进！

像一切船中之船，像大地本身那样有把握，
死亡的烈火和骚乱的产物，
脱离了它愤怒的抽搐和它的病毒，
在最后出航时又多么有权威，多么美，

在太阳下顺着它的航道前进，
你也会前进，啊，法兰西之船！

多少日子已经过去，乌云已消散，
艰苦的挣扎已过去，长期追求的解脱已到来，
看哪！又一次诞生，高高凌驾在欧洲世界之上，
（在欢喜中从那里做出了回答，像遥远的脸对着脸，反映着我们的哥伦比亚，）
又一次你的星星，啊，法兰西美丽晶莹的星星，
在天上享受和平，比以前更加清澈，更加明亮，
将发出不朽的光芒。

1871　　　　　　　　　　　　　　　　　　1880

驯牛人

远在平静牧区的北方一县，
住着我那当农夫的朋友，我这首朗诵诗的主题，一个著名的驯牛人，
人们在那里给他带去三岁四岁大的牛让它们受训练；
他会接受世界上最野的小公牛使它受训练后变得驯服，
他会不带鞭子毫不畏惧地去那小公牛来回暴跳的场地，
小公牛的头烦躁地突然向空中高举，眼睛冒着火，
然而你看吧！没有多久它的火气就退了——没有多久这个驯牛人就使它驯服了；
你看吧！附近农庄上有一百头老老少少的牛，而他就是那使它们驯服的人，
它们都认识他，都对他有感情；
你看吧！有些是这样美丽的动物，看上去多么高尚；
有些浅黄色，有些杂色，一头牛沿着背脊有一条白道，有些有斑纹，
有些有一对张开的角（一个好迹象）——注意那发亮的皮，
看，有两头额上有白斑——看，圆圆的身子，宽宽的脊背，
它们四腿站在那里够多么方正——多么漂亮又机灵的眼睛！

看它们察看着驯牛人的样子——它们希望他就在附近——看它们又是怎样回过头来望着他的！
表情有多么依依不舍！他从身边走开时它们又是多么局促不安；
我真奇怪他在它们眼里是个什么样的人物，（书本，政治，诗歌，无用了——一切都无用了，）
我承认我只是羡慕他的魅力——我那沉默不识一字的朋友，
他在他生活的农庄那里受着一百头牛的热爱，
在遥远的北方一县，在那平静的牧区。

1874 1881

一个老年人思考中的学校[1]

（1874 年为新泽西州坎姆登的公立学校落成而写）

一个老年人思考中的学校，
一个老年人在搜集他青年时的回忆和花朵，这是青春本身所做不到的。

我现在才真正认识你，
啊，曙光照耀时的好天气——啊，草上的晨露！

这些我看见了，这些亮闪闪的眼睛，
这些贮藏着的神秘含义，这些年轻的生命，
建造着，装配着，像一个船队，不朽的船只，
不久就会开出去驶向无边的海疆，
做一次灵魂的旅行。

只是许多男孩和女孩吗？
只是那些使人厌烦的拼音，书写，算术课吗？

1　新泽西州坎姆登县的库柏公立学校落成时（1874 年 10 月 31 日下午），惠特曼朗诵了这首诗。

只是一个公立学校吗?
啊，不止这些，要比这些多得多;
（正像乔治·福克斯[1]曾发出警告，“这一堆砖头和灰泥，这些
　死气沉沉的地板，窗，栏杆就是你所谓的教堂吗?
这绝算不得是教堂——教堂是活着的，是永远活着的灵魂”。）

而你，美利坚，
你是否要为你的当前真正计算一下?
你未来的光和影，善或恶?
教师和学校指望着这些女孩和男孩。

1874

1　乔治·福克斯（George Fox，1624—1691），英国改革家和公谊会的创建者。

清晨漫步

清晨漫步，
从夜和愁闷的思想中脱出身来，你在我的思想中，
时刻思念着你，和谐的合众国！你，神圣的唱歌鸟！
你，我的国家，被多灾多难的年头[1]缠住了，诡诈和黢黑的沮丧，各种卑鄙行为，和不忠不义强加在你身上，
我看到了这一常见的奇迹——我看着那当父母的画眉在喂养它的幼鸟，
那唱着歌的画眉和它那欢乐而充满信心的音调，
总是证明并鼓舞着我的灵魂。

这样想后我就感到，
如果虫蚁、蛇、可厌的蛴螬会变成甜蜜的圣歌，
如果害虫能这样转变，变得起作用，受赞美，
那我就能信得过你，你的遭遇，和你的日常生活，我的国家啊；
谁知道这些不就是适合你的教益呢？

---

1 这一年发生了财政危机和经济萧条，信号是一家银行的倒闭。

你未来的诗歌就可能带着欢乐的颤音从中产生，
注定会灌满整个世界。

1873　　　　　　　　　　　　　　　　　　　　1881

达科他的意大利音乐

（“第十七队——我听到过的最好的军乐队。”）

穿过那裹绕一切的柔和的苍茫暮色，
岩石、树林、要塞、大炮、巡逻着的岗哨、无止境的荒野，
奏响着悦耳的溪流声、长笛和短号的声音，
电流似的，忧郁的，狂乱的，做作的，
（然而即使在这里也奇怪地十分相宜，含有以前未曾领会过的
　深义，
比以前更加微妙，更加和谐，好像是这里出生的，和此地
　有关，
却和城市里有壁画的房间，歌剧院的听众无关，
声音、回响、流动的旋律。好像在这里真的像在家里一样，
梦游女的纯洁爱情[1]，诺尔玛的苦痛的三重唱[2]，和你那狂热的合
　唱《波留多》[3]；）
闪烁在日落时清澈金黄的斜照中，

---

1 在文庆左·贝里尼的歌剧《梦游妇女》（1831）中，纯洁的女主人公阿米娜在梦中走进了一个男人的房间，因而被斥为不贞。但是她的未婚夫知道真相，二人美满地结为夫妻。

2 见贝里尼歌剧《诺尔玛》（1831）。女主人公系一女术士，她背叛了自己的许诺爱上了一个罗马地方总督，后者对她不忠诚，女术士图谋报复。总督受她的感动立志改正，于是双双跳进了火葬的柴堆。

3 指多尼采蒂（1797—1848）的歌剧《波留多》。

音乐，达科他的意大利音乐。

而大自然，这个乖戾的地区的主宰，
躲藏在隐蔽的野蛮而冷酷的僻静处，
承认还是很融洽的，不论距离多远，
（正像一团老树根或土壤和它最后的一朵花或果实，）
它愉快地倾听着。

1881

1881

你得天独厚

你得天独厚，美利坚，
稳稳地站着，快速地行动着，俯瞰着世界，
力量、财富、面积，都给了你——给了你这些和类似的东西，
你如果还缺少一件东西又怎么办？（那最终有关人的问题还未解决，）
适合你的完美妇女这个天赐——你如果还缺少这个一切天赐中的天赐又怎么办？
即你那高于一切的女性？适合你的美丽、健康，完满的？
那些适合你的母亲们？

1873　　　　1881

我的画廊

在一所小小房子里我悬挂着画，它不是一所固定的房子[1]，
它是圆形的，一边到另一边只有几英寸；
然而看哪，它能够容纳世界上的一切表演，一切回忆！
这里是生活的画面，这里是死亡的各种组合；
这里，你知道这个吗？这里是那导游者本人，
他举着手指在指点那些丰富多彩的图画。

1880　　1881

1　那圆形的小小房子应是指惠特曼的颅腔，他作为“导游者”领着读者观看他的记忆中留下的那些图画。

大草原的诸州

创造世界时的一座更加新颖的花园，并非原始的孤寂，
稠密、欢快、现代化，人口数百万，城市与农庄，
是用铁交织成的，是个混合体，结合在一起，众多成为一个，
全世界都对它有贡献——是自由，法治和节俭的社会，
至今仍是时间累积起的是顶峰，又是繁荣乐团，
说明过去是合理的。

1880　　　　　　　　　　　　　　　　　　　　1881

风暴的豪迈音乐

一

风暴的豪迈音乐，
自由旋转的狂风，呼啸着越过大草原，
森林里树梢的轰鸣声——山间的风，
恍如人影的昏暗形体——你们这些隐蔽着的管弦乐队，
你们这些幽灵的小夜曲和灵敏的乐器，
把各国的所有舌头和大自然的节奏交融在一起；
你们这些像广大作曲家留下的和声——你们这些合唱队，
你们这些不成形的，自由的，宗教舞蹈——你们来自东方，
你们这些河流的低音，飞瀑的吼叫声，
你们这些来自远方的枪炮和奔跑着的骑兵的声音，
军营的回声和所有各种不同的号角声，
乱哄哄地成群结队而来，塞满着已经很深的午夜，使我无能
　地低下了头，
走进我那寂寞的卧室，你们为什么把我一把抓住？

二

向前走来吧，啊，我的灵魂，让别的一切都去休息，
听着，不要错过，它们是朝你而来的，
劈开了午夜，进入了我的卧室，
它们是为了你而歌舞的，啊，灵魂。
一支喜庆日子的歌，
新郎和新娘的二重唱，一支婚礼进行曲，
他们有着爱情的嘴唇，情侣的那两颗满装着爱的心，
那绯红的双颊和芳香，随从中挤满了青老年人的友好面孔，
伴奏的是长笛的清澈声调和竖琴的如歌的音乐。

现在是响亮的鼓声在走近，
维多利亚[1]！你见否在硝烟中旗帜被撕裂但仍在飘扬，被击败的正在溃退？
你听见那一支正在取胜的军队的呐喊声吗？

（啊，灵魂，妇女们的抽泣声，伤员们在痛苦地呻吟着，
火焰的嗞嗞和噼啪声，那已变得漆黑的废墟，城市的余烬，人类的哀歌和凄凉。）
现在远古和中世纪的歌曲把我灌满了，

---

1 维多利亚（A. Victoria，1819—1901），英国女王。可能指的是克里米亚之役和轻骑兵的冲锋（参看丁尼生的同名诗篇）。

我看见并听见威尔士节日期间的老竖琴手和他们的竖琴，
我听见吟游诗人唱着他们的情歌，
我听见中世纪的吟游诗人、行吟诗人和抒情诗人[1]。

现在是那大风琴在发出声音，
颤抖着，而下面（正像大地那些隐蔽着的立足点，
凭借着它们而升腾，跃起的，
是一切美丽、娴雅和力量的形体，我们所知道的一切色彩，
绿色的草叶片和鸣啭着的鸟雀，跳跃而嬉要着的孩子们，天
　上的云彩，）
那强大的低音站得很稳，它的跳动从不间歇，
沐浴、支撑、融化着一切，是一切的母性本能，
和它同时的是大量的各种乐器，
演奏者在演奏，世界上所有的音乐家，
那些庄重的赞美诗和引起人们顶礼膜拜的弥撒，
所有热情的心声，忧伤的恳求，
各个时代数不清的甜蜜的歌唱家，
而能够溶解凝固人类的音乐的是大地本身的优美和声，[2]
风、树林和强大的海涛，

1　吟游诗人指中世纪用竖琴伴奏的游方演唱者；行吟诗人，指多见于于英国和苏格兰的吟游诗人；抒情诗人特指11至13世纪法国南部和意大利北部一带的吟游诗人。

2　参看《神秘的小号吹奏者》："爱"既有溶解力又有凝固力。

一个新的混合的管弦乐队，使时代和地区结合在一起，具有十倍的更新力量，
正像诗人们讲述的遥远的过去，那天国[1]，偏离了那地方，长期分离着，但是现在漫游已结束，
旅程已告终，出了师的学徒回了家，
人与艺术又和大自然融合为一体。

合奏！[2]为了大地和天堂；
（那全能的指挥这一次用指挥棒发出了信号。）

全世界的丈夫们进行着男子汉的载歌载舞，[3]
所有的妻子们响应着。

小提琴的舌头，
（啊，我认为舌头啊，你们诉说了这颗心自己不能诉说的心事，
这颗郁郁多思多情的心，它自己说不清。）

三

啊，从幼年时开始，

---

1 但丁《神曲》第三部，此时但丁和贝雅特丽齐结束了漫游，一同进入天国。
2 指挥命令演员齐奏，也指偏离天国后又回到了家。
3 这里指古希腊歌舞剧中的那种齐唱齐舞。

你就知道，灵魂啊，我是怎样感到一切声音都成了音乐，
我母亲唱摇篮曲或赞美诗的声音，
（那声音，啊温柔的声音，回忆的亲热的声音，
一切奇迹中的最后一个，啊，最亲爱的母亲的姊妹的声音；）
雨，成长着的玉米，长叶玉米中的微风，
那有节奏的涛声拍打着沙滩，
那啾啾的飞鸟，那鹰的尖叫，
夜间那低飞的野鸭在迁移到北方或南方去时的声调，
乡间教堂或树丛里的圣歌，露天举行的野营布道会，
酒菜馆里的提琴手，男声重唱曲，那拉得长长的水手之歌，
那哞哞叫着的牛，那咩咩叫着的羊，黎明时那喔喔啼着的
　公鸡。

当今各国的所有歌曲围绕着我唱了起来，
德国的友谊，美酒和爱情的歌曲，
爱尔兰的民谣，欢乐的快步舞和各种舞蹈，英国式歌曲，
法兰西歌曲，苏格兰曲调，而在一切之上，
意大利的举世无双的作品。[1]

她脸色苍白地走过舞台，然而却怀着沉郁的激情，

1　指惠特曼最感兴趣的意大利歌剧。

诺玛手中挥动着匕首大踏步走着。[1]

我看见可怜的疯傻了的露茜亚[2]眼睛里那不正常的闪光，
她的头发凌乱地披散在背上。

我看见欧那尼[3]在举行婚礼的花园里散步，
在夜间玫瑰的芳香中容光焕发地拉着新娘的手时，
听到一声可怕的呼叫，注定要死亡的号角声。

面对着剑拼剑的交锋和对着上天露出灰白头发时，
是那世界上清晰的电流似的男低音和男中音，
那长号二重唱[4]，自由万岁！

从西班牙的板栗树的浓荫那里，
在古老而厚重的女修道院院墙旁是一支悲歌，
失去了爱情之歌，青春和生命的火把在绝望中被扑灭，
垂死的天鹅之歌，福南多的心都碎了。[5]

---

1 贝里尼歌剧中的女主人公，参看《达科他的意大利音乐》。诺尔玛向着她情人挥舞匕首时已是剧中的高潮。

2 多尼采蒂歌剧《拉马摩尔的露茜亚》中的女主角，她受骗嫁了她所不爱的丈夫，便杀死了他，并发了疯。

3 威尔第同名歌剧中的男主人公，他卷入了情况复杂的爱情阴谋，以自杀结束了他的一生。

4 即贝里尼的歌剧《清教徒》中的绝妙的长号二重唱。

5 多尼采蒂歌剧《宠姬》中的男主人公。

终于从苦痛中醒来，如释重负的阿米娜[1]歌唱了，
她那欢乐的暖流像星星那样众多，像晨光那样欢喜。

（那位多产的夫人来了，
那晶莹的明星，金星似的女低音[2]，那花朵一般的母亲，
最崇高的众神的姊妹，我听了阿尔波尼[3]本人。）

四

我听见那些颂歌，交响乐，歌剧，
我在《威廉·退尔》[4]中听见一个觉醒了的、愤怒的民族的
　音乐，
我听见了梅耶贝尔的《胡格诺派教徒》《先知》或《罗伯特》，[5]
古诺的《浮士德》或莫扎特的《唐璜》[6]。

我听见所有国家的舞蹈音乐，

1　见《达科他的意大利音乐》注。
2　女歌星阿尔波尼既是晶莹的金星，又是著名的歌星。
3　玛丽埃塔·阿尔波尼，杰出的歌剧明星，1852 年夏天来到纽约。惠特曼观看了她的每一场演出，并给予她最崇高的评价。
4　罗西尼的著名歌剧。退尔是瑞士的民族英雄。最初上演时为 1829 年。
5　梅耶贝尔（1791—1863）的浪漫主义歌剧《罗伯特》《胡格诺派教徒》和《先知》于 1831、1836 和 1849 年在巴黎上演。
6　《浮士德》于 1859 年在巴黎上演，莫扎特的《唐璜》（亦即《唐·吉凡尼》）于 1797 年 10 月在布拉格上演。

华尔兹舞，一些十分动人的节奏，使我陷入并沐浴在幸福中，
波莱罗舞[1]，由轻盈的六弦琴和清脆的响板伴奏着。

我看见新旧的宗教舞蹈，
我听见希伯来七弦竖琴的声音，
我看见高举十字架在行军的十字军，伴随着的是勇武的铙钹的铿锵声，
我听见托钵僧在单调地吟唱，有时夹杂着狂热的喊叫，他们向后转永远把脸朝着麦加，
我看见波斯和阿拉伯人的全神贯注的宗教舞蹈，
又有一次在刻瑞斯的家乡厄琉西斯[2]我看见现代希腊人在跳舞，
我听见他们在弯腰时拍着手，
我听见他们的双脚在按着节拍拖着脚步移动着。

我又一次看见柯里班人[3]的古老狂舞，表演者使彼此都受到伤害，
我看见那些罗马青年随着刺耳的六孔竖笛的音乐来回抛接他们的兵器，

1 一种西班牙民族舞蹈，响板伴舞。
2 刻瑞斯（Ceres）是罗马神话中专司粮食丰收的女神。厄琉西斯（Eleusis），雅典西北的希腊古城。
3 柯里班人是小亚细亚古国弗利吉亚自然女神西比里的狂欢侍从。希腊人也学古人似的举行颂扬自然的狂欢礼节。

一时跪下一时又站起。

我听见在穆斯林的清真寺那里祈祷报告人在呼叫，
我看见里面做礼拜的人们，没有形式，没有布道，没有争辩
　或发言，
而是沉默，奇异，虔诚，抬起发着红光的头，狂热的脸。

我听见多弦的埃及竖琴，
尼罗河船夫的原始吟唱，
中国的神圣的帝王家的颂歌，
随着那“磬”的幽雅声音，（那受着敲击的木石，）
或随着印度的管箫和那七弦琴，烦乱的弹拨声，
一些印度的舞蹈着的女子。

五

现在亚非两洲离开了我，欧洲掌握了我，使我得意，
随着巨大的风琴和乐队我听见各种声音的宏大汇合，
路德的有力赞歌《我们的上帝是强大的避难所》[1]
罗西尼的《悲伤的母亲站在那里》[2]，

1　此处用的是德语原文。
2　这是一出清唱剧的题目，原文为意大利语。

或者在某一昏暗的装着彩色玻璃窗的高大教堂里飘扬着，
那狂热的《上帝的羔羊》或《荣耀属于至高者》[1]。

作曲家！威力无边的大师们！
还有你们，古国的甜蜜歌唱家，女高音，男高音，男低音！
面对你们的是一个在西方唱着颂歌的新诗人，
他怀着热爱向你们敬礼。

（这些都指向你，啊，灵魂，
一切意识，表演和事物都指向你，
只是现在，我似乎觉得声音领导一切。）

我听见孩子们一年一度在圣保罗大教堂唱歌，
或者，在某个巨大厅堂的高屋顶下，贝多芬，
韩德尔或海顿的交响乐，清唱剧，
在神性的波澜里荡漾着的《创世记》[2] 冲洗着我。

让我拥抱所有的声音吧，（我疯狂地挣扎着呼叫，）
请让宇宙的所有声音把我灌满吧，
把它们的一切搏动赐给我，也包括大自然的搏动，

1　两首赞美诗，原文为拉丁文。
2 《创世记》，奥地利作曲家海顿（F. J. Haydn，1732—1809）的著名清唱剧。

风暴、江海、风、歌剧和颂歌，进行曲和舞蹈，
放声吧，倾倒吧，我将接受一切！

六

然后我悄悄醒来了，
而且稍停片刻，审查一下我梦中的音乐，
审查一下所有那些回忆，那怒吼着的风暴，
和所有女高音和男高音们唱的歌曲，
那些全神贯注的富于宗教热忱的东方舞蹈，
那些甜蜜的各种乐器，风琴的宏伟和声，
和所有那些朴素的爱与悲与死亡的哀诉，
我从卧室的床上对我那沉默而好奇的灵魂说：
来吧，我已经找到了那长久以来一直在寻求的线索，
让我们精神抖擞地在大白天出行吧，
欣然清点着生活，到世界和现实中去走一走，
今后将享受我们天堂般梦境的滋养。

我说，而且，
或许你所听见的，啊，灵魂，不是风的声音，
不是怒吼着的风暴之梦，不是海鹰扑打着的翅膀或粗野的
　尖叫，
也不是阳光灿烂的意大利的声乐，

不是德国的庄严风琴，不是宏大的歌声的汇合，不是重重叠
叠的和声，
不是丈夫和妻子们的载歌载舞，不是兵士们行军的声音，
不是笛子，不是竖琴，不是营地发出的号角声，
而是一种适合你的新的节奏，
一些能够沟通生与死的诗篇，在夜空中模糊地飘荡，
没有被捉住，没有被写下，
而是让我们在坦率的大白天里把它写出来。

1869　　　　1881

向着印度行进

一

歌唱我这个时代，
歌唱当前的巨大成就，
歌唱工程师们强大而灵巧的工程，
我们的现代奇迹，（胜过古代那笨重的七个[1]），
在旧世界东方的苏伊士运河，[2]
新大陆被它那强大的铁路跨越了，[3]
海底铺设着善于对话的轻柔电缆；[4]
然后最先发出声音而且永远发声的是指向你的呼声，啊，
　灵魂，
那过去！那过去！那过去！

1　指世界古代七大奇观，即：埃及金字塔、古代小亚细亚的哈利卡纳苏城的摩索拉斯陵墓、古代小亚细亚以弗所的阿尔忒弥斯神庙、巴比伦的空中花园、罗得岛上的太阳神巨像、奥林匹亚的宙斯像和亚历山大的法罗斯灯塔。

2　接连地中海与红海的苏伊士运河于 1859 年 4 月动工，1869 年 11 月 17 日开放。

3　美国的联合太平洋铁路和中央太平洋铁路于 1869 年 5 月 10 日在犹他州普罗蒙特里（Promontory）接轨。

4　大西洋海底电缆于 1866 年铺设完成。

那过去——那昏暗的莫测高深的追溯往昔！
那繁衍着生物的深渊——睡觉的人们和阴影！
那过去——过去的无限巨大！
因为当前如不是从过去生长出来的，又能是什么？
（正像一个已形成、已推送前进的射出物，经过某一界线后，还在继续前进，
同样，当前完全是过去形成，推送前进的。）

二

啊，灵魂，向着印度行进！
解开亚洲的神话，那些原始的寓言之谜。

不只是你们才是世界的值得夸耀的真理，
不只是你们，你们这些现代科学提供的事实，
而是古代的神话和寓言，亚洲、非洲的寓言，
那些精神的射程遥远的光芒，那些放松了约束的梦想，
那些潜入力深远的圣典和传说，
诗人们设想的大胆情节，昔日的宗教；
啊，你们这些比正在升起的太阳所浇灌的百合更加美丽的寺院！
啊，你们这些寓言，摈弃了已知，逃脱了已知的掌握，直上天空！

你们这些高耸而炫人耳目的塔楼，布满了尖顶，像玫瑰那样
鲜艳，闪着金光！
不朽的寓言高塔是普通人的梦想铸成的！
我也完全像欢迎其他一切那样欢迎你们！
我也同样欢喜地歌唱你们。

向着印度行进！
看哪，灵魂，你不是一开始就看清了上帝的旨意所在吗？大
地将被跨越，为网状物所连接，
各个民族，近邻将通婚，
海洋能够逾越，遥远的将成为靠近，
不同国土将结合在一起。

我歌唱一种新的崇拜对象，
你们这些船长，航海者，探险者，你们的一切，
你们这些工程师，你们这些建筑师、机械师，你们的一切，
你们，不只是为了贸易或运输，
而是凭着上帝的名义，也是为了你，啊，灵魂。

三

向着印度行进！
看哪，灵魂，为了你才有两种场面，

我看见一面是苏伊士运河动工了，开放了，
我看见那船队，是欧仁妮皇后在领导着前进，[1]
我在甲板上看到了奇异的景色，那纯净的天，那远处的平沙，
我很快就打那些如画的人群、群集的工人、那些巨大的挖泥机身边走过。

另一面，很不相同，（然而仍是你的，都是你的，啊，灵魂，是相同的，）
我看见跨越了我自己那个大陆的太平洋铁路排除着一切障碍，
我看见接连不断的列车弯弯曲曲地沿着普拉特河运载着货物和乘客，[2]
我听见火车头在向前冲刺，吼叫着，还有那刺耳的汽笛，
我听见那些在穿过世界最壮丽的景色时发出的阵阵回声，
我跨越拉勒米河流过的平原，注意到那些怪石和孤立的小尖山，
我看见许多飞燕草和野葱，那荒凉的没有颜色的艾灌丛生的沙漠，
我隐约看见在远处，或看见就在我头顶上那些高高耸立的巨大山峦，我看见温德河和沃萨奇山，
我看见那莫纽门特山[3]和伊格尔内斯特[4]，我经过普罗蒙特里，

1 当时，拿破仑三世之妻乘坐“雄鹰号”通过苏伊士运河，作为运河开航仪式的先导。
2 这里开始的十四行写铁路线从奥马哈（Omaha）到旧金山。
3 莫纽门特（Monument）山，在犹他州。
4 伊格尔内斯特（Eagle Nest），在新墨西哥州。

直上内华达，
我匆匆看了那雄伟的埃尔克山[1]并绕过它的山脚，
我看见洪堡山脉[2]，我穿过山谷又过了河，
我看见塔霍湖[3]清澈的水面，我看见高大的松林，
或是越过那大沙漠，那些含碱的平原，我看见湖泊和草地的
迷人幻景，
注意到通过这些和一切，靠的是那窄窄的双轨，
畅通地进行了三四千英里的陆地旅行，
把东海和西海衔接在一起，
成为欧亚两洲之间的大路。

（啊，热那亚人[4]你的梦想！你的梦想！
你已睡进坟墓几个世纪后，
你创立的大陆证实了你的梦想。）

四

向着印度行进！
多少船长的奋斗，多少已死去的水手的故事。

---

1 埃尔克（Elk）山，在怀俄明州。
2 洪堡（Humboldt）山脉，在内华达州。
3 塔霍（Tahoe）湖，在加利福尼亚州和内华达州之间的边界地区。
4 指哥伦布。

它们偷偷前来逐渐影响着我的情绪，
像高不可攀的天上的大大小小的云彩。

沿着全部历史，顺坡而下，
像一条流溪，时而下沉，时而又升到表面，
一个从未停止过的思想，发展成为多变化的一串——看哪，
灵魂，它们是朝着你并在你的眼前升起的，
那些计划，那些一再踏上的航程，那些探险的队伍，
伐斯柯·达·伽马[1]又一次起航了，
又一次增长了知识，成为海员的指南针，
发现了新的大陆，诞生了新的国家，诞生了你，美利坚，
为了广阔的目标，充实了人类长期以来受到的考验，
你作为世界的圆形终于得到了完成。

五

啊，巨大的圆形，在空间游泳，
全身盖满了肉眼可见的力量和美，
轮换着光与白昼和那繁忙的精神世界的黑暗，
语言无法形容的太阳和月亮在高空前进，还有上空无数的星星，

1　伐斯柯·达·伽马（Vasco da Gama，约 1450—1524）葡萄牙航海家，他是在 1497 至 1498 年第一个从欧洲绕过非洲到达印度的欧洲人。

下面是多种多样的青草和湖泊、动物、山峦、树木，
伴随着的是难以辨认的目标，某种隐蔽的预兆性的意图，
现在首先是我的思想似乎开始能够跨越你了。

从亚洲的花园里光辉地往下传送，
出现了亚当和夏娃，然后是他们留下的数不清的后代，
他们到处在漫游，渴望着，好奇地、不安地探索着，
提出问题，得不到回答，没有成为形式，高度兴奋，内心没有欢乐，
还不停地唱出忧伤的叠句：*永不满足的灵魂，那是为什么？以及：啊，愚弄人的生活，你要去哪里？*

啊，谁能安慰这些高度兴奋的孩子们？
谁能为这些不安的探索陈说缘由？
谁能说出这个冷漠的大地的秘密？
谁把它和我们牢牢拴在一起？这个和我们脱离的很不自然的大自然是什么东西？
对我们的感情来说，这个大地又是什么？（并不亲热的大地，一次都未响应过我们心脏的搏动，
冰冷的大地，墓葬所在的地方。）

然而，灵魂啊，必须保证最早的意图继续存在，并且使之实现，
也许现在时间已经到来。

在所有的大海都越过以后，（似乎已经逾越，）
在那些伟大的船长和工程师已经大功告成以后，
在伟大的发明家、科学家、化学家、地质学家、民族学家的后面，
最后到来的将是那名副其实的诗人，
上帝的真正儿子将咏唱着他的诗歌前来。

然后那被承认的将不仅是你的业绩，啊，航海者，啊，科学家与发明家，
所有焦躁不安的孩子们的心将得到宽慰，
所有的感情将充分得到报答，那秘密将得到说明，
所有这些隔离和空隙将得到处理，挂起钩来，连接在一起，
整个大地，这冰冷、冷漠、不出一声的大地将完全得到承认，
神圣的三位一体将光辉地得到完成，而上帝的真正儿子，那诗人，将使之严密地凝结在一起，
（他无疑将渡过海峡，战胜山岳，
他将不会白白绕过好望角，
大自然和人类将不会再分裂而分散，
上帝的真正儿子绝对会使它们融合成一体。

六

这一年我在它敞开的大门旁歌唱！

这一年达到了目标！
这一年是不同大陆、不同气候和大洋之间结婚的日子！
（现在不只是威尼斯总督和亚德里亚海结了婚，）[1]
我看见，啊，这一年，在这一年里巨大的由水陆形成的地球
　既得到一切也付出一切，
欧洲和亚洲、非洲联合了，而它们又和新大陆连接在一起，
各个国家，各种地形，在你面前跳舞，举着一个节日的花环，
像拉着手的对对新娘和新郎。

向着印度行进！
遥远的高加索的凉风，安抚着人类的摇篮，
幼发拉底河[2]在奔流，过去又放出光辉。

看哪，灵魂，对过去的回忆又出现在眼前，
大地那些古老的、人口最多、最富裕的国土，
印度和恒河的水流以及它们的许多分支，
（我今天在美利坚的岸边散步时看见并重温了一切，）
在行军时突然死去的亚历山大[3]的故事，

1　威尼斯顶峰时期，总督每年都举行该城与大海结婚的仪式。主要是把一个戒指投入亚德里亚海。
2　幼发拉底河谷是西方文明的摇篮，被假设是和诺亚的方舟联系在一起的。
3　亚历山大侵略了印度后在归途中死去。

一边是中国，另一边是波斯和阿拉伯，
南方是大海和孟加拉湾，
那些川流不息的各种文学，惊心动魄的史诗、宗教、各个社会等级，
延续至今的古老与玄秘的梵天，那温柔而年轻的佛陀，
中央与南方的帝国和它们所有的财产，属主，
帖木儿的征战，奥朗则布[1]的统治，
经商者、统治者、探险者、穆斯林、威尼斯人、拜占庭、阿拉伯人、葡萄牙人，
至今还是最早的著名旅行家。马可·波罗，摩尔人巴图他，[2]
需要解决的疑团，还不存在的地图，需要填补的空白，
人们那只不停步的脚，不知休息的双手，
你自己，啊，灵魂，你从来不肯忍受挑战。

中世纪的航海家出现在我眼前，
一四九二年的世界，以及它那已经觉醒的事业心，[3]

---

1 帖木儿（Tamerlane，或 Timur，1336？—1405），又名“破坏一切的王子”，领导了征服土耳其、波斯、印度和俄罗斯的战争。三百年后的印度莫卧儿帝国统治者奥朗则布（Aurangzeb，1618—1707），自称“世界征服者”，在相邻的伊斯兰教和印度诸国在某种程序上实现了他夸下的海口。

2 马可·波罗（Marco Polo，1254—1324），威尼斯旅行家，深入了遥远的契丹。巴图他（Batmita，1303—1377），曾在亚洲和非洲旅行。两者都是为了开拓贸易。

3 意大利航海家哥伦布（Columbus，约 145t—1506）于 1492 年 8 月 3 日率船员八十七人（一说九十人），乘船三艘，自西班牙巴罗斯港起航横渡大西洋，抵达美洲，误以所到之地为印度。惠特曼很赞赏他的冒险精神。

此时某物在人类的胸中涌起，恰像春季赐给大地的活力，
骑士制度的绚丽晚霞正在没落。

你又是谁呢，忧伤的阴魂？
巨大，充满幻想，你自己就是个幻想家。
雄伟的肢体，虔诚的放光的眼睛，
你的目光所到之处向四沿展开了一个黄金世界，
使它涂上了华丽的色彩。

作为主要演员，
他在某一伟大场景里走向台前的灯光，
我看见大将他本人[1]在众人中占着统治地位，
（是勇敢、行动、信仰的历史典型，）
我看见他领导着他那小小船队从巴罗斯起航，
看他的出航，他的回归，他的巨大声望，
他的不幸遭遇[2]，他的诽谤者，看见他成为囚犯，戴着镣铐，
看见他的沮丧、贫穷、死亡。

（我好奇地进入历史时代，注意着英雄们的各种努力，
耽搁的时间很长吗？诽谤，贫穷，死亡十分辛酸吗？

1　惠特曼称哥伦布是“主要演员”，海洋的“大将”。
2　关于哥伦布后来的不幸遭遇，参看下面一首《哥伦布的祈祷》。

种子在地里埋了几个世纪竟无人理会吗？看哪，上帝还是及时的，
在夜间升起时，它发芽开花了，
使大地又充满了美和效益。）

七

啊，灵魂确实是在向着最根本的思想之路行进的，
不只是大陆和海洋，你自己那明朗的清新，
你的生育与开发的青年早熟，
直接指向开始萌生圣典的王国。

啊，灵魂，不再受抑制，我和你，你和我，
你的环球航行开始了，
对于人类说来，这是他思想的归航，
回到理智的最早期乐园，
回到智慧的新生，回到单纯的直观，
又一次回到美好的创世时期。

八

啊，我们不能再等了，
我们也上船吧，啊，灵魂，

我们也欢乐地在没有轨迹的大海上出航，
毫无恐惧地在极度兴奋的波浪上航驶，前去不知名的海岸，
在吹飘着的风中，（你拥抱着我，我拥抱着你，啊，灵魂，）
自由地欢唱着，唱着我们的上帝之歌。
高唱着愉快的探险的颂歌。

笑出声来又多次接吻，
（让别人去恳求开恩吧，让别人去为罪孽、悔恨、自卑而哭泣吧，）
啊，灵魂，你使我欣慰，我使你欣慰。
啊，和随便哪个僧侣相比也许更加如此，啊，灵魂，我们也信仰上帝，
但是对于上帝的奥秘，我们绝不敢儿戏。
啊，灵魂，你使我欣慰，我使你欣慰，
在这些海上航行，或者站在山上，或者在夜间醒来，
思想，有关时间、空间和死亡的默默思考，像流水一样，
确实托举着我像带我经过那些没有尽头的各个地区，
我呼吸了它们的空气，听见了它们的微波，全身受到了冲洗，
啊，上帝，让我在你里面沐浴，攀登到你所在的高处，
我和我的灵魂将在你的范围里遨游。

啊，你是超越一切的，
没有名字，是纤维，又是呼吸，

光中之光，创造着宇宙万物，你是它们的中心，
你是真，善，爱的更加强大的中心，
你是品德和精神的源泉——情感的源泉——你是蓄水池，
（啊，我那忧心忡忡的灵魂——啊，尚未缓解的口渴——你不在那里等候着吗？
也许那完美的同志在某个地方等候着我们？）
你是脉搏——你是星星，太阳，天体的动力，
在环行时有秩序地、安全地和谐地运动着，
横跨着那没有形体的空间的浩渺，
我该怎样想，怎样呼一口气，怎样说话呢？如果只凭我自己，
我竟不能起航到那些更为高超的宇宙那里去？
我想到上帝就很快感觉到自己的渺小，
想到大自然和它的奇迹、时间、空间、死亡时也一样，
但是我回头来向你发出呼唤，啊，灵魂，你这真正的我，
看哪，你轻轻掌握了各个星球，
你和时间配合，满足地向着死亡微笑，
充实并充分增大了空间的浩渺。

比星星和太阳更加伟大，
啊，灵魂，你登上了前进的旅程；
除了你和我们的爱还有什么能更加宽广地扩张呢？
什么企求、愿望能超过你和我们的企求和愿望呢，啊，灵魂？

什么有关理想的梦想？什么纯洁，完美，有力的计划？
什么心甘情愿为别人舍弃一切？
为了别人而忍受一切？

朝前计算吧，啊，灵魂，等你赢得了时间，
跨越了所有的大海，冒着风雨，顺利地驶进了各个海角，结束了航程，
你受到了包围，你应付，面对了上帝，付出了一切，达到了目的，
心怀友情和全部的热爱，找到了长兄，
幼弟温柔地投入了他的怀抱。

九

朝着比印度更远的方向行进！
你的翅膀已真的为这样的远飞修整妥当了吗？
啊，灵魂，你真的愿意踏上那样的航程吗？
你是在那样的水上戏耍吗？
你探测了梵文和《吠陀经》[1]的底细吗？
那么你已经决定了你的去向？

1 古印度的圣书《吠陀经》是用梵文写的，它的译本在美国作家爱默生、梭罗和惠特曼时期很有影响。

向着你们，你们的海岸行进，你们这些古老的难以对付的
　奥秘！
向着你们行进，就必须掌握你们，你们这些令人窒息的问题！
你们，到处布满了船骨的残骸，活着是永远到不了你们那
　里的。

朝着比印度更远的方向行进！
啊，大地和天空的秘密！
你们的秘密，啊，大海的水！啊，弯弯曲曲的小港和河流！
你们的秘密，啊，树木和田野！你们的我的大陆的崇山峻岭！
你们的秘密，啊，大草原！你们的，灰色的岩石！
啊，朝霞！啊，云彩！啊，雨和雪！
啊，白天和黑夜，朝着你们的方向行进！

啊，太阳、月亮和你们所有的星星！天狼星和木星！[1]
朝着你们行进！

行进，立即行进！血在我血管里燃烧！
走吧，啊，灵魂！即刻起锚！
割断那些绳索——张开——把每片帆篷都抖开！
我们像树木一样站在地上的时间还不够长吗？

1　天狼星是天空最亮的星，木星是太阳系最大的星

我们在这里卑躬屈节像畜生似的吃着喝着的时间还不够长吗？
我们被书本搅得愚昧又眩晕的时间还不够长吗？

扬帆前进——只向深海处领航，
啊，灵魂，要不惜一切地探索，我和你，你和我。
因为我们去的地方是海员还不敢去的，
我们将让船、我们自己和一切甘冒风险。

啊，我那勇敢的灵魂！
啊，向更远更远处航行！
啊，大胆的欢乐，但是却安全！它们不都是上帝的海洋吗？
啊，向远些，远些，更远一些的方向航驶！

1871　　　　　　　　　　　　　　　　　　　　1881

哥伦布的祈祷[1]

一个受够了打击和摧残的老人，
被抛弃在这片野蛮的岸上，远离家乡，
被海洋和阴沉而倔犟的双眉紧锁着，沉闷地度过了十二个月，
悲痛，折磨得浑身僵硬，病得差一点死去，
我沿着岛边走去，
发泄着心里的烦闷。

我实在太痛苦了！
也许我不可能再多活一天；
我不能休息，啊，上帝，我不能吃喝或睡觉，
直到我能用我的祈祷再一次向你申述自己，
让我再一次呼吸，接受你的沐浴，和你谈心，
再一次向你说说我自己。

你知道我的全部经历，我的一生，

1　这首诗发表于 1874 年。1873 年惠特曼得了严重的瘫痪病，此诗也是他自己的写照。

我那种积极工作的漫长而繁忙的一生，不仅仅是对你的崇拜；
你知道我青年时代的祈祷和守夜，[1]
你知道我壮年时的严肃而充满梦幻的默想，
你知道我是怎样在开始以前献出了一切以求来到你面前，
你知道我在暮年时批准了我所有那些许愿并严格地遵守了它们，
你知道我从未对你失去信心或热情，
在镣铐下，被囚禁时，蒙受耻辱，从不埋怨，[2]
接受着来自你的一切，作为你的旨意。

我的一切冒险都充满着你，
我的各种考虑、计划是想到了你才开始进行的，
在海上航行或在陆地上旅行是为了你；
意图、主旨、抱负是我的，成果是留给你的。

啊，我深信它们确实来自你，
那种动力、热忱，那种不可战胜的意志，
那种强有力的、能够感受的、内心的决策，比说的话还强大，
上天传递给我的信息甚至在睡梦中都在悄悄对着我耳语，
这些促使我前进。

1　也是一种祈祷仪式。

2　哥伦布晚年第三次航行后被囚禁。伊莎贝拉之死、福迪能对他的冷漠、贫病交加等等事情，惠特曼得自欧文的《哥伦布的生平和航海事业》（1828）等当时流行的著作。

这些和我的努力促成了迄今为止的工作，
大地的古代那些因享乐过度而窒息的国土因我而得到缓解与解放，
由于我，两个半球才成为环形而且连接在一起，不知成为已知。

我不知道结果会怎样，一切在于你，
或小或大我不知道也许成为宽阔的田野，成为国家，
也许我所熟悉的兽性的数不清的人类那些发育不全的树丛，
经移植之后能长足身体，具有配得上你的知识，
也许我熟悉的宝剑真的会变成收获的工具，
也许我熟悉的毫无生气的十字架，欧洲那个僵死的十字架会在那里含苞，开花。

再努一次力，我的祭台是这片荒凉的沙土；
而你，啊，上帝照亮了我的一生，
光的射线，稳定，不可言喻，是你赐予的，
无法说清的珍奇光明，点亮了当前的光，
超过一切标记，描述，语言；
为了那，啊，上帝，就让它成为我最近说的话吧，我跪在这里，
年迈，贫穷，瘫痪，我感谢你。
我的终点已近，
云层已渐渐把我包围，
航行受到挫折，路线有争议，失败了。

我把我的船只都交给你。

我的双手，我的四肢已无力，
我的头脑感到疲劳，不解东西，
把这些陈旧的船骨拆散吧，我不能拆散，
我要紧紧依附你，啊，上帝，虽然浪头打击我，
你，你，我至少是认识的。

我表白的是先知的思想吗，还是在胡言乱语？
我对生活有多少认识？对自己又懂得多少？
我甚至对我自己过去和当前的工作都不清楚，
常常变动的各种模糊猜想展示在我面前，
更新更好的世界，它们的强大诞生，
嘲弄着我，使我迷惑。

这些事情我突然看见了，意味着什么呢？
好像某种奇迹，某只神圣的手拨开了我的眼睛，
昏暗的巨大形体透过空气和天空在微笑，
在远方的浪头上航驶着无数船只，
我听见用新语种唱出的圣歌在向我致敬。

1874　　　　1881

睡觉的人们[1]

一

我在梦幻中整夜漫游，
轻轻举步，飞速无声地举步与停步，
用睁开的眼睛低头望着睡觉的人们闭着的眼睛，
徘徊又迷糊，神志恍惚，理不出头绪，自相矛盾，
暂停片刻，凝视着，弯下腰去，又停住了脚步。

他们看来是多么庄严，伸着腿，一动不动，
他们呼吸得够多么安静，那些摇篮里的小娃娃们。

百无聊赖者的满面愁容，僵尸们的白脸，醉鬼们那些铁青的
　脸，手淫者那些带着病容的灰色的脸庞，
战场上那些伤口裂开的人体，精神失常者在他们房门坚固的
　屋子里，那些圣洁的白痴，新生儿从大门里出现，垂死者

1　此诗见于《草叶集》初版，写睡觉人的心理和精神状态，被视为19世纪唯一的一首“超现实主义”诗歌。许多著名评论家高度评价这首诗，认为它挖掘了人的潜意识活动。全诗从焦躁不安到熟睡，到逐渐不安地醒来。

从大门里出现，
黑夜渗透着他们，拥抱着他们。
一对夫妻安睡在他们床上，他的手掌放在妻子的臀部，她的手掌放在丈夫的臀部，
姊妹亲热地并排睡在她们床上，
男人们亲热地并排睡在他们床上，
母亲和她那小心包裹着的婴儿睡在一起。

瞎眼的睡了，聋子和哑巴睡了，
囚犯在监狱里睡得很好，逃跑的儿子睡了，
第二天将被绞死的杀人犯，他睡得怎么样？
被杀死的那个人，他睡得怎么样？

那单相思的女性睡了，
那单相思的男性睡了，
那一整天都在谋求发财的人那头颅睡了，
还有那些性格善怒，喜怒无常的人们，全都，全都睡了。

我眼睛低垂着站在黑暗里，靠近那些最痛苦、最烦躁的人们，
我在离他们几英寸远的地方来回用手抚慰着他们，
那些人烦躁不安地、沉甸甸地躺在床上，他们睡睡醒醒很不安宁。

现在我透过黑暗，看到新人物出现了，[1]
大地从我面前退入了深夜，
我看见它很美丽，也看见不是大地的一切也很美丽。

我从一张张床旁走过，我轮流着和别的睡觉者紧挨着睡在一起，
我在梦中梦见所有别人的梦，
我成为其他那些做梦的人。

我是一种舞蹈——奏起乐来吧！这一切动作使我飞快地旋转着！

我是那不停地笑着的人——这是新月和黄昏，
我看见那些躲藏起来的欢乐，不管朝哪个方向看我都看见灵巧的鬼魂，[2]
躲躲藏藏躲进地面和大海的深处，也躲进既非地面又非海洋的地方。

这些了不起的雇工工作得很好，
只是他们什么也瞒不住我，他们也尽量不那么做，
我认为我是他们的老板，而且他们把我当成宠物，
我走动的时候他们包围我，引导我跑在我前面，

---

1 从这里开始作者的观察深化了；他不只做梦而是经历着“别的做梦人的梦”，并让自己和他们等同起来。

2 从这里开始的一段，共八行，诗人影射的是性的欢乐。

掀开他们诱人的遮盖，为的是伸开双臂向我示意，然后又往前走；
我们向前移动，一群放荡的流氓！伴随着大笑大叫的音乐和欢乐的疯狂地拍打着的三角旗！

我是那男演员，女演员，选民，政客，
移民，流亡者，法庭上的罪犯。
曾经是名人和今天以后将成为名人，
口吃者，体格健美者，消瘦或羸弱者。

我是个打扮自己的女人，拢好头发在等候着，
我那走动不勤的情人来了，已经是天黑的时候。

黑暗，请以加倍的黑暗接待我吧，
接待我也接待我的情人，他不让我一个人离他而去。

我在你身上打滚像在床上一样，我把自己交给了苍茫的暮色。

我呼叫的那人答了我的话，他代替了我的情人，
他和我在一起默默地从床上起来。

黑暗，你比我的情人还要温柔，他的肉体流汗，而且气喘吁吁，
我还能感受他给我留下的烫手的潮湿。

我张开了双手到处抚摸，
我要唤醒你正在走去的那昏暗的河岸。

留神些，黑暗！已经碰到我的是什么？
我以为我的情人已经走了，不然黑暗和他是一样的东西，
我听见心跳的声音，我跟着前去，我渐渐消失了。

二

我走上西去的道路，我的肌肉是松弛的，[1]
香味和青春在我体内流过，我是它们后面的尾波。

是我的脸又黄又多皱纹，不是那老妇，
我坐在低矮的草垫椅子上小心地缝补我孙儿的袜子。

我也是那个失眠的寡妇，抬头张望着冬天的午夜，
我看见冰冷而苍白的大地的星光。

我看见一件裹尸布，我就是那件裹尸布，我裹好一具躯体并

1　从这行开始，诗人把自己和梦中发生的事等同起来了。死亡和挫败发生了，即那勇敢的游水者，那损坏了的船，还有三件确实发生过的事——布鲁克林山间的战役，华盛顿向军队告别和红种老妇人的来访，西行是文化发展的趋向由东到西。但西去也指渐入老年。

睡在棺材里，
这里，地下是黑暗的，这里不是罪恶或痛苦，为了某些理由
这里空无所有。

（我似乎觉得在光和空气里的一切都应是幸福的，
谁还没有走进棺材和黑暗的坟墓，要让他知道他应该满足。）

三

我看见一个美丽的巨人般的游泳者赤身在海的涡流里游泳，
他褐色的头发紧贴而整齐地包住了他的头，他勇敢的臂膀划
着水，他用大腿推送着自己向前，
我看见他的白身躯，我看见他那双无所畏惧的眼睛，
我恨那些快速奔流的旋涡，它们会使他迎头撞击那些岩石。

你们在做什么，你们这些粗暴的流着鲜血的波浪？
你们要杀死那勇敢的巨人吗？你们要在他正是壮年时把他杀
死吗？

他坚毅持久地奋斗着，
他受到阻挠，打击，伤害，他拼着全身力气坚持着，
那拍击着的旋涡染上了他的血迹，它们把他卷走，使他翻滚，
摇晃着他，转动着他，

他那美丽的身躯被圈在转动的旋涡里，不断遭到岩石的伤害，
那勇敢的尸首很快就看不见了。

四

我回过头去，但没有让自己挣脱，
分辨不清，是一次对过去的辨认，又是一次，但仍在黑暗中。

沙滩被剃刀似的寒风切削着，救援沉船的枪声鸣响着，
风暴暂息，月亮从飘飞的雨雪中踉跄出现。

我看着船只无可奈何地朝前直撞，我听见撞击时的爆破声，
我听见惊愕的号叫声，声音越来越微弱。
我搓着手，束手无策，
我只能冲进拍岸的浪花，让它把我浇湿，在我身上结冰。

我和众人一同搜索，飘上来的那伙人没有一个是活的，
早晨我帮助收拾死者，把他们一排一排地安置在谷仓里。

五

现在是旧日的战争时期，在布鲁克林打了败仗，[1]

1　1776 年 8 月 27 日在布鲁克林山里的战役中，美国战败，华盛顿巧妙地把军队转移到纽约，避免了全军覆没。

华盛顿站在线内，站在筑有工事的山上，在一群军官当中，
他的脸又冷又湿，他忍住流下眼泪，
他不断把镜子举在眼前，他脸上没有血色，
他看见他们父母交托给他的南方勇士惨遭杀戮。

最后也一样，最后宣告停战，
他站在一家老式酒餐馆[1]的房间里，所有心爱的士兵都走进来，
军官们一言不发，也缓缓地走近，
主帅用臂膀搂着他们的脖子，亲吻他们的脸，
他轻轻吻着一张又一张潮湿的脸，握着他们的手，向军队告别。

六

现在是我母亲某天在一起坐着一同吃饭时告诉我的，
说她快长成姑娘时和她父母住在老家。

某天早餐时一个红种女人来到了老家，
她背着一捆蒲草，是为制作椅面用的，

1　即佛朗士酒馆，在纽约宽街与珠街之间。1783年华盛顿在那里和他的军官告别。

她的头发笔直，发亮，粗，黑，多，遮住了她半个脸，
她的步法自由，有弹性，她说话的声音非常动听。

我母亲看着这个陌生人，又高兴又惊奇，
她望着她那颧骨高耸而红润的脸和饱满柔韧的四肢，
她越看越爱她，
她从未见过这样奇妙的美与纯洁，
她让她坐在壁炉侧墙的条凳上，为她烹煮食物，
她没有工作给她做，但是她记得她而且喜欢她。

那红种女人待了一个上午，下午过去一半时她走了，
啊，我母亲真舍不得她走，
整个星期她想念她，好几个月都盼着她再来，
过了好几个冬天，好几个夏天，她都还记得她，
但是那个红种女人没有再来，也没有听人再说起她。

七

到处是夏天的柔美——像是接触了某一看不见的东西——一种
　对光和空气的迷恋，[1]
我珍惜友谊，满怀着友谊，

1　第七、八两节写夜色和诗人幼年时在母亲怀抱里的情景。

我亲自前去和光与空气寻欢作乐。

啊，爱与夏天，你们在梦中也在我心里，
秋天和冬天在梦里，那农夫凡事俭朴，
牲口和庄稼日益增多，谷仓堆得满满的。

自然要素在夜间交融在一起，船舶在梦中抢风航驶，
水手航海，流放者回到家里，
逃犯安全地回来，移民已回来了好几个年月，
那贫穷的爱尔兰人和熟识的邻居和别的熟人住在他童年时那简陋的房子里，
他们热烈欢迎他，他又赤了脚，他忘记他处境已是不错了，
那荷兰人搭船回了家，那苏格兰人和威尔士人搭船回了家，那地中海人搭船回了家，
进入英格兰、法兰西、西班牙各个港口的是装得满满的船只，
那瑞士人朝他的山里步行而去，那普鲁士人上了路，那匈牙利人上了路，那波兰人上了路，
那瑞典人回来了，那丹麦人和挪威人回来了。

回家的人和外出的人，
那美丽的遭受不幸的游泳者，那百无聊赖者，那手淫者，那患着单相思的女性，那一心赚钱的人，

那男演员和女演员，那些已演完了角色的人和那些等着上场的人，

那多情的男孩，那丈夫和妻子，那选民，那当选了的被提名者和那失败了的被提名者，

那已成名的大人物，那今天以后随便哪天成名的大人物，

那口吃者，那病人，那体魄健美的，那丑陋的，

那在法庭上站着的罪犯，那坐着给他判刑的法官，那些口若悬河的律师，那陪审团，那些听众，

大笑者和饮泣者，那跳舞的人，那午夜的寡妇，那红种妇女，

那患肺病的，那患丹毒的，那白痴，那受冤枉的，

那处在对跖地[1]两边的人，以及在这边和那边黑暗中的人们之间的每个人，

我敢说他们现在平等了——谁也不比谁更好，

黑夜与睡眠使他们彼此相像，使他们都恢复了本来面目。

我发誓他们都很美丽，

每一个睡觉的人是美丽的，在昏暗中一切都是美丽的，

那最疯狂的和流血最多的已经过去，到处是和平。

和平永远是美丽的，

---

1 对跖地，或对跖点（antipodes），地球的同一直径的两端，二者的纬度值相等，而南北方向相反；经度相差 180°。

天堂的神话表示和平与黑夜。

天堂的神话说明了灵魂，
灵魂永远是美丽的，它看似较多或看似较少，它前进或落后，
它来自有凉亭遮阳的花园，愉快地注视着自己，拥抱着整个世界，
那先前在射精的生殖器完好而洁净，那完好而洁净的子宫密切配合，
头颅长得很好，合乎比例，而且笔直，五脏和关节合乎比例而且笔直。

灵魂永远是美丽的，
宇宙会及时变得井井有条，一切都处在应处的地位，
已经来到的进入它合适的位置，一切等着的也将进入它们合适的位置，
那扭曲的颅骨在等候，那水样的或腐败的鲜血在等候，
那饕餮或患性病者的孩子在长时间地等候，那醉鬼的孩子在长时间地等候，醉鬼他自己在长时间地等候，
那活着的和死去的睡觉的人们在等候，那遥遥领先的会轮到他们前进，那远远落后的会轮到他们上前，
多样的将仍是多样的，但它们将流动并联合在一起——它们现在联合了。

八

那些脱了衣服躺着的睡觉的人们是非常美丽的，
他们脱了衣服躺着时手拉着手在全世界从东到西地流动，
亚洲人和非洲人在手拉着手，欧洲人和美洲人在手拉着手，
博学的和没有学问的在手拉着手，男性和女性在手拉着手，
女孩那光着的膀子搭在她情人那光着的胸口，他们并无情欲地互相靠紧，他的嘴唇压在她脖子上，
那父亲无限热情地用双臂抱着他已长成或未长成的儿子，那儿子无限热情地用双臂搂着他父亲，
母亲的白发照耀着女儿的白手腕，
那男孩的呼吸紧跟着那男子的呼吸，朋友挽着朋友的胳膊，
学生吻着老师，老师吻着学生，受委屈的得到纠正，
奴隶的呼声和主人的呼声是一致的，主人向奴隶行礼，
那重罪犯从监牢里出来，疯癫的清醒了，病人的痛苦缓解了，
流汗和发烧停止了，不健康的喉咙健康了，肺病患者的肺又起作用了，那十分苦恼的头脑自由了，
风湿病患者的关节又照旧平稳地转动了，比以前还要平稳，
窒息和通道开放了，瘫痪者变得灵活了，
那肿胀、抽搐、堵塞的恢复了原状，
他们经过黑夜给予他们的生命力和化学作用，醒过来了。

我也经历了黑夜，

我暂时离开片刻，啊，黑夜，但是我又回到你身边而且爱你。

我有什么理由不敢把自己信托给你呢？
我不怕，我一直受着你的极好的提携，
我爱那丰富的跑动着的白天，但我不会舍弃我长期在里面安
　卧过的她，
我不知道我是怎样从你而来，也不知道我将和你去什么地方，
　但我知道我来得顺利，去得也会顺利。

我只会和黑夜稍稍停留，我会及时起床，
我会及时度过白天，啊，我的母亲，也会及时回到你身边。

1855　　　　　　　　　　1881

变 位

让改革者从他们总是在高声叫喊着的位置上下来，让白痴或疯子在台上各站一个位置，

让法官和罪犯换换地方——把守牢房的关进监狱——让囚犯掌管钥匙；

让那些对出生和死亡抱怀疑态度者领导其余的人们。

1856　　1881

想一想时间[1]

一

想一想时间——所有的回顾往昔，
想一想今天，和今后传接下去的各个时代。

你是猜测你自己不会继续下去了吗？
你是害怕这些大地的甲虫吗？
你是怕未来将对你毫无意义吗？

今天就毫无意义吗？那没有一个开头的过去是毫无意义的吗？
如果未来是毫无意义的，那么它们就肯定也是毫无意义的。

想到太阳从东方升起——想到男人与女人是柔顺的，真实的，
　有生命的——一切都是有生命的，
想到你和我看不见，没有感觉，没有思想，也不负担我们的
　职责，

1　此诗最早见于1855年初版的《草叶集》中。

想到现在我们是在这里并负担着我们的职责。

二

不会有一天过去，不会有一分一秒过去而竟没有出生一个婴儿，
不会有一天过去，不会有一分一秒过去而没有出现一具尸体。

沉闷的夜晚会过去，沉闷的白天也一样，
躺在床上太久的苦痛过去了，
医生推迟了很久后以沉默和可怕的脸色做出了回答，
孩子们急急走来哭泣着，派人去把兄弟姊妹叫来，
药品放在架上没有动用，（樟脑味一直在几间屋子都闻得到，）
活着的那人的忠实的手没有遗弃那垂死的人的手，
那抖颤着的双唇轻轻吻着那垂死者的额头，
呼吸停止了，心脏的搏动停止了，
尸体直挺挺地躺在床上，活着的人们望着它，
它是看得见摸得到的，正像活着的人是看得见摸得到的。

活着的人用他们的视力望着那尸体，
但是没有视力的另有一个活着的人在逗留，而且在好奇地望着那尸体。

三

想到有关死亡的思想和有关物质的思想交融在一起，
想到所有这些城乡的奇迹，别人对它们深感兴趣，而我们却对它们毫无兴趣。

想到我们是多么急切地要把我们的房子盖起来，
想到别人也是一样急切，而我们却漠不关心。

（我看见有人在盖一所可以用上几年的房屋，或至多用上七十或八十年，
我看见有人在盖一所可以使用得更久的房屋。）

移动缓慢的黑色路线悄悄跨过整个地球——它们从不停止——它们是送葬的路线，
曾经是总统的被埋葬了，现在是总统的也肯定会被埋葬。

四

回忆起那种庸俗的命运，
一种常见的工人们的生与死的典型，
各人有各人的特性。

渡口冰冷的浪头在撞击，河里的烂泥和冰，街上还未冻硬的泥浆，
头上是灰色的没精打采的天，十二月短促的最后日光，
一辆灵车和几辆马车，一个百老汇年老的车夫[1]的葬礼，送葬人大半是车夫。

向着墓园稳步小跑，照例响着丧钟，
进了大门，停留在新挖的墓旁，活着的人下了车，打开了灵车，
取出了棺材，下到穴里稳住，鞭子[2]放在棺材上，泥土迅速被铲入穴中，
上面隆起的部分用铲子拍平——沉默，
一分钟——没有人移动或说话——结束了，
他已被体面地埋葬——还能有什么别的事？

他是个好人，说话随便，性子急，长得不坏，
为朋友可以不顾死活，喜欢女人，赌博，爱吃爱喝，
知道有钱是什么滋味，最后精神不济，患了病，全仗募集了一笔款子，
死了，四十一岁——那是他的葬礼。

1　惠特曼常和车夫交朋友。
2　按照那时的规矩，鞭子是随着车夫一同被埋葬的。

伸着大拇指，举着手指，围裙、斗篷、手套、皮带、潮湿天气穿的衣服、仔细挑选的鞭子，[1]
老板，监视人，调度员，照料马匹者，有人靠你混日子，你靠别人混日子，朝前进，前面一人，后面一人，
一天工作顺利，一天工作不顺利，宠爱的牲口，不听话的牲口，最先出发的，最后出发的，晚上回家休息，
想到这些对别的车夫说来也一样，很相似，而他对此却并不感兴趣。

五

各个市场，政府，工人的工资，想到在我们的日日夜夜中这些都有什么意义，
想到别的工人也会认为这些很重要，而我们则很少或甚至毫不关心。

庸俗的和文雅的，你所谓的犯罪和你所谓的行善，试想两者之间该有多大不同，
试想这种不同对别人还将继续下去，然而我们却超然于这种不同。

---

1 从这里开始的三行写的是车夫这一职业的惯用词汇，现在已经不用了。

试想该有多少是愉快的事情，
你在城里是否很愉快？或者在经商？或者在计划一次提名和选举？或者和你妻子和家人在一起？
或者和你母亲和姊妹们在一起？或者干着女人的家务活？或者那些美好的作为母亲所关心的事情？
这些也会向前流动到别人跟前，你和我都向前流动，
但是到某个时候你和我将对此不那么感兴趣了。
你的农庄，利润，庄稼——试想你是多么全神贯注啊，
试想还是会有农庄，利润，庄稼，然而对你又有何用呢？

六

即将发生的事情总会是好的，因为一切存在的东西都是好的，
感兴趣就好，不感兴趣也好。

家庭的乐趣，每天的家务或别的事情，建造房子，都不是幻觉，它们有分量、形式、地点，
农庄、利润、庄稼、市场、工资、政府，都不是幻觉，
犯罪和行善之间的不同不是错觉，
地球不是一个回声，人和他的生活，和他生活中所有的东西都是经过充分考虑的。

你并未被抛在风里，你一切都可靠而安全地收拢在自己身边，

你自己！你自己！你自己！永远！永远如此！

七

你父母生育你不是为了使你涣散而是为使你具有个性，
你不该不打定主意而是应该有所决定，
某种经过长时间准备而没有一定形式的东西已经到来，并已在你身上形成，
今后你会很有保障，不管发生什么事情。

纺好的线已收集在一起，经纬交错，式样是规则的。

准备工作件件都合理，
管弦乐队的乐器已调整得相当好，指挥棒已发出信号。

那准备前来的客人，他等了很久，现在已住妥，
他是一个美丽而快乐的人，他是一个只要对他看一眼，并且和他共处就足够的人。

过去的法则是躲避不了的。
当前和未来的法则是躲避不了的，
活着的人的法则是躲避不了的，它是永恒的，
晋升和转变的法则是躲避不了的，

英雄们和行善者的法则是躲避不了的，
醉鬼，告密者，卑鄙的人的法则是丝毫也躲避不了的。

八

行动迟缓和黑线不停地走进地球，
北方人被带走，南方人被带走，还有在大西洋这边的人们，
　在太平洋这边的人们，
还有中间的人们，以及所有密西西比河流域的和全球的人们。

作为大师和宇宙，它们很好，英雄们和行善者都很好，
那些知名的领袖和发明家和富裕的财主，还有虔诚和杰出的
　可能也好，
但是意义还不只此，一切会严格估量。

那没完没了的成群无知者和恶毒者并非一文不值，
非洲和亚洲的野蛮人并非一文不值，
走不完的一群群浮浅的人们说起来也并非一文不值。

关于所有这些事情本身，
我曾经梦想我们不会遭受多大改变，我们的法则也不会改变，
我曾经梦想英雄们和行善者将受当前和过去的法律控制，
杀人犯，酒鬼，说谎者将受当前和过去的法律控制，

因为我曾经梦想现在控制着他们的法律已经足够。

而且我曾经梦想那已知的、短暂的生活的目的和本质，
是为了让那未知的、永久的生活形成并决定其个性。

如果一切只能成为粪土，
如果我们终于成为蛆虫和鼠类，那么要提防？我们被出卖了。
那就肯定有死亡的嫌疑。

你觉得会死亡吗？如果我觉得会死亡，那我现在就该死，
你认为我会愉快而甘心地走向完全的毁灭吗？

我愉快而甘心地走着，
去什么地方我说不清，但我知道这是好的，
整个宇宙指出这是好的，
过去和现在指出这是好的。

动物们是多么美丽完美啊！
地球和上面最微小的东西是多么完美啊！
被称为善的是完美的，被称为恶的也一样是完美的，
植物和矿物都是完美的，那无法估量的流体是完美的，
它们已缓慢而稳步地到达这里，也会缓慢稳步地继续前去。

九

我发誓我现在觉得一切事物毫无例外都有一个永恒的灵魂！
树木有，根长在地下！海藻有！动物有！

我发誓我认为没有别的东西，只有永生！
那精致的体制是为了它，那朦胧的浮游物[1]是为了它，黏合在一起是为了它，
一切准备是为了它——个性是为了它——生命和物质完全是为了它！

1855　　1881

1　惠特曼常以为物质是从某种永恒的液体浮动中铸造出来的。参看《一路摆过布鲁克林渡口》。

神圣的死亡的低语

你现在有胆量吗，啊，灵魂？

你现在有胆量吗，啊，灵魂，
和我一同走向那无人去过的地区？
那里的地既不是为脚设置的，也无任何小径可循。

那里没有地图，也没有向导，
没有人声，也没有人手的接触，
那地方没有通红的脸，没有嘴唇，没有眼睛。

我不认识这地方，啊，灵魂，
你也不认识，我们眼前是一片空白，
在那个地区，那个进不去的地方，一切梦想不到的都在等候着。

直到束缚解开，
一切束缚除了永恒的束缚，时间与空间，
再没有黑暗、地心引力、意识，再没有任何限制我们的界限。

然后我们突然出现了，我们飘然浮游，

在时间和空间里，啊，灵魂，已经为接受它们做好了准备，
最后一切平等，装配齐全，（啊，欢乐！啊，是所有一切的后果！）是为了实现它们，啊，灵魂。

1868 1881

神圣的死亡的低语

我听见神圣的死亡的喃喃低语，
黑夜里唇音的连篇闲话，齿音的合唱歌曲，
脚步轻轻地攀登，神秘的微风轻柔而低声地吹动，
看不见的河水的细浪，一股潮水在流，永远在流，
（还是泼溅的泪花？人类眼泪弹不完的水花？）

我看见，就在天边，巨大的云块，
它们忧伤地缓缓在翻滚，默默在增大，又融合在一起，
有时有一颗半明半灭的悲愁的远星，
出现了，又不见了。

（也许是某种新生，某种庄严而不朽的诞生；
在边远地带，为目力所不及，
某个灵魂正在路过。）

1868　　1871

歌唱神圣的四方[1]

一

歌唱神圣的四方，从上帝的圣谕出发向前进，来自各方，
来自旧的和新的，来自完全神圣的四方，
固体的，四个方面的（所有各方都必要，）从这一方我是耶和华，
我是古老的梵天，我是农神，
时间不会影响我——我是时间，和其他一样，既旧且新，
不会被说服，无情，执行着正义的判决，
像大地，天父，那暗褐色的古老的克罗诺斯[2]一样，依靠规律，

---

1 惠特曼在此诗中未遵守神学理论。他根据的是精神和道德在现实中的四种原则：首先是上帝，即灵魂、规律、权威和时间，代表人物是耶和华、梵天、农神、克罗诺斯神；其次是爱、通报者、使者、调解人，主奇迹和牺牲，代表人物是基督、赫耳墨斯、海格立斯；其三是反叛、骄傲、犯罪，代表则是撒旦和那些堕落的诸神，天使和魔鬼；最后，宇宙精神代表和解，即"圣洁的灵魂"，他贯穿一切——上帝、救主和撒旦。

2 希腊神话中前奥林匹斯的神祇之一。他推翻自己的父亲，做了神王。他害怕自己也被子女推翻，因此把出生的每个孩子都吞掉。宙斯生下以后，母亲用石头掉包，救下了宙斯。宙斯长大，果然推翻父亲的统治，成了最高的神。克罗诺斯的艺术形象近似宙斯，但头戴披巾，手执镰刀。

古老得无法计算，然而却永远是新的，永远和那些强大的规律一起转动，
我严酷无情，谁也不饶赦——谁犯了罪就应处死——我要那人的命；
因此谁也不要希望宽恕——季节，引力，已指定的日子会宽恕吗？我也一样不会，
但是像不会饶赦的季节和引力，和所有已指定的日子，
我从这一方执行无情的判决，不会丝毫留情。

二

十分温和的安慰者，那许诺下的人前进了，
伸出了温柔的手，我是那更加全能的上帝，
先知们和诗人们在他们最热烈的预言和诗篇中已经提早报道过，
从这一方，看哪！主耶稣基督在注视着——看哪！我是赫耳墨斯——看哪！我的脸是海格立斯的脸，
一切忧伤、劳役、痛苦，我都符合，我自己全部吸入，
我多次被排斥，被嘲笑，被收在监里，钉上十字架，而且还要多次重复，
为了我亲爱的兄弟姊妹们，为了灵魂，我舍弃了整个世界，
我走进人们的家，不论贫富，留下了深情的吻，
因为我就是深情，我是那给人们带来鼓舞的上帝，带来希望

和无所不包的慈悲，
带来像对孩子们说的那种宽容的言辞，清新而理智的言辞，
完全是我自己的，
我被认为年轻强壮，深知我注定自己会早死；
但是我的慈悲不会死，——我的智慧无论早晚都不会死，
我在这里和在别处留下的甜蜜的爱也绝不会死。

三

离群独处，心怀不满，策划着反抗，
是罪犯的同伙，奴隶的兄弟，
诡诈，受人鄙视，做着乏味的苦工，愚昧无知，
一副奴婢脸和憔悴的前额，黧黑，但在内心深处却和别人一样骄傲，
此时和永远我都昂然准备抗拒那个嘲笑我又力图统治我的人，
郁闷，诡计多端，充满回忆，时刻盘算，有许多骗术，
（虽然被认为我已受挫折已被驱逐，我的骗术已无用，其实不然，）
我绝不低头，我，撒旦，还活着，还在说话，到时会在新的地方出现，（旧的地方也去，）
从我这方是永久性的，我好斗，和谁都平起平坐，和谁都一样实际存在，
时间和变化永远不能改变我或我说的话。

四

圣洁的灵魂，呼吸空气者，生命，
超过光，比光还亮，
超过地狱的烈火，欢乐，在地狱之上从容跳跃，
超过乐园，只发出我自己的芳香，
包括地球上的一切生命，接触并包括上帝，包括救主撒旦，
轻灵，渗透一切，（因为没有我全体又会是什么？上帝会是什么？）
形体的精华，实际个性的生命，永久存在，绝对肯定，（即所谓那看不见的，）
是这个伟大滚圆的世界的生命，是太阳和星星，也是人的生命，我是那普遍的灵魂，
四方在这里结束，固体的，我最为坚固，
我也在这些诗歌里呼吸。

1865—1866　　1881

我日夜爱着的他

我在梦中听说我日夜爱着的他死了，
我梦见我走向我爱的他下葬的地方，但是他不在那里，
我在梦中为找他，去到墓葬的地方到处搜索，
我发现处处都是墓地；
那些充满生命的房屋也同样充满死亡，（这所房子现在就是，）
　街道，船舶，游乐场所，芝加哥，波士顿，费拉德尔菲亚，
曼纳哈塔，都充满了死人，像充满活人一样，
而且更多，啊，死人比活人多得多；
我今后将把梦中所见告诉每个人，每个时代，
我今后会受到梦中所见的约束，
现在我很愿意不去注意墓地，把它们置于脑后，
如果死者的纪念物随处可见，甚至也出现在我吃或睡的屋子
　里，我会感到满意，
如果我爱的任何人的尸体，或者如果我自己的尸体被及时磨
　成细粉倒在大海里，我会感到满意，
如果被抛撒在风里，我会感到满意。

1860　　　　　　　　　　　　　　　　　　　　1867

然而，然而，你们这些懊丧的时刻

然而，然而，你们这些懊丧的时刻，我也熟识你们，
像铅一样沉重，你们是如何在我脚踝旁成为障碍又紧抓不放的，
地球成为一间正在悲悼着的房间——我听见那傲慢、嘲讽的声音：
物质是胜利者——物质，只是胜利而已，还在不断前进。

绝望的呼声不停地向我飘来，
我最亲近的情人的呼唤，在发出声音，惊慌，没有把握，
我马上就要去航行的大海，请告诉我，
告诉我我在朝什么方向前进，告诉我我的目的地何在。

我理解你的痛苦，但是我不能帮助你，
我走近、听见、看到，那忧愁的嘴，那眼神，你那无声的询问，
我从睡觉的床上要往哪里去，请告诉我；
老迈，惊慌，没有把握——一个青年妇女的声音，在恳求我安慰她；
一个青年男子的声音：我不能逃脱吗？

1860　　1871

好像一个幽灵在抚爱我

好像一个幽灵在抚爱我，
我认为我不是一个人在这里岸边漫步，
我认为现在我在岸边漫步时和我同在的那个人，那个我爱的
　人在抚爱着我，
我探过身去在暗淡的光中搜索时，那人完全消失了，
出现的是那些我厌恶而又嘲笑我的人。

1860　　1867

保　证

我不需要保证，我是一个一心一意关注他自己灵魂的人；

我并不怀疑从我意识到的脚下、双手和脸旁，出现了我不曾意识到的脸在望着，安详而实际存在的脸，

我并不怀疑世界的美和庄严潜伏在世界的每个方寸之中，

我并不怀疑我是无限量的，宇宙是无限量的，我简直不能想象是多么的无限量，

我并不怀疑星球和星球系统是有目的地在空中迅速游戏的，而我也会有朝一日具备条件进行和它们一样的活动，而且还超过它们，

我并不怀疑暂时性的事情会继续下去，继续千百万年，

我并不怀疑内部有它们的内部，外部有它们的外部，目力之外还有目力，听觉之外还有听觉，一个声音还有别的声音，

我并不怀疑被人尽情痛哭的青年人的死亡是有安排的，少妇和小孩子的死亡是有安排的，

（难道你认为生命是有极好的安排的，而死亡，即一切生命的最终意义却没有很好的安排吗？）

我并不怀疑海上的沉船，不管是多么恐怖，不管谁的妻子、孩子、丈夫、父亲、情人，葬身海底，一点一画都是安排

好的，

我并不怀疑何时何地可能发生些什么事情，按照事物的内在规律都是有安排的，我并不认为生命为一切，也为时间、空间做好了安排，

但是我认为神圣的死亡为一切都做好了安排。

1856　　1871

动荡的捉摸不定的年月

动荡的捉摸不定的年月卷着我不知去什么地方，
你们的计划，政治失败了，路线垮了，实质性的东西嘲笑我，使我难以捉摸，
只剩下我歌唱的主题，那伟大而占领得牢牢的灵魂，能够捉摸住，
自己永远不能垮——那是最后的实质——一切之中唯它是肯定无疑的，
在政治、胜利、战斗、生活中最后终于能留下的是什么？
一切场面上的东西都粉碎时，除了自己还有什么是可以肯定无疑的？

1865　　　　1871

那永远在我周围的音乐

那永远在我周围的音乐，从不停止，从不只是开始，然而长期以来我未受过教育而没有听见，
但是现在我听见了那个合唱曲而且感到十分兴奋，
我听见一个男高音，有力度，强大而健康地在往上升，唱出了黎明的欢快调子，
一个女高音不时活泼地在巨浪的浪峰上航驶，
一个透明的男低音在宇宙以下并穿过宇宙在丰满地颤抖着，
那凯旋式的合奏，那伴随着甜蜜的长笛和小提琴的送葬时的号哭声，我让所有这些声音把我自己装得满满的，
我不只听见了音量，我被那些优美的含义所感动，
我倾听着里外盘旋着的各种不同声音，它们在努力以强大的热度在竞争着，力图在感情上超过对方，
我并不认为演奏家本人自己能够体会——但是我现在认为我已开始理解他们了。

1860　　1863

是什么船在海上迷了路

是什么船在海上迷了路，想做出正确的估计?
或者在归航时为了避免沙洲、顺利通过水道而需要一个高明的领航员?
这里，水手！这里，船！把那最高明的领航员请到船上去吧，
他乘着一只小船在离岸划过去，我向你打招呼，请你接受。

1860　　1881

一只沉默而坚韧的蜘蛛

一只沉默而坚韧的蜘蛛，
我注意到它孤立地停落在一个小小的海岬上，
我注意到它怎样在空阔的四周探索，
从自己体内吐出一缕一缕又一缕的细丝，
不断地抽出丝来，不知疲倦地加快抽吐。

而你呢，啊，我的灵魂，你落脚的地方，
被空间的无边海洋包围着，隔离着，
你不断地沉思着，试探着，投送着，在各个范畴里搜索着以便把它们连接起来，
直到你需要的桥梁形成，直到那顺手的铁锚固定住，
直到你抛出的游丝搭住了某个去处，啊，我的灵魂！

1868　　　　1881

啊，永远在活着，永远在死亡

啊，永远在活着，永远在死亡！
啊，过去和现在曾多次把我埋葬，
啊，我一边还在向前跨步，还是物质，肉眼可见，还是那么傲慢；
啊，我这人活了多年，现在死了，（我不悲伤，我很满足；）
啊，为了使我自己从我那些尸首里脱身出来，我回过头来看一看我抛弃它们的地方，
继续向前走，（啊，在活着！永远在活着！）把尸体抛弃在一旁。

1860 1867

给一个即将死去的人

我从众人中挑选了你，因为有一个信息告诉你，
你注定要死去——不管别人对你怎么说，我不能说谎，
我既严格又无情，但是我爱你——你无法逃脱。

我轻轻把我的右手放在你身上，请你摸一摸，
我不争辩，我低下头紧靠着它，几乎完全挡住了它，
我悄悄坐在一旁，我始终忠诚，
我不只是护士，不只是父辈或邻居，
我开脱了你的一切罪责，不过不包括你自己的那精神性质的
　肉体，那是永恒的，你自己肯定能逃脱，
你留下的尸体只能是粪土。

太阳在意想不到的方向钻出来，
你会充满有力的思想和自信，你微笑了，
你忘记你是有病的，正如我忘记你是有病的，
你看不见那些药品，你不把哭泣着的朋友放在心上，有我和
　你在一起，
我从你身边排除了别人，没有什么可怜惜的，

我不怜惜，我祝贺你。

1860　　　　　1871

大草原之夜

大草原之夜，
晚餐已吃罢，地上的火种微弱了，
那些疲惫的移民在裹着他们的毡子睡觉；
我独自踱步——我站着望那些星星，我现在想来我过去从来没有这样认清过它们。

现在我深刻接受了不朽与和平，
我羡慕死亡并且试验着各种可能性。

多么丰富！多么富于精神价值！多么富于总结意义！
还是那个老人与灵魂——还是那些旧日的向往，和同样的心满意足。

我还认为那天是最为辉煌的一天，直到我看到了不是那一天所展示的一切，
我还认为这个地球已经足够，直到我周围又静悄悄地跳出了那么多的其他地球。

现在趁我满心都是有关空间和永生的伟大思想时，我一定要用它们的标准来衡量我自己，
现在我接触了其他地球的生活，它们的到来和大地的生活几乎是同时，
或者它们正在等待着到来，或者已超过了大地的生活，
我今后不会再全然不顾它们，正如我不会全然不顾我自己的生活，
不会不顾和我自己的生活同时到达的大地的生活，或那些等候着到来的生活。

啊，我现在懂得生活不可能为我展示一切，正如某一天也不可能这样做，
我懂得我应该等候死亡将要展示的一切。

1860　　　　　　1871

有感

我在和别人一同坐上某一丰盛的筵席时，突然在演奏音乐时，
我想到了（从哪里来的我并不知道）隐隐在雾中出现的一艘
鬼魂似的在海上遇险的船，
某些船只，它们是如何飘着狭长的幡，飞着吻，驶出港口的，
后来却杳无消息，
总统号[1]的命运成了一个严重而神秘的谜，
人类五十代的航海科学的精华在东北海岸覆没了，沉入了海
底——北极号[2]沉入了海底，
那隐隐可见的画面——妇女们集合在甲板上，苍白，勇敢，
等候着那即将到来的时刻——啊，那一刹那！
一次大声的抽泣——几个水泡——白色的浪花喷射出来——然
后妇女们都不见了，
在那里沉没了，无情的海水还照样奔流——而我现在则是寻
思着，那些妇女们真的完了吗？

1 轮船“总统号”于1841年3月11日从纽约驶往利物浦，载人员一百三十六人，但是后来一直没有消息。

2 “北极号”从利物浦驶往纽约，于1854年9月27日与法国轮船“维斯太号”相撞，死亡三百五十人，大半是妇女和儿童。

灵魂就是这样被淹死、被毁灭的吗?

只有物质才能取胜吗?

1860 1871

最后的恳求[1]

最后，温柔地，
从那所筑有强大工事的房屋的墙上，
从那些牢牢扣紧的锁上，从那重门紧闭的地牢那里，
让我漂起来。

让我悄悄地走出来，
用轻柔的钥匙打开那些锁——用一声低语，
打开那些门，啊，灵魂。

温柔地——切莫心焦，
（你的控制能力是强大的，啊，平凡人的血肉，
你的控制能力是强大的，啊，爱情。）

1868 1871

---

1 这首诗曾被多次谱成歌曲。

我在守着那种地人耕种时

我在守着那种地人耕种时，
或是那下种的在地里下种或收割者在收割时，
我在那里也看见，啊，生和死，以及与你们类似的东西；
（生，生就是耕种，而死则等于是收获。）

1871 1871

心情沉重而犹疑不决

心情沉重而犹疑不决，
我写下*死者*这两个字，
因为活着的是那些*死者*，
（也许是唯一活着的，唯一真实的，
而我却是那鬼影，我是那幽灵。）

1868　　1871

你，母亲，和你那些完全平等的儿女

一

你，母亲，和你那些完全平等的儿女，
你，一连串多种多样不同的各州，然而又只是一个模式，
在我离开之前我将先于其他而唱一支专为你谱写的歌，
给你，也就是未来。

我将为你播种一颗代表持续不断的民族性的种子，
我将锤炼一个你的全体，包括肉体和灵魂，
我将朝前展望你那真正的合众国，它如何才能大功告成。

我要设法创造走向那房子的各种道路，
但把这所房子本身留给未来的人。

我歌唱信仰和准备工作；
因为生活和大自然只顾当前是不足取的，
更加可取的是尚未到来的一切，
根据这个公式我为你歌唱。

二

像一对翅膀自由的健壮飞禽，
十分快乐，朝天开辟那最广阔的空间，
美利坚我想到你时，这就是我的思想，
这就是我要带给你的那首朗诵诗。

他国诗人的巧妙辞藻我不会给你带，
也不会带那些长久以来起过作用的赞词，
不会给你带韵脚，经典著作，外国宫廷的香料或室内的图书馆；
我带的将是缅因州松林那里来的气味，或是一片伊利诺伊大草原的扑鼻清香，
伴以弗吉尼亚或佐治亚或田纳西的野外，或来自得克萨斯的山地或佛罗里达的林间空地，
或萨格内[1]的黑色的溪流，或休伦[2]广阔的大片蓝色湖水，
伴以展开在眼前的黄石美景，或约塞米蒂瀑布，
我也会带来在下面喃喃连声，到处散布的大海泛滥的声音，
来自世界两大洋不断送来的声音。
为了适应你更加微妙的意识，我提供更加微妙的叠句，敬畏的母亲，
符合这些诗句与你的智慧的前奏曲，适合你的思维的公式，

1　萨格内（Saguenay），加拿大的一条河流。
2　休伦（Huron），美国与加拿大之间的一个著名的大湖。

像这些诗句与你一样真实，明智，广阔，
你！日益升高，潜入我们认识不到的深处，你这超乎一切的合众国！
事实将由你来说明，和思想掺合在一起，
人类的思想需要说明，和上帝掺合在一起，
通过你的观念，看哪，出现了那不朽的现实！
通过你的现实，看哪，出现了那不朽的观念！

三

新世界的头脑，你的任务多么不平凡，
为了制订现代模式——从现代的无比宏伟出发，
从你自己出发，包括科学，重造诗歌、教会、艺术，
（重造，也可能抛弃它们，结束它们——可能它们的使命已完成，谁知道？）
通过远见，手，概念的形式立足于强大的过去，死者的经历之上，
以坚定的信仰勾画出那强大活跃的当前。

然而你这活跃的当前的头脑，死者、旧世界的头脑的继承者，
你，像一个尚未出世的婴儿长期在它的包裹中躺着，
你，长期这样小心翼翼地被准备着——也许你只是打开了它

的包裹，只是使它成熟起来，
它在你身上产生结果——过去时代的精华包含在你里面，
它的诗歌、教会、技艺，它们本身并未意识到，却注定要和你发生联系；
你只是那些苹果，需要很长很长很长时间才能成长，
所有旧日的果实今日在你身上得以成熟。

四

扬帆进行最佳航行吧，你这艘民主之船，
你的货物是有价值的，它不只是当前，
过去也在你里面贮藏着，
你掌握的不只是你自己的事业，不只是西方大陆的事业，
大地的全部经历在你的龙骨上漂浮，船啊，是你的帆桁使之保持平稳，
有了你，时间能够放心地登上航程，那些先行的国家随着你而沉浮，
你为其他各大陆载负着它们所有古时的争斗、殉道者、英雄、史诗、战争，
到达最后港口的胜利不只是你的，也是它们的；
那就请你用强有力的手和机警的眼掌舵吧，啊，舵手，你运载着伟大的同伴，
可尊敬的僧侣型的亚细亚今天和你在一起航行，

皇族的封建的欧罗巴和你在一起航行。

五

新的出身更加卓越的美丽世界在我眼前出现了，
像广阔无边的金色云块充实着西天，
高举于一切之上的是普遍的母性的旗帜，
生育儿女的神圣形象，
从你那多产的子宫里你那些巨人般的婴儿不断列队出生，
从这样的孕育中负起重任，不断接受与提供力量与生命，
实体的世界——合二而一的世界，
灵魂的世界，只有实体的世界才能生养，也只有它才能给予
　灵魂以个性和躯体，
然而只在开始时才有数不清的大量的珍贵合成材料，
随着历史的轮转而被推送向前，受到每个国家与语言的派遣，
做好准备，在这里集合，一个更加自由、巨大、惊心动魄的
　世界，将在这里建成，
（那真正的新世界，那未来的完整的科学、道德、文学的
　世界，）
你这奇迹般的世界轮廓尚未明确，尚未形成，我也不来勾画你，
我怎样穿透未来那穿不透的空白呢？
我感受到你那预兆未来的伟大，恶与善同时包括，

我守着你前进，吸取着当前，超越着过去，
我看见你的光燃起光亮，你的阴影投出阴影，似乎这就是全部地球，
但是我不会着手勾画你，甚至不见得能理解你，
我只是提到你，预言你，就像现在这样，
我只是突然叫响了你的名字！

你，在你的未来生活中，
你，你那唯一永久性的生活，事业，你自己那并未放松的头脑，你那腾空的精神，
你作为另一个同样必要的太阳，光辉灿烂，火光冲天，行动迅速，到处结下硕果，
你，在强有力的快慰与欢乐，在无穷的巨大喜庆中升起，
永远吹散了那长久以来高悬的阴云，它长期以来使人的思维受到重压，
不信任、怀疑、恐惧，生怕人类必然会逐渐腐化；
你，在你那更加宽宏、理智的一代女性、男性中——你，在你那些南、北、西、东具备道德和精神品质的运动健儿中，
（对你不朽的胸怀来说，众人之母啊，你的每一个儿女都一样受宠爱，永远是平等的，）
你，你自己的音乐家、歌唱家、艺术家尚未出生，但必然到来，
你，你的道德财富和文明，（在这些尚未到来时你那最值得骄傲的物质文明只能是白费，）

你，你那提供一切，包容一切的虔敬——你不仅只属于一部圣典，一个救主，
你有数不清的救世主，潜伏在你自身里面，你那些不断出现的圣典在你自身里面，不下于任何别的，和任何别的一样神圣，
（你制订的你那腾空的历程，并不在你的两次大战中，也不在你百年来的明显成长中，
而更多是在这些草叶和诗歌中，你的诗歌，伟大的母亲！）
你，在于你扶植的教育中，在于你哺育的教师、学习程序与学生中，
你，在于你那全体享用的民主欢宴时，你那些具有高度创造性的节日、歌剧、讲演者、布道者，
你，在于你的基本原理，（准备工作才刚刚完成，大厦建立在稳固的地基上，）
你，你的顶峰，才智，思想，你最高峰的合理欢乐，你的爱和超凡的抱负，
你未来的光辉灿烂的文人学士，你那些嗓音洪亮的演说家，你那些负有圣责的诗人，博大的学者，
这些！这些都属于你所有，（必然会到来，）我今天就预告。

六

宽容一切，接受一切的国土，不只是为了善，一切善也都是为了你，

在上帝领域内的国土，你自身就是一个领域，
在上帝的统治之下，你自身就是一个系统。

（看哪，那里升起了三颗无比辉煌的明星，
成为你诞生时的明星，我的国家啊，全体、进化、自由，
镶嵌在法治的天空里。）

有着前所未有的信仰的国土，上帝的信仰，
你的土壤，甚至你的底土，全部都翻动过，
那一般的深处的泥土长期以来是小心翼翼地掩盖起来的，如今把真面目勇敢地露了出来，
不管是吉是凶，你让它朝着天光敞开了一切。

不只是为了成功，
也并非永远是不间断的顺利航行，
风暴将猛击你的脸，战争和比战争更严重的黑暗将盖没你的全身，
（你能够进行战争，承受它的苦斗与磨炼吗？要学会和平和它的考验，
因为国家间的苦斗和致命的对峙最后终将成为欣欣向荣的和平而不是战争；）
死亡将戴各种微笑着的面具前来欺骗你，你将受疾病的煎熬，
那青灰色的癌症会张开它丑恶的利爪，紧抓住你的乳房不放，

力图打入你的内脏深处，
最凶恶的结核病，道德的结核病将使你的脸因发烧而绯红，
但你将正视你的命运，你的疾病，而战胜一切，
不管它们今天怎么样，不管它们经过一段时间会怎么样，
它们会全都脱身离去，不再干扰你，
而你呢，走完了时间的螺旋上升，通过你自己，你自己仍能解脱，融合，
稳定，自然，你是神秘的合众国，（死亡和不朽的混合体，）
你还将腾空完成未来的使命，成为肉体和头脑的精灵，
灵魂，它的命运。

灵魂，它的命运，才是真正的真实，
（是所有这些真实显灵时的内涵；）
在你里面，美利坚啊，是灵魂和它的命运，
你是天体中的天体！你是朦胧的奇迹！
对许多人是一种忽冷忽热的剧痛，（你通过这些而使自己凝固起来，）
你是理性的，道德的星球——你是崭新的，确实是新的精神世界！
当前容不下你——因为对像你这样的大幅度的成长，
像你这样无可比拟的翱翔力，像你这样的儿女，
只有未来容得下你，而且能够容下你。

1872　　　　1881

一幅鲍玛诺克图画

两条带有渔网的船横在海滩附近，毫无动静，
十个打鱼的在等候——他们发现了一大群密密麻麻的鲱鱼——他们把结在一起的拖拉大围网丢在水里，
船儿分头摇了出去，各自绕一圈又回到海滩，把鲱鱼兜在网里，
那些留在岸上的又用卷扬机把渔网收起，
有些打鱼的懒洋洋地待在船里，有些齐脚踝站在水里，壮实的腿站得稳稳的，
船儿差不多靠了岸，海水朝着它们拍打着，
一堆堆一行行抛撒在沙土上，早已出了水的，是那些带斑点的绿背鲱鱼。

1881 1881

从正午到星光灿烂的夜晚

你这高高在上、光照十分使人眩晕的星球

你这高高在上、光照十分使人眩晕的星球！你这火热的十月正午！
你使灰色海滩的沙土泛滥着灿烂的阳光，
还有那拥有远景和泡沫的嗞嗞叫着的近海，
茶色条纹、各式阴影和四处铺开的蔚蓝；
啊，灿烂的正午太阳！我特别有话对你说。

听我说，明亮的太阳！
你是我的情人，因为我一直在爱着你，
甚至在晒太阳的婴儿时期，后来又是独自一人在林边的快乐少年，你从远处落在我身上的光线已经足够，
作为成年，作为少年或老年，就像我现在这样，我向你发出召唤。

（你不可能用你的沉默欺骗我，
我早已知道大自然从来都服从那合适的人，
虽然没有用话做出回答，天、树，都听见了他的声音——而你呢，啊，太阳，

至于你的痛苦、不安，巨大的火焰突然爆发，射出了利剑，
我理解它们，我深深懂得那些火焰，那些不安。）

你和你那催生果实的热和光，
普照那些数不清的南北农庄，大地和湖泊，
普照密西西比那流不完的河水，得克萨斯的草原，加拿大的树林，
普照那转过脸来朝着那在空间照亮着的你的全部地球，
你不偏不倚地拥抱一切，不只是大陆，海洋，
你慷慨地将自己献给了葡萄、杂草和小小的野花，
请把你自己赐给我所有的一切、包括我自己在内，哪怕只是从你那千百万支光芒中留下稍停即逝的一缕，
请深入这些诗篇。

不要只为这些诗篇放射你微妙的光辉和力量，
请也为我自己的黄昏做准备——为我那愈来愈长的影子做准备，
为我那些星光灿烂的夜晚做准备。

1881　　　　1881

脸

一

在街头徜徉或在乡间小路上骑马经过，看哪，这样不同的脸！
友好的、一丝不苟的、谨慎的、文雅的、充满理想的脸，
那富于灵性而能够预感的脸，那永远受欢迎的普通而仁慈的脸，
那像音乐般歌唱着的脸，那些头顶的后半部宽阔、天生是律师和法官的庄重的脸，
眉毛隆起的猎人和渔夫的脸，守法的公民们那些刮剃得青青的脸，
那纯正的、过分的、如饥似渴、好问的艺术家的脸，
某个优美的灵魂的丑脸，那俊美的受憎恨或受鄙视的脸，
婴儿们的圣洁的脸，多子女的母亲的那张容光焕发的脸，
搞恋爱的人的脸，充满崇敬心情的脸，
像梦中遇见的脸，像一块呆板的岩石的脸，
已失去了它的善与恶的脸，一张受过阉割的脸，
一只雄鹰，它的翅膀已被大剪刀剪掉，
一匹骏马，它最后还是听命于阉割者的皮鞭和利刃。

就这样在街头徜徉，或在无休止的渡船上摆渡，脸，脸，脸，
我看见它们，我毫无怨言，我对一切都心满意足。

二

如果我认为它们是它们自己的结束的话，你想我会对一切都满足吗？

这张脸作为一个男子的脸是太可悲了，
某个窝囊废，乞求恩准，为此而奴颜婢膝，
某个没骨气的蛆虫，为容许它扭进洞去而连声道谢。

这张脸是狗嘴，鼻子嗅着在垃圾堆里找食吃，
毒蛇在那张嘴里做窝，我听见那咝咝的恐吓声。

这张脸是一片迷雾，比北冰洋还冰冷，
它那些睡眼惺忪和摇摆不定的冰块一路走一路嘎吱嘎吱地响。

这张脸是苦涩的药草，这是一种催吐剂，它们用不着标签，
药架上还有许多别的，鸦片酊，生橡胶，或猪草。
这张脸是个患癫痫病的，它那说不成话的舌头发出怪叫声，
静脉沿着颈脖鼓胀，眼球转动着只看得见白的部分，
牙齿咬得格格响，手掌被向里弯曲的指甲划破，

那男人挣扎着吐着白沫倒在地上，意识是清醒的。

这张脸被害虫咬了，
这是某个凶手的一把半出鞘的刀。

这张脸欠了那墓地管理员一笔极低的工资，
一口丧钟在不停地敲。[1]

三

我的同类的五官，你们想用你们布满皱纹而哭丧着脸的进行
　　曲来骗我上当吗？
哈，你们骗不了我。

我看得清你们那转着圈的抹不掉的流动，
我看得清你们那些憔悴而卑鄙的伪装底下的真相。

不管你们怎样用力打开，怎样扭曲，用鱼类或鼠类乱成一团
　　的嘴巴拨弄，
你们会被揭下口罩，肯定会这样。

1　墓地管理员亦即那敲丧钟的。

我看见了疯人院里那口水涂得最多的白痴的脸，
而且使我心安的是我知道他们所不知道的一切，
我知道是什么代理人偷光并毁了我的兄弟，[1]
就是这些人在等着清除那倒塌的房屋里的垃圾，
我会过二三十个年代再看一眼，
我会遇到那毫未受到损伤的真正房东，他和我自己一样完整无缺。

四

上帝在前进，而且还在前进，
永远是影子在前，永远伸出手来促进那些落后者。

从这张脸上出现了旗帜和马匹——啊，太好了！我看见了将发生什么事情，
我看见前驱者的高帽子，看见持杖的外勤[2]在开着道，
我听见胜利的鼓声。

这张脸是条救生艇，
这张脸有权威，长着胡子，它不要求别人照顾，

1 诗人的弟弟艾迪是个低能儿，诗人一直在照看着他。
2 “杖”表示权威，古时执杖者负责为统治者开道。

这张脸是香气扑鼻的果子，正等着人去品尝，
这张脸属于一个健康诚实的少年，一切善的纲领。

这些脸不论是睡着或者清醒都能作证，
他们说明自己是那主人本人的后代。

我说的那词的含义没有例外——红，白，黑，都有神性，
每所房里都有卵细胞，千年以后才会出世。

窗上的斑点和裂缝并不使我不安，
后面站着的既高大又足够，它们在向我打暗号，
我看懂了这个许诺，耐心地等候着。

这是一张盛开的百合的脸，
她在和那靠近花园篱笆站着的腰腿灵便的男子说话。
来吧，她红着脸叫道，到我这里来，腰腿灵便的男人，
站在我旁边，直到我能高高站起倚靠着你，
用正在发白的蜂蜜把我灌满，向我低下头来，
用你那惹弄人的胡子摩擦我的胸脯和肩膀。

五

多子女的母亲的那张老脸，

嘘！我完全满意。

星期天早晨的烟雾来得晚而平静，
它低低垂落在篱边的那一排排树上，
它薄薄地挂在树下的黄樟、野樱桃和蒺藜上面。
我看见晚会上那些盛装的富有的妇女，
我听见歌唱家一直在歌唱的是什么。
听见是谁从白沫和水蓝色之中穿着绯红的青年装跳了出来。

看哪，一个女人！[1]
她从她的贵格帽[2]下面往外张望，她的脸比蓝天还晴朗、
美丽。

她坐在农舍那有遮阳的凉台上的扶手椅里，
太阳径直地照着年迈的她的白头。

她那肥大的长袍是乳白色的亚麻布制成的，
她的孙子种植了亚麻，她的孙女用纺纱杆和纺轮纺了它。

大地的性质像优美的曲调，

---

1 有的学者认为这里描写的是惠特曼的外祖母。
2 贵格会教徒常戴的一种帽子。

那完美是哲学超不过也不愿超过的，
是人类名正言顺的母亲。

1855 1881

神秘的小号吹奏者

一

听啊，一个放荡不羁的小号吹奏者，一个奇怪的音乐家，
在空气中盘旋着，看不见，今晚吹响了变幻莫测的曲调。

我听见你，小号吹奏者，我十分留神地听着，听清了你的声声曲调，
有时倾泻着，像风暴那样在我周围旋转，
有时低沉，克制，有时又消失在远方。

二

走近些，没有躯体的人，或许在你身上会重奏
某个已死去的作曲家，或许你沉郁的生活
充满了崇高的抱负，尚未形成理想，
波浪，音乐般的海洋，乱哄哄地汹涌着，
那现在是心情激越的鬼魂，正向我靠拢，你的短号发出阵阵回响，

除了我以外不容许别人的耳朵听见，却慷慨地容许我的，
以便我把你转译。

三

吹吧，小号吹奏者，自由而清晰，我紧跟着你，
在你那液体般的前奏曲欢欣而安详的同时，
那使人烦躁的世界，那些街道，白天的喧闹后退了。
一种圣洁的宁静像露水般降落在我身上，
我在凉爽而清新的黑夜里走着天堂乐园的道路，
我闻到青草，那潮湿的空气和那些玫瑰；
你的歌声开阔了我那麻木、受拘束的精神，你解放了我，把
　我推送，
在天堂的湖上漂浮并沐浴着阳光。

四

继续吹吧，小号吹奏者！给我那双酷爱声色的眼睛，
送来那些古老的壮丽场面，展示那封建的世界。

你的音乐多么迷人！你使我看到了
早已死去的贵妇人和骑士，贵族们在他们古堡的大厅里，抒
　情诗人在唱歌，

全身披挂的骑士们前去扶危救难，有的则去寻求圣杯，
我看见一场比赛，我看见竞技者披着重甲骑在威武而焦躁的
　马背上。
我听见呐喊声，格斗和钢铁的重击声；
我看见那些十字军喧闹的部队——听啊，铙钹的铿锵声，
看哪，僧人在前面走，高举着十字架。

五

继续吹吧，小号吹奏者！作为你的主题，
请现在就采取那最能够包含一切的主题，那有溶解力和凝固
　力的，[1]
爱情，那是一切的脉搏，是营养剂和极度的痛苦，
男人和女人的心都是为了爱情，
没有别的主题只有爱情——那紧紧结合、无所不包、到处扩
　散的爱情。

啊，看这些不死的幽灵是怎样挤在我周围的！
我看见那庞大的蒸馏器一直在起作用，我看见并懂得那些温
　暖着世界的火焰，

1　参看《风暴的豪迈音乐》："而能够溶解凝固人类的音乐的是大地本身的优美和声。"

那灼热的光，那羞涩的嫣红，情人们跳动的心脏，
有些是这样幸福，有些是这样沉默、黯淡，近乎死亡；
爱情，对情人们说来那是整个世界——爱情，它嘲笑时间和空间，
爱情，那就是白昼与黑夜——爱情，那就是日月星辰，
爱情，那就是绯红，华丽，香得使人目眩神摇，
没有别的词句，只有爱情的词句，没有别的思想，只有爱情。

六

继续吹吧，小号吹奏者——唤起战争的警报。

像远处隆隆的雷声那样，一种颤抖着的嗡嗡声迅速接受了你的魅力的感召，
看哪，武装的兵员急忙行动起来——看哪，在尘土飞扬中是刺刀的闪光，
我看见满面污垢的炮手，我注意到硝烟中玫瑰红的一闪，我听见枪声噼啪；
不只是战争——你那可怕的音乐歌曲，尽情狂奏的演奏者啊，带来各种可怕的情景，
冷酷无情的强盗行径，抢劫，杀戮——我听见呼救的叫喊声！
我看见海上的船舶在沉没，我看见甲板上下的可怕场面。

七

啊，小号吹奏者，我想我自己就是你吹奏的乐器，
你软化了我的心，我的头脑——你能随意使它们感动，受吸引，改变；
而现在你那些阴沉的声声曲调使黑暗渗入了我的全身，
你夺走了一切欢乐的光和希望，
我看见了全世界那些受奴役，被颠覆，受伤害，受压迫的人们，
我感受了我民族的无法估计的耻辱，它成了我个人的东西，
人类的报复，各个时代所受的冤屈，无法解决的敌对和仇恨也成了我的，
彻底失败使我心情沉重——一切都完了——敌人胜利了，
（然而在废墟中巨人般的骄傲始终屹立着，
始终坚韧，坚决。）

八

现在小号吹奏者啊，作为你的结束，
请答应吹奏比过去调门更高的一曲，
向着我的灵魂歌唱，使它那正在消沉的信仰和希望复苏，
唤起我那缓慢的信念，给我指出未来的前景，
至少这一次把它的预兆和欢乐给我。

啊，快乐的、兴奋的、达到高潮的终曲！
你的声声曲调中有一种比大地更强劲的生命力，
胜利的进行曲——人类得解放——最后成为胜利者，
让全球性的人类给全球性的上帝献上赞美诗——一切都是欢乐！
一个重新诞生的民族出现了——一个完美的世界，一切都是欢乐！
男人和女人获得智慧，纯真和健康——一切都是欢乐！
笑声不绝的狂饮充满了欢乐！
战争、忧伤、苦难都已过去——腥臭的大地得到净化——只剩下欢乐！
海洋充满了欢乐——大气层都是欢乐！
欢乐！欢乐！自由，崇拜，爱情！因生命的激情而欢乐！
只要生存就够了！只要呼吸就够了！
欢乐！欢乐！到处都是欢乐！

1872　　　　1881

致冬天的一个火车头

你给我提供了一首朗诵诗，
你，就像现在这样，在急骤的风暴中，下着雪，冬日的黄昏时分，
你穿着铁甲，你那规则的双声在跳动着，还有你那痉挛性的节拍，
你那黑色圆柱形的身体，黄金般的铜和白银般的钢，
你那笨重的旁杆，平行而起连接作用的摇杆，在你身边旋转着，穿梭似的向前推进着，
你的韵律，时而增强了，便喘着气吼叫，时而又消失在远方，
你那巨大隆起的照明灯牢牢在前面固定着，
你那长而灰色的漂浮着的气体构成的三角旗，微带浅紫色，
浓黑的云雾从你那烟囱里一阵阵冒出，
你那结实的体格，你的弹簧和阀门，你那些轮盘发出的微微颤抖的闪光，
你后面拖着的列车，顺从又欢乐地跟随着，
不管是大风还是无风，时而快速，时而缓慢，总是不停地奔驰着；
现代式的典型——运动与力量的象征——大陆的脉搏，

至少为诗人的灵感服务了一次，并融化在诗句中，就像我在这里看到你时那样，
伴随着风暴和阵阵狂风和飘落着的雪，
白天里你敲响了震耳的警钟，
黑夜里你摇晃着沉默的信号灯。
喉音尖亮的美人！
让你那无法无天的全部音乐在我的颂歌里滚动，晚上是你那些晃动着的灯盏，
你那放肆地呼啸着的笑声像地震那样发出隆隆回响，惊醒着众人，
你自己就是全部律法，坚定地掌握着你自己的轨道，
（你没有那带着哭腔的竖琴式的轻松与甜美，或流畅的钢琴声的轻灵，）
岩石和丘陵送回了你尖叫声的颤音，
径奔广袤的草原，跨越湖泊，
直上毫无拘束的自由天空，欢快而健壮。

1876　　　　　　　　　　1881

啊，有巨大吸引力的南方[1]

啊，有巨大吸引力的南方！啊，金光闪烁而喷香的南方！我的南方！

啊，灵敏的气质，丰富的血浆，冲动与爱情！善与恶！啊，所有这些对我来说都十分可贵！

啊，我喜爱我诞生时的一切——所有我诞生地的活动的东西和树木——谷物，植物，河流，

我喜爱我自己那些缓慢的、懒惰的河流，它们在远处流动，经过银沙的浅滩，或经过沼泽，

我喜爱罗阿诺克、萨凡纳、奥尔塔马霍、皮迪、汤比格比、桑蒂、库萨和萨宾河，[2]

啊，心事重重，到远处漫游，我带着我的灵魂又回来多次重访了它们的堤岸，

在佛罗里达我又一次漂浮在透明的湖上，我漂浮在奥基乔比湖[3]上，我越过小圆丘的波状地带或穿过愉快的林中空地或浓密的森林，

1　1848 年惠特曼曾短期在南方的新奥尔良工作。

2　这些都是南方靠近墨西哥湾的河流。

3　奥基乔比（Okeechobee）湖在佛罗里达的中南部。

我看见树林里的鹦鹉，我看见木瓜树和开着花的常青树，[1]
又一次，我乘着我的贸易船站在甲板上，顺着佐治亚沿海航行，直上南北卡罗来纳州，
我看见四季常青的橡树在它生长的地方，我看见那黄松，那芬芳的月桂树，柠檬与柑橘，那柏树，那婀娜的矮棕榈在它们生长的地方，
我经过高低不平的海岬，通过一个小水湾进入了帕姆利科湾[2]，我用眼睛直接望着内陆；
啊，那棉花株！那些成长着稻米、甘蔗、大麻的田野！
仙人掌用尖刺自卫着，桂花树开着大白花，
远处的山脉，有的富足，有的荒芜，老树林生满槲寄生和拖着长尾巴的苔藓，
松树的清香和阴暗，那令人生畏的自然的静止，（在这些密集的沼泽地海盗带着枪，逃犯有他隐蔽的小屋；）
啊，这些几乎人迹不到、很难通行的沼泽地有奇异的诱惑力，到处是蛇，到处震荡着短吻鳄的吼叫声，猫头鹰和野猫的悲呼和响尾蛇的呼呼声，
那学舌鸟，那美利坚的模仿者，整个上午都在唱歌，直唱到黑夜月上后的整段时间，
那蜂鸟，那野火鸡，那浣熊，那负鼠；

---

1 美国南部生长的小型常青树，开白色或粉红色的花朵。
2 帕姆利科（Pamlico）湾，北卡罗来纳附近海岸和岛屿之间的海湾。

一片肯塔基的玉米田，那颀长、婀娜、长叶子的玉米，苗条，在拍打着，碧绿，长着穗子，包紧的外壳里长着美丽的玉米穗；

啊，我的心！啊，温柔而剧烈的疼痛，我忍受不住，我要离开，

啊，做一个我在那里长大的弗吉尼亚人！啊，做一个卡罗来纳人！

啊，抑制不住的渴望！啊，我要回到我熟悉的田纳西，不再到处游荡。

1860 1881

曼纳哈塔

我在为我那城市追求某种特殊而恰到好处的东西，
于是看哪！跳出了那个土著的名字。

现在我明白一个名字可能意味着什么，一个词是液体似的，
　理智的，控制不住的，有音乐性的，自己本身已足够的，
我意识到我城市的那个词是一个早就存在的词，
因为我意识到那个词隐藏在许多水湾的怀抱里，非常优美，
丰富，到处围满了帆船和轮船，一个十六英里长的岛屿，根
　基稳固，
数不清的拥挤的街道，铁制的，苗条的，强有力的，轻重量
　的高建筑物，辉煌地直升到那晴朗的天空，
潮水飞速而宽广，是我十分喜爱的，在快要日落的时候，
那些流动着的海的水流，那些小小的岛屿，稍大些的附近岛
　屿、山峦、别墅，
那些数不清的桅杆，那些白色的岸边汽船、驳船、渡船、造
　型美观的黑色海轮，
商业区的街道、批发商的店铺、船舶业和代办短期借款的商
　号、傍河的街道，

正在来的移民，每周一万五千到两万，
正在拖拉货物的二轮马车，矫健的赶马的马夫，晒黑了脸的水手，
夏天的空气，明亮的太阳在照耀着，正在高空浮游的云彩，
冬天的雪、雪车上的铃铛、河里的碎冰块随着潮水的涨落而起伏着漂过，
城里的机械工、那些老板，他们体格健美，英俊的脸对你坦率地望着，
拥挤的人行道、车辆、百老汇、妇女们、店铺和各种展览品，
一百万人——仪态潇洒而优美——响亮的人声——好客——最为勇敢而友好的青年人，
忙忙碌碌而波光粼粼的滨水的城市！尖顶和桅杆的城市！
偎依在水湾的怀里的城市！我的城市！

1860　　1881

一切都是真理[1]

我这人啊，这么久信仰还不坚定，
这么久还远远在一旁站着，对部分事物抱否定态度，
今天我才体会到严密而已经到处传扬的真理，
今天我才发现并无谎言或某种形式的谎言，也不可能有，它不
　可避免地在它自己身上生长，正如真理也在自己身上生长，
或像大地的每一个法则或大地的每一项自然产物。

（这很奇怪而且可能不会立刻就认识到，但是必须认识，
我感觉到我本人和别人一样代表着虚假，
而且整个宇宙也这样。）

什么是未能完全回归的，不论是谎言还是真理？
是回到地上，还是在水里火里？或在人的精神里，在人的血
　肉里？

1　这里惠特曼受了黑格尔的影响。直接影响来自他早年就接触过的爱默生、柯尔律治等人的作品。真理和虚假也像善与恶，正和负一样，互相吸引，互相依赖。暂时的微观世界包含在永恒的宏观世界里。

在说谎者中间默默思考着，严峻地后退到我自己，我发觉其实并无什么说谎者或谎言，
没有什么是不能完全回归的，而且被人称为是谎言的其实是很完全的回归，
每件事都准确地代表它自己和它在此之前的一切，
真理包括一切，是严密的，正如空间是严密的，
真理的总和里没有缺陷或真空——一切没有例外地都是真理；
今后我将赞美每一件看见或属于我的东西，
唱歌，欢笑，什么也不否认。

1860　　　　1871

一首谜语之歌

是这首诗和任何别的诗都掌握不住的，
最灵敏的耳朵没有听说过，最明亮的眼睛或最巧妙的头脑没有形成过的，
不是传闻，不是名声，不是幸福，也不是财富，
然而却是在世界上不停地搏动着的每个心房和生命的命脉，
是你我和一切探索者永远永远想得到而得不到的，
公开的但仍是个秘密，是真实中最真实的，又是个幻觉，
不值钱，人人皆可有，然而又不归任何人所有，
诗人们想用韵文、历史学家想用散文把它写下来，但却不能，
雕塑家还未能把它刻出，画家也未能绘出，
声乐家未能唱出，演说家或演员也从未能说出，
我在此时此地用我这首歌向人们挑战。

不论是在公共场合，私人常去的地方，在一人独处的时候，
在高山和树林的背后，
它是城市里最热闹的街上的同伴，在集会时，
它和它的辐射热经常在悄悄滑过。

在美丽而不自觉的婴儿脸上，
或奇怪地在棺材里的死者身边，
或在天微明或深夜的星光下，
像某种梦境里的渐渐消融的薄膜。
它躲避着然而又舍不得离去。

两个轻轻呼出的词就能包含它，
两个词，然而却自始至终包括了一切。

为了它又多么热烈地追求啊！
多少船只为了它而航驶或沉没！
多少旅行者离开了家永远没有回来！
多少天才勇敢地下了赌注又输掉了！
多少数不清的累积起来的美，爱，为了它而冒了风险！
自有时间以来一切壮丽的事业又是如何都能够在它身上找到根源——而且将永远如此！
一切英勇舍身又如何都是为了它！
世界上的恐怖事件，罪恶，战斗，哪一项不是以它为根据！
它的明亮、迷人、轻轻摇曳的火焰又是怎样在每个时期、每个国家吸引了人们的目光，
像挪威海岸边的日落、天空、岛屿和峭壁一样富丽，
或像不可企及的午夜的沉默而光辉的北极光，
它也许是上帝的谜语，那样模糊然而又那么肯定。

灵魂追求它，整个眼前的宇宙追求它，
天堂最后也追求它。[1]

1880　　1881

1 人们曾认为谜底是“事业”（即“古老的事业”，“good cause”或“old cause”），也有人认为是“理想”（“The Ideal”）。

更胜一筹

谁走得最远？我还要走得更远些，
谁一直很公正？我要做世界上最公正的人，
谁最谨慎？我要更加谨慎，
谁一直最幸福？啊，我想是我——我想谁也不比我更幸福，
谁挥霍了一切？我一直在挥霍我最好的一切，
谁最骄傲？我想我有理由认为我是活着的儿子中最骄傲的——因为我是那肌肉最结实，顶峰最高的城市的儿子，
谁一直最勇敢最忠实？我要做宇宙间最勇敢、最忠实的人，
谁仁慈？我要表现得比谁都仁慈，
谁得到了最大多数朋友的友爱？我懂得得到许多朋友的热情是什么滋味，
谁有一副完美而为人所迷恋的身体？我认为谁也不及我的身体那样完美或为人所迷恋，
谁头脑里有最宽阔的思想？我要包揽那些思想，
谁曾写出适合这个地球的赞美诗？我像疯了似的一心一意要为全世界写下最欢畅的赞美诗。

1856　　　　　　　　　　　　　　　　　　　　　　　　　　1881

啊，贫穷，畏缩，闷闷不乐的隐蔽所

啊，贫穷，畏缩，以及闷闷不乐的隐蔽所，
啊，你们这些敌人在矛盾中战胜了我，
（我的一生或任何人的一生除了和敌人闹矛盾，进行照例的、无休止的战争以外又能是什么呢？）
你们这种屈辱，你们这种和激情与嗜好进行的搏斗，
你们这种因友谊未得到满足而感到的痛苦，（啊，最尖锐的创伤！）
你们这种痛苦而透不过气来的辛辛苦苦的倾诉，你们的各种卑鄙，
你们这种在桌子旁进行的浅薄的嚼舌，（我的舌头比谁都浅薄；）
你们这种已粉碎了的决心，你们这种伤神的愤怒，你们这种受抑制的百无聊赖！
啊，不要想你最后会胜利，我的真我还未出现，
它还会战胜一切地大踏步前进，直到一切都倒在我脚下，
我还会作为一个赢得最后胜利的士兵那样站起来。

1865—1866　　　　1881

某些思想

想到舆论，

想到迟早会有一道稳健而冷静的法令，（多么缺乏热情！多么肯定而不可更改！）

想到脸色苍白的总统偷偷问自己：人民最后会说些什么？

想到那轻浮的法官——那贪污的国会议员、州长、市长——这些人站在那里毫无办法而且已被揭发，

想到那吐字不清尖叫着的教士，（过不久就无人听他了，）

想到一年比一年更无人尊重，还有军官、法规、布道台、学校发布的言论，

想到男人和女人们愈来愈升高、愈坚强、愈宽广的直觉能力，想到自尊和人格；

想到真正的新世界——民主政体辉煌的全体，

想到符合民主政体的政治，陆军，海军，

想到它们缔造的光辉太阳——比一切都伟大的内在光明，

想到它们能够包容一切，它们能够吐露一切。

1860　　　　1881

中间人

他们将在这个国家里出现，
他们将报道大自然，规律，生理学和幸福，
他们将阐明民主政体和宇宙，
他们将是富于营养，多情，头脑敏锐的，
他们将是完整的男人与女人，他们的体态矫健而柔韧，他们喝的是水，他们的血浆是干净而清澈的，
他们将充分欣赏唯物主义和眼前的产品，他们在看到牛肉，木材，做面包的原料和芝加哥这个巨大的城市时将十分高兴，
他们将把自己培养成在公众面前出现的人物，成为男演说家和女演说家，
他们的舌头将是强有力而动听的，从他们的生活中将出现诗歌和诗歌材料，他们将是创造者和发现者，
从他们和他们的作品中将出现非凡的传授者，他们将传授福音，
在福音中传达的将是人物、事件、回忆，也将传达树木、动物、江海，
死亡、未来，那看不见的信仰都会被传达。

1860　　1871

编织进去吧，我那经得起折磨的生活

编织进去，编织进去吧，我那经得起折磨的生活，
编一个强壮而饱满的士兵以迎接未来的伟大战役，
编进鲜红的血，编进像绳索那样的肌肉，编进所有官能和目力，
编织要肯定能够耐久，日夜编织纬和经，不停地编织，不知疲倦，
（我们不知道这有什么用，啊，生活，也不知指向何处，目的何在，我们实在什么都不知道，
只知道工作，工作的需要在继续而且必须继续，被死亡包围着的和平进军和战争都在继续，）
也要用坚韧的线编织为和平而进行的伟大战役，
我们不知道为什么，是什么，然而仍然要编织，不停地编织。

1865　　　　1881

西班牙，1873—1874[1]

在黑压压的乌云下面，
在封建的残骸和帝王们的骷髅堆里，
在古老欧洲的全部瓦砾，那些粉碎了的虚情假意中，
在捣毁了的大教堂，倾塌了的宫殿和僧侣的坟墓那里，
看哪，自由的面目仍然在新鲜明亮地朝前展望——还是那张
　不死的脸在朝前展望，
（像是看到了你母亲的脸，哥伦比亚。
好比那宝剑意义深长的一闪，
在朝着你放出光芒。）

不要认为我们已忘记了你的慈祥；
你竟长期步履蹒跚吗？阴云还会再压在你头上吗？
啊，但是你现在自己又出现在我们面前——我们认识你，
你已经给了我们可靠的证据，那就是看到了你自己，

1　为了在西班牙建立一个制宪的共和国，1873 年 2 月至 1874 年 1 月曾有一次大动乱，但波旁家族终于复辟，国王堂·阿尔丰沙十二世于 1874 年 12 月 29 日宣布登基。惠特曼同情民主革命，他联想到美国革命的胜利，并在第二节中预卜民主主义在全世界的胜利。

你在那里也像在别处一样等待着你的时机。

1873 1881

在宽阔的波托马克河边

在宽阔的波托马克河边，还是那旧日的舌头，
（还在说话，还在突然喊叫，这样的喋喋不休永远不会停止吗？）
这颗旧日的心还是那么欢快，又一次回到你和你的意识那里去，像是蓬蓬勃勃的春天回来了，
还是那种清新，那种芳香，还是弗吉尼亚的夏日天空，清澈的蔚蓝的银白色，
丘陵在上午还是紫色的，
还是那不死的青草，这样毫无声息，柔和，青翠，
血红的玫瑰还是这样盛开。

使我的这本书也喷香吧，啊，血红的玫瑰！
用你的液体巧妙地冲洗每一行吧，波托马克！
在我结束以前把你留给我吧，啊，春天，让我把你夹在书本里！
啊，丘陵在午前的紫色，在我结束以前还有你！
啊，不死的青草，还有你！

1872　　1881

在遥远的达科他峡谷

（1876 年 6 月 25 日）

在遥远的达科他峡谷，
莽莽深谷里的国土，那皮肤黝黑的苏族[1]，那寂寞的大片土地，
　那沉默，
在今天可能是一声悲愁的哀号，也可能是一声为英雄们吹响
　的小号。

那战报，
那对印第安人的伏击，那奸诈，那致命的环境，
那些骑兵队极度英勇地战斗到最后一息，
在他们那小圈子里，用他们被杀掉的马匹当作胸墙，
卡斯特和他所有的军官和士兵的战死。[2]

我们民族的古老又古老的传说还在继续，
死亡维持了最崇高的生命，
古老的旗帜依然完好地存在，

1　达科他的印第安部族。

2　卡斯特（GeorgeA.Custer），美国将军，在率部队大规模屠杀苏族印第安人的战斗中，连他在内的二百六十多名官兵全部被印第安人击毙。

啊，那及时的教训，啊，我是多么欢迎你！

就像在艰难的日子里坐着，
孤单，闷闷不乐，在时间的浓厚黑暗里找不到一线光明，一线希望，
却从从未想到过的片段里出现了一个有力的短暂的证据，
（在正中的太阳虽被遮没，
正中永远保持着惊心动魄的生命，）
突然出现了电光似的一闪。

你这在战斗中飘着褐色头发的人，
我不久前还看见，头抬得笔直，永远争取在最前面，手里拿着一把光闪闪的刺刀，
现在让死亡适当地结束你业绩的辉煌热情，
（我没有给它或你带来哀歌，我带来一首快乐而凯旋式的小诗，）
绝望又光荣，是的，在失败中高度绝望，极度光荣，
你经过了多次战斗却从来没有缴过一支枪，一面旗，
给兵士们留下了甜蜜的回忆，
你上缴的是你自己。

1876 1881

梦见过去的战争

午夜沉睡着的那许多张苦痛的脸，
最初是受了致命创伤的表情，（那无法形容的表情，）
死者仰卧着，伸开着双臂，
我梦见，我梦见，我梦见。

大自然的景色，田野和山峦，
风暴过后的天空是这样美，夜里的月亮是这样神秘的明亮，
甜蜜地照耀着，朝地上照耀着，在我们挖战壕和堆土的地方，
我梦见，我梦见，我梦见。

它们早已过去，人脸、战壕和田野，
在屠杀中我硬着心肠保持镇定地动作着，或者远远离开这些
　死者，
那时我一味前进——但是现在是他们在黑夜里的形象，
我梦见，我梦见，我梦见。

1865—1866　　　　1881

布满星星的节日旗帜

布满星星的节日旗帜！星星的旗！
你的道路还长，决定命运的旗——你的道路还长，而且一路还布满血淋淋的死亡，
因为我看到争夺的奖赏最后是这个世界，
我看见用你的线编织的是所有世界上的船只和堤岸，贪婪的旗帜；
是否又梦想帝王们的旗，举得最高，以求天下无敌地招展？
啊，加速些吧，人类的旗——啊，脚步要稳，要坚定，要超越那些帝王们举得最高的旗，
至高无上地走上天堂，强大的符号——请比一切都举得更高，
星星的旗！布满星星的节日旗帜！

1865　　1881

我在你身上见到的最大优点

（致周游世界后回国的格兰特将军[1]）

我在你身上见到的最大优点，
不是见在沿着历史的大道上前进，
永远不被时间冲淡而是像战斗的胜利那样光芒四射，
也不是因为你坐在华盛顿坐过的地方，和平地统治着国家，
也不是因为你是封建的欧罗巴盛宴招待的人物，年高德劭的亚细亚拥挤着走到你身旁，
你踏着稳健的步子和帝王们绕着地球散步，
而是在外国，在你和帝王们同路行走时，
那些西部、堪萨斯、密苏里、伊利诺伊的大草原的统治者，
俄亥俄和印第安纳的千百万人、同志、庄稼汉、士兵，都走在前列，
虽然看不见，却和你在一起和帝王们踏着稳健的步子绕着地球散步，
而且都是那样毫无愧色。

1881 1881

1　格兰特在当了总统八年之后，于 1877 年春开始周游世界，于 1879 年 9 月回国。他在英国、欧洲和远东受到特别光荣的接待。

形成这片景色的精灵

（在科罗拉多普拉特峡谷中写[1]）

形成这片峡谷的精灵，
这些纷乱的红色的岩石堆坚韧不拔，
这些不顾一切想穿天的高峰，
这些山峡，汹涌而清澈的溪流，这片赤身露体的清新，
这些不成形的粗犷摆设，自有它们的道理，
我理解你，野蛮不驯的精灵——我们曾在一起交流过，
我的一切也都是这样的粗犷摆设，自有它们的道理；
不是指责我的诗篇忘记了艺术性吗？
它们是否该吸收它的准确而精细的规则？
那抒情诗人的整齐节拍，精雕细刻的寺院风度——圆柱和精
　美的拱门都忘记了吗？
但是你在这里为所欲为——形成这片景色的精灵啊，
我的诗篇从来没有忘记过你。

1881

1881

1　1879 年，惠特曼曾去美国西部旅行。

我在这些宽阔庄严的日子里步行时

我在这些宽阔庄严的和平日子里步行时，
（因为战争这血的搏斗已结束，这时候啊，奇妙的理想，
不久前战胜了巨大的不利条件，已光荣地取得了胜利，
现在你大踏步向前，然而也许过一段时间会走向更加艰难的战争，
也许会在某个时期卷入更加可怕的战斗与危险，
更加漫长的战役和危机，前所未有的苦役，）
我在我周围听见世界发出的喝彩声，政治，产品，
宣告公认的事情，科学，
受到欢迎的城市的成长，新发明的传播。

我看见那些船舶，（它们能维持几年，）
巨大的工厂和那里的工头和工人，
还听见一切都得到赞同，我也不反对。

但是我也宣告实实在在的东西，
科学，船舶，政治，城市，工厂，都不应否定，
像一个宏伟的游行队伍，跟着远处号角的音乐涌上前来，胜

利地前进着，更宏大地出现在眼前，
他们代表种种现实—— 一切都理应如此。
然后是我的现实；
有什么能比我的更现实的呢？
自由和那神圣的平均数，把自由交给地面上的每一个奴隶，
先知先觉者指出的令人神往的许诺和光明，那精神世界，这些唱几个世纪不衰的歌曲，
还有我们所想象的远景，诗人们的远景，是比什么都实在的公告。

1860　　　　1881

一个万里无云的午夜

这是你的时刻，啊，灵魂，你自由地飞去那不使用语言的世界，
离开书本，离开艺术，白天已经抹掉，功课已经结束，
你完完全全显现了，沉默，凝望着，思考着你最喜爱的题材，
黑夜，睡眠，死亡和那些星星。

1881

1881

离别之歌

这组诗包括惠特曼二十多年的创作，曾出现在五个不同的版本之中，并非都是暮年之作。

离别的时间走近时

离别的时间走近时一片云彩带来昏暗，
一种后世的不可名状的恐惧使我黯然神伤。

我要前去，
我要短期内走遍全国，但我不知道去何方，或用多长时间，
也许过不久某天或某晚在我唱歌的时候声音突然停住了。

啊，书，啊，诗！一切就这样了结吗？
我们只能在刚开始还没站稳时就停步吗？——然而这也够了，
　啊，灵魂；
啊，灵魂我们肯定已出现——那就够了。

1860　　　　1871

现代的这些年月

现代的这些年月里！还未上演节目的这些年月里！
你的水平线升高了，我看见它走去参加更加庄严的演出，
我不只看见美利坚，不只是自由的国家，也看见在做准备的别的国家，
我看见惊人的进场和退场，新的结合，民族之间的团结，
我看见那股力量在以无比强大的威力前进着登上世界的舞台，
（旧的力量，过去的战争已完成了它们的角色吗？适合于它们的场景已结束了吗？）
我看见自由全身武装、胜利而十分傲慢，一边是法律，一边是和平，
惊人的三个一齐前进反对等级观念；
我们很快就要临近的是什么历史性的结局？
我看见千百万快步行军的人们在朝着正反方向前进，
我看见古老的贵族制度的国境和边疆被粉碎，[1]
我看见欧罗巴帝王的界标被拔除，

1　从这一行开始的某些行和惠特曼的政论《第十八届总统！》的最后一段有些句法很相似。

我看见人民今天在开始树立他们的界标，所有别的都让位；）
从来没有像今天那样问过这样尖锐的问题，
从来没有一个普通人，他的灵魂比以前更加有力量，更加像一个神，
看哪，看他怎样在促进又促进，不给群众以片刻的休息！
他那只大胆的脚踏上了所有的陆地和海洋，他占领了太平洋和那些群岛，
用轮船、电报、报纸、大规模的战争机器，
用这些和在全世界开展的工厂，他联络了所有地理，所有国家；
这些跑在你们前面又经过海底的悄悄话在说些什么，啊，国家？
所有的国家在交往吗？全球将只有一个心眼儿了吗？
人类要成为整体了吗？因为看哪，暴君们发抖了，王冠黯然失色了，
大地安静不下来了，正面对一个新的时代，也许是一场全球的神圣战争，
谁也不知道下一步会发生什么，白天和黑夜都充满了预兆；
预兆性的年月！我走的时候空间在前面走，我想穿透它而不能，它充满了阴影，
尚未出世的事业，将要实现的事情在我周围显出它们的形体，
这种难以相信的忙乱和高温，这种奇怪的充满美梦的激情，啊，这些年月啊！
你们的梦想，年月啊，它们是那样地渗透了我！（我不知道是睡着了还是醒着的；）

已上演过的美利坚和欧罗巴渐渐黯淡了，在我后面退而为阴影，
未曾上演过的，从来没有这样庞大过，正在朝着我前进，前进。

1865　　　　　　　　　　　　　　　　　　　　1881

士兵们的骨灰

士兵们的骨灰，不论南北，
我正在回顾思考着，在思想中喃喃唱出一首歌，
战争又重演，你们的形体又出现在我眼前，
又是一支又一支的军队在前进。

像雾和蒸汽那样没有声音，
从他们壕沟里的坟墓中上升，
从遍布弗吉尼亚和田纳西的墓园里，
从指南针所指的每个方向的数不清的坟墓里，
像飘荡的云朵，结成巨大的无数队伍，或者三三两两，或者
　独自一个人前来，
默默地集结在我身边。

啊，吹奏小号者，请现在不要吹奏，
你们没有带头引领着我那支骑着骏马的骑兵队伍，
拔出闪光的马刀，大腿旁挎着卡宾枪，（啊，我那些勇敢的骑士！
我那些英俊的晒黑了脸的骑士！你们冒着各种风险，
但又是怎样的生活，欢乐和自豪。）

也没有你们那些鼓手，不再在黎明敲打起起床鼓，
不再有惊醒全营的鼓声隆隆，甚至不再是那送葬时低沉的鼓声，
啊，携带着我那些英武的战鼓的鼓手们，这一次你们是毫无
　表现了。

但是除此以外，除了堆满财富的市场和挤满人群的大街以外，
我四周仍围着亲热的伙伴们，别人看不见也听不见，
那些遭杀害的又一次生气勃勃，尘土和瓦砾又有了生命，
我以所有已经死去的士兵的名义唱出这首我那沉默的灵魂之歌。

这样苍白的脸却有这样动人的眼睛，非常亲热，还在走近些，
靠得很近，但是没有说话。

数不清的战死者的幽灵，
别人看不见，今后却成了我的同伴，
永远跟随我——在我有生之年绝不遗弃我。

活人的红润脸颊是甜蜜的——音乐般响亮的声音是甜蜜的，
但是那些眼睛沉默的死者才真是甜蜜，啊，真是甜蜜。

最亲爱的伙伴们，一切都已过去，早已消失，
但友爱没有过去——而且是何等的友爱，啊，伙伴们！
芳香正从战场上升起，正从恶臭中升腾。

因此使我的歌喷出香味吧，啊，友爱，不朽的友爱，
让我洗濯所有死去的士兵们的记忆吧，
给他们穿上衣服，抹上香油，用温柔的骄傲遮盖他们的全身吧。

一切都涂上香料——使一切都完好无缺，
让这些骨灰变成肥料开出花朵，
啊，友爱，解决一切，用最后的化学作用使一切都结出果实。

让我永不衰竭，使我变成喷泉，
无论到什么地方都吐出友情，像一滴永远湿润的露水，
献给南北所有死去的士兵们的骨灰。

1865　　　　　　　　　　　　　　　　　　　　1881

有感

一

歌唱这几年，
它们是怎样经受并度过了剧烈的痛苦的，像妇女的多次分娩，
美利坚是怎样说明新生，矫健的青春，光明的前途，肯定能完成的任务，绝对的成就的，不论人的因素如何——它说明恶，也说明善，
为了自我的统一奋斗是这样剧烈，
多少人还在绝望地坚持已过时的模型、等级、神话、顺从、强制和没有任何信仰，
注意到刚到来的模型，体育健儿，西部诸州，或看见了自由或精神性质或从后果中坚定了信心的人又是多么稀少，
（但是我看到了体育健儿，看到了光荣而不可避免的战争带来的后果，它们又如何诱导了别的后果。）

那些伟大的城市是如何出现的——民主的群体，又是怎样像我所喜欢的那样动乱，任性，
那旋风似的急转，那竞赛，那恶与善的肉搏，一再发出的号召又是如何在继续下去，

社会又如何等在那里尚未成形，有一段时间是在事情结束与开始之间，
美利坚又如何是光荣的大陆，是自由和民主体制获得胜利的大陆，又是社会结出的果实，和已经开始的一切，
各州本身又如何是完整的——一切胜利与光荣本身又如何是完整的，为的是继续前进，
我的一切和合众国的一切又如何会各自受到剧烈的震动，又为其他的新生与过渡而效力，
所有的人物、景物、联合、民主的群体也都起作用——每一个事实，战争本身，以及它带来的一切恐怖又如何都起作用，
此时或任何其他时刻又如何都各自为美妙地向死亡过渡而起到作用。

二

种子落入地里，各种诞生，
美利坚的不断集中，内陆，上至坚不可摧而人口密集的地方，
印第安纳、肯塔基、阿肯色和其他州将变成什么样子，
再过不多几年，内布拉斯加、科罗拉多、内华达等又会是什么样子，
（或者远去，直上北太平洋，到锡特卡或者阿利亚斯卡[1]，）

---

1 锡特卡（Sitka）在阿拉斯加东南的巴拉诺夫（Baranof）岛上。阿利亚斯卡（Aliaska），不详。

美利坚的簇簇树叶所准备下的是什么——北南东西出现的都是些什么景象，
这个联邦是鲜血凝成的，付出了庄严的代价，我永远不会忘记那些死去的无名氏，
暂时使用物质材料是为了加以识别，
当前的、即将过去的、即将消失的一切——比任何时期更加完整的人们的成长，
顺流而下的是那位清新而慷慨地施舍的母亲，密西西比河在畅流，
巍峨的内陆城市还没有丈量，还没有被人意识到，
新而又好的名字，现代化的新事业，不能出让的家宅，
那里的自由而原始的生活，简单的饮食，洁净而甜美的血统，
那里的灵活性，庄严的脸，明亮的眼，健美的身体，
在遥远的西部，在阿纳瓦克[1]两旁，未来的年月将取得的巨大精神果实，
这些歌，在那里是尽人皆知的，（是为了那个地区创作的，）
那里的当地人鄙夷粗俗和利欲熏心，
（啊，它日夜盘踞着我的心田——对野蛮成性和自由来说，利欲算个什么东西？）

1860　　　　1881

1　这是个墨西哥印第安人的名称，指墨西哥城所在的高原地带。

日落时之歌

已结束的那一天的彩霞使我漂浮，把我灌满，
是充满预兆的时刻，追溯往昔的时刻，
我提高了喉咙，你这神圣的平凡，
我歌唱你这大地和生命直到最后的一线光芒。

我的灵魂张口倾吐着快慰之情，
我灵魂的眼睛看到了完美，
我的自然生命忠诚地赞颂着事物，
永远确认事物的巨大胜利。

每个人都闪光！
我们称为空间，那数不清的精灵所属的领域是闪光的，
闪光的是一切生命运动的奥秘，甚至那最细小的昆虫，
闪光的是说话、官感和肉体的特性，
闪光的是那转瞬过去的光——闪光的是那西天新月上面的苍白反照，
闪光的是我始终看见、听见、接触的一切。

善在一切事物中，
动物的满足和自信，
每年都回来的四季，
青年时期的欢闹，
壮年时的力量和旺盛，
老年的庄重和精致，
死亡的壮丽前景。

告别是够奇妙的！
留在这里是够奇妙的！
心房喷射出人人皆有而且是天真无邪的鲜血！
呼吸空气，多么美妙啊！
说话——走路——用手抓住一样东西！
准备睡觉，上床，看看我那玫瑰红的肉体！
意识到我的躯体，是这样满足，是这样魁伟！
我将成为这个不可思议的上帝！
曾经和别的一些上帝同行，这些我爱的男人和女人！

多奇妙，我是怎样赞美你们和我自己的！
我的思想是怎样微妙地体验着周围所见的一切的，
云彩又是怎样在头上悄悄走过的！
大地是怎样不停地朝前突进的！太阳，月亮，星星是怎样不停地朝前突进的！

水是怎样又游戏又唱歌的！（它肯定是活的！）
树木是怎样起来站直的，坚挺的树干，还有枝丫和树叶！
（肯定每一株树还不仅这些，肯定还有个活着的灵魂。）

啊，事物是多么令人惊奇——甚至那最小的颗粒！
啊，事物的精神性！
啊，经历了各个时代和大陆的流动着的音乐的旋律，现在来到了我和美利坚身边！
我采纳了你宏伟的和声，散布了它们，愉快地送它们向前。

我也欢歌太阳，在它初升或正午的时候，或者像现在，正在西沉，
我也随着大地的一切生物的头脑和美妙一起搏动，
我也曾经感受到那不可抗拒的自我的召唤。
在我乘船顺流而下密西西比河的时候，
在我在大草原上到处漫游的时候，
我曾经生活过，我曾经通过我的窗口，即我的眼睛朝外张望，
我清早出得门去，看见东方正在破晓，
我在东海的沙滩上洗澡，又在西海[1]的沙滩上洗澡，
我在内陆的芝加哥的大街上漫游，不管漫游过哪些街道，

1 惠特曼从未到过太平洋岸边，但自从希腊的航海员那个时代以来，“西海”象征着极远方和不可企及之地。丁尼生曾在故事诗《公主》中写过《西海的星星》一歌，这是惠特曼熟悉的。

或是城市，或是静悄悄的树林，甚至在战争的场合，
不管我到哪里，我使自己装够了满足和胜利。

我始终歌唱现代或古代的平等权利，
我歌唱事物的没有尽头的终曲，
我是说大自然一直在继[illegible]光荣一直在继续，
我用电一般的声音赞颂，
因为我在宇宙中没有看到过残缺，
我从来未见过宇宙中有一桩可悲的前因或后果。

啊，西沉的太阳！虽然时间已经到来，
若没有别人歌唱，那么就让我还是在你下面歌唱我对你的从
　　未减弱过的虔敬吧。

1860　　　　　　　　　　　　　　1881

死亡也走到你门口时

死亡也走到你门口，[1]
走进你那统治一切的昏暗的没有止境的场地时，
为了纪念我的母亲，纪念那神圣的合成体，母性，
为了她，已经被埋葬，已经消失，然而对我说来却并没有埋葬，消失，
（我又看见那仍然清新而美丽的平静的慈容，
我坐在睡着遗体的棺材旁，
我一再痛苦地亲吻那棺材里甜蜜的老人的嘴唇、脸颊、闭着的眼睛；）
为了她，那理想的女性，务实的，富有精神性的，对我说来，在所有大地、生命和爱情之中是最好的，
在我未去之前，我在这些诗篇中写下刻在纪念碑上的一行，
并在这里立下一块基石。

1881 1881

1　惠特曼写这首诗以纪念他的母亲，她于1873年5月23日逝世，享年七十八岁。1873年作者已得了瘫痪症，也濒临死亡。

我的遗产

那买卖人，那敛取巨大财富的人，
多年勤奋之后浏览成果，准备离开这个世界，
他遗嘱赠给他的儿女房屋和田地，给某个学校或医院则遗下股票，全部动产和专款，
给某些同伴留下一些钱，以便购买珠宝和黄金等追念物，纪念品。

但是我，在纵览我正在结束的一生时，
从一生闲散的多年里却没有可取出馈赠的，
既无房屋又无田地，也没有可送朋友留作纪念的珠宝和黄金，
然而某些有关战争的回忆可以留给你们和后人，
还有随同我的友情而留下有关营地和士兵的小小纪念品，
我在这一束歌之中把它们拴在一起留下来。

1872　　1881

在心情沉重地凝望着她那些死者时

在心情沉重地凝望着她那些死者时，我听见一切之母，
绝望地望着那些残缺的躯体，那些布满战场的尸首，
（这时最后的枪声已停止，但硝烟的气味未散，）
在她大踏步走着时，她以悲伤的声音向着她的大地呼唤，
好好吸收他们吧，啊，我的大地，她叫道，我命令你们不要
　丢掉我的儿子们，一星半点也不要丢掉，
你们这些溪流要好好吸收他们，接受他们可贵的鲜血，
你们这些本乡本土；你们这些在上空轻轻飘过而捉摸不到的
　微风，
所有你们这些土壤和作物的精髓和你们这些河流的深处，
你们这些被我亲爱的孩子们滴出的鲜血染红了的山腰和树林，
你们这些树木，你们下面的树根是要留给所有未来的树木的，
吸收我那些死者吧，不论南北——吸收我那些青年们的肉体，
　和他们非常宝贵的鲜血吧，
它们暂时为我保存多年后又忠诚地还给我。
几个世纪后成为看不见的地面和青草的精髓和香味，
在从田野吹来的微风中又把我的亲人，我那些不朽的英雄还
　给我，

几个世纪后又把他们散发出来给了我，让我呼吸他们的气息，不许有一星半点的损失，
啊，岁月和坟墓！啊，空气和土壤，啊，我的死者，一种甜美的芳香！
再过多少年多少个世纪后，请把他们散发出来吧，经久不死的甜蜜的死亡。

1865　　　　1881

绿色营地

经过战争而白了头的旧日伙伴们，他们的那些营地不是绝无仅有的，
在经过了一次漫长的行军后又接到命令前进时，
走痛了脚又疲惫，在天光渐暗时我们停下来过夜，
我们中间有些人负枪背包实在疲惫不堪的就地倒下就睡着了，
有些则是支起小小的帐篷，点着了的火开始闪闪发亮，
在黑暗中周围布置了警戒的岗哨，
部署了口令，作为安全措施，
直到拂晓时鼓手们发出了号令，大声击打着鼓，
我们起来时恢复了精神，黑夜和睡眠已结束，又重登征途，
或准备进入战斗。

看哪，绿色帐篷组成的营地，
它们在和平的日子里不断保持满员，在战争的日子里不断保持满员，
这里是一支神秘的军队，（也命令它前进吗？也只是暂时休息，
直到度过了黑夜和睡眠？）

现在在那些绿色的营地里，在它们那些遍布世界的帐篷里，
在父母、子女、丈夫、妻子，在他们中间，在年老的和年轻
　人中间，
睡在阳光下，睡在月光下，在那里终于既满足又沉默，
看哪，又出现了最强大的宿营地和等候着任务的营盘，
是属于所有的军团和将军们的，所有军团和将军之上是总统，
而我们每一个人，啊，士兵，我们全都在我们的队伍里战斗，
（那里没有仇恨，我们都在那里会合。）

因为过不多久，啊，士兵们，我们也会各就各位地在绿色的
　宿营地宿营，
但我们不需要布置岗哨，也不需要安排口令，
也没有鼓手在清晨时击鼓。

1865　　1881

钟声在抽泣[1]

（1881 年 9 月 19—20 日）

钟声在抽泣，到处是那突然的噩耗，
睡觉的人被惊醒，人民是一条心，
（他们十分清楚那黑暗中传来的消息，
他们在胸中、脑中充分地回答、响应了那悲哀的钟声，）
那充满激情的敲打和铿锵声——从城市到城市，联合在一起，
　震响着，传播着，
一个国家在黑夜里的心声。

1881　　　　1881

1　美国第二十届总统加菲尔德逝世的消息是 1881 年 9 月 19 日午夜传出的，惠特曼那时在波士顿监督《草叶集》1881 年版的出版事务。加菲尔德于 7 月 2 日遇刺，惠特曼在华盛顿时曾和他交往，详见艾伦的惠特曼传《孤独的歌手》修订本，1967 年版，第 495 页。

在它们即将结束时[1]

在它们即将结束时，
关系到以前写下的诗歌意味着什么——我在其中的目的何在，
我想在其中播下什么种子，
其中多年以来是欢乐，甜蜜的欢乐，
（我是为它们，为它们而生活的，其中有我工作的结果，）
关系到许多我最心爱的向往、许多梦想和计划；
通过空间和时间而凝成一首歌，还有那流动着的永恒的特性，
献给包括这些，包括上帝的大自然——献给一切欢乐，一切充满电力的东西，
献给有关死亡的意识，而且和生命一样，对死亡也接受并感到非常兴奋，
歌唱人类的进入大门；[2]
为的是和你们结成一体，你们这些已区分的各种不同的生灵，
为的是让山岳岩石和流溪，

1 这里的“它们”指诗人平生所写下的诗歌。
2 惠特曼常认为“死亡”是人类进入永生的大门。

北方的风和橡树与松树丛生的密林，
和你，啊，灵魂，结成和谐的关系。

1871 1881

欢呼吧，同船者，欢呼！[1]

欢呼吧，同船者，欢呼！
（我在临死前高兴地向我的灵魂呼唤，）
我们的生命已结束，我们的生命才开始，
我们离开了长期以来那抛锚的状态，
船只终于离了岸，她在跳跃！

她飞快地驶离了岸，
欢呼吧，同船者，欢呼！

1871　　1871

1　这首诗和以下三首强调了《离别之歌》组诗的持续性的主题。参看《离别的时间走近时》《士兵们的骨灰》和《日落时之歌》。

那未曾宣布过的愿望

那未曾宣布过的愿望是生活和陆地从来没有批准过的，
航海者，你现在可以到海上去寻找并且可以找到。

1871

1871

大　门

那些已知的大门除了攀登而进入未知又能是什么?
那些生命的大门除了迎接死亡又能是什么?

1871

1871

这些颂歌

这些为了鼓舞我在世界上过路时唱出的颂歌我看见了，
在结束时我将它们献给那肉眼看不见的世界。

1871 1871

现在是向堤岸唱终曲的时候了

现在是向堤岸唱终曲的时候了，
现在，陆地与生命已结束，是说再见的时候了，
现在航海者动身了，（还有许多许多在等待着你，）
你在海上探险的经历已经够频繁，
谨慎地航驶，研究着各种海图，
到时候又该进埠回到该拴住抛锚的绳索的地方，
但现在是该实现你那心爱的秘密心愿的时候了，
拥抱你的朋友，把一切都安顿好，
不必再回去抛锚靠岸了，
开始你那没有止境的航程吧，老水手。

1871

1871

再　见！[1]

作为结束，我宣布我的后事。

我记得我的草叶还未萌生前我说过，
我将提高我那欢快而有力的嗓音，歌唱最后的顺利完成。

美利坚在完成许下的诺言时，
千万个最优秀人物在这个国家走过时，
其他人给最优秀人物让路而为他们服务时，
各类最完美的母亲在代表美利坚时，
我和属我的一切才会有应有的成果。

我曾按照我自己应有的权利在压力下顺利通过，
我曾经歌唱肉体和灵魂，我曾经歌唱战争与和平，还有生与
　死之歌，
还有诞生之歌，并指出有许多种诞生。

1　这首诗自第三版（1860）以来一直是结束语，曾经过较多的修订。

我曾给每个人提供了我的风格，我曾信心十足地踏上征程，
我在心情还十分愉快时就悄悄说“再见”！
并最后一次握住了那位女青年的手，和男青年的手。

我宣布顺乎自然的人将站起来，
我宣布正义的胜利，
我宣布毫不妥协的自由和平等，
我宣布应有的坦率和应有的骄傲。

我宣布这个国家的个性只是一个单独的个性，
我宣布联邦愈来愈团结，不可溶解，
我宣布各种各样的光辉与庄严以便使地球上一切过去的政治变得毫无意义。

我宣布黏着性，我说它将是无限的，不会松开的，
我说你终将找到那个你一直在找的朋友。

我宣布一个男子或妇女正在前来，也许你就是那个人，（再见！）
我宣布那个伟大的个人，和大自然一样是流体的，贞洁，多情，仁慈，全副武装。

我宣布一种将是十分丰富的，感情激越的，属于精神的，理直气壮的生活，

我宣布一种将能轻巧而欢乐地得到转译的最后结果。

我宣布不计其数的美丽、魁梧、血统纯正的青年。
我宣布一代辉煌而粗野的老年人。

啊，越来越多，越来越快——（再见！）
啊，朝我一齐涌来，挤得太近了，
我预见得太多，这比我设想的更有意义，
我似乎即将死去。

快一些吧，喉咙，发出你最后的声音，
向我致敬——再一次向这些日子致敬，再一次发出那古老的
　呼声。

像电流一样尖叫，利用着这大气层，
随意望一望，我注意到每个人都在吸收，
飞速前进，但也要稍稍降落下来，
投递着奇妙的加着封套的信息，
闪着热光，把轻灵的种子投入秽土，
我自己并不知道，我接受着交给我的委托，从来不敢怀疑，
把种子的成长留给一代又一代的后代，
给战争中集合起来的部队，我把任务交给他们去推广，
我把自己的某些悄悄话留给妇女们，她们的多情更加能清楚

说明我的一切，
我把我的问题交给青年们——我不是浪费光阴的人——我在考验着他们头脑的肌肉，
我就这样走过，在极短时期内发出声音，出现在人面前，与人对立，
到后来是一个音调美妙的回声，是热情地追求得来的，（死亡使我能真正不死，）
在肉眼看不见我时留下了我的精华，因为我不停地准备着的就是它。

还有什么别的使我没有闭上嘴却拖延，暂停并蹲下卧倒呢？
有没有绝无仅有的最后一次告别？

我的歌停止了，我舍弃了它们，
从我躲着的屏风后面我走出来只向你一个人走去。

伙伴啊，这不是一本书，
谁接触它就是接触一个人，
（是黑夜吗？只有我们两人在一起吗？）
那你所拥抱又拥抱着你的是我，
我从一页一页的书中跳进你的怀里——死亡召唤我走出来。

啊，你的手指真使我困倦，

你的呼吸像露水般落在我的周围，你的脉搏使我的耳鼓得到
　安息，
我从头到脚都浸透了，
十分香甜，够了。

够了，啊，没有准备而秘密的行动，
够了，啊，即将悄悄过去的当前——够了，已总结了的过去。

亲爱的朋友，不管你是谁，请接受这个吻，
这是我特意送给你的，不要忘记我，
我感觉像是个做完一天工作而暂时离开片刻的人，
现在我又接受了我的多次转译，我从我那些化身[1]中上升，而
　此时别人无疑在等候着我，
一个比我的梦想更加真实更加直接的并不知道的范畴在我周
　围放射了催我苏醒的光芒，再见！
记住我的话，我可能还会回来，
我爱你，我离开了物质，
我像是个没有了躯体的人，我凯旋了，死了。

1860　　　　　　　　　　　　　　　　　　　　　1881

1 原文avataras是一个梵文字（英文是avatar），意为“神的化身”，在印度教中意为神的出现，即毗湿奴化身为牧牛神。

补编一　七十生涯

惠特曼在 1860 至 1881 年中屡次修订并编排他的诗作，想把全部作品编为一个以题材为主的整体。他把《草叶集》当成了“一首诗”。1881 年时他的健康日衰，迫使他停顿了下来。1888 年时他又把新写的诗篇和散文编成了《十一月的枝丫》一书，把诗歌最后定名为补编《七十生涯》(*Sands at Seventy*)。

曼纳哈塔

我的城市又恢复了她适宜而崇高的名字，
精选的土著的名字，非常优美，深有意义，
一个建立在岩石上的岛屿——岸上永远欢乐地冲击着来了又去的急匆匆的海浪。

1888　　　　　　　　　　　　　　　　1888—1889

鲍玛诺克

海上的美人！横卧着晒着太阳！
一边是你那内陆的海洋在冲洗，宽阔，商业繁忙，轮船，帆船，
另一边接受着大西洋的风的爱抚，凶猛或温柔——远方是巨大的船身在隐隐滑动。
用作饮用水的许多甜蜜的小溪之岛——健康的空气和土壤！
含盐的岸和微风与海水之岛！

1888　　　　1888—1889

自蒙托克地角[1]

我像是站在一头威武的苍鹰的巨喙上，
朝东吸入并眺望着大海，（没有别的只有海和天，）
那翻滚的海浪，那泡沫，那远方的船只，
那永不宁静的奔腾，那白雪般的滚卷的浪峰——那向陆地急
　推又急推的浪头，
永远在寻找堤岸。

1888　　　　　　　　　　　　　　　　　　　　1888—1889

1　在长岛东端的一个地角，是诗人幼年时常去之地。

给失败者

给那些失败者，有巨大抱负的人，
给那些冲锋在前的倒下的无名士兵，
给安详的、献身的工程师们——给过分热心的旅行家——给船上的领航员，
给未被承认的许多高尚的歌曲和图画——我将树立一座盖满桂花的丰碑，
高高在一切之上——给过早被截断的一切，
被某种奇异的烈火般的精神所控制的人们，
因早夭而火种被扑灭了。

1888　　　　1888—1889

将结束六十九岁时的一支颂歌

将结束六十九岁时的一支颂歌——一个简历，一个重复，
我的诗句还是继续表现欢乐与希望，
写你们，啊，上帝，生命，大自然，自由，诗歌，
写你，我的国家——你的河流，大草原，各州——你，我心爱的斑驳的旗帜，
你的集合体仍然完整——包括你所有北、南、东、西的各个项目，
关于我自己——那快乐的心还在胸中跳动，
身体已损坏，衰老，不中用了，瘫痪了——那种奇怪的惰性像罩衣似的落在我身上，
熊熊的烈火在我呆滞的血流里低沉了，还未熄灭，
那不减当年的信仰——那一群群亲热的朋友们。

1888　　1888—1889

最勇敢的士兵

士兵们是非常非常勇敢的（今天享盛名），他们在战斗中活了下来；
但是最勇敢的争先向前，倒下了，无名氏，没有人知道。

1888　　　　1888—1889

一副铅字

这个潜伏着的金库——这些没有发挥的声音——热情的力量，
愤怒，争论，或赞扬或可笑的斜眼一瞥，或虔诚的祈祷，
（不只是六点[1]、八点、九点、十点等活字，）
这些海浪能够激动为震怒和死亡，
或安抚为悠闲，闪光的太阳和睡眠，
在灰色的薄片中沉睡着。

1888　　　　　　　　　　　　　　　　1888—1889

1　此处“点”是印刷术语，为计算活字及字模大小的单位。

我坐在这里写作时

我坐在这里写作时，有病而且垂垂老矣，
不小的一个负担是年岁带来的迟钝，和各种牢骚，
不礼貌的郁闷、疼痛、懒惰、便秘、抽抽噎噎的百无聊赖，
可能会渗入我每日的诗歌。

1888　　　　1888—1889

我的金丝鸟

深入到权威书籍的主题中去，从各种思想、剧本、推理中，
深刻又饱满地吸收了东西，就算伟大了吗，啊，灵魂？
但是现在从你那里到我这里，笼中的鸟儿啊，能够感受你那
　欢乐的鸣啭，
让它灌满空气，这间寂寞的房间，这个漫长的上午，
不也一样伟大吗，啊，灵魂？

1888　　　　　　　　　　　　　　　　　　1888—1889

七十岁时的疑问

正在前来，愈走愈近，十分奇妙，
你这朦胧的不能确定的幽灵——你带来的是生还是死?
是力气、软弱、失明，更多更沉重的瘫痪吗?
还是温和的天气和太阳?你还要惊动江海吗?
还是干脆切断我的生机?还是让我像我现在这样，
迟钝、像鹦鹉学舌、老迈、声音嘶哑地一再唠叨、尖声呼叫?

1888　　1888—1889

沃拉巴特的烈士们[1]

〔在布鲁克林的一座没有什么特别引人注意的记号的古墓里，此刻蜷伏着无疑是最忠诚最早的爱国志士们的遗骨。他们来自英国的囚犯船和1776至1783年间在纽约周围和遍布长岛的监狱，其中成千上万的人原来是埋葬在沃拉巴特沙滩的战壕里的。〕

比记忆中的阿喀琉斯或尤利西斯更加伟大，
对你说来比亚历山大的坟墓更加值得纪念，
这几车年代久远的骨灰，陈腐的尸骨的鳞屑和碎片，
一度是活生生的人——一度是坚定的勇敢、志气、力量，
对于你说来是此时此地的踏脚石，美利坚啊。

1888 　　　　　　　　　　　　　　　　　　　1888—1889

1　沃拉巴特海湾是东河的一支，现在是布鲁克林海军造船厂的所在地。

第一朵蒲公英

单纯，清新，美丽，在冬天结束时出现，
好像世界上从来没有过时尚的做作、生意经和政治，
从它那受遮蔽的草丛中那向阳的一角那里——天真，金黄色，
　像黎明一样宁静，
春天的第一朵蒲公英露出了它那对谁都相信的面庞。

1888　　　　　　　　　　　　　　　　1888—1889

美利坚

平等的女儿，平等的儿子的中心，
大家，大家都一样受宠爱，不论是已长成未长成，青年或老年，
健壮、宽广、公正、持久、能干、富足，
和大地和自由，法律与爱一样悠久，
一位庄严、理智、高大的坐着的母亲，
稳坐在时间的磐石一样坚固的宝座上。

1888

1888—1889

回 忆

默默地往回追溯是多么甜蜜!

像梦中的漫游一样——重又默念着过去——那时的爱好、欢乐、人物，多次航海。

1888　　1888—1889

今天和你

在一场长时间的游戏中那些被指定的优胜者，
时间的进程和不同国家——埃及、印度、希腊和罗马；
那整个过去，和它的所有英雄、历史、技艺、实验，
它的大量歌曲、发明、航行、导师、书籍，
都是为现在和你积蓄下的——请想一想吧！
继承权都集中在你身上！

1888 1888—1889

在白天的炫目光照之后

在白天的炫目光照过去之后，
只剩下黑而又黑的黑夜为我的眼睛提供了星光，
在庄严的风琴、合唱队或完美的管乐队的铿锵声过去之后，
寂静地越过我灵魂而运动的是那地道的交响乐。

1888 1888—1889

亚伯拉罕·林肯，生于1809年2月12日[1]

今天，每个人和所有的人都低声祈祷——一种思想在搏动，
为了纪念他——他的诞辰。

〔1888年2月12日刊出。〕

1888 1888—1889

1 惠特曼有关林肯的公开演讲第一次是1879年4月14日，其后又多次演讲，直到1890年，包括1886年的一次在费城，1887年的一次在纽约。

选自五月的盛会

苹果园，满树都开着花，
远近铺满了麦田的是鲜明的翠绿色，
每个清早的永恒而用不完的新鲜劲儿，
暖和的下午的太阳的黄、金黄、透明的薄雾，
那向上仰着头的丁香丛，开着茂盛的紫色或白色的花朵。

1888 1888—1889

冬至前后的日子 [1]

不只是由于成功的爱情，
也不是财富或中年时受人尊重，或政治上或战争中取得胜利；
而是在生命逐渐消退时，一切汹涌的激情平静了下来，
这时华丽的、水汽般的寂静的颜色布满了黄昏时的天空，
柔和、丰满、宁静溢满了窗棂，像更加清新更加和顺的空气，
白天蒙上一层更加柔和的光，而苹果终于真正长成并懒懒地
　在树上成熟，
那才是最丰满而安静的最欢快的日子！
那些引人深思而幸福的冬至前后的日子！

1888　　　　　　　　　　　　　　　　　　　1888—1889

1　惠特曼作为博物学的爱好者，可能听说过希腊寓言中的翠鸟，这种神话传说中的鸟类在海上筑巢，并且能在冬至前后使海洋风平浪静。诗题原文是 Halcyon Days，这 Halcyon 便是“翠鸟”的意思。

纳夫辛克小唱[1]

雾中的领航员

北部的急湍在蒸腾着——（一次对旧日圣劳伦斯河的回忆，
我在这里等候着日出，从这座小山上凝望的时候，
一次突然一闪的记忆回来了，我不知道是为什么；）
又一次正好在早晨——浓浓的烟雾和晨曦在互相争夺，
又一次那颤抖着的奋力前进的船只在朝我驶来——我迎着那
　紧靠我身边的、泡沫撞击着的岩石向前走去，
又一次看见船尾那瘦小的印第安舵手
在雾中赫然出现，得意而自信的表情和稳稳掌舵的手。

1885　　　　1888—1889

1　这八首诗反映了诗人对大海的热爱和从中吸收的节奏。他用尽心思安排，修订了这一组诗。纳夫辛克是纽约湾入口处的高地。

我若有权选择

我若有权选择，对最伟大的诗人做出估计，
勾画他们的肖像，庄严、美丽，并随意模仿他们，
荷马和他所有的战争与武士——赫克托尔，阿喀琉斯，埃杰克斯，
或莎士比亚的那些纠缠在苦病中的哈姆雷特，李尔王，奥赛罗——丁尼生的美貌的夫人们，
格律或机智都是最上乘，或是用完美的韵脚摆弄精选的辞藻，歌手们的赏心乐事；
这些，这些，啊，大海，所有这些我都乐于和你交换，
只要你愿意把一个浪头的起伏，它的诀窍移交给我，
或在我的诗句上呼出你的一口气，
把它的气味留在上面。

1885　　1888—1889

你们这些不断高涨的潮汐

你们这些不断高涨的潮汐！完成这项工作的你这权威！
你这看不见的力量，向心的，离心的，通过空间而开拓，
和太阳、月亮、大地和所有的星星完全协调，

你从远方的星星那里给我们带来的是什么信息？天狼星带来的是什么？御夫座带来的是什么？
是什么中央心脏——而你是那脉搏——使一切充满活力？是什么没有极限的一切的集合体？
是你的什么微妙的间接信息和重要意义？是什么线索能解释你的一切？是什么液体和巨大的个性，
把宇宙的所有部分结合在一起成为一体——就像在船上航行时那样？

1885 1888—1889

最后的退潮，和日光在消逝

最后的退潮，和日光在消逝，
带着香味的海水的凉意在朝着陆地前去，飘来的是芦苇和海盐的气味，
旋涡还送来许多听不清楚的声音，
许多低声的倾诉——许多抽泣和细声说出的话，
像来自遥远或藏匿起来的说话者。

它们是怎么冲下又冲出的！它们又是怎样喃喃不休的！
未提姓名的诗人——最伟大的艺术家，和那些受人珍惜的失传了的意图，

爱情未得到回报——老年人的埋怨声响成一片——希望的最后
留言，
某个自杀者的绝望呼声：到没边没岸的荒野里去，再也不要
回来。

那就被人们忘光吧！
去，去，完成你们的任务吧，你们这些葬送一切的退潮！
尽情前去吧，你们这些怒气冲冲的出口处！

1885　　　　1888—1889

然而不只是你一个

然而不只是你一个，黄昏和埋葬一切的退潮，
不只是你们，你们那些丢失了的意图——不是不断失败，不
断企盼；
我知道，神圣的骗子们，你们的魅力只是外表；
迟早会因你们由你们而重新来潮和再见光明——迟早那些铰
链会转动，
迟早那急需的不和谐部分会得到补充，配合，
由你们，从睡眠、黑夜、死亡本身编织成，
那永恒的诞生的韵律。

1885　　　　1888—1889

潮水骄傲地进来了

潮水骄傲地进来了，高声呼喊着，冒着泡沫，向前挺进着，
它长时间高耸着，胸脯宽阔地鼓胀着，
一切在搏动，扩张——农庄、树林、城里的街道——在做工的
　工人，
主帆、中桅帆、船首三角帆在远处的海面出现——轮船的烟
　帆——而在上午的太阳下，
满载着人，欢快地驶出，欢快地驶进，
许多桅杆上都高高招展着我那心爱的旗子。

1885　　　　　　　　　　1888—1889

两眼长时间望着波浪

两眼长时间望着波浪，唤起了我自己，又回到了我自己，
每个浪头上是起伏着的光或阴影——某种回忆，
欢乐、旅行、学习、无声的画卷——短暂的场景，
那早已过去的战争、战役、医院内所见、伤员和死者，
我自己经历了每个已过去的阶段——我那懒散的青年时期——
　就在手边的老年，
我六十年的一生已经总结，还有更多的和已经过去的，
用任何伟大理想来测试的话，并无目的，全部等于零，

然而或者在上帝计划里的全体中还是一小滴——是某个波浪
　或波浪的一部分，
像你那里的一个，你这个由许多部分形成的海洋啊。

1885　　1888—1889

然后是最后一首

然后是最后一首，是从这些岸边，这座小山上取得的，
从你们，啊，潮汐，得来那神秘的与人类有关的含义：
只有按照你们的规律，你们的涨和落，把我也包括在内，
那塑造形象的大脑，那唱这首歌的声音。

1885　　1888—1889

选举日，1884年11月[1]

如果要我指出，啊，西方世界，你最气势磅礴的场面和景象是什么，
那将不会是你，尼亚加拉——也不是你们，你们这些没有尽头的大草原——也不是你们那些巨大狭长的大峡谷，科罗拉多，
也不是你，约塞米蒂国家公园——也不是黄石公园，和它所有那些阵阵喷出的泉水直上高空，时隐时现，
也不是俄勒冈的白色火山堆——也不是休伦的一连串大湖——也不是密西西比河流，
这个沸腾的西半球的人类，正如我现在要指出的——那平静的小声音[2]在颤动着——是美利坚的选举日，
（中心不在谁人被选中——主要是这一行动本身，那四年一度的选举，）
自南到北这一带都行动起来了——沿海和内陆——从得克萨斯到缅因那些草原州——佛蒙特，弗吉尼亚，加利福尼亚，

1 1884年竞选总统的是共和党的布莱恩与民主党的克利夫兰。结果后者当选为美国第二十二届总统。
2 即“良心”。

自东到西那像阵雨似的最后选票——自相矛盾与争夺，
那无数雪花的飘落——（是一场不持剑的争夺，
然而却胜过旧日罗马的所有战争或近代拿破仑的战争：）是一次众人的和平选举，
不管人类是善是恶——那比较暧昧的差额和那些浮渣是受欢迎的：
这酒冒泡、发酵了吗？它的作用是净化——心脏跳动时，生命就旺盛；
这些暴风和风势吹送的是可贵的船只，
吹得鼓胀的是华盛顿，杰斐逊，林肯的帆篷。

1884　　　　　　　　　　　　　　　　1888—1889

你有着沙哑、傲慢的嘴唇，啊，大海！[1]

你有着沙哑、傲慢的嘴唇，啊，大海！
我日夜在你浪打的海岸上走着，
形象地玩味着你各种奇异的提示，
（我看见并在这里明白记下了你的话和与你的交谈，）
你成队的白鬃赛骑在飞奔着直指目的地，
你那宽阔的微笑着的脸，带着太阳留下的闪光的酒窝，
你那阴沉的怒容和昏暗——你那一阵阵没有释放出来的飓风，
你的不可征服、任性、固执，
你虽然比别的一切都伟大，你的许多眼泪——说明你在满足之中永远有着一种缺陷，
（只有最巨大的奋斗、冤屈、失败才能使你成为最伟大——少于此是不可能的，）
你那寂寞的处境——你一直在追求又追求某种东西然而却从来未曾得到过，
肯定是因为拒绝了你的某种权利——某种蕴藏在极大的单调的愤怒中的追求自由的声音受到了抑制，

1　这首诗记载的是惠特曼访问一位朋友的一次短途旅行。

某种巨大的心胸，像属于一个星球似的，在浪头里被锁住而
　　感到烦躁，
通过长时间的汹涌、痉挛、气喘吁吁，
你的沙滩和波浪有节奏地发出的刺耳的声音，
巨蟒似的嘶吼，一阵阵的狂笑，
远处猛狮吼叫般的低沉音响，
（向着耳朵聋了的天空发出声音，呼吁——但是现在，至少这
　　一次取得了协调，
夜间的一个幽灵这一次成了你的知己，）
是这地球的第一次和最后一次的倾诉衷肠，
从你灵魂的深处向外奔涌，低声说出，
一个宇宙范围的原始热情的故事，
是你说给一个和你息息相通的灵魂听的。

1884　　　　　　　　　　　　　　　　　　　　1888—1889

格兰特将军之死[1]

那些居高位的演员一一退出时，
离开了永恒的历史舞台上的那出伟大的戏剧，
那耸人听闻的战争与和平一幕的某一部分——新旧之间的争斗，
经过了愤怒、恐惧、黑暗的沮丧和多少个漫长的悬而不决才战斗过来；
一切都过去了——自那以后，在数不清的坟墓里后退了，缓和了，
胜利者和战败者——林肯和李的坟墓——现在你也参加了，
伟大时代的人物——和时代是配得上的！
你来自大草原！——你的角色曾经是错综复杂的，脉络众多的艰苦的，
它的演出博得了赞美！

1885　　1888—1889

1　这首诗初次发表时（1885 年 5 月 16 日）格兰特还活着。格兰特（U. S. Grant），生于 1822 年，死于 1885 年 7 月 23 日。

红外套（站在高处）[1]

〔1884 年 10 月 9 日布法罗城为改葬年老的易洛魁演说家而立了碑。这是一首即兴诗。〕

在这个场合，这一仪式上，
今天是服从了时尚、学识、财力，
（不只是异想天开——也有一些非常深刻的意义，）
也许，高高在上，（谁知道呢？）从远处云中出现了一些混合的各种形体，
像某株古树，岩石或峭壁，感染了它的灵性，
成为大自然的太阳，星星，大地的直接产物—— 一个高大的人的形象，
穿着薄薄的狩猎衫，荷着枪，它那幽灵似的唇边挂着一丝半点讽刺的微笑，
像莪相[2]诗中的一个鬼魂在低着头往下看。

1884　　　　1888—1889

1　红外套（RedJacket，1750—1830）是易洛魁部族的酋长。他在 1812 年的战争中，使他的部族倒向美国一方。惠特曼本人没有参加诗中描写的仪式。

2　莪相（Ossian）是传说中 3 世纪苏格兰北部高地的说唱诗人，英国诗人詹姆斯·麦克弗森（Games Macpherson，1736—1796）曾将他的作品译成散文，影响了 18 世纪的浪漫主义诗人。

华盛顿纪念碑，1885 年 2 月

啊，不是这大理石，又僵又冷：
从底座和柱身远远扩展开去——围着环形的地区转，包容众多，
你，华盛顿，属于整个世界，属于所有大陆——不只是你的，美利坚，
也属于欧洲，属于各个地方，贵族的城堡或工人的小屋，
或结冰的北方，或闷热的南方——是非洲人的——是帐篷里阿拉伯人的，
古老的亚细亚在那里庄严地微笑着，坐在她的废墟中，
（古代的会欢迎新的英雄吗？从来都一样——那合法的继承人，永远延续下去，
那一往无前的心与臂——证明是一脉相承的，
勇敢、机警、耐心、忠诚，也一样——即使在失败时也并未失败，也一样：）
只要哪里有船只在航驶，或在陆地上建起房屋，不论昼夜，
经过拥挤的城市街道，室内或户外，工厂或农庄，
现在，将来或过去——只要是爱国的意志曾经或仍然存在的地方，

只要自由受宽容的支持，法律能统治的无论什么地方，
就会树立或高耸起你那真正的丰碑。

1885 1888—1889

你那欢快的歌喉

〔往北 83 度多一些——乘快轮在畅通无阻的海上行驶需一整天的时间才能到北极——探险家葛瑞里在渺无人烟的海上听到了一只雪鸦的欢歌。〕

从荒凉而空无所有的北极传来你那欢快的歌喉，
我将牢记这一教训，孤独的鸟儿——让我也欢迎寒流，
甚至那极度的寒冷，像现在这样——呆滞的脉搏，气馁了的大脑，
老年被封锁在冬天的海港内——（冷，冷，真冷啊！）
这些雪白的头发，我那软弱无力的臂膀，我那冻僵了的双脚，
为了它们我接受你的信仰，你的统治，并永远铭记，
不只是夏天的热带——不只是青春的歌曲或南方的热潮，
而是受缓慢浮冰的控制，受北方的冰块和多年积下的乌云包裹，
这些我也心情欢畅地歌唱。

1885　　　　1888—1889

百老汇

多少急急忙忙的人潮，不论白天或黑夜！
在你水域里游泳的又是多大的激情、赢利、亏损、热情！
多少个罪恶、幸福与悲愁的旋涡阻梗着你！
多少好奇，好问的眼光——爱的微弱闪光！
斜视、艳羡、嘲笑、轻蔑、希望、抱负！
你这个大门——你这个竞技场——你这些无数引伸得很长的队列和组合！
（若是你的那些石板路、镶边石、门面能讲出它们无法模仿的故事该多好；
你的富丽的窗，巨大的旅馆——你的那些宽阔的人行道；）
你那些不断滑行、扭扭捏捏、拖泥带水的脚！
你，像这个色彩缤纷的世界本身——像广大无边的拥挤的嘲弄人的生活！
你那戴着面具的、巨大的、不能言传的外表和给人的教益！

1888　　　　1888—1889

要学会诗歌的最后轻快节奏

要学会诗歌的最后轻快节奏，
要摸透诗人们内心最深处的学问——懂得那些最伟大的诗人，
约伯、荷马、埃斯库罗斯、但丁、莎士比亚、丁尼生、爱默生；
要能辨认爱、骄傲、怀疑的多变的细微处——真正理解，
要能完全拥有这些，那种权威性的敏锐才能，和入门需付的代价，
老年，和它所有过去的经验带来的一切。

1888　　1888—1889

老水手柯萨朋[1]

很久以前，和我母亲有亲戚关系的，
那个老水手柯萨朋，我来告诉你他是怎么死的：
（他毕生是个水手——将近九十岁——和出了嫁的孙女简尼住在一起；
房子在小山上，看得见附近的海湾和远处的海角，一直能望到大海；）
最后的一个下午，黄昏时候，这是他多年的习惯，
他在窗边那大圈椅里坐着，
（有时确实一坐就是半天，）
望着来来去去的船只，自言自语——而现在是一切的结束了：
某天一艘横帆双桅船在挣扎着驶往大海，长时间毫无办法——在潮水的交叉口，犯了不少错误，
最后天黑时遇到了好风转了运，
他看着它飞速绕过海角，骄傲地进入黑暗，劈浪前进，
“她自由了——她正向目的地驶去”——这是他最后说的话——

1 “荷兰人柯萨朋”是马利·柯萨朋（约1745—约1792）的父亲。马利的孙女鲁易莎·凡凡尔索（L. Van Velsor，1795—1873）是惠特曼的母亲。

等简尼进来时，他坐在那里死了，

荷兰人柯萨朋，这位老水手，和我母亲有亲戚关系，在很久以前。

1888　　　　　　　　　　　　　　　　　　　　1888—1889

那位死去了的男高音[1]

像又在舞台上那样，
戴着插羽毛的西班牙帽子，和那难以模仿的步法，
从过去已经逐渐淡忘的教训中我还能记忆，还要诉说，还要承认，
从你那里学了多少啊！从你那歌喉里受到的启发！
（那样沉稳——那样流畅温柔——更有那颤抖的男性的音色！
那完美的歌喉——对我说来是最深刻的教训——是一切的考验和测试：）
怎样通过这些提炼出来的旋律——那全神贯注的耳朵，我的灵魂，是怎样在吸收着，
福南多的心，曼利可的热情呼唤，欧那尼的，甜蜜的热那罗的，[2]
从那时起我从中取用，或设法取用，在我的诗歌中加以变化，
自由，爱情与忠诚发而为歌唱般的音乐，
（就像与之互相联系的芳香，颜色和阳光：）

1　此诗为纪念帕斯加拉·布里尼奥勒（P. Brignole）作。
2　这些是多尼采蒂的歌剧《宠姬》、威尔第的《游吟诗人》等歌剧中的角色。

从这些，为了这些，利用这些，我匆忙写下了一行，死去的
男高音啊，
像一张被风吹动的秋叶，落在即将封闭的坟墓里，然后铲进
泥土，
为的是纪念你。

1884　　　　1888—1889

连续性

〔在我最近和一位德国唯灵论者谈话以后。〕

什么都不会真正消失，或能够消失，
诞生，个性，形式不会——任何世界上的事物都不会。
生命，力量，或任何肉眼可见之物也不会；
不容许表面现象起坏作用，或因改动了范畴就使你的头脑
　糊涂。
时间和空间是宽广的——大自然的园地是宽广的。
肉体迟钝了，衰老了，冷了——早年点燃的火种，还留下
　余热，
眼睛里的光昏暗了，还会冒出火焰；
那在西天沉落的太阳，不断又在早晨和正午升起；
冻僵了的泥土永远会迎来春天的无形规律，
带来青草，花朵，夏天的水果和谷物。

1888　　　　1888—1889

犹农狄欧

〔这是印第安易洛魁部族用的一个词，意为“原始部族的哀歌”，曾被用作人名。〕

一首歌，一首写这个词本身的诗——这个词的本义原是一首哀歌，
在旷野、岩石、风暴和寒冬黑夜的条件下，
对我说来这几个音缀唤起的就是这些雾茫茫的奇异画面；
犹农狄欧——我在遥远的西部或北部看见的是一望无际的深谷，平原和昏暗的群山，
我看见成群的高大健壮的首领，医官和武士，
像一大群鬼魂似的掠过，他们在暮色中经过便消失不见了，
（是一个在树林和逍遥自在的景色和飞瀑那里生活的民族，
图画、诗歌、陈述都没有把他们留传给后代；）
犹农狄欧！犹农狄欧！——没有被描绘下来，他们就不见了；
今天让出了位置，渐渐消失了——城市、农庄、工厂消失了，
一声沉闷洪亮的声音，一个凄厉的词，一瞬间出现在空中，
然后变成空白，过去了，无声无息了，完全消失了。

1887　　　　1888—1889

生　活

永远是人类那不知气馁的、坚决的、奋斗着的灵魂，
（以前的军队，都失败了吗？那么我们就派新的军队——再派新的；）
永远是所有全球的新旧时代想尽力掌握的奥秘；
永远是那双热切的眼睛、欢呼声、表示欢迎的鼓掌、大声叫好；
永远是那不知满足的灵魂，始终好奇，始终未被说服；
今天还在奋斗——还在作战。

1888　　　　　　　　　　　　　　　　　　1888—1889

“走向某个地方”

我那位科学家朋友[1]，我那位非常高尚的女友，

（现在埋葬在英国的一个坟墓里——这是为纪念她而写下的一页，）

我们的谈话结束了——“在我们结束我们所知道的新旧学问和深刻的直感时，做出了总结，

“包括一切地质学——历史—— 一切天文学——进化论，一切形而上学，

“那就是我们都在前进，前进，缓缓向前，稳定地取得进步，

“生活，生活是一次无休止的进军，一支无终极的军队，（不会止步，但是会及时过去，）

“这世界，这民族，这灵魂——在空间和时间里的宇宙万物，

都各自向适合自己的方向走去——肯定都会走向某个地方。”

1887　　　　　　　　　　　　　　　　　　　　1888—1889

1　指安·吉尔克里斯特（A. Gilchrist）夫人，她是一位著名英国学者的遗孀，自己也有学问。她读惠特曼的诗篇后对诗人十分爱慕，曾到美国居住，但终因惠特曼无意结婚而回到英国，于 1885 年 11 月 29 日去世。

我的诗歌的主题渺小

〔摘自1867年版的《草叶集》。〕

我诗歌的主题渺小，然而又是最伟大的——也就是自己——一个单一的、脱离的人。那是为了替新世界服务我才歌唱。
人的全部生理学，从头到脚，我歌唱。不只是相貌，不只是头脑才值得勾起诗人的灵感；——我是说形体的全部更有价值。女性男性我一样歌唱。

不只停留在自己这个主题上。我也说出一个现代词，即全体这个词。
我歌唱我的时代，以及各国——在间隙时我懂得了不幸的战争。
（啊，朋友，不管你是谁，你终于来到这里并且开始行动，我感到每一叶都有你手的压力，我回答了这种压力。
我们就这样开始旅行，走上了大路，而且让我们不止一次地联袂而行。）

1867　　1888—1889

真正的胜利者

年老的庄稼汉、旅行者、工人（不管是否身已残，腰已弯，）
年老的水手，经历过许多危险的航程，风暴和船只失事，
经过了多少战役的老兵，遍体鳞伤，战败，留下了疮疤；
他们能够生还就够了——漫长的生活中那些不退缩的人物！
他们终于在他们的斗争、考验、战斗中脱了身——就只这
　一点，
他们就是战胜了一切的真正胜利者。

1888　　　　　　　　　　　　　　　　　　1888—1889

合众国致旧世界的评论员[1]

这里首先是今天的责任，具体的教训，
财富、秩序、旅行、住房、产品、富足；
正如建造一座多样化的巨大、持久的大厦，
不可避免地到时候便会在那里升起高耸的屋顶、灯盏，
那些基础坚固的高高尖顶笔直在向着星星飞去。

1888　　　　　　　　　　　　　　　　　　　　1888—1889

1　主要是指英国作家马修·阿诺德（M. Arnold，1822—1888）、罗伯特·布坎南（R. Buchanan，1841—1901）、托马斯·卡莱尔（T. Carlyle，1795—1881）和奥斯卡·王尔德（O. Wilde，1854—1900）。

最能安定人心的思想

在向前行进时，不管人们是怎样思考的，
在不断变动的流派、神学、哲学之中，
在新和旧的吵闹陈述中，
那圆形地球的默默无声的极其重要的法则、事实、方式仍在
　　继续下去。

1888　　　　　　　　　　　　　　　　　　1888—1889

老年人的感谢

老年人的感谢——在未去之前我的感谢，

感谢健康，那中午的太阳，那捉摸不住的空气——感谢生命，只要是活着，

感谢宝贵的永远在逗留不去的回忆，（怀念你，我亲爱的母亲——你，父亲——你们，兄弟姊妹和朋友们，）

感谢我度过的所有时光——不只是和平时期——战争时期也一样，

感谢温柔的语言，爱抚，从外国来的礼物，

感谢有房住，有酒和肉——感谢甜蜜地受到赏识，

（你们那些遥远的、模糊的未知数——不论是年老或年少的——数不清的、未特别指明的，亲爱的读者们，

我们从未见过面，也不会见面——然而我们的灵魂是紧抱在一起的，持久，亲密而持久的；）

感谢各种存在、群体、爱、行动、词句、书籍——感谢颜色、形体，

感谢所有勇敢的强者——忠诚的、能吃苦的人们——他们随时随地为了取得自由而争先，

感谢更加勇敢，更加有力，更加忠诚的人们——（在我去之

前应给在生活中战斗的选民们一枝特殊的月桂，
诗歌和思想的炮手——那些伟大的炮兵——那些站在最前列的
　领导者，灵魂的指挥官；)
就像一个战争结束后回来的士兵——就像千万人中的旅行者
　又回到过去的漫长行列中，
感谢——充满欢乐的铭感—— 一个士兵，一个旅行者的感谢。

1888　　　　　　　　　　　　　　　　　　1888—1889

生与死

这两个古老、简单的问题永远交缠在一起，
就在家门口，难以捉摸，就在当前，很费脑筋，总在搏斗着。
一代又一代都未能解答，走过去了，
直到今天我们这一代——我们也一样走了过去。

1888　　　　　　　　　　1888—1889

雨的声音

你是谁？我对那悄悄落下的阵雨说，
说来奇怪，它给了我一个回答，在这里翻译如下：
我是大地的诗，雨的声音说，
我永存，我不可捉摸地出自陆地和无底的大海，
上至天堂，在那里模糊地成形，完全变了样，然而还是同一样东西，
我降下来冲洗旱象、尘埃、地球的层层泥沙，
它们没有了我就只能是种子，潜伏着，长不出来；
我不分昼夜永远把生命还给我自己的诞生地，并使它净化、美化：
（作为诗歌，来自它的出生地，完成任务后又开始漫游，有心还是无心，
迟早总会带着爱的感情回来。）

1885　　　　1888—1889

冬天不久将在这里受挫败

冬天不久将在这里受挫败，
这些冰冷的绷带不久就会解开，融化——不用多久，
空气、土壤、波浪都会融解为柔软、花朵和生长物——一千种形体
会从这些僵死的泥块和寒冷中长出，像离开了低矮的坟墓。

你的眼睛、耳朵——所有你最好的特征——所有那注意到自然美的一切，
会醒过来，变得充实。你将看见这些小小的表演，那些大地的精巧奇迹，
蒲公英、三叶草、青草、最早的芳香和花朵，
脚下的五月花、柳树的鹅黄嫩绿、开着花的李和樱桃；
同时出现的是知更、云雀和黄鹂，唱着它们的歌——那飞来飞去的青鸟；
每年都会出现这样的景色。

1888　　1888—1889

一方面不忘记过去

一方面不忘记过去，
但是至少今天争斗已完全结束——和平、兄弟情谊占了上风；
作为相互取信的记号，我们南方北方的手，
放在南北所有阵亡兵士的坟墓上的是，
（不仅是为过去——对将来也有意义，）
玫瑰花环和棕榈枝。

〔发表于 1888 年 5 月 30 日。〕

1888　　1888—1889

那个将死的老战士

〔一个长岛的故事——发生于本世纪的早期。〕

在这些安定、宽舒、繁荣的日子里，
在这些歌颂美、和平、体统的流行歌曲中，
我抛出一件往事——（很可能会使你不愉快，
是我童年时听说的；）——在三十多年以前，
一个古怪而粗鲁的老人，华盛顿部下的一名战士，
（大个子，勇敢，很干净，容易激动，说话不多，有点迷信招魂术，
曾在军队里打过仗——打得很好——一直没离开过革命战争，）
他躺在那里快要死了——儿子、女儿、教会里的执事，热情地守护着他，
他们十分认真注意，听取着他喃喃的声音，那些听不很清的说话：
“让我再回到战争年代里去吧，
回到原来所见、所处的环境里去——去组织作战的队形，
再看见那些先行的侦察兵，

再听见大炮和无情的炮火声，
再看见骑着快马的副官们，携带着命令，
再回到伤员、阵亡的士兵、高热度和提心吊胆中去，
那强烈的香味，那硝烟，那震耳欲聋的声音；
走开吧，你们那种和平生活！——你们那种和平的欢乐！
再还给我我那旧时的狂热的战斗生活吧！”

1887　　　　1888—1889

更强有力的教益

你只从爱戴你、待你温柔、给你让路的人们那里汲取教益吗?
你就没有从拒绝你、奋力反对你、蔑视你或和你寸土必争的人们那里汲取过极大的教益吗?

1860　　　　1888—1889

草原日落

闪光的金色、栗色和紫色，炫目的银色、翠绿、浅褐色，
大地的全部广度和大自然的多种形式的力量一旦都成为颜色；
光和一般的空气都被颜色占领了——那些一直至今才得以看见的各种颜色，
没有限度，没有范围——不只是西方的天空——那极顶的子午线——北方，南方，都一样，
纯净而耀眼的颜色正在和沉默的阴影作殊死战斗。

1888　　　　1888—1889

二十年

在那个古老的码头那里，在沙地上，我坐着，和一个新来者闲谈着：
他上船工作时是个没有经验的少年，出海去了，（强烈地忽发奇想；）
至今，二十多年来转了一圈又一圈，
那时他绕着地球转了又转——现在回来了：
这地方真的变了——所有旧时的界标都不见了——父母也已双亡；
（是的，他回来不打算再走了——想住下来——腰里有不少钱——除了这里别的地方都不想去；）
把他从单桅小帆船上划过来的那只小船，我看见已经拴住，
我听见那拍打着的波浪，那动荡的船在沙土里摆动着，
我看见那套水手用具、帆布袋、那包着铜片的大箱子，
我仔细观察着那张晒得红黑、长着胡子的脸——那粗壮的骨架，
穿着一身结实的苏格兰布的黄褐色衣服，
（那么那已说出了口的二十年的故事呢？将来又怎样？）

1888 1888—1889

从佛罗里达邮来的香橙的花蕾

〔伏尔泰在结束一场著名的辩论时说，在他那个时代，一只战舰和大型歌剧就是文明和法国进步的有力凭证。〕

没有伏尔泰老人的证词那么有力，然而却更加伟大，
当前的证据，和你，你那广阔的版图，美利坚，
经过了一千英里的陆地和海洋平安地寄到了，
我那简朴的北方小屋，外面是云和雪，
三天前它们还在本土发芽，
现在在这里却在我屋里满到四处散发着它们的香甜，
那从佛罗里达邮来的一束香橙的花蕾。

1888

1888—1889

黄　昏

那柔和而又妖娆的催眠的阴暗；

太阳刚沉落，那热切的光已散尽（我不久也要沉落，散尽，）

一层薄雾——涅槃[1]——安息与黑夜——完全地解脱。

1887　　　　　　　　　　　　　　　　　　1888—1889

1　涅槃，在印度教中意味着与永生结合后就从俗世解脱出来了。在佛教就是达到了极乐世界，免除了轮回。

你们这些逗留不去的我的疏落的树叶

你们这些逗留不去的我的疏落的树叶在冬天将要到来的树枝上，
而我是田野或果园里的一株剃光了的树，
你们这些时间的标志在渐渐减少，十分孤凄——（现在没有五月的繁茂，七月的三叶花——现在没有八月的谷物；）
你们这些苍白的旗杆——你们这些毫无价值的旗帜——你们已经逗留得超过了期限，
然而我的灵魂的最亲爱的树叶证实了其他一切，
它们是最忠诚的——最耐寒的——最后离开的。

1887 1888—1889

不只是枯瘦休眠的树枝

不只是枯瘦休眠的树枝，啊，诗歌！（如鳞状而光秃，像鹰爪，）
但也许某个晴天（谁知道呢？）某个未来的春天，某个夏天——会突然出现，
绿叶，遮阳——富于营养的果实，
苹果和葡萄——长出树木的粗枝那清新、自由、户外的空气，
爱情与忠诚，像香气扑鼻的玫瑰那样开着花朵。

1887　　　　1888—1889

死去的皇帝[1]

今天我低下了头和眼睛，哥伦比亚，你也一样，
不是因为强大的王冠在忧伤中倒下了——不是因为那是皇帝，
你才表达并向多少海里外递送了真诚的吊唁，
而是为悼念一个善良的老人——一个忠诚的牧羊人，爱国者。
〔发表于 1888 年 3 月 10 日。〕

1888 1888—1889

1 德国皇帝威廉一世于 1888 年 3 月 9 日于柏林逝世。惠特曼的友人反对他向皇帝致敬，他的回答是："太多的人们忘记了我会列入皇帝、贵族、王国，正如我列入总统、工人、共和国。"

正像希腊人的烽火

〔为 1887 年 12 月 17 日惠蒂埃[1]的八十岁生日而作。〕

正像古书里所说的希腊人的烽火，
从山头升起，表示赞许和荣誉，
欢迎某个著名的特殊的老战士，英雄，
他曾用玫瑰的颜色染红了他为之服务的国家，
我也在高处从曼纳哈塔停满船只的岸边
为你而高举一支点燃起来的火炬，老诗人啊。

1887　　　　1888—1889

1　惠蒂埃（J. G. Whittier，1807—1892），美国诗人，曾出版《在废奴问题进展过程中写的诗》《自由的声音》和《大雪封门》等诗作。

那只拆卸了装备的船

在一个不复使用的环礁湖上，某个无名的海湾里，
在呆滞而寂寞的水面上，靠岸抛下了锚的，
是一只卸了桅杆、灰色而饱经风霜的破旧的船，已经无用，
　什么都完了，
在地球的所有海域都曾自由地航行过之后，终于被拖了上来，
　用锚索紧紧拴住，
躺在那里生锈，腐烂。

1888　　　　1888—1889

以前写的诗歌，再见吧

以前写的诗歌，再见吧——不管用什么名义，再见吧，
（那些在许多奇怪的队列中，沿着一条路线踉跄前进的列车，运货车，
有上有下——有间歇——来自晚年、中年或青年时代，）
《在海上备有舱位的船只里》或《给你，古老的事业》，或《未来的诗人》，
或《鲍玛诺克》《我自己的歌》《芦笛》，或《亚当的子孙》，
或《敲吧，敲吧，鼓啊》，或《向着他们走过的已经发酵的土地》，
或《啊，船长！我的船长！》《宇宙》《动荡的捉摸不定的年月》，或《某些思想》，
《你，母亲，和你那些完全平等的儿女》，还有许多许多未特别指明的，
出自我心的纤维——出自喉咙和舌——（我的生命那火烫的搏动着的鲜血，
对我说来是我个人的迫切要求和形式——不仅仅是纸、自动活字和墨水，）
我的每首歌——过去说的每句话——都有它漫长、漫长的历史，

有关生与死，或士兵的创伤，国家的损失或安全，
（啊，天哪！和那个比起来！是何等样的闪光引起了已经开动
　起来的这没有尽头的一系列！
就算是最精彩的，这又是多么可怜的片段！）

1888　　　　　　　　　　　　　　　　1888—1889

黄昏时的平静

经过了一周身体上的苦痛，
不安与疼痛，与灼手的高温，
到白天结束时迎来了平静和休闲，
三个小时大脑得到平安和安息。

1888　　　　　　　　　　　　　　　　　　1888—1889

上两首诗是我七十岁时，1888 年 6 月的一个下午写成的。那时我病危。当然不会有哪个读者或旁人会有这种影响了我的充满感情和庄严的行动的状态，我感到一切的终止和结束已经来到。

老年的闪光的高峰

一小片火舌——那照明的火光——最后那站在最高处的一瞥，
遍及城市、激情、大海——遍及草原、山峦、树林——大地本身；
在黄昏时一切轻盈的，不同而变化着的颜色，
事物和团体、方向、人脸、回忆；
那比较平静的景象——那金黄色的背景，清晰而宽阔：
空气中有许多东西，那些不同观点，我们观察事物的方位，
只有它们能说得清楚——很多（也许是精华）是以前未及关心的；
确实是由它们提供了照明灯火——老年的闪光的高峰。

1888　　　　1888—1889

晚餐和谈话以后

晚餐和谈话以后——白天结束以后，
作为一个朋友他向友人们推迟了最后告别的时间，
用饱含感情的嘴唇一再说着再见，再见，
（要他的手放开那些手是多么困难啊——他们不会再见面了，
不会再交流忧伤和欢乐，老年人的与青年人的，
等着他的是一次长途旅行，再也不会回来，）
竭力避免着，推迟着离别——努力躲开哪怕是短短的最后一句话，
甚至走到门口还在回过头来甚至走下了台阶，多余的嘱托还在召他回去，
想个办法挤出外加的一分钟——夜的阴影正在逐渐加深，
多次告别，要留的话逐渐减少了——出走的那人的面容和身影已渐渐难辨，
不久就会永远消失在黑暗里——真不愿，啊，真不愿离开！
一直到最后还在喋喋不休。

1887　　　　1888—1889

补编二　再见吧，我的想象力

补编二的前言

《草叶集》的结束语——1891

我是否（在我年迈和瘫痪时）还是收起这些小小片段和附加的圈圈点点为好（很可能是斑点，污点），就像走完了一次漫长而风尘仆仆的征途后，还是留待以后再证实一下吧？也许我一开始就没有充分顾虑到那些不慎重的地方——现在也没有——也未顾虑到那些鹦鹉学舌般的一再重复——陈词滥调和老生常谈。也许我是太民主了，认为没有必要避免这些东西。而且按照我的理论原来是计划探讨一下诗歌这个园地的，可现在这方面已经说得够清楚了，不正是我悄悄引退的时候了吗？——（事实像我那种诗作也从未叫过座或有过什么市场。）

作为这类措辞得体的问话的答复或毋宁说是抗议，这里又出现了小小一组诗，是我以前许多组诗的最后一组。虽然并不清楚，像在这里所整理的，是否值得付印（我确实没有什么新鲜东西可写了）——我消磨了我七十二岁的这段时光——这段时间我被迫守在我那陋室里——整理出了这小小一组晚年所作：

在一场出于自然的降雨以后留下的最后几滴，
经过了多次清澈的提炼和已经过去的阵雨；
（它们会培育出什么东西来吗？它们只是些蒸发的气体——

大陆的和海洋的——美利坚的；

它们会过滤成为深刻的感情吗？有没有心和大脑？）

无论如何，我很想利用今天的这个机会，然后告一结束。在最后这两年内，在疾病和疲惫稍稍缓和的时候，我曾寄出过某些小唱——也许是弥留、垂死之作（无可怀疑）——想趁我现在眼睛还看得真的时候把它们收集起来，排印清楚——因为我的眼睛明白地警告我它们不久就会越来越昏花，而我的头脑也逐月明显地变得越来越疏忽而不听话，甚至小小的任务或修订工作都不能胜任了。

事实上我在这两年，1890 和 1891 年（每隔两周就变得更加僵硬，更加难得动弹），极像一个老朽的硬壳贝类或像个经过时间冲击过的海螺（没有腿、毫无活动能力）被抛弃、搁浅在沙滩上，动弹不得——没有办法，只好让自己安静下来，消磨余生，看一看这个不祥的、受到时间冲击的海螺最后还能不能从他那灰暗的硬壳里藏着的祖传的乐观精神和原始活力中再汲取些什么……（读者，你必须容许我在这里找点乐趣——理由之一是下面这些小诗许多是关于死亡，等等的；又因为眼前过去的这段时光〔1890 年 7 月 5 日〕又是这样阳光灿烂。像我这把年纪我今天感到还像是某个欢跳的浪花的一部分，还像只小山羊或小猫似的欢蹦着——可能此时此地我的身体还有一定的适应性和完善的可能性。不管怎样我认为我长期以来都有这种感觉。）

然后，除此以外，内心还感到安慰。（其实是够沉闷的，但过去我不敢因此而感到遗憾，也忍不住最后还要在这里说一说，甚至渲染一番，那就是我认为我这种晚年瘫痪、衰老狼狈和甲壳类动物的状态，无疑是由于二十多年来在肉体上、感情的激动和行动上太热情，持续得太久的结果。）因为我在1862年至1865年这段时间里看望了，也护理了双方受伤和患病的志愿军，那些参加了战役或对抗的军人。其后又在华盛顿城以南的医院或战场上，在该处和别的地方——在那些炎热、悲惨、折磨人的年月里——来自南北各个州的那些志愿军人——那些受伤的、忍痛受苦的、垂死的军人——那些累死人的、令人汗流浃背的夏天，行军，作战，尸横遍野——那些壕沟里马上就堆满了的成千上万具尸体，大半是不知名的。未来的美利坚——这广阔富饶的联邦会意识到它自己在那里付出的代价究竟有多高吗？——那些战场上的大屠杀——离开当时已很远的读者啊，这本全集实际上不就是我献给你的有关那个时代的一个回忆性的纪念品吗？

驶出去，莫回头，属于事物真象的游艇！[1]

快起锚吧！
挂上主帆和三角帆——把船开出去，
啊，小小的白壳帆船，现在是在真正的深海上猛进，
（我将不称它是我们最后的航行，
而是起航驶出并稳稳进入那最真实、最好、最成熟的去处；）
离开，离开那坚固的大地——不要再回到这些海岸来，
现在就永远驶向我们那不受限制的自由事业吧，
排除一切已试过的港口、大海、绳索、浓密度、地心吸力，
驶出去，莫回头，我那属于事物真象的游艇！

1891　　1891—1892

1　参看《铭文》组诗中的《事物的真象》。

滞留着的最后几滴

你们是从哪里、又是为什么来的?

我们不知道从哪里来,(这是回答,)
我们只知道我们随同别的漂到了这里,
我们滞留了,落后了——但终于被漂送了过来,现在来到这里,
成为那即将过去的阵雨的最后几滴。

1891　　　　1891—1892

再见吧，我的想象力

再见吧，我的想象力——（我有话说，
可还不是时候——任何人最好的话，
是在最适当的时候说的——至于它的含义呢，
我保留我的含义直至最后。）

1891　　1891—1892

在“再见”背后暗藏着大量的向另一次开始的敬意——对我说来，“发展”“后继”“不朽”“变形”是“大自然”和“人类”的主要生活含义，而且是一切事实和每个事实的必要条件。

为什么人们这么喜欢玩味逝者的最后赠言、忠告和出现呢？这些最后赠言不是最好的例子，原应包括充分的生命力、平衡、严格控制和范围。但是它们仍然极有价值，能证明并确认以前全部生活的不同程序、事实、理论和信仰。

你们应继续照样前进，你们这欢乐的一双！

你们应继续照样前进，你们这欢乐的一双！
我的生活和我的朗诵诗，包含出生、青年、中年，
像火焰的杂色火舌那样忽明忽灭，不可分离地缠绕着成为一体——联合着一切，
我那独一无二的灵魂——目的、确认、失败、欢乐——也不只是那独一无二的灵魂，
我还歌唱我国家的关键阶段，（美利坚的，也可能是全人类的）——那巨大的考验，那巨大的胜利，
是一切过去的群体的一个奇怪的说明，即那东方世界，那上古的，中世纪的，
这里，在这里经过了游历、迷路、教训、战争、失败——在这里的西方是一个胜利的声音——有力地说明一切，
一声高兴的洪亮的呼喊——至少这一次是一首高度自豪和满意的诗歌；
我在此歌颂的是那普通的绝大多数，那一般的平凡的群众，（最好的，也包括最坏的）——而现在我又歌唱老年，
（我的诗句，最初是为生命的午前，以及为夏天和秋天的扩展而写的，

我也同样转移到苍苍的白发，也提供寒冬似的节奏；）
就像在这里是漫不经心的颤音，我和我的许多朗诵诗，充满信仰与爱，
又漂到别的写作上去，漂到还不知是什么诗歌和环境那里去，
继续前进吧，你们这欢乐的一双！继续照样前进吧！

1891　　　　1891—1892

我的第七十一年

经过了七十岁之后，
经过了七十年的各种机遇、变化、损失、忧伤，
我父母的逝世，我生活的反复无常，我的各种使我激动的热情，1863 至 1864 年的战争之后，
我就像个虚弱的老兵，在一次漫长、紧张而劳累的进军或一场大战后，
今天在黄昏时分，蹒跚向前，答应着连队的点名，用有力的声音说着：到，
还在报告，还在向众人的长官行礼。

1889　　　　1891—1892

幻　影

一片朦胧的迷雾徘徊在书的一半页数上面。
（有时对灵魂来说是多么奇怪而清晰，
认识到所有这些固体的东西其实只是幻影、概念，并非现实的东西。）

1891　　　　1891—1892

那褪色的花圈

不知为什么我还不能扔掉它，虽然它死气沉沉，
让它照旧挂在钉子上吧，
粉红、蓝、黄都褪了色，白色现在是灰暗而苍白，
一朵几年前献给你的现在已经枯萎的玫瑰，亲爱的朋友；
但是我没有忘记你。你也凋谢了吗？
香味蒸发了吗？颜色，活力，死了吗？
没有，回忆还在微妙地起作用——过去仍然鲜艳；
因为昨夜我醒来，在那阴暗的花圈里看见了你，
你的微笑、眼睛、脸，还是照样平静、沉默、多情：
因此让花圈还在我眼面前挂一忽儿吧，
对于我它没有死，甚至没有褪色。

1891　　　　1891—1892

已结束的某一天

完成了一件事以后的那种安慰人心的神志清爽和欣喜，
那种壮观的匆忙的战斗时的炫目浮光和忙碌已过去；
现在是凯旋！转变！欢呼！

1891　　　　1891—1892

注：——“夏天的乡间生活。——在好几年里”，在我漫步和向前摸索时我在小河边找到了一个多树的地方，不知为什么，多得不寻常的鸟类欢欢喜喜地栖宿在这里。特别是清早和日落时，我肯定能在那里听到众多的鸟类音乐会，我常常天一亮就到那里去——日落时或日落前也如此……有一次我想到了一个问题：唱得最好的是何时？最初还是最后？最早的总是十分生气勃勃，也许似乎更加欢乐、强烈；但是我总觉得日落或黄昏时声音显得更深刻、更甜蜜——似乎能触动灵魂——黄昏时的鸫鸟常常三三两两，此唱彼和，很协调。我虽有几个早晨未去，但晚上鸟儿歌唱时我去得越发准时了。

又注：“他在涨潮和日落时走了”，这是我听一个外科医生说的话，描写一个老水手去世时，情况特别缓和。

在脱离战争的1863至1864年间，我在访问华盛顿附近的军人医院时，我逐渐养成并保持了那种习惯：即在下午涨潮或落潮时必定按时去访问当时伤病员最多的病房，不知为什么（我是这样想）时间很有关系。重伤员那时较和缓，喜欢讲讲话或让别人讲一讲。秉性多智多情的那些人那时是他们最好的时刻：死得也从容，药力这时也较有效，病房内气氛平静。

大战以后，一天结束时，虽有各种恐怖的事情，也有相同的影响力，相同的情况和时间，我不止一次在伤亡遍野的战场上有过同样的经历。

老年的船和狡猾的死亡的船

从东到西跨过那水平线的边线的，
是两艘强大而威风的船只悄悄在眼前出现了：
但是我们会及时在海上疾驶——还有一场决斗！要密切注意！
（我们将始终维持斗争和大胆行动的欢乐！）
把这艘老船的威力今天都全部使用出来吧！
在我们驶到开阔处——驶到最深最自由的海域时，
挂上中桅帆、上桅帆和堂皇的辅助帆，
公开挑战并抗拒——再加上旗帜和气势不凡的三角旗。

1890　　　　1891—1892

致即将来到的这一年

我没有送你一个可当作武器的词——一个短而猛的口信吗？
（我在战场上真的已决定了胜负、没有办法了吗？）一发炮弹都没有了吗？
对付不了你所有那些乔装打扮、吞吞吐吐、轻蔑和各种丑态了吗？
也对付不了我自己——那在你心里的我自己：那不服气的自我？

吞下去，吞下去吧，骄傲的咽喉！——虽然会呛死你；
把你那长着胡须的喉咙和高耸的额角投入沟洫；
让你的脖子卧倒在那些施舍来的礼物身上吧。

1889　　　　　　　　　　　　　　　　1891—1892

莎士比亚-培根的密码[1]

我不怀疑——而且还不止此，远不止此；
在留下的每一首古诗里——在每一页高尚的文字或本文里，
（有另一位——从前未想到过的——一位未曾料到过的作者，）
在每一对象，山、树和星星中——在每一诞生和生命中，
作为各自的一部分——各自逐渐形成的——意义，在外表的后面，
某一神秘的密码在等待着人们去解答。

1891　　　　　　　　　　　　　　　　1891—1892

1　从18世纪中叶开始，有些作者认为莎士比亚的作品是培根写的，主要论据是莎剧中的某些隐语是一种密码，暗指真正的作者是培根。

离目前很远很远的未来

经过了一个很长很长的过程以后，数百年的时间，否认，
积累、唤醒了的爱、欢乐和思想，
希望、愿望、抱负、反复思考、胜利、许多许多的读者，
穿上外衣、环绕着、包容着——经过了许多许多年代形成的
　硬壳，
只有这样这些诗歌才能结出果实。

1891　　　　1891—1892

太好了，巴黎博览会！[1]

在闭幕之前，法兰西，请在你的展览中增加一项，
即在其他一切可见的，具体的，殿堂、塔楼、货品、机器和矿石以外，
加上我们的感受，那是几百万颗心的跳动传过去的，轻飘但却实实在在，
（我们这些孙儿和曾孙并没有忘记你们这些祖父，）
五十个民族和未能完全肯定的民族，团结一致，今天远涉重洋，给你们带去了，
美利坚的赞美、爱、回忆和友好情谊。

1889　　　　1891—1892

1　博览会会期是 1889 年 5 月 6 日到 11 月 6 日，最主要的展品是埃菲尔铁塔。

穿插进来的声音

〔菲利浦·谢立登将军于1888年8月葬于华盛顿特区的大教堂，举行的是音乐伴奏的罗马天主教式的隆重仪式。〕

葬礼曲的同时和自始至终，
是风琴和庄严的仪式，宣教和低着头的僧侣，
但是给我还传来了仪式以外的穿插进来的声音——我听得很清楚，从窗里直传到教堂里的通道。
那是突然响起的战斗的紧张和刺耳的声音——眼睛和耳朵认真看见和听见的无情战争这场游戏，
侦察员发出了进军号召——将军带着周围的副官们骑着马——那新传来的话——那马上发出的命令，
步枪声——炮声——从帐篷里往外冲的战士；
骑兵的铿锵声——神速地列成了队伍——那单薄的号角声；
渐渐消失的马蹄声——马鞍，武器，装备。

1888　　1891—1892

注：坎姆登，新泽西，1888年8月7日——沃尔特·惠特曼要求《纽约先驱报》补入“他致谢立登的颂词”；

“在林肯总统治下的五六颗巨星中，历史会长期记得在太空中标志着脱离主义的即将死亡而在它苟延残喘时发出光芒的，当有谢立登。这位去世的战士的榜样使我想到一件值得注意的事。如果战争持续下去的话，我认为这个国家将能证明这些是任何国家都不会有的无可怀疑的军事天才。不难承认的是他们所掌握的士兵在质量与数量上都远远超过前人，但是我们也有对方所有的组织、管理和任用军官方面的适当能力。这两项，加上现代化的武器、运输和美国人的发明才能，肯定能使这个国家不但能对付全世界也能战胜反对我们的联合起来的那个世界。”

致日落时的微风[1]

啊，悄悄在细语着，又是某件看不见的东西，
在这个大热天的晚些时候你走进了我的门窗，
你，沐浴着、缓和着一切，凉爽、温柔地重新把活力给了
我，老迈、孤独、患着病，给汗水弄得疲软无力；
你，偎依着我，贴近而坚定地包围着我，然而又柔和，是一
　个比谈话、书本、艺术更好的同伴，
（大自然啊！你有各种要素！你对我内心说的话超过一切——
　而这是其中的一句，）
在吸进时你那淳朴的滋味是多么甜蜜——你那些带来安宁的
　手指就在我脸上和手上，
你，奇异地给我的肉体和灵魂带来了魔术般的信息，
（距离无效了——神秘的药物从头到脚渗透了我，）
我感到了天空、广袤的草原——我感到了威力无穷的北国大湖，
我感到了海洋和森林——不知怎么我感到了地球本身迅速地
　在空间运行；
你从亲密的嘴唇那里吹来，现在离开了——也许是从无穷的

1　美国诗人、评论家埃兹拉·庞德（Ezra Pound，1885—1973）曾称赞此诗。

库藏中上帝派来的，
（因为你是属于精神的，具有神性，主要是我的意识对你很熟悉，）
此时此地像是神遣地和我说话，是词句未说过又不能说的含义，
你不是那普遍的实体所提炼的精华吗？你不是规律的、一切天文学的最后净化吗？
你没有灵魂吗？我不能认识、说出你的特点吗？

1890　　　　　　　　　　　　　　　　1891—1892

古老的诗歌

一首古老的诗歌，正在朗诵，正在结束，
有一次在向着你凝望，一切之母啊，
在思索着，寻找着合乎你的题材时，
替我接受，你说，那些从前的民谣，
在你离开之前请你为我列举每一个古代诗人。

（在许多算不清的债务中，
也许我们新世界最主要的债务是欠下了古代诗歌的。）

远在过去，在你，美利坚之前的，
是古老的诗歌、埃及的僧侣、埃塞俄比亚的僧侣，
那些印度史诗、那些希腊的、中国的、波斯的，
各种圣典和先知、拿撒勒深奥的田园诗，
《伊利亚特》《奥德赛》、情节、行动、依尼斯的游历，
赫西奥德、埃斯库罗斯、索福克勒斯、墨林、亚瑟，
《熙德》《朗瑟瓦尔的罗兰》《尼贝龙根之歌》，
抒情诗人、游吟诗人、德国游吟诗人、吟唱诗人，
乔叟、但丁、成群的唱歌鸟，

边地行吟诗歌、过去的民谣、封建故事、散文、戏剧，
莎士比亚、席勒、沃尔特·司各特、丁尼生，
像是一大群非常离奇的梦中人物，
巨大的阴暗的人群聚拢在一起，
对着你投射他们威力无穷的目光，
你！你现在低着颈和头，用谦恭的手和词句正在攀登着，
你！暂停片刻，把眼睛对着他们低垂着，和他们的音乐交融
在一起，
非常愉快，接受着一切，他们为你奇妙地做好了准备，
你在你的大门口走了进去。

1891 1891—1892

祝贺圣诞

（从北极的星组向南极的星组致意。1889—1890年。）

欢迎，巴西兄弟——你那宽阔的地方已做好准备；
一只亲热的手——从北国投来的一个微笑—— 一声在和煦的时刻向你发出的欢呼！
（让未来自己管理自己，它在那里暴露了它的忧患和重负，
我们的，我们的是当前的分娩时的阵痛，民主是目标，是接受和信仰：）
今天向你伸出了我们的手臂和我们转过来的颈脖——我们向你投去期待的目光，
你是个自由的组合！你这闪着亮光的组合！你，学习得很好，
真正的课文是一个国家在空中的闪光，
（比十字座和王冠更加明亮，）
其高度将是最高尚的人道主义。

1889　　　　1891—1892

冬天的声音

也有冬天的声音，
阳光照耀着群山——远处传来许多曲调，
来自欢快的火车——来自稍近的田野、谷仓、房屋，
那悄声细语的空气甚至那不出一声的庄稼、收下的苹果、谷米，
孩子们和妇女们的声调——许多农夫和连枷的节奏，
此外还有一位老人的喋喋不休的嘴唇：不要认为我们已精疲力竭，
我们的这些白发还维持着轻快的节奏。

1891　　　　1891—1892

一首黄昏之歌

黄昏时我独自一人坐在闪烁着微光的橡木火堆旁，
冥想着早已过去的战争场面——那些数不完的已入土的无名战士，
想到那些缺名姓的，像没有留下痕迹的空气和大海——那些未回程的，
战斗后的暂时休战。那些板着面孔的掩埋队和那些挖得很深的壕沟
埋着从美利坚南北东西各处收拢来的死者，
来自多树林的缅因、新英格兰的农庄，来自肥沃的宾夕法尼亚、伊利诺伊、俄亥俄，
来自广阔的西部、弗吉尼亚、南部、南北卡罗来纳、得克萨斯，
（甚至在这里那些无声地闪烁着火焰的微光的我那屋里的阴影和半亮的地方，
我又看见了那些雄壮的队伍在鱼贯前进，在出现——我听见军队那有节奏的踏步声；）
所有，所有你们百万个无名氏——你们这些全部战争遗留下的阴影，
这里是专给你们的一首诗——耽搁已久的责任感的闪现——你

们的一次神秘的点名在这里奇怪地收集到一起，
我从黑暗和死神的灰烬中记起了每一个名字，
今后将深深铭刻在我心中，许多年月也不会忘记，
你们全部不知名的神秘的名册，不分南北，
已用友爱永远封存在这首黄昏的诗歌中。

1890　　　　　　　　　　　　　　　　　　　1891—1892

那成熟的诗人到来时

那成熟的诗人到来时，
高兴的大自然说话了（那在白昼黑夜永远在表演着的冷漠的圆形地球），它说：他是我的；
但是人的灵魂也说话了，它骄傲、妒忌、不妥协：不，他是完全属于我的；
于是那成熟的诗人站在两者之间，拉住他们各人一只手；
而且今天和此后总是那么站着，紧握着手，作为调和者和联合者，
直到使两者和好他绝不放手，
定要完全而欢乐地使它们成为一体。

1876　　1891—1892

奥西奥拉

〔我在纽约布鲁克林快长大成人时（1838年中期）遇到了一个刚从南卡罗来纳的莫尔特里要塞回来的美国海军陆战队的士兵，和他长谈了多次——听说了下面描写的那件事——奥西奥拉之死。后者是这一时期在佛罗里达参战的一个年轻、勇敢的印第安塞米诺尔族的领袖人物——他向我们的军队投降后被囚禁，并在莫尔特里要塞不折不扣地因“心碎”而死。他受不了狱中生活——医生和军官们尽力照顾他，优待他；他最后还是死了。〕

死的时候到来时，
他慢慢从地上的床铺上坐起来，
穿上他的军装、衬衫、绑腿，腰里围上皮带，
要求给他朱砂油彩（他的镜子拿在面前，）
他在半个脸上、颈上，他的手腕和手背上涂了油彩，
小心翼翼地在腰带上插好了取头皮的刀子——然后躺下稍稍休息，
又起来半坐着，微笑着，默默把手伸给每一个人，
又无力地卧倒在地上（紧紧握着那战斧的柄，）

眼光盯住妻子和小孩子们——呼出最后一口气。

（这里的一行是为了纪念他的名字和他的去世。）[1]

1890　　1891—1892

1　奥西奥拉（Osceola）死于1838年1月30日

来自死亡的声音

〔1889年5月31日，宾州约翰斯敦洪水成灾。〕[1]

来自死亡的声音，庄严而奇异，显出了它全部的气势和威力，
一次突如其来，无法形容的打击——城镇被淹没了——死亡数千人，
素日夸耀的勤俭、财物、住宅、锻炉、街道、铁桥，
全被突然的打击冲垮了——然而新引进的生命还在继续，
（在一切之中，在纷乱、旋转、遍地的瓦砾中，
一个落难的妇女得救了——一个婴儿安全出生了！）

虽然我未经通报就来了——带来恐怖和苦痛，
带来如潮的洪水和火灾，和大规模的自然力的撞击，（这声音是这样庄严、奇异，）
我也是神的一个使者。

1 约翰斯敦（Johnstown）的洪水是连下几场大雨冲垮了堤坝引起的，死了约二千二百人，财产损失一千二百万美元。

是啊，死亡，我们低下头，对着你遮住了我们的眼睛，
我们悼念被你过早吸引去的老年和青年，
那美貌的、强壮的、善良的、能干的，
被破坏的家庭，丈夫与妻子，在锻工车间里被吞没的锻工，
尸体在压倒的大水和泥浆里，
数以千计的人被收殓掩埋在坟山里，还有数以千计的一直没
　　有找到或被收殓。

然后在埋葬了悼念了死者之后，
（不管找没找到，对他们仍然忠诚，仍不忘怀，负担着过去，
　　在这里又重新追念，）
这一天——瞬间或一个小时——美利坚自己低下了头，
沉默，接受现实，没有抗拒。

战争、死亡、像这样的洪水、美利坚，
深深触动了你那自豪又事事顺利的心。

就在我吟唱时，看哪！从死亡、从淤泥和泥浆中，
花朵很快开出，同情、互助、爱，
自西到东，自南到北直到海外都在到来，
人性将它火烫的心和手不断伸出来支援人类，
其中还包含着某种思想和教训。

你这永远飞驶的地球！经过空间和空气！
你这包围着我们的水域！
这个存在于我们的一切生死之中，存在于行动和梦乡之中的你！
你那些看不见的法则渗透着它们和一切，
你在一切之中，一切之上，通过并在一切之下，从不停止！
你！你！那活跃的、普遍的、不可抗拒的巨大力量，从不睡去或平静，
你把人类掌握在你的手心里，像某种转瞬即逝的玩物，
忘记了你该是多么不智！

因为我也曾忘记过，
（一心想的是这些小小的进步、政治、文化、财富、发明、文明的潜力，）
忘记了我对你那种沉默的永远强大的力量的认识，你的这些威力无边的自然力带来的苦痛，
我们漂浮在这一切之内、之上，我们每个人都只是个浮标。

1889　　1891—1892

波斯教的一课

那个胡子花白的苏非派教徒在讲授他那高于一切的最后一课，
在室外早晨的清香中，
在一座开满玫瑰的波斯花园的山坡上，
在一棵古老的伸展着许多枝丫的栗子树下，
他在对那些年轻的教士和学生说话。

“我的孩子们，最后为了容纳每一个词，和其他的每个部分，
真主就是一切，一切，一切——它在每个生命和事物中存在，
也许隔了好几层——然而真主，真主，真主必然在那里。

“迷途者走得很远了吗？原因为何是否深不可测？
你想在深渊中测出全世界的动荡海洋吗？
你能认识永不满足是什么东西吗？那是每个生命的推动力和鞭策；
你懂得有某物永不会静止——永不会完全消失吗？每颗种子必有那肉眼看不见的需要吗？

“这是每个原子里的中心推动力，

（常常是不自觉的，常常是罪恶、堕落的，）
要回到它神圣的源头，不管多远，
毫无例外地同样潜伏在主位与客位中。”

1891　　　　1891—1892

平　庸

我讴歌平庸；
健康是多么不值钱！崇高是多么不值钱！

不沾烟酒，不说谎话，不沾贪念、情欲；
我歌唱户外的空气，自由，宽容，
（这里是主要教训——少依靠书本，少依靠学校，）
那普通的白天和黑夜——那普通的大地与河川，
你的农庄——你的工作、行业、职业，
在下面是民主的智慧，是一切的坚牢基础。

1891　　　　　　　　　　　　　　　　　　　　1891—1892

"那包括一切的神圣的完整目录"

〔星期天……今天上午去了礼拜堂。一个大学教授，牧师某，博士某……给我们讲了很好的一篇道理，我听到了上面的话；但那牧师在"完整的目录"的字面和精神中只包括了美的东西，而完全忽视了我下面列举的内容。〕

那凶恶和黑暗的，那将死的和患病的，
那数不清的（二十分之十九）低下和罪恶，粗糙和野蛮，
那神经病患者，牢里的囚犯，那可怕的、腥臭的、恶意的，
毒液和污物、大蟒、贪吃的鲨鱼、说谎者、淫荡者；
（在大地的整体规划中，那些恶毒的和可厌的占什么位置？）
蝾螈、泥浆和泥土里爬着的东西、毒药，
那贫瘠的土壤、坏人、渣滓和可怕的荒唐。

1891　　　　1891—1892

幻　景

（在内华达和两个老矿工晚餐后在室外一次谈话的逐字记录。）

陌生人啊，有你意想不到的经验和见闻；
已经多次了，现在多半是在太阳下山前后，
有时在春天，更多的是在秋天，天气十分晴朗，看得很清楚，
远处和近处的帐篷，行人拥挤的城里街道和店铺，
（是否能找到原因——信还是不信——这可都是真的，
我那个伙伴照样能告诉你——我们经常谈起，）
人和场景，动物，树木，颜色和线条，看得再清楚也没有了，
农庄、家里的前院、两旁种着黄杨的小径、角落里的丁香，
教堂里的婚礼、感恩节的会餐、离家很久的儿子回了家，
沉闷的葬礼、披着黑纱的母亲和女儿们、
法院里进行的审判、陪审团和法官、专席上的被告，
参加比赛的人、战斗、拥挤的人群、桥梁、码头，
时而有面带愁容或面带欢乐的人们，
（如果我再看见他们时我马上就能把他们认出来，）
就在天边右方高空处出现在我前面，
或者清楚地出现在左方的山尖上。

1891　　　　1891—1892

《草叶集》的含义

不是为了排除或区别，或从它们那些可怕的庞大群体中挑选出罪恶（即使是为了揭露它们，）
而是增加、调和、完成、引申——赞美那不朽的和好的。

这首歌很傲慢，包括它的措辞和范围，
目的是跨越巨大的时空领域，
进化——累积——成长和代代相传。

在成熟的青年时代开始，然后稳步前进，
漫游，仔细观察，和一切都打交道——吸收着战争、和平、白昼和黑夜，
甚至从来未曾在短促的一小时内放弃过我的任务，
我在这里结束它时已病、贫、老迈。

我歌唱生命，然而也不忘记死亡；
今天阴暗的死神一步步在跟踪着我，我那坐着的模样，而且已经有多年——
它有时离我很近，好像就在对面。

1891　　1891—1892

那尚未表达过的

谁胆敢这样说?
有了前人的成套故事、诗歌、歌手、戏剧,
被人夸耀为爱奥尼亚[1]的、印度的——荷马、莎士比亚——那
　很长很长时期以来到处留下痕迹的大路、各个领域,
闪光的星群和银河——大自然的脉搏的丰收,
一切过去的激情、英雄、战争、爱情、崇拜,
抛到一切时代最深处去的测锤,
全部人类的生活、喉咙、愿望、大脑——全部经验之谈;
除了数不清的歌曲,或长或短,除了一切语言,一切国家
　之外,
仍然有某种尚未见于诗歌的声音或文字——还有缺陷,
(谁知道?仍有最好的尚未表达过,仍有缺陷。)

1891　　　　1891—1892

1　爱奥尼亚(Ionia),古希腊的文化中心之一,位于小亚细亚西岸,包括爱琴海的岛屿。

可见的是宏伟的

可见的对我说来是宏伟的，是光——天空和星星是宏伟的，
大地是宏伟的，持久的时空是宏伟的，
它们的规律是宏伟的，既多种多样，令人迷惑，又向前演进；
但是那看不见的我的灵魂还要宏伟得多，它无所不包，赐予了所有上述的那些，
点亮了光、天空和星星，钻探了大地，在海上航行，
（的确，没有了你这看不见的灵魂，所有那些又算得什么？没有了你又有什么价值？）
你更加发展、巨大、令人迷惑，啊，我的灵魂！
你更加多种多样——你比它们更加持久。

1891　　　　1891—1892

看不见的蓓蕾

看不见的蓓蕾，没有限量，藏得很深，
在冰雪和黑暗下，在每一平方英寸或立方英寸之内，
是胚芽，十分精致，像柔美的花边，非常微细，尚未诞生，
像子宫里的婴儿，潜伏着，蜷拢着，很结实，在熟睡着，
它们在成亿成亿成兆成兆地等候着，
（在地球上和大海里——是宇宙——是天上的星星，）
在缓缓推进着，稳步前进着，不停地形成着，
永远在等候着，后面永远还有更多的在跟着。

1891

1891—1892

再见吧，我的想象力！

再见吧，我的想象力！
再会，亲爱的同伴，亲爱的情人！
我要走了，我不知去何方，
也不知命运如何，不知是否还能再见到你，
因此再见吧，我的想象力。

现在作为最后一举——让我回顾片时！
我怀里那钟摆在愈来愈慢愈轻地滴答着，
离开舞台，黑夜到来，不久心跳就停止了。

我们同住，同欢乐，互相抚爱已经很久了，
多么愉快！——现在是分离——再见吧，我的想象力。

然而我不应太匆忙？
我们确实曾长期同住，同睡，互相渗透，真正结为一体；
那么要死就死在一起吧，（是的，我们始终是一体，）
如果我们去什么地方，我们就一起去迎接将要发生的一切，
也许我们会更幸福，更高兴，并且学会点什么，

也许是你自己现在在真正引导我写出真实的诗歌，（谁知道？）
也许是你自己在真正拧开那人世的门钮，它——因此现在是最后了，
再见吧——向你欢呼！我的想象力。

1891

1891—1892

补编三　老年人的回声

布拉德利（Sculley Bradley）、布洛杰特（Harold W. Blodgett）、戈尔登（Arthur Golden）和怀特（William White）合编的《草叶集》异文版，1980 年版第三卷，附录 A，曾对于补编三《老年人的回声》作以下的说明：认为这十三首诗不应包括在《草叶集》的全集内。说这是诗人逝世五年后遗嘱执行者之一屈劳伯尔编集而成的，初见于 1897 年《草叶集》的波士顿版。编者摘引了自己日记中的一段话以证实《老年人的回声》这一题目是惠特曼提出的等等（见下）。其实，除其中的一首以外，其他都是百宝囊里的零散片段，诗稿的粗坯和一些 1873 至 1874 年间已经在杂志上发表过而未再收入《草叶集》的作品。例如有五行诗摘自一篇散文片段（《自由地飞窜，充满力量》），另外几句片语又是某诗的初稿（《这样才能真正省悟》），都是屈劳伯尔拼凑而成的。他还经常从诗中引用其中的一行来代替惠特曼的拟题。《老年人的回声》中的《哥伦布的一个思想》一诗交到屈劳伯尔手中时是几种草稿和一篇完稿，屈劳伯尔也动过手，却可能真正是惠特曼的最后一首诗，这首诗作于 1891 年 12 月。

遗嘱执行者[1]日记中的一条，1891

我今天对沃尔特·惠特曼说：“你虽已给《草叶集》作了最后的修订并以你的告别作为结束，你还会再活一两年并且写下更多的诗篇。问题是到时候该决定把它们放在全集的什么地方时你打算怎么处理这些诗？”“怎么处理？我不是毫无准备的——我甚至考虑到了应变措施——我已经准备了一个题目：《老年人的回声》不是指事物而是指事物的回声，回响，是一种余波。”“在你的前进过程中，你那些已经从不同版本中取出丢在路边的已够订成一册了。世界有一天会要求把它们收集在某个地方的。”“会吗？”“肯定。你会不许可吗？”“我为什么不许可——我怎么能这样？如果可能由你来办这件事的话，那我就命令你对《草叶集》的一切增补必须是附录，只能这样称呼，让这本书照我留下的样子成为一个整体，然后顺序接下去，永远留下一条明确、深刻、抹不掉的分界线。世界最终会随心所欲地对待这本书的。我决定让世界知道我的意愿。”

这里是沃尔特·惠特曼最近的一条个人意见：“我是想把许多篇文章和诗歌收集在一起——大半是短或较短的，但也有少数较长的——是有关友谊和心声的——悲伤的也不例外——但绝

---

1 这一执行者为贺拉斯·屈劳伯尔（1858—1919），他是《在坎姆登和沃尔特·惠特曼在一起》一书的作者，诗人晚年的忠实朋友。

不包括病态的。”

没有理由怀疑《老年人的回声》的最后一首《哥伦布的一个思想》是沃尔特·惠特曼最后的一篇有意识的作品，创作日期是 1891 年 12 月。

自由地飞窜，充满力量

我没有十分模仿那些歌唱得像音乐那样好听的飞鸟，
我已让自己尽情飞翔，转着宽阔的圆圈。
苍鹰、海鸥比金丝雀和学舌鸟更加赢得我的心，
我不想鸣啭并发出颤音，不管多么甜蜜，
我想要自由地飞窜，充满力量、欢乐、意志。

1897 1897

这样才能真正醒悟

在柔和、慵懒、精神焕发和成长时，
你的眼睛、耳朵，你的一切意识——你最崇高的特性——一切能鉴别美的机能，
将会醒过来而且变得充实——这样才能真正醒悟！

1897 1897

已知的少数几滴

关于英雄们、历史、伟大事件、论证的前提、神话、诗歌，
已知的少数几滴必须代表未知的汪洋大海，
在这个美丽的人口拥挤的地球上，这里那里是记载下的一个
　小标本，
很少的一点点希腊人和罗马人，少数几首希伯来的赞美诗，
　少数从坟墓、从埃及飘来的死亡的气味——
它们和漫长的、丰富的对古代的回顾比起来又算得什么？

1897 1897

永远领先的一个思想

永远领先的一个思想——
那就是在逆着时间空间而进的世界这艘神圣的船里，
全球的各族人民在一起航行，进行着同一航程，驶向同一目的地。

1897 1897

在一切后面既坚定又挺拔

在一切后面，永远是既坚定又挺拔，
在急湍中不恐慌——在不可抗拒和致命的紧急形势下，
站着一个舵手，气宇轩昂，臂力强。

1897　　1897

给新娘一个吻

（奈莉·格兰特[1]结婚的那一天，1874年5月21日。）

圣洁，欢乐，不可否认，
祝福来自东方和西方，
敬礼来自北方和南方，
真的，今天有百万颗心脏和手，通过我，
送去百万个爱，百万个出自肺腑的祈祷；
祝愿那掩护你的臂膀永远温柔、坚贞！
祝愿那输送你的船上帆篷永远张满着好风！
让白天晴朗的太阳和晚上闪耀的星星在你身上照亮！
亲爱的姑娘——通过我的还有那个古老的特权，
通过我的是为那新世界输送去的古老又古老的新婚祝词：
啊，青春和健康常在！啊，可爱的密苏里玫瑰！啊，美丽的
  新娘！
今天请把你绯红的双颊，你的双唇送过来，
接受一个国家的甜吻。

1874　　　　　　　　　　　　　　　　　　　　　　1897

1　奈莉·格兰特是格兰特总统的女儿，她嫁给了萨托利斯先生。

不要，今天请不要告诉我那尽人皆知的耻辱[1]

（1873 年冬，国会开会期间。）

不要，今天请不要告诉我那尽人皆知的耻辱，
今天请不要读那内容太多的报纸，
那不留情的报道还在给一个一个额头留下烙印，
犯罪的栏目一个接着一个。

今天我拒绝接受这个故事，
转过头去——离开那白色的国会大厦，
远离那耸立着人像的隆起的圆顶，
更多说不完的、欢快的、重要的情景出现在面前，
未被公开，未被报道。

通过你们所有安静的生活方式，不分南北，你们那些平等的各州，你们那些诚实的农庄，
你们百万个未经宣传的男子气概的健康生活，不论东西，城市或乡村，

1 耻辱是指“以动产作抵押的借款”和“突击加薪”的丑闻。这一法令使总统薪金加倍，也长了别的政府官员的薪金。后因舆论哗然而加以修订。

你们那些默不作声的母亲、姊妹、妻子，并未意识到自己的
　完善，
你们的许多家园，不穷也不富，出现在眼前（甚至你们那值
　得称道的贫穷，）
你们那种自我提炼，永无休止的美德，自我克制，优美风度，
你们内心那种深刻正直的持久基础，羞怯，但毫不动摇，
你们不断在赐福于人，像光一样可靠而静止，
（我投入其中像一个坚定潜水员那样进入看不见的水域深处）
这些，这些才是我今天在思考的——别的都拒绝，这些我才
　要认真研究，
才是我今天要听取的。

1873　　　　　　　　　　　　　　　　　　　　1897

后加的时刻

清醒的、偶然的、漫不经心的时刻，
清醒的、从容不迫的、已达到最高峰的时刻，
在我生命全盛时期以后的小阳春天气，
离开书本——离开艺术——教训已经领受，已经过去，
安抚、沐浴、融合着一切——那清醒的、具有魅力的，
现在要领略的是白昼与黑夜本身——那户外的空气，
现在需要的是田野、季节、昆虫、树木——雨和雪，
野蜂在嗡嗡飞舞的地方，
或是八月的毛蕊花在成长，冬天的雪花在飘的地方，
或是星星在天上翻滚——
那沉默的太阳和星星。

1897 1897

回忆起许多不光彩的行为

充满了恶意，我——回忆起许多不光彩的行为——可能还有更坏的行为，
然而我却从容地面对自然，日夜痛饮生活的欢乐，不慌不忙地等候着死亡，
因为我对我所爱的他是一片温柔和无穷的爱，也因为他给予我的也是无穷的爱。

1897

1897

能够存在

〔参看《我自己的歌》第二十七节〕

居然能够存在——还有什么比这还好的？
我想如果没有比这更发达的，沙土中那硬壳里的蛤蜊就够
　庄严。
我没有生长在什么硬壳里；
我浑身上下是柔软的导体，
它们用手拿起每样东西，并引导它在我的内部活动；
它们成千上万，各自都有进入自己的通道；
它们总是在用它们的小眼睛从头到脚地望着我；
一个小小针尖就能里里外外给我以幸福和力度广度，
若是横在我和我渴望的事物之间的是一根房屋的大梁，我也
　能把它搬开。

1855　　　　　　　　　　　　　　　　　　　　　1897

死亡的幽谷

〔有人要求为画配诗。画名《死荫的幽谷》，作画者乔治·伊奈斯[1]。〕

不，不要进入梦乡，阴暗的制图者，
你已经绘画并全部命中了你的主题；
我，最近曾逗留在这个阴暗的山谷及其周围，多次隐约地看见了它，
在这里我接受你的挑战，我也有权利创造一幅象征性的图画。
因为我曾经见过许多受伤的兵员
在受了无比痛苦之后死去——曾经看见他们微笑着失去了生命；
我也曾看守在将死的老年人身旁；看见过婴儿死去；
有钱人，以及他所有的护士和医生；
然后是穷人，瘦骨嶙峋，而且贫困，
我自己，啊，死亡，长久以来也曾经

---

1 乔治·伊奈斯（George Inness，1824—1894），美国浪漫主义画家，擅长风景画。“死荫的幽谷”源出《圣经·诗篇》第23篇第4节，意为临终的痛苦时候。

在你身边和默默想到你的时候一口口呼气。
从你和这些经验中，
我写成一景，一歌（不是害怕你，
或害怕忧郁的山谷、凄凉，或黑暗——因为我并不害怕你，
也不赞美这种挣扎、身体扭曲，或那个打死了的死结[1]），
我写的是宽绰、多福的光明和完美的空气、草地、波纹细巧的潮汐、树木、花朵和青草，
以及生气勃勃的微风的低吟——而在其中是上帝那美丽而永恒的右手，
你，天堂的最圣洁的使者——你，特使、引路人，最后又是一切的向导，
丰富、绚丽、能打开那所谓生命的束缚人的死结，
甜蜜、安详、深受欢迎的死亡啊。

1892　　　　　　　　　　　　　　　　　　　　　　　　1897

1　即生命，参看本诗结尾的两行。

还是这幅图画

〔原拟作《死亡的幽谷》的第一节〕

是的，我很知道走下那个山谷是可怕的：
牧师、音乐家、诗人、画家总是这样描绘它，
哲学家则是探索——那战场，那海上的船只，那无数床铺，
　所有国家，
全部，全部过去都曾经进入，包括我们所知的最古老的人类，
叙利亚的、印度的、埃及的、希腊的、罗马的；
直到现在，就在我们的眼睛底下，今天又展现了同一景象，
冷酷无情，做好了准备，今天也一样，让你我进入，
在这里，就在这里，它被勾画成图画。

1892　　　　　　　　　　　　　　　　1897

哥伦布的一个思想[1]

奥秘中的一个奥秘，那粗糙的未经加工而匆匆不灭的火焰，
　完全出于自然，对自己施加着压力。
这个泡沫和那巨大的、圆形的具有实体的星球！
是神的一口气，就在那里那膨胀的宇宙展示着自己！
从它们的前一分钟出现了许多周期！
一小时内开始了灵魂的时代，
或许是这个世界和人类的最宽广、行程最远的进化步伐。

距这里千千万万英里，距今四个世纪以前，
一个普通人的冲动震颤了它的脑细胞，
不管怎么样，这个诞生不能再拖延了：
当时的一个幽灵，神秘，昂首阔步，突如其来，
只是一个沉默的思想，然而却推倒了不止是铜墙或石墙。
（在黑暗边边上的一次颤抖，仿佛即将展示古老的时间和空间
　的秘密。）

1　惠特曼不只一次自比哥伦布，见《哥伦布的祈祷》。他基本上也是个航海探险、发现新世界的人物。

一个思想！一个明确的思想形成了。
四百年滚滚向前。
那迅速的聚积——贸易、航海、战争、和平、民主，滚滚向前；
那蠢蠢欲动的军队和时间的舰队跟随着它们的领袖——多少年代的古老营寨驻扎在更新更大的地带，
人类的生活和希望经过长期纠缠不休，未能澄清，现在勇敢地开始解开了，
今天在这里成长为西方世界。

（我这首歌还要加上一句，遥远的发现者啊，这是前所未曾送还给大地的儿子的——
如果你还能听见，请听我说，
我现在是说——国家、民族、技艺、对你发出的喝彩声，
经过了漫长的落后的道路来到你跟前——是巨大的一致舆论，不论北、南、东、西，
灵魂的喝彩声！欢呼声！虔诚的回声！
一次对你的多方面的巨大回忆！海洋与国家！
现代世界对你和你的思想的回忆！）

1891　　1897

附　录

惠特曼评论自己[1]

惠特曼的《草叶集》初版（1855）问世后很少有人问津，因为无论在内容或诗歌形式方面对读者说来都十分陌生。于是惠特曼接连写了三篇匿名评论刊载在当时的杂志上。这一行动受到历来文学界人士的批评，认为纯属“自我吹嘘”。1856年出第二版时，惠特曼又“厚颜无耻”地把1855年7月21日爱默生写给他的那封著名的、热情洋溢的致敬信和他自己写的、始终未寄出的回信列为附录（实质起了序言的作用）。他在回信中称爱默生为“恩师”，又在书脊印上爱默生信中至关重要的一句话：“我向你伟大事业的开端致敬”，则被认为是不折不扣的自我渲染，更为人们所“不齿”，也使爱默生深感不安。当时爱默生在美国是居于首位的大师，而惠特曼这个胆敢创新写出了如此伟大的、十足美国派头的诗歌的作家，却是个无名小辈，在这里他竟敢冒天下之大不韪，则使他还像是个招人讥议的“丑角”。但是自此以后惠特曼没有再犯同样的“错误”。他的回信基本又一次阐明了他有关诗歌创作的理论，主张摆脱沉重的旧传统，创作符合美国人民独特风格的诗歌，是一篇值得参考的文章。三篇介绍初版的匿名书评则是内容丰富的“自白”，有很大的参考价值，对它们不加研究是错误的。我斗胆在这里把它们译了出来。第一篇《沃尔特·惠特曼和他的诗歌》，原载《合众国评论》（*The United States Review*），1855年9月。第二篇《〈草叶集〉：一

1　曾发表于《外国文学》1987年第3期。

本新出的诗集》，原载于布鲁克林的《每日时报》(*Brooklyn's Daily Times*) 1855 年 9 月 29 日。第三篇《一位英国诗人和一位美国诗人》，原载《美国颅相学杂志》(*American Phrenological Journal*)，1855 年[1]10 月。这三篇评论文章后来收集在《关于沃尔特·惠特曼》(*In Re Walt Whitman*, 1893) 一书之中。我用的是另一选集：《密室版沃尔特·惠特曼诗文集》(*The Inner Sanctum Edition of the Poetry and Prose of Walt Whitman*)，1949 年版。

沃尔特·惠特曼和他的诗歌

一个美国诗人终于出现了！一个粗人，个头大，骄傲，多情，吃着，喝着，繁殖着。他的服装一副男子汉气概而且自由潇洒，他的脸给太阳晒得黑黑的，留着胡子，他的姿态强壮而挺拔，他的声音给慷慨的青老年队伍带来希望和预兆。我们将不再伪装而是该什么样就什么样。我们将开创一种健壮而无所畏惧的文学。我们现在很清楚它是什么样的，最缺少的又是什么。美利坚合众国的内心世界也将宣告自由而独立。

因为我们所有的有识之士和他们的书籍、诗歌、小说、散文、社论、讲稿、教诲和评论，穿的都是伦敦和巴黎式的服装，接受他们那里接受的东西，听从权威，按照旧的检验标准解决争议，躲雨和太阳，退避到房屋和学校的庇护下面，修剪头发，剃去胡子，绝不光着脚接触地面，除非穿上整套浴衣绝不下海。人们看见的万无一失，都是斯文人物，他们走过不少地方，受过大学教育，习惯于有仆从伺候着，谈话不带火气也绝不俗气，坐在交椅上，走在铺着地毯的漂亮客厅里，或者沿着放满装订考究的图书的书架，墙上挂

1 根据手边资料，是 1855 年还是 1856 年还不能肯定，很可能是 1855，因为可能三篇文章是一口气发表的。

着帷幔和佩戴着硬领的肖像画，还有瓷器和小摆设。但是美国文学中开始展示美国的作品在哪里？人们灵魂热爱的脆骨和胡子、宽阔的胸脯、空间、粗鲁和朴实，以及那满不在乎的态度都在哪里？这个国家的十分宽阔的户外世界又在哪里？那坐着的姿态娴雅有古风、安详、公正、对自己膝下的儿女宽容，把他们召到跟前、对小的大的、年幼些的、年长些的一视同仁、毫不偏心的那位联邦母亲的那种庄重在哪里？我们城市生气勃勃的成长在哪里？美国的机械工，庄稼汉，水手，猎人，矿工们过着健康、丰富的生活的那种精神在哪里？在更加清新更加壮实的母体里孕育，经历了青春期，为今天所必须，虎虎有生气而且傲慢，引导着世界前进步伐的那所有其他民族组成的巨大混合体在哪里？

依靠自己，目空一切，把他国家的所有特色都揽在自己身上，沃尔特·惠特曼就这样步入了美国文坛。他说话时好像从来没理会到有“书”这样一种物品，有“作家”这样一种人物。他的每一个动作都显出肌肉是自由活动的，从来也不懂得在上司面前该是种什么滋味。他嘴里吐出的每一个字都展现了对陈旧的理论和形式的默默鄙视和轻蔑。每一个短句都宣告新的法则；他的嘴唇不张开便罢，张开时就必然遵守这些法则。他以轻快的笔触首先用散文指明从美国人民深处跳出的一代诗人是根据什么原则作为基础的，又怎样在人民中扎根，以致做出日常裁判的，与其说是美国人民的总统不如说是伟大的一代诗人。接着他本人就提供了这一新诗派的范例，并在表达方式和题材范围上做出榜样。他大胆而朴素地使用了自己的肉体与灵魂。他必须利用总是在身边的要素重新创作诗歌。他必须让自己照他本人的模样渗入诗歌，无法无天，肌肉肥厚，酷好声色，热爱各种东西，但是在宇宙万物中他最热爱的是男人和女人。他的工作将用不寻常的方法来完成。他既不古典又不浪漫，既不唯物又不唯灵。他不会发出哪怕是一点点出自老生常谈和诗歌韵律的细碎声音——不首先承认男神、女神，或希腊、罗马。他没有欧洲，她的帝国，僧侣传统，或她那些根据等级思想而造成的绅士和贵妇人等观点。这种气息从未拂扇过他的脸或被吸进肺里。

他诗句里的运动是生动活泼的巨大人流的迅猛运动，伴随着的是一个一般政府和国家和市政府、法庭、商业、制造业、军火库、轮船、铁路、电报机、铺着石板路的城市，还有导水管、警察、煤气——许多旅客来来往往报纸、音乐、大选，还有十九世纪的各种特征和程序，民族是最健康的，政治形式也是当今世界最稳定的。沿着他的词句展示的是合众国的广阔无边的公正不阿。我们的自由和平等极度严峻，不容许篡改。这个诗人也没有用感伤、铿锵的音律、巧妙的修辞或花哨的比喻把自己打扮起来。他在他的诗歌中出现时身边围着妇女和儿童、青年男子、普通事物和品质。他赋予每一事物的都只是事物本身所有的东西，不多也不少。那靠他最近的人，他亲自拉着他的手接待。在他那连续不断的行列里排队而聆听着狂欢的音乐迈步的是美国事物的根本素质和过去与当今的大事——各种不相同的气温、农业和矿山——各个不同部族的红种土著——饱经风霜的船只进入新的港口，在多岩石的岸边登陆——南北最初的定居点迅速成长到一定高度，不耐烦忍受外力的约束——1976 年的强烈对抗，战争与和平，华盛顿的领导，宪法的制订——联邦共和国周围永远挤满随便说话者，永远宁静，坚不可摧——川流不息的移民——围满码头的城市和高超的航海业——尚未测定的内地——木屋和林中空地，野兽和猎人和捕兽人——渔场，捕鲸业，掘金业——没完没了的新州郡在酝酿成长中——每年 12 月召开国会，各个地区和住得最远的议员们的来临——自由的美国男女工人的崇高品德——激怒了的人民的凶猛——他们之间友情的热烈——爱情的慷慨——女性和男性平等——扬基式的交易——纽约的救火员和打靶活动——南方的种植园生活——东北、西北和西南的性格——美国和各地美国人的性格。为了写这些，旧日诗人惯用的格律没有给沃尔特·惠特曼提供足够合适和自由的工具，他摈弃了那些陈旧的习惯诗法。我们在等待着的那个诗人的风格应是出众的新鲜的风格。它将是曲折的，而不是直接的、描绘式的或史诗式的。它的特点是通过这些而得到多得多的东西。（他说）让人们歌唱别的国家的时代和战争吧，让他们引证他们的纪元和人物吧，诗句的魅力于是到此结束。（他接下去说）共和国的伟大赞歌却不是如此。这里，题材是创造性的而且有广阔前景。这里，来的是受宠爱的石工中的一员，他宣告自己的到来，以断然和科学的态度制订计划，并在现在还没有踏实的形式之前看到了未来的踏实而美丽的形式。

因此这些诗歌的风格是它们自己的风格，才刚刚诞生，并且是红色的。大自然也许给《草叶集》的作者提供了线索，但不存在任何一本书或一本书中的某个片段有可能给它们提供线索。他说一切美都来自美的血液和美的头脑。他把他的节奏与和谐隐藏在诗句的根部，本身看不见，但将会疏松地迸发出来，像矮树上的丁香，结成固体时又像瓜类，板栗或梨。

《草叶集》共有诗十二首。惠特曼开始时就把他自己的肉体和灵魂放进这些新型的诗体中。

我赞美我自己，
我承担的你也将承担，
因为属于我的每一个原子也同样属于你。

他离开房子和门窗紧闭的房间走到户外。他卸下伪装与礼节，像个孩子那样信心十足而欢快地朝前迈步。他用自己的规矩取代了写作中的陈旧规矩。他双目射出的第一道目光使他触电似的感到了爱与喜悦。他要求大地接受并回答他的深情，他会像新郎伴着新娘那样陪伴着大地。他向那呼吸凉爽的大地，那沉睡着的、多液汁的树，那才消失的夕阳，那满月流出的晶体，那温柔而越发深化的夜致敬并抚摩它们，它们也抚摩他。大海托举他，用它强有力而弯曲的手指敦促他快快前进。然后他说，那就让怀着眷恋情绪的潮湿冲刷我吧，我能报答你。

斯文人圈子里的规矩被轻蔑地辞谢了，他似乎说你们这些陈腐的谦虚对我这样的人来说，十分肮脏。

我赞成肉体和各种欲念，

视、听、感觉，都是奇迹，我的每一部分每一附件都是奇迹。

我没有用手指按住我的口，

我保护着腹部使它像头部和心脏周围一样高尚，

对我说来性交和死亡一样并不粗俗。

沃尔特·惠特曼不是个躲躲闪闪喝喝茶的诗人。他会带来诗歌以充实白昼与黑夜——并和有搏动着的血与肉这些特性的男女相称。他教导说，肉体是美丽的。“性”也是美丽的。他似乎在问你是否想不容许男女认可他或她从“性”得到的无比愉快，把文学与谈话降低到这样肤浅的水平。他宣告说天性生来就是干净的。不可把“性”放在一边；它是宇宙的一大恩赐。他在著作中普遍将男性的肌肉和女性的大量纤维当作健康的现实，只有别有动机和别有用心才是真正肮脏。他对男人和女人们说，你们有能够生育健康而极为强壮的孩子的条件，和我的条件完全一样。照我的办法行事便可以在地球上培育出更加高大而富强的人类。

永生与不朽的事实特别在《草叶集》中得到大量描述。幸福不是梦，完美也不是梦。他用平静的声音说，改善是我的课题，进步是我的课题，也是所有事物的课题。然而他的劝说变成了一种嘲笑，他的爱变得苦涩而带有强制性。他用强烈而沉稳的呼声向人喊话。他似乎在说，请你从毕生围绕着你转的一切中走出来吧。不要去理睬别人的说教和训诲，只注意我说的那些话就够了。

你那些卑鄙的梦已做得够了，

现在我把你眼睛里的污垢洗去，

你自己必须习惯于炫目的光照和你炫目的生命的每一分秒。

你在岸边抱住一块木板怯懦地在水里跋涉已经够久了，
现在我要求你做一个勇敢的游泳者，
跳进海里又浮出水面，向着我点头，叫喊，笑着把头发甩在脑后。

我是运动员们的老师，
那个在我身旁挺起一副比我更宽阔的胸膛的人证实了我自己的有多宽阔，
那真正尊重我的风格的人是那学了又忘了老师的人。
我所爱的少年是那靠自己而不是靠外来力量才长大成人的，
出于顺从或恐惧绝非美德而是罪恶，
热爱他的女友，津津有味地吃着他的牛排，
把单相思或受到轻视看作比一个伤口还疼痛，
骑马、决斗、射击、驾舟、唱歌、弹奏五弦琴都是一把好手，
喜欢伤疤和长着麻子的脸，胜于所有涂上肥皂沫子和躲着太阳的人。

我教导人应当偏离我而去，但是谁能偏离我呢?
从此时开始不管你是谁我都跟随着你，
我的话使你的耳朵发痒，直到你理解为止。
我说这些话不是为挣一元钱也不是为在我等船的时候消磨时光，
这是我说的话也同样是你说的话，我代你充当了舌头，
舌头在你嘴里受着拘束，在我嘴里却已经开始放松。

我发誓绝不在一间房屋里再提爱情或死亡，
我发誓绝不解释我自己，只有和他或她单独在户外待在一起的时

候是例外。

那其他十一首诗各有它自己的目的，奇妙地被掩盖着。它们的作者不是一天或一个月内就能研究完的。可以说他很喜欢逃避你的掌心，很喜欢为他自己有意识的目的触动你。

无疑，这个人给自己设下的计划是把诗歌创作当作整体中相应的一个局部。很明显，公众和私人的所作所为，政治、爱情、友谊、行为、谈话的艺术、科学、社会、美国人民、对待城乡巨大新貌的态度，对他都有号召力，都受到他的重视。在政治方面他可以按照他在诗歌中所表现的自由与现实态度来参加。他的人生哲学是最宽广、最宏阔的。他是真正的唯灵主义者。他不承认有所谓的全部毁灭，或死亡，或失去了可供鉴别的特性。他是文学中从未出现过的最博大的热情人与同情者。他热爱大地、太阳和动物。他不区别博学者和毫无学问者，北方人和南方人，白人和黑人，本地人和刚在码头登陆的移民。他似乎说，我认为每个人都极好，所有职业都美妙，每个男性和女性都了不起。

我的脚一踏上大地就跳出一百种温情柔意，
他们蔑视我为描述它们而做出的最大努力。

我迷恋于在户外成长，
那些在牛马中生活的，那些尝到海洋或树林滋味的人，
造船和驾驶船只的人，挥动铁斧和大槌的人，以及赶马的人，
我可以接连好几个星期和他们同吃同睡。

最平凡、最低贱、最靠拢、最容易接近的是我，
我寻找机会，为了巨大的收获而付出代价。
我装饰自己，把自己交托给第一个愿意接受我的人，
不要求上天下来俯就我的诚意，

而是永远无偿地把它四处散布。

如果健康不是他显著的特点的话，那么这个诗人只能是众人中的一个地道娼妓。他用力左右摆动着双臂，用不可抗拒的爱紧紧拥抱着男人与女人，喜爱他们手的紧握，喜爱和他们的颈与胸脯接触，喜爱他们说话的声音。他对他们的炽热感情似乎使别的一切也都燃烧起来。政治、宗教、体制、艺术都在他面前迅速让路。他说，在整个宇宙中没有比人类的灵魂更神圣的。

在圣诗而不是歌手在演唱时，
在经文而不是牧师在布道时，
在从讲台走下来出门而去的不是雕刻台上那桌子的雕刻家时，
在那些圣器或圣餐的残渣，板条与灰泥，
也能像年轻的银匠和面包师傅和穿着军衣的泥瓦工那样有效地繁殖时，
在大学设置的课程像一个沉睡的女人和孩子一样有说服力时，
在库房里的金币像守夜者的女儿那样微笑时，
在有保证的契约在对面椅子里悠闲地休息而成为我的友好同伴时，
我打算把我的手伸给它们，并像我尊重男人和女人一样尊重它们。

那么那个不知其姓名、目空一切的鲁莽汉是谁？那个认为别人不合适、自己却自吹自擂而且无人邀请就粗鲁地出现在作家之中，把安定搅得不安定，而且实质上是革了我们这个现代文化的命的那人是谁？沃尔特·惠特曼于1819年5月的最后一天出生于长岛，在离最伟大的美国城市约三十英里的山中，并在布鲁克林和纽约长大成人，三十六岁，身体健康，并且理解他的国家及其精神面貌。

在阅读《草叶集》的过程中不断出现的问题还不止此，不容许迟迟不答复。

一个真正的美国诗人难道不应该除吸收别人之外又提供一个新

的、宽广得多而充满生气的样板吗？

和这些诗歌的原则相一致，和这个时代的自由精神相一致，和美国的政治真理相一致，和地质、天文、颅相学、生理学相一致，和不朽的崇高原则和简明的常识相一致的一个生气勃勃的创作和教益的流派不该是到来的时刻了吗？

如果在这首诗里合众国找到了他的诗喉，做出了估价，找到了形式，这不过是个开端吧？沃尔特·惠特曼自己不承认他的作品有什么奇特，而且宣称在他之后将出现一代又一代的伟大的诗人，他只是举起了一根手指，发出了信号。

不需要他吗？文学一直单线相传，一脉相承，还嫌不够久吗？这种矫揉造作还忍受得了吗？

难道一个有信仰的人，一个单纯依靠真实的东西进行实践的人就该被认为是怪诞，而每一个随意编造的人的信徒却能放心写作吗？

仍然还是黑白分明地奇怪，认为只有表达方式新颖才是最少见的吗？

你来得及时，沃尔特·惠特曼！在意见、风度、衣着、书籍、生活目的和业务，在交往、诗歌方面尊重一切反自然与污染了的习俗的人能够顺利通过，不遭非难，而完全自然，健康，有信仰，依靠自己和一切描写根本性的、男性的爱情和友谊的诗歌却使他遭到世界的白眼，还引起了争论。

《草叶集》：一本新出版的诗集

要给予真正的诗歌一个评价就必须说说诗人自己。有些人觉得写这些新诗《草叶集》的诗人简直像个恶魔，有些人又觉得他非常圣洁；这些歌的作者，是一个纯朴、男性、多情、多思、好色、专横的人，他试图在文学作品中不仅注入他自己的坚毅和傲慢，也注入他自己的肉体和形体，不加掩饰，不计模式，不顾廉耻或法规，不懂得，甚至初看起来似乎在悄悄鄙视一切，只顾他自己的存在和经验，心里只有他那火热地钟爱着的他自己、他父母，和在他之前好几代父母的父母的出生地。这人不讲礼貌也不懂规矩。是个从人民中出来的粗孩子！——不是复制品——不是外国人——而是在美国长大的，是一句土语。他不懂得不知足——是个满不在乎的懒汉，享受着眼前的今天。不是浅薄的民主派——是老百姓中的一名伙计，和当前生活合着伙——喜爱大街——喜爱船坞——喜欢男人们的自由自在、粗声粗气说话——喜欢人们直呼其名，用不着叫他"先生"——能够和大笑者大笑——喜欢劳动者那种不斯文的举止——对爱尔兰人丝毫没有成见——随时和他们谈天——随时和黑人谈天——不坚持做上等人，也不坚持讲求什么学问或仪态——吃便宜的东西，喜欢市场中咖啡摊上卖的味道浓烈的咖啡，在太阳初升的时候——喜欢吃刚从生蚝船上买来的生蚝当晚饭——喜欢参加到挤满水手和工人的饭桌旁——随时都愿意离开一个文雅人举办的高级晚会而去和乱哄哄的粗人在一起，接受他们的抚爱和欢迎，倾听他们的吵闹声，赌咒，肮脏话，滔滔不绝欢笑，巧妙的对答——而能和这些人以及类似的人融洽地待下去。他的诗歌产生的作用不是艺术家和艺术的作用，而是一只有独创性的眼睛或胳臂或当时实际气氛的作用，或一棵树、一只鸟的作用。你也许会感受到一个高明的粗人的不自觉的教导，却永远也不会感受到一个高明的作家或演说家的矫揉造作的教导。

其他诗人歌颂伟大的事件、人物、风流韵事、战争、爱情、激情、他们国家的胜利与威力，或某一桩真实或想象的事件——精心给作品加工，取得结论，使读者感到满足。这位诗人歌颂他自己的天然倾向，这是他歌颂一切的方式。他没有结论，不能使读者感到满足。他的确只给了那人那条蛇给那个女人和男人的东西，使他尝到了伊甸园里那分辨善恶的智慧之树的滋味，而且从此就再也抹拭不掉了。

有关自我中心主义的争论有什么好处呢？关于沃尔特·惠特曼的自我中心主义不可能有二说。那就是他为什么从人群中站出来，又转身面对他们的原因。请注意，评论家们！不然你就用不成那把对准其他门锁的钥匙来打开这个紧紧封闭着的人了。他的全部工作、生活、风格、朋友、作品都有一个许多主要目的中的最明显的目的，那就是刻画一个新型人物，即他自己，并且使它永远抹拭不掉地固定下来，公开发表，不是当作模式，而是当作举例，并为当代和未来的美国文坛与青年服务，为南方，也为北方，为太平洋和密西西比河流域、威斯康星、得克萨斯、堪萨斯、加拿大、哈瓦那和尼加拉瓜，也为纽约与波士顿。凡是为达到此目的需做的一切他都插手，让一切诋毁从容不迫地死去吧。

首先要照你自己的样子出现在你诗中——这似乎就是这个人要示范的，也意味着他对各诗派的指责。他从不引经据典或提到作家们的名字；他对于他们的精神世界似乎无动于衷；他对他们没有一个字的褒贬，对他们的理论和作风也同样。他从没有提供别的，他不断提供的是我们布鲁克林人熟悉的那个人。他是纯粹美国种，个头大、精力充沛——行年三十六（1855）从未服过药——从未穿过黑色衣服，总是穿着宽舒的、干干净净的结实衣服——露着脖子，衬衫领子又平又阔，脸色红里透着黑亮，胡须已有不少白的，头发像收割后倒在地上来回翻身的干草——他的生理结构很符合一种粗壮的颅相学[1]——是个非常受人爱戴的人，特别是青年和不识字的人——在这些人中间他有坚贞的朋友和交往——是个不和文学界人

---

1 “惠特曼的头颅大，周线23英寸，主要特征是友谊、同情、崇高和自尊。同时并存的是显然危险的缺点：怠惰，倾向于沉湎酒色，还有一种不顾一切听从肉体使唤的意向。”（引自法乌勒的文章《有关沃·惠特曼的颅相学记录》，1849）。

士来往的人——从来没有人让他在公共宴会上发表演说——从来不在台上和大批牧师、教授、市参议员、国会议员坐在一起——而是在海湾里和领航艇里的领航员在一起——或和小渔船上的捕鱼人出一次海——或在百老汇公共马车上和车夫坐在一起——或和一队闲逛者在乡村的空地上漫步——喜爱纽约和布鲁克林——喜爱大渡船上的生活——迎到这个人时你不必指望遇到个不寻常的人——这个人的古怪其实并不古怪——和他接触不会令人眼花缭乱或心醉神迷，不需要毕恭毕敬，可以从容被他的平易近人所吸引——就像是一个你在等候着的熟人——这就是沃尔特·惠特曼，他为文学增添了一个新的后代。他从容不迫地等待着当代给他以评价的机会，在一切错误的理解和不信任中等待着未来评价的机会——总是宁可由自己来替自己说话而不是请别人代言。

一位英国和一位美国诗人

只有二流的诗歌才能马上博得人们的欢心。

第一流与自然界的事物非常单纯、适度，不惊人也不刺目，看起来像只是理所当然，因此自然的诗歌，虽然十分难能可贵，讲的内容又长又广，可能就不受欢迎。一个用他的才华取悦于他时代的行家们的艺术家或作家可能服从他时代的规律并在描写局部时堪称十分精当。那地道的诗人却舍不得致力于任何特殊的局部美，或使自己受任何规律的限制，除非是大师们的普遍规律，包括一切时代，一切男人与女人，活着的或死去的。因为研究了宇宙之后得出的这一无可置疑的真理是一首壮观的诗或任何一篇完整的杰作所必须遵循的法则是独创性和整体的平凡而又超凡的美。掌握了这一法则，正确的目标、时间、人物、地点，自然也就有了。掌握了这一法则并正确运用这一法则，那么一个诗人或任何人就不会做出什么不体面或卑鄙的事，正像出自自然的一切流露也不会如此一样。

英国诗歌，以这个奇妙的小岛的众多丰满的天才为例，是从英国这个民族的实际中成长起来的，并符合这种精神，最突出的是她的君主制和贵族制。没有一个国家会在过去或将来以民族的感情来接受随便什么诗人，除非他们血管里流着民族的血。他们的作品优美而丰富地表达了政府、传统、信仰和一个民族的依赖或独立，甚至品貌的善恶，地理范围的大小。因此十分适合一位不列颠王朝国民的东西，对一个美国的自由人就可能很不合适。对一个人来说最重要的不是什么风流韵事，不是不可企及的人物刻画，不是娴雅细致的例证，不是河岸峰峦或蓝天的美妙描绘，不是表现才智的深刻思想，而是他对他自己的看法：一切从这里染上色彩。在一切无疑是伟大作家的诗句中，莎士比亚和其他人一样，总有一种气氛对美国来说是死亡的气氛。人民群众，劳动者和一切为人服务的人，都是渣滓、垃圾。君主和王公的面孔是美的；机械工的面孔是可笑而畸形的。在美国上演的哪一出莎士比亚戏剧不是对美国和它骨头里的骨髓的一种侮辱？它们的情节和人物里永远在震响着的声音怎能受欢迎呢？除非把华盛顿捉起来绞死，把杰斐逊当作最大的骗子，而普通百姓，不分南北，都必须向他们的上级和体内流着上等血液的人折腰。这是天理人情，美国人如果需要和1855年相称、是配得上这个共和国的严峻现实的一代诗人的话，就必须寻找一些和旧日诗人基本不同的人，基本不同于现代出现的那一个接着一个的音律铿锵、哭鼻子、花花公子式的人物。

英国诗坛充满了这些晃动的东西，美国也跟着。人人都写诗，但是连一个诗人都没有。一个比过去更值得骄傲、更加伟大的时代正在很快溜走，没有一个抒情的声音来抓住它的伟大，把它当作一种鼓舞人心的、引人前进的有益教训来说话。我们听见过许多洪亮的宣告，说是他将要来到，但是他会不会来？

这个时代将要选他作为一切

未来时代发言的伟大诗人。
他的灵魂里是一个成熟的盛开的季节，
他将凭借他精神的力量前进，
和一切时代的问题打交道，
并从中索取它们的意义，正像扫罗王
坟墓中召见那已埋葬的先知
让他说说他命运如何，同样这位诗人之王
也从可畏的墓中召见那令人恐怖的过去
让他诉说我们的未来。正如空气
绕着地球，他的爱心也一样——
爱着人类，而不是不同民族。正如湖光
反映了花、树、岩石和苍穹，
他也将反映我们伟大的人类；
正像年轻的春天对着死去的枝丫
呼出生命之气，让它长出芬芳的
绿叶和鲜花，他也将呼出生命之气
经过他涉及的每个主题，使一切美
和诗歌永远像星星一样。

（亚历山大·史密斯）[1]

当代诗人中在大不列颠和美国最受欢迎的是阿尔弗瑞德·丁尼生。他是写厌倦和贵族情绪的诗人，这二者又合而为爱情。这种爱情是同属一个老祖宗的剧作家和传奇作家笔下的爱情，莎士比亚也属于此类。写的是对某个少女或妇女的同样乖戾和使人吃惊的热烈情爱，从中抽去了它的男子气概，变得软弱无能，毫无力量来确保生活中其余事物的应有地位。它为病态的目的追求自然。宇宙的事情本是

1　史密斯（A. Smith，1830—1867），苏格兰诗人。

平静、美丽而均衡的，它却哭叫着让人从中注意已发生的爱情故事，并大声发布有关某一女性的颈、发，或肤色有多么可爱的消息。

对丁尼生和他的不列颠和美国门徒来说，诗歌是一位第一流的绅士，他划船、垂钓，斯文地顺着自然飞行，爱慕那些太太小姐们，客人在场时和她们谈话，维持着那种十分周到、几乎屏住了气息的毕恭毕敬态度，而在他们自己人中间又肆无忌惮地发作男子汉的野性以弥补不足。英国那光闪闪的上流社会精神从头到脚把这位作家和他所抒发的一切灌注得满满的。就这样，他并不忽视勇敢和男子的优秀品质，但是一切必须通过华丽而时髦的形式。他对贵族和乡绅的态度只是半推半就，对诗人和那些客厅说来，用的是同样的模特儿。两者都具备目空一切的文雅，两者都喜欢回忆、颂扬等级的一切，两者都同意什么该提，什么该讨论，两者都低声保持着教会和国家的调子，两者都同样带有懒洋洋的忧郁和冷嘲热讽，两者都喜欢纵情挖苦，两者的外形都明显属于高贵的血统，生来就厌恶一切怯懦和卑鄙，两者都把传奇中所描写的热情当作生活和诗歌中的大事，两者都似乎对永生和不朽的巨大真理木然无知，两者都对自由平等的设想保持沉默，而且两者都浸透在孤独的无精打采中。这方面无论说多少也符合事实，而且是反映了事实的。当前大不列颠上层社会生活的各方面是一种自然的产物，正如丁尼生和他的诗歌是这些方面的自然产物一样。还必须明确承认这个人是一位真正的第一流诗人，浸透着厌倦和贵族情绪。

就在这时候，一个奇怪的声音把别人搁置在一边而要求给说话者一个地位。这个地位只能是经过多年考查、被完全认可是一位最崇高的第一流天才所应有的权利时才能给予。你认为世界上的最高荣誉是那么容易取得的吗，沃尔特·惠特曼？你认为城乡都应该在你自陈式的强烈的自我吹嘘面前拜倒在你的脚下吗？

我是肉体的诗人，

也是灵魂的诗人，

我占有天堂的愉快也占有地狱的痛苦，
前者我把它接枝在自己身上使它增殖，后者我把它翻译成一种
　新的语言。

我既是男子的诗人也是妇女的诗人，
我是说作为妇女和作为男子同样伟大，
我是说再没有比人们的母亲更加伟大的。

我歌颂扩张或骄傲。
我们已经低头求免得够了，
我是在说明体积只不过是发展的结果。

这确实是个奇怪的声音！应该原谅那些写过文章的评论家和诗歌爱好者，他们在一开始读沃尔特·惠特曼的诗歌时十分不快，浑身透凉，战栗沁入他们的血液和骨髓。如果这是诗歌，它的前驱又该占什么地位？那一批批的打油诗人，情绪忧郁，穿着燕尾服；还有所有那些把诗句制成蜜饯和装饰品的人又怎么办，就让这个脸晒得黑黑的人走向前来自命为美国和公元十九世纪的发言人，让他代表那个理所当然的诗人吗？

诗人们的理论和实践一直是要求选择某些想法、事件或人物，然后尽力把它们描写好，而且永远尽量多多修饰。这位新诗人的理论和实践却并非如此。他从不让读者读一首按照旧模式写下的现成诗歌，什么时候读完就什么时候结束；而是每句每段都有一个不见得总是看得见的内涵，它发散出某种捉摸不到的东西，黏在读者身上不去，并且敦促他走上那条诗人像幽灵似的在前面无畏地大踏步走着的、时隐时现的道路。如果沃尔特·惠特曼的前提是正确的话，

那就可能有一个比荷马的壮举和伟业或莎士比亚的人物更加含蓄而微妙的诗歌领域——一种使其他诗歌都成为次要，而能正视自然法则的最根本含义而且并不逊色的诗歌。它直接使发生的事情、人物和事物影响听者或目击者，让它们在他或她身上再现，并以最佳方式使它们成为他或她的一部分，以此作为伟大诗人的正确目标。

是生活中可见形体的灵魂——是正在从地上长出的种子的灵魂——是视而不见，但却是沿着轨道疾如闪电般经过的地球的必然运转的灵魂——这些才是这人的诗歌的灵魂。和它们一样，这个灵魂困扰并嘲笑人们的评判，并且准确无误地出现在成果中。事物、事实、事件、人物、时日、时代、品质乱哄哄地翻滚着，没有止境，十分丰富，像大自然一样，看来也不顾局部，也没有特殊的目的。但是那少数几个难能可贵而有约束力的评论员的声音，一代以上或两代人的声音，必须为自然法则那不可言传的目的申辩，也为那写过印过一部书的、众人中这个最傲慢的作家申辩。他将证明他是自有文学史以来最可悲的失败，也可能是最辉煌的胜利。我们虽然写了这许多，却从头脑和心底里承认并没有能力决定到底哪一说法比较可取。

赵萝蕤译

惠特曼论林肯

我常常看见总统。和许多人不一样，我对他有好感。他有良知并且有朴素的机警；在他那温和的、西部人的笨拙态度下，隐藏着巨大的坚韧性。他处境的艰难是历史上记载的政治家所未尝经历过的。他能维持政府到现在这种地步是一个奇迹。

致布鲁姆与格雷信。1863 年 3 月 19 日，于华盛顿。

我很敬重总统。他的脸像一个山沟里的米开朗琪罗，非常之丑，可是显得十分美好。他有一张奇怪的嘴，深刻而交错着的纹理，深褐的肤色。我的看法是，在他外表的粗鲁举止和他所讲的那些三等小县份的酒吧间里听来的故事下面，（这是他的幽默感，）林肯先生保持着一种头等的用之不竭的实际智慧。我不来多谈他的政绩的各项特点；我有时认为他表现了一种神奇的机智，使船只始终漂浮，船首沉稳，不但不沉落，现在更有把握了。而且精神浩然坚定，在世界面前旗帜飘扬，具有始终不衰的威胁性，而且意气风发。我是说没有一个领导、一位统治者有过像他那样在过去的两年里所面临的令人迷惑而危险的任务。我愈来愈信任他那天生的西部人的天才，他不讲究宫廷服饰，也不讲究宫廷礼节。

林肯行动时从不匆忙——绝不如此；他几乎总是有无限耐心；总是长期等待下去（有时等待得很久）才采取极端措施。他受到激励时是强有力的。他的两种反应我都见过——震怒和安详；我不只一次见他全身都受到震动，特别在他的激情达到白热的时候。

……

但是我对于林肯也是这样想……他很稳当，具有朴素而崇高的才能，能使一件紧急事件变得神圣，能应变一切——从不退缩，从不失败，从不匆匆——这些事情应当记住，而且也是一种“上天的恩赐”（如果“天命”在人事中还有什么意义的话）。

……

林肯性格里的一个基本因素是接近于忧郁的悲愁，是一种哲学感染了他；而这种哲学又被一种幽默感染了，使他的能力没有因此而受到破坏。

1863 年 8 月 12 日

我几乎每天都看见总统，因为我住的地方刚好是他出入城外他的住处时的必经之地。盛暑季节他从不在白宫过夜，他在城北三英里外的健身地区有一处歇宿的地方——士兵之家——一个合众国的军事机构。

今天早晨八点半左右我看见他进来办公，在 L 街的佛蒙特大道上骑马而过。他总是带着一支二十五到三十人的骑兵队，他们亮出马刀，把刀笔直地扛在肩上。人们说这一卫队的使用是违背他个人意志的，但是他服从了他的谋士们的安排。

这些人的服装和马匹并不张扬。林肯先生一般骑的是一匹稍大的缓缓而行的灰色马；穿着一色黑而显得有些旧而稍带尘土的服装；戴着一顶硬壳的黑帽子；在衣着等方面和最普通的普通人几乎一样平凡。一个挂着黄色绶带的尉官在他左侧骑着马：后面跟着的是一对一对外衣上带着黄色条子的骑兵。他们一般总是缓缓而行，紧跟着他们侍卫的那个人定下的步速。他们的马刀和戎装发出响声，整个不加修饰的侍从队伍在向拉菲埃特广场踏步前去时没有引起任何骚动；只有个把好奇的行人站住了脚步瞪眼望着。

我非常清楚地看到亚伯拉罕·林肯那张深褐色的脸，上面布着深刻的纹理，我认为那双眼睛总是带着含蓄而深刻的忧郁表情。我们已经到了互相弯腰致意的程度，而且是一种非常恳切的致意。

有时候总统来去都乘着一部落下了篷罩的四轮马车。骑兵队总是陪伴着他，举着马刀。我经常注意到他夜间出行或在上午回来较早时，转身在K街国防部长那宽大而漂亮的住宅面前停下车来，就在那里商讨工作。有时我从窗口看到他坐在车里不动，而是斯丹登先生[1]出来和他谈话。有时候他的一个儿子，一个十岁到十二岁的男孩，在他右侧骑一匹小马陪伴着他。

初夏时候，我也偶然看见总统和他的妻子在黄昏时分出来乘着四轮马车在城里兜风。林肯夫人全身穿着黑衣，蒙着一个长长的黑绸面罩。车辆是最常见的那种——只有两匹马，马也没有什么稀罕的。

有一次他们紧挨着我过去了，总统的脸我可看得真了，因为他们动作得很慢；他的眼睛虽然像在冥想，却直直地正对着我的眼睛望着。他弯了弯腰微笑着，但是在他的笑容深处我却注意到了我已经说过的那种表情。还没有一个艺术家或哪张照片捕捉住了这人脸上的那深切而含蓄，但又并非直接的表情。其中还另有内容。实在需要一位两三个世纪以前的伟大肖像画家。

就职典礼，1865 年 3 月 4 日。[2]

总统独自一人，在将近正午时分，坐着他自己的车，马蹄嘚嘚，悄悄地直驶国会大厦。他不是想亲临那些法令的签署，很想避免参加那荒诞的游行队伍——那形同纱布搭成的自由庙堂和纸板糊成的监察员。

三点钟仪式结束之后，我看见他回去。他坐在他那朴素的两马

---

1 当时的国防部长。

2 1864 年底林肯第二次当选总统；次年 3 月 4 日再次举行就职典礼。

牵引的四轮车里，看上去非常疲惫、非常累；实在的，巨大的责任、复杂的问题对他提出的生死攸关的要求等，在他那深褐色的脸上留下了更加深刻的纹理；但是沟道下面是那种旧日的善良、温柔、忧郁和机警、敏锐。（我一见他就感到他是个深深令人热爱的人，因为他具备了最纯正、最热忱的温柔和生来就有的西部式的男子气概。）

他身边坐着的是那十岁的小男孩。没有士兵，只有许多骑马的非武装人员，肩上披着巨大的黄色披肩，在围着马车前进。（四年前他就职时，在他来回的路上曾有一大群戎装、持刀的马队，八人一排，簇拥着他；沿途的每个转角都有持枪者站着岗。）

我还应提一提上个星期六晚闭幕酒会结束时的情况。白宫前从未见过这么多人——所有的场地都挤满了人，一直延伸到宽阔的人行道上。我也在那里，我也想着要去；我也和人群一同挤在里面；沿着过道和那蓝色房间和其他房间拥来挤去，而且穿过了那间极大的东屋。有成堆的乡下人，有些很滑稽。旁边一处海军乐队在演奏好听的音乐。

我看见了林肯先生，他穿着一身黑衣服，戴着白色的山羊皮手套，罩着一件燕尾外套，在按照礼节接待客人，握着手，满脸不自在，好像想不惜代价换个别的地方才好。

读者也许见过各种相貌（往往是年老的庄稼汉，航海的船长等人），在他们平凡的，甚至丑陋的面貌背后却藏着十分含蓄，但还是能感觉得到的优点。几乎无法描绘他们面貌的真实生命力，正像一种旷野的芳香或果味，或某种人声的热烈音调那样……林肯的面貌就是这样——那特有的颜色，它的纹理，那双眼睛，嘴，表情。纯属技巧方面的优点是没有的——但是对一个伟大艺术家的眼睛说来，它提供了一个罕见的研究对象，像一席盛筵，引人入胜。目前的画像都是失败的——绝大多数是漫画。开始时我并不热心，但是我从听说过的有关他的事情中——从我接触到的事实、故事、启发中，得出了一种可称之为具有预言性的判断。林肯的镇定是惊人的；他极有自我控制能力，完全能把握住自己。有那么两三年，华盛顿和整个北方对待他是沉着脸、看不起、怀疑的。

拿破仑并不是首先研究条规的——他首先研究的是他的任务。林肯也是这样——看他是怎么在他自己那条寂寞的路上，完全不顾常规——拒绝向导，不接受警告——只是时刻和自己商定一切。我还能听见顾问们对他说的那些轻视他的话。他们向他提供现成的方法。但是林肯只是回答："我要打这一仗——这一仗一定要打胜——不管怎样打、什么时候打——但是必须打而且要打胜！"

但是还从来没有一幅林肯的肖像画——从来没有过一幅真正的肖像画。我们中间也有某些人同意这种看法。为什么？说不清；我们谁也说不清；我们只知道——根本没有；如果我们看见过，真的有，我们会十分高兴，这你是可以相信的……［林肯的］令人吃惊的沉默寡言和表达自己时的节制；虽然十分粗犷，但在对你凝视时的那种细致而崇高的表情，却从来没有人画过……

若没有别人能说得更好，那我还是愿意为亚伯拉罕·林肯作证——虽然作得十分简略而且不够全面。我听说的凡是可靠的一切，和我每次看见他时（我很幸运，在1862到1865年之间，我大约足足看见过他二三十次，和他谈过一两句话或是在一旁望着）都增强了我那时对他的爱戴和尊敬。我在这里漫说的是我自己听到看到过的这位坚强的西部人，再夹杂着当代的历史和文学和历代所见，直到他去世为止：这很像是一出悲剧，超过了我所见过的一切——对我们这个美国来说，它比雅典的埃斯库罗斯和英国的莎士比亚所描写的更加巨大，更加炽热，更加惊天动地。再加上那渗透一切、包含一切的"教益"！不管距离多远——不管是否目不识丁——不管多大年纪，不管什么阶级——人们都会直接间接地读到这有益的“一课”！

亚伯拉罕·林肯实在是这样的一个人：他的最优秀品质是长期累积下来的因果的终结——需要相当广阔的时间，也许甚至需要距离才能恰当地包罗他的一切——他今天对于这个共和国的形成具有不可比拟的影响力（因此对世界也是如此），对将来来说，那就更加重要得多。因此给他一个彻底评价的时刻还远远没有到来。但是我们这些在他的时代里生活的人——当面见过他，听过他讲话，而且正在参加或即将摆脱他和我们曾经面临的强有力而奇怪的事件的人——可以在某些方面为他做出有价值，甚至是不可缺少的证明。

我首先想提供某一次相当不错、相当典型的林肯形象；那是离他逝世前不久，在华盛顿的某天下午，在将近半小时内，我所看到的情景。他正站在宾夕法尼亚大道国家旅馆的凉台上给面前的人群做一次短促的讲话，说话的原因是为了向一个著名的伊利诺伊州兵团授一面新的军旗，也或许是因为一些西部人勇敢地从“敌人”那里夺得了几面军旗（必须指出，在他的讲话中他从来不用“敌人”这个词）。

这张照片是怎么拍下来的我不知道，我是几天之后在华盛顿买的，看过照片的人都认为还可以。虽然画家和照相师制造了几百幅肖像（许多经过翻印会传到将来），我还没有见过一幅我认为称得上十分逼真的造像；我认为根本不存在这样一幅。因此我能不能也说：既然还没有一幅完全合格而有代表性的亚伯拉罕·林肯的肖像，不论是造像还是雕塑，那也就没有——可能也不会有——在目前说来，任何十分恰当的文学评价或结论？

估量林肯的价值的最好方法是设想一下，若是他根本不存在——没有当总统，今日之下的美国该是个什么样子。他的被提名和第一次被选举基本是偶然性的，试验性的。严格说来，从革命战争结束后直到今天，我们谈不上有什么像样的美国政党。无疑它们曾起过作用——曾经是，而且仍然是“牛借以为生的草”，也还是为了成长所不可缺少的理财机构——但是不可否认，在各种巧立的名目之下，只不过是暂时的热情、任性的举动，有时候只是偏见、无知或仇恨。唯一像是个伟大、有益的想法，使党重复获得生命、显出了英雄气概的事件是在1864年又热情地重新选举了亚伯拉罕·林肯，以及在这种热情背后的原因。

这人和公认的“国家之父”比较起来又怎么样？华盛顿是按照最优秀的撒克逊模型雕塑出来的；而富兰克林——则是属于斯图亚特这一时代（扎根于伊丽莎白时期）——基本上是个高贵的英国人，他们是当时情况和1776至1783年间最需要的那种人物。林肯，在他崇尚的实际行动的表面下，却极少这种欧洲气质，他是个相当彻底的西部人，有独创性，基本上不依靠传统，是个酷爱户外和草原生活的人物。

最近最优秀的莎士比亚评论家之一（多顿教授）[1]认为莎士比亚最高大最综合的特征是他彻底地把理想和实际或现实结合在一起了。如果真是这样的话，我就应该说莎士比亚在诗歌创作方面所做的，亚伯拉罕·林肯在他的个人生活和公职生活方面也基本上这样做了。我应该说，他的品格的肉眼所看不见的基础和支柱比历史上的任何一个人都更加神秘、抽象、高尚，确实属于精神的范畴——那是一种在这一切之上建立并发展了受常情控制的、通常所谓的灵敏嗅觉和一种被暂时的，但又是十分迫切的物质和政治原因所规定的一生。

他在少数场合，在牵涉到重大原则时，显得是个十分坚定的人（甚至固执）；但是他在次要事情上一般都非常随和、灵活、通融，甚至有些漫不经心。我注意到，那些企图贬低他的报道和传闻也还多少留有一星半点对他有利的印象。至于他性格的宗教方面，我认为也是非常宽厚、深沉、崇高的。

1　多顿（Edward Dowden，1843—1913），爱尔兰文艺批评家和莎士比亚专家。

自从出现了脱离战争[1]的人物和事件以来，已经是一代新人开始登上了舞台。我已经不止一次容许自已想象一个当前世已经结束、新的世纪已经到来的那样一个局面，而且参加过那一场斗争的人物和事迹也已经多少变得模糊而成为神话了——我设想也许在某个西部的大城市里，有那么一群人聚集在一起，也可能是在举行一个公开纪念日，讨论一下过去的时日，1863和1864、1865年——在讲话进行之中，一位老兵在后面坐着，他暴露在外表的感情和潮湿的眼睛泄露着他的秘密——正像那个正在漫游着的依赛格[2]人在阿尔西奴伊王的宴会上听着诗翁歌唱特洛伊平原上战斗着的武士和他们的各次战役：

就这样从尤利西斯[3]眼睛的闸门里
迅速落下了眼泪，叹息紧接着叹息。

我是说我曾经幻想我们这个时代也会有这样令人虔诚怀念的遗音，让美国一代一代地保持下去。我曾经幻想年轻人聚集在一起，在这样的情况下，会怀着敬仰而迫切的心情问道："什么？你看见过亚伯拉罕·林肯——听他讲过话——摸过他的手？你真的亲眼见过格兰特、李和谢尔曼？"[4]

这对于"民主"说来是十分可珍惜的，而且将永远如此！而且在美国产生的矛盾中间，并不足奇的是眼看着大地各处的所有国王王后和皇帝，有许多来自极远方，都寄来吊唁和敬意，纪念这位来自最普通人中的普通人——一个劈木、驾舟的普通人！[5]

1　即成为南北战争直接导火线的南方十一州的要求脱离联邦。

2　依赛格（Ithaca）是希腊史诗《奥德赛》中主人公的故乡。

3　即《奥德赛》史诗中的主人公奥德修斯，依赛格国王，特洛伊战争中的希腊主将之一。

4　格兰特（Grant，1822—1885）和谢尔曼（Sherman，1820—1891）是北军的主帅和名将，李（Lee，1807—1870）是南军的主帅。

5　惠特曼始终主张工人和劳动人民应进入公职，包括当选总统。

从当今的观点来看——谁知道未来将做出什么决断呢？——从当前的“民主”和“联邦”的观点来说（这人的唯一热情或迫切要求就是把各州联合起来），我认为在人才济济的十九世纪画卷上最伟大的人物应是亚伯拉罕·林肯。

士兵论林肯，1865 年 5 月 28 日。

今天我在医院里[1]在一个害着病的密歇根士兵床边坐着的时候，一旁床上一个养着伤的士兵站起来走到我跟前，我们于是就谈起话来。他是个中年人，现役弗吉尼亚第二兵团，但是住在俄亥俄的拉辛，一家人也都住在那里。

他谈到了林肯总统，并且说：“战争已结束，死了许多人。可是我们现在失去了美国最优秀、最公正、最忠实的一个人。从他的整个为人看来，他是这个国家从未有过的好人。我很长时间以来不是这样想，但是在他被害之前我就这样理解了。”

这位士兵的态度非常恳切。（后来和他谈话才发现他认识林肯先生，而且多年来和他很接近。）他是个老兵，已经服役五年；是个骑兵；曾经多次参加过激烈的战斗……谢尔曼军中的狂欢——和它的突然终止谢尔曼的军队（在离开亚特兰大很久以后）离开萨凡纳[2]后，正经过南、北卡罗来纳州行进时，听到了李军投降的消息，士兵队伍在一英里之内一直不断地狂叫着。一整天总是不断传出那种特有的军队高叫的狂欢音乐。一团或一旅开始狂呼，别的团旅然后就立即接下去狂叫，最终是整队整军联合在一起发出胜利的、狂欢的呼叫声。

这是西部军队的一种典型的表达方法，后来成为习惯，成为士兵的一种解放和发泄——纵情表达他们欢庆胜利和恢复和平等等的

1　惠特曼在内战时期曾在华盛顿护理伤病兵士达三年之久。
2　萨凡纳（Savannah），佐治亚州的萨凡纳河上的一个港口城市。

感情。早晨、正午、下午，自发的，出自有因或出自无因的这些宏大、奇怪的呼叫声，从未有过的，在几英里以外的空气中发出回响，表现了青春、欢乐、狂喜，抑制不住的力量和前进与胜利的思想，在南方的沼泽地和丘陵地带震荡，直飘到天空。（“从来未有过这样的人，在危险或败北中都保持着旺盛的精神——那么，在胜利时他们又会怎样呢？”十五军团的一个士兵后来对我这样说。）

这种旺盛的精神一直维持到军队到达罗利[1]的时候。在那里他们听到了总统被害的消息。在一周之内没有谁叫喊。连踏步声都比较抑制。这个意义非常深刻——许多兵团里都没有人大声说话或欢笑。到处是悄没声息和缄默。

林肯总统之死，1865 年 4 月 16 日。

我发现在我当时记下的笔记中有一段关于亚伯拉罕·林肯之死的话：迄今为止，他为美国的历史和传记留下的不只是一段最戏剧性的回忆——我认为他留下的还是一个最伟大、最优美、最典型、最艺术、最崇高的人格。他并不是没有缺点，而且在当总统时就流露了出来；但是诚实、善良、机敏、美好的良知和一种新的、别的国家没有过的品德；即使在这里，真正知道的人也不多，但却是一切之本与纽带：有着最真实最广阔意义的联邦主义，这才是形成他人格的结实基础。这些品质他是用生命来巩固的。

他的死的悲惨、光荣、澄清照亮了一切，在他身上、头上环绕着一个光圈，只要历史存在、爱国之心不朽，是会永远随着时间长存而愈加光彩的。这个联邦得道多助；但是如果必须指出一个人的名字来的话，他就是那个比一切人更加能把联邦维持到将来的人。他被刺死了——但是联邦没有被刺死——它还要继续下去！[2]一个人

1 罗利（Raleigh），北卡罗来纳州的首府。
2 原文是法国大革命时一首革命歌曲的重复句：çaira！

倒下去了，又一个人倒下去了。士兵摔倒了，像海浪一样下沉，但是海洋前浪接后浪地永远推向前进。死亡起着它的作用，消灭了一百一千人——总统、将军、队长、士兵？但是国家是不朽的。

华盛顿，1867年7月28日。

我想你或者在报上看到了对杀害林肯总统的那个约翰·S. 宿拉特进行的审问。我前天跑去旁听了。宿拉特很年轻。我坐的地方离他很近，对他望了很久。他大部分时间坐在那里用一把极大的芭蕉扇扇着自己，用他那双尖利的眼睛望着那些证人。他的弟弟，一个从得克萨斯州来的庄稼汉模样的年轻人紧挨他坐着。双方的律师都很能干——有的时候证据对他很不利，有时又对他有利。坐在那里听证人和律师的发言很有趣。审问很冗长，如何收场却很难说。

林肯之死（最后的一次演讲）。[1]

朋友们，我现在在你们面前为逝世已二十五年的林肯作证，为他的逝世作证。很少人能体会这位我们经历过的、以他为中心的、伟大历史性的优秀人物。亚伯拉罕·林肯是个大家熟悉的人，也是我自己熟悉的，他是个伊利诺伊州人，现代人，但也比得上古代的摩西、约书亚[2]和后来的克伦威尔[3]——在某些方面比他们中的任何一个都更加宏伟——亚伯拉罕·林肯，他使荷马、普卢塔克[4]、莎士比亚的生活在今天或任何一天都仍然适应。

今晚我要讲四五十分钟的题目是此人之死，和他之死怎样会最后逐渐渗透美国。我不会给你们讲什么新东西；我在这里无疑完全

---

1 惠特曼晚年时作过多次关于林肯之死的演讲，这是最后一次。

2 摩西和约书亚（《圣经》中的人物），先后领导着以色列人从埃及返回祖国。

3 克伦威尔（Gromwell，1599—1658），英国将军和政治家，领导共和军主宰了英国。

4 普卢塔克（约46—120或127），希腊传记作家。

是因为我热烈地希望纪念这个时刻和他的壮烈牺牲。衮衮年华又把这个时刻带了回来，那就让我们，不管时间多么短促，纪念纪念它吧。至于我呢，我的打算是：直到我去世为止，只要4月14日或15日到来，我就要年年召集几个朋友，做一点悲痛的回忆。

这不是什么狭隘的或宗派的回忆。它属于所有这几个州——不只是北方，也包括南方——也许更加温柔而虔诚地属于南方——因为那个地方才是这个人的真正立身之本；就在该地该时才留下了他祖先的烙印。我为什么要说他的男儿品质，他的普遍意义，他那浮现在表面的谨慎而从容不迫的言论——他内心的坚定决心都是从哪里来的呢？朋友们，你们想到过没有，林肯虽然是在西部扎根的，他的性格和品质却基本是南方提供的？[1]

今晚我虽然不打算重谈脱离战争这件事，我还是要扼要地让你们回忆一下战争以前的社会情况。二十年来——特别是战争正式开始以前的四五年内——在合众国的国事方面——虽然受到了军事行动的强烈刺激——出现的情况却不仅仅是设想一下“自然规律”挑起的某一战役，甚至是一场长期战争或一系列战争。南方的炽热情绪；北方的迟钝、不肯置信和自觉强大的情绪奇怪地混杂在一起；反奴隶制者的纵火倾向；政客们的卑鄙和专权——都是任何国家、任何时代少见的。

此外我还不能不追叙一下各地人民中基本群众的笃厚诚实——同时他们性格中的沸腾怒火和矛盾又比大西洋的浪潮在最放肆时更加汹涌澎湃。在政治方面还有什么比菲尔莫尔和布坎南总统[2]任内更加危机重重、更加值得重视的呢（虽然当时还没有多少人体会到此）？他们彻底证明了经过选举任命的统治者、他们的软弱和罪恶

---

1 惠特曼在此着力于内战后南北诸州的团结和联邦的巩固。他认为林肯虽然是伊利诺伊州人（即西部人），却出生在南方的肯塔基州。

2 菲尔莫尔（M. Filmore，1800—1874），美国第十三届总统（1850—1853）。布坎南（J. Buchanan，1791—1868），美国第十五届总统（1857—1861）。

照样可以危害我们，正像“旧世界”国家里的君主制度，皇帝和贵族。在“旧世界”到处可听见地层的震动，虽然有时熄灭，但必然会重新恢复。在美国呢，火山虽然安然无恙，却在不断愈来愈骚动，愈来愈显得暴风雨即将降临，而且富有威胁性。

在所有这些激动和混乱登峰造极的时候，起先只在边缘地带徘徊，后来进入了中间地带的是注定了要起领导作用的一位奇怪而笨拙的人物。我不会轻易忘记第一次见到亚伯拉罕·林肯时的情景。那一定是在1861年2月18日或19日。这是纽约城里的一个相当舒适的下午，他从西部到来，在这里待上几个小时，然后到华盛顿去准备就职。我在百老汇看见了他，就在现在邮局的那个地方。我想他是从运河街来，到艾斯特旅馆歇脚。

附近广场、人行道和大街上到处都挤满了结结实实的人群——足有好几千。公共马车和别的车辆都被挡了回去，城里最繁华的地方是一片不寻常的沉默。不久，两三辆破烂不堪的四轮马车艰难地驱向前来，穿过人群，在艾斯特旅馆门口停了下来。

一个高个子从这些四轮马车中间下了车，在人行道上安闲地稍停，抬头望着那个十分气派的老旅馆的花岗石墙壁和高高耸起的建筑物——然后舒伸了一下手脚，回过头来，花了约一分多钟，缓慢而和善地扫视了一下那些庞大而沉默的人群。

没有演说，没有祝词，没有欢迎——据我所听见的，一句话都没有说。虽然如此，寂静中却隐藏着极大的急切情绪。谨慎的人们害怕当选总统会受到强烈的侮辱或委屈——因为在纽约城里他个人并不受欢迎，在政治上也极少对他满意的。但是显然大家一致默许：如果在场的少数支持林肯先生的政治家完全不作任何表示的话，那么绝大多数——那些不支持的人——也就不会表示什么。结果是一片不欢而毫不间断的沉默。纽约的群众从来没有过这种样子。

我从一辆公共马车的顶上[1]（这辆车在附近停在一边，被人行道的基石和人群挡住了去路）饱览了全局，特别是林肯先生：他的相貌和走路的步法；他的全然不动的镇定和冷静；他那不同寻常的笨拙的身高；他的全身黑色服装，往后仰戴着的高筒绸帽；深褐的肤色；带有皱纹而又机敏的脸，蓬松的一头黑发；超出比例的长颈；在他站着观察人群时，他的两手放在身后握着。他好奇地对那大海似的人脸望着，大海似的人脸也以同样好奇的心情向他望着。双方都微带着一丝喜剧甚至闹剧的情绪，就像莎士比亚最沉闷的悲剧中也透露的。我觉得围在四周的人大约有三四万，里面没有一个是他认识的朋友，而且我相信（那时的骚乱又这样猖狂）许多刺客的裤兜或胸兜里藏着刀和手枪——只等人群爆炸为暴动。

但是没有爆炸为暴动。这个高个儿人又伸了伸手脚，然后不紧不慢地带着几个看来是不知名的人，登上艾斯特旅馆大门前的台阶，消失在宽阔的大门里——哑剧也就此结束了。此后的四年里我经常看见亚伯拉罕·林肯。在他总统的任期内他经历了许多很急速的变化，但是这幅以他为中心的图画总是不可磨灭地印刻在我的记忆里。我坐在马车顶上清楚地看见他时，我的想法——在那时只是些淡薄的粗坯——后来比较清楚了——却是认为必须四种天才，四只坚强而有原动力的手才能完全画出这人的未来肖像——需要在拉伯雷[2]支援下的普卢塔克、埃斯库罗斯和米开朗琪罗的脑力与指触。而现在呢（林肯先生在这种情况下，到了华盛顿，在各方武装骑兵和射手的包围中就了职——这是我们历史上的第一例，也希望是最后一例），现在已是人人皆知的事件急剧地一件接着一件发生了（太著名了——我认为这些日子谁也不愿意人们再提到这些事情），在萨姆特

1 这种马车有时有两层，上面一层是没有篷帐的。

2 拉伯雷（1494？—1553），法国伟大的讽刺、幽默作家，他的名著是《巨人传》。

堡[1]发生了射击国旗的事，北方为之震惊、愤怒，揭竿而起，意见不合造成了混乱，招兵买马和第一次布尔河之役[2]惨痛的失利，北方的惊恐与懊丧——于是脱离战争全面爆发了。

接着是四年之久的硝烟弥漫，血流成河，暗无天日，横尸遍野的战争。谁人来描绘这些年头和所有这些情景呢？那些艰苦的战斗；败北，计划，失败；悲惨的时刻，日月，似乎我们的国籍也沉没在怀疑或灭亡之中了；外国和外交官们的梅菲斯特式[3]的冷嘲；欧洲的可能干涉像可怕的斯库拉，自由州到处同情脱离联邦的那些非常危险的阶层则像卡律布狄斯[4]（这种人的数目比想象的要多得多）；夏日的长征；火烫的汗水和中暑倒下，例如 1863 年冲向葛底斯堡[5]的急行军；在钱瑟勒维尔，贺格[6]的指挥下、在森林中进行的夜战；冬日的宿营；军中的监狱；医院（啊！啊！这些医院）。

是脱离战争吗？不，还是让我叫它做联邦战争吧。虽然不管叫什么，它距离我们还是太近，范围太广，还在近处投下阴影，它的枝丫还没成长（但一定会长成），它们会远远伸向未来，而其中最说明问题、最强大的枝条还没有长出来。

从这些场景、从这四年的时期内会涌现伟大的文学——这个时代是压缩了几个世纪的当地人民感情的时代，第一流的描绘；生与死的风暴——未来人们在历史、戏剧、传奇，甚至哲学方面将要利用的用之不竭的泉源——将成为未来美国全国的诗歌、艺术的经

1　萨姆特堡（Fort Sumter）是南卡罗来纳州查尔斯敦港口的一个碉堡，南方军在 1861 年 4 月 12 日发了第一枪，打响了内战。

2　布尔河（Bull Run）是弗吉尼亚州东北一河，内战初期曾两次在那里交锋（1861，1862），北军败北。

3　梅菲斯特买下了浮士德的灵魂，是一个魔鬼，也是诡诈、恶魔等的同义语。

4　斯库拉和卡律布狄斯在古典神话中都是女妖。

5　葛底斯堡（Gettysburg），宾夕法尼亚州南部一城，关键的一役是在那里打的。林肯的著名演说也是在此地发表的。

6　钱瑟勒维尔（Chancellorville）是弗吉尼亚州的一城，南军在此获胜（1863）。贺格（Hooker，1814—1879），北军名将。

纬——我认为对有才能的人们来说，将比荷马描写特洛伊被围，或法国战争以至莎士比亚的作品都要更加宏伟。

但是，我必须停止这些设想来讲一讲我给自己指定与规划的题目。关于林肯总统究竟是怎么被害的，虽然已经有人写了许多，可能大多数人的头脑里对于事实真相还是不很具体。我读了我当时记下的笔记，后来又经常修订并且还在最后作了修订。

那天，1865 年 4 月 14 日，对全国说来都是很愉快的一天——道德气氛也很愉快——长期以来的风暴是这样使人黯然神伤，兄弟阋墙、充满了鲜血、疑虑与忧闷的日子总算过去了、结束了，绝对的民族胜利使得红日东升，脱离主义彻底垮台了——这简直不能置信！李在阿波马托克斯[1]的苹果树底下投降了。其他的军队，叛军的支援部队也跟着很快投降了。当时这种情况真是可能的吗？从这个世界事务中的不幸、失败和混乱中真能出现可靠、正确的计划和像上帝发射出来的纯洁光芒那样的正确领导吗？因此我说这一天是吉利的。早吐嫩芽的草类和早开的花朵出现了。（我记得我那时在那里驻足，季节也推向前进，许多丁香正盛开。）真是一种意想不到的巧合无缘无故地影响了发生的事件。我看到、闻到这种花的香味时总会记得那天的巨大悲剧。

但是我不应该多说附带的事情。这件大事正在加速进行。华盛顿畅销的下午版报纸，小小《黄昏星》的第三版到处都写着，而且非常醒目地安插在广告中间，足足出现在一百个不同的地方：总统和他的夫人今晚将出现在戏院里（林肯喜欢看戏。我自己就看见过他几次。我记得我还曾经觉得很可笑，因为他在某些方面是几个世纪以来的真正历史舞台上、风暴最巨大的戏剧中的主要角色，却会坐在那里对这些稻草人这样全神贯注、感觉有趣，还真去追随他们

1 阿波马托克斯（Appomattox）是弗吉尼亚州中部一城，李将军在这里向格兰特将军投降，就此结束了内战（1865 年 4 月 9 日）。

那些愚蠢的小动作、不近情理的精神活动和浮夸的词句)。

这一次剧场里挤满了人，许多仕女穿着华丽而花哨的服装，军官们穿着制服，还有许多知名人士和年轻人；到处还照例点燃着一球一球煤气灯，又有这么许多人照例具有吸引力，欢乐，香气四溢，小提琴和笛子的音乐（在这一切之上则是渗透一切的巨大而不完全明确的奇迹：胜利，国家的胜利，联邦的凯旋，它塞满了空气；这种思想，这种感觉令人十分振奋，超过了一切音乐和香气。)

总统按时来到，而且和他妻子在一起，在第二层楼的大包厢里看戏，两间并成一间，挂满了国旗。这出戏的幕和景——这是一出写得离奇的作品，它的优点至少是让脑力劳动或紧张做买卖而有许多心事的观众尽情轻松一下，因为它一点都不会引起观众的任何道德的、感情的、美学的或精神方面的反应——这个戏(《我们的美国老表》)在许多其他所谓人物之外，还有那么一个北方佬（当然美国北方从未见过这种人，没有一点儿逼真的地方)，他到了英国，剧本于是用了各种荒诞的对话、情节、布景和诸如此类走马灯式的人物和场景，凑成了一出通俗的现代戏——这个戏在进行了大约两幕的时候，叫它喜剧也罢，什么也不是也罢，别的名称也罢，为了衬托得明显，或为了给它一个圆满的结尾（好像“大自然”和伟大的“文艺之神”在嘲笑这些可怜的演员似的)，插入了很难准确描写的那么一幕（因为对在那里的好几百观众来说，这个时候似乎都只留下了一点模糊印象，像在做梦，或只见一团漆黑)——因此我也只能像现在这样把它局部地描写出来。

戏中有一幕出现了一个现代化的客厅，那个什么人也不像的美国北方佬正在告诉两位前所未见的英国女人说，他不是有钱的人，因此想找上门来和他结婚的打算是行不通的；后来话说完了，剧中的三个人退场了，舞台上暂时没有人了。就在这个时候发生了杀害亚伯拉罕·林肯的事件。

虽然其多方面的后遗症是很大的，而且环绕着它还将把它在

“新大陆”的政治、历史、艺术等各方面的影响延续到将来的好几个世纪——事实上，那主要事件，那次实际的凶杀案，却像任何一件极平常的事情一样，悄悄地、简简单单地发生了一像植物成长时，一个花苞和一个豆荚绽开了一样。在舞台暂停和方位更换的嗡嗡声中，出现了沉闷的手枪声，当时并没有百分之一的观众听见了这个声音——但是沉默只是一瞬间——不知怎么，十分可以肯定地出现了一种模糊而惊恐的紧张情绪——然后在总统包厢那装饰、悬挂得十分隆重的星条旗空隙处突然出现了一个人，他用手脚扶住，使自己爬上了栏杆，在上面站了一忽儿，然后跳下、登上了舞台（距离大约是十四或十五英尺）；但没有站住脚，鞋跟卷在挂得满满的幔布之中（是一面美国国旗）。一腿跪倒，他又赶快拨正方向、站了起来，好像没事一样（其实他扭了脚踝，不过那时没有觉得）——这个人，这个凶手布斯[1]，穿着一身黑色的棉布衣服，没有戴帽子，满头乌亮的头发；眼睛像野兽似的闪耀着亮光和决心，而且还保持着一种离奇的镇静，一手举着一把刀子——沿着舞台前沿的灯光不远——把那张具有雕塑美的脸正面朝着观众，那对壁虎似的眼睛放射出绝望而又很像是疯癫的光亮——用一种坚定而沉稳的声音喊出了“这是暴君的下场”[2]这句话——然后不紧不慢地走到舞台后面消失了。（这一可怕的场景——使舞台上扮演的情节显得荒唐——布斯事先是不是全都预演过了？）

一时的沉默——声尖叫——一声大叫杀死人了——林肯夫人脸色和嘴唇灰白，把身子伸出包厢，指着那正在后退的人影，不知不觉地叫了起来。他杀死了总统。

又是片刻的离奇而难以置信的紧张等待——然后是洪水暴发！——然后是交错着的恐怖，人声，不知所措（后面出现了声音，

1 布斯（John Wilkes Booth，1838—1865），美国演员，刺杀林肯的凶手。

2 原文为：Sic Semper tyrannis。

有一骑马的快速马蹄声）——人们穿过座位和栏杆，全乱了套——一片解不开的混乱与恐怖——妇女晕倒了——虚弱的人们摔倒了，受到了践踏——到处听得见惨叫声——那宽阔的舞台突然挤满了密不通风和九流三教的人群，像是举行什么可怕的狂欢聚会——观众冲上去参加，至少强壮的男人这样做了——男女演员也都穿着他们的戏装、描着脸出现了，十分恐怖的情绪透过了胭脂——尖叫声、呼唤声、杂乱的说话声——加大了两倍、三倍——两三个人总算从舞台那里给总统的包厢送去了水——有些人试图往上爬——等等，等等。

在这场混乱中，总统卫队里的士兵和一些别人突然一起被吸引到现场、冲进来了（一共约两百人），他们拥进剧院，经过每一层楼，特别是上面的几层，火冒十丈，硬是用枪上的刺刀、步枪和手枪对准了观众大叫：**出去！出去！你妈的**……这就是那天晚上在剧院里的一片混乱，至少是这样的味道。

外面的气氛也是惊愕而疯狂，人群简直急得疯了，准备利用一切发泄的机会，几乎多次把无辜的人杀了。那怒火万丈的人群不知怎么对某个男子就是过不去，也许他说了什么话，也许完全没有理由，总之是准备把他立刻吊上附近的一个灯杆；幸亏几个英勇的警察把他救了，把他围了起来，经过许多危险，才一点一点夺路把他带到警察局去。这是这个事件中的一个适当插曲。人群来回汹涌着——夜晚，喊叫声，苍白的脸庞，许多惊恐的人们想退出又退不出——那个被斗的人还没有脱离死亡张大的巨口，看上去像具尸首——沉默坚定的六个警察除了他们的小小警棍外没有别的武器，但在如潮涌的人堆中严肃而沉稳——造成了刺杀的巨大悲剧中的一个适当的边缘插曲。他们把护送的人交给了警察局，让他在那里过了一夜，第二天早上就把他放了。

在这一片大乱的、怒气冲冲的士兵、观众、人群、舞台人员和所有男女演员、化装用的瓶瓶罐罐和煤气灯等等之中——国家最优秀最甜蜜的生命之血在从血管中缓缓滴出，死亡的浆液已开始在唇上出现小小的泡沫。

这就是亚伯拉罕·林肯被杀时肉眼可见的情节和周围事物：事实就是这样。那些想脱离联邦的企图就这样结束了；四年战争就这样结束了。但是主要的事情却是在后来悄悄地、暗暗地发生的，也许过了很久才到来——既非军事的、政治的，也不是历史的（虽然事情不小）。我是说我认为这一死亡的悲剧的某些次要和间接的后果才是真正的大事。刺杀事件本身并不伟大。也不是因为林肯先生把这一时期的主要要点和人物都像珠子一样地串在他事业的这根单线上了。也不是因为他的乖僻时隐时现，给这个共和国留下了一个比任何人迄今留下的更加显著更加持久的印记（甚至超过了华盛顿的）——我是说除了这些原因之外，这个悲剧的不可估量的价值与意义，对一个国家说来，还寓于最珍贵的感受之中（又完全是我们自己的）——即想象力和艺术方面的感受——文学和戏剧的感受之中。

不是说通俗或卑鄙的所谓感受，而是说这是一种对这个民族和每个时代都十分珍贵的感受。一系列长而多样的互相矛盾的事件终于达到了最崇高的诗意的、独一无二的、中心的、绘画式的结尾。全部复杂的、令人迷惑不解的、使人晕头转向的脱离时期总算有了结果，而且在刹那之间得到了闪电式的说明——一个简单而剧烈的行动。它的尖锐的最后结局，以及许多血腥而令人愤慨的问题所得到的解决，说明了在无所不在的时间舞台上的顶峰时刻，历史性的文艺之神在一端、悲剧的文艺之神在另一端，突然鸣钟垂下了幕布，结束了作者写下的漫长剧情中的最后一幕，使戏剧散发出光和热，形成画面，比胡编乱造还要显得离奇。这是适宜的散发——这是适宜的结尾！富有想象力者和有志于研究事态者是多么酷爱这些事情啊！美国也将发生这样的事情。因为并非一切伟大的死亡，不论远近，不论是在罗马议院中的恺撒；或在圣赫勒拿岛暴风雨夜的拿破仑的逝世；也不论是丕里奥洛哥斯[1]在拼死战争时在希腊人陈尸成堆时倒了下去；不论是冷静、年迈的苏格拉底仰饮毒药——都不会超过脱离战争的最后结局；这种结局在一个人的一生中，就在我们中间，就在我们自己的这个时代——铸定了三百万奴隶解放的命运——分娩、诞生了我们这个真正自由的共和国，使它获得了新生，从此开始了真正协调的联邦的事业，并且是和共和国本身一致而巩固的。

未来的美国爱国主义者和联邦主义者，不管在全国哪个地方，是北是南，都不会受到一次更好的教育。一个国家所能给别人留下的最大教益，归根结底将不是事业本身或事业对时代或国家的直接影响。一个卓越而英勇的一生它最后的效用——特别是卓越而英勇的死亡——将是它间接地渗入了这个国家和民族，并且往往经过许多曲折才正确无误地——一代接着一代，把色泽与密度给予了那一时代的青年、成年或全人类，使每个人都有他应有的个性。[2]这样，整个人民就有了凝固性，更加深邃，更加内在，胜过任何书面宪法、法庭或军队——也就是说，这一死亡和人民完全凝结在一起了，成为人民的领袖并为人民而生，而死。奇怪（不是吗？），战役、烈士、苦痛、鲜血，甚至行刺都会使一个国家凝固起来——也许只有这样才能真正地、持久地凝固起来。

我再说一次——一个民族的伟大死亡——每个国家的戏剧性死亡——是它最重要的、由前代继承下来的价值——有时它超过了它的文学与艺术——正如英雄超过了他最优秀的造像，战役本身超过了歌颂它的最高超的歌曲或史诗。这里不就是一切悲剧、一切希腊伟大作家的著名作品和一切伟大作家背后隐藏着的要点吗？啊，假如古希腊有这样一个人，该从他的经历中写出什么样的戏剧三部曲、

1 丕里奥洛哥斯（Paleologas）是希腊人在君士坦丁称王的最后一个君主，他为了保住首都进行了英勇的斗争，但是牺牲了。

2 每个人应有的个性（Personalism）是惠特曼创造的名词，含有哲学意义。他认为每个人的个性非常重要，必须得到充分发展，才能有个健康的政治局面。

什么样的史诗来呢？史诗的片段又该怎样讲他的故事呢！那稍带怪异的高个子又将怎样迅速地进入凡俗人使神活跃、神又怎样使凡俗人成圣的境地呢！但是林肯，他的时代，他的死亡——和其他时代和死亡一样伟大，不下于任何一个时代——是完全属于我们自己的，是土生土长的。（有时候我确实认为我们美国的时代，我们自己的舞台，我们认识的、曾经握过手、谈过话的演员比埃斯库罗斯的任何作品更加有命运感，比特洛伊周围出现的战士更加英勇——它们给我们的“民主政体”提供了比阿伽门农[1]更加自豪的人中之王，和尤利西斯一样精明、耐劳的人类楷模，比普里阿摩斯[2]的死亡更加值得惋惜。）

几个世纪后（我认为必须要经过几个世纪，我们的州“民主政府”的生活才会真正被写下并描绘下来），居于领导地位的历史学家和戏剧家在寻找具有足够深刻含义并且能使我们回忆起我们这个动乱的十九世纪的某个人物某个事件时（不仅是这几个州，也包括整个政治、社会和世界），或者在寻找某样东西以结束一下欧洲封建主义的辉煌过程以及它的富丽堂皇和等级观念时（我们美国也免不了是这长长年代留下来的后代），并想找个什么来说明一下这个合众国的历史上最革命的一个步骤（也许是这个世界、我们这个世纪最伟大的），怎样完全、绝对地消灭、取缔了这几个州的奴隶制时——这些史学家除了林肯之死以外，将找不到任何一点能帮助他们彻底达到他们的目的。

对文艺之神是可贵的——对国家又更加三倍可贵——对整个人类——对这个联邦是可贵的——对“民主政治”十分可贵——无法表达而且永远可贵的是——他们的这第一位成为烈士的领导者。

赵萝蕤编译

1　阿伽门农（Agamemnon），特洛伊战争中，希腊方面的主将。

2　普里阿摩斯，特洛伊的最后一王，在位之年即特洛伊战争的几年。

《我自己的歌》译后记[1]

1855年7月4日，一本在美国诗坛划时代的著作出现在书店里了。这就是现在为世人所称颂的美国伟大诗人惠特曼（1819—1892）的《草叶集》初版。它以崭新的面目（从形式到内容）出现，却并未引起什么注意，而是几乎无人问津，备受冷落。这是惠特曼自己出资、自己也参加了排印的薄薄一个对开本。他寄了几本给当时美国文坛的名流。他们大半把它搁置起来不予理睬，诗人惠蒂埃甚至把书略一翻阅就轻蔑地把它扔进了炉火；只有大文豪爱默生被深深感动了，给惠特曼写了那封著名的热情洋溢的信："这是美国至今所能提供的一部结合了才识与智慧的极不寻常的作品……我因它而感到十分欢欣鼓舞……我从中找到了无与伦比的内容用无与伦比的完美的语言表达了出来……我向你伟大事业的开端致敬……"后来为了某些原因，爱默生收回了他的热情，但是从今天看来，他的寥寥数语仍然是对《草叶集》最恰当、最公允的评价。

《草叶集》初版共九十五页，其中序九页，而十四到九十五页中有诗十二首。书的扉页上没有作者和出版者（亦即作者自己）的姓名。面对书名页的是一幅和传统的衣冠楚楚的作者像颇为不同的银版造像。这是一个工人模样的放荡不羁者，一个三十来岁的留着一撮胡子的男子，头上歪戴着一顶宽边黑呢帽，右手漫不经心地搭

1 拙译《我自己的歌》曾出单行本（上海译文出版社，1987年初版），本文原是为该书写的译后记。现作为本书附录之一。

在腰际，左手插在粗布长裤的口袋里，上身没穿背心或外衣而穿一件露出深色内衣的衬衫，那姿态好不潇洒（“那友好而潇洒的野蛮人，他是谁？”见《我自己的歌》，第三十九节）！作者的姓名虽不见于扉页，却出现在初版的第二十九页的正文上（即《我自己的歌》，第二十四节）：“沃尔特·惠特曼，一个美国人，一个老粗，一个宇宙。”但是在1867年的第四版里这一行被作者改为“我是沃尔特·惠特曼，强大的曼哈顿的儿子”，后来又改为“我是沃尔特·惠特曼，一个宇宙，强大的曼哈顿的儿子”，最后在1881年定稿时又改成“沃尔特·惠特曼，一个宇宙，曼哈顿的儿子”。这些更改都不能像最初一句那样有力地概括这首长诗的作者和主人公的主要特点。“一个美国人”是必要的，因为诗中的主人公是一个不折不扣、完全美国派头的普通人，他有代表性；“一个宇宙”是必要的，因为他“辽阔博大”“包罗万象”，而且自成一体（《我自己的歌》，第五十一节）；“老粗”也很必要（“我在世界的屋脊上发出了粗野的喊叫声”，第五十二节），因为他的朋友和他自己都是些没有受过多少教育的不起眼的普通人，许多是干力气活的劳动者。“曼哈顿”却没有必要，因为曼哈顿只是作者的出生地和活动场所；在这首诗里，诗人的民族特色比出生地重要得多。

《我自己的歌》在初版的十二首诗之中居于首位。它在初版中既没有题目，也不分段落，却占据了全集的一半篇幅（它在1856年第二版[1]中题为《一个美国人沃尔特·惠特曼的诗》，1860年第三版及其后的版本中题为《沃尔特·惠特曼》，直到1881年定稿时才改为今名）。从异文版本看来，长诗从1847至1848年开始构思（见作者的早年笔记本），于1853至1854年间趋于成熟，1855年在《草叶集》的第一版中刊出，又经过七个版本的修订，于1867年版分出

1　艾伦教授在1946年版的《惠特曼手册》中罗列了《草叶集》的九个版本，在1975年的《手册》修订本中又归结为六个版本，但是多数学者仍援用九个版本之说。

段落（节），1881 年定稿。译者在动手翻译此诗时考虑了版本问题。有些学者认为版本之间差别不大，后来的几版主要是文字上的润色和修订，而且一般说来，多为改进。但也有学者认为初版比较标准，定稿时有些歪曲原意，增加了主人公的简要家世（只是几句话），突出了“我自己”，导致“美国人”改为“曼哈顿的儿子”，强调了主人公的个人特点，冲淡了他的代表性。但是译者认为删去了一些累赘的词句，文字和标点有所改进，都是好的。译者最后还是遵照了 1881 年的定稿，其主要原因是因为作者的遗愿是希望把他一再编排修订过的 1892 年的“临终版”作为此后的依据，而后来的绝大多数学者也都是遵照这个遗愿的。[1]

《我自己的歌》是惠特曼最早写成、最有代表性、最卓越的一首长诗，也是百余年来在西方出版的最伟大的长诗之一，这是众所公认的。

近百年来惠特曼已逐渐成为许多读者、作家和学者师法和研究的对象：欧洲人很早就重视惠特曼的研究介绍（最早介绍惠特曼的如英国评论家和翻译家威廉·迈克尔·罗塞蒂[2]）；我国进步诗人也曾受他的深刻影响（如郭沫若、艾青）。楚图南同志于上世纪 30 年代后就开始翻译他的作品，并于 1955 年经修订后出版了一个很好的选集。美国当然更是一直在尽力追赶这一大趋势，从上个世纪末开始，特别在最近四五十年中出现了许多研究著述与文章，若干杰出的美国诗人承认他们深受他的影响，其中有不少学者集中致力于《我自己的歌》的分析研究。但是惠特曼自己曾多次指出，他在

---

1 译者在本书《译者序》中已经说明：1881 年版是“定稿版”，正文与 1892 年的“临终版”完全一样。译者遵照 1881 年版是因为真正定稿的年份是 1881 年，而不是 1892 年。1892 年版增加了几个“补编”，《草叶集》的全集本应是 1892 年版，但译者并未译出其中全部“补编”及其他比较不重要的部分。

2 他是英国诗人但丁·加百列尔·罗塞蒂的弟弟，编过《惠特曼诗集》（W. M. Rossetti: *Poems by Walt Whitman*, London, 1868），附编者序言。

作品中常常只是提出了某些暗示和侧面，正面肯定不是他的主要方法；这就使得人们在力图理解他的诗作时，产生了不同的意见。例如评论家们历来都认为《我自己的歌》没有什么结构可言，只是一些串联在一起的各种不大相干的段落。但是后来更多的评论家则认为并非如此，完全可以跟踪长诗的内在联系，诗的整体性很强；个别学者甚至把它体系化了，认为结构十分缜密，有着严密复杂的图案。这后一种倾向却显得有些勉强了。总之，不少研究文章各持己见，各有各的根据，但研究是逐渐深化了，对这首诗的分析、理解是更加充实了，而且这方面的著述还在继续出现。译者倾向于认为长诗的结构确有内在联系可寻，全诗浑然一体；正像某一评论家所说：长诗的连贯性并不按照逻辑的程序，没有因果关系，而是一个形象勾起另一个形象，新的形象说明了一种新的情调或思想，像音乐变调时那样，又像白日做梦一样，一变换天然地和另一个联结在一起[1]。有考据癖的西方学者喜欢研究长诗内容的由来，从惠特曼读过的某些书籍中寻找根据和出处，可惜很不解决问题。另外一些学者又认为作者的思想近似东方哲学，尤其近似《吠陀经》中的《奥义书》，如轮回报应之说等。惠特曼在 19 世纪 50 年代初及之前并未读过东方经书，这是有明文记载的，但精神上的类似间或有之，而且可以互相参考比较，能起到启发作用。但重要的是惠特曼与某些文人墨客不同，博学不是他的长处。他幼年时只受过大约五年普通教育，虽由于兴趣读过不少书，但正像他自己一再指出的，他是个粗人，热衷交好的多为普通百姓。因此，如果要找他的创作源泉，只能说它主要来自生活，来自观察，来自思索；要理解他，也只能是着重研究他的时代、环境、生活、爱好，他的观点、信仰，也就是说必须深入了解惠特曼这个人的个性、思想、感情，熟读他的所有著作（这一点十分重要），不然，想认识他，特别是他的“暗示”

1 见考利（Malcolm Cowley）《草叶集》初版重印本的引论，1959 年。

和“侧面”，他的真正意图，那几乎是不可能的。这也是译者过去与今后努力的方向。

在这里，译者只是扼要地说一点自己阅读并翻译《我自己的歌》的初步认识，有些认识还可能不很成熟。

惠特曼的一生是一个普通人的平凡的一生。除了内战期间（1862—1865）他在华盛顿当了三年左右的伤员护理，又曾短期在新奥尔良当过几个月的报纸编辑，短期在西部旅行，一度访问过在加拿大的好友勃克医生以外，他一直在纽约和东部一带活动，从没有出过国门一步。他作为诗人的一个特点是勤于思考，不甘于只是描写现实生活，而是总在考虑着生活中的一些重要问题。把这些考虑适当理论化以后，那就叫它做“宗教”也好，“信仰”也好，或像某些美国学者所说的“一种新的美国式的宗教”也好。他从来没有皈依过任何一种传统的宗教，也没有把他自己的信仰十分体系化，但是他说他不能理解世界上竟会有“不信宗教者”（“永远永远使人惊奇的是天下竟会有小人或不信仰宗教者”，第二十二节；“一只老鼠这一奇迹足以使亿万个不信宗教者愕然震惊”，第三十一节）。这也是为什么他喜欢漫步悠悠，或独坐在大树下晒半天太阳，被人视为懒惰，不事生产。结果，这也成为《我自己的歌》这首诗的一个结构特点：既有现实主义的描写，也有说理的（哲学的）部分。这两个部分是相辅相成的。

美国当时先进的民主思想是惠特曼思想结构中的一个重要组成部分。《我自己的歌》的头三行是“我赞美我自己，歌唱我自己，/我承担的你也将承担，/因为属于我的每一个原子也同样属于你”。这个思想后来归结为“我歌唱‘自己’，一个单一的、脱离的人，/但是也说出‘民主’这个词，‘全体’这个词”（见《我歌唱自己》，1867）。其实质也就是说：一方面是“个性”，离心的，独立的，与众不同的；另一方面却是“民主”，向心的，属于集体，人人平等的

（“那单纯、紧凑、衔接得很好的结构，我自己是从中脱离的一个，每个人都脱离，但都还是这个结构的一部分，”见《一路摆过布鲁克林渡口》，1856）。在这一思想指导下，他强调个性，写过一篇十分重要的文章论《个性神圣》（*Personalism*，1868），歌唱“自己”，承认“自我中心主义”（第四十二节），肯定每个普通人的价值，并认为人人都是神圣不朽的，他自己也是“神圣的”，“不死的”（“我里外都是神圣的，不论接触到什么或被人接触，我都使它成为圣洁，/ 这两腋下的气味是比祈祷更美好的芳香，/ 这头颅胜似教堂、圣典和一切信条”（第二十四节），“我知道我是不死的”（第二十节）。他所说的“自我中心主义”也只是“个性神圣”而不是图谋私利的个人主义。“向心力”的一个重要方面是嘤嘤求友，邀请同伴，热爱同伴的深挚感情（“所有世间的男子也都是我的兄弟，所有的女子都是我的姊妹和情侣，/ 造化用来加固龙骨的木料就是爱”（第五节）；“我要使具有巨大吸引力的国家变为神圣，/ 用伙伴之间的友爱，/ 用伙伴之间终生不衰的友爱”，见《为了你，啊，民主！》1860）。这是《芦笛》这一诗组的根据，也是他在内战时忘我地护理伤员的根据。

惠特曼一直以“草叶”作为他全部诗作的题目，是有深意的。草叶的特点是青绿、平凡、普遍、众多；诗人在长诗的一开始，在主人公最早注意到客观世界时，就首先提到草叶：“我闲步，还邀请了我的灵魂，/ 我俯身悠然观察着一片夏日的草叶”（第一节）；而在他神秘地和自己的灵魂结合后（后面还要谈到这一点），就有一个孩子走了过来，他两手满满捧着许多草叶拿给他看，并且问他：“这草是什么？”他的回答是：“我猜它定是我性格的旗帜，是充满希望的绿色物质织成的。”他的性格近似草叶，他喜爱草叶，他喜爱这个充满希望的绿色物质，他喜爱它的平凡，他喜爱它无论“在宽广或狭窄的地带都能长出新叶，/ 在黑人中间和白人中一样能成长”（第六节），并且只要“有土地有水”它就能成长，它就是“沐浴着全球的共同空气”（第十七节），是“一种统一的象形文字”（第六节）。作为诗人，他高高举起的旗帜就是普通人的旗帜：一切生机盎然、一切充满希望的生灵的旗帜。在诗的头十一节中就有三个段落是写普通人生活的，写得又是多么感情深挚、情节动人啊。那就是描写收留逃亡黑奴的那一段，描写印第安捕兽人婚礼的那四句，和二十八个青年在岸边洗澡和那无比寂寞的姑娘的那一节。诗人又说："我是那个同情心的见证人"（第二十二节），说："谁要是走了将近一英里路而尚未给人以同情，就等于披着裹尸布走向他自己的坟墓"（第四十八节）。在第二十四节中他又说："借助我的渠道发出的是许多长期以来喑哑的声音，/ 历代囚犯和奴隶的声音，/……被别人践踏的人们要求权利的声音，/ 畸形的、渺小的、平板的、愚蠢的、受人鄙视的人们的声音"；"我把身体挨近那棉田里的苦力，或那打扫厕所的清洁工，/ 在他的右颊上我留下一个只给家里人的亲吻，/ 而且我在灵魂深处起誓，我永远不会拒绝他"（第四十节）。

惠特曼求友、爱友心切，同情卑微的人们，平等待人；既歌颂和卫护个性又强调同一性和"全体"（"历代留下的词句不断展现在眼前！ / 我的是一个现代词，'全体'这个词"，第二十三节）。这已经成为他世界观的重要核心部分。在赞扬、卫护个性时，他申斥卑躬屈节和甘于走下坡路的人们。他说："我歌颂'扩张'或'骄傲'，/ 我们已经低头求免得够了"（第二十一节）（他常用"骄傲""傲慢"等同义词）。又说："我抓住那往下走的人，用不可抵抗的意志把他举起，/ 啊，绝望的人，这里是我的脖子，/ 天哪，绝不能容许你下沉！把你的全部重量压在我身上吧。/ 我吸足了气使你膨胀，我使你浮起，/ 我使屋里的每一间房都驻满武装"（第四十节）。他认为十分舒展而发达的个性是大有可为的，是神圣的，诗人对那个"我自己"无限赞赏，不断咏唱，他赞美他的肉体，也赞美他的灵魂。在强调同情和同一性时他还有一条特殊经验，即有时他把他所遭遇的场合与对象和自己完全等同起来，以致改变了自己的形体。例如他说："我懂得英雄们的宽阔胸怀"，然后他描写了一个勇敢的船长在船只遇到飓风即将沉没时，英勇而顽强地与风暴搏斗，挽救了船中的男女老少。诗人在结尾说："我就是那人，我蒙受了苦难，我在现场"（第三十三节）。接着他和慷慨就义的烈士、被焚烧的女巫、逃亡的黑奴、被压成重伤的救火员、在战火纷飞中掌握着大炮的老炮手等等同起来，并且说："这些我都能感受，我就是这些。"他甚至和物品也等同起来了："他们看来像钟的表面，移动着的像是我的两手，我自己就是那台钟。"

惠特曼主张把传统和教条暂搁一旁，直接面对生活，接触实际。这一点反映了资本主义大发展前夕的革新精神："信条和学派暂时不论，/且后退一步，明了当前的情况已足……/顺乎自然，保持原始的活力"（第一节）。不那么崇尚传统意味着一定程度的叛逆精神，而叛逆精神的一端就是诗人对肉体的赞美，对性活动和繁殖力的大胆描写。赤裸裸地描写性的活动恐怕和他的歌颂个性和酷爱自由、民主也是有联系的。诗人对性的兴趣和关注绝非"好色"，而是他的思想结构的一个必要部分。西方学者对于惠特曼的性生活曾多方考查，但始终找不到惠特曼在这方面的"劣迹"，相反，惠特曼终身未娶，一贯和女性保持距离；他嘤嘤求友，喜欢结交青年男子，但好奇的考据家们至今没有能找到诗人的任何"越轨行动"。正因为诗人的胸怀是光明磊落的，因此有些朋友，尤其是有着清教徒倾向的文人（包括爱默生等）"规劝"他删去那些"不能登大雅之堂"的有关性的段落和诗作，惠特曼却一直予以断然拒绝。这是他性格的一个特点，也是他信仰的一部分："沃尔特·惠特曼，一个宇宙，曼哈顿的儿子，/狂乱，肥壮，酷好声色，能吃，能喝，又能繁殖，/不是感伤主义者，从不高高站在男子和妇女们的头上，或和他们脱离，/不放肆也不谦虚"（第二十四节）。这幅图画如果用作者的毕生经历来衡量，那"好声色"的部分就显得有些夸张了。夸张是惠特曼惯用的手法，主要在强调，但这并不影响内容的实质。在思想上，惠特曼当然绝非清教徒。

惠特曼十分强调生活、行为、思维和禀赋的精神价值，相信精神不朽，相信物质是暂时的，精神是永恒的；认为物质是凝固的、生硬的，而精神则是流动的，融会贯通的，是吸收并消化一切的。多数西方学者把他的思想结构过分体系化了，因此总是不倦地去探讨他的所谓“神秘主义”。特别那些悉心把他的人生观和东方哲学作详细推敲与比较的学者们，他们片面夸大他的“神秘主义”，甚至否认他的深刻的现实主义和他对物质存在与先进科学的充分肯定。在诗歌写作中他有时把抽象的东西物质化了，或把物质的东西抽象化了。那也不足为奇，这是一种思想方法，也是一种艺术方法。关于肉体与灵魂，他认为两者一样重要，他都要歌颂，都要描写：“我是肉体的诗人也是灵魂的诗人”（第二十一节），“我的灵魂是清澈而香甜的，不属于我灵魂的一切也是清澈而香甜的”（第三节），“我相信你，我的灵魂，那另一个我绝不可向你低头，/ 你也绝不可向他低头”（第五节）（句中“那另一个我”即指肉体）。长诗的第四行把“灵魂”当作某一具体的身外之物：“我闲步，还邀请了我的灵魂”，而在著名的第五节中他又把自己和灵魂的圆满结合写成了性的交配，则是进一步把抽象具体化。但极为重要的是“自我”和“灵魂”交配之后的精神和认识上的升华：“超越人间一切雄辩的安宁和认识立即在我四周升起并扩散，/ 我知道上帝的手就是我自己的许诺，/ 我知道上帝的精神就是我自己的兄弟，/ 所有世间的男子也都是我的兄弟，所有的女子都是我的姊妹和情侣，/ 造化用来加固龙骨的木料就是爱。”在这里，上帝不是基督教徒信奉的上帝，而是一种最高的精神原则，接近于同志之间的友爱和人类的团结。他把上帝称为“伟大的同志”（第四十五节：“我的约会已经定妥，已经不会更动，/ 上帝会在那里等候，直到我来的条件已完全成熟，/ 那伟大的‘同志’，我日夜思念的忠实情人一定会在那里出现。”）西方学者认为惠特曼的“上帝”近乎先验主义者的“超灵”。这可能有些类似；但在《我自己的歌》里这个早期阶段，更像是诗人所十分憧憬的民主原则，是同志与伙伴之间的友爱，是兄弟；或带有泛神论色彩的、十分“人”化了的某种原则（“为什么我应当要求比今天更好地认识上帝呢？/二十四小时中我每小时，甚至每一分钟都看到上帝的某一点，/在男人和女人的脸上，也在镜子里我自己的脸上看见上帝，/我在街上拾到上帝丢下的信件，每封信上都签署着上帝的名字，/我把它们留在原处，因为我知道我无论到哪里去，/永远会有别的信件按期到来。”（第四十八节）。这里也意味着人人都是神圣的，每个人里面都有一点上帝，人人也都是同志。

惠特曼常常把生活和人生当作一次漫长而不会穷竭的旅程（《从鲍玛诺克开始》《大路歌》《向着印度行进》等）；有一条宽阔的康庄大道，而他是旅行者。在《我自己的歌》中他写了极其动人的一节，在这里我只能引开始的那几句：“我踏上的是一次永恒的旅行……/我的标志是一件防雨大衣，一双耐穿的鞋，从树林里砍来的一根手杖，/我没有朋友坐在我椅子上休息，/我没有椅子，没有教堂，没有哲学，/我没有带过人到饭桌旁，图书馆，交易所，/但是你们中的每个男女我都引着去一个小山头，/我的左手钩住你的腰，/我的右手指着各个大陆的景致和那条康庄大道……”（第四十六节）。他总是邀请同路人，他称呼的“你”就是他的同志，他的伙伴，他总是结伴朝前行进，一路遭遇着丰富多彩而多样化的复杂生活。他说他自己也是多样化的：“我抵制可能压倒我自己的多样性的一切，/吸进空气，但还给人们余下很多，/我并不自负，而是占有着我自己的位置”（第十六节），“出生给我们带来了丰满和多样性，/更多的出生会给我们带来丰满和多样性”（第四十四节），世界总是在发展，在不断丰富、进步。

生活是前进的旅程，这个设想是和作者喜爱并歌颂户外生活紧密联系着的，他认为空间是无限的，时间也是无限的；这也是为什么他夸张地说：“我辽阔博大，我包罗万象。”在诗的结尾诗人又对“你”发出了邀请，他歌颂个性，歌颂“骄傲”，但他也可以谦逊，可以献身："我把自己交给秽土，让它在我心爱的草丛中成长，/ 如果你又需要我……/ 请不要灰心丧气，/ 一处找不到再到别处去找，/ 我总在某个地方等候着你。"

惠特曼对于音乐不是外行。在《我自己的歌》里他描写或提到了大型歌剧、大提琴、女高音、女中音、男高音、合唱队等："一个和宇宙一样宽广而清新的男高音将我灌注满了，/ 他那圆圆的口腔还在倾注着，而且把我灌得满满的"（第二十六节）。这是一个线索，他创造的自由诗体有着一定的、比较含蓄的音乐性。限于篇幅，关于惠特曼大胆创造的自由诗体就不多介绍了。他的这种创新曾经给他带来麻烦，连 19 世纪末卓越的美国作家亨利·詹姆斯都曾经一度认为惠特曼对诗歌艺术是一窍不通的。这里只说一说多数读者有时讨厌的"列举法"，即连续用许多行诗句叙述其本是互不相关的事物的写作方法。它有时冗长、乏味、多余。但是"列举法"也反映了作者思想方法中的"无所不包主义"，其内容也不是完全没有选择。主要写大自然、各种生物，绝大多数写各行各业、普通人、劳动者、卑贱者。其中写得较好的"项目"，很生动，很形象，像吸鸦片者、妓女、外科手术等："吸鸦片的僵直着头，微张着口，斜躺着，/ 妓女胡乱披着围巾，她的软帽在她那醉醺醺、长满小瘰疬的颈脖上颤悠，/ 众人嘲笑她的下流咒骂，男人们嗤笑她，还彼此挤眉弄眼，/（可耻！我绝不笑话你的咒骂，也不嗤笑你）"；畸形的肢体被绑在外科医生的手术台上，/ 割掉的部分被丢落在桶里，好不怕人"（第十五节），等等。如上所说，与其说"列举法"是一种写诗的手法与格式，不如说也是一种思想方法：诗人的目力所及，其中有一部分是那转瞬即逝的大千世界：生活的表现形式纷繁、多样，处处都是生活，例如诗人在劝人不要对"上帝"存好奇心的同时，不也说过"二十四小时中我每小时，甚至每一分钟都看到上帝的某一点"吗？最后附加一笔：美国学者把《我自己的歌》评价为新时代的史诗，它篇幅巨大，内容丰富。英雄是有时代特色的主人公"我自己"。另外，惠特曼始终视自己为“粗人”“野蛮人”，他的诗作有时显得粗糙，思想也有很大的局限性，但是以他的赞美个性，热爱大众，宣扬民主的博大胸怀来看，他仍不失为他那个时代与国家的伟大代表。

译者这篇文章仅为介绍《我自己的歌》的“译后记”。目前，译者正在翻译《草叶集》的全部，准备在全集完成时写个“序”，而此篇只涉及全集的一小部分。

译者在这里要特别感谢翻译《草叶集》的前驱楚图南同志，我常把他的1956年版的《草叶集》译本放在案头，时常翻读、参考，得益匪浅。也要感谢美国友人乔治·梅森大学的柯大卫教授，他对惠特曼深有研究，是专攻惠特曼的专家；他在北京大学授课一年，我有疑问必向他请教，得到他的全力帮助与启发，今后还要向他请教。

最后要说明的是，本诗译文和译注主要根据是《草叶集》的“读者综合版”（H. W. Blodgett 与 S. Bradley 编，1965年版）。

赵萝蕤 1984 年稿

惠特曼年表

1819年　5月31日出生于长岛亨廷顿附近的西山村。

1823年　5月27日全家迁至布鲁克林。

1830年　在律师事务所当勤杂工。

1835年　在纽约当排字工，直到8月12日发生一场大火。

1836年　夏天在长岛的东诺威奇当教师。

1841年　5月去纽约《新世界》办事处当排字工并开始为《民主评论》撰稿。

1842年　春，在纽约编辑日报《曙光》并短期编辑《黄昏闲话》。

1845年　8月回到布鲁克林，9月至翌年3月为《长岛之星》撰稿。

1848年　2月去新奥尔良当《新月》的编辑；5月27日经密西西比与大湖区回纽约。

1848—1849年

编辑持“自由土地”观点的布鲁克林报纸《自由人》。

1850—1854年

经营印刷与文具店；当自由撰稿人；做建筑及买卖房屋的生意。

1855 年　7 月初布鲁克林的罗马兄弟印刷了《草叶集》；

7 月 11 日他的父亲逝世；7 月 21 日爱默生给他写了那封著名的信。

1856 年　为《生活图刊》写稿；夏天出版了《草叶集》的第二版并撰写了《第十八届总统选举！》

1857—1859 年

编辑布鲁克林《时报》；时常光顾文人和艺术家们汇集的普发福饭馆。

1860 年　3 月去波士顿监督《草叶集》第三版付排。

1861 年　4 月 12 日内战爆发；弟弟乔治·惠特曼参军。

1862 年　12 月诗人前往弗吉尼亚的弗雷德里克斯堡乔治作战并负伤的前线，并宿营两周。

1863 年　卜居首都华盛顿，在陆军军需处打零工；到各医院去探望并护理伤员。

1864 年　6 月 22 日因病回到布鲁克林。

1865 年　1 月 24 日又去华盛顿，在内政部当一个小职员；观看了林肯第二任总统就职典礼。

1867 年　7 月 6 日英国评论家威廉·迈克尔·罗塞蒂在《伦敦纪事报》上发表了论惠特曼诗歌的文章；惠特曼的文章《论民主》发表于 12 月份的《群星灿烂》杂志上。

1868 年　罗塞蒂在英国出版了《惠特曼诗集》（经过选删）；5 月份的《群星灿烂》又发表了《论个性神圣》；出版了《草叶集》第四版的第二次印刷，增加了《鼓声哒哒及其他》。

1870 年　7 月，诗人情绪沮丧，原因不明；印行了《草叶集》第五版以及《民主前景》和《向着印度行进》，日期均标为1871年。

1871年　9月3日吉尔克里斯特夫人写了第一封情书；9月7日惠特曼在纽约美国学会第四十届展览会开幕式上朗诵了《不只是为了创造》（后改名为《展览会之歌》）。

1872年　6月26日在达特墨斯学院开学典礼上朗诵了《像一只翅膀自由的强壮飞禽》（后改名为《你，母亲，和你那些完全平等的儿女》）。

1873年　1月23日诗人得了瘫痪症；5月23日母亲去世；暂时失去了工作能力而去新泽西坎姆登，和弟弟乔治同住。

1874年　《红杉木之歌》与《哥伦布的祈祷》发表。

1875年　整理《草叶集》的国庆百年纪念版与《两条溪流》（出版期为1876）。

1877年　1月27日在费城作了有关民主政论家汤姆·潘恩的演讲；3月去纽约；夏天体力又有进步。

1879年　4月至6月在纽约作了有关林肯的第一次演讲；9月作了第一次的西部旅行，访问了科罗拉多；10月至次年1月因病暂住圣路易斯弟弟杰夫家。

1880年　在费拉德尔菲亚作有关林肯的演讲；夏天访问了在加拿大安大略省伦敦城的友人勃克医师。

1881年　4月15日在波士顿做关于林肯的演讲；8月又回到波士顿看校样，新版《草叶集》即将由詹姆斯·R.奥斯古德出版；这一版的诗集终于整理妥帖。

1883年　勃克医师的作品《沃尔特·惠特曼》出版，该评传是由诗人本人详细审编过的。

1885年　体力衰退；友人为他购置了一匹马和一辆四轮的敞篷

车，以方便外出。

1886 年　在新泽西一带作了四次有关林肯的演讲。

1887 年　在纽约作有关林肯的演讲。

1888 年　《十一月的枝丫》出版。

1889 年　七十岁生日，经过记载在他的《坎姆登的祝贺》一书中。

1890 年　于 8 月 19 日写信怒责了英国作家锡孟慈，痛斥他对《芦笛》组诗的错误理解，并且谎说自己有六个私生儿女。

1891 年　《再见吧，我的想象力》出版；“临终版”完成。

1892 年　3 月 26 日逝世，葬于新泽西坎姆登的哈里墓园。